To their memory

Peter Crane
»Wir leben nun mal auf einem Vulkan«

Aus dem Amerikanischen übersetzt von Rolf Bulang
Vorwort von Walter Laqueur
Weidle Verlag

Sibylle Ortmann, London 1934

Walter Laqueur: Vorwort

Es gibt Bücher, bei denen ein Vorwort nicht nur unangemessen, sondern schädlich ist; hätte der junge Goethe Klopstock gebeten (was mehr als unwahrscheinlich ist), eine Einführung für »Die Leiden des jungen Werthers« zu schreiben (bekanntlich ein Roman in Briefen), was hätte der wohl sagen können? Auch ein Detektivroman braucht keine Einführung, die die Erzählung nur aufhalten und den Leser ermüden würde, und nur die wenigsten Sachbücher benötigen eine, es sei denn, es handelt sich um das erste Buch eines jungen Wissenschaftlers, der eine neue, revolutionäre These vertritt und also eine gewisse Legitimation braucht.

Sibylle Ortmann, von der dieses Buch handelt, war weder eine große Schriftstellerin noch eine bedeutende Wissenschaftlerin. Zu Beginn dieses Berichtes ist sie ein junges Mädchen von 14 Jahren ohne besondere literarische Ambitionen und gewiß ohne die Absicht, ein Werk zu vollbringen, das für die Nachwelt von Interesse und Bedeutung sein wird. Sie war eine begnadete Briefschreiberin, eine Gabe, die im Zeitalter des Computers leider fast verschwunden ist. Sie war ein intelligentes Mädchen, sie mußte die Schule mit 15 verlassen; acht Jahre später versuchte sie, das Versäumte als junge verheiratete Frau in Amerika nachzuholen; sie schaffte es mit summa cum laude (als einzige ihrer Klasse) in Radcliffe-Harvard in drei statt der üblichen vier Jahre.

Doch davon konnte sie in den dreißiger Jahren nur träumen, als sie ihre Briefe aus London an ihre Mutter schrieb und an einige andere Menschen über die kleinen und großen Sorgen des Alltags, über die Schwierigkeiten eines ziemlich einsamen jungen Mädchens in der großen Stadt, über Enttäuschungen und Hoffnungen, über Menschen, die sie traf, über Ausstellungen und Konzerte und auch über Politik, denn selbst sehr junge Menschen, die sich in anderen Zeiten mit anderen Dingen befaßten, Freundschaften und Liebeskummer, schöngeistigen Dingen und beruflichen Sorgen, auch sie spürten, daß sie zum Spielball der Politik geworden waren und daß sie, ob sie es wollten oder nicht, sich dafür interessieren mußten und vielleicht sogar aktiv daran teilnehmen.

Die Briefe der Sibylle Ortmann zeugen von einer erstaunlichen Reife, und das betrifft sowohl Stil wie Inhalt wie auch ihr Urteil über Menschen, die sie gerade getroffen hatte. Es ist nicht die Reife der Generation davor (Hofmannsthals »frühgereift und zart und traurig«), die behütet in einer Welt der Sicherheiten aufgewachsen war und sich weder um Essen noch Bleibe des morgigen Tages sorgen mußte. Es war eine Generation, für die es kein Sicherheitsnetz mehr gab, eine Generation, die zwar schwimmen nicht gelernt hatte, aber schwimmen mußte oder untergehen. Die ersten Briefe stammen aus dem Jahr 1932 und wurden auf der Insel Sylt geschrieben, ein idyllisches Vorspiel, eine Schulklasse am Strand der Nordsee, nur ein paar Monate vor dem 30. Januar, der dann alles ändern sollte.

Ich gehöre zur selben Generation wie Sibylle Ortmann und habe im Laufe von Jahren an einem kollektiven Portrait dieser Generation gearbeitet (*Geboren in Deutschland*). Ich habe mich mit vielen von ihnen über ihr Leben unterhalten und wahrscheinlich mehr Autobiographien (veröffentlichte und unveröffentlichte) und Briefe gelesen als andere. Die Briefe der Sibylle Ortmann können als individuelles menschliches Zeugnis gelesen werden, das Heranwachsen eines jungen Mädchens, auf sich selbst gestellt in einer Umwelt, die nicht immer freundlich gesonnen war. Im großen und ganzen hatte sie Glück, sie zählte zu denen, die überlebten, sie war nicht in Lebensgefahr, sie traf Menschen, die ihr weiterhalfen, es ist keine Holocaust-Story, sondern ein Schicksal mit einer Art Happy-End.

Die Geschichte der Sibylle Ortmann kann aber auch als Zeitdokument gelesen werden, als die Geschichte einer von 500.000. Ich fand Sibylles Briefe in beiden Hinsichten außerordentlich, ja einmalig. Mir ist kein einziger Fall bekannt, in dem die Eindrücke einer jungen Emigrantin so minuziös, mit so scharfem Blick und solcher Urteilskraft geschildert worden sind.

Ihr Name war mir davor nicht bekannt, Mitglieder ihrer Familie schon eher. Ihr Großvater Raphael Löwenfeld war Direktor eines der führenden Theater Berlins um die Jahrhundertwende, er war einer der Vorkämpfer des Werkes von Leo Tolstoi in Deutschland. Auch hatte er mit einem Pamphlet, das in den neunziger Jahren des 19. Jahrhunderts erschien, für Aufregung in der Gemeinschaft der deutschen Juden gesorgt. Ihre Mutter, die Korrespondentin von Sibylle, war Sängerin in Berlin und mit vielen führenden Musikern und Künstlern dieser Zeit, deren Namen in diesen Briefen erscheinen, bekannt oder befreundet.

Doch es waren nicht die Namen von Kussewitzky, dem berühmten Dirigenten, von Schriftstellern und Politikern oder von anderen bekannten Mitgliedern dieser Familie, die mein Interesse erweckten. Eher schon die Mitglieder ihres Freundeskreises in London, von denen einige mir nicht unbekannt waren, Freunde von Freunden, Bekannte von Bekannten. Doch was mich am meisten interessierte, war die Schilderung des Milieus, gesehen aus der Perspektive eines jungen Mädchens – die Suche nach Arbeit, der Kampf um die Aufenthaltserlaubnis, das London des Woburn House, das Mekka der Emigranten, die erst vor kurzem in London angekommen waren, die Straßenkämpfe zwischen Mosley-Anhängern und ihren Gegnern im East End.

Doch auch die Briefe der Mutter aus Berlin sind von großem Interesse, sie schildern die psychologische und materielle Lage jener, die daheim geblieben waren, die allmählich verstanden, daß sie auswandern mußten, die verzweifelt nach einer Möglichkeit suchten. Historiker, die zu einer späteren Generation gehören, haben oft gefragt, warum nicht bedeutend mehr deutsche Juden Deutschland sofort nach 1933 verlassen haben. Allein diese Fragestellung zeigt, wie schwierig es ist für diejenigen, die nicht dabei waren, komplizierte historische Situationen zu verstehen. In den ersten Monaten nach Hitlers Machtübernahme schien es den meisten keineswegs sicher, daß die neue Regierung lange an der Macht bleiben würde. Wie viele Regierungen hatte es in den 15 Jahren davor gegeben? Und auch dann, als die Radikalisierung der Politik des Dritten Reiches immer klarer wurde und die Lage der Juden hoffnungsloser, gab es Schwierigkeiten, die unüberwindbar schienen; sie konnten weder Geld mitnehmen, noch hatten sie, in den meisten Fällen, Berufe, die sie im Ausland hätten ausüben können. Kein Land wollte sie haben. Die wenigen Türen, die anfangs noch halb offen gewesen waren, schlossen sich eine nach der anderen. An legale Auswanderung war kaum noch zu denken, illegale Auswanderung (vor allem nach Palästina) und in einigen Fällen Bestechung von Konsuln (vor allem aus Südamerika) konnte einigen helfen, aber nicht vielen.

Wenn es also eine Rechtfertigung für ein kurzes Vorwort gibt, dann ist es die, daß es sich um eine Welt handelt, die zwar gar nicht so weit zurückliegt, die aber längst untergegangen ist und für die meisten Leser bei aller Empathie (und Sympathie) unverständlich ist und vielleicht sein muß.

Die Briefe von Sibylle Ortmann wurden herausgegeben und mit Erklärungen versehen von ihrem Sohn Peter, der kein Historiker ist, sondern Rechtsberater der amerikanischen Regierung war. Seine Arbeit ist, was man im Englischen a true labor of love nennt, ich fand sein Wissen erstaunlich, und ich kenne wenige Historiker, die den vielen Verzweigungen dieser Geschichte mit solcher Sorgfalt, Kenntnis und Akribie nachgegangen wären.

Der historische Hintergrund der Geschichte der Sibylle Ortmann kann in ein paar Worten zusammengefaßt werden: In Deutschland lebten im Jahr 1933 etwa eine halbe Million Juden. Es war eine überalterte Gemeinschaft, mittelständisch in ihrer Mehrzahl, aber häufig verarmt als Folge von Inflation und Weltwirtschaftskrise. Innerhalb von wenigen Monaten nach der Machtergreifung wurde vielen Juden die Weiterausübung ihres Berufes unmöglich gemacht, und die meisten Jugendlichen mußten deutsche Schulen, Universitäten und Lehrstellen verlassen. Man sprach damals viel von beruflicher »Umschichtung« und suchte nach Schlupflöchern, die eine weitere Existenz irgendwie möglich machten. Doch diese Versuche waren vergeblich, und 1938, im Jahr der Kristallnacht, war das Ende des deutschen Judentums gekommen.

Diejenigen, die als erste an Auswanderung dachten und versuchten, das Land zu verlassen, waren die Jungen unter ihnen, etwa 80.000. Es gibt keine genauen und zuverlässigen Schätzungen, aber es besteht Grund zur Annahme, daß etwa zwei Drittel oder drei Viertel von ihnen fliehen konnten – einige sogar noch nach Ausbruch des Zweiten Weltkriegs. In den Jahren bis 1936 war das damalige Palästina das Hauptauswanderungsziel. Doch danach wurde die Zahl der Einwanderer von der britischen Mandatsregierung drastisch beschnitten. Frankreich und die damalige Tschechoslowakei kamen nur als

Durchgangsländer in Frage, eine Arbeitserlaubnis wurde nicht gegeben. Die Lage in anderen europäischen Ländern war ähnlich, die Vereinigten Staaten drosselten die Quote von Einwanderern aus Deutschland, und alleinstehenden Jugendlichen wurde damals grundsätzlich die Einreise verweigert. Eine Einwanderung nach England war ebenfalls unmöglich, abgesehen von wenigen sehr reichen Menschen, die in der Lage waren, in England Arbeitsplätze zu schaffen. Sibylle Ortmann war, wie aus ihren Briefen hervorgeht, ursprünglich als Touristin gekommen, ihr Aufenthalt war auf zwei Monate befristet. Nach dem Novemberpogrom 1938 erlaubte die englische Regierung die Einwanderung der sogenannten Kindertransporte; etwa 10.000 Kinder im Alter von 10 bis 16 Jahren kamen im Rahmen dieser Aktion in letzter Minute ins Ausland und auch ein paar hundert junge Mädchen, die als Dienstmädchen angestellt wurden.

Der Fall von Sibylle Ortmann (und ihre spätere Ausreise nach Amerika) war also eher eine glückliche Ausnahme genauso wie die Tatsache, daß die meisten Mitglieder ihrer Familie überlebten.

Läßt sich das Schicksal dieser Generation der Überlebenden auf einen gemeinsamen Nenner bringen? Es ist schwierig genug, die Geschichte eines einzelnen Menschen zu schreiben, Verallgemeinerungen über das Schicksal von 80.000 sind nahezu unmöglich. Es gab begabte und weniger begabte unter ihnen, doch viel hat vom Zufall abgehangen, wohin sie die Auswanderung verschlagen hat. Manche hatten das Glück, in ihrem späteren Leben einem Beruf nachgehen zu können, in dem sie Erfüllung fanden und Erfolg hatten, andere, nicht weniger begabt, konnten sich aufgrund widriger Umstände nicht durchsetzen. Doch im großen und ganzen habe ich es als Historiker dieser Generation erstaunlich gefunden, wie gerade die psychologischen und materiellen Schwierigkeiten der Entwurzelung vielen dieser jungen Menschen einen Auftrieb gegeben und Eigenschaften hervorgebracht haben, eine innere Stärke, derer sie sich gar nicht bewußt waren. Ich glaube nicht, daß diese Generation intellektuell oder charakterlich der überlegen war, die vor ihr kam, oder der, die folgte, aber sie sah sich konfrontiert mit Herausforderungen, die diese besonderen Eigenschaften hervorbrachten.

Sibylle Ortmann war den Nürnberger Rassegesetzen zufolge »Halbjüdin«; sie war jüdisch erzogen worden und deswegen, in der Sprache des Dritten Reiches, »Geltungsjüdin«. Hätte sie ihre politischen Ansichten für sich behalten, ist es nicht unmöglich, daß sie eine gewisse Chance gehabt hätte, wäre sie in Deutschland geblieben, das Dritte Reich zu überleben – isoliert, verfolgt, in ständiger Angst, deportiert zu werden. Was wäre aus ihr geworden? Eine müßige Frage, ihre Briefe jedenfalls, dieses einmalige Dokument dieser Zeit, wären ungeschrieben geblieben.

Washington und London, August 2004

Einleitung

Ein Foto, das am 18. März 1932 in der Berliner Fürstin-Bismarck-Schule aufgenommen wurde, zeigt 22 deutsche Schülerinnen mit ihrer Lehrerin. 13 und 14 Jahre alt, sind die Mädchen der Obersekunda IIb bereits seit sechs Jahren in einer Klasse, immer unter derselben »Klassenmutter«, der Mathematiklehrerin der Schule, Alice Bernstein.

Was den Unterricht angeht, sind Sibylle Ortmann, die in der ersten Reihe rechts sitzt, und ihre engste Freundin Lili Faktor, mit weißer Bluse und dunklem Halstuch direkt neben Frau Bernstein, die herausragenden Schülerinnen. Weitere Freundinnen Sibylles sind Eva Tichauer, die jenseits des Mittelganges sitzt, das einzige Mädchen der Klasse, das ihr Haar altmodisch geflochten trägt; Evi Jessner, ganz rechts im Bild, und Lili Stern, die vor Evi sitzt und den Photographen durchdringend ansieht. Inmitten der Schülerinnen stehend und den Ellbogen lässig auf eine Tischkante gestützt, wirkt Fräulein Bernstein weniger als Autoritätsperson denn als die älteste in einem Kreis junger Frauen.

Obwohl das Foto Harmonie und eine gute Atmosphäre auszustrahlen scheint, täuscht dieser Eindruck, denn die Klasse war ebenso tief gespalten wie Deutschland insgesamt. Sie umfaßte nicht nur Reich wie Arm, Juden und Arier, Gläubige und Ungläubige, sondern auch Anhängerinnen politischer Parteien jedweder Richtung. Der Haß zwischen den Nationalsozialisten und den Linken der Klasse war mitunter bitter persönlich, und er wuchs. Bei den Reichstagswahlen, die nur fünf Tage vor Aufnahme des Fotos abgehalten worden waren, war der Amtsinhaber, Reichspräsident Paul von Hindenburg, zu einem zweiten Wahlgang gegen seinen schließlich unterlegenen Gegner, Adolf Hitler, genötigt gewesen.

Zunächst hatten viele Linke und viele Juden die Nationalsozialisten verspottet, man fand sie eher lächerlich denn furchteinflößend. Anneliese W., das stämmige Mädchen auf dem Foto direkt hinter Eva Tichauer, war wegen ihrer Hingabe an den Führer spöttisch mit dem Spitznamen »Hitlerike« belegt worden. Aber angesichts der von Wahl zu Wahl wachsenden Erfolge Hitlers freuten sich viele Nationalsozialisten schon auf den Tag, an dem sie die Rechnungen mit ihren Gegnern begleichen und Rache für die erlittene Schmach nehmen würden.

Anfang April 1933, wenig über ein Jahr nachdem das Foto aufgenommen worden war, sollte dieser Tag schließlich kommen: Fräulein Bernstein wurde nach 20jähriger Lehrtätigkeit wie alle Juden in der preußischen Beamtenschaft fristlos entlassen. Für die Nationalsozialisten war das Judentum eine Angelegenheit der Rasse, durch die Ahnen vorgegeben, und demzufolge irrelevant, wenn man wie eine ebenfalls entlassene Lehrerin dieser Schule praktizierende Christin war. Andere Gesetze beschränkten den Anteil der Juden an öffentlichen Schulen, schlossen sie von juristischen Berufen, dem Journalismus oder den darstellenden Künsten aus.

Fast über Nacht drängten die Nationalsozialisten zahlreichen Deutschen – und keineswegs nur konvertierten Christen –, für die ihr Judentum zuvor nicht von großer Bedeutung gewesen war, auf diese Weise eine jüdische Identität auf. Die meisten von ihnen hatten sich, um es mit dem Namen ihrer größten Organisation zu sagen, als »deutsche Staatsbürger jüdischen Glaubens« gesehen – also zunächst als Deutsche und erst in zweiter Hinsicht als Juden. Für die Nationalsozialisten allerdings waren das Judentum und das Deutschtum unverträglich. Selbst der Begriff »deutsche Juden« sollte schon bald inakzeptabel werden und 600.000 Staatsbürger sich auf den Status eines »Juden in Deutschland« reduziert sehen. Für diejenigen gemischter Abstammung sollte ein System detaillierter Klassifikationen die zahlreichen Grade vorgeben, die »Volljuden« und »Arier« trennten. Jemand zu 50 % jüdischer Herkunft konnte dann – je nach den Umständen – zum »Halbjuden« oder zum »Halbarier« werden.

Eine Auswirkung der neuen Trennlinie zwischen Deutschen und Juden war der Auszug der Schülerinnen aus Fräulein Bernsteins früherer Klasse. Lili Faktor, Eva Tichauer, Evi Jessner und Lili Stern, nationalsozialistischer Terminologie zufolge allesamt »Volljuden«, verließen die Schule. Emil Faktor verlor seine Stellung als prominenter Zeitungsredakteur und Theaterkritiker und schickte sich an, mit seiner Familie in seine Geburtsstadt Prag zurückzukehren. Theodor Tichauer konnte auch als dekorierter Kriegsteilnehmer nicht länger als Anwalt arbeiten und ging mit Frau und Kindern nach Paris. Evi

Jessner, Tochter eines Theaterregisseurs, fuhr mit ihrer Schwester Hannele nach England. Und auch Lili Stern verließ die Schule und wartete auf eine Gelegenheit zur Emigration. Eine weitere Klassenkameradin, die das Foto nicht zeigt, Renate Boenheim, begann eine Ausbildung zur Kinderschwester in der Schweiz, während ihr Vater als Arzt mit engen Verbindungen zur Kommunistischen Partei in einem nationalsozialistischen Gefängnis zurückblieb.

Sibylle Ortmanns Mutter, 1895 als Eva Löwenfeld geboren, war »Volljüdin«, hatte mit 19 Jahren geheiratet, mit 22 ihr einziges Kind bekommen und sich bereits vier Jahre später, 1922, wieder von ihrem Mann scheiden lassen. Seither hatte Wolfgang Ortmann seine Tochter weder gesehen noch zu ihrem Unterhalt beigetragen, aber seine »arische« Abstammung machte sie zur »Halbjüdin«, was sie vor den ersten antisemitischen Erlassen bewahrte. Sibylles Ruf als kämpferische Gegnerin des Nationalsozialismus prädestinierte sie allerdings für Vergeltungsmaßnahmen in der Schule, und nach einem haßerfüllten Brief Anneliese W.s befürchtete ihre Mutter, daß entweder Anneliese selbst oder ihre Eltern Prügel durch die SA anregen könnten. Ende März ergriff Eva Ortmann deshalb am Vorabend eines reichsweiten Boykotts jüdischer Geschäfte und Betriebe die Vorsichtsmaßnahme, ihre Tochter zu Verwandten nach Jena zu schicken, bis Berlin wieder sicher wäre.

Sibylle kehrte nicht mehr in die Fürstin-Bismarck-Schule zurück. Sie hatte kein Verlangen, eine gleichgeschaltete Schule zu besuchen, und verabscheute die Vorstellung, daß Wolfgang Ortmann, der als Vater so vollständig versagt hatte, jetzt dank seiner »arischen« Abstammung für ihre Vorzugsbehandlung verantwortlich wäre. Im Oktober 1933, 15 Jahre alt, reiste sie allein nach England, wo sie hoffte, ihre Ausbildung fortsetzen zu können. Ihre Mutter, zu arm für eine Emigration, blieb in Berlin. Durch diese Trennung waren sie auf die Post angewiesen, um sich ihr Zusammengehörigkeitsgefühl zu erhalten, um Rat zu fragen und ihn zu geben, um einander den Rücken zu stärken und sich zu informieren, soweit das gefahrlos möglich war. Ihre Briefe dokumentieren nicht nur das Erwachsenwerden einer jungen Frau als mittellose Emigrantin allein im Ausland, sie bilden auch die Chronik einer folgenreichen Periode der deutschen, der europäischen und der Weltgeschichte.

Heinrich Heine schrieb einmal: »Unter jedem Grabstein liegt eine Weltgeschichte«, was bedeutet, daß die Geschichte großer Ereignisse unvollständig bleibt ohne die Einsicht, wie durchschnittliche Menschen sie erlebten. Dieses Buch gibt die Erfahrungen Sibylles, ihrer Mutter, einer Reihe Klassenkameradinnen, von Freunden und Verwandten während der Hitlerjahre wieder, geschildert in erster Linie in ihren damaligen Briefen. Es bemüht sich, ein Bild zu entwerfen – gelegentlich detailliert, manchmal nicht mehr als ein flüchtiger Schnappschuß –, das Bild einer Anzahl von Menschen unterschiedlicher Nationalitäten, Religionen, Berufe, sozialer Schichten und politischer Überzeugungen während dieser Jahre. Wenige von ihnen waren prominent genug, um heute noch in den geschichtlichen Abrissen jener Zeit Erwähnung zu finden. Zum größten Teil waren es einfache Leute, die zufällig in außerordentlichen Zeiten lebten.

Die Absicht dieses Buches ist es, die Ereignisse und die Personen so zu schildern, wie sie waren, ohne Erfindungen oder Ausschmükkungen und mit keiner anderen Intention als der einer Schilderung der Vielfalt und Unterschiede menschlicher Charaktere und Begebenheiten. Soweit möglich, sollen die Briefe für sich selbst sprechen.

Sibylle Ortmanns Mutter, Eva Löwenfeld, wurde in Berlin am 26. Dezember 1895 geboren. Das Neugeborene trat in ein Leben materieller und emotionaler Sicherheit. Die Quelle des Reichtums war ihr Großvater mütterlicherseits, Julius Rothstein. Geboren 1830 in Rawitsch, damals in der preußischen Provinz Posen, heute Rawicz in Polen, ging er nur bis zu seiner Bar Mizwa im Alter von 13 Jahren zur Schule und wurde dann bei einem Ladenbesitzer in die Lehre gegeben. Aber 1848 kam es in Berlin zur Revolution und den 18jährigen Julius zog es in die preußische Hauptstadt, um gleichermaßen dem Ladeninhaber wie der beschränkten Welt des polnischen Judentums zu entkommen. In Berlin fand er Arbeit bei einem Tabakhändler, in dessen Laden im kleinen Stil auch Aktien gehandelt wurden. Er lernte frühzeitig den Aktienhandel, erwies sich als geschickt, entwickelte sich zum erfolgreichen Finanzier und wurde, da er sein Geld rechtzeitig in die Elektrifizierung investiert hatte, schließlich zum vielfachen Millionär. Nicht zuletzt, um der Aufmerksamkeit und dem Neid seiner nichtjüdischen Mitbürger zu entgehen, waren er und seine Frau Fanny bestrebt, ein unauffälliges Leben zu führen; deshalb regte er sich darüber auf, in einem Zeitungsartikel anläßlich der Verlobung einer seiner Töchter als »wahnsinnig reich« bezeichnet zu werden. Bei seinem Tod 1899 hinterließ er ein Vermögen von sieben Millionen Goldmark. Sein letzter Wille sah für jede seiner sieben Enkelinnen, darunter die damals dreijährige Eva, ein Vermächtnis von 50.000 Mark vor, das ihre Mitgift bilden sollte.

Fanny Rothstein, geborene Frank, schenkte zwischen 1858 und 1866 sechs Kindern das Leben, zwei Jungen, denen vier Mädchen folgten. Der Älteste, Adolf, machte seine Karriere in Rußland, wo er, nach einer Pro-forma-Taufe der orthodoxen Kirche, Finanzberater und rechte Hand von Sergej Witte wurde, dem mächtigen Finanzminister des Zaren von 1892 bis 1903.

Adolf Rothstein stand als privater Unternehmer und als Regierungsvertreter einem St. Petersburger Bankhaus vor, das zahlreiche Bergwerks- und Industrieunternehmen kontrollierte. Er pflegte im großen Stil zu arbeiten: Als es ihm beispielsweise gelungen war, den Kontrakt zum Bau einer Ölpipeline vom Kaspischen zum Schwarzen Meer abzuschließen, ihm aber noch die notwendigen Röhren fehlten, kaufte er eine bestehende Röhrenfabrik in den USA, ließ sie abbauen und nach Rußland verschiffen, wo sie wiederaufgebaut und von amerikanischen Geschäftsführern betrieben wurde.

Adolf Rothstein besaß ein Haus am Newskiprospekt in St. Petersburg und ein palastartiges Sommerhaus im österreichischen Bad Ischl (noch nach hundert Jahren kennt man im Ort die »Villa Rothstein«) und bereiste mit seiner Familie Europa im eigenen Eisenbahnwaggon. Um dabei die ausreichende Versorgung der Kinder mit frischer Milch sicherzustellen, führte man sogar eine eigene Kuh mit.

Sein jüngerer Bruder Max, geboren 1859, war Altphilologe und sein bedeutendstes Werk war eine Edition des römischen Dichters Properz. Eva zufolge wurde Max Rothstein von Bismarcks Kultusminister einmal ein Lehrstuhl unter der Voraussetzung angetragen, daß er sich taufen lasse (denn Juden konnten seinerzeit an preußischen Universitäten keine Professur erhalten). Max Rothstein, der nicht religiös war, lehnte das als bloßen Opportunismus ab. Dank seines ererbten Reichtums war er nicht darauf angewiesen, sich seinen Lebensunterhalt verdienen zu müssen, und so widmete er sich ganz seinem Fach und erteilte Privatunterricht.

Drei der vier Töchter von Julius und Fanny Rothstein fanden passende Partien, als sie in den frühen Zwanzigern standen, die jüngste jedoch, die willensstarke und intelligente Ida, verkündete, sie habe nicht die Absicht, jemanden zu ehelichen, der nicht – wie sie selbst – Sozialist sei und Agnostiker, und 1893, als sie 27 wurde, schien es schon wahrscheinlich, daß sie zeitlebens alleinbleiben werde. Im November dieses Jahres jedoch kam sie anläßlich einer Abendgesellschaft neben Raphael Löwenfeld zu sitzen, einem 39jährigen Autor und Übersetzer, promovierter Slawist, der obendrein zwei Bücher über Leo Tolstoi verfaßt hatte. Tags darauf sandte er ihr eines davon mit der Widmung »Der liebenswürdigen Nachbarin vom 15. XI. 93«. Einige Monate später waren sie verlobt. Und obwohl der Bräutigam nicht religiöser war als die Braut, war er doch bereit, dem Wunsch ihrer Eltern nach einer Heirat in der Synagoge nachzukommen. »Du mußt den Glauben deines Vaters respektieren«, sagte er rücksichtsvoll zu Ida. »Ich respektiere den Glauben meines Vaters wirklich«, entgegnete sie, »und ebenso muß er meinen Unglauben respektieren.« Die Heirat, 1894, erfolgte lediglich standesamtlich.

Raphael Löwenfeld war beinahe zufällig zur Slawistik gekommen. Er wurde als Zwilling 1854 in Posen (dem heutigen Poznan) geboren, einer Stadt, die sprachlich und kulturell zwischen Deutschen und Polen geteilt war. Ihre Mutter war gestorben, als die beiden Jungen noch klein waren, und so wurden sie von ihrem Vater erzogen, einem Rabbi, der eine Knabenschule betrieb. Weil er die direkte Konkurrenz zwischen ihnen vermeiden wollte, schickte er die Zwillinge auf verschiedene Schulen. Samuel, von schwacher Gesundheit, wurde im deutschsprachigen Gymnasium angemeldet, während Raphael, von dem man annehmen durfte, er werde sich überall durchschlagen, das polnische Gegenstück besuchte. Dort entdeckte er die slawischen Sprachen und Literaturen, die von den meisten Deutschen jener Zeit geringgeschätzt wurden.

Raphaels Wunsch war ein Jurastudium, sein Vater war jedoch damit nicht einverstanden, hielt er eine juristische Laufbahn doch für zu weltlich und sah darin eine Gefahr für seines Sohnes jüdische Orthodoxie. Widerstrebend studierte er also statt dessen Philologie und schrieb seine Doktorarbeit an der Universität Breslau über die lateinische Lyrik des polnischen Dichters Jan Kochanowski. Als er Jahre später erfuhr, daß eine seiner Nichten den Wunsch aufgegeben hatte, Ärztin zu werden, zumindest teilweise wegen der Kosten einer medizinischen Ausbildung, übernahm Raphael ihre Aufwendungen, weil er, wie er sagte, wisse, was es bedeute, dem eigenen Berufswunsch nicht nachgehen zu können.[1] Und weit davon entfernt, gläubig zu bleiben, lehnte er schon bald die Religion überhaupt ab.

Nach seinem Studienabschluß verlief Raphael Löwenfelds beruflicher Weg nicht geradlinig, er arbeitete als Lehrer, Literaturkritiker, Zeitschriftenredakteur und Übersetzer aus dem Polnischen, Russischen und Italienischen. Das ehrgeizige Vorhaben, ein Volkstheater zu gründen, um den Massen die Kultur näherzubringen, zerschlug sich, und mit Mitte Dreißig war er arm, krank und hing beruflich in der Luft. Während der späten 1880er Jahre begann er allerdings, die Werke Leo Tolstois aus dem russischen Original ins Deutsche zu übertragen; frühere deutschsprachige Ausgaben waren lediglich mittelmäßige Übersetzungen französischer Übertragungen gewesen.

1890 schließlich hatte Löwenfeld eine Idee: Er hielt Tolstoi für einen der bedeutendsten Schriftsteller und Denker aller Zeiten; die Welt außerhalb Rußlands las zwar eifrig seine Romane, wußte aber so gut wie nichts über den Autor, und deshalb wollte er Tolstois Biographie schreiben und sein Leben, die Werke und seine Philosophie als untrennbar Ganzes darstellen. Er schrieb dem Autor, erhielt sein Einverständnis und reiste im Sommer 1890 nach Jasnaja Poljana, Tolstois

---

1 Das andere Hindernis für ihr Medizinstudium war ihres Verlobten Ablehnung der Vorstellung, er könne eine Ärztin heiraten. Damit die Verlobung nicht zerbrach, war auch ihre Mutter, Raphael Löwenfelds Schwester, gegen diese Ausbildung. Raphael schrieb seiner Schwester streng: »Ich hätte Dir diesen Egoismus gar nicht zugetraut. Du müßtest glücklich sein mit dem Glück Deines Kindes!« Ihre Tochter machte ihren Weg, wurde eine der ersten Ärztinnen in Deutschland und heiratete auch ihren Verlobten. Die ganze Geschichte findet sich in ihren Memoiren: Rahel Straus: *Wir lebten in Deutschland. Erinnerungen einer deutschen Jüdin 1880–1933.* Herausgegeben und mit einem Nachwort versehen von Max Kreutzberger. Stuttgart 1961, S. 107.

Gut südwestlich Moskaus, um mit ihm zu sprechen und Material zu sammeln.

Tolstoi stand der Aussicht, zum Gegenstand einer Biographie zu werden, mit gemischten Gefühlen gegenüber, hielt im Tagebuch fest, die Vorstellung bereite ihm einen »unangenehmen Kitzel«, und er habe die Befürchtung, ein ehrlicher Abriß seines Lebens könne ihn als »Lumpen« erscheinen lassen. Außerdem bedeuteten die Romane, die Löwenfeld so interessierten, ihrem Autor nicht mehr viel. Er hatte sich seit Jahren davon abgewandt und beschäftigte sich vor allem mit der persönlichen Gottsuche des Menschen mittels eines Lebens in Einfachheit und Enthaltsamkeit.[2] Dennoch versorgten Tolstoi und seine Frau Löwenfeld mit einer Unmenge an Informationen. Die Gespräche und das Mitschreiben wurden auch fortgesetzt, während Tolstoi seinen täglichen Verrichtungen, auch der bäuerlichen Arbeit, nachging. So wechselten sich die beiden Männer auf den Feldern von Jasnaja Poljana bei der Hafermahd mit der Sense des Dichters ab oder tranken Kumys in der Jurte eines Baschkiren, den Tolstoi samt Frau und Kind aus Zentralasien hergebracht hatte, um sich mit diesem Gebräu aus gegorener Stutenmilch zu versorgen.

Der Besuch bei Tolstoi führte zur Veröffentlichung zweier Bücher: *Gespräche über und mit Tolstoj* von 1891 und im Jahr darauf *Graf Leo N. Tolstoj, sein Leben, seine Werke, seine Weltanschauung.*[3] Doch wenn er den Autor und seine Werke auch schätzte, war Löwenfeld doch weit davon entfernt, ein »Tolstoianer« zu sein. In seinem ersten Buch machte er deutlich, daß er – so sehr er die unnachgiebige und kompromißlose Suche Tolstois nach Wahrheit bewundere – der gegenwärtigen Überzeugung des Dichters nicht beipflichte (so wenig, wie Tolstois Frau Sophie es tat).

Ob der Verlauf von Löwenfelds Leben ab 1890 den Einfluß Tolstois widerspiegelt oder ob er sich schon zuvor aufgrund zahlreicher gemeinsamer Interessen und Vorstellungen zu Tolstoi hingezogen gefühlt hatte, läßt sich schwer entscheiden. Jedenfalls erinnern die Er-

---

2 Er sagte zu Löwenfeld: »Ich bin seit 1877 ein ganz neuer Mensch geworden. Ich zähle nur diese Zeit. Was vorher liegt, ist Eitelkeit und Selbstsucht.«

3 Berlin: Wilhelmi 1891 bzw. 1892; Löwenfeld starb, bevor er den geplanten zweiten Teil seiner Tolstoibiographie abschließen konnte.

eignisse in Löwenfelds Leben seither – ungeachtet ihrer religiösen wie philosophischen Differenzen – wiederholt an das von Tolstoi vorgelebte Beispiel. Beide schätzten und förderten das populäre Volkstheater, beide wandten sich gegen religiöse Intoleranz und verfaßten Aufrufe, um die öffentliche Meinung zu beeinflussen, beide unterstützten Männer auf der Flucht vor dem zaristischen Rechtssystem, und beide bemühten sich um die Linderung menschlichen Leids in humanitären Krisen, nicht nur indem sie Geld spendeten, sondern auch indem sie selbst Zeit und Arbeit investierten.

Das Jahr 1893 bedeutete für Löwenfeld Erfolg und Erfüllung, nicht bloß weil er heiratete, sondern auch weil sein Plan für ein Volkstheater Früchte trug und das Theater im Jahr darauf eröffnet werden konnte. In ihren 1940 aufgezeichneten Erinnerungen beschreibt Rahel Straus, die Nichte, deren medizinische Ausbildung Löwenfeld Jahrzehnte zuvor bezahlt hatte, diese Periode seines Lebens:

»Er war voller Gedanken und Pläne. Ethische humanistische Bestrebungen erfüllten ihn; er versprach sich alles von Erziehung, Kultur, Aufklärung, von guter Kunst für das Volk, so billig geboten, daß der geringste Arbeiter es sich leisten konnte. Das Theater erschien ihm dafür die geeignetste Bildungsstätte. Es war furchtbar schwer für ihn, der nur von dem lebte, was er verdiente, die notwendigen Summen zusammenzubringen, ein solches ›Volkstheater‹ zu gründen. Es gelang ihm, einen Kreis von Menschen so dafür zu interessieren, daß eine Aktiengesellschaft entstand, die das Theater finanzierte. Und so wurde der Plan, der ihn jahrelang beschäftigt hatte, endlich zur Wirklichkeit: Er schuf das erste deutsche Volkstheater, das in Wahrheit den Namen verdiente. Es wurden nur gute klassische Stücke gespielt und zu so niedrigen Eintrittspreisen, daß wirklich jedermann es sich leisten konnte, dies Theater zu besuchen. Für vier Theaterabende konnte man sich für zwei Mark abonnieren. Was Wunder, daß das Theater immer voll besetzt war. Schiller-Theater nannte Onkel dieses erste Volkstheater.«

Edith Sellers, eine scharfsinnige englische Beobachterin, hatte Löwenfeld kennengelernt und bemerkte zum Unterschied zwischen seiner und Tolstois Auffassung: »Der Herr Doktor teilt das tiefe Mitgefühl des Grafen für die Armen ganz und gar ebenso wie seine Hilfsbereitschaft. Da er jedoch ein praktischer Mensch mit einem gesunden Menschenverstand ist, unterscheidet er sich auch wieder grundlegend [...], liegt sein Ziel doch darin, das Leben der Menschen in dieser Welt zu erleichtern, während Graf Tolstoi sie in erster Linie mit Schwingen für die jenseitige versehen möchte.«[4]

»Für ihn«, fährt Sellers fort, »ist das Theater ein Ort, wo Männer und Frauen nicht bloß unterhalten werden, sondern wo ihre schlafenden Möglichkeiten geweckt, ihre Vorstellungskraft angestachelt, ihre Emotionen berührt werden, wo man sie zum Lachen und zum Weinen bringt – letztlich: wo man sie vermenschlicht. Es ist eine Schule, in der diejenigen, die hingehen, über Klassenschranken hinweggehoben werden, wo man sie die unterschiedlichen Lebensabschnitte kennen lehrt ebenso wie mit ihren Mitmenschen zu fühlen, sich zu freuen mit denen, die sich freuen, zu trauern mit denen, die trauern. [...] Und tatsächlich findet man in keinem anderen Berliner Theater ein so interessantes Publikum. Es gibt Menschen jeder Art und jedes Standes: Da sitzen weißhaarige Professoren neben Grundschullehrern, rauhe Handwerker neben cleveren jungen Angestellten, Droschkenfahrer neben Regierungsbeamten. Fabrikmädchen sind gleich dutzendweise vertreten, besonders an den Sonntagnachmittagen.«

Ebenfalls im Jahr 1893 veröffentlichte Löwenfeld zunächst anonym seine Broschüre *Schutzjuden oder Staatsbürger,* die zur Schaffung einer jüdischen Bürgerrechtsbewegung führte. Der politische Antisemitismus wuchs, teilweise bedingt durch die Einwanderung von Juden aus Rußland, die vor den Pogromen nach der Ermordung Zar Alexanders II. im Jahr 1881 flohen. Bekennende Antisemiten wurden in den Reichstag gewählt, und es erhoben sich erste Rufe nach einer Rücknahme der Maßnahmen zur rechtlichen Gleichstellung der Juden. Vertreter der Berliner jüdischen Gemeinde hatten an den Kaiser appelliert und um die Ausweitung seines persönlichen Schutzes auf die deutschen Juden gebeten. Löwenfeld war entrüstet: Er warf den selbsternannten Sprechern der Gemeinde vor, nicht mehr zwischen Gleichberechtigung und Vorrechten unterscheiden zu können. Er

---

4 Edith Sellers: »The People's Theatre in Berlin«, *Contemporary Review* (1900), S. 870.

wies die Vorstellung zurück, den Regenten um eine besondere Gunst zu bitten, und sprach sich dafür aus, daß die Juden auf den gleichen Rechten bestehen sollten, die auch allen anderen Bürgern zugestanden wurden, nicht mehr und nicht weniger. Er schrieb: »Um Schutz fleht, wer keine Rechte genießt oder wem seine Rechte geschmälert werden. Wir aber sind im Vollbesitze der Bürgerrechte, und der lärmende Haufe der Antisemiten hat keine Macht, sie uns zu schmälern.« Die Religion sei Angelegenheit des persönlichen Gewissens, und deutsche Juden, verwurzelt in der deutschen Sprache wie im deutschen Boden, seien ebenso deutsch wie ihre christlichen Mitbürger: »Wir sind nicht deutsche Juden, sondern deutsche Staatsbürger jüdischen Glaubens.«

Die Broschüre wurde mit außerordentlichem Beifall begrüßt, und nur wenige Wochen später berief Löwenfeld – nun nicht mehr anonym – eine Versammlung ein, in der der Central-Verein deutscher Staatsbürger jüdischen Glaubens gegründet wurde, um den Antisemitismus zu bekämpfen und für Gleichberechtigung vor Gericht, bei der Gesetzgebung und in der Presse einzutreten. Bis zur Auflösung unter Hitler war der Central-Verein oder C.V. die Stimme derjenigen deutschen Juden – bei weitem die Mehrheit –, die sich selbst in erster Linie als Deutsche verstanden und für die die Vorstellung, ihre Sprache und ihre Kultur aufzugeben, um nach Palästina zu gehen, keinerlei Reiz besaß.

Aus Anlaß von Tolstois bevorstehendem 70. Geburtstag unternahm Löwenfeld im Sommer 1898 eine zweite Reise nach Jasnaja Poljana. Die Stimmung des gesamten Hausstandes hatte sich verdüstert, seit Tolstois dreizehntes und jüngstes Kind, Vanetschka, 1895 im Alter von nur sieben Jahren gestorben war. Die Feindseligkeit zwischen der Gräfin und Tolstois Schülern hatte zugenommen, und ihre schlechte Behandlung durch die Tolstoianer berührte Löwenfeld schmerzlich. Tolstoi selbst war immer starrsinniger geworden, und Löwenfeld fühlte sich befremdet. Der Streitpunkt, schrieb er an seine Frau, sei Tolstois Erklärung gewesen, daß Sittlichkeit den einzigen Maßstab zur Beurteilung von Literatur darstelle und daß er, gemessen daran, Schiller weit, weit höher schätze als Goethe. Bereits nach zwei Tagen entschloß er sich, seinen Besuch zu verkürzen und zu Frau und Tochter nach Hause zurückzukehren.

Löwenfeld und Tolstoi sahen einander nicht wieder, setzten ihre Korrespondenz jedoch fort, und ihre Pfade kreuzten sich 1901 nochmals auf bemerkenswerte Weise, nachdem der Heilige Synod der russisch-orthodoxen Kirche den Dichter für exkommuniziert erklärt hatte. Tolstois Antwort an den Heiligen Synod war in Rußland zwar weit verbreitet, durfte aber nicht publiziert werden. Wie alle Werke des Dichters wurde auch sie zur Übersetzung und Veröffentlichung in Deutschland an Löwenfeld gesandt. Die russische Kirche nutzte die Gelegenheit und berief sich auf ein Gesetz, das die Beleidigung einer offiziell anerkannten Religion mit drei Jahren Gefängnis bedrohte, und wandte sich an die sächsische Staatsanwaltschaft, um eine Durchsuchung der Verlagsräume und die Beschlagnahme des Textes zu erreichen sowie daß Löwenfeld und Tolstois deutscher Verleger, Eugen Diederichs, wegen Gotteslästerung angeklagt würden.

Das eigentliche Ziel der Verfolgung war aller Wahrscheinlichkeit nach Tolstoi selbst. Seine Kirchenkritik war dem Synod ein Dorn im Auge, aber der Status des Dichters war in Rußland zu bedeutend, um einen direkten Angriff zuzulassen. Sollte jedoch ein deutsches Gericht veranlaßt werden können, ein Werk Tolstois zu verbieten, wenn auch als Vorgang weit außerhalb der Aufmerksamkeit der russischen Öffentlichkeit, hatte der Synod immerhin eine Grundlage, Tolstoi zum verurteilten Gotteslästerer zu erklären und in ein Kloster einweisen zu lassen oder auf andere Art zum Schweigen zu bringen.

Wie sich herausstellte, war die deutsche Öffentlichkeit jedoch empört darüber, daß die russische Geistlichkeit gemeinsam mit sächsischen Behörden entscheiden sollte, was man in Deutschland lesen darf. Die Satirezeitschrift *Simplicissimus* veröffentlichte unter der Überschrift »Durchs dunkelste Deutschland« eine Zeichnung, auf der Tolstoi mit einem Strick um den Hals von sächsischen Polizisten und Richtern durch die Straßen geführt wurde.

Die Angelegenheit wurde im Sommer 1902 in Leipzig verhandelt. Dem Berliner Tageblatt zufolge wurde die bewegendste Rede nicht von einem der Anwälte gehalten, sondern von Löwenfeld, der eine leidenschaftliche Verteidigung Tolstois vortrug. Wenn sich Tolstois und seine eigene Überzeugung auch in unterschiedliche Richtungen entwickelt hätten, führte er aus, so sei er doch wohlvertraut mit den

Vorstellungen des Autors und es sei für jeden Denkenden völlig offensichtlich, daß es nicht in Tolstois Absicht liege, das Christentum zu verspotten oder zu verunglimpfen, sondern er es vielmehr zu seinen reineren Ursprüngen zurückführen wolle. Das Gericht brauchte lediglich 15 Minuten, um die beiden Angeklagten freizusprechen. Einen solchen Text zu veröffentlichen, so führten die Richter aus, stelle keine Gotteslästerung dar, sondern sei vielmehr ein wissenschaftliches Verdienst.

Der Freispruch wurde sogar im fernen Amerika zur Kenntnis genommen, wo die *New York Times* die Entscheidung begrüßte und die Anklage »mittelalterlich« nannte. Aber wenn die Nachricht auch New York erreichte, so drang sie doch nicht bis ins Löwenfeldsche Kinderzimmer in Charlottenburg. Denn die sechsjährige Eva, die inzwischen noch zwei jüngere Brüder hatte, erreichte eine fröhliche Ansichtskarte aus Leipzig, wo ihre Eltern, so wie es aussah, einen kurzen Urlaub genossen. Keines der Kinder scheint, nicht einmal als Erwachsener, jemals von des Vaters Zusammenstoß mit dem Gesetz erfahren zu haben, noch erwähnte irgendein Nachruf die möglicherweise als beschämend empfundene Episode. Es dauerte fast ein Jahrhundert, bis die Nachfahren Löwenfelds durch einen alten Museumskurator des Tolstoischen Anwesens von der Anklage erfuhren.

1905 führten die Pogrome in Rußland zu einem Zustrom Hunderttausender Juden nach Deutschland, zumeist als Zwischenstation auf ihrem Weg nach Amerika. Löwenfeld ging zum Schlesischen Bahnhof in Berlin, um die ankommenden Flüchtlinge mit Lebensmitteln, Unterkunft, Geld und Orientierungshilfe zu unterstützen. All das war ein Echo von Tolstois Tätigkeit während der Hungersnot von 1891: Da die Regierung untätig blieb, hatte der Dichter ein eigenes Netz von Suppenküchen eingerichtet, sie mit studentischen Freiwilligen besetzt und war im tiefsten Winter im Schlitten über das verschneite Land gefahren, um selbst alles zu überprüfen.

1907 verlegte Löwenfeld das Schillertheater an seine neue und dauerhafte Spielstätte in Charlottenburg; damals war es das deutschsprachige Theater mit der größten Zahl an Sitzplätzen überhaupt. Im gleichen Gebäude befanden sich das Theater wie rückseitig das

Mietshaus, in dem die Löwenfelds lebten. Eine Treppe verband die Wohnung mit den Räumen hinter der Bühne, was Löwenfeld erlaubte, seine Mahlzeiten gemeinsam mit der Familie einzunehmen und dann gleich wieder zurück an die Arbeit zu eilen.

Löwenfeld scheint ein aufmerksamer Vater gewesen zu sein, vielleicht weil er wußte oder doch ahnte, daß er seine Kinder nicht mehr als Erwachsene erleben würde. Viele Jahre später pflegte Eva Ortmann zu sagen, sie sei als Kind verwöhnt worden, wenn auch nicht im materiellen Sinne; eher sei sie in emotionaler Hinsicht verwöhnt worden durch Eltern, die sie nicht bloß liebten, sondern sich auch überaus verständnisvoll zeigten.

Einmal war Löwenfelds Sohn Otto sicher, die Geduld seines Vaters überstrapaziert zu haben: In der Schule war er mit einem Jungen aneinandergeraten, der ihn antisemitisch beschimpft hatte. Otto, eigentlich sanftmütig, schlug seinen Widersacher. Die Schulleitung hielt Otto für den Schuldigen und kündigte einen offiziellen Tadel an, der mit der Post nach Hause gesandt werde. Das war in der Familie Löwenfeld bislang unerhört, und an dem Tag, als der Brief eintreffen mußte, versteckte sich Otto gemeinsam mit seiner zwei Jahre älteren Schwester als Beistand im entlegensten Winkel des Hauses. Heini, der jüngste, wurde angewiesen, den Vater beim Öffnen der Post zu beobachten und einen genauen Bericht seiner Reaktion zu erstatten. Wenige Minuten nachdem die Post eingetroffen war, erschien Heini im Versteck mit der Nachricht: »Papa hat gelacht.«

»Papa hat *gelacht*?«

»Ja, er hat gelacht, und dann hat er gesagt: ›Mein kleiner Makkabäus!‹, und dann hat er noch mehr gelacht.«[5]

Tags darauf erschien Ida Löwenfeld in der Schule und stellte fest, daß sie Gewalt generell nicht billige, sie in diesem Falle aber wohl berechtigt und der Tadel daher unangebracht gewesen sei.

Trotz ihrer sozialistischen Ideale hielt Ida Löwenfeld es für selbstverständlich, daß die täglichen Besorgungen von Dienstboten erle-

---

5 Nach dem Feldherrn Judas Makkabäus, der im 2. Jahrhundert v. Chr. erfolgreich den Aufstand der Juden gegen die syrischen Besatzer anführte; vgl. die Makkabäusbücher in den Apokryphen zum Alten Testament.

digt werden. Sie hatte ein Mädchen oder eine Gouvernante für jedes ihrer drei Kinder, dazu Haushaltshilfen, Köchinnen und Küchenmädchen. Zugleich machte es sie betroffen, wenn sie ihre Aussteuerschränke öffnete und feststellte, daß sie das feinste weiße Leinen für sie und ihren Gatten enthielten, während für die Betten der Mädchen kariertes grobes Zeug vorgesehen war. Jahrzehnte später öffnete Eva einen Schrank und fand die rotweißen Laken, die niemals benutzt worden waren.

Ida Löwenfeld faßte eine besondere Zuneigung zu einem ihrer Mädchen, das geringe Bildung, aber eine bemerkenswerte Intelligenz besaß. Sie schenkte ihr Theaterkarten und empfahl ihr gute Lektüre. Jahre später verließ die Frau Idas Dienste, heiratete einen Droschkenkutscher und bekam zwei Kinder. Eines Tages, als ihr Mann unterwegs war, öffnete sie den Gashahn. Als man sie fand, waren die Kinder tot, sie jedoch wurde wiederbelebt und des Mordes angeklagt. Man fragte sie, ob ihr Mann grob zu ihr gewesen sei. Sie verneinte. Ob er sie geschlagen habe? Hatte er nicht. Warum sie das dann getan habe? Sie antwortete, ihr Mann sei eben so ordinär.

Ida Löwenfeld war bestürzt. Sie bezeugte vor Gericht den guten Charakter der Frau, ebenso ihr Bruder Max. Die Bestrafung war milde, man nahm an, die Angeklagte sei nicht zurechnungsfähig gewesen. Ida jedoch fühlte sich schuldig, warf sich vor, den Horizont der Frau erweitert zu haben, obwohl es für sie keine Möglichkeit gegeben habe, dem Leben der Unterschicht zu entkommen, abgesehen vom Selbstmord. »Wir haben ihr das angetan« stellte Ida Löwenfeld fest.

Im Sommer verlebte die Familie ihre Ferien häufig auf Norderney. Ein Schnappschuß zeigt Raphael, Ida und die damals vielleicht siebenjährige Eva beim Strandspaziergang mit dem sozialdemokratischen Parteiführer August Bebel und seiner Frau. Die Winter bestanden aus Theaterbesuchen und Empfängen. Eva vergaß niemals die Weihnachtsfeier, die Serge Kussewitzky und seine Frau in ihrem Berliner Haus veranstalteten, als sie etwa zehn war. Im Foyer stand ein ungefähr zwei Stockwerke hoher Baum, dessen Zweige voll zahlloser handgeschnitzter russischer Spielsachen und anderer Dinge hingen.

Rundum standen livrierte Diener, jeder mit einer langen Stange, an deren Ende sich ein Haken befand. Die Kinder mußten bloß auf eines der Geschenke deuten, und schon gehörte es ihnen. Einige gingen mit einem Armvoll nach Hause, während Eva, um nicht unverschämt zu wirken, nur vier oder fünf mitnahm. Kussewitzky spielte offenbar den »Nußknacker« für die Kinder seiner Freunde.

Eva vertrat in späteren Jahren die Auffassung, ihre Kindheit und insbesondere ihr ungetrübtes Verhältnis zu ihrem Vater sei bei weitem zu idyllisch gewesen. Ohne jede Erfahrung mit der menschlichen Fähigkeit zu Selbstsucht und Unfreundlichkeit, sei sie mit unrealistisch hohen Erwartungen an andere aufgewachsen. Auch fühlte sie schon als kleines Kind Mitleid in Situationen, wo es anderen nicht so ging. Sie erinnerte sich einer Kindervorstellung des Schillertheaters von »Hänsel und Gretel«, bei der es sie sehr aufbrachte, daß die Hexe in den Ofen gestoßen wurde. Um sie zu beruhigen, brachte man sie hinter die Bühne, wo die Darstellerin der Hexe ihr versicherte, daß es sich ja bloß um ein Spiel gehandelt habe und niemandem wirklich etwas geschehen sei. Doch Eva war nach wie vor nicht zufrieden. Jemand warf ein: »Schließlich war das eine sehr böse Hexe.« – »Nein«, entgegnete Eva, »manche Dinge *kann* man nicht tun.«

Evas Vater verbrachte mehr und mehr Zeit in Sanatorien im In- und Ausland. Die genaue Natur seines Leidens ist nicht ganz klar: Er scheint nierenkrank gewesen zu sein und hatte sich zudem nie richtig von einer Typhusinfektion erholt. Aber in einer Familie, in der man die Kinder vor schlimmen Nachrichten bewahrte, sagte man Eva und ihren Brüdern nicht, wie es tatsächlich um ihn stand. Im Sommer 1910 allerdings, als er von einer Kur in Süditalien zurückgekehrt war, beobachtete Eva, wie er sich das Gesicht wusch. Als er sich langsam wieder vom Becken aufrichtete, begriff sie beim Anblick des Schmerzes und der Erschöpfung auf seinem Gesicht augenblicklich, daß er todkrank war. Er starb am 28. Dezember 1910, zwei Tage nach Evas 15. Geburtstag. Für die drei Löwenfeldkinder war der Verlust um so größer, als ihre Mutter sich vor Kummer ganz in sich selbst zurückzog und ihnen während der nächsten Jahre nur wenig Aufmerksamkeit schenkte. Und so jung Eva auch war, als ihr Vater starb, hatte sie doch einige seiner Wertvorstellungen übernommen: die Liebe zu Literatur und Kunst, eine gewisse Sorglosigkeit im Materiellen, Verantwortungsgefühl und Mitleid mit denjenigen, die Not litten, die Ablehnung von Intoleranz jeder Art, eine Unfähigkeit, Unrecht einfach hinzunehmen, und eine intensive Anhänglichkeit an diejenigen, die sie am meisten liebte. Diese Charakterzüge sollten sie in den Jahren des Nationalsozialismus einerseits in große Gefahr bringen, sie andererseits aber auch retten.

Im Sommer 1914 verbrachten Ida Löwenfeld und die Kinder die Ferien in Italien, während Europa in den Krieg schlitterte. Als die Löwenfelds nach Hause aufbrachen, waren die Bahnhöfe in Italien und Österreich bereits mit Reservisten auf ihrem Weg zu den Regimentern überfüllt. Ida war entsetzt von der Vorstellung des Krieges und angesichts der gedankenlosen Begeisterung dieser jungen Männer.

Wegen des Vorrangs des militärischen Bahnverkehrs wurde ihr Zug mehrmals umgeleitet. Als sie die Schweiz durchquerten, schlug Ida vor, auszusteigen und sich dort niederzulassen. Ihr Besitz hätte aus Berlin nachgesandt werden können. Doch fand keines der Kinder die Idee vernünftig, und ihre Mutter bestand nicht weiter darauf.

Ida Löwenfeld blieb eine leidenschaftliche Kriegsgegnerin. Als sie davon hörte, daß ein Neffe, ein entschiedener Zionist, sich freiwillig zum Kriegsdienst melden wollte, tat sie ihr Bestes, um ihn davon abzubringen. Warum sollte ein Zionist in einem solchen Krieg sein Leben riskieren, fragte sie ihn. »Ach, Tante Ida«, antwortete er, »ich bin doch auch Deutscher; das verstehst du einfach nicht.« Er fiel.

Ida Löwenfeld gab 20.000 Goldmark für Bestechungen aus, um ihre eigenen Söhne vor der Armee zu bewahren. Und sie hatte zumindest teilweise Erfolg: Otto wurde nicht eingezogen, aber gegen Ende des Krieges berief man den 18jährigen Heinrich ein. Seine Abreise an die Front verschob sich allerdings wegen einer Fußverletzung, die nicht heilte, da er die Wunde heimlich Nacht für Nacht wieder öffnete. Eva Löwenfeld meldete sich freiwillig zur Arbeit in einem Militärhospital, nicht aus patriotischen Motiven, sondern aus Mitleid mit den Kranken und Verwundeten.

Irgendwann im Jahre 1915 kaufte Ida Löwenfeld in der Tauentzienstraße ein und ließ ein Päckchen fallen. Da sie ziemlich kurzsichtig war, jedoch zu eitel, um ihre Brille in der Öffentlichkeit zu tragen, stand sie einen Augenblick etwas ratlos, bis ihr ein Soldat behilflich war. Sie erkannte in ihm Wolfgang Ortmann, mit dessen Eltern sie vor Jahren näheren Umgang gehabt hatte, und da sie mit jedem Soldaten Mitleid hatte, lud sie ihn zum Essen ein. Ortmann hatte es bislang fertiggebracht, allen militärischen Auseinandersetzungen fernzubleiben. Er, der im zivilen Leben Künstler war, hatte sich bei seinen Vorgesetzten eingeschmeichelt, indem er Porträts von ihren Ehefrauen, ihren Kindern und ihren Geliebten malte, und zwar in der berechtigten Annahme, daß man, solange er sie mit Bildern versorgte, seinen Verbleib in Berlin sicherstellen würde. Ortmann war 30 Jahre alt, evangelischen Glaubens und hugenottischer Abstammung, gutaussehend, gewinnend, freundlich und verheiratet. Er und seine Frau Rika, eine jüdische Zahnärztin, hatten eine dreijährige Tochter Ruth, genannt Muschi, und erwarteten ihr zweites Kind. Ob Ortmann von etwas anderem als der zu erwartenden Erbschaft der 19jährigen Eva angezogen wurde, läßt sich schwer entscheiden. Eva jedenfalls verliebte sich leidenschaftlich. Ortmann ließ sich von Rika scheiden, und Eva wurde 1916, gegen den Rat ihrer Mutter und anderer Familienmitglieder, seine zweite Frau. Kurz nach ihrem 22. Geburtstag gebar sie am 5. Januar 1918 eine Tochter und nannte sie Sibylle Renate.

Bei Kriegsende war Ida Löwenfeld noch immer eine vermögende Frau, die von den Einkünften ihrer drei Mietshäuser gut leben konnte. Unter ihren Mietern war in dem eleganten Gebäude in der Egerstraße 1 in Grunewald, in dem sie auch selbst wohnte, eine russische Emigrantenfamilie, die besondere Freude an Raphael Löwenfelds umfangreicher russischer Bibliothek hatte. Der Politiker Wladimir Dmitrijewitsch Nabokow beeindruckte Idas Kinder, indem er aus Prinzip darauf bestand, seine Schuhe selbst zu putzen – eine ungewöhnliche Haltung zu einer Zeit, in der man niedrige Arbeiten den Dienstboten überließ und das üblicherweise auch nicht in Frage stellte. Zur Zeit des Zaren war Nabokow ein ausgesprochener Gegner des offiziellen wie des inoffiziellen Antisemitismus gewesen, und seine Karriere hatte darunter gelitten, wie sein Sohn Vladimir Nabokov sich in seiner Autobiographie *Erinnerung, sprich* entsinnt. Als Eva das Buch mehr als 60 Jahre nach Wladimir Dmitrijewitsch Nabokows Ermordung las, sagte sie bedauernd: »Wenn wir gewußt hätten, wie anständig er sich den Juden gegenüber verhalten hat, so hätten wir ihm wenigstens danken können.«

Die Inflation der frühen zwanziger Jahre allerdings ließ Ida Löwenfeld ebenso wie zahllose andere Deutsche aus der Mittelschicht verarmen. Die Mietshäuser mußten für Summen verkauft werden, die schon bald nur noch Pfennige wert waren, und für den Rest ihres Lebens war Ida Löwenfeld auf finanzielle Unterstützung einer Nichte und eines Neffen angewiesen.

In der Nachkriegszeit verdiente sich Wolfgang Ortmann seinen Lebensunterhalt als Illustrator für Bücher und Notenhefte. Einige davon waren erotischer Natur wie etwa die Illustrationen zu Olaf Skolnars *Brevier des Junggesellen* von 1919, das den männlichen Lesern nahelegte, ihr Leben zu genießen und die »Wolfsgrube« der Ehe zu meiden. Ein Blatt zeigt einen gutgekleideten Mann, erkennbar ein Selbstporträt Ortmanns, nachdenklich vor einer hübschen jungen Frau, nackt bis auf die Strümpfe, die ihm aus der Mitte eines Spinnennetzes zulächelt und hinter ihrem Rücken ein Paar Fesseln verbirgt.

Auch im wirklichen Leben stellte sich Ortmann als für die Ehe ungeeignet heraus, zumindest mit Eva. Er erwies sich als unersättlicher Frauenheld, und die Blütezeit ihrer Beziehung war bald vorüber.

Eva bemerkte eines Tages eine junge Frau, die lange Zeit auf dem Gehsteig gegenüber ihrer Wohnung zubrachte und in die Fenster sah, offenbar in der Hoffnung, Ortmann zu erblicken. Zu dieser Zeit war die Ehe schon kurz vor dem Ende, und Eva erkannte in der verliebten jungen Frau ihr eigenes früheres Selbst. Sie bat ihren Mann allen Ernstes: »Das arme Mädchen ist noch *so* jung, was immer du mit ihr anstellst, tu ihr den Gefallen und *heirate* sie wenigstens nicht.«

Sibylle war drei Jahre alt, als ihr Vater schließlich auszog. Gesetzlich verpflichtet, Unterhalt für das Kind zu zahlen, schickte Ortmann keinen Pfennig. Freunde und Verwandte drängten Eva, ihn deswegen zu verklagen, doch sie lehnte ab. »Er ist bloß ein armer Kerl«, entgegnete sie. Allerdings ärgerte sie, daß sie sich selbst in verschiedenen Tätigkeiten aufrieb, um ihre Tochter mit dem Notwendigen zu versorgen, während Ortmann sich bei seinen gelegentlichen Besuchen mit großzügigen Geschenken als Weihnachtsmann aufspielte.

Am 5. Januar 1922, Sibylles viertem Geburtstag, kochte ihr Unmut über. Ortmann hatte versprochen, zu Sibylles Geburtstagsfeier zu kommen, aber als es losging, war nichts von ihm zu sehen. Sibylle nahm an der Feier so gut wie keinen Anteil, und während die anderen Kinder in der Wohnung spielten, wartete sie draußen auf ihren Vater. Als die Feier zu Ende ging, traf ein Telegramm Ortmanns ein, in dem er ihr einen schönen Geburtstag wünschte und bedauerte, selbst nicht kommen zu können. Sibylle brach in Tränen aus. Eva sagte Ortmann später, da er offenbar unfähig sei, seiner Tochter gegenüber die einfachsten Zusagen zu halten, sei es wohl besser, wenn er sie überhaupt nicht mehr sehe. Sibylle hatte daraufhin über zehn Jahre keinerlei Kontakt mehr zu ihrem Vater.

Als alleinstehende Mutter ohne eigenes Vermögen besaß Eva Ortmann nur eine marktgängige Eigenschaft, ihre Singstimme. Sie hatte Gesang studiert und 1920, auf Kosten ihrer Mutter, ein öffentliches Konzert gegeben, das bescheidene, aber positive Resonanz in den Zeitungen gefunden hatte. (Später erinnerte sie sich, als das Konzert begann, habe sie gedacht, sie könne eben nur ihr Bestes geben, und im gleichen Augenblick festgestellt, daß ihr das wahre Temperament zum Künstler fehle, für den eine mißlungene Vorstellung stets das Ende der Welt bedeutet.) Während der zwanziger Jahre sang Eva in Synagogenchören, gelegentlich bei Bühnenproduktionen oder trug in Kinos zu Stummfilmen Schlager vor. Sie trat aber auch als Solosängerin auf oder sang seit der Einführung des Tonfilms in Filmchören mit. Zeitweilig besserte sie ihr Einkommen auch auf, indem sie Diabetikern ihre Spritzen zu Hause in ihren Wohnungen verabreichte.

Obwohl Eva mitunter auch von vermögenderen Familienmitgliedern finanziell unterstützt wurde (darunter ihre Cousine Grete Marcus, die auch Evas Mutter unterstützte), führte sie ein ungesichertes Leben und mußte oft genug das Straßenbahngeld für den Weg zur Arbeit aus der Sparbüchse ihrer Tochter nehmen. Sie erinnerte sich, wie sie einmal die Wohnung auf der Suche nach Geld auf den Kopf gestellt hatte und bloß neun Pfennig finden konnte. Ohne den Groschen für die Straßenbahn konnte sie jedoch nicht zur Arbeit, und die Familie hätte nichts zu essen. Da fand sich eine österreichische Münze passender Größe, und klopfenden Herzens warf sie die zehn Geldstücke in die Straßenbahnkasse.

Auf dem Höhepunkt der Inflation, 1923, fiel der Wert der Mark mehrfach am Tag, und mit jeder neuen Festsetzung des Kurses erhöhten die Kaufleute ihre Preise, um Schritt zu halten. Wie andere Lohnempfänger wurde Eva am Ende ihrer Arbeitstages bezahlt und versuchte, das Geld rasch auszugeben, bevor es weiter an Wert verlor. Sibylle, die damals fünf Jahre alt war, erinnerte sich später, daß Eva sie zu dieser Zeit oft in einen Laden schickte, während sie selbst in einem anderen einkaufte, um so ein paar Minuten zu sparen und der nächsten Abwertung zuvorzukommen.

Mutter und Tochter lebten in einer Parterrewohnung in der Schlüterstraße 48, nur einen halben Block vom Kurfürstendamm entfernt. Hier bot sich einem heranwachsenden Kind ein günstiges Umfeld, denn die Schuraks, der Hausverwalter und seine Frau, waren vernarrt in Sibylle, und einer der Mieter, der junge Bühnenschauspieler Peter Lorre, hatte ein festes Abkommen mit ihr: Sie brachte ihm ihr Zeugnis, und fiel es gut aus (was stets der Fall war), belohnte er sie mit einer Mark.

Als Sängerin mit unregelmäßiger Arbeitszeit brauchte Eva jemanden zur Beaufsichtigung Sibylles, so daß immer ein Kindermädchen für ein kleines Salär, Verpflegung und Unterkunft die Wohnung mit ihnen teilte. Um über die Runden zu kommen, vermietete Eva die übrigen Räume der Wohnung.

Als Eva in den späten zwanziger Jahren einen ihrer Chorauftritte hatte, wurde sie auf einen ungewöhnlich schönen Bariton hinter sich aufmerksam. Er gehörte einem neuen Chormitglied, dem ehrgeizigen, acht Jahre jüngeren und einen Kopf kleineren Opernsänger Fritz Lechner. Seine Eltern, Gustav und Sophie Lechner, waren aus dem ländlichen Österreich-Ungarn vor Jahren nach Deutschland gezogen, um ihren Kindern bessere Ausbildungsmöglichkeiten zu verschaffen. Als man ihnen sagte, Berlin sei überfüllt, ließen sie sich in Stettin nieder, wo Gustav Lechner ein schlechtgehendes Möbelgeschäft betrieb. Zwei der Söhne erfüllten die Hoffnung ihrer Eltern und wurden Ärzte; den jüngsten, Fritz, mit seinem Traum von einer Opernkarriere verstanden sie nicht. Die unverhohlene Vorliebe der Mutter für seinen Bruder Alfred quälte Fritz zeitlebens.

In dem Verhältnis, das sich zwischen Fritz und Eva entwickelte, fand er neben einer Gefährtin auch eine Art mütterlicher Unterstützung; jedenfalls unterschrieb er seine Briefe an sie mit »Dein Junge«. Für Eva wiederum war es wichtig, einen Mann zu haben, der sich um sie kümmerte und um den sie sich kümmern konnte, allerdings hatte sie nicht die Absicht, Lechner zu heiraten oder zuzulassen, daß ihre Verbindung das Verhältnis zu ihrer Tochter beeinträchtigte.

Zwischen Eva und Sibylle entwickelte sich auf diese Weise eine ungewöhnliche Nähe und ein großen Vertrauen; von Anfang an mußten sie beide sich gemeinsam der Armut und den daraus resultierenden Unsicherheiten stellen. Doch trotz allem, was materiell fehlte, wuchs Sibylle in der Gewißheit überschwenglicher Liebe auf. Und auch Eva war trotz der zahlreichen Schwierigkeiten ihres täglichen Lebens nicht unglücklich. Jahrzehnte später erinnerte sie sich: »Einmal war ich den ganzen Tag herumgelaufen, von einer Arbeit zur anderen, und als ich nach Hause kam, war ich so erschöpft, daß ich mich aufs Sofa legte und die Augen schloß. Sibylle saß am Tisch und machte ihre Hausaufgaben mit einer Schreibfeder, die ich über das Papier kratzen hörte, und ich dachte: ›Solange ich dieses Kratzen höre, weiß ich, daß mit Sibylle alles in Ordnung ist. Und solange mit Sibylle alles in Ordnung ist, ist eigentlich alles in Ordnung.‹«

Kapitel I

»Wir baden friedlich in der Nordsee«

Juni und Juli 1932

Am 28. Juni 1932 fuhr die vierzehnjährige Sibylle Ortmann auf Kosten der Stadt Berlin mit dem Zug für sechs Wochen in ein städtisches Sommerlager auf der Nordseeinsel Sylt. Der fortschrittlich denkende Bürgermeister der Stadt, Gustav Böß, hatte ein Sommerlagerprogramm für bedürftige Schulkinder eingerichtet, das jährlich etwa 65.000 ärmeren Kindern die Möglichkeit eröffnete, Erholung und Unternehmungen an der frischen Luft zu genießen, sei es an der Küste oder im Gebirge. Der Hauptzweck allerdings bestand nicht in der Erholung, sondern der Aufütterung. Aufgrund der Hungerjahre während des Krieges, der Nachkriegsinflation und der Weltwirtschaftskrise war eine Generation junger Berliner unterernährt aufgewachsen. Regelmäßige Mahlzeiten mit großen Portionen nahrhafter Suppen sollten die Mangelernährung ausgleichen und die Kinder durch Gewichtzunahme für bevorstehende magere Zeiten stärken. Obwohl Sibylle ihrer Armut wegen für das Sommerlager in Frage kam, hatte es ihre Mutter doch nur ausnahmsweise am Essen fehlen lassen müssen, und sie selbst war eher etwas stämmig. Als die Lagerteilnehmer und ihre Familien auf den Zug warteten, waren sie und ihre Mutter – wie sie sich später erinnerten – verlegen über den Gegensatz ihrer eigenen offensichtlich gut genährten Erscheinung zu den hageren Gesichtern und mageren Körpern der Kinder aus ärmeren Vierteln.

Im Zug an die Nordsee war die fünfzehnjährige Renate (»Ate«) Flake ihre Gefährtin, deren Mutter, eine Schulärztin und politisch linke Aktivistin, dafür bezahlt hatte, sie ins Sommerlager schicken zu können. Am Abend ihrer Ankunft auf Sylt schrieb Sibylle ihrer Mutter eine Postkarte.

Sibylle aus Sylt an Eva Ortmann in Berlin

28. Juni 1932

Mein liebes süßes Muttichen!

Es geht mir gut!!! Ich habe eine herrliche Segelpartie hinter mir. Wir hatten teilweise rasenden Seegang. In unserer Gruppe sind die

Mädels von 7–16 Jahren. Meist so 11–12. Ausführlich kann ich Dir nicht schreiben, denn die Briefe werden hier gelesen, bevor sie abgehen. Deswegen werde ich mich in Zukunft fast ausschließlich auf Karten beschränken. Das kannst Du auch Lili usw. sagen.

Sibyllchen

Sibylles Mutter hatte im Sommer 1932 ebenfalls eine der seltenen Gelegenheiten, sich zu erholen. Mitte April war Max Reinhardts Inszenierung von *Hoffmanns Erzählungen,* in der Eva Ortmann eine Gesangsrolle hatte, nach fast fünf Monaten vom Spielplan genommen worden, und sie war wieder einmal ohne feste Anstellung. Anfang Juli reiste sie wegen ihrer Hüftbeschwerden auf Staatskosten zu einer einmonatigen Kur in ein pommersches Sanatorium.

Seit Anfang Juni hatte Deutschland Franz von Papen als neuen Reichskanzler, und Sibylle war begierig auf politische Nachrichten.

Sibylle aus Sylt an Eva Ortmann in Bad Polzin, Pommern

30. Juni 1932

Seit gestern mittag ist wieder herrliches Wetter. Heute bade ich zum dritten Mal.

Bitte schicke mir, falls das Paket schon abgegangen ist, keine Zeitungen, sondern schreibe mir brieflich alle politischen Neuigkeiten, wie sich die Nazis benehmen, was die Reparationskonferenz[6] vollbringt, oder was sie vielmehr nicht vollbringt, was mit dem Bayrischen Uniformverbot geworden ist, usw.[7] Es kommt mir ganz ko-

---

6 Zu der Zeit, als Sibylle schrieb, hielt sich Reichskanzler von Papen anläßlich einer internationalen Konferenz in der Schweiz auf, bei der es um die deutschen Reparationszahlungen aus dem Vertrag von Versailles ging. Er bemühte sich, die Gläubigernationen davon zu überzeugen, daß Deutschland angesichts der gegenwärtigen Wirtschaftskrise eine Erleichterung der Zahlungsforderungen benötige.

7 Noch im April schien Reichskanzler Heinrich Brüning von der katholischen Zentrumspartei fest im Amt. Reichspräsident Paul von Hindenburg hatte den zweiten Wahlgang der Präsidentschaftswahlen gegen Hitler gewonnen, und Brüning schien die Zeit reif für die Niederschlagung der politischen Gewalt, die in den deutschen Städten an der Tagesordnung war. Er bewog deshalb Hindenburg, ein Verbot der SA und anderer uniformierter paramilitärischer Organisationen zu

misch vor, daß in Berlin vielleicht Bürgerkrieg ist, und wir baden friedlich in der Nordsee und wissen von nichts.

Viele Grüße und Küsse!

Sibyllchen

Später, noch am gleichen Tag, folgte ein weiterer Brief.

Sibylle aus Sylt an Eva Ortmann in Bad Polzin, Pommern

30. Juni 1932.

Liebes Muttichen!

Ich fange meinen langen Brief schon heute an, trotzdem ich ihn erst morgen wegschicken will und eben erst eine Karte an Dich abgegangen ist. Ich habe nämlich die Absicht, Dir einen ganz ausführlichen Brief über alles von A–Z zu geben.

Na also: Erstens ist die Sache ganz, ganz anders als ich und Du es uns vorgestellt haben. Keine Spur von irgend einem politischen Geist, der darin steckt. Wir haben in unserer Gruppe, die bis jetzt nur aus 11 Mädels und Tante Lisa besteht, solche aus dem evangelischen Pfadfinderbund und andere, die zu Hause den »Vorwärts«[8] halten, sich aber wundern, daß ich Zeitung lese. Na, und so weiter! Aber sie sind alle, trotz ihrer Naivität, und manchmal Dummheit, sehr nett und freundlich und für die Ferien angenehm. Eine Ausnahme bildet ein sehr nettes 16jähriges Mädel (nebenbei bemerkt, die einzige Jüdin), die aber bereits vollständig Ate okkupiert hat, und eben diese Ate. Sie ist ein ganz verteufelt kluges, modernes, aber auch sympathi-

---

autorisieren. Dies allerdings erwies sich als sein Unglück. Denn der ehrgeizige General Kurt von Schleicher überzeugte Hindenburg davon, daß es Brüning im Volk an der populären Unterstützung fehle, die zum Regieren nötig ist, worauf der Reichspräsident den Kanzler zum Rücktritt aufforderte und seinen alten Freund Papen mit der Bildung des nächsten Kabinetts beauftragte. Papen suchte die Nationalsozialisten zu besänftigen, indem er das Verbot politischer Uniformen wieder aufhob. Die bayrischen Behörden bemühten sich um die Aufrechterhaltung der Ordnung und ließen deshalb ihr eigenes Verbot politischer Uniformen in Kraft.

8 Der *Vorwärts* war die traditionelle sozialdemokratische Tageszeitung und das offizielle Zentralorgan der Sozialdemokratischen Partei Deutschlands; er wurde im März 1933 verboten und stellte sein Erscheinen ein.

sches Mädel. Etwas zu selbstsicher und -bewußt, aber unbedingt angenehm!

Nun, gleich nach meiner Ankunft war ich gar nicht begeistert von Klappholtthal. Vor allen Dingen hat es mich aufgebracht, daß man die Post liest. Die Verordnung geht von diesem Leiter, Dr. Ahlborn, aus, und die Hortnerinnen, u. a. auch Tante Lisa, unsere Gruppenmutter, haben sich danach zu richten. Ich habe mich also gleich am ersten Tag bei Tante Lisa beschwert, die ich anfangs für sehr streng hielt. Sie ist aber in Wirklichkeit genau das Gegenteil. Sie ist absolut nicht der Meinung, daß man die Briefe von großen Mädels durchliest, aber sie ist ein ein bißchen unsicherer Mensch (soweit ich das bis jetzt beurteilen kann), und sie würde auf eigene Faust solch eine Verordnung nicht umstoßen. Man hat mir gesagt, daß sie meistens die Briefe gar nicht durchliest, sondern sie gleich zuklebt. Aber es ist eben das Prinzip, daß man einem fremden Menschen einen geöffneten Brief gibt, den dieser die Möglichkeit hat zu lesen. Ate und ich hatten die Absicht, uns gleich an Dr. Ahlborn zu wenden. Aber als ich merkte, daß Tante Lisa uns nur ungern sagte, es wäre ihre Pflicht, die abgehende Post zu lesen, da habe ich ein Experiment gemacht. Ich habe den Brief an Dich vor ihren Augen zugeklebt, und sie hat dazu nichts weiter gesagt.

Ich kann also in Zukunft schreiben, was ich will! Daher auch der lange Brief erst heute!

Also, das zweite, was mich ärgerte, war, daß man nachmittags 2 Stunden schlafen mußte, ohne dabei zu lesen oder zu schreiben. Das dritte, daß auch wir, die wir groß und kräftig sind wie Ate und ich, nur alle zwei Tage baden dürfen. Alles dies, besonders das mit der Post, hat in mir gefressen. Ate und ich haben also, von Tante Lisa unterstützt, beschlossen, unsere Klagen dem gefürchteten und gestrengen Herrn Dr. Ahlborn vorzutragen. Gestern abend sind wir nach oftmaliger Verschiebung endlich zur Untersuchung bestellt, und kurz entschlossen, nachdem sie schöne Augen gemacht hatte und von ihrer Mutter einen Gruß bestellt hatte, fragte Ate, ob Herr Dr. vielleicht so gut sein würde (Komma) uns zu erlauben (Komma) daß wir nachmittags beim Liegen lesen dürften. Nun, Herr Dr. war so gut. Er ist ein äußerst herablassender, von sich selbst eingenommener Herr. Meist ist er nicht so freigiebig mit Erlaubnissen, doch war seine Laune gestern golden, und so hat er dann nicht nur das erste, sondern auch das andere erlaubt. Es war eine 100prozentige Erfüllung aller je gehegten Hoffnungen. Die Sache mit der Post haben wir ihm nicht vorgetragen, die ist für uns durch Tante Lisa erledigt. Doch alles nur für uns drei: Ate, die 16jährige, die übrigens doch rein arisch ist, und mich. Dabei bin ich noch lange nicht die Drittälteste, es ist noch eine 14jährige und eine 15jährige. Aber ich gelte bei Tante Lisa und bei den Mädels scheinbar für sehr vernünftig. Na, ich glaube, ich bin es auch. Jetzt, wo alles so herrlich eingerichtet ist, finde ich es herrlich hier. Als wir nun heute um 7 Uhr zur Morgengymnastik gingen und oben auf der Düne standen, sah das auch wunderbar aus. Das Meer, das vorgestern noch so wild war, war eine tiefblaue Fläche, und am Horizont sah man ein weißes Segelschiff. Dazu der strahlende Himmel. (Das klingt beinahe wie eine Naturbeschreibung aus einem Roman.)

Die ärztliche Aufsicht hier ist ausgezeichnet. Wegen jeder Kleinigkeit kann man hinrennen und verbunden und verarztet werden. – Das Essen ist, wie wir schon dachten, ein bißchen auf Massenbetrieb eingerichtet. Aber es schmeckt sehr anständig. Nur ist es grade für mich schrecklich, daß es so viel dicke Suppen gibt. Das ist eingerichtet für alle die dünnen Sperlinge, die hier mit Gewalt gemästet werden. Man kann natürlich mit mir keine Ausnahme machen.

Viele 1000 Küsse und Grüße!

Sibyllchen

Eva Ortmann schrieb und erklärte, daß Sibylle keine besondere Auffütterung brauche, und fortan mußte sie nicht mehr Suppe essen, als sie mochte.

Sibylle aus Sylt an Eva Ortmann in Bad Polzin, Pommern

10. Juli 1932

Mein süßes Geliebtes!

Denke nur: den ganzen Sonntagnachmittag habe ich für mich ganz alleine!!!!, liege am Strand in unserer Burg und fühle mich unheimlich wohl ... Die übrigen spielen in den Dünen »Trapper und Indianer.«

Übrigens weiß ich jetzt mit Bestimmtheit, daß nicht der Bruder, sondern Ate Flake selbst das Kind von René Schickele[9] ist. Ich dachte es mir schon, nachdem wir 1/2 Stunde in der Bahn fuhren und genau nach einem Tag. Gestern hat sie es mir selbst gesagt. Ich glaube, sie ist darüber sehr traurig. Nicht direkt traurig, aber so was Ähnliches. Das nähere kann ich Dir erst zu Hause erzählen. Es ist mir noch was Komisches passiert, d.h. es war eigentlich nicht komisch. An meiner Burg kam ein einzelner Herr vorbei, der als Gast im Lager ist. Ich fragte ihn, wie spät es ist, und als er sagte, 1/2 7, und als ich sagte, daß ich es wahnsinnig eilig hätte, da wartete er 10 Schritte weiter. Es war ein freundlicher Sachse, der sich mit mir übers Wetter unterhielt und mit schneller ging, als ich sagte, daß ich schneller gehen müßte. Na, und als ich das beim Abendbrottisch erzählte, da wurde ich verflachst, daß ich vor Lachen nicht weiteressen konnte. Ich höre nur noch von meinem »Sachsen«. Überhaupt, wie Deine Tochter hier verdorben wird!! Na, reden wir nicht drüber! (Das ist hier Schlagwort.)

Nun sei 1000mal geküßt von Deinem Sibyllchen

Ate Flake fügte einen Absatz hinzu:

Liebe Frau Ortmann!

Eine Blüte von Tochter haben Sie sich da angeschafft, na, ich danke! Sie ist hier so verdorben worden, daß ich Ihnen nur raten kann, sie in Berlin nicht anzunehmen! Sonst wird sie Ihren guten Namen noch beflecken, und haben Sie überhaupt was für Sachsen übrig? Ich nicht, aber Sibylle!

Mit warnendem Finger

Ate

---

9 René Schickele (1883–1940), Romancier und Lyriker elsässischer Herkunft, war ein Jugendfreund des Schriftstellers Otto Flake (1880–1963). Als Pazifist verbrachte Schickele die Kriegsjahre im Schweizer Exil, wo auch Minna Flake lebte, von der sich Otto Flake schon vor längerem getrennt hatte. Ihre Tochter Renate (Ate) wurde dort 1917 geboren, und Otto Flake erfuhr erst später, daß Minna ihn auf der Geburtsurkunde als Vater angegeben hatte. Da er dem Kind keine Schwierigkeiten bereiten wollte, erhob er keinen Einspruch. Vgl. Otto Flake: *Es wird Abend. Bericht aus einem langen Leben.* Gütersloh 1960, S. 258.

Am 14. Juli schrieb Sibylle ihrer Mutter mit einer dringenden Bitte.

Sibylle aus Sylt an Eva Ortmann in Bad Polzin, Pommern

14. Juli 1932

Mein liebes Muttichen!

Ich schreibe heute keinen Brief, weil es etwas Besonderes, Neues zu berichten gibt, sondern weil ich Dich etwas bitten will. Nun, das ist eine lange Geschichte: Das Lager wird bewohnt von »Erholungskindern« und den »Gästen«. Hauptsächlich eben von Gästen. Der Strand zerfällt in 2 Hälften: Nordstrand und Südstrand. Am Nordstand baden die Erwachsenen, die Gäste (Kinder sind natürlich auch dabei), am Südstrand wir, die Erholungskinder. Nun war es bis zum letzten Jahr so, daß an beiden Stränden »Nacktkultur« getrieben wurde. Nachdem aber ein Mädel Stunk gemacht hat, ist das Nacktbaden am »Südstrand« verboten worden. Wir baden also jetzt, was natürlich nicht so gesund ist, mit Badeanzügen unter Aufsicht von einem ziemlich guten Schwimmer, der sich aber nicht sicher genug fühlt, mit uns da zu schwimmen, wo wir keinen Grund mehr haben. Der Haupt-Schwimmeister ist am »Nordstrand«, schwimmt einfach fabelhaft, hat nur keine Zeit rüberzukommen. Nun weißt Du doch, daß 4 Mädels von uns täglich baden. Wir wollen nun jeden zweiten Tag, wenn wir nicht mit der übrigen Gruppe und Onkel Albert baden, am Nordstrand mit Karl Hecht (dem Schwimmeister) schwimmen, brauchen jedoch (wegen dem »Nacktbaden«) eine besondere Erlaubnis. Du müßtest also ungefähr folgendermaßen schreiben:

Du hättest von Kindern, die im vorigen Jahr hier waren, erfahren, daß man hier Nacktkultur treibe, und hättest dies als besonderen Vorzug des Heims empfunden. Du hättest es bedauert, daß man davon in diesem Jahr hätte Abstand nehmen müssen. Doch bätest Du dringlichst, mir die Möglichkeit des Nacktbadens zu verschaffen. Hochachtungsvoll:

Mache diese Sache so schnell wie möglich!! Bitte! Denn der 1. Grund ist natürlich, daß wir mit Karl Hecht rausschwimmen können, 2. ist das Nacktbaden wirklich schöner. Noch dazu bei der Hitze. Ate hat sich daran nicht weiter gekehrt, ist einfach bis auf einen »Lendenschurz« nackt am Strand rumgelaufen, zum Ergötzen der Jungens und zur Wut einer Neuen, die sich das jetzt verbeten hat!!! Das Mädchen schläft neben mir! Na, die Ate sieht aber auch fein aus, von oben bis unten dunkelbraun gebrannt. Ich dagegen! Oh, diese Hitze! Kommt man raus aus dem Haus, so schlägt es einem entgegen wie aus einem Backofen. Ich bin zu allem zu faul. Die andern duschen jede halbe Stunde, das kann ich leider nicht, noch nicht mal baden. Eben ertönt furchtbares Geschrei aus dem Waschraum. Man hat alle samt Kleidern unter die Brause geschleppt. Tante Lisa auch. Mich leider nicht. Mehr und Geistreicheres zu schreiben bin ich völlig außerstande. Ich erwarte bald Deine Antwort mit dem Zettel drin.

Nimm 1000 Küsse
von Deinem Sibyllchen

Eva Ortmann zeigte sich von den Argumenten ihrer Tochter fürs Nacktbaden zwar amüsiert, jedoch keineswegs überzeugt. Sibylle und ihre Freundinnen schwammen also weiterhin am Südstrand. Das Ferienlager bot allerdings reichlich Entschädigungen.

Sibylle aus Sylt an Eva Ortmann in Bad Polzin, Pommern

17. Juli 1932

Liebe Mutti,
gestern war ich bei diesem Musikabend, von dem ich Dir erzählt hatte (»geschrieben«, natürlich). Also dieser Mann hat einfach großartig gespielt, Klavier. Zu Anfang Bach, dann Mozart, Beethoven und noch mal Bach. Wirklich schön! Ein herrlicher Flügel! Solche Abende sind 2 Mal in der Woche, ich freu mich schon aufs nächste Mal, übermorgen.

Sibylle

Papens Aufhebung des SA-Verbots hatte neue Straßenkämpfe zur Folge, die ihren Höhepunkt am 17. Juli erreichten, als 7.000 SA-Männer in vorsätzlicher Provokation durch einen kommunistischen Teil Hamburg-Altonas marschierten. Bei den darauffolgenden Straßenschlachten wurden 19 Menschen getötet. Dieses Blutvergießen lieferte Papen den Vorwand, drei Tage später die sozialdemokratische Preußische Staatsregierung zu entmachten, die er für den Zusammenbruch der Ordnung verantwortlich machte. Er rief das Kriegsrecht aus, ernannte sich selbst zum Reichskommissar für Preußen und ließ den Polizeikommandanten von Berlin verhaften. Statt einen Generalstreik auszurufen, der des Reichskanzlers Vorhaben hätte vereiteln, ihn gar hätte entmachten können, übergaben die gewählten Staatsbeamten bereitwillig und folgsam ihre Ämter. Durch die Übernahme der Preußischen Staatsregierung erhielt Papen die Verfügungsgewalt über die 100.000 Mann starke Berliner Polizei.

Sibylle aus Sylt an Eva Ortmann in Bad Polzin, Pommern

22. Juli 1932

Was sind das für Zustände in Berlin?!! Ich war ganz entsetzt und hatte noch von nichts eine Ahnung, als ich Deine Karte bekam (von Mittwoch) und bin sofort ins Lesezimmer gerannt. Das ist ja ganz fürchterlich alles!!! Man muß sich hüten, in Briefen oder Karten etwas zu schreiben, sonst kann es einem passieren, daß etwas abgefangen wird und man bestraft wird. Was sagst Du zu der Haltung der S.P.D.?

Ich bin ja gespannt, ob eine Wahl stattfindet oder nicht.[10] Ich weiß weiter gar nichts zu berichten, muß nur immer denken, was jetzt, wo ich hier in Klappholtthal sitze und mich amüsiere, vielleicht in Berlin alles passiert. Ich nehme an, Renate [Boenheim][11] wird vorläufig in Paris bleiben, anstatt am Ende der Ferien nach Hause zu kommen. Die arme Lili [Faktor][12], die noch 14 Tage in die Mark fahren wollte, wird es nun nicht tun, sicher!

Nimm viele tausend Küsse!

Dein Sibyllchen

---

10 Den Deutschen standen die Reichstagswahlen vom 31. Juli 1932 bevor.

11 Renate Boenheim, geboren im Juli 1916, war eine enge Freundin Sibylles, sowohl aus der Schule, als auch aus der Nachbarschaft, lebte sie doch nur ein paar Häuser entfernt in der Schlüterstraße 38. Ihr Vater, der Endokrinologe Felix Boenheim, war Vorsitzender des linksgerichteten Vereins Sozialistischer Ärzte und stand – obwohl er offiziell keiner politischen Gruppe angehörte – der kommunistischen Partei nahe.

12 Lili Faktor, Sibylles engste Freundin, war die Tochter des Theaterkritikers und Chefredakteurs am *Berliner Börsen-Courier,* Emil Faktor. Vgl. Klaus Täubert: *Emil Faktor. Ein Mann und (s)eine Zeitung.* Berlin 1994.

Sibylle aus Sylt an Eva Ortmann in Bad Polzin, Pommern

25. Juli 1932

Meine liebe Mutti,

was Du mir schreibst über die augenblickliche politische Lage, ist mir so auch ungefähr klar geworden. Ich meinte gar nicht, daß man Lili etwas tun wird, sondern daß ihr Vater in diesen Tagen nicht von Berlin fortfährt. Sie schreibt mir in jedem Brief, daß sie in der Atmosphäre zu Haus verzweifelt. Die Leute reden den ganzen Tag von Politik, Nazis, man kann das Gespräch auf nichts anderes bringen. Die Mutter hat einen Nervenzusammenbruch nach dem andern.

Sibylle

Kapitel II

»In den Staub«

Herbst 1932 bis Oktober 1933

Bei Schulbeginn nach den Sommerferien in der Fürstin-Bismarck-Schule waren die politischen Spannungen wiederum groß. Die eifrigste Nationalsozialistin des Lehrkörpers war die 58jährige Frieda Hertzer,[13] die Zeichnen unterrichtete. Sie hatte Sibylle bereits in der Vergangenheit einmal zu Tränen der Wut veranlaßt mit ihrer hämischen Beschreibung, wie russische Soldaten während der ersten Kämpfe des Jahres 1914 zu Tausenden in den ostpreußischen Sümpfen umgekommen waren. Nunmehr, augenscheinlich ermutigt durch Hitlers wachsende Macht, ging sie soweit, ihre Unterstützung der Nationalsozialisten vor der Klasse zu enthüllen. Sibylle erhob sich sofort und verließ den Raum; die Lehrerin, die zu Recht vermutete, sie solle beim Direktor dafür angezeigt werden, daß sie politische Belange ins Klassenzimmer getragen hatte, folgte ihr unmittelbar. Sobald Sibylle Schritte hinter sich hörte, ging sie rascher. Fräulein Hertzer beschleunigte ebenfalls. Als sie das Direktorenzimmer erreichten, liefen beide, so schnell sie konnten, und traten atemlos vor den überraschten Schulleiter. Sibylle erfuhr zwar nie, was der Direktor ihrer Lehrerin gesagt hatte, hatte aber den Eindruck, daß ihr der Sieg zugefallen war, erhielt sie doch ein Schreiben seines Sekretariats, daß ihr der weitere Besuch des Zeichenunterrichts erlassen sei.

Von einem Mathematiklehrer, von dem man wußte, daß er mit den Nationalsozialisten sympathisierte, wurde bekannt, daß er ein starker Raucher war, der die Pausen stets für eine rasche Zigarette im Lehrerzimmer nutzte. Sibylle und andere Gegnerinnen des Nationalsozialismus legten es nun darauf an, ihn zu quälen. Jedesmal gegen Ende des Unterrichts, sobald er sich darauf vorbereitete, rasch aus dem Raum zu stürzen, sah er sich plötzlich von Schülerinnen umgeben, die nie zuvor großes Interesse für Mathematik an den Tag gelegt hatten, nun jedoch dringende Fragen zum gerade durchgenommenen Stoff vorbrachten. Die Mädchen genossen das boshafte Vergnügen, ihren Leh-

---

13 Sie trat der NSDAP allerdings erst nach Hitlers Machtübernahme bei.

rer dabei zu beobachten, wie er sich zu beherrschen suchte, während die Minuten bis zum Beginn der nächsten Stunde verstrichen. Er verließ die Schule noch vor Ende des Schuljahrs, und als man ihn das nächste Mal sah, trug er bereits die braune Uniform der SA.

Sibylle empfand außerdem eine besondere Bitterkeit gegen ihren Englischlehrer, Dr. Mönkemeyer, der seinen politischen Sympathien geschickt genug Ausdruck verlieh, um Schwierigkeiten zu vermeiden. Bei einer Gelegenheit marschierte während des Englischunterrichts ein Trupp SA-Männer auf der Straße vorüber und sang eine Partei-Hymne. Sibylle erhob sich, ging zum Fenster und warf es mit einem Schwung zu, laut genug, um von der SA unten gehört und verstanden zu werden. Der Lehrer gab nicht zu erkennen, daß er etwas davon bemerkte, bat jedoch nur wenig später in freundlichem Ton eines der anderen Mädchen: »Ach, würdest du bitte das Fenster öffnen? Es weht heut morgen so ein frischer Wind.« Sibylle war empört.

Als nichtgläubige Jüdin hatte sich Sibylle in der Schule offiziell als »Dissidentin« eingetragen, was bedeutete, daß sie vom Religionsunterricht befreit war (protestantisch wie katholisch oder jüdisch), der ansonsten fester Bestandteil des Lehrplans war. Mit zunehmender Ausgrenzung der Juden allerdings wuchs ihre Identifikation mit dem Judentum, und gemeinsam mit Eva Tichauer und Lili Faktor belegte sie 1932 bei einem Aushilfslehrer Hebräischunterricht. Eva Tichauer erinnerte sich später, daß die erste biblische Geschichte, die sie lasen, die von Jona und dem Wal war – was sie nachträglich mit Blick auf das, was den deutschen Juden bevorstand, sehr passend fand.

Im Herbst 1932 sprachen Eva Ortmann, ihr Bruder und ihre Schwägerin, Heinrich und Jela Löwenfeld, bereits darüber, wohin sie emigrieren sollten, falls Hitler an die Macht käme. Heinrich hatte *Mein Kampf* gelesen: Dem Kindermädchen seines Sohnes war es von ihrem Freund geliehen worden, der versuchte, sie davon zu überzeugen, nicht mehr für Juden zu arbeiten. Eva war der Ansicht, Hitler meine, was er sage, und sah für die Juden keinerlei Zukunft in einem nationalsozialistischen Deutschland. Eva und die Löwenfelds saßen auf dem Balkon der Löwenfeldschen Wohnung, sprachen über in Betracht kommende Ziele und entschieden, das republikanische Spanien sei die attraktivste Wahl.

Im Oktober 1932 erhielt Eva Ortmann dann eine gute Nachricht in Gestalt einer Rolle in der Inszenierung des neuen Stückes von Ödön von Horváth, *Kasimir und Karoline*. Regie führte Francesco von Mendelssohn, mit dem ihr Bruder bereits seit ihrer Kindheit befreundet war. Die Proben sollten am 10. Oktober beginnen, und nach einer ersten Aufführung in Leipzig am 18. sollte das Stück am 25. November in Berlin eröffnen.

Am 2. November, vier Tage vor den Reichstagswahlen, traten kommunistische Transportarbeiter in einen Streik gegen die städtischen Berliner Verkehrsbetriebe, um gegen geplante Lohnkürzungen zu protestieren. Die Sozialdemokraten lehnten diesen Streik ab, die Nationalsozialisten unterstützten ihn. Jahre später erinnerte sich Eva Ortmann mit Bitterkeit, wie an den Straßenecken Nationalsozialisten und Kommunisten paarweise mit untergehakten Armen gemeinsam Flugblätter verteilten.

Am 25. November 1932 besuchte Sibylle die Premiere von *Kasimir und Karoline* im Berliner Komödienhaus. Zu den Personen des Stücks, das in München während des Oktoberfests spielt, gehört auch eine Gruppe von Mißgebildeten als Kirmesattraktionen – die sogenannten »Abnormitäten« –, deren einer, groß und schwer, den Oberkörper eines Gorillas hatte, aber einen Rock und Stöckelschuhe trug. Gegen Ende der ersten Hälfte stellt der Ausrufer, ein Liliputaner, den Affen als »Juanita, das Gorillamädchen« vor und verkündet dem Publikum, daß sie trotz ihrer äußerlichen Erscheinung empfindsam und gebildet sei, perfekt englisch und französisch spreche und nun eine Probe ihrer guten Singstimme zum besten geben werde. Gleichzeitig zog Juanita die Gorillamaske ab, und Eva Ortmanns langes braunes Haar fiel ihr über die Schultern. Es gab ein erstauntes Raunen, denn das Publikum hatte aus der Größe des Gorillas – Eva war 1,80 m groß und kräftig – geschlossen, daß ein Mann die Rolle spiele. Dann sang sie, begleitet von einem scheppernden Piano, die Barcarolle aus *Hoffmanns Erzählungen* von Offenbach. Das Publikum, das natürlich keine ausgebildete Sängerin erwartet hatte, raunte erneut. Am nächsten Tag schrieb der Kritiker Alfred Kerr im *Berliner Tageblatt*:

»Um die Mitte begann es, herrlich zu sein. Der wackre Liliputaner (sein Nam' ist Kurt Fabriel, grüß Sie Gott); das halbnackte Riesenweib, auf dem Zettel La Barré; hernach Juanita, Gorillamädchen, Fräulein Eva Ortmann, mit viel zu hübsch-konventioneller Stimme; das zusammen ergab Symphonisches ... durchmengt mit der unsterblichen Melodie gehäufter Weißwürste ... Ein bezaubernder Abend. Ja, wenn man im letzten Augenblick des Lebens weiß: daß Spaß und Güte die lohnenden Dinge hienieden gewesen sind – so darf immerhin diese Stunde vermerkt sein.«

Im Dezember und Januar hielten die politischen Verwicklungen an. Schließlich wandte sich Hindenburg Ende Januar 1933 an Hitler und beauftragte ihn mit der Regierungsbildung; in seinem Kabinett sollten von Papen und andere konservative Minister die Mehrheit stellen. In dieser Nacht feierten Zehntausende Braunhemden mit einem Fackelzug durchs Brandenburger Tor.

Am Abend des folgenden Tages saßen Eva Ortmann und ihr Lebensgefährte Fritz Lechner erwartungsvoll in ihrer Wohnung vor dem Radio, um Lechner singen zu hören. Kurz zuvor war er von der Städtischen Oper als erster Bariton für die bevorstehende Saison engagiert worden. Wie im Radio üblich, leitete der Sprecher die Übertragung ein, indem er die Liste der auf dem Programm stehenden Werke und die Namen der Künstler verlas, unter denen auch Lechner war. Aber noch bevor das Konzert begann, wurde die Sendung von der Ankündigung unterbrochen, daß Hitler jetzt erstmals als Reichskanzler zur Nation sprechen werde. Als sie Hitlers Rede hörten, wandte sich Eva Ortmann an Lechner und sagte nüchtern: »Fritz, du wirst *nie wieder* im Radio singen.« Lechner war aufgebracht: »Eva, wie kannst du so was sagen!«

Am 31. Januar bemerkte Evi Jessner in der Fürstin-Bismarck-Schule überrascht die ersten Anzeichen der politischen Veränderungen vom Vortag. Einige Mädchen, die man lange mit Hammer-und-Sichel-Ansteckern gesehen hatte, trugen nun Hakenkreuznadeln an den Aufschlägen.

Sibylle erhielt schon bald eine Aufforderung von der Schulleitung, wieder am Zeichenunterricht teilzunehmen. Fräulein Hertzer begrüßte ihr Wiedererscheinen in der Klasse, indem sie ankündigte, Aufgabe der heutigen Stunde sei, eine Jüdin zu zeichnen. Während die Mädchen schweigend zuhörten, wählte sie Sibylle als Modell, machte spöttische Bemerkungen über ihre vorspringende Nase, den dunklen Teint und andere semitische Züge. Punkt für Punkt stellte sie Sibylle der Musterarierin der Klasse gegenüber, ihrer besonderen Favoritin Eva Tichauer, deren wundervolles dunkelblondes geflochtenes Haar, blaue Augen und nordische Erscheinung sie aussehen ließen wie das »Gretchen« auf einem nationalsozialistischen Propagandaplakat. Nach diesem Vergleich atmete Fräulein Hertzer schwer und ihr Gesicht war von Triumph gerötet. Eines der Mädchen heuchelte Verwirrung und hob die Hand, um die Frage zu stellen: »Aber Fräulein Hertzer, wie ist denn das möglich, da Sibylle nur Halbjüdin ist und Eva zu hundert Prozent?« Die Lehrerin war fassungslos, Sibylle und ihre Freundinnen dagegen waren erfreut, wenn sich auch die unheilvollen Seiten des Vorfalls nicht gut übersehen ließen.

Im Februar wurde Eva Ortmann für den Chor von Hofmannsthals *Das große Welttheater* engagiert, das Max Reinhardt inszenierte. Reinhardt war seit über 25 Jahren die prägende Figur des deutschen Theaters und bislang, obwohl er Jude war, von den Nationalsozialisten noch nicht belästigt worden. Die Premiere war für den 1. März angesetzt, und als der Chor eines Abends mit dem schwedischen Leiter Einar Nilson probte, betrat ein uniformierter SA-Offizier den Saal. Er setzte Nilson davon in Kenntnis, daß einige Personen anwesend seien, die nicht hierher gehörten und nannte drei Sänger, allesamt Juden. Eva Ortmann war darunter, ebenso ein Herr Alexander. Die Nationalsozialisten wollten sie entlassen sehen, verkündete er. Nilson, der selbst eine jüdische Mutter hatte, antwortete: »Einverstanden, machen wir. Und morgen werden Sie sich um so viele neue Arbeitslose kümmern müssen« – mit einer Handbewegung deutete er auf den gesamten Chor – »denn ohne diese drei wird die Inszenierung nicht eröffnen.« Der SA-Offizier drehte sich auf dem Absatz um und ging; sie wurden nicht mehr gestört. Eva Ortmann fragte sich damals, ob der SA-Mann von höherer Seite beauftragt war oder sich lediglich einigen nationalsozialistischen Sängern, die ein Engagement suchten, gefällig erweisen wollte.

Reinhardt selbst war sich nicht zu fein, aus den veränderten Umständen seinen Vorteil zu ziehen. Ohnehin berüchtigt für die Anzahl der Proben, die er verlangte, verkündete er eines Abends, man werde ohne Pause sofort mit der nächsten Probe fortfahren. Herr Alexander protestierte und erinnerte Reinhardt daran, daß der Vertrag der Schauspieler-Gewerkschaft eine Ruhepause zwischen den Proben verlangte. »Mein lieber Mann«, entgegnete der Regisseur lächelnd, »diese Zeiten sind endgültig vorbei.«

Am Abend des 27. Februar betrat Herr Alexander den Probensaal in großer Aufregung. »Haben Sie schon gehört?« fragte er Eva Ortmann. »Die Kommunisten haben den Reichstag angezündet!« Sie antwortete, »Die Kommunisten haben schon genug Probleme. Warum sollten sie den Reichstag anzünden?«

An jenem Abend schwärmte die Polizei in ganz Berlin aus und verhaftete über 4000 Kommunisten, wobei sie auf Listen zurückgriff, die das Preußische Innenministerium noch während der sozialdemokratischen Regierungszeit als Planungsgrundlage für den Fall eines Verbots der Kommunistischen Partei zusammengestellt hatte. Um vier Uhr morgens kamen zwei Polizisten in die Schlüterstraße 33, nur ein paar Häuser neben Ortmanns, um den Vater von Sibylles Freundin Renate, Dr. Felix Boenheim, zu verhaften. Boenheim, der im Jahr zuvor zum Präsidenten der Internationalen Gesellschaft der Ärzte gegen den Krieg gewählt worden war, wurde glücklicherweise nicht in die Arrestzellen der SA oder ein Konzentrationslager gebracht, sondern ins politische Gefängnis nach Spandau, wo die Zustände noch vergleichsweise human waren.

Am nächsten Tag, dem 28. Februar, unterzeichnete Hindenburg eine Verordnung zur Verhängung des Ausnahmezustandes, der die verfassungsmäßigen Grundrechte außer Kraft setzte. Für den 5. März waren Wahlen angesetzt. Sie waren entscheidend für Hitlers Pläne, denn um den gesetzlichen Bestimmungen zu genügen, die ihm diktatorische Vollmacht geben würden, brauchte er die Zweidrittelmehrheit der tatsächlich anwesenden und abstimmenden Reichstagsmitglieder. Seine Strategie war zweigleisig; einerseits wollte er die Zahl der nationalsozialistischen Vertreter erhöhen, indem er auf die allgemeine Furcht vor einer Revolution der Roten setzte, andererseits beabsichtigte er, die kommunistischen Abgeordneten an der Stimmabgabe zu hindern, indem er möglichst viele von ihnen verhaften ließ und die übrigen in den Untergrund trieb.

Die Gewinne der Nationalsozialisten bei den Wahlen vom 5. März fielen geringer aus als erhofft; nach wie vor reichte es nicht für eine einfache Mehrheit aller Wählerstimmen. Weitaus mehr allerdings zählte als Folge der Wahlen, daß die entscheidende Abstimmung über diktatorische Vollmachten für Hitler im Reichstag stattfinden würde. Die triumphierenden Nationalsozialisten sahen sich im Besitz der absoluten Macht und feierten das mit Racheakten gegen Juden und Linke. Am 10. März, als die Angriffe gegen die Juden ihren Höhepunkt erreichten, schrieb eine von Sibylles Klassenkameradinnen ihr einen Brief.

Anneliese W. aus Berlin an Sibylle Ortmann in Berlin

10. März 1933

Sibylle Ortmann, Charlottenburg

Erinnerst Du Dich, mich einstmals mit dem Namen »Hitler-Rike« vor der Klasse beschimpft zu haben? Erinnerst Du Dich, mich ironisch gefragt zu haben, ob ich das Deutschlandlied auch singen könne? Nationale Schulfeiern: Das Deutschlandlied, von den deutschen Schülerinnen gesungen, erzeugte bei Dir nur ein mokantes Lächeln. Das Mördergesindel, Severings[14] liebe Kinder, durfte sich hier unter Moskaus Leitung in Christen- und Deutschenverfolgung üben. Immer waren die Opfer schuldig. Immer war das Mitleid Deiner Presse beim Verbrecher. Mit Ekel und Grauen denkt man dabei an das widerwärtige Betragen Deiner Presse den Mörder Reins herauszupauken. Sklarz, Sklarek, Kutisker, Helphand und Barmat,[15] diese schmierigsten und frechsten aller Schieber, haben mit dem roten Lumpengesindel das deutsche Volk, den deutschen Arbeiter betrogen und belogen. Linkskultur der Aasgeier, der »Schriftsteller« und »Künstler« deren einzige Kunst darin bestand, Deutschlands he-

---

14 Carl Severing (1875–1952), sozialdemokratischer Politiker, war 1921–1926 preußischer Minister des Innern, 1928–1930 Reichsminister des Innern im zweiten Kabinett Hermann Müllers, 1930–1932 wiederum preußischer Minister des Innern; gegen ihn und den preußischen Ministerpräsidenten Otto Braun richtete sich 1932 von Papens erwähnte Entmachtung der preußischen Regierung.

15 Jüdische Geschäftsleute, die während der Weimarer Republik in Finanzskandale verwickelt waren.

roische Tradition in den Schmutz zu ziehen und Rinnstein-Instinkte zu wecken. Nie war dieses Pack auf Seite der nationalen Deutschen, stets standen sie im Lager der Feinde Deutschlands. Du profitierst [sic] deutsche Bildung ohne Schulgeld und brachtest es zu Gipfelleistungen in bezug auf herausfordernde Arroganz. Du hast mir aber einen unvergeßlichen Anschauungsunterricht über Eure Artung erteilt. Ich zitiere den Großen Kurfürsten:[16] »In den Staub mit den Feinden Brandenburgs!«

Anneliese W.

Annelieses Brief versetzte Eva Ortmann in ernstliche Besorgnis, daß die Familie W. einen Trupp SA-Männer veranlassen könnte, ihre Tochter zu verprügeln. Tief verbittert über diesen Brief und fest entschlossen, dafür Sorge zu tragen, daß er nicht vergessen werde, heftete sie jedenfalls das handschriftliche Original mit einer getippten Abschrift zusammen ab.

Hitler hatte angekündigt, der Reichstag werde am 21. März in der Potsdamer Garnisonkirche, einem Schrein des preußischen Militarismus, wieder zusammentreten. Einige Tage vor dieser Zeremonie sprach ein Rabbiner zur Versammlung einer Berliner Synagoge, in deren Chor Eva Ortmann sang, über das bevorstehende Ereignis. Er bekannte, wie sehr er bedaure, daß ihnen als Juden nicht erlaubt sei, an dieser Feier des »wiedererwachten deutschen Geistes« teilzunehmen. Viele Jahre später erinnerte sich Eva Ortmann: »Ich konnte nicht glauben, was ich da hörte. Nachher änderte er dann seine Meinung, und er schickte seine beiden Söhne nach Holland. Doch fand man sie dort und brachte sie um.«

In den März fiel auch der Beginn der systematischen Austreibung der Juden aus den Künsten, den Universitäten und dem Geschäftsleben. Ideologische und wirtschaftliche Interessen gingen dabei Hand in Hand: Angesichts von Millionen Arbeitslosen bedeutete die Entfer-

---

16 Friedrich Wilhelm (1620–1688), genannt der Große Kurfürst, Schöpfer des einheitlich brandenburgisch-preußischen Staates und Ahnherr der preußischen Könige. Das Zitat ist in der Variante »In den Staub mit allen Feinden Brandenburgs!« geläufig vor allem aus der Schlußszene des Kleistschen Schauspiels *Prinz Friedrich von Homburg* (1821).

nung der Juden aus ihren Stellungen nicht nur eine »Säuberung« der deutschen Gesellschaft von ihrem Einfluß, sondern zugleich die Schaffung von Berufsaussichten für Nichtjuden. Am 11. März wurde die Berliner Städtische Oper von SA-Männern besetzt, die die Absetzung des Direktors und anderer langjähriger Angestellter forderten. Schon bald darauf wurden die Verträge aller jüdischen Sänger und Musiker, unter ihnen auch Fritz Lechner, aufgehoben.

Die Regierung kündigte an, daß jüdische Ärzte, die linken politischen Parteien angehören, aus dem Staatsdienst entlassen und ihnen das Praktizieren an öffentlichen Krankenhäusern verboten werde. Der Psychoanalytiker Heinrich Löwenfeld, der jüngere von Eva Ortmanns beiden Brüdern, konnte als Mitglied sowohl der linksextremen Unabhängigen Sozialdemokratischen Partei als auch des Vereins Sozialistischer Ärzte mit Sicherheit annehmen, daß sein Name auf den Listen der Nationalsozialisten stand. Nichtjüdischen Mitgliedern des Vereins Sozialistischer Ärzte, darunter der Ehemann und der Sohn der Künstlerin Käthe Kollwitz, wurde die Behandlung von Patienten der gesetzlichen Krankenversicherung verboten; die Behörden behielten sich jedoch die Möglichkeit einer künftigen Wiedereinsetzung derjenigen vor, die mit dem neuen Regime einverstanden waren.

Heinrich und Jela Löwenfeld waren mit Hans Kollwitz, dem Sohn von Käthe Kollwitz[17], und seiner Frau befreundet. Beide Familien hatten Kinder, die 1930 geboren worden waren: Andreas Frank Löwenfeld und Arne Andreas Kollwitz. Sie waren Spielkameraden und hatten vor nicht allzu langer Zeit das Interesse eines Photographen gefunden, während sie gerade Ball spielten. Ihr Bild erschien auf der Titelseite einer nationalsozialistischen Zeitschrift mit der Unterschrift »Unsere deutsche Jugend«.

---

17 Am 14. Februar hatte eine Gruppe Intellektueller, darunter Käthe Kollwitz und der Romancier Heinrich Mann, unter extremem Risiko einen »Dringenden Appell« veröffentlicht, der die Linksparteien für den 5. März zur gemeinsamen Abstimmung aufrief, um Hitler am Erreichen der absoluten Macht zu hindern. Sie schrieben: »Sorgen wir dafür, daß nicht die Trägheit der Natur und die Feigheit des Herzens uns in die Barbarei versinken lassen.« Am Tag darauf wurden Käthe Kollwitz und Heinrich Mann aus der Preußischen Akademie der Künste ausgeschlossen.

Im März 1933 lud die Familie Kollwitz Jela und ihren Sohn ein, sie zu besuchen, und Jela nahm ihre Nichte Sibylle mit. Als sie ankamen, waren sie schockiert, eine Hakenkreuzfahne am Haus von Hans Kollwitz zu sehen. Ihr erster Gedanke war, sofort umzukehren, aber die Familie hatte sie bereits gesehen und kam zu ihrer Begrüßung an die Tür. Hans Kollwitz erklärte entschuldigend: »Wir müssen so vorsichtig sein, wegen meiner Mutter.« Das älteste ihrer Kinder, Peter, so alt wie Sibylle, trug die Uniform der Hitler-Jugend.

Jahrzehnte später sagte Jela Löwenfeld in einem Interview: »Nun glaube ich, daß der Sohn von Käthe Kollwitz in seiner Seele kein richtiger Nazi war und irgendwie auch nur dazugehörte, aber er wollte sich schützen. Er war nicht stark genug zu sagen: ›Ich verlasse Deutschland, weil ich als Sohn von Käthe Kollwitz gezeichnet bin.‹ Man kann verstehen, daß er das nicht wollte. Es kann nicht jeder Mensch zu seiner Überzeugung stehen – dazu war er zu schwach. Er war kein schlechter Mensch! Ein netter Mensch.«[18]

Jela Löwenfelds Aussage legt nahe, daß sie an Hans Kollwitz' Stelle Deutschland auf jeden Fall verlassen hätte. Doch bleibt zu bedenken, daß ihr und ihrem Mann der Entschluß zur Emigration leichtfiel, da die Nationalsozialisten ihnen keine andere Wahl ließen. Hans Kollwitz ging in seiner vorgeblichen Loyalität dem neuen Regime gegenüber zweifelsohne weiter als viele andere. Für jemanden in seiner Situation, der eine Frau und vier Kinder zu versorgen hatte, war die Versuchung allerdings auch groß, den Nationalsozialisten Lippenbekenntnisse zu machen, seine Gedanken für sich zu behalten und zu hoffen, die Regierung Hitlers werde nur von kurzer Dauer sein, wie wohl viele annahmen.

Im Laufe des März ging das Kindermädchen der Löwenfelds, eine Arierin, während eines Spaziergangs mit Andreas, der noch nicht ganz drei Jahre alt war, in ein Geschäft. Als das Kind einige Waren anfaßte, sagte der Ladeninhaber zu ihm: »Na ja, Du bist auch ein Judenjunge, nicht wahr, der sich nicht zu benehmen weiß.« Die junge Frau fuhr ihn an: »Und Sie wollen ein Gentleman sein und beleidigen ein

---

18 Hajo Funke: *Die andere Erinnerung. Gespräche mit jüdischen Wissenschaftlern im Exil.* Frankfurt a. M. 1989, S. 238.

kleines Kind?« und verließ sofort den Laden. Andreas' Eltern entschlossen sich, den Jungen zu seiner Großmutter ins weniger aufgewühlte Jena zu schicken, um das Kind vor weiteren derartigen Erfahrungen zu bewahren.

Otto Löwenfeld, der ältere von Eva Ortmanns beiden Brüdern, der als Anwalt in Berlin arbeitete, erhielt den Brief eines Gegners in einem schwebenden Verfahren.

Ein ungenannter Rechtsanwalt aus Berlin an Otto Löwenfeld in Berlin

Herrn Rechtsanwalt –

Der Ton Ihres Schreibens i/Sachen Hönigsberg-Rosenzweig erscheint mir unangebracht. Ich habe durchaus nicht die Absicht, die Angelegenheit zu verschleppen. Ich wäre Ihnen daher sehr verbunden, wenn Sie Ihren Mandanten den Rat geben, mit Abgabe von falschen eidesstattlichen Versicherungen vorsichtig zu sein. Im heutigen dritten Reich müssen die jüdischen Eingewanderten mit derartigen Manipulationen besonders vorsichtig sein. In anderem Falle kann es ihnen passieren, daß wir sie kurzerhand unter dem Brandenburger Tor aufhängen. Das gleiche gilt für jüdische Anwälte, die einen unsachgemäßen Ton anschlagen, der bei mir besonders unangebracht ist.

Hochachtungsvoll –

Gegen Ende März flaute die Gewalt gegen die Juden etwas ab, nachdem das American Jewish Committee für den 27. März in New York eine große Veranstaltung angekündigt hatte, um gegen den nationalsozialistischen Antisemitismus zu protestieren und einen internationalen Boykott gegen deutsche Waren zu fordern. In banger Erwartung der wirtschaftlichen Auswirkungen eines solchen Boykotts zügelte die Regierung die SA und unternahm einige Anstrengungen, um Beobachter von ihrem Wohlwollen gegenüber den Juden zu überzeugen. Gleichzeitig übten die Nationalsozialisten großen Druck auf die deutschen jüdischen Organisationen aus, ihre amerikanischen Gesprächspartner zu überreden, die geplante Veranstaltung abzusagen und jede weitere Erwähnung eines Boykotts aufzugeben. Die amerikanischen Organisatoren wiesen diese Bitten der deutschen Juden indessen als erzwungen zurück und verkündeten, die Versammlung werde wie geplant stattfinden. Als die Nationalsozialisten erfuhren, daß ihre Bemühungen fehlgeschlagen waren, entschlossen sie sich wütend, es ihren Gegnern mit gleicher Münze heimzuzahlen: Wenn Deutschland von den Juden boykottiert werden sollte, dann mochten die Juden zuvor erfahren, was es bedeutete, von den Deutschen boykottiert zu werden. Und am 27. März, dem Tag der New Yorker Veranstaltung, verkündeten die Nationalsozialisten ihre Absicht, »scharfe, absolut legale Verteidigungsmaßnahmen« gegen die wirtschaftlichen Interessen der deutschen Juden zu ergreifen.

Am 27. März nahm eine Gruppe Schülerinnen der Fürstin-Bismarck-Schule, unter ihnen Sibylle, einen Zug, um zur schuleigenen »Hütte« zu gelangen, die unweit Berlins auf dem Land lag. Das Ende des Schuljahrs rückte näher, und der Ausflug bot die Gelegenheit, einige Tage der Erholung mit schulischer Arbeit zu verbinden. Sibylle schrieb ihrer Mutter am Tag nach ihrer Ankunft in der Hütte:

Sibylle aus Chemnitzerheide bei Ferch / Mark Brandenburg an Eva Ortmann in Berlin

28. März 1933

Meine liebe Mutti!

Wir sind (selbstverständlich) glänzend angekommen, haben uns gestern bei schönem Wetter gebräunt und ausgetobt. Die Laune war glänzend, ich war besonders albern (bei mir ziemlich ungewohnt). Das ist aber auch nötig, um nicht immerzu an Berlin zu denken. Nach ruhig verlaufener Nacht bin ich heute fast als erste aufgestanden und habe schon vor 7 Uhr mit Evi einen herrlichen Morgenspaziergang gemacht. Die Leute in den Junkershäusern waren äußerst erstaunt, daß Stadtkinder so früh aufstehen können. Diese ersten zwei Tage führen wir ein Faulenzerleben, dann kommt die Bernstein, die uns übrigens sehr nett zum Empfang geschrieben hat, und dann werden wir wohl den halben Tag zu arbeiten haben. Wie geht es Löwenfelds? Hat sich der neue Mieter gemeldet? Hoffentlich geht es Euch allen gut!

Sibylle

Am gleichen Tag verkündeten die Nationalsozialisten in Berlin, daß in vier Tagen der Boykott gegen die Juden beginnen werde, am 1. April, morgens um zehn Uhr.

Trotz der offiziellen Anordnung der Regierung, daß »keinem Juden auch nur ein Haar gekrümmt« werden dürfe, hielten viele Juden, unter ihnen auch Eva Ortmann, dies für Propaganda und fürchteten einen bevorstehenden blutigen Pogrom. Diese Besorgnis teilte auch die Schulleitung der Fürstin-Bismarck-Schule, die am 31. März Lehrpersonal zur Hütte sandte, um die jüdischen Mädchen noch rechtzeitig nach Berlin zurückzubringen, damit sie am nächsten Morgen, wenn der Boykott begänne, zu Hause bei ihren Familien und in Sicherheit wären.

Nach Anneliese Ws. Brief glaubte Eva Ortmann jedoch nicht daran, daß ihre Tochter zu Hause wirklich sicher wäre. Sie verabredete deshalb, daß Sibylle am 1. April mit dem Zug nach Jena fuhr, um dort bei Anna Herschkowitsch, Jela Löwenfelds Mutter, zu bleiben. Jelas 28jährige Schwester Elsbetha (Elsi) Herschkowitsch holte sie vom Jenaer Bahnhof ab.

Am Morgen des 1. April erschienen zwei Nationalsozialisten im Krankenhaus Lankwitz, der Berliner psychiatrischen Klinik, in der Heinrich Löwenfeld arbeitete, und verteilten antisemitische Flugblätter. Löwenfeld forderte sie auf zu verschwinden, da Propaganda dieser Art zur Verstörung der Patienten führe. Die beiden gingen, kamen jedoch eine halbe Stunde später zurück und setzten die Verteilung ihrer Flugblätter fort. Als dann eine Gruppe uniformierter Nationalsozialisten an der Pforte des Hospitals erschien, nahm das Personal an, sie seien gekommen, um Heinrich zu verhaften. Tatsächlich waren sie auf der Suche nach einem Freund und Kollegen von ihm, Heinrich Winnik, einem aus Rumänien stammenden Arzt, der in Wien gelebt hatte, bis antisemitische Schläger ihn davon überzeugten, daß Berlin für einen Juden ein sichererer Ort zum Leben und Arbeiten war.

Sie fragten ausdrücklich auch nach einem weiteren Arzt, einem nichtjüdischen Kriegsveteranen mit politisch rechten Sympathien, auf dessen Hilfe bei der Identifizierung Winniks sie zählten. Der erschien auch umgehend und sagte seine Unterstützung zu; doch während er noch mit ihnen sprach, eilte eine von ihm gesandte Krankenschwester zu Winnik, um ihn zu warnen und zu sofortiger Flucht zu veranlassen. Sowohl der Arzt als auch die Schwester müssen sich des Risikos bewußt gewesen sein, das sie eingingen, denn selbst wenn sie nicht unmittelbar dabei erwischt werden sollten, wie sie Winnik zur Flucht verhalfen, hätten sie doch später noch jederzeit angezeigt werden können.

Heinrich Löwenfeld hatte sich vorsichtigerweise angewöhnt, sein Auto auf der Rückseite der Klinik zu parken, für den Fall, daß eine unauffällige Flucht nötig werden sollte. Als er erfuhr, daß die Nationalsozialisten nach Winnik suchten, der politisch ein unbeschriebenes Blatt war, begriff er, daß seine eigene Verhaftung unausweichlich war, war er doch nicht nur Jude, sondern auch für die politische Linke aktiv. Die beiden Ärzte verließen das Gebäude unbemerkt durch einen Hinterausgang und fuhren zunächst zu Löwenfelds Wohnung, um Heinrichs Frau mitzunehmen. Anschließend ging es zum Haus von Jelas verheirateter Schwester Rosa, deren Mann, der Musikwissenschaftler Fritz Oberdörfer, kein Jude war. Winnik konnte sich dort verstecken während er auf eine Gelegenheit wartete, das Land zu verlassen. Die Löwenfelds entschlossen sich, nach Frankreich zu fahren und in Jena einen kurzen Aufenthalt einzulegen, um sich von Andreas zu verabschieden. Ohne Zeit, noch auf Sibylle und Elsi zu warten, die jede Minute vom Bahnhof zurückkommen mußten, verabschiedeten sie sich hastig und versicherten Andreas, daß seine Mutter Ostern wieder bei ihm sein werde. Die Herschkowitschs waren überrascht: Bis dahin waren es noch 15 Tage, und es war noch keineswegs ausgemacht, daß sie diese Verabredung auch würde einhalten können. Falls Jela es nicht schaffen sollte, wie versprochen wiederzukommen, würden schließlich sie mit der Enttäuschung des Kindes umgehen müssen.

Kurz nach ihrer Abfahrt kamen Sibylle und Elsi vom Bahnhof zurück. Sibylle, die erwartete, nicht länger als acht oder zehn Tage zu bleiben, wurde das sechste Mitglied des Haushalts, der aus Frau Herschkowitsch, ihren Töchtern Elsi und Nani, ihrem Sohn Wolfgang und ihrem Enkel Andreas bestand.

Sibylle aus Jena an Eva Ortmann in Berlin

2. April 1933

Mein liebes Süßes!

Heute kommt ein ausführlicher Bericht; die Karte gestern war nur zu Deiner Beruhigung. Ich habe mich schnell hier eingelebt und fühle mich ausgezeichnet wohl. Ich werde hier mehr als Pensionärin als als Gast behandelt, und das ist einerseits ganz gut. Herschkowitsches sind sehr nett, besonders Elsi, die Jela ungeheuer ähnelt. Alle sagen »Sie« und sogar manchmal »Fräulein« zu mir, was mir äußerst unangenehm ist. Frau Dr. ist sehr ernst und arbeitet den ganzen Tag im Haushalt. Sie hat besonders jetzt furchtbar viel zu tun, da sie 4 Zimmer im Haus zu räumen hat, und das ist wie ein richtiger Umzug. Wulli oder Wolfi ist furchtbar still und sitzt fast den ganzen Tag in seinem Zimmer. Mariannchen oder Nani ist einfach reizend, aber leider gestern mittag nach Berlin gefahren für die ganzen Ferien. Am Vormittag hat sie, als ich ihr aus einem Bilderbuch vorlas, immerzu »Süßer Engel« zu mir gesagt. Und nun Andreas: Während ich morgens (Sonntag) im Bett liege und an Tante Eva schreibe, sitzt er in seinem neuen blauen Anzug neben mir und schreibt auch an Tante Eva. Und zwar: »einen schönen Gruß an Tante Eva, und die Mama soll Ostern kommen! Noch einen schönen Gruß an Lili und dann noch an Otto und Annemarie.« Dann ist der Brief fertig, und ich soll in die Stadt gehen und ihn schnell wegbringen. Als man ihm sagte, daß ich käme, sagte er zuerst: »Ich glaube nicht, daß Sibylle kommt« und schließlich: »Dann kommt sie aber mit der Tante Eva!« Er redet andauernd von seiner Mama und daß sie bestimmt Ostern käme; dann kann ich das gar nicht anhören.

Ich habe gestern nachmittag einen Streifzug durch die festlich aufgeregte und geflaggte Stadt unternommen. Vor jedem jüdischen Geschäft (von denen es hier eine ganze Menge gibt) standen S.A.-Leute mit gelben Schildern: Achtung, hier jüdischer Betrieb, kauft nicht beim Juden, wer beim Juden kauft, wird öffentlich genannt, usw. Die Leute, die doch reingingen, wurden geknipst. Es war erhebend. Endlich wird ja diese jüdische Wirtschaft mal anders werden.

Hoffentlich geht es Dir ausgezeichnet!! Schreib mir, wie es Dir geht, was Du der Bernstein geschrieben hast, ob der Mieter gekommen ist, usw. Lili bringt Dir Dienstag mein Zeugnis, schicke es mir bitte gleich.

Andreas wartet schon ungeduldig auf mich. Daher
100000 – – Küsse und Grüße von allen
Deine Sibylle

Eine weitere Familie, die vom Boykottag betroffen war, war die Eva Tichauers. Am Morgen des 1. April malten Nationalsozialisten schwarze Kreise um die Schilder, die das Büro ihres Vaters als Rechtsanwalt und Notar anzeigten. Theodor Tichauer wollte seine Familie noch am selben Tag nach London bringen, schrieb seine Tochter später, zögerte dann jedoch: Er war Sozialist, kein Kommunist, und als dekoriertem Weltkriegsveteran stand ihm eine bevorzugte Behandlung zu. (Ihm war an der Westfront das Eiserne Kreuz zweiter Klasse verliehen worden, obwohl er persönlich stolz darauf war, daß er vier Jahre Krieg überstanden hatte, ohne jemals jemanden getötet zu haben.) Seine Frau Erna hatte ihren eigenen Orden, weil sie Gold für die Kriegsaufwendungen gestiftet hatte. Also blieb die Familie in Berlin. Tichauer bat als ehemaliger Frontsoldat um die Erlaubnis, seinen Beruf weiterhin ausüben zu dürfen, und sein Antrag wurde genehmigt.

Der Boykott wurde nach dreitägiger Pause nicht fortgesetzt; die Nationalsozialisten erklärten, er habe seinen Zweck erreicht und die Juden gezwungen, ihre Verleumdung Deutschlands zu mäßigen.

Als der Boykott vorüber war, konnten die jüdischen Ladenbesitzer ihre Geschäfte wieder aufnehmen, für Tausende Juden in freien Berufen und in der Beamtenschaft – eine Kategorie, die das gesamte Lehrpersonal umfaßte – blieben die Auswirkungen jedoch dauerhaft. »Um die Schulen vor Unruhe zu bewahren«, verkündete die zuständige preußische Bürokratie am 1. April die sofortige Beurlaubung sämtlicher jüdischer Lehrer in Berlin. Diese Beurlaubung wurde schon bald in eine dauerhafte Freistellung umgewandelt.

Am 3. April schrieb Sibylle erneut nach Hause, tief besorgt um die Sicherheit ihrer Mutter. Sie hatte inzwischen auch von der Absetzung von *Das große Welttheater* nach nur 31 Vorstellungen gehört. Eva Ortmann erinnerte sich später, daß die Nationalsozialisten lebende Mäuse im Zuschauerraum hatten laufen lassen, um die Aufführung zu stören und vorzeitig zu beenden.

Sibylle aus Jena an Eva Ortmann in Berlin

3. April 1933

Liebe Mutti!

Warum schreibst Du nicht? Ich bin schon drei Tage hier, habe Dir dreimal geschrieben und keine Antwort! Du kannst Dir doch denken, daß ich mich ängstige. Du brauchst mir nur immer einen Gruß zu schreiben und daß es Dir gut geht. Das genügt völlig. Du bist ja *leider* gestern zum letzten Mal im Deutschen Theater gewesen und hast jetzt mehr Zeit. Ich habe die Absicht, Sonntag nach Weimar zu fahren.

Eben bekomme ich den Brief von Gerda H., den Du mir nachgeschickt hast, da bin ich ja etwas beruhigt. Die Bernstein ist beurlaubt. Ich konnte mich nun gar nicht verabschieden.

Viele Küsse, Sibylle

Am nächsten Tag war Sibylle noch beunruhigter.

Sibylle aus Jena an Eva Ortmann in Berlin

4. April 1933

Du bist aber schrecklich!!! Schon zwei Tage keine Post von Dir. Und da schimpfst Du auf mich, die ich doch wohl behütet bin. Wenn Du krank wirst oder irgendwas, dann erfahr ich das von keinem Menschen. Du brauchst nur auf 'ne Karte zu schreiben: »Mir geht es gut! Mutti« und diese in den Kasten zu werfen.

Gruß + Kuß Sibylle

Am gleichen Tag erhielt Sibylle einen Brief ihrer Mutter, in dem sie berichtete, daß nicht nur Fräulein Bernstein und Fräulein von Eppenstein, eine getaufte Jüdin, sondern auch die Zeichenlehrerin, Fräulein Hertzer, beurlaubt worden waren. Demzufolge war auch die engagierteste Nationalsozialistin des Kollegiums Jüdin. Eva Ortmann schrieb, man habe ihr mitgeteilt, daß drei Schülerinnen, darunter Lili Faktor und Sibylle, der Schule verwiesen würden. Sibylle antwortete noch am selben Tag mit einer Postkarte, auf der sie Pünktchen benutzte, um die Namen der drei Lehrerinnen schwach zu verschleiern.

Sibylle aus Jena an Eva Ortmann in Berlin

4. April 1933

Liebe Mutti, vielen Dank für den langen Brief, das waren ja allerhand Neuigkeiten. Ich habe mich noch nie über etwas so gefreut wie über die H.....r. E.....n geschieht es auch ganz recht, aber solche gibt es ja viele. B.....n, das war ja klar, ich hätte mich gern noch verabschiedet. Wer hat Dir denn eigentlich gesagt, daß zu den 3 Mädels Lili und ich gehören??? Die wollen sicher nicht, daß das Niveau der Schule völlig sinkt. Von Heinrich und Jela haben wir die Nachricht, daß sie sich auf ihrer Hochzeitsreise (!) wohl befinden. (Sie haben übrigens Andreas nicht mal im Schlaf gesehen!! Daß Jela das ausgehalten hat!) Daß Du von Otto nichts hörst, finde ich beängstigend. Weißt Du, ob er in Berlin ist? Stand auf der Rohrpostkarte von der Staatsoper wirklich drauf: »J. r., d. Geb. d. St.«?[19] oder war das Deine eigene Illustration?

Es ist schön, daß die Wohnung von Heini vermietet ist. Wo stellt ihr die Möbel unter? Schaffe nur nicht zu sehr! Hilft Dir Frau Oberdörfer nicht? Wie bewährt sich der neue Mieter? Was habe ich in der englischen Arbeit? Ich bin gespannt auf mein Zeugnis, sicher hab ich eine »Lobende« (nach Bernsteins Andeutungen). Nun 10000 Küsse

von Deiner Sibylle

Sibylle schrieb ihrer Mutter erneut am 5. April, nachdem sie ihr Zeugnis vom Tag zuvor erhalten hatte, das Ergebnis einer Konferenz des Kollegiums aus der Vorwoche war und ihr eine besondere Belobigung aussprach: »Mit lobender Erwähnung: Sibylle fördert durch ihre an die Sache hingegebene Teilnahme den Unterricht.«

Zugleich hatte Sibylle einen Brief ihrer Freundin Renate Boenheim erhalten, deren Vater unter dem Vorwurf des Hochverrats im Spandauer Gefängnis inhaftiert blieb.

Sibylle aus Jena an Eva Ortmann in Berlin

5. April 1933

Liebes Süßes!

Heute mit der ersten Post mein Zeugnis. Ich war ja einigermaßen überrascht, besonders über die Bemerkung vom Unterricht-Fördern, Pläne-Spinnen etc. und über Spanisch-Eins (was ich in meinen kühnsten Träumen ja gehofft hatte). Auf die »Lobende« hatte ich gerechnet, denn die Bernstein hat zu Linpinsel gesagt: »Nein, die Sibylle! So

---

19 Wohl »Juden raus, das Gebot der Stunde.«

viel hat sie gefehlt, und nie hört man von ihr: Da habe ich was versäumt!« Englisch schriftlich Drei ist doch eine Gemeinheit.

Mit dem Zeugnis kam gleichzeitig ein netter, langer Brief von Renatchen. Woher weißt Du eigentlich, wer von den Lehrerinnen fort ist und das mit den drei Mädels usw.? Weder Lili noch Renate wissen davon. Schreib mir, sobald Du einen Entschluß gefaßt hast.

Ich habe gestern einen wunderbaren zweistündigen Spaziergang gemacht und mich von Andreas' Gequassel erholt. Nun viele Küsse

von Deiner Sibylle.

P. S. Eben sagt Andreas wörtlich: »Ich richte Tante Eva einen schönen Gruß aus, und Du (ich) sollst morgen nach Berlin fahren, und meine Mama soll Ostern kommen.«

Schließlich ließ auch Eva Ortmanns Bruder, der Anwalt Otto Löwenfeld, von sich hören. Er war gemeinsam mit seiner Freundin Annemarie Silber nach Paris gegangen.

Otto Löwenfeld aus Paris an Eva Ortmann in Berlin

5. April 1933

Liebe Eva!

Du wirst sicher erstaunt sein, so lange nichts von mir gehört zu haben. Der Grund ist, daß ich zuletzt in Berlin fast keine Zeit hatte, weiterhin nicht in der Lage war, Dir auch nur irgendwie zu helfen, und die größten Schwierigkeiten in jeder Richtung hatte, um das auszuführen, was wohl notwendig war. Im übrigen habe ich mich auch teilweise über das, was kommen würde, geirrt.

Da ich eine von Natur schöne Stimme habe, eine langjährige Ausbildung meiner Stimme durch weltbekannte Lehrkräfte nachweisen kann, da ich weiterhin gute Kritiken u. a. von Weissman usw. besitze, werde ich wohl vorerst nach Spanien gehen. Ich hatte leider keine Zeit mehr, mich mit der Botschaft in der Regentenstraße in Verbindung zu setzen, wo man besonders liebenswürdig und nett zu uns sein soll. Ich werde sehen, ob ich auf der hiesigen Botschaft auf gleiches Entgegenkommen stoße. Jedenfalls glaube ich bestimmt, daß in dieser Richtung, obgleich ich die Sprache nicht kenne, in Spanien eine recht gute Existenz für mich zu finden ist.

Post für mich bitte ich wie folgt zu adressieren: Vera Jablonowsky, Paris XVII, 5 rue du Dobropol. Meinen Namen bitte ich auf dem Kuvert nicht anzugeben wegen des Concièrge. Ich habe noch keine feste Adresse, da die üblichen Hotels jetzt für mich zu teuer sind. Daher habe ich auch kein Zimmer, kaum die Möglichkeit zu schreiben, usw. Bitte dies allen Bekannten zu sagen, die vielleicht erstaunt sind, noch nichts von mir gehört zu haben.

Herzliche Grüße für Dich und Sibylle

Dein O. L.

Otto Löwenfeld berichtete auch, daß Annemarie in einem möblierten Zimmer lebte. Sie sollten schon bald heiraten, denn wie bei vielen anderen Emigranten hatte die Notwendigkeit, Deutschland zu verlassen, dazu beigetragen, eine Beziehung auf Dauer zu stellen, die sonst vielleicht nur vorübergehenden Charakter gehabt hätte. Ottos Erfahrungen in Paris waren denen zahlreicher flüchtender Freiberufler der ersten Welle ähnlich: Depression, sobald die Realität plötzlicher Arbeitslosigkeit und Armut einzusickern begann, Phantasien von neuen Wegen, den Lebensunterhalt zu bestreiten, und endlose Diskussionen mit anderen Exilanten über Gerüchte von Ländern und Diplomaten, von denen es hieß, sie hätten Mitleid mit jüdischen Emigranten.

Bis zum 6. April hatte Sibylle vorgehabt, die Schule wiederaufzunehmen. Dann allerdings erfuhr sie, daß die Nachricht von Fräulein Hertzers Entlassung falsch gewesen war und daß Evi Jessner sich anschickte zu emigrieren. Sie sollte die erste von Sibylles engen Schulfreundinnen sein, die Deutschland verließ.

Sibylle aus Jena an Eva Ortmann in Berlin

6. April 1933

Mein liebes goldenes Muttichen!

Ich muß Dir einige Neuigkeiten berichten. Evi fährt gleich nach den Osterferien für unabsehbare Zeit nach Mailand und geht dort auf eine deutsche Schule. Sie hat Bekannte oder sogar Verwandte dort und fährt ganz allein. Augenblicklich ist sie bei den Großeltern in Hamburg und hat mir von dort heute einen reizenden Brief geschrieben. Es ist sehr möglich, daß wir uns gar nicht mehr sehen. Sie ist sehr froh über die ganze Sache. Na, ich gönne es ihr, aus diesen Verhältnissen rauszukommen. Evi hat übrigens ein wahnsinnig anständiges Zeugnis bekommen, alles glatt Drei, wo wir fast dachten, sie würde sitzenbleiben.

Ist das mit den 3 Mädels schon bestimmt, und hast Du schon irgendeine Benachrichtigung, positiv oder negativ? Ich bin so schrecklich aufgeregt, was aus mir wird, und mache andauernd Pläne. Falls man mich behalten will, komme ich am 19. nach Berlin und gehe weiter in die Schule. Dort haben sich wichtige Sachen ereignet. Lili und Eva haben sich zusammen 1 Stunde, Renate 2 Stunden mit Gertrud (!) unterhalten.[20] Sie ist auch ganz verzweifelt (ihr von ihr vielgepriesener Optimismus hat sie anscheinend verlassen). Trotzdem schreibt Lili, ihre Rede sei »wie Balsam auf eine Wunde.« Wie sie das meint, weiß ich nicht ganz, jedenfalls weiß ich nicht, was die »Wunde« ist. Lili hat zweimal Bernstein besucht und mit ihr telephoniert. Gertrud hat sie besucht und ihren guten Mut bewundert. Das sind so Brocken, die ich höre. Aber es ist ganz gut, daß ich so weit weg bin, es berührt einen doch nicht so, wenn man in Jena sitzt und seine Ferien genießt. Gestern hab ich mit Elsi beinahe schon einen Ausflug unternommen. (Sie hat jetzt Zeit und wird mir noch viel mehr zeigen. Aber das ist wieder ein Kapitel für sich.)

Also Elsi: Die ist gestern gekündigt worden. Begründung: »nicht deutschstämmig!« Sie hatte hier eine zwar schlechtbezahlte, aber hochinteressante Stellung als Universitätsassistentin, hat Vorträge gehalten usw., und es tut ihr furchtbar leid. Elsi will mit 50 M im Monat irgendwo ins Ausland gehen und versuchen, irgend etwas zu finden. Ich traue ihr sehr viel Energie und Fähigkeit zu.

Wolf, der in einer halben Woche den Referendar macht (klingt fast lächerlich, aber er hat die schriftliche Prüfung schon gemacht), will auch fort, vielleicht nach Spanien. Es werden hier täglich viele Projekte gemacht (auch von mir) und wieder fallengelassen. Die haben hier einen netten Galgenhumor, und es geht bei dem Pläne-Spinnen immer lustig zu. Das ist das einzige Gute dabei.

---

20 Lili Faktor, Eva Tichauer und Renate Boenheim hatten ihre geliebte Französischlehrerin Gertrud Wacker besucht.

Daß die Sache mit der Zeichenlehrerin leider nicht stimmt, hab ich schon von Lili gehört. Das wäre ja der beste Witz des Jahrhunderts gewesen. Renate ist niedergeschlagen und hat auch allen Grund dazu, das arme Mädel. Übrigens finde ich es sehr nett, daß sie Dich besucht. Die Aussicht, der Bernstein einen Kondolenzbrief zu schreiben, hat mich einigermaßen entgeistert: Aber mit Gottes Hilfe und Deutsch schriftlich Eins bis Zwei werde ich ihn zustande bringen. Nun einen schönen Kuß von Deiner Sibylle

Am 8. April wurden Minna Flake und ihre Tochter gemeinsam in Berlin verhaftet. Ate wurde in eine Jugendstrafanstalt überstellt, wo – wie sie sich später erinnerte – ihre Weinkrämpfe alle Bemühungen vereitelten, sie über die Aktivitäten und Genossinnen ihrer Mutter auszufragen. Sie hatte die nützliche Eigenschaft, nach Belieben weinen zu können.[21]

Am 9. April unternahm Sibylle ihren geplanten Ausflug nach Weimar, den sie tags darauf ihrer Mutter beschrieb.

Sibylle aus Jena an Eva Ortmann in Berlin

10. April 1933

Mein liebes, gutes Muttichen!

Also Frau H. ist es sehr recht, daß ich hierbleibe, so lange ich will. Ich habe vorläufig gesagt, bis Dienstag den 18. Verlängern kann man ja immer.

---

21 Minna und Ate Flake wurden am 27. April 1933 wieder entlassen. Als frühere städtische Angestellte hatte Minna Flake noch immer Freunde in der Stadtverwaltung, und so erfuhr sie, daß Ate auf Anweisung der politischen Polizei bald in eine Besserungsanstalt eingewiesen werden sollte. Die Beamtin, deren Pflicht in der Umsetzung dieser Anweisung bestand, war keine Nationalsozialistin und erklärte, so wie die Dinge lagen, gebe es keinen Ausweg. Als Minna vorschlug, daß sie Ate ja ins Ausland mitnehmen könne, hieß die Beamtin den Vorschlag gut und versprach, den Papierkram zunächst für einige Tage in ihrem Schreibtisch sicher zurückzuhalten. Anfang Mai reisten Mutter und Tochter gemeinsam in die Schweiz, wo Ate in Ermangelung einer besseren Möglichkeit als Lehrling in einem Gartenbaubetrieb angemeldet wurde.Über den Lebensweg Minna Flakes informiert Julie Boghardt: *Minna Flake. Macht und Ohnmacht der roten Frau: Von der Dichtermuse zur Sozialistin.* Frankfurt am Main, New York 1997.

Also gestern war ich in Weimar. Das Wetter scheint extra für mich so wundervoll geworden zu sein, heute hagelt es wieder wie vorgestern. Ich bin also gestern früh 8 Uhr zum Bahnhof gezogen (bei strahlendstem blauen Himmel und Hitze), bewaffnet mit einem Führer und einem von Elsi, Wolf und einem Freund von ihm ausgearbeiteten Plan, nach dem ich dann auch wirklich genau gegangen bin. Gesamteindruck von Weimar: eine Stadt mit etwa 99% Nazis, sehr hübsch und reizend gelegen, besonders der Park. Also, was ich alles gesehen habe: Herderhaus, Theater (wunderhübsch) mit Denkmal, Wielandhaus, Schillerhaus, Markt, Cranachhaus, Rathaus, Fürstenhaus (Schloß), Goethehaus, Liszthaus. Ich war 7 Stunden auf den Beinen und habe dazwischen 1/2 Stunde Pause gemacht und mich in das berühmte »Gasthaus zum weißen Schwan« neben dem Goethehaus gesetzt. (Goethe soll an einen Freund geschrieben haben, er möge nach Weimar kommen, »der weiße Schwan empfängt Dich jederzeit mit offenen Flügeln!«) Ich bestellte mir in dem vollen Saal (lauter Spießer) eine Brühe für 25 Pf., zog meine Stullen hervor und begann zu essen, indem ich ab und zu von der Suppe nippte, die abscheulich nach Seife schmeckte, und Postkarten schrieb, die ich dann vergaß einzustecken. Ich rief den Ober, als ich mit allem fertig war, und sagte ihm, die Suppe sei ungenießbar. Ich zog ein 3M-Stück, aber er rannte schon nach einer neuen Brühe. In dem Moment trat ein SA-Mann herein und sagte, es wollten doch sicher alle am nationalen Aufbau mithelfen und sie sollten deshalb ein Los für den freiwilligen Arbeitsdienst kaufen, 50 Pf. Alle Leute gaben, ohne Ausnahme. Als der Mann zu mir kam, habe ich auch eins gekauft. Das nähere erzähl ich Dir in Berlin.

Andreas kann ich keinen Kuß geben; er haßt mich. Warum, weiß ich nicht. Er wünscht mich nicht vor seinen Augen zu sehen. Ich bin ganz traurig. Man wird ihm natürlich nicht sagen, wann Ostern ist.

Nun, viele 1000000000000 (kannst Du das lesen?) Küsse von
Deiner lieben Tochter
Sibylle

Da die jungen Herschkowitschs die Emigration ins Auge faßten, erwiesen sich Sibylles Sprachkenntnisse als nützlich.

Sibylle aus Jena an Eva Ortmann in Berlin

11. April 1933

Liebes Muttichen,

sei bitte so gut, und schicke mir so schnell wie möglich meine spanischen Sachen. Dazu gehören: das grüne Audio-Vox, ein schmales Grammatikbuch, ein kleines gelbes Lektürebuch »El pajaro verde«, alle spanischen Hefte, die Du findest, und alle spanischen Vokabelhefte. Ich möchte erstens wiederholen, zweitens Elsi täglich Spanisch geben, da sie sicher in einem Monat nach Spanien geht.

An die Bernstein habe ich bereits geschrieben, als Du mir das gesagt hast. Und zwar folgendes:

»Während ich hier Ruhe und Ferien genieße, habe ich mit Bestürzung von den vielen Veränderungen in unserer Schule gehört, von denen ja auch Sie so unangenehm betroffen sind. Wie leid mir und sicher auch der übrigen Klasse das tut, nachdem Sie uns so lange als ›gestrenge Klassenmama‹ unter Ihren Fittichen gehalten haben, können Sie wohl denken. Ich hoffe nur für Sie und auch für uns, daß diese letzten Ereignisse keine endgültige Lösung bedeuten. Auf ein baldiges Wiedersehen, und zwar in fröhlicherer Stimmung. Ihre«

Gut? Ich erwarte heute Geld von Dir, ich brauch es nötig. Kuß!

Sibylle

Schon am Tag darauf schrieb Sibylle wieder an ihre Mutter. Sie war begierig, den neuen Propagandafilm über den nationalsozialistischen »Märtyrer« Horst Wessel zu sehen, wollte aber zunächst Evas Rat, da es ihr wohl riskant schien, als Jüdin in einem nationalsozialistischen Publikum entdeckt zu werden. Ihre Mutter hatte ihr kurz zuvor die gute Nachricht mitgeteilt, daß man sie für eine Gesangsrolle in der neuen Produktion des Deutschen Theaters engagiert habe, Kurt Kluges *Ewiges Volk*. Aber Eva hatte noch immer nicht die Fragen nach dem neuen Untermieter beantwortet, und Sibylle wurde ungeduldig.

Sibylle aus Jena an Eva Ortmann in Berlin

12. April 1933

Liebe Mutti!

Daß Du 3 Tage keine Post hattest, ist schon richtig und nicht verlorengegangen. Im übrigen brauchst Du Dich um mich nicht so zu sorgen wie ich mich um Dich. Ich bin hier ganz sicher.

Ich finde es wunderbar, daß Du wieder im Deutschen Theater bist. Aber es wundert mich.

Ich möchte mir gern den Film »Blühendes Deutschland« angukken! Es kostet für mich hier nur 45 Pf., und ich finde, so was muß man gesehen haben. Ich wollte Dich aber erst fragen, ob Du mir dazu rätst.

Heute hat ein Freund von Wolfi in der »Frankfurter« gelesen, England nähme deutsche Juden auf und erleichtere die Einbürgerungsschwierigkeiten. Ist das wahr?

Ich frage nun schon das 5. Mal, ob der Mieter eingezogen ist und wie er ist. Du beantwortest die Fragen nie, die ich stelle.

10000 Küsse! Dein Sibyllchen

Eva Ortmann hatte gute Gründe, über den Untermieter zu schweigen. Ende März waren Freunde von Heinrich und Jela Löwenfeld mit der Frage an sie herangetreten, ob sie einen kommunistischen Politiker aufnehmen könne, der auf der Flucht vor der Polizei war. Evas erste Frage war, ob er »gute Papiere« habe, also Ausweise, die sorgfältig genug gefälscht waren, daß sie – sollte die Polizei sie je vernehmen – glaubwürdig behaupten könne, sie habe sie für echt gehalten. Man versicherte ihr, seine Papiere seien hervorragend. Um sich noch weiter abzusichern, schlug Eva vor, ein Schild »Zimmer zu vermieten« ins Fenster zu hängen; der Flüchtige könne dann klopfen und fragen, ganz so, als habe er das Schild zufällig im Vorübergehen gesehen. Eva hatte keine Sympathie für die Kommunisten – tatsächlich hielt sie sie für mitschuldig am Untergang der deutschen Demokratie –, wollte aber, wie wenig auch immer, zur Bekämpfung Hitlers beitragen und hoffte obendrein, das Leben dieses Mannes zu retten, da sie fürchtete, die Nationalsozialisten würden ihn umbringen, sollten sie seiner habhaft werden.

Seine Papiere wiesen den neuen Mieter als einen Herrn Leuschner aus, von Beruf Sprachlehrer. Eva Ortmann kannte seinen wirklichen Namen nicht, noch wollte sie ihn kennen, aber ihr Eindruck war, er sei preußischer Landtagsabgeordneter und als solcher von geringerer Bedeutung. Tatsächlich war er einer der bekanntesten Kommunisten, die in Deutschland noch auf freiem Fuß waren, Dr. Theodor Neubauer, ein 42jähriger Reichstagsabgeordneter aus Thüringen, Fachmann seiner Partei für Außenpolitik und Mitglied ihres Zentralkomitees.[22]

Die Wohnung in der Schlüterstraße 48 war für Neubauer geradezu ideal: Es war unwahrscheinlich, daß der nichtkommunistische Haushalt polizeilich überwacht wurde, und die ebenerdige Lage wäre von Vorteil, falls er jemals rasch entkommen müßte. Seine Zusammentreffen mit anderen Parteimitgliedern galten als Sprachunterricht, und schon bald nahm Eva häufig Anrufe des Inhalts entgegen, es sei Unterricht vereinbart oder abgesagt worden. Sie hatte mit ihrem Mieter immer wieder lange politische Diskussionen, bei denen er sein Bedürfnis, offen zu sprechen, oft unterdrücken mußte: »Es ist besser für Sie, wenn Sie nicht allzuviel über mich wissen«, pflegte er dann zu sagen. Neubauer war davon überzeugt, daß Hitlers Regierungsantritt das letzte Zucken der alten Ordnung darstelle und eine kommunistische Revolution die Nationalsozialisten schon bald hinwegfegen werde. Eva, die der Ansicht war, er täusche sich, sah die Angelegenheit rein menschlich und flehte ihn an, seine Frau und seine beiden

---

22 1890 in einer bürgerlichen Familie geboren, machte er seinen Doktor in Geschichte und stand gerade am Anfang seiner Laufbahn als Gymnasiallehrer, als 1914 der Krieg ausbrach. Politisch national eingestellt, meldete er sich sofort freiwillig zur Armee und kam an die Ostfront, wo er verwundet, ausgezeichnet und befördert wurde. Noch während seiner Zeit als Soldat schrieb er eine historische Abhandlung, die 1917 veröffentlich wurde: *Martin Luthers Frühzeit. Seine Universitäts- und Klosterjahre* (Erfurt 1917). Nach einem schweren Gasangriff wurde er 1917 schließlich aus medizinischen Gründen entlassen. Er nahm seine Lehrtätigkeit wieder auf, seine politischen Ansichten befanden sich noch im Fluß: Zunächst trat er der liberalen Deutschen Demokratischen Partei bei, dann der linken Unabhängigen Sozialdemokratischen Partei. 1920 veröffentlichte er *Vom Recht des Kindes,* eine Broschüre, in der er die Gesellschaft aufforderte, das Bedürfnis der Kinder anzuerkennen, die eigene Persönlichkeit frei von den Vorschriften und Bestimmungen Erwachsener zu entwickeln. Seine Betonung von individueller Freiheit und Liebe als Grundlagen menschlicher Beziehungen ließen zunächst keinen werdenden orthodoxen Marxisten erkennen, aber als der linke Flügel der USPD 1920 mit den Kommunisten zusammenging, wurde Neubauer kommunistisches Parteimitglied. 1921 wurde er in den Landtag von Thüringen gewählt, 1924 in den Reichstag, wo er sich der von Ernst Thälmann geführten Fraktion anschloß.

Kinder außerhalb Deutschlands in Sicherheit zu bringen. Er entgegnete, er müsse bleiben, um Hitler zu bekämpfen.

»Sorgen Sie sich denn gar nicht um Ihre Kinder?« fragte sie.

»Doch! Doch!« erinnerte sie sich, habe er protestiert. Aber der Kampf, sagte er, gehe vor.

Die meiste Zeit des Frühjahrs und frühen Sommers 1933 verbrachte Neubauer maschineschreibend in seinem Zimmer. Sein engster Komplize, Eva und Sibylle als »Herr Bauer« bekannt, besuchte ihn häufig. Während Eva keine Skrupel wegen der konspirativen Treffen unter ihrem Dach hatte, fühlte sich ihr Freund Fritz Lechner wegen des Mieters mit dem seinem eigenen so ähnlichen Nachnamen unwohl. Von Natur aus eher besorgt, verfolgte ihn die Vorstellung, die Polizei werde eines Tages die Wohnung durchsuchen, ihn dort antreffen und entscheiden, daß er, Lechner, der Leuschner sein müsse, nach dem sie suchten.

In Jena wurden die Herschkowitschs und Sibylle immer besorgter um Andreas, je näher Ostern kam. Da sie keinen anderen Ausweg sahen, gingen sie zu den Nachbarn jedweder politischen Überzeugung, erklärten die Umstände und baten sie sicherzustellen, daß weder Kinder noch Erwachsene in Hörweite des Jungen das Wort »Ostern« gebrauchen. Die Nachbarn erwiesen sich ausnahmslos als verständnisvoll. Noch während des Sommers sprach Andreas davon, daß seine Mutter Ostern kommen werde.

Am Karfreitag, dem 14. April, schrieb Sibylle ihrer Mutter, daß Alice Bernstein ihren Brief beantwortet habe, den sie einige Tage zuvor geschrieben hatte. Auch gab es Neuigkeiten aus Jena: Wolfgang Herschkowitsch hatte soeben erfolgreich die juristischen Prüfungen für eine Laufbahn abgelegt, die ihm nun verschlossen war.

Sibylle aus Jena an Eva Ortmann in Berlin

14. April 1933

Liebe Mutti!

Eben bekomme ich von Bernstein eine reizende Oster-Karte. Wortlaut: »Liebe Sibylle, herzlichen Dank für Ihre lieben Zeilen, die sehr wohltuend waren. Ganz lasse ich mich nicht unterkriegen! In diesem Sinne Besten Gruß Ihre A. B.«

Wolfgang Herschkowitsch hat gestern Referendar (!) gemacht. Wir (er, Elsi, ein Freund und ich) haben das abends gefeiert, von ½ 10 – 2 Uhr. Ich habe 5 Gläser schweren Wein getrunken, war aber nicht die Bohne betrunken, trotzdem ich es mir fest vorgenommen hatte. Es war wirklich reizend. (Sei ruhig, so was kommt hier nicht öfter vor, ich geh immer um ½ 10 ins Bett).

Gruß + Kuß

Sibylle

In Berlin dachte Eva Ortmann an eine sofortige Auswanderung nach Frankreich. Ihre Brüder schrieben aus Paris und rieten zu Besonnenheit.

Heinrich und Otto Löwenfeld aus Paris an Eva Ortmann in Berlin

14. April 1933

Liebe Eva,

[...] Was aus mir und Heini wird, wohin wir gehen werden usw., ist noch vollkommen ungewiß. Es läßt sich hierüber in absehbarer Zeit nichts sagen. Ich möchte Dir noch mitteilen, daß Wohnungen hier etwas, aber nicht viel teurer sind als in Berlin.

Otto

Liebe Eva,

[...] Dir raten wir noch zu warten mit allen Entscheidungen, bis wir wissen, was wir tun können, wo wir bleiben werden usw. Herzliche Grüße für Mutter und Tochter.

H.

Sibylle schrieb aus Jena über ihre Pläne, nach Berlin zurückzukehren. In Paris hatte Ottos Freundin Annemarie sich unentbehrlich gemacht, indem sie unbezahlt als Freiwillige beim Hilfskomitee für jüdische Flüchtlinge arbeitete, und bekam nun eine feste Anstellung. Wie bei vielen anderen Flüchtlingspaaren erwies sich der weibliche Teil bei der Suche nach Arbeit als einfallsreicher und flexibler.

Sibylle aus Jena an Eva Ortmann in Berlin

17. April 1933

Liebe Mutti!

Von Heinrich und Jela hören wir nichts! Ab und zu kommt eine kindische Karte an Andreas: »Sei lieb, brav und artig.« Schluß. Daß sie in Paris sind, haben wir nur erfahren durch Dich und den Eiffelturm auf der Karte. Eine Rücksichtslosigkeit ist das. Annemarie ist natürlich die tüchtigste von allen. Nichts gegen sie zu sagen! Denn nach so 'ner Stellung reißen sich heute auch viele. Das ist wirklich ein Glück für sie und Otto. Also am 22.4., 18.50, Anhalter.

Küßchen! Sibylle

Ende April hatte sich Sibylle dagegen entschieden, auf die Fürstin-Bismarck-Schule zurückzukehren. Am 25. April beschränkte ein neues Gesetz die Anzahl jüdischer Schüler aller Schulen auf den prozentualen Anteil der Juden an der Gesamtbevölkerung. In Wilmersdorf wurde die neunjährige Steffi Rosenthal, die Tochter von Eva Ortmanns Cousin Kurt Rosenthal, aus der Schule nach Hause geschickt, nachdem man ihr gesagt hatte, sie könne nicht länger zur Schule gehen, da sie Jüdin sei. Zu Hause fragte sie ihre Mutter: »Sind wir Juden?« In ihrer assimilierten und nicht gläubigen Familie war das Thema niemals zur Sprache gekommen.

Als »Halbjüdin« hätte Sibylle in der Schule bleiben können, empfand das jedoch als unter ihrer Würde. Sie lehnte die Vorstellung ab, aufgrund der arischen Abstammung jenes Wolfgang Ortmann, der ihr ansonsten als Vater so wertlos gewesen war, bevorzugt behandelt zu werden. Auch spielte eine gewisse Überheblichkeit dabei eine Rolle: Lili und sie waren die besten Schülerinnen ihrer Klasse, und Sibylle fand, die Schule solle sich um sie bemüht zeigen und sich nicht lediglich bereit erklären, ihre Anwesenheit zu dulden.

Folglich stellte sich die Frage, wo sie ihre Ausbildung fortsetzen konnte. Eva schrieb ihrem Bruder Otto und fragte, ob sie selbst und Sibylle ebenfalls nach Paris kommen könnten. Seine Antwort fiel nicht ermutigend aus.

Otto Löwenfeld aus Paris an Eva Ortmann in Berlin

26. April 1933

Liebe Eva!

Ich habe lange nichts von mir hören lassen, da nichts Erfreuliches zu berichten ist.

Ob ich meine Absichten finanziell durchführen kann, ist natürlich sehr zweifelhaft. Ich weiß aber keinen andern Ausweg. Denn mein Leben lang hier etwa wie zahlreiche russische Emigranten Chauffeur oder ähnliches zu spielen, halte ich für völlig sinnlos. So vergnüglich ist es schließlich selbst hier nicht.

Dir kann ich leider überhaupt keinen Rat geben. Ich kann Dir nur soviel sagen, daß man hier in Paris zwar infolge des Komitees wahrscheinlich nicht gerade verhungern wird, aber trotzdem in einer Weise verelendet, wenn man kein Geld hat, wie wir uns das nicht vorstellen können. Heute sprach ich jemanden, den das Komitee, da er nichts mehr hat, ins asyle israélite geschickt hat. Er erhält Wohnung und Essen. Aber er schläft in total verschmutzten Räumen und total verschmutzten Betten (so schmutzig, wie das nur in südlichen Ländern möglich ist) mit 30 Menschen zusammen. Das Essen, was mich weniger schrecken würde, dürfte auf demselben Niveau stehen. Er muß um 8 Uhr abends zu Hause sein und entsprechend früh aufstehen usw. All Derartiges ist ganz grauenhaft, und ich persönlich habe große Angst davor. Im übrigen habe ich, da ich natürlich ganz sparsam lebe, immerhin noch für 6 Monate zu leben. Es liegt auch so, daß viele es verstanden haben, sich der Hilfe des Komitees in ganz anderer Weise zu bedienen. Aber ich glaube, zum Schnorrer muß man geboren sein, wir verstehen das alle nicht richtig. Immerhin hat mir persönlich ein Anwalt, der im Komitee irgendwie im Vorstand sitzt, sogar gesagt, es wäre doch selbstverständlich, daß das Komitee mir das Studium ermöglichen müsse, da man doch den jüngeren Anwälten damit wirklich helfen könne, während das Geld für die alten Anwälte usw., das zur momentanen Unterstützung gegeben werde, im Grunde genommen vergeudet sei.

Ich schreibe Dir dies alles bloß deshalb, damit Du orientiert bist und Dir keine Illusionen über die hiesigen Möglichkeiten machst. Solange Du noch irgendwie zu leben hast, d.h., solange Du überhaupt noch nennenswerte Beträge in Berlin verdienst, wird es doch wohl besser sein, daß Du vorläufig dort bleibst. Die größten Einschränkungen in Berlin sind wahrscheinlich noch ein gutes Leben gegen das, was hier sein wird. Sibylle wird natürlich auf der Schule große Schwierigkeiten haben. Ich nehme sogar an, daß es nicht möglich ist, sie zur Schule zu schicken.

Laß jedenfalls bald mal von Dir hören, wie es Dir geht und welche Pläne Du mit Sibylle hast. Sehr dringend ist natürlich, daß Ihr alle beide ganz energisch täglich Französisch und möglichst auch Englisch lernt. Wer hier z. B. drei Sprachen perfekt kann, kommt sicher irgendwie unter, aber ich meine fast so perfekt, wie wir Deutsch können.

Herzliche Grüße

O. L.

Wie Otto schrieb, waren Heinrich und Jela Löwenfeld zur Zeit in der Tschechoslowakei, machten sich allerdings Hoffnungen, sich in Holland niederlassen zu können. Die Niederländer waren jüdischen Flüchtlingen aus Deutschland gegenüber aufnahmewillig, die beiden Sprachen einigermaßen ähnlich, und zudem war Jelas Schwester Elsi unlängst von Jena nach Baarn gezogen, eine Kleinstadt unweit Utrechts. Die Löwenfelds schrieben aus Prag ans niederländische Ministerium für Unterricht, Künste und Wissenschaften in Den Haag.

Die Antwort auf ihren Brief, die über Elsi Herschkowitsch gesandt wurde, kam auf niederländisch, aber Elsi legte eine Übersetzung, eine Broschüre sowie den Bewerbungsbogen einer großen und bekannten jüdischen psychiatrischen Einrichtung bei, Het Apeldoornsche Bosch.

Elsi Herschkowitsch aus Baarn an Heinrich und Jela Löwenfeld in Prag

23. Mai 1933

Lieber Heinrich,

heute kam die Antwort vom Ministerium. Ich habe eine Übersetzung angefertigt und finde die Antwort ganz aussichtsreich (evtl. Befreiung der Examina)!

Für mich habe ich immer noch nichts gefunden, ich bekomme immer sehr liebenswürdige und aufrichtig bedauernde Absagen. Ich habe noch zwei Aussichten, dann bin ich fertig.

Ich schicke Euch gleichzeitig noch Prospekt und Anstellungsfragebogen vom Jüdischen Irrenhaus in Apeldoorn, die, wenigstens bei Pflegepersonal, nicht abgeneigt sind, Deutsche anzustellen. Ich würde an Deiner Stelle auch dorthin schreiben. Die Besoldung für Pflegerinnen ersiehst Du aus der Drucksache. Mit einem kleinen Wörterbuch kannst Du alles verstehen. Also: s'Gravenhage und eine der 4 Universitäten und Apeldoorn.

In großer Eile viele herzlichste Grüße Dir und Jela von Elsi. Schreibt mir. Ich werde wohl Dienstmädchen bleiben. Ich denke, wir sehen uns baldigst.

Ich bin unermüdlich.

Elsi

Die bereits genannten Umstände und die unmittelbare Nachbarschaft zu Deutschland waren die Faktoren, die deutsche Juden in großer Zahl nach Holland zogen. Am 18. Mai schrieb Heinrich an ein Komitee in Amsterdam, das jüdischen Flüchtlingen Unterstützung bot, aber die Antwort vom 22. Mai war enttäuschend.

Hoogleeraren-Comité ten Behoeve
van Joodsche Studeerenden en Afgestudeerenden uit Duitschland in Amsterdam
an Heinrich Löwenfeld in Prag

22. Mai 1933

Sehr geehrter Herr Doktor!

Wir haben Ihren Brief vom 18.V. erhalten und teilen Ihnen mit, daß die Zulassung zu dem holländischen Examen an keine Frist gebunden ist. Wir können einem nochmaligen Studium in Holland nicht zuraten, da bei dem ungeheueren Andrang zum medizinischen Studium auf eine Existenz nicht zu rechnen ist. Die Situation in den Kolonien ist die gleiche.

Das unterzeichnete Comité, das es sich zur Aufgabe gestellt hat, die deutsch-jüdischen Akademiker bei der Erlangung eines neuen Arbeitsfeldes nach besten Kräften zu unterstützen, will Sie gerne in seine Listen aufnehmen. Wir bitten Sie, uns zu diesem Zwecke baldmöglichst genaue Angaben über Ihren Lebenslauf, Bildungsgang und Ihre bisherige Tätigkeit zukommen zu lassen.

Das Comité sieht sich zu seinem größten Bedauern nicht in der Lage, finanzielle Beihilfen zu gewähren oder zu vermitteln.

Hochachtungsvoll

Bureau des Comités

Heinrich Löwenfeld entschloß sich, in Prag zu bleiben, der Bewerbungsbogen für eine Tätigkeit bei Het Apeldoornsche Bosch blieb bei seinen Unterlagen.

Im Sommer 1933 versuchte sich Eva Ortmann zu entscheiden, wohin sie ihre Tochter schicken solle und ob sie selbst Deutschland verlassen könne oder solle. Erschwert wurde ihr das Pläneschmieden durch extreme Armut, denn ohne Ersparnisse und mit geringem Einkommen hinge sie voraussichtlich überwiegend von Almosen ab. Zwar durfte sie mit finanzieller Hilfe durch den Hilfsverein rechnen, ein Komitee, das bedürftige Juden bei der Emigration unterstützte; sollten allerdings ihre ersten Bemühungen fehlschlagen, so konnte sie nicht auf erneute Hilfe zählen. Sibylle hing inzwischen in der Luft, einerseits nicht mehr zum Schulbesuch angemeldet und andererseits noch ohne jede Vorstellung, wie und wo sie ihre Ausbildung fortsetzen sollte. Um sie zu beschäftigen, schickte Eva sie für ein paar Wochen nach Bad Saarow aufs Land zu einer weiteren ihrer Cousinen, Grete Marcus, und deren Mann Benno.

Paris jedoch blieb Evas bevorzugtes Ziel, für sich selbst wie für Sibylle: Sie sprachen beide Französisch, Evas Bruder Otto lebte bereits dort, und obendrein war ihr Cousin Kurt Rosenthal gerade mit seiner Frau und den drei Kindern von Berlin nach Paris gezogen. Als zweite Möglichkeit bot sich außerdem das in mancher Hinsicht attraktivere Scheveningen an, wo Hans Danziger, ein jüdischer Flüchtling aus Deutschland, der mit Elsi Herschkowitsch befreundet war, sich anschickte, ein Internat für jüdische Schüler zu eröffnen.

Als Eva und Sibylle die relativen Vorzüge Frankreichs oder Hollands gegeneinander abwogen, brachte Else Splett, seit ihrer Kindheit Evas engste Freundin und zugleich Sibylles Klavierlehrerin, noch ein drittes Land ins Spiel. Als Witwe eines englischen Quäkers besaß sie durch ihre Heirat die britische Staatsbürgerschaft und hatte eine große Vorliebe für das Land und seine Bewohner. Sie war der englischen Quäkergemeinde nach wie vor eng verbunden und mit T. Corder Catchpool, dem Engländer, der dem Berliner Freundeskreis vorstand, befreundet.[23] (Sein Engagement zugunsten der Juden hatte im April zu einer kurzzeitigen Inhaftierung geführt.) Else Splett hing sehr an Sibylle, die sie von klein auf kannte, und bemühte sich bei ihren englischen Freunden nachhaltig um eine Möglichkeit, wo Sibylle unterkommen und weiter zur Schule gehen könnte.

Unentschlossen, was sie tun sollte, schrieb Eva an ihren Bruder Heinrich nach Prag.

Eva Ortmann aus Berlin an Heinrich Löwenfeld in Prag

4. Juli 1933

Lieber Heini!

Vielen Dank für Deine Karte. Ich habe so lange nichts von mir hören lassen, weil ich wirklich nicht weiß, was ich Dir von uns berichten soll. Die ganze Situation ist eben schauderhaft, aber das ist ja nichts Neues. Ich habe natürlich nichts zu tun und verdiene nichts außer den Tempeln, wo man uns sogar auch im Gehalt gekürzt hat. Man wird ganz verrückt bei diesem Nichtstun und vor allem angesichts dieser Aussichtslosigkeit. Am meisten leid tut es mir Sibylles wegen. Sie ist völlig verstört oder, wie sie mir heute erklärte, sie »würde seelisch zermürbt«, wenn sie so gar nicht wüßte, auf welches Ziel sie lossteuern sollte und was aus ihr würde. Sie hat sich jetzt aus der Schule abgemeldet, weil es ja wirklich sinnlos ist, daß sie sich dort weiter plagt. Sie übt wie wild Stenographie, deutsch und französisch, und Schreibmaschine in beiden Sprachen, aber im Grunde hat sie zu nichts Lust. Alle ihre Freundinnen sind fort, eine in Paris, eine in London, die letzte fährt morgen nach Baden-Baden für die Ferien. Da ist sie wirk-

---

23 Trotz der Beharrlichkeit, mit der sie um die Freilassung Inhaftierter baten, wurden die englischen Quäker von den Nationalsozialisten noch vergleichsweise nachsichtig behandelt. Ihre religiösen und ethischen Motive lagen zu sehr auf der Hand, als daß man sie versteckter politischer Absichten hätte verdächtigen können. Möglicherweise gab aber auch Dankbarkeit für die sogenannten »Quäkerspeisungen« der Nachkriegszeit den Ausschlag, mit denen britische Quäker 1920 begonnen hatten. Mitte 1921 versorgten sie dann täglich mehr als eine Million Deutsche, überwiegend Kinder, mit Mahlzeiten.

lich furchtbar allein. Grete hat sie für drei Wochen nach Saarow eingeladen.

Über den Dr. Danziger habe ich mich versucht zu erkundigen, aber es ist sehr schwer, niemand kennt ihn eigentlich.

Franz hat seit gestern die Kassen verloren, er zieht in Kurts Wohnung vorläufig.[24] Kurt ist ja mit Kind und Kegel in Paris, falls Ihr das nicht wissen solltet. Werdet Ihr denn nun für längere Zeit in Prag bleiben, da Ihr Euch ein Zimmer genommen habt? Schreibt doch bald wieder mal.

Viele Grüße von uns beiden,

Eva

Wenn es in Berlin für Sibylle möglicherweise gefährlich war, so stellte sich doch heraus, daß Bad Saarow, wo sie sich bei Grete Marcus, der Cousine ihrer Mutter, aufhielt, Risiken anderer Art bot. Am 11. Juli schrieb Sibylle ihrer Mutter, daß der 17jährige Freund ihrer Freundin und Klassenkameradin Lili Stern, Kurt Höxter, ganz in der Nähe untergekommen war. Lili war nicht da, und es kam dazu, daß er Gefühle für Sibylle entwickelte und sich auch erklärte. Eva war bestürzt und alarmiert, als sie erfuhr, daß sich Sibylle für Kurts Eröffnungen empfänglich zeigte, und drängte sie, der Beziehung keinen Raum zu geben, bevor sie beide wieder zurück in Berlin wären, wobei sie ohne Zweifel hoffte, Lilis Gegenwart werde den Flirt dann rasch beenden.

Sibylle aus Bad Saarow an Eva Ortmann in Berlin

17. Juli 1933

Mein liebes, süßes Muttichen!

Ich bekam Deinen lieben, guten Brief doch noch am Sonntag früh. Ich habe mich in der Sache mit Kurt noch für nichts entschieden. Was Du sagst, ist alles so klug und vernünftig und gut gemeint, aber es wird mir eben doch sehr schwer – besonders, wo ich jetzt so fast ohne

---

24 Gemeint sind die Krankenkassen, bei denen er keine Behandlung von Patienten mehr abrechnen durfte. Vermutlich war Franz Rosenthals Frontdienst während des Weltkrieges die Ursache für den dreimonatigen Aufschub der Entlassung aus seiner Position als Arzt im öffentlichen Gesundheitsdienst. Kurt war sein älterer Bruder.

Freundin bin – im Moment, wo ich einen Menschen gefunden habe, der augenscheinlich gut zu mir paßt und der die beneidenswerte Gabe hat, einen von allen Sorgen und Grübeleien, an denen man heutzutage nur allzuhäufig leidet, abzulenken und vergnügt zu machen, diesen Menschen gleich nach den ersten Anfängen einer Freundschaft wieder aufzugeben – noch dazu wenn man der Ansicht ist, daß es nicht unbedingt nötig ist. Denn mit mehr Ruhe betrachtet und erwogen, sieht die Sache doch etwas anders aus als in der ersten Hitze des Gefechts: Lili, Kurt und ich können sehr gut zu dritt befreundet sein. (In Kurts Boot gehen drei Leute rein!) Aber Scherz beiseite: Kurt ist während seiner Freundschaft mit Lili mit 1000 andern Mädels befreundet gewesen, ohne daß Lili sich darüber gekränkt hätte. Wenn Kurt wirklich, wie er sagt, über mich anders denkt und mit mir anders steht, als es bei allen andern Mädels der Fall ist, brauchen wir das ja im Zusammensein mit Lili nicht zu zeigen. – Aber, wie gesagt, wir haben nach Deinem Rat beschlossen, unserm Schicksal seinen Lauf zu lassen und die 3 Wochen bis Berlin abzuwarten. Dann werden wir weitersehen. Alles andere mündlich.

Ich habe noch eine Bitte. Kauf doch bitte bei Woolworth oder Epa eine ganze Kleinigkeit für Alfred, vielleicht einen Drehbleistift oder so was, und schick es mir hierher. In Spree gibt es nämlich nichts, und Alfred sagte mir, als ich hier ankam: »Am 21. habe ich Geburtstag, und ich rechne stark damit, daß Du mir etwas schenkst!« Wenn das Porto das Schicken nicht wert ist, schreib es mir, dann kauf ich hier was für ihn. – Halt, ich habe noch eine bessere Idee. Nimm eins von meinen Büchern, das für Kinder geeignet ist und gut erhalten, kleb ein neues Exlibris über das alte, und schick es her. Das kostet nur 40 Pf., und wenn wir von hier fortziehen, kann ich doch nicht jedes Kinderbuch mitnehmen, so sehr ich daran hänge.

Hat Heinrich schon Näheres über das Internat geschrieben? Das wäre vielleicht nicht so schlecht für mich, wenn ich es umsonst bekäme. Sonst weiß ich nicht recht, was ich gerade in Holland soll und was ich werden soll, wenn ich dort wirklich weiter zur Schule gehe. Wo ist es denn? Und ist es ein Mädcheninternat?

Gruß + Kuß!

Sibylle

Sibylles Verliebtsein in Kurt Höxter ließ ihre Mutter sie nur um so mehr zurück in die Schule wünschen, wo sie mit ihrem Fortkommen beschäftigt wäre, je eher, desto besser. Eva bat deshalb beim Hilfsverein zur Unterstützung bedürftiger Juden um Reisegeld für eine zehntägige Tour nach Paris. Sie wollte Dr. Jean Dalsace, einen bekannten Gynäkologen und Psychoanalytiker, bitten, Sibylle bei sich aufzunehmen und wohnen zu lassen, bis sie ihre Schule beendet hätte. Eva kannte Dalsace nicht persönlich; er war der Sekretär der französischen Sektion der Internationalen Gesellschaft der Ärzte gegen den Krieg, jener Organisation, der der inhaftierte Felix Boenheim vorstand, von dessen Frau sie Dalsaces Adresse erhalten hatte.

Aus Paris hatte Evas Bruder Otto wenig Ermunterndes mitgeteilt.

Otto Löwenfeld aus Paris an Eva Ortmann in Berlin

20. Juli 1933

Liebe Eva,

Ich danke Dir sehr für Deinen ausführlichen Brief. Ich bin trotz allem durchaus der Ansicht, daß weder Du noch Sibylle vorläufig herkommen soll, die Gründe liegen ja auf der Hand. Hier herrscht jetzt schon das größte Elend unter den Emigranten. Ein Anwalt, den ich auch aus Berlin kenne, ist gestern, wie ich hörte, mit seinen letzten 50.– Frcs. (8.– RM) zusammen mit einem Freunde, der das gleiche Vermögen nebst einem Motorrad besaß, einfach von hier los aufs Land gefahren. Was er da eigentlich tun will, ist mir ziemlich schleierhaft. Wahrscheinlich das, was man bei uns fechten nennt.[25] Vorläufig lache ich doch noch über Derartiges und mach mir dabei Gedanken darüber, ob man zu solchen Expeditionen Gepäck mitnehmen kann, Taschentücher, Hemden etc., aber wenn man es sich ruhig überlegt, ist es grauenhaft.

Das Komitee hat jetzt natürlich auch nicht mehr so viel Mittel wie am Anfang, wo es z. Teil sehr ausgenutzt und betrogen worden ist. Jetzt kann man dort nur noch freies Zimmer, freies Essen und 15 Frcs. die Woche erhalten. Zimmer und Essen sind natürlich von einer Qualität, wie wir es uns doch immer noch kaum vorstellen können.

---

25 Aus dem Rotwelsch für »betteln«.

Außerdem werden die Leute schließlich (genau wie die Arbeitslosen in Deutschland) gewissermaßen ausgesteuert, d. h., nach einigen Monaten erhalten sie noch irgendeinen Schlußbetrag und dann überhaupt nichts mehr. Was hier so mit der großen Masse der Emigranten werden soll, ist kaum vorstellbar. Ich nehme an, daß man sie schließlich, wenn keine Mittel zur Unterstützung mehr da sind, ausweisen wird. Aber wohin eigentlich?

Herzliche Grüße Dein

O. L.

Vor ihrer Abreise nach Paris schrieb Eva nochmals an ihren Bruder Heinrich.

Eva Ortmann aus Berlin an Heinrich Löwenfeld in Prag

20. Juli 1933

Lieber Heinrich!

Hast Du meinen Brief bekommen? Dann schreibe doch bald mal, Sibylle interessiert sich sehr für das Internat.

Ich fahre am Dienstag nächster Woche zu Otto. Ich denke ungefähr 10 Tage dort zu bleiben und mich mal umzusehen. Zurück fahre ich über Straßburg, besuche dort jemanden und bleibe vielleicht ein paar Tage dort. Sibylle ist inzwischen in Saarow, ich möchte sehr gerne etwas in Paris für sie finden, aber es wird sehr schwer sein.

Viele Grüße!

Eva

Der »jemand«, den Eva Ortmann in Straßburg besuchen wollte, war Fritz Lechner. Wie viele andere jüdische deutsche Sänger trat er auf, wo immer er ein Engagement finden konnte: in Frankreich, Österreich, Belgien und den Niederlanden, sowohl im Konzert als auch im Radio. In Straßburg präsidierte der Dirigent Hermann Scherchen, ebenfalls ein Flüchtling aus Deutschland, einer neuntägigen Tagung von und für Musiker mit einem Schwerpunkt auf zeitgenössischer Musik. Lechner sang in Darius Milhauds *Le pauvre Matelot* (dessen Librettist Jean Cocteau ebenfalls an der Produktion mitwirkte und auch das Bühnenbild gestaltet hatte) und Paul Hindemiths *Lehrstück*. Beide

Aufführungen wurden von Fritz Jessner geleitet, dem Vater von Sibylles Freundin und Mitschülerin Evi.

Aus Prag schrieb Heinrich Löwenfeld an seine Schwester, um Sibylles Situation zu erörtern und um ihr vorzuschlagen, auf dem Rückweg nach Berlin Andreas in Jena zu besuchen. Der Junge war noch immer bei seiner Großmutter und wartete darauf, daß seine Mutter käme.

Heinrich Löwenfeld aus Prag an Eva Ortmann in Berlin

21. Juli 1933

Liebe Eva!

Ich schreibe schnell, damit Du meinen Brief noch vor Deiner Abreise erhältst. Mit Holland ist folgendes: Dieser Dr. Danziger will am 1. September oder August mit Hilfe dortiger Geldgeber, selbst völlig mittellos, seine Schule in Scheveningen eröffnen. Angeblich ist die Eröffnung gesichert. Elsi Herschkowitsch und er werden sich wahrscheinlich heiraten! Obgleich wir ihr schriftlich abgeraten, sich nach so kurzer Bekanntschaft zu binden. Sie machen es aber wahrscheinlich dort, weil er als Schulleiter, sie als Lehrerin sonst Schwierigkeiten fürchten.[26] *Wenn* das Internat gehen wird, werden sie natürlich Sibylle

---

26 Das scheint eine übertriebene Vereinfachung gewesen zu sein. Am 20. Juli 1933 antwortete Elsi (Elsbetha) auf einen Brief, in dem ihre Schwester und ihr Schwager versucht hatten, sie von der Heirat abzubringen. Sie schrieb: »Liebe Jela, ich finde es auch sehr komisch, daß Elsbetha in den heiligen Stand der Ehe treten wird und, wie Heinrich so nett schrieb, ihr Mädchentum aufgeben soll. Eine Begründung zu diesem wichtigen Schritt kann ich eigentlich nicht geben, und das spricht meiner Ansicht nach nur dafür. Es ist jedenfalls eine plötzliche Erleuchtung. Vernunft kann es nur aus dem Grunde sein, weil es wirklich in jeder Hinsicht, auch in punkto Liebe, das Gegebene ist. Emigration kann Ehen und große Lieben zerstören, sie kann aber merkwürdigerweise auch welche herbeiführen. Die eine Garantie, an den wirtschaftlichen Verhältnissen nicht zu scheitern, ist gesichert. Denn wir leben in allerkleinsten Verhältnissen. Hier war das Leben der Emigration die Kupplerin. Daß so schnell geheiratet werden muß, geschieht mit Rücksicht auf die zu gewinnende Kundschaft, auf die wirtschaftlichen Verhältnisse und besonders aus dem erprobten und gut bewährten Zusammenhausen. Ich verstehe, daß ich Dir große Sorgen bereitet habe, aber sei versichert, Elsbetha bleibt Elsbetha, wie Persil immer Persil bleibt. Ich freue mich auf Deinen nächsten Brief und bin unverändert Deine Freundin Elsbetha.«

aufnehmen, auch wenn wir nicht hingehen, da ja schon Elsi dafür sorgen würde, vorläufig scheint mir das Ganze dort noch fraglich, man kann sich jedenfalls nicht darauf verlassen. Für Dich wird es überall schwierig sein wie für uns alle. Vielleicht aber kannst Du Sibylle in Paris in einer jüdischen Familie unterbringen, das scheint mir nicht unmöglich, d. h. in Familien mit Kindern, wobei sie weiter zur Schule gehen kann und den Kindern Deutsch beibringt. Ob Du allerdings in 10 Tagen für Sibylle so etwas erreichen kannst, ist fraglich, aber Du kannst es dort anbahnen.

Es wäre sehr nett, wenn Du Andreas besuchen könntest, er würde bestimmt stolz auf seinen Besuch sein. Hoffentlich hast Du Glück auf Deiner Reise.

Herzliche Grüße
Heinrich

Eva Ortmann brachte einen Brief Sibylles an ihre Freundin und Klassenkameradin Eva Tichauer mit nach Paris, die selbst erst in der französischen Hauptstadt eintraf. Die bevorzugte Behandlung, die man Theodor Tichauer als *Veteran* zugestanden hatte, hatte nur drei Monate angehalten. Im Juli hatte man ihm schließlich die Zulassung als Anwalt und Notar entzogen, und ohne Einkommen blieb der Familie kaum eine andere Möglichkeit, als Deutschland zu verlassen. Der dreimonatige Aufschub der Emigration hatte vor allem eine bedeutsame Folge. Anfang April hatten die Tichauers erwogen, nach London zu gehen, sich jedoch während der vergangenen Monate statt dessen für Frankreich entschieden, ein Land mit einer langen Tradition der Gastfreundschaft gegenüber politischen Emigranten. Die Tichauers trafen am 27. Juli 1933 an der Gare de l'Est ein und gingen um Mitternacht zum Montmartre, um bei Nacht über Paris zu blicken.

Nur ein paar Tage nach Eva Ortmanns Ankunft in Paris schrieb Sibylle den Löwenfelds nach Prag.

Sibylle aus Bad Saarow an Heinrich und Jela Löwenfeld in Prag

[ca. 30. Juli 1933]

[...] zunächst bin ich aber erst mal gespannt auf die Erfolge von Muttis Reise, obwohl ich mir da keine allzugroßen Hoffnungen mache. Bisher schreibt sie äußerst unbefriedigend und nicht sehr ausführlich.

Von meinen Freundinnen ist Lili Faktor die einzige, die geblieben ist. Renate B. [Boenheim] ist in der Schweiz, ihr Vater ist übrigens seit einigen Tagen, überraschenderweise, frei.

Seid herzlichst gegrüßt!

Eure Sibylle

Auch Lili Faktor sollte nicht mehr allzulange in Berlin bleiben. Denn während Sibylle in Bad Saarow war, bereiteten die Faktors ihre Abreise nach Prag vor. Eines Nachmittags besuchte Lili auf dem Weg zur Polizeiwache, wo sie ein notwendiges Dokument besorgen wollte, Eva Ortmann und verlor im Gespräch mit ihr die Zeit aus den Augen. Als sie bemerkte, daß ihr nur noch ein paar Minuten blieben, um zur Wache zu gehen, bevor dort das entsprechende Büro für diesen Tag schloß, rief sie laut: »Mein Gott, die Polizei! Die Polizei!«

Theodor Neubauer, der wie üblich in seinem Zimmer an der Schreibmaschine saß, nahm an, die Polizei sei da, und zwar seinetwegen. Sofort griff er sich einen Stapel Papier, die Arbeit vieler Wochen, spülte sie die Toilette hinunter und sprang aus dem Fenster, um zu fliehen. Es waren jedoch keine Polizisten zu sehen, und das Mißverständnis klärte sich rasch auf. Sollte Neubauer wegen des Verlusts seiner Papiere aufgebracht gewesen sein, so zeigte er es jedenfalls nicht und kehrte anscheinend guter Stimmung an den Schreibtisch zurück.

Neubauer zog dann nicht viel später aus der Wohnung in der Schlüterstraße aus. Er erzählte Eva Ortmann keine Einzelheiten, nur, daß sein Genosse, der Mann, den sie als Herrn Bauer kannte, verhaftet worden sei und daß die Gestapo deshalb schon bald vor der Tür stehen könne. In ihrer Naivität antwortete Eva: »Aber von Herrn Bauer haben Sie doch sicher nichts zu befürchten.«

»Niemand ist verantwortlich für das, was er unter Folter aussagt«, entgegnete Neubauer.

Renate Boenheim war in der Schweiz und machte eine Ausbildung zur Krankenschwester. Die Freilassung ihres Vaters war noch erstaunlicher, als Sibylle wußte. Vor Jahren hatte Boenheim einem Ehepaar Lantos geholfen, als sie ihre Heimat Ungarn verlassen mußten.

Sie lebten inzwischen in Berlin und hatten einen schwedischen Studenten als Untermieter, der zufällig ein Verwandter Karin Görings war, der ebenfalls aus Schweden stammenden verstorbenen Ehefrau Hermann Görings. Über deren Eltern wurde die Verbindung zu der Schauspielerin Emmy Sonnemann hergestellt, der derzeitigen Freundin Görings, die mit ihm zusammenlebte und 1935 seine zweite Frau werden sollte.[27] Emmy Sonnemann legte bei Göring Fürsprache ein, der Boenheims Entlassung anordnete. Als er am 28. Juli aus der Haft entlassen wurde, hatte er lediglich 100 Reichsmark Buße zu zahlen, mußte versichern, das Land umgehend zu verlassen sowie seiner Wohltäterin auf angemessene Weise seinen Dank auszudrücken. Und so erschien er, angesichts seiner Prominenz als Gegner des Nationalsozialismus noch lange peinlich davon berührt, am darauffolgenden Tag pflichtgemäß und im Frack in der Göringschen Wohnung, um Emmy Sonnemann einen enormen Blumenstrauß zu überreichen.[28]

Anfang August war Sibylle wieder in Berlin, und ihr Verhältnis zu Kurt Höxter löste sich auf.

Sibylle aus Berlin an Eva Ortmann in Paris

3. August 1933

Mein liebes Muttichen!

Herzlichen Dank für Deinen über bisherige Erfolge leider nicht sehr aufschlußreichen Brief. Die Adresse von Eva [Tichauer] hast Du mir trotz zweifacher Bitte darum nicht geschickt, dafür aber die Abmeldung, über die ich sehr froh bin, denn ich habe nicht die geringste Lust, noch einen Tag sinnloserweise zur Schule zu gehen.

Gestern früh ging ich dann mit ziemlich klopfenden Herzen zu Lili [Stern], mit der ich mich am vorhergehenden Abend verabredet

---

27 Emmy Sonnemann hatte während ihrer Theaterjahre mit zahlreichen Juden zusammengearbeitet. Sie intervenierte gemeinsam mit ihrem Mann wiederholt zugunsten von Juden, ihr persönlich häufig unbekannt, auf deren Fall man sie aufmerksam gemacht hatte. Mag Göring auch gelegentlich aufgrund ihres Eintretens für Juden in Bedrängnis oder wegen ihrer Loyalität gegenüber alten jüdischen Freunden ungehalten gewesen sein, so war er doch vernarrt genug in sie, um ihren Wünschen nachzugeben.

28 Vgl. Thomas M. Ruprecht: *Felix Boenheim – Arzt, Politiker, Historiker. Eine Biographie.* Hildesheim, 1992.

hatte. Ich will Dir brieflich nur sagen, daß sich die ganze Angelegenheit wahrhaft zu einer Tragödie entwickelt hat, wie es unsere kluge Cousine ja schon vorausgesehen hat. Nach meinem Zusammensein mit Lili gestern war ich überhaupt völlig verzweifelt, weil ich nicht wußte, was tun, weil mir Lili so furchtbar leid tat und weil sich Kurt so maßlos gemein gegen sie benommen hat. Lili hat sich mir gegenüber so fabelhaft benommen und ist so in meiner Achtung gestiegen, wie Du es Dir gar nicht vorstellen kannst. Ich war dann gestern, nachdem ich bei Franz Mittag gegessen habe, mit Lotte zusammen, dann habe ich mich am Abend mit Kurt verabredet. Wir waren eine ganze Weile spazieren, ich habe ihm sehr kalt und fast gemein erklärt, wie er sich zu Lili benommen hat, welche Verantwortung er für sie durch die Art ihrer Freundschaft übernommen hätte, wozu er sich damit verpflichtet hätte, etc. etc. Unsere Freundschaft müßte selbstverständlich aufhören, das sei mein felsenfester Entschluß. – Eben hat mich Kurt angerufen, er hätte sich mit Lili sehr nett geeinigt, es wäre alles in Butter. Ich hoffe, das ist hundertprozentig wahr.

Grüße Du nur alle dort recht herzlich von mir, und sei selbst 1000 mal geküßt

von Deiner Sibylle

Sibylles Entschluß in Sachen Kurt Höxter erwies sich als von kurzer Dauer. Am 15. August schrieb sie ihrer Mutter eine Postkarte nach Straßburg.

Sibylle aus Berlin an Eva Ortmann in Straßburg

15. August 1933

Liebe Mutti,

Heut' nachm. bin ich mit Lupi, Kurt und Clique zusammen. Denke mal, jetzt ist es so weit, daß Lili mit Kurt Schluß machen will, ihn nicht mehr sehen will und seinetwegen (!) wahrscheinlich als Haustochter nach Göteborg (Schweden) gehen wird. Die Einzelheiten erfährst Du in Berlin. Natürlich war Dein Rat der richtige, aber als ich die Sachlage überblicken konnte, war es zu spät und nicht mehr aufzuhalten.

Gruß + Kuß!

Sibylle

Am selben Tag schrieb Eva Ortmann ihrem Bruder Heinrich Löwenfeld aus Straßburg. Ihre Bemühungen zugunsten Sibylles in Paris hatten sich als vergeblich erwiesen, und dennoch bereute sie nicht, den Versuch unternommen zu haben. Im Bewußtsein, daß ihr Brief Deutschland durchqueren würde, verlieh sie ihren Gefühlen Ausdruck, indem sie metaphorisch auf die Luftqualität zu sprechen kam.

Eva Ortmann aus Straßburg an Heinrich Löwenfeld in Prag

15. August 1933

Lieber Heini!

Die Reise war *trotz* allem wirklich schön. Wie Du es ja selbst ausdrückst: Die frische Luft hat einem schon gutgetan, dafür aber kommt es einem nun doppelt zum Bewußtsein, in welcher Stinkluft man lebt.

Um Eure Möbel braucht Ihr keine Angst zu haben. Im schlimmsten Fall kann ich sie völlig kostenlos als mein Eigentum bei der jüdischen Gemeinde unterstellen, ich habe schon deswegen verhandelt. Was mit meinen eigenen wird, weiß ich nicht. Ich habe auch schon daran gedacht, die Möbel eventuell nach Paris zu schaffen und dort eine Wohnung zu nehmen und zu vermieten. Otto rät davon völlig ab, und das eine ist ja richtig, daß man für all so etwas erst mal etwas Geld braucht. Es ist alles so furchtbar schwierig, wenn man richtig über alles nachdenkt, ist man ganz verzweifelt.

Für Sibylle war eben nichts zu finden in der Art, wie Du meinst und wie es natürlich einzig für sie in Frage kommt. Als Arbeitskraft hätte ich sie täglich unterbringen können. Hier im Elsaß ist es noch viel schwieriger. Ich war gestern auf dem hiesigen Hilfskomitee. Dort sitzt ein Braunschweiger Rechtsanwalt, der mir sagte, daß die hiesigen, teilweise sehr reichen Juden jetzt kolossal Front machen gegen die Emigranten und man z.B. in bezug auf Arbeitsbewilligung, carte d'identité usw. viel größere Schwierigkeiten hat als in Paris. Aber abgesehen davon könnte ich doch Sibylle nicht mutterseelenallein in irgendeinen Ort im Elsaß verfrachten. In Paris hätte sie, abgesehen von Otto, eine Menge Bekannte.

Wenn ich nur Sibylle untergebracht hätte, wäre ich ja froh. Ich selbst würde ja trotz allem dann ganz gerne in Berlin bleiben, d.h.

vorläufig, solange es überhaupt möglich ist, denn mich hält dort jemand, eben der Freund, den ich hier besucht habe und der vorläufig auch noch nicht fort kann. Und wenn ich mir auch sage, daß in einer Zeit wie der heutigen solche privaten Dinge einen nicht in seinen Entschlüssen bestimmen dürfen – und wenn es für Sibylles Gutes ist, würde ich mich auch niemals dadurch bestimmen lassen –, so hat man andererseits in einer solchen hoffnungslosen Zeit erst recht das Verlangen, sein bißchen Glück, oder was man nun einmal dafür hält, festzuhalten. Da kann einem ja auch niemand einen Rat geben oder helfen.

Viele Grüße für Dich und Jela!

Eure Eva

Für Evas Freund Lechner gab es gute Gründe, in Berlin zu bleiben. Im Juli hatte die Regierung die Schaffung eines »Kulturbundes« gestattet, damit jüdische Musiker, Sänger und Schauspieler vor ausschließlich jüdischem Publikum auftreten konnten. Das Angebot umfaßte Musik, Oper, Theater und Kabarett. Fritz Jessner, der Vater von Evi, übernahm die Leitung der Theaterabteilung. Als deren erste Produktion sollte am 1. Oktober *Nathan der Weise,* Lessings Plädoyer für religiöse Toleranz aus dem Jahr 1779, zur Aufführung gelangen. Als erste Oper sollte dann, sechs Wochen darauf, *Die Hochzeit des Figaro* mit Fritz Lechner als Graf Almaviva aufgeführt werden.

Die Errichtung des Kulturbundes war in erster Linie Dekoration, die die Regierung großzügig erscheinen lassen sollte, hatten doch sowohl die öffentliche Meinung des Auslands als auch nichtjüdische deutsche Künstler mit Empörung auf den Ausschluß jüdischer Künstler aus den deutschen Konzertsälen und Opernhäusern reagiert. Den Kulturbund ins Leben zu rufen gestattete dem Regime nun, den Anschein aufrechtzuerhalten, ihr Vorgehen sei nicht der Ablehnung jüdischer Künstler oder des jüdischen Publikums geschuldet, sondern vielmehr dem Wunsch, das kulturelle Leben Deutschlands von dem seiner Juden zu trennen, was wiederum den Anspruch der Nationalsozialisten unterstrich, Juden per Definition nicht als Deutsche anzuerkennen. Um diesen Punkt noch zu betonen, zwangen die nationalsozialistischen Aufseher die Organisation, sich von »Kulturbund deutscher Juden« in »Jüdischer Kulturbund« umzubenennen. Vom nationalsozialistischen Standpunkt aus war sogar die Bezeichnung »deutsche Juden« eine inakzeptable Anmaßung, weshalb 600.000 Bevölkerungsangehörige am besten als »Juden in Deutschland« bezeichnet werden sollten.

Der Kulturbund zahlte weitaus geringere Gagen, als die Künstler in den Zeiten vor Hitler verdient hatten, aber für viele boten sie zumindest eine Existenzgrundlage und ersparten ihnen die Notwendigkeit, sich der Unwägbarkeit einer Emigration auszusetzen. Später erst sollte sich herausstellen, daß das kein Segen, sondern ein Fluch für viele war, hatte doch die Aussicht auf eine bescheidene Existenz durch den Kulturbund sie zu lange in Deutschland ausharren lassen. Zugleich mag der Kulturbund mit seinen Theateraufführungen, Konzerten und Opern, während er das Leben der deutschen Juden aufhellte und ihre Stimmung verbesserte, für einige die Illusion geschaffen haben, das Leben unter der Herrschaft der Nationalsozialisten werde erträglich bleiben und eine Emigration sei deshalb unnötig.

Eva Ortmann kehrte über Jena nach Berlin zurück, von wo aus sie erneut an ihren Bruder und ihre Schwägerin in Prag schrieb. Und jetzt, wo sie mehr über Kurt Höxter erfuhr, betrieb sie Sibylles Emigration mit um so größerer Dringlichkeit.

Eva Ortmann aus Berlin an Heinrich und Jela Löwenfeld in Prag

26. August 1933

Lieber Heini, liebe Jela!

Heute vor 8 Tagen war ich bei Andreas. Er hat mich, glaube ich, nicht recht erkannt. Vielleicht hat er auch Theater gespielt, vielleicht war von beidem etwas dabei, es war nicht richtig festzustellen.

Andreas ist gewachsen und daher schlanker geworden, er sieht süß aus und spricht völlig wie ein erwachsener Mensch mit einem besonders ausgewählten Wortschatz. Es tat mir so leid, daß ich nicht länger dort bleiben konnte, denn zum Schluß hat er sich wieder mit mir angefreundet, und als er mich mit seiner Großmutter und Wolfi zusammen zur Bahn brachte, hat er unermüdlich gewinkt, bis der Zug abging, und fand das Ganze sehr interessant.

Sibylle habe ich wohl und vergnügt angetroffen. Sie hat sich in meiner Abwesenheit glänzend amüsiert, da sie seit kurzem einen »Freund« hat, einen 17jährigen Jungen. Ich bin restlos entsetzt darüber. Er war neulich zum Abendbrot hier, erscheint mir hübsch, nett und unbedeutend. Sibylle behandelt ihn wie eine Mutter ihren guten Jungen, über dessen Dummheiten sie mit liebevoller Nachsicht hinwegsieht. Dabei ist sie sehr verliebt; wenn er sie um 8 Uhr zum Spaziergang abholt, läuft sie bereits von 7 Uhr an auf und ab und sieht alle 5 Minuten nach, wie spät es ist. Dagegen wäre ja an sich nichts einzuwenden, auch dagegen nicht, daß sie Sonnabend und Sonntag mit ihm Paddeln fährt. Aber nachdem sie mir gleich am ersten Abend meines Hierseins erzählt hat, daß er mit seiner bisherigen Freundin – einem Mädel aus Sibylles Klasse – seit 2 Jahren ein regelrechtes Verhältnis gehabt hat, habe ich keine ruhige Minute mehr. Zwar hat sie sich, nicht mir, aber meinem sogenannten Mädchen Anna gegenüber, ausgesprochen, daß für sie »so etwas« nicht in Frage käme und daß es sich bei ihr und Kurt um eine »rein kameradschaftliche Freundschaft« handle, aber was will das alles besagen? Wenn der Junge wirklich will, wird sie binnen kurzem anders denken, trotz ihrer »geistigen Überlegenheit«, von der sie komischerweise selber spricht. 3 oder 4 Jahre später hätte ich ja nichts dagegen, aber mit 15 Jahren ist sie doch wahrhaftig noch zu jung für diese Dinge. Was soll ich nur tun? Ich glaube, ich kann da gar nichts machen und muß den Dingen einfach ihren Lauf lassen. Natürlich müßte man nun erst recht eine Gelegenheit suchen, um sie schnellstens hier fortzubringen, das wäre wohl die beste Lösung. Aber natürlich ist sie im Augenblick gar nicht mehr wild darauf, nachdem sie mir noch vor 6 Wochen täglich und stündlich in den Ohren gelegen hat, sie möchte fort von hier, so schnell wie möglich.

Herzlichst
Eva

Die Einrichtung des Internats in Scheveningen erwies sich als schwieriges und langwieriges Vorhaben. Schließlich konnte Elsi aber doch mitteilen, daß die Aussichten für ein Stipendium gut waren, das Sibylle gestatten würde, nach Holland zu kommen.

Elsi Herschkowitsch aus Scheveningen an Heinrich Löwenfeld in Prag

9. Oktober 1933

Lieber Heinrich, ich habe Dir dieser Tage einen Prospekt zugeschickt (neue Auflage), mit Kuratorium etc., und habe an Dich die Bitte, zu allen zuständigen Comités in Prag zu gehen und dort auf die hier gegebene Schulmöglichkeit aufmerksam zu machen. Weitere Prospekte kann ich Dir im Bedarfsfall noch zusenden. Mit Sibylle korrespondiere ich noch wegen ihres Herkommens. Wir bekommen nach unseren Bemühungen für sie vermutlich eine Beihilfe von 20 Gulden monatlich, und wir würden für Sibylle nachlassen, so daß sie für Pension mit Schule (Vorbereitung zum holländischen Abitur) noch 52 Gulden aufbringen müßte. Hoffentlich kann sie das, ich würde mich herzlich freuen, sie hier zu haben.

Viele Grüße!

Elsi H.

Angesichts von Sibylles alle belastender Untätigkeit und dank des eifrigen Bemühens ihrer Mutter, sie von Kurt Höxter fernzuhalten, hatten sich die Ortmanns allerdings entschlossen, nicht darauf zu warten, bis es mit dem möglichen Stipendium für Scheveningen endgültig etwas würde. Ihre Blicke hatten sich nun auf London gerichtet. Sibylle wäre dort nicht ganz ohne Freunde: Evi Jessner und ihre Schwester Hannele waren bereits in der Stadt bei ihrem Onkel, dem Regisseur Leopold Jessner, der eine deutschsprachige Aufführung von Schillers *Kabale und Liebe* vorbereitete.[29] Obendrein war in London Bea Mayer zu Hause, eine angeheiratete Verwandte, und dazu die amerikanische Autorin Margaret Goldsmith, an die Sibylle ein Empfehlungsschreiben der Faktors bekommen hatte.

---

29 Jessner hatte Deutschland überstürzt verlassen, nachdem er einen warnenden Anruf von einer gutinformierten früheren Schülerin erhalten hatte, Emmy Sonnemann. Als sie, noch jung und unerfahren, ihre Karriere als Schauspielerin begann, hatte er sie als Schülerin angenommen, obwohl sie nichtzahlende Stipendiatin war, und sie blieb ihm dankbar und ergeben. Am Telefon, so erinnerte sich Jessners Nichte, hatte die Sonnemann keine Zeit für Höflichkeiten verschwendet, sondern nur in dringlichem Ton gesagt: »Jessner, Sie müssen sofort raus! Die Judenfrage ist von Goebbels übernommen worden.« Und Goebbels, so sagte sie, sei rücksichtslos und sie sei nicht länger sicher, daß Göring ihn schützen könne.

Als Minderjährige benötigte Sibylle die Unterschrift ihres Vaters auf ihrem Ausreiseantrag. Wolfgang Ortmann hatte seine Tochter seit ihrem dritten Lebensjahr nicht mehr gesehen. Ob Eva Ortmann ihm wegen des Ausreiseformulars geschrieben oder ob er sich von selbst entschlossen hatte, den Kontakt zu Sibylle wiederaufzunehmen – jedenfalls erschien er eines Tages in der Schlüterstraße, einen kleinen Lederkoffer in der Hand. Sibylle war allein und erkannte ihn nicht. Ortmann stellte sich als ihr Vater vor, und sie bat ihn herein. Er öffnete seinen Koffer und entnahm ihm seine jüngsten Plastiken, die sie bewundern sollte: Porträtbüsten Hitlers, Görings und Goebbels'. Sibylle war entsetzt. »Nicht in diesem Haus!« sagte sie bestimmt. Ihr überraschter Vater packte die Büsten sofort wieder ein. Einige Zeit später fanden sich die drei Büsten in einem Kaufhausschaufenster am Kurfürstendamm gemeinsam mit einem großen Foto ausgestellt, das Ortmann, seine Frau und ihre beiden Kinder zeigte unter der Überschrift »Der Künstler und seine Familie«. Diese Ausstellung sorgte bei Eva und Sibylle für grimmiges Amüsement, da sie wußten, daß Ortmanns jetzige Frau, ebenso wie ihre drei Vorgängerinnen, Jüdin war.

Als die Zeit ihrer Abreise näherrückte, bat Sibylle ihren Vater, ihr bei der Beschaffung der nötigen Papiere zu helfen. Sie gingen gemeinsam zur Polizeiwache, wo Ortmann jeden Uniformträger mit einem kräftigen »Heil Hitler!« grüßte, während seine Tochter erstarrte. Wieder und wieder stellte er sich selbst als »alter P.G.« vor, die Bezeichnung, die langjährige Nationalsozialisten gebrauchten, um sich selbst von den Opportunisten zu unterscheiden, die der Partei erst nach Hitlers Machtantritt beigetreten waren.

Tatsächlich scheint Wolfgang Ortmann niemals Parteimitglied gewesen zu sein, weder vor noch nach der nationalsozialistischen Machtübernahme. In der Mitgliederkartei der NSDAP wird er jedenfalls nicht geführt. Sofern er überhaupt politische Ansichten hatte, erinnerte sich Eva Ortmann, waren sie eher vage linksgerichtet. Indem er den Status eines »alten Parteigenossen« beanspruchte, setzte er darauf, daß niemand auf der Wache seine Worte bezweifeln und es riskieren werde, jemanden mit einflußreichen Freunden zu verärgern. Die notwendigen Genehmigungen wurden jedenfalls zügig erteilt.

Ortmann machte schwierige Zeiten durch, wie er Sibylle erzählte. Ende September hatte Goebbels begonnen, alle deutschen Künstler, Schriftsteller und Musiker in der Reichskulturkammer zu organisieren, die sicherstellen sollte, daß die Ausübung einer künstlerischen Tätigkeit nur noch denjenigen möglich war, die frei waren vom Makel des Judentums. Ohne Mitgliedsausweis, der ihm als Mann einer Jüdin unerreichbar war, hatte Ortmann Schwierigkeiten, Arbeit zu finden. Ein Weg, das Problem zu beseitigen, der vom Regime nachhaltig unterstützt wurde, bestand für die arische Seite gemischter Ehen darin, sich vom jüdischen Partner scheiden zu lassen, und viele gingen ihn. Ortmann, was auch immer seine sonstigen Verfehlungen sein mochten, verstieß seine jüdische Frau jedoch nicht.

Als letzte Hürde auf dem Weg zur Emigration erwies sich für Sibylle das Geld. Der Berliner Hilfsverein zur Unterstützung bedürftiger Juden war zwar bereit, für Sibylles Fahrkarte nach London aufzukommen, so wie er die vergebliche Reise ihrer Mutter nach Frankreich bezahlt hatte, aber einmal in England, würde sie für sich selbst zu sorgen haben. Zu dieser Zeit waren die Nationalsozialisten nur zu bereit, Juden emigrieren zu lassen, solange ihr Besitz im wesentlichen zurückblieb und eingezogen werden konnte, und begrenzten die Summe, die Ausreisende mitführen durften, deshalb auf 500 Reichsmark. Für wohlhabende Emigranten bedeuteten diese Beschlagnahmegesetze sowohl eine große Härte als auch eine starke Entmutigung, Deutschland überhaupt zu verlassen. Auf Eva und Sibylle, für die 500 Reichsmark eine enorme Summe, hoffnungslos außerhalb des Erreichbaren, darstellten, hatte das allerdings keine Auswirkung. Eva bat ihren geschiedenen Mann um Hilfe. Wolfgang Ortmann hatte in der Vergangenheit niemals Unterhalt für Sibylle gezahlt, war in diesem Fall aber so freundlich, sie zu unterstützen. Und so hatte von den 90 Mark, die Sibylle am 30. Oktober mit nach England nahm, ihr Vater 70 beigetragen, zusammen mit einer Schachtel Konfekt.

Einem bereits länger bestehenden Abkommen zwischen Deutschland und Großbritannien zufolge benötigten die Bürger beider Staaten für den Besuch des jeweils anderen Landes kein Visum. Sibylle würde jedoch immer noch die Einwanderungsbeamten in Dover davon zu überzeugen haben, daß sie England lediglich als Touristin für einen kurzen Urlaub besuche. Als sie ihre Pläne machte, kam ihr gar nicht in den Sinn, daß dies schwierig werden könnte.

Einige Wochen zuvor, am 21. September, hatte in Leipzig der Prozeß gegen die fünf wegen des Reichstagsbrandes Angeklagten begonnen. Es handelte sich um Marinus van der Lubbe, den jungen Holländer, den man in der Nacht des Brandes im Gebäude selbst verhaftet hatte, Ernst Torgler, den Anführer der kommunistischen Reichstagsabgeordneten, sowie drei bulgarische Kommunisten, Georgi Dimitroff, Wassili Taneff und Blagoi Popoff. Obwohl van der Lubbe selbst behauptete, allein gehandelt zu haben, versuchte die Anklage darzulegen, daß Zeugen ihn zuvor im Gespräch mit Torgler gesehen hätten, der wiederum am Tag des Brandes im Reichstag beobachtet worden sei, wie er mit Taneff sprach.

Am 27. Oktober rief die Verteidigung in ihrem Bemühen zu zeigen, daß die Anklage teilweise auf einer Personenverwechslung beruhe, einen Zeugen auf, der Taneff ausgesprochen ähnlich sah. Dieser Zeuge, der aus der Haft vorgeführt wurde, war Theodor Neubauer. Er war am 3. August verhaftet worden, zwei Tage nachdem die Polizei 46 mutmaßliche Kommunisten wegen der Verbreitung regierungsfeindlicher Propaganda festgenommen hatte. Eva Ortmann erinnerte sich später, daß seine Verhaftung zufällig erfolgt war; er hatte sich gerade in einer Wohnung aufgehalten, als die Polizei sie durchsuchte, und obwohl seine Papiere in Ordnung waren, entschied man sich, ihn festzuhalten und weiter zu ermitteln. Als er versuchte, vom Lastwagen zu springen, mit dem man ihn zur Polizeiwache brachte, wurde sofort deutlich, daß er nicht der unschuldige Sprachlehrer war, der zu sein er vorgab.

Nach seinem Auftreten wurde Neubauer ins Gefängnis zurückgebracht und später ins Konzentrationslager Esterwegen verschickt. Der *Manchester Guardian* berichtete noch: »Als man Neubauer im August in einer Wohnung in der Kaiserallee verhaftete, soll er der Gestapo eine Geburtsurkunde auf den Namen Leuschner sowie polizeiliche An- und Abmeldungen vorgelegt haben.«[30] Diese An- und Ab-

30 *Manchester Guardian* vom 24. Oktober 1933.

meldungen zeigten, daß er mehrere Monate als Untermieter in der Wohnung Eva Ortmanns, Schlüterstraße 48, gelebt hatte.

Nicht lange bevor sie Berlin verließ, so erinnerte sich Sibylle später, ging sie zufällig am Schillertheater vorüber, als das Publikum gerade zu einer Abendvorstellung erschien. Es war Anfang der zwanziger Jahre in öffentlichen Besitz übergegangen und gehörte nun zu Joseph Goebbels' Herrschaftsbereich. Sibylle entschloß sich, einen letzten Blick auf das Theater und seine vertraute Ausstattung zu werfen. Im Foyer sah sie, daß eine Hakenkreuzfahne einen Teil der Wand überspannte. Sie ging hin und hob die Fahne, so daß wenigstens einige Besucher sehen konnten, was sie verbergen sollte: eine Bronzeplatte mit dem Porträt des Theatergründers, einem »deutschen Staatsbürger jüdischen Glaubens«.

Kapitel III

»Ein erstaunlicher Fall«

Oktober 1933 – Januar 1934

Am Morgen des 30. Oktober 1933, einem Montag, wartete Sibylle Ortmann gemeinsam mit ihrer Mutter am Bahnsteig des Charlottenburger Bahnhofs auf den Zug zur Fähre von Ostende nach Dover. Ohne die Gewißheit, daß Hans Danziger genug Geld auftreiben konnte, um Sibylle als nichtzahlende Schülerin in sein Internat in Scheveningen aufzunehmen, hatten die Ortmanns entschieden, daß Sibylle einfach nach London fahren und sich dem dortigen Flüchtlingskomitee präsentieren sollte. Sie nahmen an, daß das Komitee einen Flüchtling, der so offensichtlich Hilfe benötigte wie verdiente, auch unterstützen werde, sobald Sibylle ihre Empfehlungsschreiben von den Vorsitzenden der Berliner jüdischen Gemeinde vorzeigen würde.

Der Reiseplan sah vor, daß Sibylle bei Aachen die belgische Grenze überqueren würde, am Abend die Fähre von Ostende nach Dover nähme, am Morgen dort die Einreise- und Zollkontrollen passieren und für die kurze Fahrt nach London wieder den Zug besteigen würde. An Victoria Station würde sie schließlich von Evi Jessner und Nora Bishop abgeholt, der Tochter jener Familie, bei der sie zumindest anfangs unterkommen sollte. Die Bekanntschaft mit den Bishops, die keine Juden waren, hatte sich durch Else Splett und ihre englischen Quäkerfreunde ergeben. Sibylle würde als zahlender Gast in ihrem Haus in Blackheath wohnen, einem der Vororte im Osten der Metropole.

Als der Zug im Charlottenburger Bahnhof einfuhr, suchte sich Sibylle einen Sitzplatz in einem abgesehen von einem schweigsamen Juden aus Libau (dem heutigen Liepaja in Lettland), leeren Wagen. Sie schrieb am Abend des folgenden Tages an ihre Mutter.

Sibylle aus London an Eva Ortmann in Berlin

31. Oktober 1933

Mein einziges Geliebtes!

Von der glücklichen Ankunft ohne Seekrankheit wird Dich wohl mein Telegramm überzeugt haben. Darum kann ich also ruhig von vorn anfangen mit meinem Bericht. Also die ganze Reise ist ohne geringsten Zwischenfall vollkommen programmmäßig verlaufen. Sie war trotz ziemlicher Anstrengung eigentlich sehr nett und unterhaltsam. Ich war die ganze Zeit bis Brüssel mit dem Herrn aus Libau allein im Coupé, der mir bis zur Grenze widerlich unsympathisch war. Er war zwar die ganze Zeit in meiner Nähe, bat mich – nachdem ich ihm einmal davon angeboten hatte – dauernd um ein Konfektstück aus dem Kasten von meinem Vater, und dabei war kein vernünftiges Wort aus ihm herauszukriegen. In der Sekunde, in der die Grenze überschritten war, entpuppten er und unser Nebencoupé, das aus 5 Juden (Hilfsverein) bestand, die sich in alle 5 Erdteile verstreuen wollten, sich als die reizendsten Menschen, die man sich denken kann. Mein Libauer zeigte sich als ein sehr gebildeter Mann, der 5 Sprachen perfekt sprach. Das Nebencoupé hatte sehr interessante Typen, die ich aber näher erst durch Erzählungen kennenlernte, als manche teilweise schon den Zug verlassen hatten. Einer, Berliner Kaufmann, der sich stundenlang mit mir unterhielt, fuhr nach Kapstadt. Ein zweiter älterer Herr, der nur Hebräisch und Jiddisch sprach, fuhr nach Palästina. Dann waren noch zwei Freunde, ganz junge Leute, die ich auf 20 schätzte – sie waren schon 25. Der eine – Engländer – fuhr nach London, der andere – Amerikaner – nach New York. Sie kamen aus irgendeinem kleinen polnischen Ort, waren dort auf einer ganz orthodoxen Rabbinerschule gewesen und kehrten jetzt als fertige Rabbiner und Fanatiker der Orthodoxie, wie man sie in Deutschland wahrscheinlich nicht in einem einzigen Exemplar findet, jeder in sein Land zurück. Ich habe da das erste Mal unverfälschtes Jiddisch sprechen hören. Von den beiden Rabbis erfuhr ich aber erst auf dem Schiff, als sich der Amerikaner bereits verabschiedet hatte und ich die Bekanntschaft des Engländers längst gemacht hatte, mich mit ihm unterhalten hatte, ohne zu wissen, wer er ist und was er ist. Der Libauer hatte ihm mich vorgestellt als jemanden, der nach London fährt und seines Schutzes bedürftig ist, und jemanden, der in der zweiten Klasse übernachten will, denn das wollte der Rabbi auch. Wir unterhielten uns eine Weile sehr gut in einem Kauderwelsch von Englisch und Deutsch. Dieser Mensch war das bezauberndste männliche Wesen, das ich je gesehen habe, sehr still, zurückhaltend, klug und eine

Schönheit von einem Kerl. Du siehst, ich habe mich regelrecht verliebt. (Jetzt wirst Du lachen und sagen: »Ein schöner Anfang!«) Ich sagte ihm, ich müßte wahrscheinlich in einigen Wochen umziehen und wüßte nicht, wohin, worauf er mir anbot, mir seine Adresse zu geben, er wohnt direkt bei meiner Schule und könnte mir vielleicht etwas besorgen. Ich nahm dankend an. Dann streckten wir uns jeder auf einer Seite einer Second-class aus, und ich schlief volle 6 Stunden, für einen Sixpence = 30 Pf. Leider habe ich die Sympathie dieses Rabbis völlig verscherzt, als ich, hörend, daß er Rabbi wäre, auf ihn zustürzte und ihm erzählte, daß ich eine Empfehlung an Rabbi Mattuck[31] hätte. Der Mann muß für ihn so sein wie das rote Tuch für den Stier. Aber mein Rabbi war fein genug, nichts zu sagen, während sich sein Freund vorher geäußert hatte: Eh' er einem Reformer die Hand gäbe, ginge er lieber ins Wasser! Also, ich verlor Sympathie und seine Adresse – leider!

Aber der Reihe nach: Die Zollkontrolle war bezaubernd. Nur ein einziges Mal, an der deutschen Grenze, mußte ich einen der Koffer öffnen, um ihn sofort zuzumachen. Ein Mann zur Devisenkontrolle erschien nicht. Der deutsche Zugschaffner war der netteste Deutsche, den ich in meinem Leben gesehen habe. Er setzte sich, als ich einmal allein im Coupé war, eine geschlagene 3/4 Stunde neben mich, und dann erzählte er mir in dieser Zeit seine ganze Lebensgeschichte und die seiner beiden Frauen und der drei Kinder. Am Ende lehrte er mich, da er glaubte, ich könnte kein Französisch, wie ich mich dem belgischen Beamten verständlich machen sollte. Er machte das ganz ausgezeichnet, und ich wünschte, Du wärst dabeigewesen. Er erinnerte mich, der olle Mann, in seiner Art etwas an Anna. Du siehst an allem, ich habe auf der Hinfahrt nur Glück gehabt!

In Ostende habe ich mit dem Rest der Reisegesellschaft, der noch mit aufs Schiff ging, Kaffee zu meinem Kuchen getrunken und so die 3 Stunden Aufenthalt totgeschlagen. Dann kam die Schiffsreise. Für mich war sie einfach himmlisch, aber ich vermute, ich war der einzige Passagier auf dem großen Schiff, der so dachte. Es war äußerst stürmisch, Windstärke 8, was, glaube ich, auch für maritime Verhältnisse

---

31 Israel Mattuck (1884–1954) war ein bekannter Reformrabbiner in London.

und nicht nur für Landratten ziemlich viel ist. Fast alle waren seekrank, am meisten die Männer, und die es nicht waren, lagen halb ohnmächtig vor Übelkeit, dem Kotzen nahe in ihren Liegestühlen. Ein junges Mädel – deutsche Jungfrau – und ich liefen ununterbrochen als einzige umher und wurden von allen Matrosen gehörig bewundert, von den Seekranken mit neiderfüllten Blicken verfolgt. Übrigens wurde auch meiner Begleiterin 5 Minuten vor der Ankunft schlecht.

In Dover hatte ich große Angst vor dem Nicht-durchgelassen-Werden. Die Leute machten große Schwierigkeiten, aber am Ende bekam ich meine 2monatige Aufenthaltserlaubnis, mein permit. Die Fahrt von Dover nach London war ganz entzückend und entschädigte mich gehörig für die scheußlich langweilige deutsche Landschaft, durch die ich gefahren war. Die südenglische Küste ist Steilküste – wunderhübsch und interessant –, und Du kannst Dir gar nicht denken, was für ein schönes Bild es ist, mit der Bahn ganz dicht an den Felsen zu fahren und links, in etwa 50 Meter Tiefe, das Meer liegen zu sehen. Dann fährt man durch eine sehr lustige Baum- und Wiesenlandschaft (sage Frau Splett, die Wiesen waren tatsächlich viel grüner als in Germany).

An der Bahn stand Evi. Sie spricht Englisch, daß ich, die ich ja noch kein Gefühl für den fremden Akzent habe, sie für eine Engländerin halten würde. Sie arrangierte gleich alles mit dem Portier und gab auch das Telegramm an Dich auf. Ich fand dann sofort Miss Bishop, die mich zu ihrem Vater führte. Sie ist ein ganz reizender Mensch, ihr Vater ebenfalls. Leider spricht sie so fabelhaft Deutsch, daß ich mit ihr noch kein Wort Englisch gesprochen habe. Sie hat 3 Jahre in Deutschland gelebt, um die Sprache zu studieren, und spricht sie so gut wie Englisch. Mit dem Vater, einem reizenden alten Herrn und Gentleman, und mit der Mutter, die ich bisher nur kurz beim Abendessen gesehen habe, muß ich natürlich Englisch sprechen. Sie scheinen alle sehr gebildet und nicht so steif und unnahbar zu sein, als ich mir jeden Engländer – fälschlicherweise, wie figura zeigt – vorgestellt habe.

Nach einstündiger Fahrt durch die Stadt sind wir jetzt zu Hause angekommen. Ich habe mich vorher mit Evi für morgen verabredet, da sie gleich von der Bahn nach Hause mußte. Von der Stadt habe ich bisher keinen andern Eindruck, als daß sie unglaublich groß ist, einen irren Verkehr hat, der einem besonders auf die Nerven fällt, weil die Autos links fahren. Das Viertel, in dem ich wohne, ist zwar am Ende der Welt, aber sehr hübsch. Unser Haus steht auf einem Hügel, man muß tüchtig klettern, bis man oben ist, und zur Belohnung habe ich von dem Zimmer, das ich mit Miss Bishop bewohne, den schönsten Ausblick über den östlichen Teil von London, den man sich vorstellen kann. Ich habe gleich Abendbrot gegessen, und weil ich todmüde war, bin ich gleich ins Bett gegangen. Aber vorher mußte ich Dir doch schnell von allem Neuen berichten. Ich schreibe mit Blei und so schlecht, weil ich probieren will, so zu liegen, daß keines meiner Körperteile an die Luft kommt, denn die ist entsetzlich kalt. Die Zimmer haben alle nur einfache Fenster, die nicht fest in den Angeln sitzen und ein entsetzliches Geräusch machen, so daß ich froh bin, auf eine gottähnliche Eingebung hin im letzten Moment mein Oropax eingesteckt zu haben. Die Zimmer sind alle nicht geheizt bis auf das Zimmer, in dem man sich den ganzen Tag aufhält, in dem man kocht, ißt, plättet, schreibt etc. Das ist der sehr gemütliche Raum, in dem sich immer die ganze Familie grouppiert. Wenn man ins Bett geht, nimmt man solch eine Gummiflasche voll heißen Wassers mit ins Bett – ich bin froh, daß ich unsere mithabe –, und das wird dann ganz warm. Das Haus hier ist komfortabler, als ich es mir vorgestellt habe. Aber jetzt fallen mir wirklich die Augen von selbst zu. Morgen der Rest. Gut Nacht!

Ich habe bis halb 7 geschlafen, dann ausgepackt, mein Bett gemacht, mich mit voller Muße dem Anziehen und dem Frühstück hingegeben. Das Essen ist sehr reichlich und schmeckt mir gut. Ich habe übrigens von allen Leuten, Engländern, Deutschen, Bishops und allen, die ich bisher gefragt habe, gehört, daß die Polytechnic die beste Schule ist, die es hier gibt. Der Sohn des Hauses, den ich aber noch nicht gesehen habe, geht auch dorthin. Auch der Junge in der Bahn hat mir sie sehr empfohlen (vielmehr nicht »Junge«, sondern »Rabbi«). Bitte sei so gut und rufe Frau Splett an, und lies ihr den Brief, soweit er sie interessiert, vor. Von ihr erwartete mich bei meiner Ankunft ein reizender Brief, der mir sehr wohlgetan hat. Ich werde ihr bald darauf antworten. Bitte ruf auch Lili an – am besten gegen ½ 3 Uhr mittags –, und zeig ihr den Brief, denn ich werde morgen und übermorgen nicht dazu kommen, wieder einen so langen Brief zu schreiben. Grüße Lechner, und sage ihm, daß ich sein Buch auf der Fahrt ausgelesen hätte und daß es mir wunderbar gefallen hätte.

Nun sei mir bitte, bitte nicht *zu* traurig, mein Liebes, und denke immer, daß es mir hier sehr gut geht und weiter gehen wird, daß ich es besser getroffen habe, als es durchschnittlich zu geschehen pflegt, und vor allem, daß wir uns in spätestens 3 Monaten wiedersehen.

Thousand kisses!

Sibylle

In Wirklichkeit wäre Sibylles Einreise nach Großbritannien um Haaresbreite gescheitert, was sie ihrer Mutter allerdings nicht mitteilte. Als die Fähre in Dover anlegte, wurden die Passagiere zur britischen Paßkontrolle gebeten, wo acht Beamte Dienst taten. Vor jedem von ihnen bildete sich eine Schlange. Der Beamte, der Sibylles Papiere durchsah, hatte keinerlei Mühe, ihr Auftreten als vorgebliche Touristin zu durchschauen. Wenn sie nur für die Ferien in England war, warum hatte sie dann keine Rückfahrkarte? Und warum hatte sie so wenig Geld bei sich, wo doch das deutsche Gesetz ihr mehr gestattet hätte? Sie wußte keine plausible Antwort. Der junge Mann in Uniform schien freundlich und Sibylle gewogen, doch die Situation und seine Aufgabe, ihr die Einreise zu verwehren, waren eindeutig. Mit Millionen von Arbeitslosen, die von staatlicher Unterstützung lebten, hatte Großbritannien kein Interesse daran, auch noch für mittellose deutsche Juden zu sorgen, und sie abzuweisen war Aufgabe seiner Einwanderungsbeamten.

Sibylle wiederholte ihre Geschichte, sich zwar bewußt, daß der Beamte ihr nicht glaubte, aber in der Hoffnung, sie könne eine direkte Ablehnung hinausschieben, solange sie weiterredete. Inzwischen konnten die übrigen Passagiere, die sahen, daß Sibylle aufgehalten wurde, während sie selbst zum wartenden Zug weitergehen durften, leicht vermuten, worin ihre mißliche Lage bestand. Fast eine Stunde lang trug Sibylle ihren Fall einer wachsenden Anzahl Uniformierter vor, denn als sich die anderen Schlangen auflösten, kamen die übrigen Beamten nach und nach dazu, um an der Diskussion teilzunehmen. Sie verstand, daß die Männer mit ihr fühlten und nur allzu froh wären, sie ins Land lassen zu können, wenn sie nur mit einer etwas plausibleren Erklärung käme.

Plötzlich fiel ihr eine neue Geschichte ein. Ihre Mutter hatte sie aufgrund ihrer Jugend mit so wenig Geld aufbrechen lassen, da das Geld verlorengehen oder gestohlen werden könnte. Deutschen Gesetzen zufolge durfte monatlich ein bestimmter Betrag ins Ausland geschickt werden, und der Oktober war ja fast vorüber. Ihre Mutter hatte ihr deshalb nur einen geringen Teil des Geldes mitgegeben, das sie für ihren Ferienaufenthalt benötigte. War sie erst einmal sicher in London, brauchte sie bloß Nachricht von ihrer wohlbehaltenen Ankunft zu geben, und ihre Mutter würde ihr umgehend den für November erlaubten vollen Betrag anweisen.

Die acht Beamten brachen in breites Grinsen aus. Sie wußten, daß dies ein Geistesblitz war – denn wenn es so gewesen wäre, hätte Sibylle all das schon vor einer Stunde vorbringen können –, aber auf dem Papier wirkte es glaubhaft. Sibylles Beamter hatte offenbar nur auf eine Erklärung gewartet – wie durchschaubar falsch auch immer –, die ihn schützen würde, im Falle seine Vorgesetzten ihn je zur Rechenschaft ziehen sollten. Fröhlich stempelte er ihre Papiere und winkte sie durch die Sperre zum Zug nach London. Als sie den Bahnsteig betrat, sahen ihre Mitreisenden, die an den Fenstern standen, daß sie Erfolg gehabt hatte, und begannen zu applaudieren.

Eva Ortmann antwortete auf Sibylles Telegramm mit der Meldung ihrer Ankunft in London. Sie war erleichtert, wenn auch nicht vollständig, denn da Mutter und Tochter einander üblicherweise vor besorgniserregenden Informationen bewahrten, konnte keine von ihnen den Versicherungen der andern gänzlich trauen. Eva hatte aber auch eine Nachricht aus Holland weiterzugeben.

Eva Ortmann aus Berlin an Sibylle in London

1. November 1933

Mein liebes gutes Kind!

Ich war aber froh, als gestern um 1/2 8 Uhr Dein Telegramm ankam! Den ganzen Tag über hatte es bei uns geregnet und gestürmt, und ich mußte nur immer denken, wie es Dir wohl auf dem Schiff ergehen würde. Überhaupt dachte ich immerzu, wie Du wohl gereist wärest, ob ich Dir nicht einen schlechten Rat gegeben habe mit dem Übernachten in Brüssel usw. Dann sah ich Dich schon im Geiste den Zug versäumen, das Geld verlieren etc., alles, was man sich so in seiner Unruhe ausdenken kann. Nachdem Du mir aber »all right« telegraphiert hast, scheint ja nichts von alledem eingetroffen zu sein. Bist Du auch wirklich nicht seekrank geworden, oder hast Du das nur so zu meiner Beruhigung hingeschrieben?? Ich bin ja so gespannt auf Deinen ersten Bericht von all dem vielen Neuen, das dort auf Dich einstürmt.

Dr. Danziger hat mir nochmals einen sehr netten Brief geschrieben. Er hätte weitere 20 Gulden für Dich als Stipendium aufgetrieben, sodaß ich demnach nur noch 32 Gulden = ca. 53 Mark zu zahlen hätte, was sich schon eher hören ließe. Deine Zeugnisse haben ihn anscheinend begeistert, denn er bedauert es, daß Du nicht das Abitur machen willst, wozu Du doch so geeignet wärest. Eine Karte von Elsi lege ich bei. An Dr. Danziger werde ich schreiben, daß Du in London bist, daß ich nun aber, wenn es ihm recht ist, seine Sache noch ca. 5–6 Wochen offenhalten möchte. Wenn Du tatsächlich, was ich natürlich weder hoffe noch annehme, nichts in London erreichen solltest, kannst Du immer noch nach Scheveningen gehen, das ist dann nicht mal eine so schlimme Reise.

Sonst wüßte ich nichts Neues. Mach's gut, mein Liebes, und sei gegrüßt und geküßt!

Deine Mutti

Sibylle aus London an Eva Ortmann in Berlin

4. November 1933

Liebe kleine Mutti!

Dank für Deinen Brief. Du wirst mir wohl nach meinem ersten ausführlichen Bericht ohne den kleinsten Zweifel glauben, daß alles so glänzend verlaufen ist wie nur irgend möglich, daß ich noch im vollen Besitz meines Geldes bin etc. Heute will ich Dir also von meinem ersten Besuch und Eindruck der STADT erzählen. Nachdem vorgestern Evi bei mir draußen gewesen war, hatten wir uns für gestern in der Stadt verabredet. Ich sage, in der Stadt, weil ich nämlich die Gegend, in der ich wohne, nicht in diesen Begriff einbeziehe. Sie entspricht etwa dem Berliner Wedding-Reinickendorf: ein Arbeiterviertel, das für sich genommen ganz hübsch ist, typischer Großstadtvorort, fast ohne Verkehr, in der Nähe ein paar Fabrik-Schornsteine, im übrigen ganz niedliche kleine Häuser (höchstens 1–2 Stock), ein bißchen Grün, aber: unendlich weit von der City und damit von aller Kultur und Zivilisation der Stadt entfernt, die Fahrt dorthin mit großem Zeit- und Geldverlust verbunden. Dies alles wird mich leider Gottes dazu veranlassen, hier nicht allzu lange wohnen zu bleiben, sondern bald meinen Sitz zu wechseln. Das tut mir deshalb so leid, weil ich überzeugt bin, daß ich kaum irgendwo ein solches Entgegenkommen und so viel Herzlichkeit finden werde wie bei Bishops. Hier kommt es mir nach meinem 2½tägigen Aufenthalt vor, als wäre ich bereits 2½ Monate hier, ich kann tun und lassen, was ich will, kann Deutsch sprechen, wenn ich keine Lust oder Schwierigkeiten habe, mich englisch auszudrücken (ein sehr wichtiger Umstand, um sich wohlzufühlen), ich werde gut versorgt, man stellt keine Ansprüche auf irgendwelche Gegenleistungen, und ich bin nur unter wirklich reizenden und gebildeten Menschen. Aber wieviel bequemer und vor allem interessanter und lehrreicher es ist, in der Wohngegend Londons, NW + W, zu wohnen, habe ich erst gestern, bei meinem ersten Besuch dort, gesehen. Ich werde Dir gleich der Reihe nach berichten:

Also weiter in meinem walk mit Evi. Das erste, was ich tat, war auf eine Bank zu gehen und mir vorläufig 20 Mark zu wechseln, wovon ich gestern abend gleich mein boarding bezahlt habe. Augenblicklich steht der Kurs sehr hoch – auf 14 –, und ich will, eh ich den Rest wechsle, darauf warten, daß er wieder fällt. Die Bank liegt direkt am Trafalgar Square, einem riesenhaften und besonders am Abend »höchst« imposanten Platz – imposant durch die ganz großartige Beleuchtung von den kolossalen Lichtreklamen der umliegenden Häuser und durch seine Höhe. In der Mitte steht eine riesenhafte Siegessäule mit der Figur von Nelson auf der Spitze (ich glaube, der hat mal 'ne Schlacht bei Trafalgar Square geschlagen, daher der Name), der sehr ausgedehnte Platz ist umgeben von Hochhäusern, Geschäftsbetrieben wohl, und Kinopalästen. Kurz und gut, Du kannst Dir denken, daß das Ganze bei dieser fast gespenstischen Lichtreklame-Illumination einen gewaltigen Eindruck macht.

Auf diesem Platz sah ich übrigens auch den ersten Redner in London (ich habe danach noch etwa 10 gesehen). Ich fand das – im Gegensatz zu Evi, die gar nicht verstand, wieso ich da stehenblieb – hochinteressant und hörte eine Weile zu. Der Mann war ein faszinierender Volksredner, ein echter Demagoge – er sprach nicht nur mit Mund und Gesicht, sondern mit jedem Muskel seines Körpers und fesselte mich, ohne daß ich nur ein Wort verstand von dem, was er sagte. Er schien ein kommunistischer Agitator, denn der einzige Satz, den er deutlich sprach und den ich deshalb verstand, war: »They take your money, to make arms for a new war!«

Die größte und wohl berühmteste Straße von London ist die Oxford Street. Mit Recht, denn erst wenn Du einmal ein Stück hier entlanggegangen bist, bekommst Du den ganz richtigen Eindruck von der Mächtigkeit und vor allen Dingen von dem ungeheuren Leben, der Vitalität dieser Stadt. Irrsinniger Verkehr, Menschengedränge, daß man jeden Augenblick glaubt, sich zu verlieren, gefüllte Kaufhäuser, über allem ein rasender Lärm – das ist eine Atmosphäre, die wir aus Berlin nicht mehr kennen, und ich muß sagen, sie reißt einen ungeheuer mit. Wir gingen die Oxford Street entlang bis zum Marble Arch, eine verkleinerte Ausgabe des Arc de Triomphe, aber sehr, sehr verkleinert. Er steht am Eingang des Hydepark, den Du ja wohl aus der Forsyte Saga kennen wirst. Obwohl es Herbst ist, ist das Gras, dieser kurzgeschnittene »englische« Rasen, noch ganz grün, das Laub hat jetzt die schönsten Farben, die man sich ausdenken kann. Dieser kurze Spaziergang durch die Kensington Gardens – wir wurden nämlich von einem Policeman, der die Türen schließen wollte, um 5 Uhr rausgeschmissen – war fast der schönste Teil unseres ausgedehnten Spaziergangs. Wir hatten Glück mit dem Wetter, es war ziemlich kühl, aber ganz trocken, blauer Himmel und ein Vollmond, der – wahrscheinlich von der untergehenden Sonne beschienen – die Wipfel der Bäume gerade noch beleuchtete und rot färbte, während um die unteren Teile der Bäume, auf der Erde und auf dem Wasser (Serpentine-Teich mit Badeanstalt) schon der dichte Nebel lag. Hach, wenn ich doch ein Dichter wäre, daß ich darüber 5 Seiten einer Novelle schreiben könnte! Es war wirklich zu schön!

Nach weiteren 20 Minuten unseres anstrengenden Marsches langten wir endlich bei Evi an, die bei einer widerwärtigen Ziege, der Pritchard, mit Hannele ein zwar kleines, aber sehr hübsches Zimmer hat. Sie wird wohl dort bald ausziehen und zu Jessners ziehen, die sich ein Haus nehmen wollen. Es war sehr nett bei Evi und Hannele (die jetzt beide einen Mittelscheitel und – Duft (!) tragen). Wir aßen Abendbrot, waren albern, schließlich brachte mich Evi an einen Autobus, ich fuhr eine halbe Stunde bis Charing Cross und noch mal 1/2 Stunde nach Hause, mit einigem Warten und Laufen brauche ich also von Haus zu Haus auf schnellstem Wege 1 1/2 Stunden, mit der Tram über 2 Stunden.

Ich habe noch vergessen, daß ich in der Polytechnic gewesen bin, einem sehr modernen, knorken Institut, so 'ne Art Humboldt-Hochschule, wo man einfach alles lernen kann und die verhältnismäßig billig ist, aber sehr anerkannt und gut. In Evis Kurs komme ich auf keinen Fall mehr mit, und es hat keinen Zweck, sich dafür kaputtzuarbeiten, da am 1. Januar ein neuer Term (3-Monatskurs) beginnt, in den ich dann sicher eintreten könnte, ohne sehr große Schwierigkeiten zu haben. Bis dahin habe ich daran gedacht, wenn alles klappt, an einem englischen Kurs für foreigners teilzunehmen. Aber erst muß ich sehen, wie sich L. Montagu und Rabbi Mattuck benehmen. Ich schrieb ihnen gestern, daß ich einen Brief von Herrn Woyda[32] an sie hätte etc., und erhielt noch am selben Tag mit der letzten Post (10 Uhr) von beiden Antwort. Der eine bestellte mich Montag 1/2 3, der andere 1/2 5 Uhr. Ich habe große Angst, wie das mit dem Englischsprechen sein wird, denn damit ist es bei mir noch sehr mau. Allerdings verstehe ich besser als am ersten Tag, aber wenn die Familie schnell spricht, kann ich noch immer oft nicht folgen, und wenn erst gar ein Kind oder ein Policeman und einfache Leute zu mir sprechen, bin ich direkt aufgeschmissen. Trotzdem merke ich schon, wie es täglich besser wird sowohl mit dem Verstehen wie mit dem Sprechen.

---

32 Bruno Woyda war ein Sprecher der Reformbewegung im deutschen Judentum und eine bekannte Persönlichkeit in der World Union for Progressive Judaism. Er hatte der unter deutschen Juden vorherrschenden Haltung Ausdruck verliehen, als er am 16. Juni 1932 erklärte: »Wir bleiben Deutsche, weil wir es gar nicht anders können, selbst wenn wir es wollten. Wir sind deutsch in unserem Wesen, und wir sind deutsch in unserem Denken.«

Gestern abend, als ich gute Nacht sagte, drückte mir Mrs. Bishop einen Kuß auf den Mund. Sie scheint mich sehr gern zu haben. Sie ist eine echte Engländerin, wie sie im Buch steht, schrecklich mager, mit Brille, häuslich und sehr nett. Die Engländer sind überhaupt reizende Menschen, höflich, zuvorkommend gegen Fremde – besonders die Männer gefallen mir ausgezeichnet, sie sind eigentlich alle bildhübsch (ausgenommen der Sohn des Hauses – ein schrecklich häßlicher, unsympathischer Kerl). Der hübscheste und netteste von allen ist und bleibt aber mein Rabbi!

Heute abend gehe ich mit Evi zu den German Players (Leopold Jessner) – »Heimat« von Sudermann. Du siehst, ich genieße mein Leben. Hoffentlich tust Du das nur auch, gehst oft ins Kino oder mal ins Theater etc. Wann und was singst Du im Kulturbund? Kann Lechner seine Rolle, oder profitierst Du noch von der glänzenden Groschenkonjunktur? Bitte grüße ihn, ich danke ihm für seine Unterschrift. Grüße auch Anna, die hoffentlich wieder all-right ist, und erzähle ihr, sie könnte ohne weiteres mit ihrem Berlinisch hier nach London kommen und bräuchte immer nur ihre Redensarten zu übersetzen: Ich gehe neulich mit Evi die Oxford Street entlang und versuche, das Gespräch von zwei Damen zu verstehen. Der erste Satz, den ich höre ist: »Don't be so soft!« (soft = weich) Am Abend fragte ich Nora, was das heißt, sie lachte sehr und sagte, es wäre nicht gerade ein sehr feiner und gesellschaftsfähiger Ausdruck und bedeutete: Sei nicht so »weich« = weich im Gehirn = verrückt oder doof! Komisch, nicht?

Die Karte von Elsi ist doch nett, bitte schreibe ihr oder ihm wirklich, sie möchten mir die Sache noch offenhalten.

Sibylle

Nachschrift von Evi Jessner

Liebe Frau Ortmann, ich sitze hier gerade mit Sibyllchen im Theater und habe die schönen Strümpfe an. Vielen, vielen Dank! Ich habe mich furchtbar gefreut, aber noch viel tausendmal mehr mit Ihrem Fräulein Tochter. Ich schreibe Ihnen noch selbst. Sibyllchen wohnt so furchtbar weit weg! Hoffentlich bekommt man sie bald in die Nähe!

Ihre Evi

Sibylle aus London an Eva Ortmann in Berlin

8. November 1933

Meine liebe Mutti!

Schönen Dank für Deinen schon sehnlichst erwarteten Brief, der mit gewaltiger Verspätung kam, da er »zur Devisenüberwachung zollamtlich geöffnet« worden war. (Kein Fang für die Leute.)

Flanellnachthemden brauchst Du mir auf keinen Fall zu schicken. Das Zimmer, in dem man schläft, ist zwar kalt, aber man hat hier sehr warme Betten, außerdem, was wunderbar ist, nimmt jeder Engländer so eine Wärmflasche mit ins Bett, wie ich sie habe: den »waterbottle«. Frieren kommt gar nicht in Frage, denn an- und ausziehen tut man sich hier schnell.

Nun zu wichtigeren Dingen: Ich habe gestern die Besuche bei L. [Lady] Montagu[33] und Rabbi Mattuck gemacht. Zuerst bei L. Montagu, einer älteren, häßlichen und sehr beschäftigten Dame, die mich so behandelte, wie eben die Leute heute das Recht haben, einen refugee zu behandeln: herablassend, kühl, mit einem Unterton des Mitleids –, mich unnötigerweise 2 Stunden warten ließ, um mir daraufhin den Bescheid zu geben, ich könne leider noch nicht genug Englisch – vielleicht, wenn ich es besser könnte, würde man sich eher nach einem Stipendium umsehen können.

Ich schnaubte vor Wut, stürzte in rasender Eile zur nächsten Untergrundbahn, um zu Rabbi Mattuck zu fahren. Ich erwartete naturgemäß eine zweite Enttäuschung. Ich wurde tatsächlich enttäuscht, aber angenehm. Ich kam zu einem bezaubernden Mann, der – obwohl er keinen Buckel hatte und elegant angezogen war – wie ein zum Leben erwachtes Bild von Moses Mendelssohn aussah. Der jüdische Gelehrte, wie er im Buch steht. Er war ganz reizend zu mir, behandelte mich als erwachsenen, ernstzunehmenden Menschen, dem man nicht dauernd im Tone bitteren Vorwurfs sagt: »Sie sind aber wirklich noch sehr jung mit 15 Jahren!«, wie die Hexe davor es gemacht hatte.

---

33 Lady Lily Montagu (1873–1963): eine Führerin des britischen Reformjudentums, auch aktiv in der World Union for Progressive Judaism, der internationalen Reformorganisation. Den Ehrentitel »Lady« verdankte sie ihrem Vater, Samuel Montagu (1832–1911), der den Bezirk Whitechapel in Ost-London für viele Jahre im Unterhaus vertrat, bevor er zum Baron Swaythling geadelt wurde.

Er war sehr pessimistisch in bezug auf mich, hörte sich aber alles mit Interesse und Teilnahme an und versprach mir am Ende – er war übrigens begeistert von meinen Zeugnissen –, er würde sofort ans Comité schreiben – die einzige Möglichkeit, die noch bliebe – und sich erkundigen, wie augenblicklich die Lage für Stipendien wäre. Ich bekäme dann sofort von ihm Bescheid. Ich sollte mir aber alles noch x-mal überlegen, ob ich nicht was anderes unternehmen wollte, mit Leuten, die zwei Sprachen beherrschen, wäre die Erde besät etc. etc. Alles richtig, aber was soll ich denn machen? Obwohl er mir meine letzten Illusionen ziemlich geraubt hatte, ging ich ebenso zufrieden von ihm fort, wie mich die Montagu in Wut versetzt hatte. An eins muß man sich eben in meiner Lage gewöhnen, das ist: Geduld haben! Eben bekam ich den Brief von Mrs. Goldsmith, ich solle am Donnerstag zu ihr kommen.

Morgen – Mittwoch – gehe ich zu Evi hospitieren, am Freitag in eine andere Schule. Heute nachmittag gegen fünf kommt Nora ins Zimmer – es hatte geklingelt – und sagt, ein Schreck in der Abendstunde: »Ein junger Herr für Sie ist gekommen.« Ich dachte natürlich an Kurt, der gestern abend angekommen ist, und ging raus mit der Absicht, ihn sofort rauszuschmeißen. Aber es war Henry Chasanowitsch, der die 35 Kilometer von sich zu mir per Rad kam.[34] (Er wohnt dabei nicht außerhalb von London wie ich.) Er blieb bis gegen 9 Uhr, wir unterhielten uns sehr gut und verabredeten schließlich, daß ich ihn und seine Mutter morgen besuchen soll. Henry ist ein sehr netter, kluger Junge und hat hier einen riesengroßen Kreis von Leuten, mit denen er mich bekanntmachen wird. So kommt man wenigstens unter Menschen. Vorerst werden wir uns zusammen die Stadt begucken, denn er hat drei Wochen Ferien. Ich hatte schon Angst, wie ein so ausgedehnter Herrenbesuch aufgenommen werden würde, aber mir scheint, Bishops sind nicht choquiert.

Gestern vormittag habe ich mir den Tower (das große Gefängnis – Maria Stuart etc.) angeguckt, ein unheimlicher Bau und sehr interes-

---

34 Henry Chasanowitsch und seine Mutter, beide eifrige Kommunisten, waren als Flüchtlinge vor Hitler nach London gekommen. Henrys jüngere Schwester Lillan war zu dieser Zeit noch in Berlin.

sant. Die berühmte Tower Bridge wirst Du wohl auch von Abbildungen kennen. Sie ist ganz kolossal.

Sei nicht böse, daß ich heute nur so kurz bin. Ein andermal mehr. Ich hoffe, Du hast an Elsi geschrieben!!! Grüße an alle, Gruß + Kuß!

Sibylle

Sibylles nachdrückliche Erinnerung, nach Holland zu schreiben und sicherzustellen, daß das Angebot eines Stipendiums für die Schule in Scheveningen nach wie vor aufrechterhalten würde, zeigt, wie unsicher sie war, ob das Jüdische Flüchtlingskomitee ihr die Hilfe gewähren würde, die sie wollte.

Eva Ortmann aus Berlin an Sibylle in London

9. November 1933

Mein liebes gutes Kind!

Ich danke Dir sehr für Deinen lieben Brief. Den Reinfall mit Lady Montagu nimm nur nicht zu schwer. Auf so etwas muß man vorbereitet sein. Lechner kennt sie übrigens, sie hat mal in der Reform in einem lila Gewand gesprochen. Er sagt, es wäre ein großer Quatsch gewesen und sie eine ekelhafte Ziege und Wichtigtuerin, immerhin können einem solche Leute manchmal gerade nützen, wenn sie wollen, aber die will nun eben nicht. Vielleicht hilft Dir der Rabbiner. Daß er pessimistisch ist, ist ja ganz klar, es kommen wahrscheinlich viele Leute zu ihm, und er kann nicht allen helfen. Aber im übrigen ist die Erde mit Leuten aller Berufe besät, und doch gibt es in jedem welche, die sich gut ernähren. Ich persönlich halte es im Augenblick für das Wichtigste, Sprachen zu beherrschen, und für Ackerbau und Viehzucht scheinst Du mir eben doch nicht geeignet zu sein. Übrigens sollst Du ja nicht nur 2 Sprachen lernen, sondern wenn möglich 4 (Deutsch mitgerechnet), und das ist schon wieder etwas anderes. Man muß eben Geduld haben und immer wieder versuchen. Ich habe mir gleich gedacht, daß es nicht so glatt gehen wird. Könntest Du denn nicht, abgesehen von Deinen Empfehlungen, dorthin gehen, wo Evi war? Daß Dich der Henry Chasanowitsch besucht hat, finde ich sehr nett. Vielleicht lernst Du durch ihn noch andere nette Leute kennen, das kann nie schaden, auch hört man vielleicht doch mal irgend etwas, was einem von Nutzen sein kann. Verliere nur nicht den Mut, mein Gutes, es wird Dir schon etwas glücken, wenn auch nicht gleich auf Anhieb.

Dein Zimmer wird nicht leicht zu vermieten sein, die Leute kehren schon vor der Küchentür um. Meine beiden Amerikaner sind entsetzliche Mieter, ein furchtbarer Reinfall, die Zimmer sehen wie Dreckbuden aus, und außerdem spucken sie alles voll, die Badewanne, die Wände etc. Das sollen angeblich alle Amerikaner tun, wie ich mich jetzt, leider zu spät, informiert habe.

Nun Schluß für heute, mein Liebes. Es kommt mir manchmal ganz komisch vor, wenn ich so durch die Straßen gehe und mir plötzlich überlege, wo Du Dich wohl im gleichen Augenblick befinden magst! Vor allem, weil ich die Stadt und die Menschen, unter denen Du lebst, nicht kenne. Sei 1000 Mal geküßt von Deiner Mutti

Sibylle aus London an Eva Ortmann in Berlin

9. November 1933

Für Frau Splett mit!

Liebe Mutti!

Heute war ein aufregender Tag für mich und mein Schicksal. Ich war auf dem Woburn House[35] (das hiesige Comité), dem einzigen, was für meine Zwecke noch in Frage kommt. Aber der Reihe nach: Du weißt, daß ich durch Lili zwei Empfehlungen an eine Mrs. Goldsmith[36] hatte. Ich hatte ihr also geschrieben und bekam gestern die Antwort, ich sollte mich heute vormittag, 11 Uhr, bei ihr im German Refugee Committee da und da (genaue Beschreibung) einfinden. Ich vermutete das Woburn House, da das die einzige Stelle ist, von der Juden- und Emigrantenschaft der ganzen Stadt sprechen, las mir also

---

35 Deutschen Flüchtlingen wurde in London von zwei Gruppen mit verschiedenen, sich jedoch gelegentlich überschneidenden Interessen geholfen. Das Jewish Refugees Committee, das seine Büros im Woburn House hatte, unterstützte nur Juden und war politisch neutral; das German Refugee Committee stand Juden wie Nichtjuden gleichermaßen bei und hatte eine politisch linke Ausrichtung.

36 Grete Fischer, die Goldsmith im Berlin der später zwanziger Jahre kannte, beschreibt sie fast 40 Jahre später sehr anschaulich: »Margaret, Amerikanerin, in Deutschland zur Schule gegangen, in USA graduiert, war wie ein frischer Luftzug

die »genaue Beschreibung« gar nicht durch und verabredete mich mit Henry Chasanowitsch, der dort ganz bewandert ist und mir alles zeigen wollte, vor dem Woburn House.

Eh ich dort ankam, verlief ich mich erst und langte mit halbstündiger Verspätung an. Wir stellten darauf fest, daß ich nicht zum Woburn House, sondern zu einer andern, davon ganz unabhängigen Stelle zitiert war, die Gott sei Dank – für Londoner Verhältnisse – ganz in der Nähe war. Es kostete eine weitere halbe Stunde, bis ich tatsächlich an Ort und Stelle war. Dieses German Refugee Committee ist keine spezifisch jüdische, sondern mehr eine sozialistisch-politische Institution. Ich wurde sofort zu dieser Mrs. Goldsmith geführt, dem entzückendsten Menschen, der mir bisher in ganz London begegnet ist. Sie war dermaßen herzlich und interessiert, daß ich sofort Mittelpunkt ihres mit Bekannten angefüllten Privatzimmers wurde, die sich ebenso nett für mich interessierten, mir jeder zum Abschied die Hand drückten und mir recht viel Glück für meine Bemühungen wünschten. Aber ich bin ja schon beim Abschied! Mrs. Goldsmith ließ mich also meine ganze Geschichte und meine sämtlichen Absichten erzählen, war begeistert, daß ein so junger Mensch so viel Mut habe, allein in die Welt hinauszufahren, sagte, für einen Menschen von 15 Jahren hätte es doch noch einen Sinn, etwas zu tun, es sei eigentlich eine selbstverständliche Pflicht, denn ich hätte mir doch noch ein ganzes Leben aufzubauen – sie könnte mir Hoffnung machen, daß etwas für mich getan würde. Sie selbst sei nur die Institution, die die German Refugees an die richtigen Stellen weise, und sie würde mir sofort einen Brief an eine oberste Dame des Woburn House geben – setzte sich also hin und schrieb einen so reizenden Brief, so nett und persönlich, wie Du es Dir gar nicht vorstellen kannst. Sie bäte um so-

---

oder ein Schluck guten Weins. Sie war gut gewachsen, und der Kopf mit einem Wust von krausem rötlichem Haar wirkte sehr anziehend. Sie sprach tadellos Deutsch, und ihre blitzende Gescheitheit bewegte sich flink auf allen Gebieten. Lustig, scharf, tüchtig, von unendlicher Gutherzigkeit, bestand sie für sich vor allem auf Freiheit, unbürgerlicher Freiheit, die auf die Sicherheit persönlicher Anständigkeit basierte.« (Grete Fischer: *Dienstboten, Brecht und andere. Zeitgenossen in Prag, Berlin, London.* Olten und Freiburg im Breisgau 1966, S. 271f.) Goldsmiths Ehe mit F. A. Voigt war indessen nicht von Dauer, sie wurden 1935 geschieden.

fortige Aufmerksamkeit für ein 15jähriges und begabtes Mädchen mit ausgezeichneten Zeugnissen (folgt Angabe Deines Berufes und meiner hiesigen Situation in bezug auf Wohn- und Geldverhältnisse und die Bitte, sich sofort näher mit mir zu beschäftigen, da man doch für einen so jungen Menschen besonders verantwortlich sei). Dann versicherte mir dieses Goldexemplar von einem Menschen, daß ich – wenn irgendwo – dann in erster Reihe von ihnen Freunde hätte und daß ich, wenn ich zum Beispiel krank wäre oder sonstwelche Sorgen hätte, nur zu ihr kommen sollte, sie würde das dann alles arrangieren, im Krankheitsfall so, daß es mich nichts kosten würde. Ich sollte sofort ins Woburn House zu Mrs. Model (mit dem Brief) gehen und ihr gleich über den Erfolg Bericht erstatten beziehungsweise ihr schreiben. I did so – nachdem ich ihr gebührend gedankt hatte – unter Henry's Begleitung, die mir sehr viel unnütze, falsche Wege ersparte, denn das Woburn House ist ein riesiger Bau mit 6 Stockwerken und Hunderten von Zimmern.

Ich fand nicht Mrs. Model, sondern ihre sehr nette und hübsche Secretary (das haben die Sekretärinnen hier alle an sich), die mich anwies, eine Weile auf einen bestimmten Herrn zu warten. Ich benützte diese Zeit, um mir meine Akte mit sämtlichen Personalien, Wünschen etc. ausstellen zu lassen, die jeder dort haben muß, eh er irgendwo vorgelassen wird. Dann wurde ich – nach nur halbstündigem Warten – zu einem Herrn (dessen Namen ich nicht erfuhr) hereingeführt, der anfing, mich in einem fürchterlichen Offizierston auszufragen: »Warum sind Sie hergekommen? Was wollen Sie hier? Sind Sie orthodox?« etc. etc. Das letzte verneinte ich. Er fragte mich darauf, wann ich das letzte Mal in der Synagoge gewesen wäre. Ich antwortete stolz und ehrlich: »Am Versöhnungstag.« Er fragte: »Warum?« Auf diese dumme Frage sagte ich noch dümmer und so ehrlich wie zuvor: »Weil meine Mutter da ein Solo gesungen hat!« Da lachte der Mann sehr, sein Ton wurde freundlicher und freundlicher und endete damit, daß er mich einlud, mit ihm zu lunchen. Ich lehnte dankend ab, da ich eine Verabredung mit Evi hatte. Als er gerade überlegte, was er mit mir anfangen sollte, stürzte – ich glaube sogar irrtümlicherweise – ein Herr ins Zimmer, der mir dann als Herr Ernst Kahn vorgestellt wurde und der meine Sache in die Hand nehmen sollte. Er war sehr nett und bestellte mich um 5 Uhr zu sich hin. Ich stürzte – es war 1/2 2 – zu Evis Schule, wo ich einmal für 3 Stunden hospitieren sollte. Ich konnte dabei heute feststellen, daß zwar Evis Klasse wohl zu schwer für mich sein würde, daß ich aber in der Januarklasse gut mitkommen kann.

Nach Ende der Schule zurück zum Woburn House. (In Fahrgeld habe ich heute 1,50 M verfahren.) Dort sofort bei Herrn Kahn vorgelassen, der ganz reizend ist, sich nach allem erkundigt, mir verspricht, zu tun, was in seinen Kräften steht, und mir im übrigen mehrfach erklärt: Ich hätte ihnen mit meinem Herkommen eine schöne Geschichte eingebrockt, denn nun seien sie doch quasi verpflichtet, mich zu erhalten! Das aber in sehr freundlichem Ton, natürlich. Dann ging er mit mir, Mrs. Model zu suchen, denn er meinte, wenn man die mal erwischte, könnte man viel erreichen. Der Mann gefiel mir überhaupt ausgezeichnet. Was mir an den Leuten, die ich heute gesprochen habe, allen so sympathisch war, ist, daß sie einen vollständig ernst und erwachsen nahmen, nicht die ekelhaft gönnerhafte Art der Frau Montagu hatten und einen die im Grunde ja scheußliche und peinliche Bittstellung nicht im geringsten fühlen ließen.

Im Zimmer der Mrs. Model stießen wir zwar nicht auf Mrs. Model, aber auf eine andere Dame! Frau Dr. Eppstein, die mit meinem Kahn einen erregten Streit über den Fall eines 25jährigen Menschen hatte, dessen Sache sie lebhaft vertrat, wogegen Herr Kahn erklärte, es gäbe andere Fälle, wo er Hilfe für wichtiger hielte. Er fing an: »Sehen Sie, da habe ich zum Beispiel ein 15jähriges Mädchen« – zog die Dame dann in eine entfernte Ecke und sprach mit ihr Englisch, weil er glaubte, ich verstände ihn dann nicht. Das schlechte Englisch, was er sprach, war auch tatsächlich kaum verständlich, aber in der Hauptsache wurde es mir klar, daß er meine Sache vertrat und bei mir Unterstützung für notwendig hielt.

Schließlich riefen mich beide zu sich, und diese widerliche Ausfragerei bis aufs Hemd begann von neuem. Ich kann Dir das nicht alles im einzelnen schildern. Er fragte also unter andrem auch, ob ich nirgends in der Welt Verwandte hätte. Ich sagte: Ja, zwei Brüder meiner Mutter, die selbst emigriert wären – na eben, wie es ist. So ganz nebenbei fragte er dabei nach Deinem Mädchennamen. Bei der Nennung stutzte er einen Moment: »Löwenfeld?« Ich hielt den Augenblick für richtig, Deinen Vater anzubringen, den er – denke Dir – sehr gut kannte! Natürlich nicht persönlich, der ist noch ziemlich jung. Aber er wußte genau, wer er war, und kannte seine Tolstoiübersetzungen, hatte wohl auch einige Aufführungen unter seiner Regie gesehen. Er fragte nur immer, warum ich ihm das nicht gleich gesagt hätte, da sähe doch alles ganz anders aus etc. Natürlich könnte er die Entscheidung nicht aus dem Ärmel schütteln, er würde mir in einigen Tagen Bescheid geben können, aber ich sollte mich nur nicht aufregen, es würde schon alles werden, für die erste Zeit mindestens sollte ich mir gar keine Sorgen machen etc. – Adieu!

Das sieht doch ganz aussichtsreich aus, nicht wahr? Noch dazu dieser Herr Kahn ein äußerst einflußreicher und bedeutender Mann beim Woburn House ist und man mir erzählt hat, daß sich Leute zwei Monate bemüht haben, um überhaupt bei ihm vorgelassen zu werden. Na, die haben auch alle tüchtig gedienert, als er mit mir die Treppe runterging. Es sind jedenfalls wieder alle Illusionen in mir erwacht – hoffentlich nicht, um wieder enttäuscht zu werden.

Jetzt hat sich die Sache allerdings noch unerwartet verkompliziert, indem ich nämlich überall auf dem Woburn House angegeben habe, daß ich in Blackheath wohnen bliebe (womit die auch in Anbetracht der Billigkeit sehr einverstanden waren, trotz des Fahrgelds) und sich jetzt herausgestellt hat, daß ich höchstens bis Weihnachten bleiben kann, da dann eine Schwester mit Kind hierherkommt und anschließend ein anderes deutsches Mädchen. Schließlich waren ja wirklich nur 4 Wochen ausgemacht. Wenn ich jetzt umziehe, natürlich in die City oder jedenfalls viel näher.

Nun sag mir, was Du über den wahrscheinlichen Erfolg dieses Tages denkst!? Ich bin in diesen 8 Tagen Londoner Aufenthalts dermaßen selbständig geworden und habe eine solche Routine und Gewandtheit im Verhandeln mit dieser Art Leute auf den Ämtern bekommen, daß Du mich kaum wiedererkennen würdest. Ich glaube, das ist ganz gut, nicht wahr?

Mir geht es im übrigen auszeichnet. Gestern war ich bei Chasanowitschs draußen, es war sehr nett, aber *auf schnellstem Wege* 1 1/2 [Stunden] zu fahren. Auf dem Heimweg passierte mir etwas rasend Komisches und in gewisser Weise Interessantes: Ich fragte einen Fahrkartenknipser nach einem Zug nach soundso. Er verstand mich nicht. Ich wiederholte zwei, drei Mal, endlich verstand er. Er hatte natürlich gemerkt, daß ich Ausländerin bin, und da ich gerade ein französisches Buch (»Le cercle de famille«, Maurois) in der Hand hielt, mußte er mich wohl für eine Französin halten. Kurz und gut, es erging plötzlich – ich wußte gar nicht, wie mir geschah – ein französischer Wortschwall über mich: wie oft und wo ich umsteigen müßte, wie gehen etc. Ist das nicht wunderbar?

Neulich war ich mit Evi im Theater ihres Onkels: »Heimat« von Sudermann, ein ganz schlechtes Stück, aber gut gespielt, obwohl keiner der actors eine Größe war. Für die Engländer muß das Ganze äußerst unverständlich und langweilig gewesen sein, denn es wurde viel Berlinisch und schnell gesprochen. Die Dame, die mit ihrer Begleiterin links neben mir saß, fing am tragischen Höhepunkt des Stückes laut an zu lachen – sie hatte etwas falsch verstanden. Die andere Dame begann sofort eifrig und laut, sie auf englisch über die Deplaciertheit ihrer Heiterkeitsäußerungen aufzuklären, worauf sie – wohl um sich nicht noch einmal einer solchen Blamage auszusetzen – für den Rest des Stückes vorzog, weder zu lachen noch zu weinen, und alles Kommende über sich ergehen ließ, ohne auch nur eine Miene zu verziehen.

Anschließend ans Theater und auch sonst noch oft war ich mit Evi bei Lyons, einem riesenhaften Cafébetrieb (ziemlich billig), der in allen Teilen der City Niederlagen hat und sehr bekannt ist, weil es das einzige dieser Art ist, was existiert in London. Jedes dieser Häuser hat mehrere Stockwerke und ebensoviel sehr gute Kapellen, die fast immer Verdi spielen. Es ist übrigens hier gang und gäbe, daß junge Mädchen zu zweit oder auch allein in ein Café gehen, auch sehen hier 16jährige Mädchen im allgemeinen nicht wie Kinder, sondern eher wie 20 aus. Alles, was man mir von diesen beiden Tatsachen anderes erzählt hat, stimmt nicht oder ist längst überholt. Wenn man eine Zeit hier ist, muß man überhaupt über vieles lächeln, was man so vorher erzählt oder geraten bekommt.

Dieses Lyons hat noch einen ganz bemerkenswerten Cloak-Room (Toilette zu deutsch). Man fährt von der Straße mit einem riesengroßen Lift speziell zum Damen-Cloakroom. (Ist das nicht irrsinnig komisch?) Der nimmt einen ganzen Flat für sich ein. Die Hauptsache ist ein riesiger Spiegelraum mit etwa 30 Waschtoiletten mit allem Komfort und etwa 12 ebenso hübschen Frisiertoiletten mit kleinen Sesselchen etc. Dort tummeln sich zwischen 5 + 8 Uhr manchmal 100 und mehr Mädels, teils Mädels, die aus dem Geschäft kommen und sich hier umziehen, teils Mütter, die sich zurechtmachen. Benützung kostet nichts, nur die der anschließenden richtigen Toiletten.

Nun aber Schluß, grüße alle, vergiß nicht, Frau Splett den Brief zu geben, hoffentlich langweilt er Euch nicht!

1000 Küsse!

Sibylle

Eva Ortmann aus Berlin an Sibylle in London

12. November 1933

Mein liebes Sibyllchen!

Das war mal ein langer und schöner Brief! Du kannst Dir gar nicht denken, wie sehr ich mich mit ihm gefreut habe! Da hast Du, nach Deiner ersten Enttäuschung mit der Lady Montagu, nun endlich mal Glück gehabt! Ich finde es großartig, was Du bisher erreicht hast. Ich bin ganz gerührt über diese Leute. Aber am nettesten finde ich die Sache mit dem Tempel, in den Du nur gegangen bist, weil Deine Mutter ein Solo gesungen hat. Da hast Du mit richtigem Instinkt das einzig Richtige geantwortet. Der Mann hat sich gesagt, wenn Du wolltest, hättest Du ihm ja mit Leichtigkeit einen großen Quatsch vorerzählen können, und daß Du es nicht getan hast, hat ihm gerade gefallen. Das spricht natürlich auch sehr für den Mann. Ich habe Deinen Brief Frau Splett geschickt und heute mit ihr telefoniert. Sie ist ganz begeistert über ihre Engländer. Auch über Dich, Deine Selbständigkeit usw. Ich glaube auch, daß Du Dir eine große Routine aneignen wirst im Verhandeln mit Menschen. Du schilderst auch alles so anschaulich, daß man glaubt, ordentlich dabei zu sein. Übrigens, an Elsi Herschkowitsch mußt Du schreiben, ich habe an Dr. Danziger geschrieben, aber ich glaube ja, Du wirst darauf nicht mehr zurückzukommen brauchen.

Gestern war ich in der Hauptprobe zu »Figaros Hochzeit«. Die

Vorstellung ist ziemlich minderwertig. Nur Lechner und die Sängerin der Susanne waren hervorragend, alles andere tiefe Provinz.

Mach es weiter gut, und laß Dir nur nichts geschehen in dieser großen Stadt.

Es küßt Dich Deine Mutti

Sibylle aus London an Eva Ortmann in Berlin

12. November 1933

Liebe Mutti!

Vom Woburn House habe ich noch nichts erfahren.

Soll ich mal eine Karte an meinen Vater schreiben? Er hat doch sicher nichts mehr von sich hören lassen!

Deine einzige

Sibylle

Sibylle aus London an Eva Ortmann in Berlin

14. November. 1933

Mein liebes Süßes!

Vielen tausend Dank für den goldigen Brief, der mich wer weiß wie gefreut hat – so vergnügt war er. Ich bin ja auch sehr optimistisch in bezug auf das endgültige Resultat des Woburn House und mit mir alle, denen ich vom Verlauf meiner diversen Besuche erzählt habe. Wenn ich in den nächsten Tagen die Antwort bekommen sollte, daß man mir für ein Jahr boarding und Ausbildung garantiert, bekommst Du ein Freudentelegramm, auf dem nur das Wort »HURRAH« steht. Das kostet hier nur ganz wenig, etwa 65 Pf. Geld brauche ich natürlich nicht, denn erstens habe ich ja Herrn Kahn gesagt, daß Du mir keins schicken könntest, und dabei muß man bleiben, und zweitens habe ich noch über 3 1/2 Pfund = 70 Mark, mit denen ich bis gegen Ende Dezember reiche. Soweit das Geschäftliche!

Der Deutschlehrer von Mr. Bishop unterrichtet an einem College, das – in der Art der Volkshochschule – billig und linkseingestellt ist, da es ja vor allem für begabte Arbeiter ist. Mr. Bishop hat ihm von mir erzählt, und er interessiert sich für mich und meine Pläne hier und bat, ich möchte mal zu ihm kommen, er könnte mir vielleicht auch noch irgendeinen Rat geben. Ich ging mit Nora hin, er war sehr nett, unterhielt sich lange mit uns in wunderbarem Deutsch. Leider ist seine Schule für mich nicht das richtige, er hat mir aber eine andere empfohlen, in der ich Englisch lernen kann. Er lud uns zum Tee ein, setzte uns prächtigen Kuchen vor, und im Laufe des Gesprächs stellte sich heraus, daß er ein hochinteressanter Mann ist (Namen und Näheres kann ich Dir leider nicht schreiben), der sehr viele Bekannte von uns (unter anderem Renates Vater etc.) persönlich kennt, unter anderem Fräulein B. (Frau Splett's Bekannte, die ich vor meiner Reise aufgesucht habe). Er hat augenblicklich eine hochinteressante Funktion.[37] (Da ich wenig Zeit habe, schreibe ich sie Dir in einem der nächsten Briefe.)

Ich treffe überhaupt auf Schritt und Tritt Bekannte von Bekannten. Mit den Deutschen, die man auf der Straße trifft, ist es nicht so schlimm, wie immer behauptet wird. Man hat absolut nicht den Eindruck, daß die Stadt von ihnen übervölkert sei.

Sage mir doch, wie Du Dich zum 12. geäußert hast[38] (Bitte die Antwort in einem einzigen Wort an unmotivierter Stelle im nächsten Brief!). Hier feierte man neulich, am 11., den Armistice (Waffenstillstand 1918). Jeder Mensch trug eine rote Blume mit bestimmter Aufschrift (ich habe meine aufgehoben), und wer sie nicht trug, war eine ebenso auffallende und unrühmliche Erscheinung wie ein Neinsager bei der Wahl am 12. November. Mittags ertönten zwei Kanonenschüsse, und dann trat 2 Minuten Stille ein: Verkehr stand still, und

---

37 Aller Wahrscheinlichkeit nach war diese »Funktion« eine Tätigkeit für die kommunistische Partei.

38 Hitler hatte für den 12. November 1933 eine Volksabstimmung über seine Außenpolitik angesetzt. Sie bildete den Höhepunkt einer sechsmonatigen Kampagne, die dem deutschen Volk Hitlers Anstrengungen für Abrüstung und Frieden zeigen sollte, in Wahrheit allerdings das Gegenteil darstellte: die Vorbereitung von Aufrüstung und Krieg. Ihren Ausgang nahm sie von einer internationalen Abrüstungskonferenz, die bereits seit dem Vorjahr mit geringen Ergebnissen in Genf tagte. Im Mai 1933 forderte Hitler Frankreich, Großbritannien, Italien und die USA auf, ein Abkommen für nachhaltige Abrüstung vorzubereiten, wie es der Vertrag von Versailles vorsah. Sollte ein entsprechender Vertrag abgeschlossen werden, so erklärte er, werde Deutschland der Zerstörung seiner Waffen zustimmen, bis dahin jedoch bestehe es auf militärischer Ebenbürtigkeit mit den anderen Nationen. Frankreich blieb mißtrauisch: Wenn Deutschland seine Rüstung wirklich beseitigen wollte, so wandte man ein, würde es dann jetzt so viel Geld ausge-

alle Männer zogen ihre Hüte. Ich habe das leider nicht in der City erlebt. Nach Erzählungen muß es das Tollste und Unheimlichste gewesen sein, was man sich vorstellen kann: In einer so verkehrsreichen, lauten Stadt wie London eine so plötzliche Unbeweglichkeit und eine solche Stille, daß man eine Stecknadel hätte fallen hören. Das einzige Geräusch: das Gekreisch der vielen durch die Schüsse aufgeschreckten Tauben, die es in London gibt (auf Trafalgar Square füttert man sie wie in Venedig). Habt Ihr in Deutschland (zwar nicht die Revolution) aber den Waffenstillstand gefeiert???

Mit meinem Englisch habe ich noch keine großen Fortschritte gemacht. Ich muß erst wissen, woran ich mit dem Woburn House bin, ehe ich mich dahintersetze.

Ich kaufe jetzt noch eine Kleinigkeit für Anna zum Geburtstag (hoffentlich hast Du ihn nicht vergessen, sie legt darauf großen Wert!), gehe dann zum Woburn House – und küsse Dich!

Sibylle. (Grüße Lechner schön, ich gratuliere!)

P.S. Eben war ich im Woburn House und habe meinen Freund E. Kahn aufgesucht. Hochbetrieb, und da er der netteste Mann von allen dort und darum wohl der am meisten Belagerte ist, wartete ich eine halbe Stunde. Dann kam er, entschuldigte sich x-mal und sagte, er hätte jetzt nur 5 Minuten Zeit, er hätte mir lieber mehr Zeit gewidmet und noch einige Leute des Woburn House zu der Unterredung zugezogen, mein Fall läge ihm so am Herzen, ich möchte also mor-

---

ben, um neue Waffen zu beschaffen? Am 11. Oktober wiesen die vier Verhandlungspartner Hitlers Vorschlag zurück. Unter Berufung darauf zog sich Hitler am 14. Oktober nicht nur von der Abrüstungskonferenz, sondern auch aus dem Völkerbund zurück und verkündete, er werde seine Politik einem Referendum unterwerfen. Er hatte sich eine populäre Frage ausgesucht, um damit vor das Volk zu treten, denn schließlich sahen nicht nur die Nationalsozialisten in den Beschränkungen des Versailler Vertrages eine Benachteiligung Deutschlands. Jetzt konnte er zusätzlich noch als jemand auftreten, der gerne Frieden geschlossen hätte, dessen großzügiges Entgegenkommen jedoch zurückgewiesen worden war. Am 6. November berichtete der *Manchester Guardian*: »Es wird zweifelsohne großen Mut erfordern, gegen Hitler zu stimmen. Man gebraucht jede Art von Einschüchterung. In Berlin spricht man viel über die Maßnahmen, mit deren Hilfe man oppositionell Abstimmende entdecken könnte, etwa indem man die Wahlunterlagen mit unsichtbarer Tinte präpariert. Die Angst, daß die Abstimmung nicht wirklich geheim erfolgt – ob nun berechtigt oder nicht –, ist jedenfalls weit verbreitet.«

gen wiederkommen und mich in Zukunft immer bei ihm anmelden. Dann gab er mir meinen Schilling (1 M) Fahrgeld. Ich wollte ihn erst nicht nehmen, denn ich dachte, es macht einen besseren Eindruck, wenn man nicht gierig nach jedem Pfennig greift. Darum sagte ich, noch dazu der Schilling mir wirklich nichts ausmacht, ich habe noch Geld und das wäre nicht nötig! Er sagte, »Das ist doch ganz selbstverständlich. Wenn Sie sogar umsonst herkommen, *Sie bekommen ja später sowieso Geld von uns (!).* Daher vorläufig müssen Sie ab und zu kleine Beträge nehmen!« Ich wies aber das Geld, das er mir für die nächsten Tage geben wollte, tatsächlich zurück und sagte, bis 1. Dezember hätte ich noch gut zu leben und brauchte kein Geld. War das richtig? Ich finde ja.

Sibylle

In der Abstimmung vom 12. November erhielt Hitler 95% der Stimmen. Eva Ortmann beantwortete in ihrem nächsten Brief die Frage ihrer Tochter, wie sie selbst abgestimmt hatte.

Eva Ortmann aus Berlin an Sibylle in London

16. November 1933

Mein liebes Sibyllchen!

Dein heutiger Brief war ja wieder voller interessanter Nachrichten. Dein Freund Herr Kahn scheint ja ein ganz vorzüglicher Mann zu sein. Was er Dir diesmal gesagt hat, ist ja fast schon eine Zusage, und ich habe wirklich die allerbesten Hoffnungen. Wenn es wirklich so klappen sollte, wäre es fast märchenhaft und beinah zu schön, jedenfalls doch genau so, wie Du es Dir ausgedacht hast, und fast ohne Hindernisse. So gradlinig pflegen doch sonst im Leben die Dinge nicht zu gehen [hier am Rand ein »NEIN!« als verschlüsselter Hinweis auf die Stimmabgabe], deshalb wagt man es gar nicht zu glauben. Aber warum sollte man nicht endlich einmal Glück haben!

Was ich Dich schon immer fragen wollte, wie kommst Du mit Deinen Haaren zurecht, sehen sie gut aus und nicht zu kraus durch die feuchte Luft? Warst Du schon einmal beim Friseur dort? Mach Dich nur immer recht nett und zieh Dich so gut an, wie Du kannst, wenn Du zu Leuten gehst. Die meisten Menschen sind nun mal äußerlich, man selber ist ja auch nicht frei von solchen Dingen. Anna war ganz gerührt über Dein Gedicht und Brief, sie wird Dir morgen selbst antworten. Ich habe ihr natürlich auch gratuliert, ihr einen Pull für 3.90 und ein Paar Strümpfe geschenkt. Sie hat fast geweint vor Aufregung und sich zu Lechner in längerer Rede dahin ausgesprochen, daß sie das »nie jut machen könnte, wie die Frau an mir handelt.« Er hat ihr auch 2 Mark geschenkt. Bei Frau Splett war ich gestern den Abend über. Sie ist ja wirklich ein ganz großartiger Mensch und ist überglücklich, daß sie Dir die Sache in London vermittelt hat.

An Deinen Vater kannst Du ruhig mal eine Karte schreiben: Adresse: Schöneiche (bei Friedrichshagen) bei Berlin, Hubertus Str. 7, Café Lohrentz. Schaden kann es nicht, aber ich fürchte, es wird ihn auch nicht im Guten bestärken. Er hat sich mit den 70 Mark in dieser Hinsicht völlig verausgabt auf lange Zeit hinaus, und er hat natürlich nichts mehr von sich hören lassen. Wenn Du mal gar nichts Besseres zu tun hast, dann schreibe mal an Frau Schurak[39] eine Karte, denn sie hat Dir schließlich etwas zur Reise geschenkt und legt Wert auf solche Dinge. Sei von Herzen geküßt, mein liebes gutes Kind, von Deiner Mutti

Nach mehreren Tagen ohne Post aus Berlin bekam Sibylle Panik, da sie vermutlich fürchtete, ihre Mutter sei wegen ihres früheren Mieters verhaftet worden. Solche Ängste konnten in den Briefen natürlich weder angesprochen werden, noch durfte man sie andeuten.

Sibylle aus London an Eva Ortmann in Berlin

17. November 1933

Liebe Mutti!

Ich habe 3 Tage lang kein Wort von Dir gehört! Was ist los??? Schreib sofort! Kuß!

Sibylle

Aber die beruhigende Antwort traf dann doch noch später am gleichen Tag ein.

---

39 Die Frau des Hausmeisters in der Schlüterstraße 48.

Sibylle aus London an Eva Ortmann in Berlin

17. November 1933

Meine liebe Mutti!

Da sind nun endlich alle erwarteten Dinge eingelaufen: erst das Telegramm und jetzt mit der 9-Uhr-Abend-Post – endlich! – Dein Brief. Also weißt Du, mich so in Aufregung zu versetzen (!), das hättest Du nun doch wirklich mit einer ganz kurzen Postkarte sparen können. Na, jedenfalls war ich so froh, als Dein Telegramm kam, daß alles in »bester Ordnung« wäre, daß mir zu irgendeinem Ärger gar kein Platz mehr blieb.

Da fällt mir ein, habt Ihr eigentlich mein Päckchen nicht bekommen mit Taschentüchern und Schlüssel? Es wäre doch schade. Wenn die Taschentücher auch nicht schön sind, die Schlüssel sind teuer. Zu meiner Entschuldigung sei gesagt, daß ich, als ich sie kaufte (die Taschentücher), entsetzlich *hurry up* mußte und keine Zeit hatte, einen passenderen und geschmackvolleren Laden als »Woolworth« zu finden. Die Dinger – *die* echten englischen Taschentücher übrigens – waren auch entsprechend billig: Stück 50 Pf.

Der Geschmack der Engländer ist überhaupt ein traurig-komisches Kapitel für sich: Ich habe früher nie für möglich gehalten, daß ein Volk (außer – – – – – – – –) so einmütig an *einer* Krankheit leiden kann. Bei den Engländern ist es – völlig harmlos – Geschmacklosigkeit. Ich will jetzt mal ganz absehen von den Wohnungseinrichtungen mit Nippfigürchen hier und Nippfigürchen dort – Bildern im Stil meines Lieblingsbildes in der Schlüterstraße (die Schlafzimmerscene, die früher im vordersten Zimmer hing!), Vertiko und geblümten Tapeten. Das beruht vielleicht zum Teil auf dem großen Sinn für die Tradition, den die Engländer haben und der sie veranlaßt, so zu wohnen wie Eltern und Großeltern. Aber – eine wirklich elegant angezogene Dame suchst Du, auch in den elegantesten und belebtesten Straßen, mit 'ner Lupe und findest sie doch nicht. Der Geschmack der Konfektionshäuser (die es hier in Massen gibt) ist verheerend. In Deutschland versteht man ein ganz billiges Kleidchen aus schlechtem, aber nett aussehenden Stoff irgendwie *chic* zu machen: erstens durch eine moderne Form, dann durch einen hübschen Kragen oder ein paar nette Knöpfe oder sonstwas. Hier sind zwar diese Sachen – überhaupt alle Dinge bis auf Lebensmittel – genauso billig wie bei uns, aber wie gesagt meist entsetzlich unschön. Übrigens gibt es hier an jeder Straßenecke fast ein Woolworth, bei dem alles nach jetzigem deutschen Wert bis zu 35 Pfennigen kostet und das ganz ausgezeichnet ist. Ich habe mir dort – neben vielem andern – zwei nette Rahmen gekauft: In dem einen prangst Du, in dem andern Renate und die Lilis zusammen. Die beiden Bilder stehen auf meinem Nachttisch und gucken mich beim Einschlafen und Aufstehen an. Ich werde mir noch einen für Andreas kaufen.

Meine Haare sind gar nicht kraus, ich habe sie einmal gewaschen und war noch nicht beim Friseur. Ich tue es, wenn mir das Woburn House den ersten Geldschein in die Hand gedrückt hat. Eher glaube ich nichts und unternehme nichts.

Gestern war ich wieder dort. Mein Liebling Herr Kahn – ein ganz reizender, fabelhaft aussehender Mann von vielleicht 45 Jahren – stellte mich einer neuen deutschen Dame vor, mit der ich verhandeln sollte, da »es erstens besser wäre, mehrere Leute für sich zu haben, und zweitens schicklicher, nicht *nur* mit einem Herrn allein immer, sondern auch mal mit Damen zu verhandeln!« Die war auch ganz entzückend wie alle dort, riet mir aber von der Polytechnic ab, daß diese zwar keine Schule für Minderbegabte, aber nicht so sehr gründlich wäre wie vielleicht manche andere, »es käme doch vor allem darauf an, wenn schon, dann mir eine gute Ausbildung zu geben, auf ein paar Schillinge mehr oder weniger käme es da schon nicht mehr an!« (Dabei kostet die Polytechnic 400 Mark). Also die Ausbildung ist schon mal mit 99,99% sicher. Wo ich wohnen werde, ist meine geringste Sorge. Das Woburn House wird sich bemühen, mir eine »hospitality« oder billige Pension zu finden. Außerdem habe ich von Mrs. Goldsmith, die mich anscheinend tief ins Herz geschlossen hat, schon wieder einen ganz entzückenden Brief bekommen, in dem sie mich zum 100. Mal ihrer Freundschaft versichert und mich bittet, mir in keiner Weise Sorgen zu machen, da – wenn nicht das Woburn House – *sie* mir eine Familie verschaffen wird. Sie würde sich meinetwegen mit Herrn Kahn in Verbindung setzen. Mit derselben Post kam ein Brief von Rabbi Mattuck, der mich – ohne von meinem inzwischen gehabten Erfolg zu wissen – an eine andere Dame im Woburn House empfiehlt. Ich bin jedesmal ganz gerührt von so viel Teilnahme.

Lili [Faktor] schrieb übrigens (sie hat auch noch nicht von den Woburn House-Erfolgen gehört) in ihrem letzten Brief, sie hätte noch mal ernsthaft mit ihren Eltern gesprochen, wenn ich hier keinen Erfolg hätte, würden sie mich zu sich nach Prag nehmen, ein Mensch lebte doch immer noch mit, und wir gingen dann zusammen auf die Schule etc., nähmen Privatstunden und machten das Abitur – alles gemeinsam, was natürlich Lili herrlich fände. Ich bin froh, daß ich das nicht anzunehmen brauche, denn Leuten – und besonders Faktors – durch so etwas sein ganzes Leben verpflichtet zu sein ist wenig angenehm. Den Leuten hier (Kahn etc.) muß ich natürlich auch dankbar sein. Aber schließlich sind sie dazu da, für solche Zwecke wie meine bestimmte Fonds zu verwalten. Ihre einzige Aufgabe ist, die Gelder an die richtigen Menschen zu bringen, und dafür, daß sie mich dafür wert erachten, muß ich ihnen natürlich danken. Aber darüber hinaus habe ich nicht die geringsten Verpflichtungen, denn sie bringen kein persönliches pekuniäres Opfer.

Sage Anna: wenn die Taschentücher nicht ankommen, sollte sie den guten Willen anerkennen, ich hätte sie wenigstens abgeschickt – und sei Du viele, viele Male geküßt.

Deine Sibylle

In ihrer Beunruhigung hatte Sibylle ein Telegramm an Anna Scheunemann gesandt, das Hausmädchen, das mit ihrer Mutter die Wohnung teilte.

Anna Scheunemann aus Berlin an Sibylle in London

17. November 1933

Mein liebes Sybillchen,

Vieltausend Dank für Ihren lieben Brief und den reizenden Fünfern. Wie lieb von Ihnen, trotz aller Bemühungen, die Sie doch noch für sich selbst haben, in London an mich zu denken, und dazu in einer so herzlichen Weise. Ehe ich Ihnen meinen Geburtstag näher beschreiben will, leider ist da nicht viel zu berichten, will ich das Befinden Ihrer lieben Mutter schildern. Es geht ihr Gott sei dank gut.

An Unterhaltung fehlt es ihr nicht. Herr Lechner sorgt dafür reichlich. Wenn wirklich etwas mal sein sollte, würden Sie von mir aus sofort benachrichtigt werden. Also liebes Sybillchen, machen Sie sich bitte nicht noch einmal so schreckliche Sorgen. Bis mein Brief zu Ihnen gelangt, haben Sie ja den von Ihrer lieben Mutter bereits in Händen. Nun zu meiner Wenigkeit. Ich habe niemanden eingeladen. Nur Andreas ist gekommen. Wir hatten uns zurechtgelegt gehabt, daß wir hier zu Hause essen, und dann wollten wir noch irgendwo hingehen. Er ist sehr lieb in letzter Zeit, tut alles Gute an mir. Aber Sie wissen, wenn mein altes Leiden auftritt, der weiße Schnaps? Dann ist mit mir nichts anzufangen. Und so war es gestern mal wieder. Zu Hause haben wir schön gegessen und ein Gläschen Wein, und das Ende vom Lied: Ich bin um 7 Uhr schlafen gegangen, und Andreas ging fort, wohin, weiß ich nicht, ist bis jetzt, Nachmittag 4 Uhr, noch nicht bei sich zu Hause gewesen. Natürlich war ich der Schuldige, wir haben uns ein bißchen gekappelt. Es wird ja auch jetzt ganz in die Brüche gehen. So, das war mein Geburtstag. Die Geschenke sind auch sehr nett von Andreas, Puderdose und Schal, und von Ihrer lieben Mutter einen Sweater. Sowie Ihrer und 2 Paar Strümpfe, von Herrn Lechner 2 M. Ist doch sehr nett von Ihrer l. Mutter, hat sie mich sehr gerührt, denn Sie muß doch fürchterlich rechnen. Ich weiß gar nicht, wie ich es ihr danken soll. Ich bin nicht derjenige, der einem um den Hals fällt oder tausendmal die Hände küssen tut, manch einer hält mich vielleicht für stoffelig, ich behalte es in meinem Innern und sehe, zu wem ich mich zu Dank verpflichten kann.

Nun ihr Gedicht, ich habe gar nicht gewußt, daß Sie eine poetische Ader besitzen. Es ist ja fabelhaft.

I. Ihre guten Formulierungen von wegen Blauweibchen und so fallen jetzt ganz ins Wasser, trete jetzt den Guttemplern bei.[40] II. Daß ich für Ihre Mutter sorgen soll, spricht ja als Selbstverständlichkeit. III. Meine vaterländische Pflicht werde ich wohl anderen überlassen müssen, da ich ja wohl Zahl 12 nicht mehr ganz erreichen werde. Also leider auf den goldenen Pokal verzichten muß. Also liebes Sybillchen: Jetzt will ich Ihnen auch noch etwas an Ihr Herz legen. Vor al-

---

40 Blauweibchen, Guttempler: Abstinenzler.

lem hüten Sie sich vor Erkältungen, ziehen sich hübsch warm an, wenn auch mal die schlanke Linie nicht so ganz ist, wie sie sein soll. IV. Halten Sie sich von der Liebe separat! Dann denken Sie an Ihre Laufbahn, an Ihre liebe Mutter, deren ganzer Stolz Sie sind. Sobald Sie erst einmal fortgegangen sind, das können Sie in Ihrem ganzen Leben nicht mehr gutmachen. Es ist dann alles verpfuscht.

So Sybillchen, ich glaube fürs erste werde ich mal Schluß machen, sonst Wichtiges wär nicht, nur mein Wort *Nein Nein* kommt gar nicht in Frage, *Ja Ja* sind mit einem schönem Bändchen am Kochtopf gehängt.[41]

Also nochmals tausend Dank für alles; und machen Sie sich um Himmels willen keine Sorgen um Ihre Mutter.

Herzliche Grüße

Ihre Anna

Eva Ortmann aus Berlin an Sibylle in London

19. November 1933

Mein gutes Sibyllchen!

Du hast ja Gott und die Welt in Bewegung gesetzt. Gestern nachmittag rief mich Frau Splett an, der Du auch eine aufgeregte Karte geschrieben hast. Du bist doch wirklich ein unvernünftiger kleiner Mensch, man muß bei einer solchen Entfernung immer mit Zwischenfällen rechnen. Neulich schriebst Du mir ja selbst, mein Brief hätte 1 1/2 Tage bei der Devisenstelle gelegen. Frau Splett meint auch, daß gerade Flugpost recht unsicher ist, es können da einfach Postsäcke liegenbleiben, weil das zulässige Gewicht bereits erreicht ist. Was soll mir denn nur geschehen? Selbst wenn ich mal wirklich krank wäre, was ja sicher gar nicht der Fall sein wird, aber selbst dann habe ich doch immer Leute genug, die Dir in meinem Namen schreiben

---

41 Eine Anspielung auf die Abstimmung fünf Tage zuvor, bei der jeder Wähler zwei Stimmzettel erhalten hatte, einen für die Abstimmung zur Außenpolitik, den anderen für die Wahlen zum Reichstag. Da die NSDAP die einzig legale Partei war, hatte der Stimmzettel für die Reichstagswahl nur eine Kandidatenliste. Die Wähler konnten die nationalsozialistische Liste ankreuzen, den Stimmzettel unausgefüllt lassen oder durch Ausstreichen der Kandidatennamen ungültig machen.

können, mein Liebes. Also Du darfst wirklich nicht gleich außer Dir geraten und etwas Schlimmes denken, selbst wenn mal ein erwarteter Brief nicht kommt.

Annas Geburtstag verlief einigermaßen originell. Über Deinen Brief und das Gedicht war sie begeistert. Ihr Antwortbrief, den ich zufällig las, ist ja ebenso komisch wie rührend. Leider hatte aber der in diesem Brief beschriebene Geburtstag noch ein Nachspiel. Am nächsten Tag erschienen Andreas und Hugo mit einem Mädel und holten Anna zu einer Nachfeier = Saufgelage ab. Von diesem kehrten sie alle 4 gegen 4 Uhr morgens besoffen nach Hause und legten sich auch zu viert in Annas Bett. Plötzlich bekam Anna Krämpfe, die ungefähr eine Stunde dauerten. So etwas habe ich überhaupt noch nicht gesehen. Die beiden Männer, vor Schreck ganz nüchtern geworden, waren kaum imstande, sie zu halten. Sie schlug wie eine Rasende um sich, schrie wie besessen das ganze Haus wach, Schuraks kamen an und glaubten, etwas Fürchterliches sei passiert. Dabei war sie ganz besinnungslos, schimpfte und phantasierte. Dazwischen fing sie an zu weinen: »Das arme Kind in London hat Angst um seine Mutter, an Scheunemann hat sie telegraphiert. Ruft gleich Frau Ortmann, die muß alles wissen.« Es war ganz toll, ein komischer Anblick, alle vier im Bett mit dem tobenden Mädchen. Am nächsten Morgen um 8 Uhr war sie wie immer auf und konnte sich ehrlich an nichts mehr besinnen. Die Männer genierten sich so, daß sie erst herauskamen, als ich fort war. Lechner behauptet, so etwas gäbe es nicht noch einmal, daß eine Dame sich so etwas gefallen ließe. Aber was soll ich tun, sie ist doch ein anständiger Mensch mir gegenüber, und solche Exzesse werden hoffentlich nicht öfter vorkommen.

Ich bin sehr begierig auf weitere Nachrichten über Deine Erfolge im Woburn House. Dieser Herr Kahn scheint ja ein großartiger Mensch zu sein und Dich in sein Herz geschlossen zu haben. Wieso will man Dir denn noch eine *bessere* Ausbildung geben als die geplante? Welcher Art soll die sein? Alle, denen ich von Dir erzähle, sind ganz sprachlos darüber, was Du in der kurzen Zeit schon erreicht hast und wie man sich gegen Dich benimmt. Gerade gestern war ich auf der Gemeinde, Oranienburgerstraße, wo man mir erzählte, daß *täglich* Leute aus London zurückkommen, weil sie beim Comité nichts erreichen konnten.

Ich schreibe augenblicklich im Wartesaal des Bahnhofs Friedrichstraße, weil ich will, daß der Brief gleich mit dem Zuge fortgeht. Eben in der Reform waren Lechners Eltern. Er hat sie aus Stettin kommen lassen, damit sie ihn heute abend als »Grafen«[42] sehen können. Es sind einfache, ganz nett aussehende alte Leutchen, stolzgebläht über ihren Sohn. Eine ganze Welt an Weltanschauung und Lebensauffassung, nicht nur eine Generation, liegt da zwischen Eltern und Sohn, ganz abgesehen von der Bildung. Da ist es wirklich kaum möglich, daß eine innere Verbundenheit bestehen könnte zwischen ihnen, höchstens ein freundlich-sentimentales Gefühl: ach Gott, die alten Leute! Also sei 1000 Mal geküßt, mein gutes Sibyllchen,

von Deiner Mutti

Im Bewußtsein, daß die internationale Post geöffnet wurde, erzählte Eva Ortmann nicht die ganze Wahrheit: Betrunken und hysterisch hatte Anna geschrien: »Diese verdammten Nazis! Die haben das arme Mädchen dazu gebracht, nach England zu gehen und ihre Mutter alleinzulassen! Diese verdammten Nazis!« Weil sie sie nicht zum Schweigen bringen konnten, waren ihre Freunde aus dem Zimmer gestürzt, um Eva um Hilfe zu bitten. Ihre Gesichter waren bleich vor Entsetzen, erinnerte die sich später, und in diesem Augenblick waren sie viel zu verängstigt, um sich darüber aufzuregen, daß sie alle nackt waren.

Sibylle aus London an Eva Ortmann in Berlin

22. November 1933

Liebes Muttichen!

Fines[43] haben mich eingeladen, Schabbes (Freitagabend) mit ihnen zu verbringen.

---

42 In *Die Hochzeit des Figaro*.

43 Die Familie Fine war mit Mrs. Bishop befreundet. Es waren aus Rußland stammende Juden, ihre 16jährige Tochter Lily absolvierte bereits die Ausbildung an einer Pitman-Handelsschule, und sie hatten Sibylle angeboten, sie könne zum gleichen Preis wie bei Bishops auch bei ihnen wohnen, so daß die beiden Mädchen gemeinsam hätten zur Schule gehen können. Sibylle erwog dieses Angebot eine Zeitlang, entschied sich jedoch dagegen, nicht zuletzt, weil sie das Milieu für sich als unpassend empfand.

Gestern nachmittag war ich im Woburn House. Ich traf glücklicherweise Herrn Kahn, der entsetzlich zerstreut und beschäftigt war (wie die Leute dort alle), mich bat, am Freitag vormittag 11 Uhr bei ihm zu sein, mit ihm zu dinnern (er lud mich natürlich dazu ein), nachmittags dann mit ihm zu einer andern Dame, die ich noch nicht kenne, zu gehen und zu sehen, »wie weit wir meine Angelegenheit an dem Tag bringen können.« Ich werde dann mit den Leuten all das besprechen und, wenn ich dann abends zu Fines gehe, sehen, daß ich mir die Entscheidung noch offenlassen kann.

Ich war dann gestern abend (ein gräßlich anstrengender Tag) mit Evi in der Hauptschule von Pitman, die in der Stadt liegt, und habe mich da nach vielem erkundigt. Die Schule ist fabelhaft und mit der ziemlich mangelhaften Ausbildung in der Polytechnic gar nicht zu vergleichen. Dafür kostet auch ein Halbjahr so viel wie in der Polytechnic ein Jahr (nämlich 400 Mark), und wenn man Sprachen nehmen will, muß man das extra bezahlen. Ich werde Dir über diese Schule ein andermal mehr berichten, heute habe ich schrecklich wenig Zeit, das wirst Du diesem hingeschmierten Brief ja anmerken.

Was sagst Du zu Anna?? Ihr Brief hat mich auch tief gerührt, aber die nachherigen Ereignisse ziemlich entgeistert. Aber rausschmeißen kann man einen zu einem so anständigen Menschen wirklich nicht. Du müßtest bloß einmal energischer auftreten.

Ich habe bei Deinem Brief so gelacht, daß ich vom Frühstückstisch aufstehen mußte. Da habe ich mal eine Sensation versäumt. Grüße Anna, ich danke ihr sehr herzlich für ihren Brief.

Viele Küsse! Sibylle

Die Angehörige des Woburn House, der Ernst Kahn Sibylle vorstellen wollte, war Alice Model, die in den ärmeren Vierteln im Osten Londons einen Kindergarten leitete. Sie trafen sich schließlich am 23. November.

Sibylle aus London an Eva Ortmann in Berlin

25. November 1933

Liebe Mutti!

Erst die wichtigeren Dinge. Erstens, gestern war der entscheidende Tag im Woburn House. Bitte fall nicht vor Schreck auf den Rücke mit dem, was Du jetzt liest, sondern lies erst den Brief zu Ende. Gestern früh 11 Uhr ging ich hin zu Herrn Kahn, der mich an diesem Tag der anscheinend entscheidenden Instanz, einer 75jährigen Mrs. Model, vorführen wollte. Er versicherte mir noch vielleicht 20 Mal, die Sache würde in Ordnung gehen, und ich ging mit besten Hoffnungen zu dieser vielgepriesenen Mrs. Model. Eine alte, sehr tüchtige, rührige Dame mit einer ziemlich rauh-herzlichen Art – man kann ruhig sagen, grob –, vor allem rechthaberisch, verbissen und dickköpfig. Als sie hörte, was ich in bezug auf Ausbildung etc. für Pläne habe (Handelsschule, Sekretärin, Sprachen, etc.), erging sich über mich ein Wortschwall, was sich die jungen Menschen noch so für Illusionen machten, *für akademische Ausbildungen hätten sie keine Gelder mehr übrig,* ob ich arbeitslos werden wollte, die Zeit, wo alle Juden geistige Berufe erlernen *müßten,* wäre Gott sei Dank vorbei, ich hätte gerade genug gelernt (dieses Hirnvieh!), »Klassiker und Sprachen« (in ironisch-pathetischem Ton!) könnten sie heute nicht mehr brauchen, heute käme es darauf an, ein Handwerk zu lernen, etwas, wovon man weiß, daß man damit in einer bestimmten Zeit Geld verdienen kann etc. etc.

Ich antwortete darauf alles, was man darauf nur sagen kann, erklärte ihr auch, daß ich praktisch sehr unbegabt wäre, dafür aber geistig und vor allem für Sprachen begabt, übertrieb beides in die äußersten Extreme – umsonst. Die Frau war völlig in ihre Idee verbissen und erklärte mir etwa folgendes: »Sie sind hier völlig mittellos und ganz auf uns angewiesen. Seien Sie sich darüber klar (sie duzte mich sogar frecherweise), daß Ihnen nichts übrigbleibt, als sich entweder uns zu fügen oder keine Existenzmöglichkeiten zu haben.« Das mußte ich natürlich einsehen (ohne daß ich es ihr laut zugegeben habe). Sie stellte mir also folgende Auswahl: Köchin, Schneiderin oder Kindergärtnerin oder Säuglings- oder Kinderpflegerin. Ich sagte, wenn überhaupt, dann irgendwas mit Kindern, und sie versprachen mir, mir im Laufe der nächsten Woche Bescheid zu geben, wo und wie sie mich untergebracht hätten, auch eine neue Unterkunft ab 20. Dezember wollten sie mir besorgen.

Vor dieser endgültigen Entscheidung des Comités hatte ich noch meine ganzen Hoffnungen auf die andern Damen gesetzt, mit denen ich schon gesprochen hatte und die mit der Idee einer Handelsschule sehr einverstanden gewesen waren. Ich sprach mit ihnen, sie waren reizend wie immer, sagten, sie wollten natürlich Mrs. Model nicht hineinreden, aber sie müßten mir doch recht geben (ich sagte nämlich: man könne doch dieses gewiß falsche Prinzip von früher nicht mit einer gleichen Verranntheit in das genaue Gegenteil verkehren und nun mit derselben Sturheit alle Juden nach Schema F Handwerke lernen lassen. [Natürlich brauchte ich nicht die Ausdrucksweise]), sie sagten, man müßte natürlich jeden Menschen individuell behandeln, und wo ich doch so einseitig geistig begabt wäre – – – kurz und gut, sie müßten da noch mal mit Mrs. Model drüber sprechen. Ich hörte dann im Nebenzimmer eine erregte Unterhaltung, von der ich – da sie hinter geschlossenen Türen und englisch geführt würde – leider nur Brokken verstehen konnte. Die Diskussion wurde fast ausschließlich von Mrs. Model beherrscht (zwischendurch hörte ich die eine Dame über mich sagen: »She is a nice girl, of course, a very nice girl«) – am Ende, wer blieb Siegerin? Natürlich Mrs. Model! Als die andern Damen wieder erschienen, um mir ihren endgültigen Entschluß mitzuteilen, waren sie ganz andere Menschen (obwohl ebenso nett wie vorher), sagten das Gegenteil von dem, was sie 5 Minuten vorher gesagt haben, sprachen – ich mußte fast lachen – in derselben Ausdrucksweise wie Mrs. Model und erklärten mir eben das, was ich Dir schon schrieb.

Es blieb mir nichts übrig als nachzugeben. Im ersten Moment war die Enttäuschung so groß, daß ich nicht hindern konnte, daß mir die Tränen nur immer so über die Backen liefen. Aber ich faßte mich schnell, schon um den Leuten das Schauspiel meiner Niederlage nicht zu gönnen, und habe mir nun alles noch mal in Ruhe überlegt. Dabei habe ich erstens eingesehen, daß ich mich zu sehr in die Handelsschulidee verbissen habe, daß das auch nicht das Alleinseligmachende ist, daß man tatsächlich als in England ausgebildete »Nurse« sehr gute Chancen hat (auch in andern Ländern).

Vor allen Dingen bin ich noch schrecklich jung, und es schadet nichts, wenn ich mal zwei Jahre was lerne, was *nur* von Nutzen für mich sein kann, wobei ich eine Sprache lerne und was noch lange nicht ausschlaggebend für meinen späteren Beruf zu sein braucht. Man kann außerdem als Säuglings- oder Kinderschwester noch weiter lernen und Fürsorgerin werden, und es hindert mich niemand daran, später dort, wo ich mich endgültig mit Dir niederlassen werde, mein Abi nachzumachen und immer noch zu studieren oder so was zu machen. Du wärest jedenfalls vorläufig die Sorge um mich gänzlich los, ich bekäme alles, was ich brauche, Taschengeld, außerdem das Pfund von Otto. Das sind die Vorteile. Die Schattenseiten sind: Erstens wird es keine einjährige Ausbildung geben, und ich werde mich eventuell für 2 Jahre hier festlegen müssen (Das ist aber noch nicht raus!!!). Zweitens ist die Ausbildung anfangs sehr anstrengend (Du weißt das von Renate). Allerdings ist es nicht durchweg so, es gibt sehr leidliche solche Heime, und es wäre für mich vielleicht tatsächlich ganz gut, wenn ich mal praktisch arbeiten müßte. Man kann diese Geschicklichkeit darin sicher bis zu einem gewissen Grade durch Übung lernen, und es ist gut, wenn man nicht so einseitig geistig sich bilden und die praktische Seite nicht ganz verkommen läßt. Es ist doch eigentlich sehr günstig, mit 17–18 Jahren schon einen fertigen Beruf mit Diplom zu haben.

Das einzige, was ich hoffe, ist, daß sie mich nicht in ein Heim stekken, wo ich gleichzeitig wohne. Denn dann ist man direkt eingesperrt, hat Ausgang wie ein Dienstmädchen und keine freien Abende. Aber ich glaube, davon war nicht die Rede. Ich möchte nun sehr schnell *Deine* Meinung hören. Schreib mir nur ganz kurz, wenn Du keine Zeit hast, aber schreib mir! Ich werde Anfang der Woche zu meiner Freundin und Gönnerin Mrs. Goldsmith gehen und sie noch mal um ihren Rat fragen. Ich glaube, sie wird mir, wie alle Leute hier, zureden. Alle Leute – die jungen Leute, die dort wie ich im Woburn House sind, Herr Bishop und Frau – sagen, es wäre eine gute Chance für mich, die Ausbildungen für Nurses wären meist sehr teuer und ich hätte großes Glück etc. etc. Ich werde heute an Otto schreiben und ihn noch um seine Meinung fragen, da ich weiß, daß sie Dir sehr viel wert ist. Schreibe mir gleich mit Luftpost, was Du denkst. Ich denke, Du wirst alles einsehen und mir nicht zu sehr abraten. Wenn ja, dann mußt Du mir einen andern Vorschlag machen – ich glaube nämlich, es bleibt mir gar nichts anderes übrig einfach! Ich habe schon ganz guten Mut dazu. Ruf doch Frau Splett an, lies ihr den Brief vor, und schreib mir dann, was sie sagt.

Am Abend gestern war ich dann noch bei meinen Friseurjuden. Das gab mir meine ganze gute Laune und Zuversicht wieder, denn es war einfach reizend. Die Leute waren überentzückend zu mir, behandelten mich gleich wie eine eigne Tochter und haben mich – denk mal, wie nett! – zu Weihnachten (Heiligabend) zu sich eingeladen. Sie feiern es selten, aber wenn ich da bin, dann machen sie richtiges englisches Xmas. Die 16jährige Tochter Lily ist besonders nett, schon eine Stufe höher in Feinheit und Bildung als die Eltern, sie mögen mich alle schrecklich gern (ich habe mich allerdings von meiner nettsten Seite gezeigt, vor allem den ganzen Abend wunderbar Englisch gesprochen), haben sich schon gleich wieder mit mir verabredet, und ich tu das auch sehr gern, besonders da ich durch das Mädel neue Leute kennenlerne. Ganz verliebt in mich hat sich eine reizende kleine Schwester von 9 Jahren, sie ging den ganzen Abend nicht von meiner Seite, umhalste und küßte mich dauernd, als ich einmal einen Moment rausging, sagte sie: »Mam, I think Sybill is sweet, isn't she?« (Sybill nennt man mich hier nämlich.) Als ich ging, konnte sie sich kaum trennen und rief mir dann noch 3 Mal nach: »Please, Sybill, don't forget to come again!« Ich habe sie darum auch mit eingeladen, mich zu besuchen.

Das Mädchen ist sehr altklug und komisch. Einmal sagte sie, als sie mir ein Bild von sich zeigte: »Oh, that is a funny snap (Foto) of me. I look here like a Schickse.« Ich dachte, ich hör nicht recht, und fragte, was das wär. »A Schickse is a Christian girl!« war die Antwort. Das ist hier ein ganz gebräuchlicher Ausdruck anscheinend. Denn auf die Frage, ob sie viele Freundinnen in der Schule hätte, sagte sie: »Not so many, because they all are Schicksen, and I don't want to have a friend who is a Schickse!« Schrecklich, nicht?

Daß Du so viel zu singen hast, freut mich. Bringt Dir die Singerei wenigstens was ein? Ich habe gestern eine Kritik vom »Figaro« gelesen, fabelhaft, aber natürlich, da in der jüd. Rundschau, nicht objektiv und maßgebend. Deinen Namen habe ich auch irgendwo entdeckt, aber ich weiß nicht mehr, an welchem Tag und Zusammenhang.

Ich stricke mir augenblicklich meinen neuen Pull, and I am getting on nice and quickly. (Verstehst Du?) Ich spreche schon ganz nett Englisch, es könnte aber nach 4 Wochen besser sein.

Daß Du so viel an mich denkst, ist schön – ich tue es auch. Aber nur nicht so lange, daß Du am Ende melancholisch wirst! Das ist nicht gut und macht einem das Leben noch schwerer, als es sowieso schon ist.

Wann kommst Du mich besuchen?????? Vielleicht fährst Du auch nach Paris, und wir treffen uns da? Man fährt von hier nur 6 Stunden! Die Fahrt ist nicht so teuer.

Aber solche Pläne haben – leider – noch Zeit. Vorläufig bin ich erst 4 Wochen hier, es kommt mir vor wie 40.

Sibylle

P. S. An Wolfgang Ortmann habe ich eine Karte geschrieben. Anrede: »Dear Mister Father« (hoffentlich versteht er soviel Englisch!). Dann am Schluß habe ich geschrieben, daß ich mir seine Ausstellung [44] angeguckt habe und »ich wurde direkt stolz auf meinen Produzenten!« Ist das sehr frech? Macht nichts.

Viel später beschrieb Sibylle das Treffen im Woburn House ganz anders, vielleicht aufgrund der schwächeren Erinnerung oder – wahrscheinlicher – weil sie damals ihre Mutter die Tiefe ihrer Verzweiflung nicht hatte wissen lassen wollen oder auch weil sie nicht wollte, daß ihre Mutter noch zorniger würde, als sie schon über die Haltung des Jüdischen Flüchtlingskomitees war.[45]

Sibylles Erinnerungen zufolge hatte sie, als sie einsehen mußte, daß man dort entschlossen war, ihr entweder nach den eigenen Vorstellungen oder gar nicht zu helfen, schließlich gesagt: »Gut, ich habe keine Wahl. Aber während der Pogrome von 1905 hat mein Groß-

---

44 Gemeint ist das Kaufhausschaufenster mit Ortmanns Büsten von Hitler, Göring und Goebbels.

45 In der Haltung des Komitees gegenüber den neueingetroffenen deutschen Juden spielten auch finanzielle Überlegungen eine Rolle. Anfang April hatten vier Repräsentanten der britischen Juden dem Innenminister das Angebot unterbreitet, daß die englischen Juden sämtliche Kosten der jüdischen Einwanderung aus Deutschland übernehmen würden, damit kein Flüchtling dem Staat zur Last fiele. Teilweise hofften die jüdischen Repräsentanten so wohl auch, möglichen gesetzlichen Maßnahmen zur Beschränkung der Einwanderung zuvorzukommen und obendrein sicherzustellen, daß die Ankunft bedürftiger Juden in einem Land, das sich bereits in einer tiefen Wirtschaftskrise befand, den britischen Faschisten

vater am Bahnsteig auf die Züge aus dem Osten gewartet, weil er alle Sprachen konnte, und die Flüchtlinge mit Geld, Lebensmitteln und Unterkunft unterstützt, ihnen geholfen, nach Amerika zu gelangen, ohne ihnen vorzuschreiben, welche Berufe sie ergreifen oder nicht ergreifen sollten.«

»Wie war sein Name?« fragte jemand.

»Raphael Löwenfeld«, antwortete Sibylle.

Daraufhin gab es einen Ausruf freudigen Erstaunens, und es folgte die Frage: »Warum hast du das nicht früher gesagt?«

»Weil es keinen Unterschied machen sollte!« rief sie und rannte aus dem Zimmer, da sie die Mitglieder des Komitees ihre Tränen nicht sehen lassen wollte. Allein im Flur, schluchzte sie vor Wut und Enttäuschung. »Es war das einzige Mal, daß ich geweint habe während der ganzen Zeit«, erinnerte sie sich.

Eva Ortmanns Antwort auf Sibylles Bericht erfolgte in einer wilden, wütenden Handschrift, ganz anders als ihre anderen Briefe jemals vor- oder nachher.

Eva Ortmann aus Berlin an Sibylle in London

28. November 1933

Mein liebes Sibyllchen!

Ich bin rasend über dieses Weib! Das kommt ja *gar nicht* für Dich in Frage. Unter gar keinen Umständen. Weil irgendeine alte Hexe ihre blödsinnigen Prinzipien reitet, kannst Du Dir ja nicht Deine ganze Zukunft verbauen lassen.

Ich werde Dir morgen (ich bin in zu großer Eile, da ich heute

---

keine Handhabe böte, den Antisemitismus zu schüren. Diese freiwillige Selbstverpflichtung war allerdings unterbreitet worden, bevor die Nationalsozialisten die Juden aus der Beamtenschaft und dem Geschäftsleben ausgeschlossen hatten – Ereignisse, die die Zahlen derjenigen, die gerne nach Großbritannien eingewandert wären, noch erheblich ansteigen ließen. Damit konfrontiert, diesen sich immer mehr ausweitenden Anforderungen nachkommen zu müssen, bereiteten die Mitglieder des Jüdischen Flüchtlingskomitees, die stellvertretend für die gesamte jüdische Gemeinschaft handelten, den Neuankömmlingen häufig nicht gerade den freundlichen Empfang, auf den diese gehofft hatten. Gegen diejenigen, deren Emigration sie eher für freiwillig denn für notwendig hielten – wie Sibylle –, konnten sie sogar wirklich feindselig sein.

Abend singe, vorher Probe habe und zum Frisör muß) einen Brief schreiben, der so gehalten ist, daß Du ihn *überall* zeigen kannst. Mit dem geh doch noch mal zu *Mrs. Goldsmith* oder zu *Herrn Kahn* oder zu der Dame, an die Dich Rabbi Mattuck empfohlen hat. Eventuell zu allen dreien. Versuch *alles,* was Du kannst. Im schlimmsten Fall müßtest Du wenigstens durchzusetzen versuchen, daß man Dir den Aufenthalt, d. h. Pension bezahlt, das Geld für die Handelsschule müßte ich Dir dann eben schicken. Es wird schon gehen, Lechner wird mir auch etwas helfen dabei. Natürlich meine ich das nur, wenn es *gar nicht* anders geht, d. h., wenn Du alles versucht hast und die Sache Dir absolut aussichtslos erscheint. Selbstverständlich bin ich auch der Ansicht, daß es keinem Menschen schadet, sich ein paar Monate, meinetwegen auch 1/2 Jahr, mal praktisch zu betätigen. Aber hier handelt es sich darum, worauf Du Deinen *Beruf* aufbauen willst. Und da ist es natürlich absoluter Quatsch, sich auf etwas mit viel Mühe und Kosten vorzubereiten, was letzten Endes nur ein gehobenes Dienstmädchen ist. »Fürsorgerin« etc. sind ja Einrichtungen, die es gar nicht in allen Ländern gibt, wenigstens nicht in dem Maße, wie wir das in Deutschland kennen, und hier kommt es ja nicht für Dich in Frage.

Ich bin in großer Eile. Morgen mehr! Wundre Dich nicht über meinen morgigen Brief. Er ist inhaltlich hauptsächlich für die Leute bestimmt, damit Du noch besser mit ihnen verhandeln kannst. Ich tue natürlich so, als wenn ich Deinen gestrigen Brief beantworte.

1000 Küsse, mein Liebes, von Deiner
Mutti

Am folgenden Tag sandte Eva Ortmann einen aufgesetzt klingenden Brief, den man beim Komitee vorzeigen konnte. Während er sich jeder offenen Kritik an der Entscheidung des Komitees enthielt und sogar nahelegte, die Schuld liege bei Sibylle selbst, war dieser Brief in Wirklichkeit Schritt für Schritt eine Widerlegung Mrs. Models, kombiniert mit der nichtausgesprochenen Zusage, daß Sibylle England nach einem Semester an einer Handelsschule verlassen würde, wenn man nur die Kosten dafür übernähme.

Eva Ortmann aus Berlin an Sibylle in London

29. November 1933

Mein liebes Sibyllchen!

Über Deinen gestrigen Brief bin ich sehr betrübt. Ich kann nur annehmen, daß Du den Herren oder Damen des Comités Deine Lage nicht richtig geschildert hast. Was sollst Du denn mit einer Ausbildung als Nurse anfangen, wenn Du fertig bist? In England selbst wirst Du niemals eine Arbeitsbewilligung bekommen, also bleibt doch nur übrig, daß Du in ein anderes Land gehst, vielleicht Frankreich. Dazu aber brauchst Du doch in erster Linie *Sprach-Kenntnisse.* Das ist doch auch der Hauptgrund, warum wir an eine Handelsschule mit möglichst viel Sprachkursen dachten. Gerade wir Juden, die heute noch nicht wissen, wo wir endgültig bleiben werden, d.h., wo uns erlaubt werden wird zu arbeiten, gerade wir müssen doch jetzt in erster Linie daran denken, uns international einzustellen, also vor allem andere Sprachen zu lernen. Und in Deinem Alter ist das natürlich alles noch zehnmal leichter, als es z.B. für mich ist. Ganz abgesehen davon, daß doch gerade auf *diesem Gebiet* Deine größte Begabung liegt. Schließlich, wenn das Comité sein Geld ausgibt, müßte ihm doch daran mehr gelegen sein, Dich zu einer *tüchtigen Sekretärin* oder Korrespondentin auszubilden als zu einer durchschnittlichen Nurse, wie es Tausende gibt. Z.Zt. lernen hier beispielsweise fast alle jüd. Mädchen Kinder- oder Säuglingspflege. Die Jüdische Gemeinde, der Hilfsbund, haben Dutzende von Kursen eingerichtet. Wo sollen denn diese Menschen nachher alle unterkommen? Jedenfalls ist dieser Beruf genauso überfüllt wie alle anderen, vielleicht im Augenblick sogar noch mehr. Also warum ihn dann mit viel Mühe und Kosten erlernen, noch dazu – ohne besondere Eignung?

Hast Du auf dem Comité gesagt, daß Du große Aussichten hast, wenn Du wirklich Fremdsprachenkorrespondenz erlernt hast, in Paris eine Stellung zu bekommen? Das ist doch sehr wichtig. Du weißt doch, daß mein Vetter Kurt Rosenthal im Begriff steht, in Paris ein Geschäft aufzumachen, und daß er, wenn Du soweit bist, Dich sofort einstellen wird. Ebenso Benno Marcus. Zwar hat sich dessen Fabrik-Eröffnung etwas verzögert, aber jedenfalls ist es jetzt *sicher* (alle Vorarbeiten sind bereits abgeschlossen), daß er am 1. April dorthin – Paris – übersiedelt und die Sache dann läuft. Erst neulich sprach er davon, daß er eine Anzahl Personal braucht und, da er auch viel nach dem Ausland liefert, Dich schon vielleicht in einem Jahr wird gebrauchen können. Du weißt ja, daß gerade Kurt und Benno mir jeden Gefallen tun werden, den sie nur können. Besonders, weil es ihnen sehr leid tut, daß sie uns im Augenblick pekuniär nicht unterstützen können, weil sie durch ihre eigenen Geschwister schon über das Mögliche hinaus in Anspruch genommen sind. Daß sie aber anstatt einer Fremden lieber Dich anstellen werden, ist ganz sicher, natürlich sobald Du das Nötige gelernt hast und ernsthaft einen Posten ausfüllen kannst. Sprich doch noch einmal in dieser Linie mit den Betreffenden auf dem Comité, vielleicht wird man die Sache dann doch etwas anders beurteilen.

Ich bin in großer Eile! Ich schreibe Dir bald mehr.

1000 Küsse von

Deiner Mutti

Sibylle beantwortete den ersten Brief ihrer Mutter bereits, bevor der zweite eintraf.

Sibylle aus London an Eva Ortmann in Berlin

29. November 1933

Liebe Mutti!

Daß Du so entsetzt sein würdest, habe ich wirklich nicht gedacht. Ich habe zwar Deinen morgigen Brief noch nicht gelesen, aber ich weiß nicht, ob es richtig ist, so aufzutreten, wie Du es mir schreibst. Schließlich habe ich vom ersten Tag an im Woburn House die Stellung eines Menschen eingenommen, deren Mutter weniger als 100 M verdient (ab Januar wahrscheinlich noch gekürzt wird), der also gänzlich auf die Hilfe des W. H.'s angewiesen ist. Ich habe gesagt, daß die 90 M, die ich mithatte, das Höchste waren, was Du mir hättest geben können, und daß es Dir völlig unmöglich wäre, auch nur noch einen Pfennig zu schicken. So ist es in meine Akten aufgenommen. Zwar sind die Leute von vornherein darauf eingestellt, erstmal alles für Schwindel zu halten, was man ihnen erzählt. Aber mir haben sie alles so ziemlich geglaubt, und es ist wirklich die reinste Wahrheit. Es wäre mir jetzt peinlich, in diesem Moment die Möglichkeit in Erwägung zu ziehen, daß Du mir *ja* was schicken kannst. Wenn Du das tätest, müßte es irgendwie glaubwürdig bemäntelt werden, Du müßtest von Geldborgen bei einem Onkel oder so was reden, aber am besten das noch nicht ausführen, dazu ist immer noch Zeit genug. Aber Du wirst es schon richtig gemacht haben. Eigentlich wollte ich vor allem erst mal zu Mrs. Goldsmith gehen, die weiß am besten, was ich tun soll, und hat bestimmt das meiste Verständnis. Ich werde es morgen, wenn ich Deinen Brief habe, tun.

Ich finde aber, Du siehst alles etwas schwarz. Ich bin natürlich mehr als ein »gehobenes Dienstmädchen« oder jedenfalls ein *sehr* gehobenes. Als Säuglingspflegerin kann man Anstellungen an Krankenhäusern bekommen oder in Heimen. Das ist schon nichts Dienstmädchenhaftes. Als Kindergärtnerin (was vielleicht besser ist) kann man einen eignen Kindergarten aufmachen. Das hat erst recht nichts mit Dienstmädchen zu tun. Außerdem werde ich wohl geistig und innerlich nie auf ein sogenanntes »Dienstmädchen-Niveau« herabsinken – überhaupt gibt es solche Unterschiede und Begriffe heutzutage gar nicht mehr. Wie soll ich denn den Leuten klarmachen, daß ich mehr Anrecht auf eine akademische Ausbildung habe als ein junges Mädchen (sehr nett), das neben mir saß, 7 Semester Medizin studiert hat und jetzt kochen gelernt hat, Diätküche, und ganz zufrieden ist, da sie damit verdient? Oder wie soll ich ihnen erklären, daß ich als Sekretärin mehr Glück haben werde als ein bezauberndes Mädchen aus Frankfurt am Main, persönliche Freundin von Herrn Kahn – eine Schönheit von einem Mädchen –, drei Jahre lang fertige Juristin mit Praxis, die in vier Sprachen stenographiert (Deutsch, Französisch, Englisch und Holländisch) und fünf Monate hier ist, ohne einen Pfennig zu verdienen????? Es ist wirklich außerordentlich schwer, sie von der Richtigkeit meines Standpunktes zu überzeugen. Ich kann mir nur immer sagen, sofern es sich um eine einjährige Ausbildung handelt, würde ich sie ruhig annehmen (wenn alle andern Versuche fehlschlagen). Du wärst für die Zeit die Sorge um mich los, man wäre (und die Welt!) am Ende der Zeit um ein Jahr weiter und ich um ein Jahr älter, um mich vielleicht noch für einen andern Beruf zu entschließen. Was ist denn schon ein Jahr im Verhältnis zu einem ganzen Menschenalter??

Überleg es Dir doch noch mal genau, ob es nicht doch besser ist, wenn die Leute mir *unter keinen Umständen* ein Stipendium für die Handelsschule geben wollen, dies Angebot anzunehmen. Daß Du – oder Lechner – mir Geld schickst, möchte ich auf *keinen* Fall. Dazu ist schlimmstenfalls in einem Jahr auch noch Zeit.

Von Renate [Boenheim] hatte ich einen ganz verzweifelten Brief. Sie ist todunglücklich, lebt nur unter ekelhaften Menschen, hat alle 14 Tage mal »Ausgang« und dann keinen vernünftigen Menschen, mit dem sie zusammensein kann. Es ist wirklich schrecklich, ein 17jähriges, noch dazu so lebenslustiges Mädel wie Renate in eine solche Klosterluft zu sperren, noch dazu unter Frauen, die ihr durchweg antipathisch sind und sie widerlich behandeln. Hast Du ihr geantwortet? Tu es doch, sie freut sich so über jeden Brief. Das ist doch ihre einzige Erholung! Siehst Du, die wird nun auch ein »gehobnes Dienstmädchen« (!), dabei läßt sich die zweite Frau vom Vater in meiner Gegenwart gerade drei Pelzmäntel und noch vier oder fünf Kragen und Muffs aus Berlin kommen. Und deren Tochter Madeleine ist – das fällt mir gerade dabei ein – auch nur »gehobenes Dienstmädchen« und gerade auf dem Weg nach Palästina. (Dorthin zu gehen ist mir übrigens, nachdem ich so oft im Woburn House gewesen bin, die Lust gänzlich vergangen. Ich kann mir nun mal nicht helfen: Emigrierte Juden in Ansammlungen wirken auf mich grotesk und unsympathisch.) Das ist wahrscheinlich »das Erbe im Blut« bei mir – von der andern Seite natürlich!

Denk mal, was wir gesehen haben: Luis Trenker in »Der Rebell«. Ist das nicht komisch? Ich mußte lächelnd daran denken, was ich im vorigen Jahr für eine Propaganda gegen diesen Film gemacht habe – ohne ihn gesehen zu haben, natürlich – und was für erregte Diskussionen ich mit den Nazis unserer Klasse geführt habe. Übrigens nicht ganz mit Recht. Er zeigt das historische Schicksal von Andreas Hofer mit filmischer und nationaler Idealisierung und Ausschmückung, aber technisch ausgezeichneten Kriegsscenen und wunderbaren Aufnahmen von Tirol. Ich kam gerade herein, als die Scenen von dem Gebirgskrieg gezeigt wurden, und zwar wirklich mit allem Grauenhaften und Scheußlichen und der ganzen Brutalität eines Krieges – natürlich durch die Idee glorifiziert! Diese Scenen für sich kann man ebensogut als nationale wie als pazifistische Propaganda auffassen, und sie sind mir als das mehr wert als 10 »Cavalcade«-Filme[46]. (Der Film war ganz englisch, alle deutschen Schauspieler, außer dem Mädchen, das eine Engländerin spielte, sprachen Englisch.) »Cavalcade« hat hier tatsächlich einen Riesenerfolg gehabt. Es gibt ja überhaupt kein Volk, glaub ich, mit einem so verkitschten Geschmack wie die Engländer.

Es küßt Dich 10000000000 Mal

Deine Sibylle!

Wie hast Du gesungen?

Dein Brief war wieder mal von der Devisenstelle geöffnet.

Eva Ortmann aus Berlin an Sibylle in London

1. Dezember 1933

Mein liebes gutes Sibyllchen!

Ich danke Dir sehr für Deinen lieben, langen Brief. Du bist sehr viel verständiger, als ich es bin, und hast damit wahrscheinlich recht. Aber versuche doch noch alles, was Du kannst. Leider habe ich mir im übrigen noch überlegt, daß Dir das Comité, wenn Du Dich ihm nicht fügst, wahrscheinlich auch nicht die Pension bezahlen wird. Damit ist ja dann natürlich *alles* hinfällig, denn die Schule oder die Pension wäre natürlich das einzige, was man eventuell aufbringen könnte und müßte, im schlimmsten Fall. Bemänteln ließe sich die Sache schon, Onkel in Paris, etc. Aber wie gesagt, ich fürchte, es wird nicht dazu kommen, es ist schon das einzige, Du versuchst, die Leute herumzukriegen. Otto schrieb mir heute, er glaubt, Du würdest es schon körperlich nicht aushalten. Aber einen Rat könnte er auch weiter nicht geben.

Morgen schreibe ich ausführlich. Gesungen habe ich ganz gut, vor allem am Montag und Dienstag. Am Sonntag war es nicht so gut.

Es küßt Dich tausend Mal!

Deine Mutti

---

46 *Calvacade* (1933), ein in Amerika gedrehter Film nach einem Theaterstück von Noël Coward, war eine sentimental-patriotische Schilderung des Lebens zweier englischer Familien aus der Mittelschicht und der Arbeiterklasse.

Eva Ortmann aus Berlin an Sibylle in London

3. Dezember 1933

Mein liebes gutes Sibyllchen!

Heute will ich Dir endlich ausführlich auf Deinen lieben Brief antworten. Du bist ja wirklich ein so vernünftiger Mensch, ich sollte es wahrscheinlich erst recht sein, da man eben nicht mit dem Kopf durch die Wand gehen kann. Aber Deine Gegenargumente sind doch nicht ganz stichhaltig. Daß jemand in England in 5 Monaten keine Stellung findet, ist ja ziemlich bekannt. Soviel ich weiß, bekommen doch dort die Deutschen *überhaupt* keine Arbeitsbewilligungen. Daß Leute Diätküche oder auch z. B. Kinderpflege lernen, um nach Palästina zu gehen, ist auch etwas anderes, immerhin dienen sie damit – nach ihrer Meinung – auch einem *ideellen* Zweck. Außerdem ist es in Palästina tatsächlich so, daß sämtliche Berufe von mehr oder weniger gebildeten Menschen ausgeübt werden, ich meine so, daß man sich ungefähr überall in der gleichen Sphäre bewegt und einer gemeinsamen Idee dient. Wenn ich dagegen sage, eine Nurse ist ein besseres Dienstmädchen, so meine ich das natürlich vor allem insofern, als Du Dich dadurch in ein Milieu begibst, in dem Du Dich *dauernd* unmöglich wohlfühlen kannst, wo Du keinerlei geistige Anregung und Entwicklung zu erwarten hast. Ich meine natürlich nicht, daß *Du* dadurch degradiert bist, wie kannst Du das nur so verstehen! Sondern ich meine, daß in diesen Beruf andere Menschen gehören, als Du bist, geistig einfacher und bescheidener. Die können, wenn sie Güte und einen einfachen Menschenverstand besitzen, dort Vorzügliches leisten. Etwas anders liegt die Sache schon bei der Kindergärtnerin, da braucht man schon viel mehr Psychologie und wirkliches Einfühlen in kleine Menschen. Auch kann man, wie Du ja selbst schreibst, einen eignen Kindergarten eröffnen. Aber ehrlich gesagt, glaubst Du nicht, um so etwas zu erlernen, würde ein intelligenter Mensch höchstens 4 Monate brauchen? Alles andere ist ja nur Ausnützung der ausbildenden Heime, die auf diese Weise mehr Geld und Arbeitskraft schlukken.

Frau Splett ist im Grunde meiner Meinung, sagt aber, wenn alle Stricke reißen, würde sie doch ruhig drauf eingehen. Eines ist mir an der ganzen Sache völlig unklar. Wie konnte sich Herr Kahn über die

Tendenzen des Woburn House, das doch offenbar von der lieben Mrs. Model beherrscht wird, so täuschen? Er und die anderen hätten doch von vornherein wissen müssen, wie sie generell eingestellt ist, denn sie wird ja für Dich keine neuen Ideen hervorgeholt haben. Ich bin sehr gespannt, ob Du noch irgend etwas erreichen wirst. Ich glaube aber leider, eher nein als ja. So eine dickköpfige Hexe stirbt doch eher, als daß sie nachgibt.

Frau Splett findet, daß Du einen Fehler gemacht hast, noch nicht zu den Quäkern gegangen zu sein. Sie hat neulich mit Catchpool über Deine Angelegenheit gesprochen, und er hält es nicht für ganz ausgeschlossen, daß man Dir vielleicht helfen könnte, obwohl ihre Mittel natürlich auch sehr überbeansprucht sind. Ich würde ruhig mal hingehen an Deiner Stelle. Frau Splett meint aber, Du dürftest nicht gleich beim ersten Besuch erzählen, daß Du bereits alles andere versucht hast und gescheitert bist. Eventuell will Catchpool Deinetwegen nach England schreiben. Aber auf jeden Fall warte ich erst Deine Berichte über die weitere Entwicklung der Sache ab.

Gestern war ich bei Kempinski in der Leipzigerstraße.[47] Das »opulente Mahl« war geradezu widerlich. Ganz abgesehen davon, daß man in der heutigen Zeit doppelt empfindlich ist. Aber ich habe mich wirklich direkt geschämt, mit dabei, jüdisch sein unter diesen kapitalistischen Fressern. 3 Kellner bedienten uns 4 Leute mit der Andacht, als wenn sie eine Messe zelebrierten. Das Lokal voll bis zum letzten Platz, der Sekt floß in Strömen, es gab keinerlei Probleme, als wie man sich den Bauch am besten und auf raffinierteste Art vollschlagen konnte. Direkt ekelhaft. Da es nur 5 Minuten entfernt liegt, ging ich zum Berliner Theater und erholte mich von der Sache bei 2 Akten »Figaro«.

Du fragst immer nach Kritiken über »Figaro« und über die Konzerte. Eine »Öffentlichkeit« im eigentlichen Sinne gibt es ja da nicht. Ausschließlich jüdische Blätter dürfen Besprechungen bringen.[48] Daß

---

47 Reiche Verwandte hatten Eva Ortmann eingeladen.

48 In Deutschland durfte zwar nur die jüdische Presse über Veranstaltungen des Kulturbundes berichten, aber am 10. Dezember 1933 veröffentlichte die *New York Times* eine lange und wohlwollende Besprechung von *Die Hochzeit des Figaro* durch den Musikkritiker Herbert Peyser, der besonders die »makellose Intona-

die einseitig sind, kann man insofern nicht sagen, als es genau wie überall auch hier bereits Cliquen gibt mit verschiedener jüdisch-politischer Einstellung, die, je nachdem sie Freunde oder Feinde des Herrn Singer[49] sind, berichten. In der Jüd.-Rundschau N. 96 vom 1. XII. findest Du eine Kritik über unser Totensonntagskonzert.[50] Dazu ist zu bemerken, daß der Herr Dr. Guttman eine Frau hat, die Gesanglehrerin ist, und er selbst »jüdischer Komponist«. Beides kannst Du aus der Kritik entnehmen. Im übrigen sind das alles ja keine Kritiker – so etwas konnten sich diese Blätter doch früher gar nicht leisten, kein Mensch las sie. Es sind eben irgendwelche Leute, die mit Musik etwas zu tun haben und sich plötzlich berufen fühlen.

Vielleicht fahre ich über Weihnachten mit Lechner 2–3 Tage fort. Es ist noch ganz unbestimmt. Aber er ist sehr nervös und hat in letzter Zeit sehr viel durchgemacht. Die Dame, bei der er fast 8 Jahre gewohnt hat und die ihm, wie er mir schon früher immer sagte, näher stand als seine eigne Mutter (sie hat sich auch viel besser ihm gegenüber benommen), ist gestorben vor 8 Tagen. Obwohl das seit langem vorauszusehen war, war er ganz verzweifelt und wie vor den Kopf geschlagen. Für mich war das alles mitzuerleben natürlich keine reine Freude. Aber dazu ist man ja wohl auch nicht auf der Welt. Jetzt wohnt er seit ein paar Tagen bei mir, schläft in meinem Zimmer, ich in

---

tion« der Sänger und das Spiel des kleinen Orchesters hervorhob. Er schrieb: »Der Geist der Aufführung fand seine Entsprechung im Verhalten des Publikums. Da gab es wahre Herzlichkeit, und kaum eine Arie ging ohne Applaus vorüber. Doch etwas in der Art und der gelassenen Würde, mit der die Versammlung der Entfaltung von Mozarts göttlicher Komödie lauschte, wurde bald unerklärlich und doch unglaublich anrührend – etwas von einem Geist, der irgendwie an eine Versammlung früher Christen zum Gottesdienst in den Katakomben erinnerte.«

49 Der Arzt und Dirigent Kurt Singer war der künstlerische Generaldirektor des Kulturbunds.

50 »Die Sopranistin Eva Ortmann hat eine selten schöne und umfangreiche Stimme. Man muß sehr bedauern, daß sie mit diesem Material nicht mehr anzufangen versteht, weil ihre Technik noch nicht vollendet ist. Die Künstlerhilfe verschafft den jüdischen Künstlern die Möglichkeit, öffentlich zu wirken. Aber die Programme bedürfen dringend einer Revision. Gewiß soll das Kulturgut musikalischer deutscher Klassik und Romantik gepflegt werden, aber man wird auch daran gehen müssen, die jungen jüdischen Komponisten des In- und Auslandes den jüdischen Hörern nahezubringen. – Dr. Oscar Guttman.«

Deinem, da der Haushalt dort aufgelöst wird. Was daraus werden wird, weiß ich noch nicht. Wir haben noch *nicht* darüber gesprochen, aber er scheint es für selbstverständlich zu halten, daß er zu mir zieht. Nach Lage der Dinge ist es wohl auch das Gegebene, aber im Grunde möchte ich es *nicht*. Gerade weil ich mir diese Freundschaft erhalten möchte, will ich dieses enge Zusammenleben nicht. Der Mensch ist nun mal so, daß er das, was er in jedem Augenblick haben kann, was zu seinem *alltäglichen* Leben gehört, nicht mehr so schätzt wie das, was ihm nur in besonderen Stunden gehört. Aber was soll ich tun? Wenn ich nein sage, wird er sich ein Zimmer in der Nähe nehmen, wird den ganzen Tag bei mir sein, bei mir essen und abends spät nach Hause gehen. Das hieße schließlich ein Prinzip auf die Spitze treiben und würde praktisch fast auf dasselbe herauskommen. Natürlich würde er mir ja auch entsprechend zahlen, während ich bisher vergebliche Versuche gemacht habe, Dein Zimmer zu vermieten. Nun, vielleicht ergibt sich doch noch irgend etwas anderes, ich wünschte es sehr. Ich muß schnell schließen, sonst erreicht der Brief nicht mehr rechtzeitig das Flugzeug.

1000 schöne Küsse, mein liebes Gutes! Mutti

Sibylle aus London an Eva Ortmann in Berlin

3. Dezember 1933

Liebe Mutti!

Nachdem ich vorgestern eine sehr nette jüdische Familie mit bezauberndem blonden 3jährigen Jungen besucht habe, die mich zum nächsten Mittwoch wieder eingeladen haben und mir auch eventuell von Nutzen sein können, war ich gestern bei meiner Freundin Mrs. Goldsmith. Ich traf nicht sie, sondern eine sehr nette, tüchtige Sekretärin – ich werde ihr nacheifern –, die genau über mich orientiert war und mir erzählte, Mrs. Model hätte bei ihr angefragt, ob sie nicht eine Familie empfehlen könnte, die mich und ein 17jähriges Mädchen in »hospitality« nimmt. Es dürfte nicht zu weit von einer Handelsschule sein!!! Entweder geht nun dieses Mädchen auf eine Handelsschule, oder meine unterdrückten Tränen haben die auf dem Comité gerührt. Ich erklärte der Sekretärin meine Lage, zeigte ihr Deinen Brief, den sie reizend fand und alles sehr vernünftig. Sie setzte sich darauf hin und fabrizierte einen kolossal gescheiten, 3 Seiten langen Brief, in dem sie alles genau erklärte, von Deinem Brief spricht und alles einführt, was Du schreibst, so daß ich den gar nicht mehr vorzuzeigen brauche. Sie setzte hinzu, daß Du Dich vielmals bedankt hättest, wie nett sich das Woburn House um mich kümmerte – etwas sehr Wichtiges, was Du vergessen hast und was Mrs. Model eventuell übelnehmen könnte. Morgen gehe ich zu ihr hin, dann wird es sich ja wohl entscheiden. Ich habe schon wieder etwas Hoffnung.

Deine Sibylle

Frau Schurak aus Berlin an Sibylle in London

4. Dezember 1933

Liebes Frl. Sybille!

Für Ihre liebe Karte besten Dank. Es freut uns besonders zu hören, daß es Ihnen gut geht, was wir Ihnen von ganzem Herzen auch weiterhin wünschen. Bei uns herrscht eine ziemliche Kälte, heute 11 Grad, es soll noch kälter werden, und wir frieren jetzt schon wer weiß wie. Ihrer l. Mutter geht's auch gut, und sie freut sich natürlich sehr, etwas Gutes von ihrem Töchterchen zu hören. Frl. Anna hat ihren Geburtstag nachträglich so gefeiert, daß sie alle angrenzenden Mieter aus dem Schlaf geweckt hat, man sagt sich, etwas muß der Mensch auch haben. Wie schön, daß Sie so jung schon die weite Welt sehen, gewiß werden Sie uns viel erzählen können, wenn Sie mal wieder heimkommen, gewiß sind Sie gar nicht mehr zu erkennen. Dies Jahr Weihnachten in einem neuen Heim, aber Gott sei Dank, wie ich höre, ein sehr angenehmes, dann fällt es einem doppelt leicht. Nun alles Gute, vor allem Gesundheit und freundliche Grüße Fam. Schurak.

Sibylle aus London an Eva Ortmann in Berlin

4. Dezember 1933

Liebe Mutti!

Also, heute hab ich mich mal wieder 3 1/2 Stunden im Woburn House rumgetrieben. Nachdem ich vorgestern (Sonnabend) im German Committee gewesen war und die mir den Brief geschrieben haben, hat das Woburn House heute früh dort angerufen und mich um 12 Uhr zu Mrs. Schwab bestellt – der noch sympathischsten der Weiber dort –, nachdem ich um 11 im German Committee sein sollte. Als ich dort ankam, erfuhr ich dies und begab mich sofort zum Woburn House, wo man mir sagte, Mrs. Schwab hätte ganz plötzlich wegen Todes- oder Krankheitsfalles nach Manchester fahren müssen und würde erst Mittwoch wieder dasein. Ich entschloß mich, auf Mrs. Model zu warten, von der ich Dir ja schon schrieb und die wohl die beste Instanz ist, wenn man wirklich was erreichen will. Sie war ja auch die Adressatin des Briefes und wußte am besten über alles Bescheid. Sie zog mich sofort mit zu Herrn Kahn, zeigte ihm den Brief vom andern Committee und überließ mich dann ihm. Er war wie immer freundlich und nett – ich fürchte nur, es steckt nicht viel dahinter –, sagte mir, daß es tatsächlich neuerdings eine kleine Möglichkeit für eine Handelsschule für mich gäbe, daß darüber am besten Mrs. Schwab Bescheid wüßte, las dann Deinen Brief, in dem Du ja alles mit Namen angegeben hast, und meinte dann, wenn ich tatsächlich die Gewißheit hätte, in Paris eine Stellung zu bekommen, müßte man natürlich sehen, daß man das ermöglichen kann.

Die Leute sind nämlich alle entsetzt von meiner Selbständigkeit, finden sie für ein 15jähriges Mädchen »unpassend« und »unnormal« und wollen mich am liebsten wie ein 10jähriges Kind behandeln und unter Bewachung stellen. (Ich meine mit »die Leute« vor allem diese Dame, die mich in ein Internat stecken will, da ich zufällig ein Gespräch im Nebenzimmer mitangehört habe, in dem sie sich dahingehend geäußert hat.) Ich muß mich rasend vorsehen, auf meinen Wanderungen durch die Stadt von niemandem erblickt zu werden, jedenfalls von niemandem von den Damen.

Allein zu gehen, haben sie mir beinahe verboten (da sie behaupten, für mich die Verantwortung zu haben, falls mir etwas passiert), in Jungensbegleitung ist gänzlich unmöglich, dann ist man ein moralischer Minusmensch in England. Und da Evi nur einmal wöchentlich für mich zu haben ist und ich kaum jemanden anderes als Henry Chasanowitsch hier kenne, muß ich mich größtenteils auf seine Gesellschaft beschränken und mich immer, wenn ich mit ihm durch die Straßen walze oder bei Lyons sitze, ängstlich nach einer dieser Damen umsehen. Tatsächlich treffe ich gestern, Sonntag, als ich mit *3* Jungens auf dem Weg zum Britischen Museum bin (das ich fast täglich besuche), Herrn Kahn, der mich von hinten mit den Worten ansprach: »Na, wo treiben *Sie* sich den Sonntagvormittag rum?« Ich bekam bei dieser deutschen Anrede, von der ich zunächst nicht wußte, woher sie kam, erst einen Heidenschreck. Gott sei Dank ist Herr Kahn nicht ganz so verengländert wie die andern alle, und er lachte nur über meine zahlreiche Männerbegleitung.

Ich vermute übrigens, daß Deine Freundschaft mit Lechner, von der man doch bisher nur in Andeutungen zu munkeln wagte, Familiengespräch geworden ist. Macht ja nichts im Grunde. Daß Lechner zu Dir zieht, ist doch unter den jetzigen Umständen wohl das Natürliche, obwohl natürlich alles, was Du dagegen sagst, nur zu richtig ist. Wird er in Deinem oder meinem Zimmer wohnen? Schreib mir doch bitte, ob Ihr Heiligabend noch in Berlin seid!

Ich wollte Dir noch sagen, schenke mir bitte nichts zu Weihnachten! Anzuziehen habe ich genug. Falls ich noch eine Kleinigkeit brauche, kaufe ich sie hier im Ausverkauf. Kleinigkeiten brauche ich nicht, dazu sind die Zeiten zu mies. Außerdem gibt es Schwierigkeiten mit dem Zoll. Wenn Du mir doch eine kleine Freude machen willst, schenke mir doch – wenn Du so einen Herrn, der nach London fährt, aufgabeln kannst – einen von diesen kleinen ganz billigen Fotos für 4–5 Mark, die gibt es hier in England nicht. Ich möchte doch von meinem Londoner Aufenthalt als Andenken einige Bilder haben. Aber nötig ist es auch nicht!

Es küßt Dich so oft wie möglich,

Deine Sibylle

P.S. Schimpfe nicht so auf das Committee. Sie meinen es sehr gut und bezahlen mir morgen schon 1 1/2 Pfund für Aufenthalt.

P.S. Ich habe Deine Kritik heute gelesen und mußte sehr lachen, als Du mir Näheres über den Herrn »Kritiker« schriebst. – Affe! Ekel!!! Denn dem dummen Publikum imponiert doch immer, was ein Kritiker (wer er auch sein mag) sagt.

Sibylle aus London an Eva Ortmann in Berlin

7. Dezember 1933

Liebes Mutti-Gold! Endlich komme ich nach der Hetzerei der letzten Tage dazu, Dir mal wieder ausführlich zu schreiben. Leider kann ich Dir und Frau Splett immer noch nichts Definitives, auch nur ungefähr Bestimmtes berichten. Aber: Säuglingspflege, womit ich mich doch schon fast abgefunden hatte, ist ganz an den Nagel gehängt. Die Leute sehen ein, daß man unter meinen Umständen doch für ein Secretary-training sorgen muß. Aber da die Kosten einer halbjährigen Ausbildung sich auf etwa 1000 Mark (einschließlich Wohnen und Leben und Taschengeld = 1 Pfund die Woche) belaufen würden, wollen die Leute eine Familie für mich finden, die mich in »hospitality« nimmt. Dafür sind die Aussichten *in London* aber weit geringer, d. h. so gut wie Null, als in irgendeiner andern Stadt Englands. Zum Beispiel hat eine der Woburn-House-Damen, Mrs. Schwab, gute Bekannte in Manchester, die gern ein 12–14jähriges Mädchen an sich nehmen wollen. Sie hat nun gestern meinetwegen an diese Leute geschrieben – die Antwort ist natürlich noch nicht da. Wenn sie zustimmen, bleibt mir nichts übrig, als anzunehmen. Ich habe da gar keine Wahl.

Begeistert bin ich natürlich gar nicht von dieser Idee, und ich versuche verzweifelt, den Leuten durch das Auffinden einer hospitality in London zuvorzukommen, aber es wird wahrscheinlich nicht möglich sein, denn hier ist die Nachfrage zu groß. Habe ich Dir eigentlich geschrieben, daß die Leute (besonders die Eppstein, eine alte Jungfer und ekelhafte Ziege) auf die absurdesten Ideen gekommen sind, mich z. B. ein Jahr in ein englisches Internat zu stecken, »um Englisch zu lernen«. Andere schlugen vor, mir die Ausbildung in Frankreich geben zu lassen. Klingt ganz schön, aber es kommt in Wirklichkeit darauf hinaus, daß sie mir irgendeine Empfehlung an ein französisches Comité (wahrscheinlich nicht mal in Paris) geben würden und ich dann dasäße, die Rennerei von vorne losginge und ich mit 100% Sicherheit *überhaupt* nichts erreichen würde, da die französischen Comités gänzlich ausgepowert sind.

Ich wurde gestern von Herrn Kahn (dem Großmaul) mit den Worten entlassen: »Nun bleiben Sie mal vorläufig, wo Sie sind, und machen Sie sich keine Sorgen, wir werden etwas für Sie finden, das habe ich Ihnen ja versprochen.«

Ich habe mir aber trotzdem Sorgen gemacht und bin eben bei den Quäkern gewesen. Da war eine reizende Dame, die mich zu ihrem nächsten »meeting« einlud, der ich dann erzählte, was ich suchte (hospitality), und die mir sagte, daß sie so was fast gar nicht zu vergeben hätten, eher schon in andern großen Städten.

Sie riet mir sehr zu, wenn ich ein Angebot in Manchester bekäme, es sofort anzunehmen. Es ist tatsächlich die zweitgrößte Stadt von England und der geistige Mittelpunkt des Landes. Unter den Einwohnern gibt es eine breite Schicht von Intellektuellen und Künstlern. Ein Dokument dafür ist der *Manchester Guardian* und das Sprichwort: »What Manchester thinks to-day, England will think to-morrow.« Das klingt wie der lebendige Baedeker, nicht? Aber anders als mit einer logischen, sachlichen Anschauung aller Dinge und mit ein bißchen Humor kommt man ja wirklich durch diesen Wirrwarr nicht hindurch.

Gestern habe ich das erste Mal Deutschland-Heimweh gehabt. Ich war bei diesen bezaubernden Birnbergs (die mich übrigens morgen schon wieder eingeladen haben), die haben ein deutsches Mädel aus Kassel und eins aus Frankfurt au-pair. Wir drei waren erst allein, unterhielten uns ausgezeichnet, denn es sind zwei reizende Mädels, dann stellte ich das ganz fabelhafte Radio an (man braucht nur einzustellen, welche Station man haben will, und hat nicht stundenlang zu basteln und zu probieren, obwohl das natürlich einen gewissen Reiz hat), ich stellte also eine deutsche Station ein, und es ertönte mit Weihnachtsmann-Grabesstimme: »Von drauß, vom Walde komm ich her« – und im Chor fielen wir drei Mädels aus drei verschiedenen Teilen Deutschlands ein: »Ich muß Euch sagen, es weihnachtet sehr!«

Dann hörten wir uns – immer zwischen Lachen und Weinen schwebend – den Rest dieses Sankt-Niklaus-Spiels an (übrigens in der »Stunde der Nation«), hörten deutsche Weihnachtslieder und Gedichte, und es war sehr nett. Merkwürdige Vorstellung, daß wir dabei in einem Zimmer in einem englischen Haus saßen!

Ich werde ja nun allmählich gespannt, was aus mir noch werden wird. Englisch geht schon sehr anständig, alle bewundern es.

Danke Frau Schurak für ihre Karte. Sie ist ein Dokument und dient zur Erheiterung mancher traurigen Stunde manches deutschen Emigranten hier. Ich weiß nicht, durch wieviel Hände sie schon gegangen ist.

Bei uns war es drei-vier Tage lang entsetzlich kalt. Da man hier nach Fahrenheit mißt, konnte ich die Gradzahl nicht feststellen, aber am Tage waren es sicher 5 unter Null. Natürlich trage ich seit dem ersten Tag, den ich hier bin, meine wollne Unterwäsche. Solche Sorgen brauchst Du Dir *überhaupt nicht* zu machen, bitte! Du darfst nicht vergessen, daß Du eine große, vernünftige Tochter hast, die in 4 Wochen heiratsfähig ist.

Es küßt Dich

Deine Sibylle

Eva Ortmann aus Berlin an Sibylle in London

7. Dezember 1933

Mein gutes Kind!

Vielen Dank für Deinen lieben Brief. Es scheint ja in der Tat noch eine Aussicht zu bestehen, daß man Dich doch auf eine Handelsschule schicken wird. Aber vorläufig eben nur eine Aussicht. Man hat nämlich aus London (und zwar anscheinend Herr Kahn) beim hiesigen Hilfsverein angefragt Deinetwegen. Ich wurde vom Hilfsverein hinbestellt, und man las mir den Brief vor. Herr Kahn schreibt etwa folgendes: Es wäre ein junges Mädchen, 15 Jahre!!, von ihrer Mutter mit 90.– Mark in der Tasche in leichtsinniger, ja geradezu frivoler Weise in die Welt geschickt worden. Man könnte nicht begreifen, daß der Hilfsverein dazu seine Hand geboten hätte etc. Da aber das junge Mädchen einen ganz besonders guten Eindruck mache, hätte man sich dazu entschlossen, ihr zu helfen. Nun wollen sie offenbar wissen, ob alle Angaben, die Du gemacht hast, stimmen, auch mein Vater ist erwähnt.

Was die Vorwürfe des Herrn Kahn mir gegenüber anbetrifft, so war ich darüber zuerst wütend. Später habe ich mir gesagt, daß er von seinem Standpunkt aus recht hat. Schließlich haben wir ihm ja wohlweislich nicht gesagt, daß Du als ultima ratio in jedem Augenblick hierher zurückkommen kannst. Noch weniger, daß ich im schlimmsten Fall Dir eben Geld schicken würde. Also muß er ja glauben, ich habe Dich einfach losgeschickt, um auf bequeme Art Kosten und Verantwortung los zu sein. Über all dies darfst Du ihm natürlich nichts sagen, es wäre ja auch jedes Wort zwecklos, da Du ihm die Sache nicht so darstellen kannst, wie sie wirklich ist. Jedenfalls schreibt er aber in dem Brief, daß sie *großes Interesse* an dem Fall haben und *Dir helfen wollen.* Und das ist ja die Hauptsache.

Wieso willst Du wissen, ob ich Heiligabend in Berlin bin? Ich weiß es selbst noch nicht, weiß noch nicht einmal, ob wir überhaupt fahren werden, da Lechner eventuell am 2. Feiertag zu singen hat. Wenn überhaupt, wollten wir vielleicht am 25. früh fahren, da der 24. ein Sonntag ist und eine Vertretung in der Reform für beide zusammen ca. 16.– Mark kosten würde. Natürlich schreibe ich Dir, wenn ich erst Bestimmtes weiß, ganz genau, wann und wohin wir fahren, das ist doch selbstverständlich. An und für sich würde ich gerne Weihnachten fort sein, noch mehr an meinem Geburtstag.[51] Was liegt mir an der Familie, die mich bestimmt an diesem Tag in verstärkterem Maße heimsuchen würde, wenn die, die mir wirklich nahestehen, alle fort sind?

Viele, viele liebe Küsse!

Deine Mutti

Sibylle aus London an Eva Ortmann in Berlin

11. Dezember 1933

Liebe Mutti!

Vielen Dank für Deinen langen interessanten Brief. Natürlich muß man auch den Standpunkt des Herrn Kahn verstehen können – wir haben ihm ja, im wesentlichen, die Dinge anders dargestellt. Aber diese Art, sich an den Hilfsverband zu wenden, ist eine Unverschämtheit. Haben die Dir viel Sperenzien gemacht? Vor allem, was haben sie geantwortet??

Freitag war ich bei Birnbergs eingeladen, ich habe das erste Mal in meinem Leben einen Freitagabend mit allem Drumrum erlebt. Und das gerade in England! Es war ein ganz merkwürdiger Eindruck. Die Leute sind bezaubernd, bemühen sich sehr für mich, suchen stundenlang reiche Bekannte auf, die sie meinetwegen befragen und bitten. Schließlich habe ich sie jetzt 3 Mal gesehen und bin das erste Mal zu ihnen gekommen und habe einfach gesagt: Mrs. Bentwich hat mir ge-

---

51 26. Dezember.

sagt, ich sollte Sie einmal aufsuchen. Dann blieb ich gleich einen ganzen Abend bei ihnen, badete den einen der beiden süßen Jungen, wurde ein zweites Mal eingeladen, letzten Freitag das dritte Mal, und Montag gehe ich schon wieder hin, um zu hören, was sie indessen für mich erreicht haben. Ist das nicht nett? Genauso, wie ich sonst beinahe verrückt nach Post bin, zittre ich jetzt ebenso vor der gefürchteten aus oder über Manchester.

Viele Küsse, Sibylle

Sibylle aus London an Eva Ortmann in Berlin

13. Dezember 1933

Mein liebes Muttichen!

Vielen Dank für Deinen lieben Brief. Mach Dir nur nicht *zu* viel Sorgen um mich, das ist gar nicht nötig. Ich werde schon alles arrangieren, ohne bei dem langen Warten Mut und Energie zu verlieren.

Punkt Manchester: Die Sache scheint gar nicht zu klappen, sonst hätten die betreffenden Leute dort sich wohl schon positiv geäußert. Wahrscheinlich bin ich ihnen zu alt, was ja Frau Schwab übrigens von vornherein vermutet hatte. Im schlimmsten Fall würde ich das mit Fines tatsächlich versuchen. Allerdings nicht gern, denn erstens wollte ich ja unter keinen Umständen (eigentlich!), daß Du mir Geld schickst, zweitens sind mir die Leute doch nicht so sehr sympathisch, obwohl furchtbar nett und reizend zu mir. So 'n bißchen Grenadierstraße,[52] wenn auch nicht ganz so schlimm.

Aber nach Manchester möchte ich noch weniger. Es ist nach allgemeinem englischen Urteil »a horrible town«, voller rußender Fabriken und infolgedessen schrecklichster, dreckigster Nebel. Dagegen soll London eine saubere Stadt sein (und mir kommt es schon so vor, als gäbe es in London mehr Dreck als in der ganzen übrigen Welt zusammen). Wenn Du Dir einmal über die Nase fährst, ist Deine Hand – bzw. wenn Du ein feiner Mensch bist, Dein Taschentuch – mit einer schwarzen Schicht bedeckt, als hättest Du eine 24stündige Eisenbahn-

---

52 Eine Straße im Berliner Scheunenviertel, damals eine Gegend, die hauptsächlich von sogenannten Ostjuden, also Flüchtlingen aus Osteuropa, bewohnt wurde.

fahrt hinter Dir. Die elegantesten Leute haben *ständig* schwarze Krallen. Man hat den Eindruck, das Land habe Hoftrauer. Man fragt sich – besonders jetzt zur Zeit der schwarzen und braunen Nebel, wo aller Dreck heruntergedrückt wird –, wozu man sich überhaupt noch morgens wäscht. Aber komischerweise gewöhnt man sich daran, wenigstens ich. Frau Chasanowitsch z. B. macht der Londoner Schmutz völlig krank. Überhaupt leiden 99% der hiesigen Deutschen rasend unter dem Klima. Ich sehr wenig, Gott sei Dank. Es ist nämlich scheußlich, wenn man sich dauernd mit Erkältungen, Frostbeulen und einem ständigen Unwohlsein, Augenschmerzen etc. herumzuschlagen hat. Ich habe nichts von allem. Aber man lernt doch allmählich auch die *Vorzüge* Deutschlands und der Deutschen schätzen.

Damit will ich nicht sagen, daß ich von England nicht nach wie vor begeistert bin, seine guten Eigenschaften liegen eben auf andrem Gebiet – nicht gerade auf dem der Sauberkeit eben. Ich bin tüchtig abgeschweift.

Mrs. Birnberg ist die sister-in-law einer Bekannten von Mrs. Goldsmith (Mrs. Bentwich).[53] Die Bentwich (Oberhaupt des German Refugee Committee's) war gerade anwesend, als ich das erste Mal Mrs. Goldsmith aufsuchte. Sie hörte, daß ich in Blackheath wohne und keine Bekannten dort hätte, und gab mir ein paar Zeilen an Mrs. Birnberg, die ich dann aufgesucht habe, alles weitere habe ich Dir ja bereits berichtet.

Es gibt wirklich nur ganz selten Menschen von einer solchen rührenden Güte und Anständigkeit. Dabei sind sie[54] – außer Nora – ganz, ganz einfache, ziemlich ungebildete Menschen. Aber gerade un-

---

53 Helen Bentwich, geborene Franklin, war die Frau und Mitarbeiterin Norman Bentwichs, eines bekannten britischen Zionisten, der den größten Teil seines Lebens als Erwachsener im Nahen Osten verbracht hatte (Naomi Birnberg war seine Schwester). Seit 1933 waren beide federführend in dem Bemühen, die Öffentlichkeit auf die Behandlung der Juden in Deutschland aufmerksam zu machen und Flüchtlinge zu unterstützen. In ihrer Jugend hatte Helen Bentwich einen von Lily Montagu gegründeten Girls' Club in Central London geleitet. Als Politikerin der Labour Party trat sie 1934 in die Londoner Stadtregierung ein und wurde 1956 deren Vorsitzende (also etwa Bürgermeisterin von Groß-London).

54 Gemeint sind die Bishops.

ter diesen sind solche Exemplare noch häufiger als in andern Kreisen.

Gestern war ich bei dem oversea-students'-meeting im Friends House. Diese Quäker sind wirklich reizende Leute. Aber anscheinend können sie mir nicht weiter nützlich sein. Sie verweisen wohl überhaupt alle Juden, die zu ihnen kommen, zunächst aufs Woburn House. Aber ich werde trotzdem nicht so schnell dort von der Bildfläche verschwinden und werde weiter zu den club-meetings gehen. Man trifft eine Menge internationales Publikum dort: Juden, Neger, Franzosen, Deutsche, Deutsche, Deutsche – (ich fand gleich mehrere Bekannte daraus).

Sibylle

Sibylle aus London an Eva Ortmann in Berlin

15. Dezember 1933

Mein Liebes!

Leider kann ich Dir immer noch nichts über meine Zukunft Entscheidendes berichten. Aber wahrscheinlich wird es nun bald werden. – Du hast übrigens 2 Sachen falsch verstanden: Das Woburn House ist bereits entschlossen, und zwar dazu, mir meine Ausbildung zu geben, aber erst eine hospitality zu finden, damit sie nicht außerdem noch für meinen Unterhalt aufzukommen brauchen. Letzteres gestaltet sich außerordentlich schwierig. Es gibt nicht mehr viel Leute mit genug Geld und Idealismus, sich noch mit einem Menschen mehr zu belasten. Aber augenblicklich besteht sogar eine Aussicht – mit etwa 50% Möglichkeit. Ich habe Dir doch von Mrs. Birnberg geschrieben, die sich so rührend für mich bemüht. Sie hat sich mit beiden Comités in Verbindung gesetzt, hat erfahren, daß sie sich ganz besonders für mich umsehen, aber noch nichts gefunden haben. Sie hat sich darauf an alle ihre reichen und armen Verwandten gewandt und meinetwegen gefragt. Die meisten verlangen aber Arbeit, also au-pair-Stelle. Dann hat sie aber noch eine Familie in Hampstead (dem Klein-Jerusalem und feinsten Viertel Londons) – die Leute sind immens reich, haben x servants und Kindermädchen und zwei Kinder von 1 1/2 und 3 1/2. Augenblicklich sind die Kinder krank, und die Frau ist so beschäftigt damit, daß sie keine Zeit und Ruhe hat, sich mit mir zu befassen. Aber gleich nach Xmas werden wir sehen. Wenn mich diese Leute zu sich nehmen würden, hätte das natürlich manches gegen sich, aber um so mehr für sich. Wenig schön ist es, mit einer so anti-kapitalistischen Einstellung, wie wir sie haben, in ein solches Milieu zu kommen. Zweitens würde mich diese Frau ganz wie eine Tochter behandeln, das heißt, wahrscheinlich reizend zu mir sein, aber mütterliche Verantwortung fühlen, ich müßte mich ganz ihren Anordnungen fügen, ihr alle Leute, mit denen ich verkehre, vorstellen und mich eben so benehmen, wie man es in England von einem 16jährigen Mädchen erwartet. Letzteres, glaube ich, ließe sich ertragen. Außerdem würde mich das Woburn House nur unter der Bedingung irgendwo hingeben, daß ich nicht ganz »independent« dort bin. Also ist das ein Umstand, den ich unter allen Umständen in Kauf nehmen muß. Es ist vielleicht gar nicht so schlecht und im übrigen besser als jeder andere bisher gemachte Vorschlag: Internat oder Kinderpflege etc. Es kommt nur darauf an, ob mir die Leute dabei sympathisch sind und eine nette Gesinnung haben.

Ein viel wesentlicherer Punkt ist, ob ich mich in der Atmosphäre wohlfühlen würde. Aber ich rede hier um etwas herum, was gar nicht zur Diskussion steht. Ich habe ja gar keine Wahl hier. Das habe ich auch Mrs. Birnberg gesagt, als sie mir die (oben angeführten) Nachteile aufgezählt hat. Die Leute sind übrigens Künstler, er Universitäts-Professor, also doch nicht so ganz kapitalistisch. Ich wünschte sehr, die Sache klappt.

Aber vorläufig, wie gesagt, nur eine Aussicht! Ich würde ganz in der Nähe von allen meinen Bekannten wohnen, bräuchte nicht mehr 2 Stunden überall hinzufahren – es wäre schon gut. Drücke mir beide Daumen.

Gruß und Kuß!
Sibylle

Eva Ortmann aus Berlin an Sibylle in London

17. Dezember 1933

Mein gutes Sibyllchen!

Ich danke Dir sehr für Deinen lieben Brief. Das beste daran war, daß Du bisher noch keine Nachricht aus oder von Manchester hattest. Danach ist ja wirklich zu hoffen, daß die Sache nicht klappen wird. Daß Du allerdings so viel Schwierigkeiten hast, Dich ab Weihnachten unterzubringen, ist ja nicht sehr schön. Hoffentlich weißt Du schon, wo Du bleiben wirst, wenn Du diesen Brief bekommst. Daß die Lösung mit der Familie Fine keine ideale ist, habe ich schon gewußt, als ich sie Dir vorschlug, einmal der Gegend wegen, und dann hatte ich mir die Leute schon genau so vorgestellt, wie Du sie jetzt beschreibst. Aber alles ist doch besser, als zu fremden Leuten in eine fremde Stadt.

Ich habe Dir heute, mit Lechner zusammen, einen Apparat gekauft. Er hatte nämlich die Absicht, Dir zu Weihnachten ein Buch zu schicken. Da habe ich ihm gesagt, er solle sich lieber an dem Apparat beteiligen. Denn ich finde den Gedanken doch sehr nett, wenn Du Dir an Deinen Londoner Aufenthalt ein paar Erinnerungen knipst. Du kannst mir vielleicht auch mal irgendein nettes Bild schicken. Ich werde Dir ab + zu mal einen Rollfilm schicken, damit Dir die Sache nicht zu teuer wird. Den Apparat bringt Dir Lilis Schwester mit, so weiß ich wenigstens, daß er *ganz sicher* in Deine Hände gelangt. Leider fährt sie erst *nach* Weihnachten, aber Du bist ja kein kleines Kind und wirst Dich auch nach Weihnachten damit freuen. 6.– Mark für die Schuhe schicke ich morgen ab. So kannst Du sie Dir, denke ich, noch vor Weihnachten kaufen. Mehr kann ich Dir in diesem Jahr nicht schenken, mein Liebes, und Du willst das ja auch nicht. Ich schenke nur noch Anna eine Kleinigkeit. Mit Carla will ich die Schenkerei abschaffen, wir haben heute beide nicht mehr das Geld dazu. Hoffentlich wirst Du es nett haben dort, wo Du Weihnachten sein wirst, das erste Mal, daß wir nicht zusammen sind. Ein bißchen sentimental verkitscht ist man eben doch noch, denn im Grunde ist es ja schließlich ein Tag wie jeder andere.

Viele, viele Küsse!
Deine Mutti

Eva Ortmann aus Berlin an Sibylle in London

19. Dezember 1933

Mein liebes gutes Kind!

Ich danke Dir sehr für Deinen lieben Brief, den ich heute erhielt. Wenn das mit der Familie in Hampstead etwas wird, dann wärst Du doch aus allen Schwierigkeiten heraus. Ich werde wirklich beide Daumen drücken. Schattenseiten hat jede Sache, in diesem Fall scheinen mir die Vorzüge aber zu überwiegen, soweit man das vorläufig überhaupt beurteilen kann. Wenn es nur schon etwas würde, damit Du endlich zur Ruhe kommst, weißt, wo Du bleibst und wirklich im Januar anfangen kannst zu arbeiten. Alle, denen ich von Dir und von allen Schwierigkeiten, die Du hast, erzähle, bewundern, was Du für ein tapferer Kerl bist. Und das bist Du auch wirklich, und es ist schön, daß Du nicht den Mut sinken läßt. Irgendwie wird es ja auch schon werden, wenn sich so viele Menschen für Dich bemühen. Wenn ich Dir nur irgendwie helfen könnte, es ist ein schreckliches Gefühl, so weit weg zu sein und nur immer gute Ratschläge von sich zu geben.

Sei von Herzen geküßt von

Deiner Mutti

Sibylle aus London an Eva Ortmann in Berlin

20. Dezember 1933

Mein liebes, gutes, einziges Muttichen!

Vielen tausend Dank für Deinen Brief. Entschuldige meinen letzten, der ja in der Mitte abgebrochen und nicht weitergeschrieben war, weil es sonst zu spät geworden wäre. Ich war an dem Nachmittag mit Henry Chasanowitsch zusammen, wir waren im Kino zu zwei Filmen, von denen einer immer besser als der andere war. Man bekommt doch in England immer 2 große und einige kleine Filme geliefert, die zusammen etwa 4 Stunden dauern! Der eine Film war: »I was a Spy« (Spion) mit Conrad Veidt und einer glänzenden Engländerin[55] (eine wahre Kriegsangelegenheit an der deutsch-belgischen Front), unter andrem ertönten darin auch bei einem Feldgottesdienst von Hunderten von Deutschen gesungen 2 Strophen des Deutschlandliedes. Ein merkwürdiger Eindruck, wenn man in einem englischen Kino bei einem englischen Film sitzt.

Carla schrieb mir, daß Du wahrscheinlich schon am 24. mit Lechner wegfahren würdest. Ich hoffe, die Kleinigkeit, die ich Dir geschickt habe, kommt noch vorher an. Sonst weißt Du, daß sie Dich

---

55 Madeleine Carroll.

bei Eurer Rückkehr erwartet. Es ist nur ein handgearbeiteter Schal, der leider – Schuld daran ist ein sehr dummes Muster – zu kurz geraten ist. Man kann gerade vorne einen Knoten machen, dann geht es.

Soll ich Dir, mein Liebes, nun »Fröhliche« Weihnachten oder »Herzliche Glückwünsche zum Geburtstag« oder solche albernen, kitschigen Dinge schreiben? Nein, mein Muttichen, ich wünsch Dir nur, daß Du ein paar nette Tage in Altenberg (?) hast, Dich ein wenig erholst, mal ein bißchen den ganzen Dreck um Euch rum vergißt.

Na, und daß ich immer, nicht nur an Deinem Geburtstag, wünsche, daß alles für Dich und uns alle möglichst bald und schnell besser wird – das weißt Du ja.

Es küßt Dich viele Male

Deine Sibylle.

Eva Ortmann aus Berlin an Sibylle in London

23. Dezember 1933

Mein gutes Sibyllchen!

Du kannst Dir gar nicht vorstellen, wie wir uns über Dein Paketchen gefreut haben! Daß Du plötzlich solche Talente entfaltest, hätte ich wirklich nicht gedacht! Dein Schal ist so hübsch und chic wie aus den feinsten Läden am Kurfürstendamm. Er hat bisher überall Aufsehen erregt. Gleich heute morgen habe ich ihn umgebunden, als ich in den Tempel ging. (Ich singe jetzt Fasanenstraße.) Da haben mich gleich zwei Damen gebeten, ob sie sich das Muster abnehmen und aufnotieren dürfen, so begeistert waren sie. Niemand wollte mir glauben, daß meine Tochter ihn selbst gemacht hat.

Sei 1000 Mal von Herzen geküßt von Deiner Mutti

Als Eva Ortmann am 24. Dezember in ihre Wohnung in der Schlüterstraße zurückkehrte, entdeckte sie, warum Sibylle unbedingt wissen wollte, wo sie an Heiligabend sein würde.

Eva Ortmann aus Berlin an Sibylle in London

25. Dezember 1933

Mein liebes Sibyllchen!

Das war aber wirklich goldig von Dir. Als ich gestern aus der Reform[56] nach Hause kam, war mein ganzes Zimmer weihnachtlich geschmückt. Ein Bäumchen, ein großer Strauß mit Mistelzweigen auf dem Tisch, ein anderer auf dem Flügel. Carla hatte das in Deinem Auftrag für mich hingestellt, wie sie mir in einem Brief aufgeschrieben hatte. Sie selbst hat mir eine Puderdose geschenkt. Das war wirklich eine so süße Idee von Dir, mein Gutes, und ich habe mich furchtbar gefreut. Abends haben wir das Bäumchen angesteckt, und dabei mußte ich immerzu denken, wo Du in diesem Augenblick bist. Hattet Ihr auch ein Bäumchen? Oder gibt es so etwas dort nicht? Es muß doch ganz interessant sein, Weihnachten in einem anderen Land zu erleben.

Viele, viele Küsse, mein Liebes,
von Deiner Mutti

An ihrem 38. Geburtstag schrieb Eva Ortmann ihrer Tochter eine Ansichtskarte.

Eva Ortmann aus Oberbärenburg im Erzgebirge an Sibylle in London

26. Dezember 1933

Mein liebes Gutes!

In diesem netten Häuschen wohnen wir. Das wäre hier etwas für Dich mit Ski-Laufen und Rodeln. Wir sind bei letzterem heute bereits in einen verharschten Schneewall gefahren, und Lechner hat sich den Knöchel etwas verstaucht. Ein komischer Geburtstag für mich, so anders als sonst, niemand von allen, die sonst bei mir sind, ist da. Vor allem Du nicht, mein Liebes. Nun, vielleicht im nächsten Jahr!

Grüße und Küsse!
Mutti

Sibylle aus London an Eva Ortmann in Berlin

26. Dezember 1933

Mein liebes gutes (heute Geburtstags-)Muttichen!

Zunächst mal gratulier ich Dir schön nachträglich, mein Liebes, ich

---

56 Gemeint ist die Synagoge der jüdischen Reformgemeinde, die ihre Gottesdienste nicht in hebräischer Sprache abhielt.

hoffe, Du hast den Tag recht nett verbracht und hast unsere alten gemeinsamen Weihnachten nicht zu sehr vermißt!

Bei uns ist Christmas auch over. Hier beginnt Weihnachten erst mit der Geschenkverteilung am 25. morgens. Bishops haben mich ganz rührend nett beschenkt: Von Nora habe ich ein herrliches Buch und Parfum, von Mr. + Mrs. Bishop ein paar wunderbare Wollhandschuhe. Ist das nicht reizend? Ich habe mich schrecklich gefreut.

Am Tag vorher war ich bei Evi gewesen. Den ganzen Tag. Ihre Tante, die Hexe (die olle Pritchard, bei der sie wohnt), war für einen Tag nach Cambridge gefahren, und wir hatten das ganze Haus für uns. Wir drei vertrugen uns so gut wie nie, zündeten zwei kleine Weihnachtsbäume, die die Mädels aus Hamburg geschickt bekommen haben, an, sangen Weihnachtslieder, gedachten sentimental unserer vergangenen Jugendzeit – ach, wie liegt so weit!

[Auf einer Seite dieses Briefes, die heute fehlt, schrieb Sibylle offenbar von der Möglichkeit einer Einladung, künftig im Londoner Vorort Ealing bei der Familie von Mary und Ronald Rubinstein zu wohnen. Allerdings mußte sie die Rubinsteins erst noch kennenlernen.]

Es ist also nur noch die Frage, ob ich ihnen vielleicht sehr unsympathisch bin, was ja nicht zu hoffen ist. Aber gib diese frohe Kunde nicht weiter, ehe sie felsenfest steht. Ich schreibe Freitag abend sofort.

Ealing ist zwar sehr weit im Westen, aber nicht so weit von Evi und ganz nah von Henry's Arbeitsstätte. Henry und ich haben uns gut angefreundet. Er ist wirklich ein »Prachtjunge« (wie ihn seine Mutter schon, als ich ihn noch nicht kannte, geschildert hat), rasend intelligent und wahrscheinlich auch als Mensch wertvoll. Sein Vater ist einer der berühmtesten jüdisch-sozialistischen Politiker gewesen, die es gegeben hat, er und seine Mutter haben es sich wohl zur Lebensaufgabe gemacht, für seine Ideen weiter zu kämpfen. Sie stecken mitten in diesen ganzen jüdisch-sozialistischen Bewegungen und Menschen drin, von denen ich ja keine Ahnung habe. Ich weiß nicht, ob man als ein für Begriffe dieser Leute »ungeschulter« und uninteressierter Mensch lange mit einem Menschen befreundet sein kann, dessen Interesse und Stärke 99% auf diesem Gebiet liegt. Abwarten – Tee trinken!

Es freut mich, daß alles mit dem Bäumchen etc. so geklappt hat, wie ich es mir gedacht hatte. Carla ist doch ein netter Kerl.

Es küßt Dich

Sibylle

Am Freitag, dem 29. Dezember, fuhr Sibylle nach Ealing, um die Rubinsteins kennenzulernen.

Eva Ortmann aus Berlin an Sibylle in London

29. Dezember 1933

Mein liebes gutes Kind!

Zu Hause fand ich Deinen lieben Brief vor, mit dem ich mich sehr gefreut habe. Mir scheint, im ganzen hast Du die Feiertage doch recht nett verbracht, und daß alle zu Dir so nett waren und Dich so beschenkt haben, hat mich sehr gerührt. Wenn es auch diesmal ganz, ganz anders war als sonst, mein Liebes, deswegen darfst Du nicht traurig sein. Es wird sich schon wieder alles ändern, vielleicht sind wir im nächsten Jahr wieder beisammen – irgendwo –, und dann wird es so nett sein, wie es immer war. Diese Zeit ist ja für Dich nur ein Übergang, und immerhin, von welcher Seite man es betrachten mag, kann es kein uninteressanter Abschnitt Deines Lebens sein, Du erweiterst enorm Deine Menschenkenntnis, lernst ein anderes Volk kennen etc. Viele werden Dich darum beneiden.

Ich bin *sehr* gespannt, wie das mit der Familie Rubinstein geworden ist, vor allem, *wie Dir die Leute gefallen haben.* Denn wenn Du dort vielleicht viele Monate leben sollst, ist das ja *sehr wichtig.* Hoffentlich sind sie angenehm. Allerdings glaube ich, daß Du es in gewisser Hinsicht so wie bei Bishops *nirgends* finden wirst. Solche Menschen gibt doch nicht oft, und vor allem nicht in jüdisch-wohlhabenden Kreisen, die für »hospitality« wohl hauptsächlich in Frage kommen.

Von Otto und Heini fand ich auch sehr nette Briefe zu meinem Geburtstage vor. Heini bewundert sehr, wie tapfer Du Dich durchbeißt. Von seinen Altersgenossen bekäme er aus London sehr trübselige Briefe. Aber eben Deine Jugend ist ja auch Deine Stärke.

Sei viele Male geküßt, mein gutes Sibyllchen,

von Deiner Mutti

Sibylle aus London an Eva Ortmann in Berlin

29. Dezember 1933

Hurrah, mein Muttichen, da habe ich aber mal Glück gehabt und ein schönes Weihnachts-, Neujahrs- und Geburtstagsgeschenk. Die Sache mit Ealing hat geklappt und scheint einfach ideal zu sein.

Entzückende Leute (Labour-Party), mit zwei Kindern, zwei Dienstmädchen, einem schönen Haus in einem wunderbaren Viertel ganz draußen, ich habe im Haus nichts zu tun außer meinem eignen Bett, habe ein entzückendes Bettwohnzimmer für mich ganz allein und ungestört im obersten Stock mit Aussicht auf prächtigen Garten. Ich ziehe in etwa vierzehn Tagen, vielleicht schon früher, dort ein und beginne wahrscheinlich dann gleich mit einer sehr guten Handelsschule, zu der ich von dort nur fünf Minuten zu laufen habe. Damit keine Schwierigkeiten entstehen, hat die Dame, Mrs. Rubinstein, eine anscheinend sehr gebildete Frau, modern und politisch tätig – ich kann natürlich nach einstündiger Bekanntschaft noch nichts Näheres sagen –, gleich alle eventuell entstehen könnenden Meinungsverschiedenheiten heute mit mir besprochen. Zum Beispiel hat sie mit mir über das sehr heikle Thema »Verantwortung« gesprochen. Sie verlangt, Gott sei Dank, von mir nicht mehr, als Du ja auch verlangst, daß ich sage, wohin ich gehe und wann ich wiederkomme. Ich kann im übrigen mir so oft und viel Besuch einladen, wie ich will, natürlich immer nur auf mein Zimmer beschränkt, daß sie nichts davon merkt, auch kann ich so oft fortgehen, wie ich Lust habe. Sie hält mich, Gott sei Dank, für vernünftig genug, darüber selbst zu entscheiden. Dann hat sie noch etwas sehr Wesentliches mit mir ausgemacht. Wenn ihr Mann (Rechtsanwalt) abends nach Hause kommt, hat man gemeinsam supper, und dann wünscht er ungestört zu sein, und ich soll mich dann in mein Zimmer zurückziehen, was mir natürlich nur angenehm ist. Diese Ruhe entbehre ich ja hier, wo sich alles Familienleben in dem einen Raum, dem »kitchen«, abspielt, so ungeheuer, und besonders für meine wahrscheinlich im Anfang schweren Arbeitereien werde ich sie sehr benötigen. Ich glaube schon, das Ganze ist sehr gut, und ich freu mich, daß ich Dir endlich mal eine erfreuliche Neujahrsnachricht bringen kann. Telephoniere doch Frau Splett an! Sie findet, daß Du gar kein Verständnis dafür hast, wie sehr sie alles interessiert, was mich angeht, und daß Du ihr viel zu wenig berichtest. Und das muß sie nun sofort wissen.

Ich verdanke das übrigens alles Mrs. Birnberg. Diese ist wirklich ein fabelhafter Mensch. Sie hat Mrs. Rubinstein nur einmal kurze drei Minuten lang gesehen und sofort für mich gefragt.[57] Ganz im Grunde verdanke ich es überhaupt ja Lili, durch die ich die Empfehlung an Mrs. Goldsmith bekommen habe. (Ich lese augenblicklich eine sehr schlechte Übersetzung aus dem Deutschen von Mrs. Goldsmith, »Catherine joins up«, auf deutsch »Die Kathrin wird Soldat«[58]).

Grüße und Küsse! Sibylle

Eva Ortmann aus Berlin an Sibylle in London

31. Dezember 1933

Mein Gutes!

Ich habe heute so sehnsüchtig auf einen Brief von Dir gewartet, denn ich nehme an, daß sich die Sache mit der Familie Rubinstein inzwischen entschieden hat und Du mir gleich geschrieben hast. Nun muß ich auf morgen früh hoffen. Wo wirst Du heute, Silvester, sein? Feiert man es dort ähnlich wie bei uns? Ich werde zu Hause sein, Lechner hat Figarovorstellung und kommt dann auch, denn es ist natürlich heute nicht möglich, in ein Lokal zu gehen. (Du kannst Dir wohl denken ...) Also werden wir zu Hause auf ein gutes und besseres Jahr 1934 anstoßen, und um 12 Uhr werde ich an Dich denken, mein Liebes, ganz besonders, denn eigentlich denke ich ja immer an Dich. Also hoffentlich wird es für Dich ein schönes Jahr, wenn auch unter anderen Verhältnissen, als wir es uns noch vor kurzem haben träumen lassen.

Nimm von Herzen 1000 Grüße und Küsse, mein Liebes!

Deine Mutti

---

57 Naomi Birnberg und Mary Rubinstein waren Cousinen. Naomis Vater, Herbert Bentwich, hatte Susie Solomon geheiratet, die Schwester von Marys Vater, Solomon J. Solomon. Unter den sogenannten »hundert ersten Familien« des englischen upper-class-Judentums dieser Zeit waren die Verbindungen endlos, zumal die Familien in der Regel sehr groß waren. Solomon J. Solomon beispielsweise hatte elf Geschwister, Naomi Birnberg zehn.

58 Margaret Goldsmiths Übersetzung von Adrienne Thomas' 1930 erschienenem Roman war 1931 veröffentlicht worden.

Sibylle hatte gehofft, sie würde zum Jahresende etwas von Franz und Margot Rosenthal hören, da sie auf ihrem Weg nach Südafrika durch London kamen. Franz war Arzt und der jüngere Bruder von Eva Ortmanns Cousin Kurt in Paris.

Sibylle aus London an Eva Ortmann in Berlin

31. Dezember 1933

Liebes gutes Muttichen,

es ist ein ziemlich trauriges Silvester für mich (wie es sich ja für das vergangene Jahr auch nicht besser gehört) – ich sitze mit den alten Leutchen allein in der Stube und werde bald ins Bett gehen. *Prost Neujahr 1934!* Ich habe keine großen Hoffnungen für dieses nächste Jahr. Heute vor einem Jahr waren wir bei Faktors. Weißt Du noch? Wie wohl mein Geburtstag werden wird? Evi und Hannele werden wohl zu mir kommen. Mit Henry habe ich durch meine Schuld gezankt. Es wird sich wohl auch nicht so leicht wieder einrenken, wahrscheinlich überhaupt nicht.

Bald mehr. Viele Küsse und immerzu, im Wunsche für ein besseres 1934!

Sibylle

Eva Ortmann aus Berlin an Sibylle in London

2. Januar 1934

Mein Liebes!

Eine bessere Freude zum neuen Jahr konntest Du mir wirklich nicht machen als durch Deinen Brief mit der darin enthaltenen Neuigkeit. Gestern früh, als ich zum ersten Male im Jahre 1934 die Augen aufschlug, war es das erste, was ich erfuhr. Hoffentlich ein gutes Omen für das kommende Jahr, daß es mit einer so erfreulichen Nachricht sich bei mir einführt. Denn soweit man überhaupt Dinge im voraus beurteilen kann, erscheint mir dies doch eine *sehr* erfreuliche Sache und eine glückliche Lösung aller Schwierigkeiten. Die Frau Rubinstein scheint mir nach dem, was Du schreibst, ein ernster und verständiger Mensch zu sein. Ich finde es sehr vernünftig von ihr, vorher über alles zu sprechen, damit später Verstimmungen auf beiden Seiten vermieden werden.

Wie alt ist sie? Älter oder jünger als ich? Wie alt sind die Kinder? Wunderbar finde ich, daß Du es so nahe zu Deiner zukünftigen Schule hast. Aber was ist das denn nun für eine Schule, und was wirst Du dort lernen? Schreibe mir darüber doch mal genau. Ist das Comité denn nun mit allem einverstanden, so daß die Sache sicher ist? Hat sich Herr Kahn oder eine der Damen mit Frau Rubinstein in Verbindung gesetzt? Sicherlich wird man doch genau wissen wollen, wo Du endgültig unterkommst. Ich finde es *sehr* schön, daß Frau Rubinstein so vernünftige Ansichten hat über die Freiheiten, die sie Dir läßt. Es wäre recht schwer für Dich gewesen, Dich darin umzugewöhnen. Sie wird eben gemerkt haben, daß Du ein vernünftiger und darin über Deine Jahre hinaus verständiger Mensch bist, dem man die Verantwortung für sich selbst schon überlassen kann, vielleicht hat sie sich auch schon bei Mrs. Birnberg oder Goldsmith nach Dir erkundigt. Na, hoffentlich wird nun alles so, wie wir es uns denken! Es gehört natürlich eine ganze Menge Takt dazu, sich unter solchen Umständen in einen Haushalt einzufügen, aber ich habe da großes Zutrauen zu Dir. Du wirst das schon alles richtig machen, mein Gutes.

Franz soll morgen in London eintreffen. Das wird bestimmt ein erfreulicher Besuch für Dich. Er ist in seiner sonderbaren Art doch ein hervorragender Mensch. Hoffentlich haben Bishops meinen Brief pünktlich zu Neujahr bekommen. Nora wird ihn ihnen ja übersetzen können. Hoffentlich war er einigermaßen richtig. Es ist so schwer, da das Richtige zu schreiben, denn eigentlich ist alles zu wenig, was man sagt, wenn man bedenkt, wie großartig sich diese Leute zu Dir benommen haben. Andererseits möchte man ein übertriebenes Pathos vermeiden.

Heute bekam ich Deine Karte vom 31. Warum bist Du denn nur plötzlich so deprimiert? Daß Du Dich mit Henry verzankt hast, finde ich sehr betrüblich, noch dazu, wo Du selbst schreibst, daß es durch Deine Schuld geschehen ist. Hoffentlich renkt es sich aber doch noch wieder ein. Daß Du Silvester so still verlebt hast, ist doch nicht so schlimm, mein Liebes. Im Grunde ist das doch ein Tag wie jeder andere. Ich persönlich finde diese Feiern mit krampfhafter Lustigkeit und Vergnügtsein zur festgesetzten Stunde sehr blöd. Wir waren auch zu Hause, obwohl Lechner im Kulturbund eingeladen war zu großer Silvesterfeier und jeder seine Leute mitbringen sollte. Ich finde, Du hast doch gerade in diesem Augenblick Grund, ganz zuversichtlich in die Zukunft zu sehen, und darfst nicht sagen, daß Du Dir im Jahre 1934 nichts erhoffst. Im Gegenteil! Es kann nur *besser* kommen als im vergangenen für Dich. Also laß nur nicht jetzt den Kopf hängen, mein gutes Kind, wo doch alles ganz gut für Dich aussieht und nachdem Du in den vergangenen Monaten alles so tapfer durchgekämpft hast. Wir werden uns auch *bestimmt* sehen in einigen Monaten, wann, ist natürlich noch nicht abzusehen, aber werden wird es schon. Jetzt schnell Schluß, der Brief muß fort.

1000 liebe Küsse! Deine Mutti

Sibylle aus London an Eva Ortmann in Berlin

3. Januar 1934

Mein liebes Gutes!

Vielen Dank für Deinen guten, netten, langen Brief. Es freut mich, daß Dir der Brief mit dem Bericht über den Besuch bei Frau Rubinstein eine solche Neujahrsfreude gewesen ist. Ich weiß jetzt schon eine ganze Menge mehr über diese Leute. Sie scheinen wirklich das Idealbild der Familie zu sein, die für mich am passendsten ist. (Ich war nämlich gestern Abend wieder bei Mrs. Birnberg, deren Cousine Mrs. Rubinstein ist, und ich bin jedes Mal mehr begeistert von dieser Frau (Mrs. Birnberg, mein ich), sie hat sich so ehrlich gefreut, daß das nun wirklich etwas geworden ist und daß sie mir das verschafft hat. Es war nämlich, *ehe* ich hingegangen bin, noch nicht so wahrscheinlich gewesen, wie ich schon angenommen hatte. Es war nur eine Möglichkeit gewesen, wie ja Mrs. Rubinstein mir vorher geschrieben hatte. Also muß ich ihr wohl irgendwie gut gefallen haben. Auch hat mich Mrs. Birnberg anscheinend in dem 5-Minuten-Gespräch mit Mrs. Rubinstein, in dem sie sie meinetwegen gefragt hat, sehr empfohlen.)

Mrs. Rubinstein ist Sozialistin, hat sehr moderne Anschauungen (ihr Alter schätze ich auf 32), ihr Mann ist Rechtsanwalt, aber sie kommt aus einer Künstlerfamilie – überhaupt steckt die Familie, auch der husband, ganz in dem künstlerischen Leben und Atmosphäre drin –, es kommen viele berühmte Musiker (ich glaube, auch Adolf

Busch[59]) in ihr Haus, und das wird nicht uninteressant für mich sein und mir viel Anregung geben. Kennst Du Moischewitz[60] oder so was Ähnliches? Er soll ein berühmter Pianist sein und ist der beste Freund der Familie. Mister Rubinstein vertritt seine rechtlichen Angelegenheiten und eben auch die von vielen andern Prominenten. Worüber ich eben am meisten froh bin, ist, daß ich mich damit eben wieder in dem Milieu bewegen werde, aus dem ich nun einmal komme und das mir am heimischsten ist, wo ich mich am wohlsten fühle. Gewiß kann man auch eine Weile unter Menschen wie Bishops leben, man erkennt an, wie rührend sie sich einem gegenüber benehmen, überhaupt ihre menschlichen Qualitäten. Aber auf die Dauer hätte ich es nicht gemocht, wenn es nicht unbedingt nötig gewesen wäre – dieser völlige Mangel an geistiger Kultur, an irgendwelchen Interessen außer Strickstrumpf, Patiencen und Kreuzworträtsel, das Spießig-Konservative dieser Menschen macht mich, die ich nun eben einmal in einer ganz andern Umgebung groß geworden bin, auf die Dauer wahnsinnig. Nora, ein reizendes Menschenkind, die – völlig verdeutscht – Deutschland eher und lieber ihre Heimat nennt als England, mit ungeheuer viel Humor und immer vergnügter Laune, hat das immer wieder ausgeglichen. Aber sie geht am 29. Januar nach Liverpool. Der Gedanke wäre unausdenkbar, mit den alten Leuten, mit denen ich keinen Gedanken gemeinsam habe, allein hier weiterzuleben.

Ich bin ja so froh über die Sache mit den Rubinsteins. Es ist so genau das, was ich brauche. Nicht so entsetzlich arm wie diese Bishops, von denen effektiv keiner was Richtiges anzuziehen hat, sondern wohlhabend genug, daß ich ihnen keine wesentliche Belastung bin, und nicht so übertrieben reich, daß ich mich erstens wahrscheinlich in einer derartigen Atmosphäre nicht wohlfühlen würde, und zweitens besteht in einem solchen Fall übertriebner Wohlhabenheit noch (wie bei der Hampsteader Familie) die Gefahr, daß man gar nicht richtig an die Familie herankommt, daß man eine ein bißchen untergeordnete Rolle spielt, so ungefähr das Scheußlichste von allem. In der

---

59 Der 1891 geborene Geiger und Komponist.

60 Der aus Odessa stammende Pianist Benno Moiseiwitsch (1890–1963) war 1905 mit seiner Familie nach England emigriert.

Hinsicht habe ich bei Rubinsteins keine Angst. Der Haken ist jetzt noch die Schule. Ich gedenke an Pitman's zu gehen, die beste öffentliche Handelsschule in London. Der 6monatige Kurs kostet 30 Pfund, eine Menge, aber die Kurse sind ausgezeichnet. Es ist ein Pitman 5 Minuten vom Haus, eine der vielen Zweigschulen, die es in allen Teilen der Stadt gibt – eventuell gehe ich aber (wenn überhaupt) in die Cityschule, die meiner Meinung nach wohl die besseren Lehrer, allerdings auch die größeren Klassen hat. Aber vorläufig ist das noch nicht so akut wie die Frage, ob ich überhaupt eine Ausbildung bekomme. Mrs. Rubinstein hat sich mit Woburn House in Verbindung gesetzt und erfahren, daß diese Frage in dieser Woche im Committee besprochen und eventuell schon entschieden würde und daß sie sofort darüber Bericht erhalten würde.

Dein Brief an Bishops war sehr komisch. Das konntest Du natürlich nicht wissen. Aber Nora ist 8 Tage verreist. Ich mußte ihn also persönlich übersetzen, was lange Zeit in Anspruch nahm. Du schreibst da, daß ich mich durchsetzen muß und solche Sachen. Das hat die Bishops einigermaßen erstaunt, und ich habe mich innerlich halb totgelacht, obwohl niemand ein Wort darüber verloren hat. Aber Du kannst ja nicht wissen, daß Bishops, außer Nora, die nicht hier ist, keine blasse Ahnung haben, was ich eigentlich in London tue und wozu ich hier bin. Sie wissen nicht, daß nicht *Du* mir das Geld schickst, das ich ihnen pünktlich bezahle, sie wissen nichts vom Woburn House, nichts über die Umstände in Deutschland, die mich veranlassen, mein Heil in einem andern Land zu versuchen, nichts von meinen Erfolgen und Nichterfolgen hier, von den Menschen, mit denen ich, außer Evi (die sie kennen), zusammen bin – nichts! Du wirst auch verstehen, daß mich dieses stupide Nichtinteresse manchmal rasend machen kann. Die Leute bilden sich ein, ich wäre so ein halbes Jahr zu meinem Vergnügen hier, führte ein recht bequemes Leben – wenn ich in die Stadt fahre, denken sie wohl, ich gucke mir Museen an und gehe ins Kino. Damit ich doch wenigstens etwas lerne in der Zeit, die ich hier bin, überhäuft mich Mrs. Bishop, die gute Seele, mit Unmengen von Kochrezepten (die ich Dir, wenn ich wieder nach Deutschland »zurückgehe«, vorführen soll), nach denen ich einmal backe, um sie am nächsten Tag wieder vergessen zu haben. Gott, wenn Du alle die Puddings und Kuchen essen solltest, die ich hier schon fabriziert habe – Du wärst in 8 Tagen geplatzt oder mindestens unfähig, je in Deinem Leben noch einen Ton aus Deiner Kehle zu kriegen.

Von Heinrich und Jela hatte ich einen langen Brief. Meine Geschenke sind angekommen und haben gefallen. Der Gummifisch mußte mit Andreas schlafen, Jela mußte ihm sogar einen Pyjama anziehen. Andreas schimpft auf die Sprache. Als eine Frau in der Tram neulich tschechisch auf ihn einredete, sagte er auf tschechisch: »Ich verstehe nicht, ich bin ein Deutscher!« Ist das nicht süß? Was wohl so 'n Kind für Vorstellungen hat, wenn es sagt, »ich bin ein Deutscher«? Heinrich hat 5 Patienten. Ganz gut für den Anfang, nicht? Es ist vielleicht keine schlechte Sache, eine psychoanalytische Praxis unter jüdisch-intellektuellen Emigranten, denen es materiell und psychisch schlecht geht, aufzumachen. Wenn sie auch schlecht zahlen, muß es hier die Quantität machen.

Von Eva und Frau Tichauer hatte ich jeder einen Brief. Evchen, die anscheinend noch genau dasselbe kindliche kleine Mädchen ist wie vor einem halben Jahr, schreibt und schwärmt nur von der Schule, wo sie bereits Erste ist, obwohl nur eine Klasse zurückgerutscht. Tüchtig ist sie wirklich.

Ich bekomme ulkige Briefe. Voller Bewunderung für meine »Tüchtigkeit«, dafür, »daß ich nicht den Mut verliere«, mich »durchbeiße«, und immer wieder solche Sachen. Bei meinen Schulmädels steht meist noch, »daß man mich allgemein unterschätzt habe.« (Sie meinen meine Selbständigkeit). Du scheinst für meinen guten Leumund (what a word) zu sorgen. Heinrich lernte neulich zufällig eine Dame kennen, die von dem »erstaunlichen Fall eines 15jährigen Mädchens, das allein nach London gegangen ist«, erzählte. Sie stellte sich als irgendeine Bekannte von Frau Splett heraus. (Übrigens muß ich jetzt wohl oder übel doch immer schon 16 sagen. Schade, die 15 macht sich in so hochtrabenden Sätzen viel besser.)

Mein Englisch ist für 2 Monate ausgezeichnet. Die Leute meinen, mehr könnte man in der Zeit nicht lernen. Ich glaube das nicht ganz, wenn ich daran denke, daß ich die halbe Zeit mindestens nur Deutsch gesprochen habe. Aber ich bin jetzt selbst nicht mehr so unzufrieden mit mir in der Beziehung wie im Anfang. Ich bin jedenfalls imstande, so ziemlich jede Konversation zu führen, wenn mir auch viele Worte fehlen. Neulich habe ich mich sogar an eine politische gewagt. Es ging besser als erwartet.

Über meine Depression am New Years Eve brauchst Du Dir keine weiteren Gedanken zu machen. Das war nur vorübergehende Sentimentalität.

Also hoffen wir das Beste nach der Einführung des Jahres 1934.

(Sind in Deutschland schon Pläne gemacht, wie man den 30. Januar feiern wird?)

Am Freitag ist hoffentlich Franz schon da, und ich kann mit ihm zusammensein. Am Sonnabend kommen Hannele und Evi, und wir feiern ein bißchen. Eventuell auch Henry, aber ich halte es für ausgeschlossen. Ich habe anscheinend kein Glück mit Freundschaften.

Auch gut!

Es küßt Dich in Gedanken viele Male Deine (wenn Du diesen Brief bekommst, schon) 16jährige Tochter

Sibylle

Eva Ortmann aus Berlin an Sibylle in London

3. Januar 1934

Mein liebes gutes Kind!

Dies soll nur ein ganz kurzer Geburtstagsbrief werden, nachdem ich Dir ja erst gestern so ausführlich geschrieben habe. Also, mein Liebes, ich wünsche Dir so viel Schönes und Gutes, wie man sich nur ausdenken kann. Vor allem ein bißchen Glück – das andere wirst Du dann schon machen. Ich meine wirklich, es sieht doch alles ganz gut jetzt für Dich aus, nicht wahr? Und wenn dies auch Dein erster Geburtstag ist, den wir nicht zusammen feiern, so darfst Du deswegen nicht traurig sein. Ich hoffe, Du feierst recht vergnügt mit Evi und ihrer Schwester, und ich werde in Gedanken bei Euch sein. 16 Jahre! Ich kann es gar nicht fassen, daß ich schon eine so erwachsene Tochter habe.

Also, mein Gutes, nun nimm einen recht, recht schönen Geburtstagskuß und viele 1000 Grüße von

Deiner Mutti

Sibylle aus London an Eva Ortmann in Berlin

5. Januar 1934

Liebes Muttichen,

in aller Eile die neuste Geburtstagsnachricht!

Als ich heute früh im 17. Lebensjahr die Augen aufmachte, war da erstens ein Brief von Mrs. Rubinstein, daß ich Sonntag, den 7., einziehen solle, und zweitens einer von Woburn House, daß ich heute vormittag 11 Uhr dort erscheinen solle. Fluchend fuhr ich hin und erfuhr – daß ich Montag, den 8. Januar, bei Pitman in Ealing antreten sollte zu einem 1/2jährigen Training. Ist das nicht prächtig?

Meine künftige Adresse: S. O., c/o Rubinstein, 16, Blakesley Avenue, Ealing, London W. 5.

Teile sie bitte Frau Splett mit, vielmehr melde Dich – mir zuliebe – bei ihr!

Viele Küsse,

Sibylle

Kapitel IV

»Doch immer die Fremden«

Januar bis April 1934

Am 7. Januar 1934, zwei Tage nach ihrem 16. Geburtstag, zog Sibylle Ortmann bei Mary und Ronald Rubinstein im westlichen Londoner Vorort Ealing ein. Die beiden Töchter der Rubinsteins, Margaret und Anne, hatten sich bereit erklärt, ein Zimmer zu teilen, damit Sibylle ein Zimmer für sich bekommen konnte. Sibylles Angebot, im Haushalt mitzuhelfen, wurde dankbar abgelehnt: Die Rubinsteins wollten, daß sie sich auf ihre Ausbildung konzentrieren konnte.

Mary Rubinstein war damals 35 Jahre alt. Als Tochter des Porträtmalers Solomon J. Solomon war sie inmitten all der Annehmlichkeiten des Lebens der reichen Londoner upper class aufgewachsen: mit einem großen Stadthaus mit zahlreichen Dienstboten, einem Landhaus in Birchington-on-Sea und regelmäßigen Reisen auf den Kontinent. Ihre Eltern waren orthodoxe Juden, schlossen allerdings einige Kompromisse; so enthielt man sich beispielsweise am Samstag des Fahrens in Kutschen oder Autos, nicht jedoch schon am Freitagabend.

Im Januar 1914 schickte man Mary Solomon auf ein jüdisches Internat in Hannover, damit sie Deutsch lernte. Im Frühsommer kam die Nachricht, daß der Kaiser die Stadt für eine militärische Inspektion besuchen und eine Parade durch die Straßen anführen würde. Mary und die anderen Mädchen halfen, ihm den Weg mit Kornblumen zu bestreuen – sie hatten die Farbe der Augen des Kaisers, und man hielt sie für seine Lieblingsblumen. Sie erinnerte sich seiner als einer beeindruckenden Figur zu Pferde mit auffallendem Schnurrbart. Nur zwei Wochen später, nach der Ermordung des österreichischen Erzherzogs und seiner Gattin in Sarajewo, holten ihre Eltern sie aus dem Internat zurück nach Hause. Der Schulleiter war erstaunt und etwas indigniert; noch bestand schließlich keinerlei Beunruhigung, daß es einen größeren Krieg geben könnte. Marys Vater wußte es besser. Wegen eines Auftrags, die Krönungsfeierlichkeiten König Georges V. zu malen, war er kurz zuvor im Buckingham-Palast gewesen, um den König und die Königin zu zeichnen, und hatte erfahren, daß der Hofstaat befürchtete, Deutschland und England könnten sich schon bald im Krieg befinden.

Mary ging in London weiter zur Schule und schrieb sich im Herbst 1916 im Girton College in Cambridge ein, um Sprachen zu studieren. Sie war noch immer strenggläubig genug, um im Falle, daß ein Examen auf einen Samstag fiel, ihre Antworten einem bezahlten Assistenten zu diktieren. Aber das Gemetzel der Schlachten an der Somme in diesem Jahr nahm ihr den Glauben. Sie wandte sich von der Religion ab, trat der Sozialistischen Gesellschaft der Universität Cambridge bei und wechselte in der vagen Vorstellung, dabei zu helfen, die Gesellschaft zu verändern, zum Studium der Wirtschaftswissenschaft. Im Winter 1918/19 traf sie Ronald Rubinstein, der genau wie sie kurz vor dem Krieg in Hannover studiert hatte. Sie heirateten 1922.

Eva Ortmann aus Berlin an Sibylle in London

7. Januar 1934

Mein liebes gutes Sibyllchen!

Was Du über die Familie Rubinstein schreibst, ist ja wirklich alles so, wie man es sich nur wünschen kann und aussuchen würde, wenn man eine Wahl hätte. Natürlich ist es etwas anderes, in einem so kultivierten Milieu zu leben als bei kleinen guten Spießern. Du wirst dort gewiß interessante Menschen kennenlernen und vielerlei Anregungen haben, ich freue mich sehr darüber, denn hier zu Hause – ganz abgesehen von den Ereignissen des letzten Jahres – hättest Du das doch nicht haben können. Grundbedingung ist ja natürlich, daß Ihr Euch weiter gegenseitig sympathisch seid und Du Dich gut einlebst. Ich hoffe das ja nach allem, aber wissen kann man es vorher nicht. Eigentlich ist es ja doch großartig, daß Leute sich entschließen, einen fremden Menschen so einfach für längere Zeit in ihr Haus aufzunehmen, wobei ich gar nicht so an den Geldpunkt denke, der hier wahrscheinlich nur eine untergeordnete Rolle spielt. Na, also Du hast das Glück gehabt, wertvolle Menschen zu finden, und hoffentlich werden beide Teile zufrieden sein im weiteren Verlauf der Dinge.

Frau Splett habe ich sofort angerufen, das ist doch ganz selbstverständlich, wo es sich um so wichtige und entscheidende Nachrichten handelt. Sie ist wirklich ganz glücklich gewesen und sagte: »Das ist doch wirklich alles so, wie wir es uns geträumt haben.« Ein rührender Mensch. Liest Du eigentlich dort deutsche Zeitungen, oder soll ich Dir mal etwas schicken? Manchmal, wenn ich lese, denke ich, ich möchte Dir das erzählen. Aber schriftlich geht das natürlich nicht.

Deine Mutti

Evas Bruder Otto Löwenfeld und seine Frau Annemarie lebten in Paris von dem Gehalt, das Annemarie als Angestellte des Hilfskomitees für jüdische Flüchtlinge bezog, daneben wurde sie noch von ihren Eltern unterstützt. Otto plante gemeinsam mit einem Freund, Alexander Breslau, ebenfalls ein Rechtsanwalt aus Berlin, sich geschäftlich zu betätigen.

Otto Löwenfeld aus Paris an Heinrich und Jela Löwenfeld in Prag

10. Januar 1934

Lieber Heini, liebe Jela,

[...] Unsere Wäscherei wird wohl Anfang Februar steigen. Breslau und ich werden zusammen ein altes Auto erwerben und mit diesem Auto von unsern Kunden unter einer eigenen Firmenbezeichnung Wäsche abholen und dann in der uns befreundeten Wäscherei waschen lassen. Vor allem ist es sehr unangenehm, daß wir selbst die Dreckwäsche abholen und anfassen müssen. Aber wir haben uns ausgerechnet, daß es für den Anfang leider ganz unmöglich ist, sich dafür Angestellte zu nehmen.

Daran, mein Examen hier nachzumachen, denke ich nicht mehr. Es ist zwar verhältnismäßig nicht schwierig, aber es geht hier auch den Franzosen, die das Examen gemacht haben, sehr schlecht. Zahllose versuchen dann in kaufmännischen Berufen unterzukommen. Das Examen ist unverhältnismäßig viel leichter als in Deutschland und wird dementsprechend zahlreicher auch abgelegt. Es dauert hier im ganzen auch nur 3 Jahre (für mich verkürzt höchstens 1½ Jahre), während man in Deutschland ja dazu mehr als 7 Jahre braucht. Außerdem sind die ganzen Verhältnisse nach meiner Ansicht hier in Europa viel zu unsicher, als daß ich mich nochmals mit einem Examen hier festlegen möchte. Man kann ja gar nicht wissen, wie lange sich die

Ambitionen unsrer arischen Volksgenossen auf die Ukraine beschränken werden. Z. Zt. scheint man ja seine kriegerischen Instinkte gewissermaßen, wenn überhaupt, auf der Linie des geringeren Widerstandes austoben zu wollen, aber schließlich muß man doch auch mit den Instinkten der Masse rechnen; die Volksbegeisterung geht aber in, man kann wohl sagen, ganz entgegengesetzte Richtung; das wäre natürlich für uns hier dann sehr schwierig und unangenehm.[61]

Sibylle in London geht es, wie Ihr wahrscheinlich wißt, sehr gut. Sie hat ihren Willen durchgesetzt und wird auf die beste Handelsschule, die es in London gibt, geschickt. Dort wird sie in ganzen 6 Monaten zu einer angeblich erstklassigen, mehrsprachigen Sekretärin ausgebildet. Sie hat es also von uns allen in der Emigration bisher offensichtlich am weitesten gebracht.

Ich finde, daß ich mit diesem ausführlichen Schreiben gewissermaßen feurige Kohlen auf Euer schreibfaules Haupt gehäuft habe, und bin mit besten Grüßen Euer

O. L.

Sibylle aus London an Eva Ortmann in Berlin

10. Januar 1934

Liebes Gold-Muttichen!

Bei Rubinsteins habe ich mich ausgezeichnet eingelebt. Man behandelt mich wirklich fabelhaft, im Haus bin ich die »Miss« oder jetzt schon Miss Ortmann, die Eltern und die Kinder nennen mich Sybill, Sibylle (seltener), und das jüngste Glied, 5jähriger Junge, hat mich Prisylla getauft.

Aber was Du da schreibst, daß ich hier mehr Anregung habe, mehr Interessantes als zu Hause, ist doch rubbish. (Ich schreibe »rub-

---

61 Otto Löwenfeld drückt sich hier etwas verknappt aus. Worauf er hinauswollte, ist ungefähr, daß Hitlers längerfristige Absicht zwar darin bestand, sich der Ukraine zu bemächtigen, und seine ersten militärischen Ziele demzufolge wohl Deutschlands schwächere östliche Nachbarn sein würden; sollte die nationale Stimmung in Deutschland aber erst einmal Oberwasser haben, könnte sie leicht einen Rachekrieg gegen Frankreich fordern, und für diesen Fall wären jüdische Flüchtlinge aus Deutschland, die in Frankreich Zuflucht gesucht hatten, in einer gefährlichen Lage.

bish«, weil mir »Quatsch« meiner Mutter gegenüber zu unrespektabel und häßlich klingt. Im Grunde heißt es dasselbe.) Natürlich ist mir die vertraute Atmosphäre zu Hause viel tausendmal lieber als jede andere. Nicht, daß ich mich hier nicht auch wohlfühlen kann, trotz einer gewissen formellen Steifheit, die einen nie so ganz nah an die Leute herankommen läßt. Im Gegenteil, ich fühle mich sogar äußerst wohl, die Frage einer gewohnten, ganz unkonventionellen Atmosphäre scheidet ja für mich vollkommen aus, solange ich allein, auf fremde Menschen angewiesen, in einem Land wie England bin.

Vorläufig bin ich nur leider sehr beschäftigt. Ich habe doch heute den ersten Schultag hinter mir und sitze hier und schreibe, während ich doch Unmengen homework zu tun habe. Also die Schule ist sehr komisch – ich meine insofern, als es eine richtige, strenge Schule ist mit engen Schulbänken und strengen Verweisungen für »Schwatzen«. (Zu höheren Freveltaten wagen sich die Schüler gar nicht zu versteigen.) Aber man lernt ungeheuer viel. [...]

Sibylle

Eva Ortmann aus Berlin an Sibylle in London

12. Januar 1934

Mein liebes Gutes!

Ich danke Dir sehr für Deinen ausführlichen Brief. Du hast so nett über alles geschrieben, daß ich eine wirkliche Vorstellung bekomme von den Umständen, unter denen Du lebst. Daß Du Dich so schön dort eingelebt hast, freut mich sehr. Nach allem, was Du mir bisher über die Rubinsteins geschrieben hattest, war dies ja zu erwarten, aber trotzdem bin ich froh, daß alles sich entwickelt, wie man es erwartet hat, manchmal erlebt man unvorhergesehen Enttäuschungen. Auf alle Fälle muß es doch interessant sein, unter einem Volk wie den Engländern längere Zeit zu leben und sie kennenzulernen. Daß man ihnen nie ganz nah kommt, das sagen ja alle Leute, die unter ihnen leben. Das eben ist eine ihrer Eigenschaften, die man einfach akzeptieren muß. Dafür scheinen sie doch aber ernsthaft und wirklich zuverlässig zu sein. Und das ist ungeheuer viel. In Deinem Fall hat es sich doch eigentlich bewährt. Suche Dir mal so viel anständige und hilfsbereite Menschen, sei es Jude oder Christ, wie Du dort schon getroffen hast. Ein wenig mag es ja wohl auch mit dem größeren und vor allem stabilisierteren Wohlstand dort drüben zusammenhängen – aber es sind doch eben auch ganz andere Menschen.

Du bist ja fabelhaft praktisch geworden in der kurzen Zeit Deiner Selbständigkeit. Es freut mich sehr, aber wundert mich eigentlich nicht. Du weißt ja, daß ich immer gesagt habe, ein intelligenter Mensch macht solche Dinge schon, wenn die Umstände sie erfordern, ganz von selbst und wird auch irgendwie damit fertig. Ich habe das ja auch an mir selbst erlebt, wenn ich auch vielleicht etwas mehr praktische Veranlagung dazu mitgebracht habe.

Schnell muß ich noch Deine letzten Fragen beantworten, sonst machst Du mir wieder Vorwürfe, ich lese Deine Briefe nicht nochmals durch. Ich schlafe wieder in meinem Zimmer, Lechner in Deinem, da er länger schläft als ich und das vordere Zimmer aufgeräumt sein soll, wenn jemand kommt. Als züchtige Hausfrau fühle ich mich gar nicht, Du Frechling. Lechner ist ja sowieso in seiner freien Zeit meist bei mir gewesen, da er sonst keinerlei Freunde hat. Also ist der Unterschied gegen früher nicht so groß.

Viele, viele liebe Küsse
von Deiner Mutti

Sibylle schrieb an Carla Bruck, die Freundin, die die Wohnung in der Schlüterstraße am Weihnachtsabend dekoriert hatte.

Sibylle aus London an Carla Bruck in Berlin

14. Januar 1934

Liebe Carla!

Ja, mein Gutes, ich will Dir nur noch danken, wie nett und lieb Du Weihnachten alles für Mutti gemacht hast, ganz so, wie ich es mir gedacht hatte. Sie hat sich anscheinend sehr damit gefreut und hat mir genau beschrieben, wie es in ihrem Zimmer aussah. Also vielen Dank! Ebenfalls herzlichsten Dank für Deine nette Geburtstagsgratulation. Es war ja für mich ein etwas stiller, klangloser Tag, so ganz anders als in andern Jahren. Aber ich habe es mir abgewöhnt, mich über so was zu grämen.

Ich habe es ja jetzt soooooo gut, wie ich es mir nie auch nur in

Träumen erhofft habe, Du wirst ja durch Mutti unterrichtet sein. Augenblicklich sitze ich in dem schönsten Zimmer dieses eleganten Hauses bei einem himmlischen Mozart-, Bach-, Beethoven-Konzert. (Eigentlich eine Schande, dabei zu schreiben.)

Hast Du mal Lillan Chasanowitsch[62] gesehen? Zu Henry habe ich gar keine Verbindung mehr. Ich weiß nicht, wie das kam. Wir hatten uns so schnell und uns selbst ganz überraschenderweise angefreundet, und ebenso schnell war es nach einer kleinen dummen Plänkelei aus. An meinem guten Willen, die Sache wieder einzurenken, hat es gewiß nicht gefehlt, wohl an Henry's. Im Anfang war ich traurig darüber, jetzt gehört dieses Kapitel – wie überhaupt alles, was vor dem 1. Januar 1934 liegt – der Historie an. Denk mal, ich kann mir kaum noch vorstellen, daß Ihr alle nach wie vor durch die Schlüterstraße geht, daß Berlin und die Menschen drin und der Wannsee existiert. Komisches Gefühl, so in einer neuen Atmosphäre drinzustecken, daß einem die alte nur noch ganz schattenhaft vorkommt.

Sei gegrüßt und geküßt – und schreib mir mal wieder –

von Deiner Sibylle

Am 18. Januar 1934 schwänzte Sibylle die Schule, um Franz und Margot Rosenthal und ihre zwei jungen Söhne zum Hafen von Tilbury zu begleiten, von wo sie das Schiff nach Kapstadt nehmen wollten. Sibylle erinnerte sich später, daß ein Gutteil dessen, was solche Abschiede so schwer machte, wenn Verwandte und Freunde in ferne Länder aufbrachen, die Annahme war, die Trennung sei für immer.

Unterwegs im Zug schrieben die Rosenthals eine Postkarte an Eva.

Franz und Margot Rosenthal unterwegs nach Tilbury an Eva Ortmann in Berlin

18. Januar 1934

Liebe Eva, als einzige Leidtragende hinterlassen wir Sibylle, die glänzend aussieht, auch guter Dinge ist. Wir freuen uns sehr mit ihr. Herzlichst, M.

Liebe Eva! Als letzter Connex mit Europa begleitet uns S. noch auf den Dampfer. Herzl. Gruß Franz

---

62 Henrys jüngere Schwester, die noch in Berlin war.

Sibylle aus London an Eva Ortmann in Berlin

19. Januar 1934

Liebe Mutti!

Gerda Hirschs Brief[63] ist ja wirklich zu kindlich-dämlich. Ich werde ihr, wenn ich Zeit habe, mal schreiben, auch, daß ich für ihre Schul- und Gymnastiknoten kein Interesse mehr hätte (sofern ich es überhaupt schon jemals gehabt habe) und daß ich mich immer freue, wenn ich Leute sehe, die sich, trotz der berechtigtsten Gründe dazu, keine Sorgen machen.

Ich habe ja im Augenblick auch keine, was will ich eigentlich? Und trotzdem denke ich doch noch hundert Mal am Tag, wann und wie Ihr auch noch irgendwo hingehen können werdet und unter welchen Umständen, mit welchen Möglichkeiten? Und dann, daß dieses Leben hier doch nur ein kurzes Interim von 1/2 Jahr, vielleicht – höchstens – 8 Monaten ist und daß es dann, was viel schwieriger ist, heißt, mit dem Gelernten etwas anzufangen – und wo, wie dazu????? Wird sich eine Möglichkeit finden, irgendwo wieder mit Dir zusammenzuleben?

Für mich persönlich habe ich in Paris keine sehr großen Hoffnungen. Die Konkurrenz ist zu groß, und ich beherrsche noch nicht einmal Frz. Zumindest müßte ich erst eine Weile dort gelebt und wie wild Frz. gelernt haben, um mich überhaupt den dortigen Leuten vorstellen zu können. Wenn es nicht gelingt, was zu finden, dann werden wir weitersehen. Vielleicht ist es etwas besser in Südfrankreich mit den Bedingungen?! Ich habe davon gehört. Na, nous verrons! Attendons premièrement les évènements prochains!

Dein letzter Brief war übrigens wieder geöffnet. Bitte schreibe doch, wenn möglich, die Namen in Deinen Briefen nicht mehr aus. Es ist ein lästiger Gedanke, daß fremde Leute über meine und Deine Privatangelegenheiten unterrichtet sind – und es ist etwa jeder 5. Brief geöffnet.

Gestern war ich also in Tilbury, um Rosenthals nach Afrika abfahren zu sehen. Das Vergnügen, das wir anfangs umsonst glaubten, kostete Franz am Ende 6 1/2 Schilling! Aber es war doch nett, daß wenig-

---

63 Eva hatte Sibylle diesen Brief beigelegt.

stens einer da war, der ihnen gewinkt hat. Auf dem Bahnhof, der zu wenigstens 60% mit deutschen Juden besät war, steckte mich die Albernheit direkt an, und ich tollte so mit den Jungens auf dem Bahnsteig rum, daß alle, Deutsche und Engländer, aufmerksam wurden und lachten.

Margot hat trotz aller Aufregung *nicht getobt,*[64] war wie Zucker, »Fränzchen hier und Fränzchen da« – von dem Notizbuchverlust wird sie wohl wissen –, Franz nannte sie »Moichen«. Kurz, man hatte den Eindruck eines trauten Familienglücks, eines Idylls, das auch die schweren Stürme des Existenzkampfes nicht zu stören vermögen.

Übrigens passiert es ja, daß Leute, wenn sie gemeinsam was durchzumachen haben, ich will nicht sagen anfangen, sich zu lieben, aber zumindest duldsamer einer dem andern gegenüber werden. Margot war übrigens nicht untüchtig. Während Franz vor Aufregung jeden Menschen anbrüllte und einen völlig schuldlosen Spediteur in grauenhaftestem English beschimpfte, beruhigte sie ihn und besprach und arrangierte alles mit dem Spediteur in sehr vernünftiger Weise.

Es war ein rührend-herzlicher Abschied. Jeder drückte mir einen dicken Kuß auf den Mund. Jeder begleitete jeden mit besten Wünschen etc. etc. Dann begab ich mich samt den andern Zurückbleibenden aufs feste Land in etwa 100 m Entfernung vom Schiff, das sich fahrtbereit machte. Man schrie sich noch die letzten Quatschereien zu. Ich fing an zu pfeifen: »Muß i denn« – und es antwortete ein ganzer Chor. Komisches Gefühl, in England auf einem Schiff, das der Union Jack schmückt.

Franz hat vorher noch ganz ernst mit mir gesprochen, daß, wenn sie eingerichtet wären und etwas festen Fuß gefaßt hätten und ich in Frankreich keinen Erfolg hätte (ich sollte ihm genau darüber schreiben), ich immer zu ihnen kommen könnte, der eine Mensch mehr würde nicht viel ausmachen, und ich könnte dort mein Heil versuchen. Ich habe nicht von vornherein nein gesagt, noch dazu ja die Sa-

---

64 Eva hatte am 16. Januar geschrieben: »Dieser Unglücksmensch hat nämlich sein wichtigstes Notizbuch mit dem gesamten Adressenmaterial für Afrika verloren, stell Dir das vor! So etwas kann ja auch wirklich nur Franz passieren. Ich kann mir denken, wie Margot toben wird.«

che noch lange nicht akut ist. Aber ich habe ihm gesagt, daß das nur unter der Bedingung in Frage käme, daß ich mit Dir zusammen gehe. Schließlich ist Berlin – Kapstadt eine andere Entfernung als Berlin – London.

Na, wie wär es mit Südafrika? Es ist noch das Land, wo Milch und Honig fließt (relativ) und – am andern Ende von Europa!!! Das Woburn House schickt neuerdings alle seine jungen Leute, die hier nichts erreichen, dorthin, bezahlt Reise und hinterlegt für das erste Jahr 50 Pfund als Garantie. Sie müssen sich wohl von diesem Land eine ganze Menge versprechen. Man bekommt ziemlich ohne weiteres Arbeitserlaubnis. Auch ist in Kapstadt ein großes jüdisches Committee. In den letzten Tagen sind schon etwa 50 Woburn-Hausianier nach Capetown abgedampft.

Warum soll ich meine Briefe datieren? Wünschst Du eine Briefothek (oder so was ähnliches) von mir anzulegen? Bald reicht es dazu.

Mit 1001 Kuß,

Sibylle

Amüsiert hat mich die Mondfinsternis am 30.1.34. Der Herr weiß schon, warum er sein Gesicht verhüllt.

Sibylle aus London an Heinrich Löwenfeld in Prag

22. Januar 1934

Lieber Heinrich!

Vorige Woche habe ich Franz und Familie auf ihr Afrikaschiff gebracht. Franz hat mir ernstlich gesagt, daß, wenn sie erst drüben in Kapstadt oder Johannesburg etwas festen Fuß gefaßt hätten und ich weder in Paris noch sonstwo etwas erreichen sollte, ich zu ihnen kommen und dort versuchen sollte, mir eine Zukunft aufzubauen. Ohne meine Mutter würde ich so was nie machen, obwohl ich glaube, daß die junge Generation ihre Chancen nur *außerhalb* Europas zu suchen hat.

Sibylle

Da sie jetzt Schülerin war, erhielt Sibylle eine Verlängerung ihres Visums bis zum 30. Juni 1934. Für ihre Bescheinigung, daß sie als Ausländerin in England lebte, mußten neue Paßfotos angefertigt werden.

Sibylle aus London an Eva Ortmann in Berlin

24. Januar 1934

Liebe Mutti!

Ich hatte mich bei der Polizei einzuschreiben und mußte 2mal zu dem Zweck in die Stadt fahren. Ein Exemplar der dafür gemachten Paßbilder schicke ich Dir ein, zeig es bitte Lili, wenn sie Dich mal besucht.

Kuß, Sibylle

Eva Ortmann achtete darauf, daß alle ihre Briefe an Sibylle positiv und bestätigend klangen. In einem Brief an ihren Bruder konnte sie auch andere Gefühle zeigen.

Eva Ortmann aus Berlin an Heinrich Löwenfeld in Prag

27. Januar 1934

Lieber Heini!

Wundere Dich nicht über diesen Brief. Er ist so etwas wie ein Verzweiflungsschrei. Ich möchte gern auf 8 oder 14 Tagen zu Euch kommen, d. h. nicht in Eure Wohnung, dazu ist sie wohl zu klein. Aber vielleicht könntest Du mir irgendwo in Eurer Nähe ein Zimmer nehmen, klein, billig, ganz egal wie. Ihr braucht keine Angst zu haben. Ich bringe soviel Geld mit, wie ich ungefähr brauchen werde in dieser Zeit. Ich kann hier im Augenblick nicht bleiben, die Wände meines Zimmers fallen mir auf den Kopf, und ich kann einfach nicht durch die gewohnten Straßen gehen. Es ist alles ganz einfach. Mein Freund und ich sind auseinander – eine alte Geschichte, doch bleibt sie ewig neu –, ich hätte das einmal voraussehen müssen, ich bin ja kein kleines Kind. Aber ich bin so grenzenlos verzweifelt darüber, wie ich es mit Worten gar nicht auszudrücken vermag. Und ich habe *keinen* Menschen, Sibylle ist so weit, der Tag hat 100 Stunden für mich, die ich nicht ausfüllen kann. Ihr braucht keine Angst zu haben, ich werde Euch nichts vorjammern, ich will nur mit einem Menschen mal ein Wort sprechen können und mich irgendwie beschäftigen. Vielleicht kann ich mit Andreas spazierengehen usw. Wenn ich komme, komme ich nach dem 1. Februar, weil ich dann etwas Geld haben werde. Ich schlafe nur mit Morphium und Veronal, aber in 2 Tagen habe ich keins mehr und niemanden, der mir etwas verschafft, vielleicht kannst Du mir da helfen.

Schreibe mir bald, ob es gehen wird und ob ich kommen kann.

Eva

Sibylle aus London an Eva Ortmann in Berlin

28. Januar 1934

Mein Muttichen!

Wir hatten in den letzten Wochen den schlimmsten Nebel der letzten Jahre. Von einem richtigen, englischen Nebel kannst Du Dir gar keine Vorstellung machen. Er dauert gewöhnlich in seiner größten Dicke nicht sehr lange, meist so 1–2 Stunden, dann *liftet* er (auf deutsch sagt man, glaub ich, »steigt er«) für eine Weile und kommt nach einer Weile wieder herunter. Es gibt auch ganz lokale Nebel, es kann so sein, daß auf der einen Straßenseite glänzendster, klarster Sonnenschein ist, während Du vor Nebel auf der andern Seite nicht die Hand vor den Augen sehen kannst. Z. B. war vor einigen Tagen bei uns der Nebel so stark, daß ich fürchtete, von der city aus keinen Zug nach Lee zu Mrs. Birnberg zu kriegen, und sie anrief, um ihr abzusagen. Da hörte ich, daß in Lee der himmlischste Frühlingstag wäre, den man sich vorstellen kann.

Der richtige *fog* hat meist eine dunkelgrüne oder gelbe Farbe, da er sämtlichen Dreck und Rauch von den Fabriken herunterbringt. Kommst Du nach einem Fog-Ausgang nach Hause, dann hast Du eine Schornsteinfegerschicht von Ruß auf dem Gesicht, und Deine Kleider oder gar weiße Kragen – ich darf gar nicht dran denken.

Ich treffe manchmal unsere nette Frz.-Lehrerin auf meinem Schulweg, und zwar jedesmal, wenn ich in der letzten Minute von zu Haus weggelaufen bin und mit der Zunge aus dem Hals meinen Weg runterrase, höre ich jemanden hinter mir noch schneller rennen. Ich brauche mich dann gar nicht erst umzudrehen, um zu wissen, daß es Miss Shepman ist. Letzten Mittwoch traf ich sie wieder, und sie erklärte mir, es wäre schon wieder sehr spät (es war nach der Mittagspause). Ich sagte ihr, daß mich das nicht erstaunte, da sie immer »my bad omen« wäre. Darauf erzählte sie mir, daß sie es nicht ausstehen könnte, zu früh oder auch nur rechtzeitig irgendwo zu sein, und daß sie schon seit frühster Jugend (sie ist wohl jetzt nicht älter als 24) dafür berühmt sei, überallhin in der letzten Minute oder zu spät anzulangen. Ich glaube, bei diesem Punkt der Unterhaltung waren wir angelangt, als wir (obwohl es schon neblig genug war) vor einer regelrechten Nebelwand standen. Gott sei Dank hatten wir gerade den letzen nötigen Damm überschritten, so daß wir unsern Galoppmarsch unbesorgt fortsetzen konnten. Ich ging ganz dicht neben Miss Shepman, aber es war mir nicht möglich, sie zu sehen. Man spricht, aber die Stimme hat plötzlich einen ganz anderen Klang. Der Nebel trägt ganz anders als dünne Luft. Wir hatten durch die Hauptstraße etwa 10 Minuten zu laufen. Aller Verkehr stockte sofort. Ein Wagen, Bus, Elektrische stoppt hinter dem andern. Man kann es zwar nicht sehen, aber man hört das aufgeregte Schreien der Schaffner und Chauffeure, der Passanten, die unter allen Umständen über die Straße wollen. Alles, was sich nicht in seinen 4 Wänden befindet, ist von der allgemeinen Panikstimmung ergriffen, man spricht von nichts andrem als vom Nebel und den wahrscheinlichen Folgen des Fogs – Verkehrsunfällen in allen Teilen der Stadt. Kurz, beim richtigen, dollen »fog« steht das ganze große London auf dem Kopf. Für mich hat der Nebel, da es eine »novelty« ist, einen gewissen Reiz.

Diese commercialen Fächer sind einfach widerwärtig. Ich werde nie eine begeisterte Sekretärin werden, *nie!* Vielleicht erwähle ich mir doch noch einen andern Beruf.

Der Tag, an dem Du diesen Brief bekommst,[65] ist in 3facher Beziehung ein historisches Datum. Erstens bin ich am Dienstag genau 3 Monate = 1/4 Jahr von Berlin fort!! (Gott ist die Zeit vergangen!) 2. ist Onkel Franz heute (30.) auf Sankt Helena (knorke Idee, nicht?). 3. Liebe Mutti, tu mir die große Liebe und gehe mit Deinem Schnupfen unter keinen Umständen aus dem Haus.[66] Es könnte Dir sehr schaden. Ich mache mir große Sorgen, wie es Dir gesundheitlich geht und noch gehen wird. Du schreibst mir ja nie darüber.

Sibylle

---

65 30. Januar 1934.

66 Das unausgesprochene dritte Ereignis war der Jahrestag von Hitlers Machtergreifung. Evas Schnupfen war eine Erfindung, tatsächlich befürchtete Sibylle Angriffe gegen Passanten jüdischen Aussehens in Berlin.

Am 30. Januar schickte Eva Ortmann Sibylle eine besondere Erinnerungspostkarte, die die deutsche Post herausgegeben hatte. Sie zeigte die Fackel- und Fahnenzüge der Braunhemden in der Nacht von Hitlers Triumph vor einem Jahr (Abbildung auf S. 371).

Eva Ortmann aus Berlin an Sibylle in London

30. Januar 1934

Mein liebes Sibyllchen!

Diese Karte zur Erinnerung an den bedeutungsvollen, schönen Tag. Ich schicke auch noch einige Zeitungen, damit Ihr dort erfahrt, wie wir hier alle gefeiert haben.

Viele Grüße!

M.

Eva schrieb am gleichen Tag auch einen Brief an ihre Tochter. Der tatsächliche Zustand ihrer Gefühle blieb dabei wohlverborgen.

Eva Ortmann aus Berlin an Sibylle in London

30. Januar 1934

Mein liebes gutes Kind!

Wie es damit werden wird, daß wir uns irgendwo treffen, ist wirklich ein schwieriges Problem, kaum zu lösen. Ich schrieb Dir ja schon neulich darüber, da ist einmal der Geldpunkt und dann eben alles andere. Aber es ist ja auch vorläufig noch nicht aktuell, man muß abwarten, wie sich alles entwickelt. Es hat wenig Zweck, Pläne auf so lange Sicht hinaus zu machen, es kommt doch immer alles anders.

Alle finden Dein Bildchen so nett und sagen, Du sähest mir ähnlich und außerdem wie eine englische Nihilistin aus. Wahrscheinlich gibt es so etwas gar nicht.

Ich habe Dir, glaube ich, lange nicht geschrieben, hoffentlich hast Du Dich nicht gewundert, aber ich hatte soviel zu tun, Ärger mit meinen Amerikanern. Die kommen z. B. nachts völlig betrunken nach Hause, hämmern gegen die Türen wie die Rasenden, das ganze Haus beschwert sich etc. etc. Jetzt ziehen sie endlich morgen aus, und ich habe wieder an zwei Leute vermietet, die mir noch viel schrecklicher zu sein scheinen, es ist ganz furchtbar. Anna bewährt sich sehr bei allem. Dabei hat sie großen Kummer, denn es scheint, daß sich Andreas endgültig von ihr getrennt hat, nachdem sie eine Liebesnacht mit einem Kollegen von ihm, auch Straßenhändler, verbracht hat. Leider muß sie ihren Kummer des öfteren in einem Schnaps ersäufen, aber trotzdem, mich liebt sie nun mal und tut für mich, was sie kann.

Sei gegrüßt und geküßt, 1000mal mein gutes Kind!

Deine Mutti

P.S. Eine große Neuigkeit! Eben höre ich von Heinrich, daß ein Freund von ihm mich morgen im Auto mit nach Prag nehmen will. Ich freue mich sehr. Ich habe Heinrich nun doch schon 1/2 Jahr nicht gesehen. Also schreibe Deine nächste Karte nach Prag XII, Bretislavova 8.

In Prag traf Eva Ortmann auch Lili Faktor und ihre Familie. Sibylle schrieb ihrer Mutter, daß Lili sehr unter ihrer Emigration litt.

Sibylle aus London an Eva Ortmann in Prag

1. Februar 1934

[...] Darauf bekam ich heute diesen Brief, als wäre er von einem 60jährigen Menschen geschrieben, dem zum Übel seines Alters noch alle Lebenshoffnungen geraubt sind. Das Mädchen hat die fürchterlichsten Depressionen, befindet sich, wie sie sagt, seit Wochen in einem Zustand völliger »Willenlosigkeit« und Unfähigkeit, irgend etwas aus eigner Initiative zu tun, verzweifelt dabei an sich selbst, hat die fürchterlichsten Minderwertigkeitskomplexe, schreibt aus allen diesen Gründen keinem Menschen – nimmt dabei dauernd ab, wiegt nur noch 95 Pf. anstatt 110, bekommt Arsenspritzen, kurz und gut, mir scheint, sie kommt da seelisch und physisch gänzlich runter.

Sie schreibt die verrücktesten Sachen von »nur noch in der Vergangenheit leben«, etc. etc. Die Hauptsache ist, daß ihr die Wacker fehlt, die bisher der Ansporn zu aller Tätigkeit gewesen ist. Denn Lili hat ja im Grunde allem, was sie nur angefangen hat (es konnte ideologisch noch so weit von Wacker und Französisch entfernt sein), von vornherein das – unbewußte – Ziel gegeben, damit einen Schritt mehr zu ihrer Vervollkommnung zu tun und dadurch der Wacker wiederum etwas näher zu kommen. Ich habe das immer genau gewußt und auch, was passieren würde, wenn die Wacker und die Schule und alte Umgebung nicht mehr da wären. Lili hängt auch so an allem andern Alten, besonders an mir. Sie macht mir große Sorgen.

Heute passierte mir auch etwas Komisches: Ich stehe im Ealinger Woolworth (ein Laden genau im Stil unserer Woolworths), als ich plötzlich von dem Grammophon, das hier in den Woolworth-Läden dauernd geht und viel Krach macht, erschallen höre:

etc. etc., das ganze Deutschlandlied – durch. Ich stand mit offnem Mund, so daß ein Mädchen, mit der ich ging, anfing zu lachen und mich darauf aufmerksam machte, daß dies eine englische Hymne sei. Aber komisch war es doch: so mit voller Wucht und Posaunenschall, ganz original.

Gestern pfeife ich stundenlang eine Melodie vor mich hin:

Ich wußte, daß ich es [das »Horst-Wessel-Lied«] sehr gut kannte und oft gehört hatte, konnte mich aber beim besten Willen minutenlang nicht darauf besinnen, was es war. Denk mal an! Heute, als wir die Klasse wechselten, summte es hinter mir jemand. Ich drehte mich natürlich blitzartig um. Es war eine der beiden reizenden deutsch-venezuelischen Mädchen in meiner Klasse. Es juckt mich täglich, sie nach ihrer politischen Einstellung zu fragen, aber ich überwinde dieses Gelüst regelmäßig aus Angst vor traurigen Enttäuschungen.

Ich hoffe, der 30. ist ruhig verlaufen in Berlin. Nach den Berichten der englischen Zeitungen – ja. Die Engländer sind übrigens allen deutschen Fragen gegenüber äußerst reserviert (bis auf eine kleine Minderzahl linker Sozialisten und ähnlich eingestellter Juden). Was die richtunggebenden Kreise anbetrifft, so glaube ich (nach den Zeitungen zu urteilen – wir halten verschiedene und verschieden gesinnte – und nach dem Eindruck, den ich von den wenigen Engländern habe, die ich kenne), daß von England aus kein entschiedenes Eingreifen gegen Deutschland weder in Saar- noch Österreich-, noch Genf-, noch Sonstwas-Frage zu erwarten ist (Reuter).

Da Du meine gestrige Karte nicht bekommen hast, weißt Du ja noch nicht, daß ich in der Bookkeeping-Stunde in der Ecke gestanden habe, für 5 Minuten erst und für ferneres Lachen ob dieses »punishments« weitere 5 Minuten!! Das hat meinen schon gefaßten Entschluß, Bookkeeping vorläufig aufzugeben und statt dessen Französisch täglich zu nehmen, noch gefestigt. Was sagst Du dazu? Gott, diese Schule! Wie aus dem 18. Jahrhundert. Übrigens sind nicht alle englischen Schulen so! Pitman ist berühmt. Paragraph 5 der Statuten: »It is particularly requested that students will not engage in conversation with those of the opposite sex either in the College building or in the neighbourhood or during the weekends. Infringement of this rule will lead to suspension, and in cases of repetition to expulsion (Rauswerfen)!« – Der berühmte Artikel 5! Wie findest Du das?

Grüße alle, viele Küsse

Sibylle

Eva Ortmann aus Prag an Sibylle in London

4. Februar 1934

Mein liebes gutes Sibyllchen!

Lili hat sich rasend mit mir gefreut, offensichtlich weil ich gewissermaßen für ihr Gefühl ein Bestandteil von Dir bin, nach der sie wirklich große Sehnsucht hat. Im übrigen machte sie mir keinen schlechten Eindruck. Nervös ist sie ja immer schon in Berlin gewesen. Sie sieht aber ganz gut aus, die Arsenspritzen scheinen ihr gut zu bekommen. In der Schule hat sie Schwierigkeiten in Mathematik und Tschechisch, sonst steht sie in allen Fächern 1.

Ich denke, ich werde noch ca. 8 Tage hierbleiben. Die Wohnung ist auf den ersten Blick sehr nett, aber sie hat ungeheure Mängel, die das tägliche Leben erschweren. Vor allem ist sie so hellhörig, daß man in jedem Zimmer jedes Wort hört, was im anderen Zimmer gesprochen wird. Stell Dir dazu vor, daß Heinrich von 10 oder 11 Uhr früh bis zum späten Nachmittag analytische Patienten hat und Andreas infolgedessen flüstern soll!! Dazu Jela, kochend, reinemachend, warmes Wasser gibt es nur bis 9 Uhr früh, kein Abwaschkasten in der Küche. All diese Kleinigkeiten, so banal sie klingen, erschweren und verbittern das Leben ungeheuer, tragen nicht dazu bei, die Stimmung zu heben. Dabei verdient Heinrich soviel, wie sie brauchen in ihrem bescheidenen Rahmen. Aber es bleibt doch mehr oder weniger ein Vorwärtswursteln, zumal sie eben nicht daran denken, auf Lebenszeit sich hier niederzulassen. Es ist ja auch wirklich ganz unmöglich, daß Jela für immer Köchin und Putzfrau bleibt, was ihrer Veranlagung so konträr ist, während sie an ihrem eigentlichen Beruf hängt. Ja, wer weiß, wie alles wird. Politisch sieht ja alles so grausig aus und auch so unklar in ganz Europa! Man müßte wirklich diesen Erdteil verlassen, solange es noch Zeit ist!

Deine Mutti

Aus Prag konnte Eva Ortmann endlich über politische Dinge frei schreiben, und so antwortete sie auf Sibylles Kommentare über die Unwilligkeit der Engländer, Hitler in irgendeiner Hinsicht entgegenzutreten.

Eva Ortmann aus Prag an Sibylle in London

7. Februar 1934

Mein liebes Sibyllchen!

[...] Die kleine Marke, die Du neulich einschicktest, fand ich sehr interessant.[67] Aber was nützt das schon alles! Du hast gewiß recht, ich habe hier, wo ich mehr lese als zu Hause, denselben Eindruck: Kein Mensch greift wirklich ernsthaft ein.

Mutti

Sibylle aus London an Eva Ortmann in Berlin

9. Februar 1934

Mein liebes Muttichen!

Ich habe ja diesmal gleich einen Brief, eine Karte und noch eine gemeinsame mit Lili miteinander zu beantworten. Im allgemeinen war ja

---

67 Der Zusammenhang macht wahrscheinlich, daß Sibylle ihrem Brief nach Prag vom 1. Februar irgendeine gegen die Nationalsozialisten gerichtete Propaganda, etwa eine Briefmarke mit einem Boykottaufruf gegen deutsche Waren, beigelegt hatte.

alles, was Du da schreibst, verhältnismäßig befriedigend. Erstens, daß es doch Löwenfelds endlich zumindestens erträglich geht, verglichen mit ihrem Zustand zu der Zeit, als Jela in Berlin war. All die Mängel, die Du da schilderst, sind zwar wesentlich, aber um so erträglicher, als man ja wirklich heutzutage das Bewußtsein hat, daß alles nur vorübergehend ist. Mir zumindest erscheint alles, was auch nur den kleinsten Vorteil in sich birgt, quasi wie ein letztes Glück, was man mit beiden Händen und freudig ergreifen muß und die Mängel in Kauf nehmen muß, weil es nur von kurzer Dauer ist. Wer weiß, was wir in einem halben Jahr sind? Vielleicht von Gasbomben totgemacht, vielleicht von dort, wo wir gerade sind, uns niedergelassen haben, rausgeschmissen, vielleicht irgendwo in Palästina oder Übersee. Ich bin pessimistischer als jemals und sehe alles nur auf ganz kurze Sicht. Dann höre ich lieber auf zu denken. Auf jeden Fall finde ich es *ganz* wichtig, daß wir uns nach Ende meines trainings, im Juni oder Juli, irgendwo sehen. Sei es Paris oder London oder Küste oder Berlin! Ich finde, man darf auf keinen Fall die Dinge so nahe an sich herankommen lassen, daß es zu spät ist, sich vor der Katastrophe zu retten. Und ich fürchte, nach den letzten Ereignissen[68] werden die Dinge mit 10facher Geschwindigkeit gehen. Viel kann ich ja zu diesen Punkten nicht schreiben. Mein Gott, es ist grauenhaft, in welcher Zeit meine Generation groß wird. Du müßtest nur die Briefe lesen, die ich so bekomme: von Renate [Boenheim], Lili [Faktor], Li [Stern]. Es ist trostlos, wenn man bedenkt, daß das junge Menschen schreiben, die natürlicherweise in der schönsten Zeit, dem »Frühling« etc., des Lebens stehen sollten.

Ich bekam neulich am gleichen Tag 3 Briefe, von Lili Faktor (über die ich Dir schon schrieb), von Li und von Renate. So etwas von Verzweifeltheit und Hoffnungslosigkeit in jeder Beziehung bei allen dreien, es ist wirklich schrecklich. Vor allen Dingen auch deprimie-

---

68 In der Nacht vom 6. Februar hatten regierungsfeindliche Unruhen Paris erschüttert, die 15 Tote forderten und zum Rücktritt von Premierminister Edouard Daladier führten. Ausgelöst durch einen Finanzskandal um Alexandre Stavisky, einen russischstämmigen Juden mit Verbindungen zu zahlreichen Politikern, spiegelten die Gewaltausbrüche verbreitete Ressentiments gegen Fremde, insbesondere Juden, sowie die sich vertiefende Kluft zwischen Frankreichs Rechter und der Linken.

rend für mich. All diese Mädchen haben wohl ein besonderes Vertrauen zu mir. Ich bin quasi ein Ablagerungsplatz für alles, was ihr Herz bedrückt. Dabei muß man bedenken, daß von diesen 3 Mädels eigentlich keine im Augenblick wirkliche materielle Sorgen hat. Was auf ihnen lastet, ist eben die allgemeine, in erster Linie *seelische* Depression, von der ja nahezu alle Menschen (unseresgleichen) heute ergriffen sind – und natürlich die noch weicheren, empfindlicheren 16jährigen-Mädchen-Gemüter in besonders starkem Maße. Und es ist auch interessant zu sehen, wie sich in solchen Fällen Nicht-aus-und-ein-Wissens selbst die sachlichsten, rationalistischsten Menschen wie Lili und Renate in die Sentimentalität hineinreiten.

Der Umstand, daß heute jeder Mensch zu sehr mit sich selbst und den äußeren Vorgängen beschäftigt ist, führt natürlich in solchen Fällen, wo die Bindung mit den Eltern nie eine sehr starke gewesen ist (wie bei allen drei Mädels), zu einem völligen Mißverstehen zwischen beiden Generationen.

Wir kriegen hier in einigen Wochen Kinderzuwachs. Rubinsteins nehmen das 4jährige Töchterchen ihres Bruders, der in Paris lebt, zu sich – »Colette«, eine kleine Französin.

Sie[69] haben wohl nicht Geld genug, um sich eine Angestellte zu halten. Darum hat das Kind bisher bei seiner *französischen* Großmutter irgendwo auf dem Land gelebt, und jetzt nehmen Rubinsteins so einfach mir nichts Dir nichts für immer so ein viertes Kind zu sich. Allerhand! Nicht?

Gestern hatte die Älteste, Margaret, Geburtstag – dafür waren sie alle als »birthday treat« im Kino: Eltern, Großmutter, Kinder und ich. Ist das nicht nett, daß sie mich so einfach mit dazu einladen? Es war ein sehr netter, echt amerikanischer Film. Wenn man sich einmal an diesen merkwürdigen, etwas altmodisch-kitschig-sentimentalen Geschmack der Amerikaner und Engländer gewöhnt hat, entdeckt man in diesen Filmen sehr viel Charme und Reizvolles. Natürlich nur da, wo Sentimentalität am Platze ist.

Diese Filme spielen mit Vorliebe im 18. und 19. Jahrhundert, wo ja die Menschen tatsächlich für unsere Begriffe »verkitschter« waren als

---

69 Gemeint sind Colettes Eltern.

heutzutage, das beweist ja am besten die Literatur dieser Zeit, während in einem quasi zeitgemäßen, sogar das Kriegsproblem behandelnden Film wie »Cavalcade« dieser Stil einfach lächerlich wirkt. Der Film, den ich heute (es ist nämlich mittlerweile Sonnabend abend geworden) gesehen habe – einer von denen, die sich in Deutschland, wo man nur nach alltäglichsten Menschen, Worten, Kleidern und Handlung schreit, bestimmt niemand angucken würde –, ist die Verfilmung eines ganz berühmten englischen Buches: »Little Women« aus dem Anfang des 19. Jahrhunderts, das heute noch jeder Mensch einmal in seinem Leben liest, etwa so im Backfischalter. Dieser Film hat enormen Erfolg hier gehabt, ebenso ein Pendant dazu, »Bitter Sweet«, nach einem ganz berühmten Theaterstück, das in der Bohème des 19. Jahrhunderts spielt.[70] Beide haben mir sehr gut gefallen. Aber man muß wohl dazu erst einige Zeit in England unter diesen von uns ganz verschiedenartigen Menschen gelebt haben. Dann merkt man ja überhaupt erst, *wie* gänzlich »deutsch« wir doch im Grunde, trotz »Erbe im Blut« und vielen nicht wegzuleugnenden, typisch jüdischen Zügen, sind. Und da merkt man erst, wie wir (ohne uns darüber klar zu sein, solange wir unter ihnen leben), wie *sehr* wir doch an unsern »Dichtern und Denkern« (allerdings *nur* an den »Dichtern und Denkern«) hängen.

Wir bleiben in jedem andern Land, sei es Frankreich, sei es England, doch immer die Fremden. Wir haben eine andere Art, zu denken, zu handeln, uns zu geben, als diese andern Völker. Wir können die Mentalität der Engländer oder der Franzosen oder Russen schätzen, uns ihr im Laufe der Zeit in einem individuell verschieden hohen Maße anpassen; aber gänzlich gelingt das, glaube ich, erst der Generation, die ganz in ihr groß wird.

Natürlich, um in diesen Dingen maßgebend zu sein, fehlt mir die nötige Erfahrung. Nur das ist sicher, daß man sich das »Akklimatisieren« und »Assimilieren« ungeheuer viel leichter vorstellt und als Faktor unwesentlicher, als es, wenn man es dann erlebt, ist.

---

70 *Little Women* von der Amerikanerin Louisa May Alcott erschien 1868; *Bitter Sweet* (1933) war die filmische Adaption eines Musicals von Noël Coward aus dem Jahr 1929.

Weißt Du, ich habe jedesmal, wenn ich irgendwo, im Radio oder im Café oder auf einer Platte, ein Brahmslied oder eine Mozartsymphonie oder ein anderes solches Stückchen deutscher Kultur höre, ein merkwürdiges Gefühl, dem vielleicht die Bezeichnung »Stolz« – so albern es klingt – am nächsten kommt. Das hat gar nichts mit irgendwelchen national-patriotischen Gefühlen zu tun (von denen ich ja, wie Du weißt, weiter entfernt bin als irgend jemand), noch dazu Mozarts oder Brahms' Genie einzig und allein das Verdienst (oder wie man es nennen soll) von Mozart oder Brahms selbst ist. Aber es ist etwas in der Musik, was mich irgendwie »verwandtschaftlich« berührt, es muß wohl eine Quasi-Verwandtschaft in Geist und Empfinden (nicht in der Größe, aber in der Art) sein, die einen derartig berührt. Das ist vielleicht ähnlich einer Empfindung von Stolz, wenn ich Dich singen höre. Es ist nicht meine eigne Stimme, die da so schön singt. Du bist nicht mal ein Produkt von mir, sondern nur ich ein unbedeutender, unbegabter kleiner Ableger von Dir – aber ich bin stolz auf Dich, auf Deine Stimme. Natürlich ist es damit noch ganz anders als mit der Mozart-Symphonie. Schließlich ist die Verwandtschaft ja auch eine nähere als mit Herrn Mozart aus dem 18. (?) Jahrhundert. Aber wo schweife ich denn hin?!!

Nächste Woche kommt einmal Robert Klein vom Künstlertheater (?) zum Abendessen. Er führt hier ein Stück auf, das Kurt Rosenthal finanziert hat, wie mir Franz erzählte.[71] Vielleicht hast Du davon gehört!! Ich bin schon sehr gespannt auf ihn. Hoffentlich darf ich dabeisein, wenn er kommt.

Am Donnerstag war ich mit Mrs. Rubinstein zu einer Kundgebung der Labour Party hier in Ealing. Es sprach als Hauptstück des Abends ein sehr bekannter Labour-Politiker, zur Zeit Hendersons im Völkerbund sein Sekretär und ein in der Partei sehr bedeutender Mann. Heute unter der konservativen Regierung in den Ruhestand versetzt.[72]

---

71 Robert Klein, ein früherer Mitarbeiter Max Reinhardts am Deutschen Theater in Berlin, hatte ein Künstlertheater gegründet, das politisch links und künstlerisch avantgardistisch ausgerichtet war. Es war also eigentlich etwas überraschend, daß ausgerechnet Evas Cousin Kurt Rosenthal, dessen politische Ansichten entschieden konservativ waren, sich dafür entschieden haben sollte, als Kleins finanzieller Unterstützer in London aufzutreten.

Abgesehen davon, daß mir diese Partei, wie Du Dir denken kannst, nicht zusagt[73] (ihre Mitglieder, zumindestens die Zuhörer der Kundgebung, bestehen in »mildtätig« blickenden, 60jährigen Damen, Arbeiter konnte ich nicht entdecken), war mir das Ganze von dem Standpunkt aus interessant, als ich hier einmal mit größter Kraßheit den Unterschied zwischen dem Politikmachen der Engländer und dem der Deutschen feststellen konnte. Denke an die Deutschen zur Zeit der »virrrzehn« Jahre der Parteizerrissenheit. Jeder Politiker bei uns, welcher Konfession und Klasse und Parteiangehörigkeit er auch sein mag, nimmt sich selbst und die Sache, die er vertritt, ungeheuer ernst, seine Reden, besonders Wahlpropagandareden, wie diese eine war, tragen das Gepräge einer gewissen Leidenschaftlichkeit (die nicht *immer* sympathisch ist) – die Politik nimmt einen ganz großen Raum im Leben des Menschen ein, und er betreibt sie mit Ernst und dabei einem Temperament, einem Enthusiasmus, wie man ihn im allgemeinen mehr bei südlichen »Vendetta«-Völkern findet. Die uninteressierte, unorganisierte Mittelschicht ist in Deutschland so gut wie ausgestorben.

Und nun nimm solch einen Vertreter der Linken hier in England, dessen Aufgabe es ist, an einem Abend anläßlich der bevorstehenden Unterhauswahlen einige noch nicht bekehrte Zuhörer im Saal mit beflügelten Worten (zusammengefaßt in eine 2stündige Rede) für die Labouridee zu gewinnen.

Er tritt auf die Rednertribüne (Klatschen und Trampeln im Saal), setzt sich in einen bequemen Lehnsessel an einen gedeckten, appetitlichen Tisch (der schon die Aufmerksamkeit der Zuhörer auf ihren eignen Magen ablenken muß), gießt sich von einem Limonadengetränk ein, schlägt die Beine übereinander und leert sein Glas zur Hälfte, eh er anfängt. Und dann folgt eine Rede: geistreich, humorvoll, voller Witze und ironischer Bemerkungen über die Leere des

---

72 Philip Noel Baker, Jahrgang 1889, war Quäker und Pazifist, der dem Pazifismus schließlich abschwor, als er begriff, daß sich Hitler mit pazifistischen Mitteln nicht stoppen ließ. Zu seinen größten Auszeichnungen gehörte neben der Wahl ins Oberhaus der Friedensnobelpreis im Jahre 1959.

73 Sibylles eigene politische Ansichten lagen zu dieser Zeit deutlich links von der Labour-Partei.

Saales, über die eigne Partei, über die Wahlen, schließlich über sich selber – so wie ein Mensch ohne viel Sorgen, nach einem guten Mittagessen, bei einer Zigarre und einem Gläschen, »nu auch mal 'n halbes Stündchen Politik« macht. Ein intelligenter Mensch, mit Humor, dabei politischem Wissen und einem offnen Blick für das Elend um sich herum, aber, wohlgemerkt, sorglos und gut gelaunt, nach einem reichhaltigen Mittagessen.

Manchmal, wenn es sich darum handelt, die besondere Wichtigkeit seiner Worte an der Stelle zu betonen, erhebt sich der »Demagoge« und wandert (selbstverständlich beide Hände in den Hosentaschen) auf der Bühne umher. Dies sind die einzigen Höhepunkte, das einzige »Fäusteschütteln« und »Zähnefletschen« des Abends.

Trotzdem am Ende großer Applaus von seiten der »wohltätigen Damen«. Für mich auf jeden Fall, trotz etwas zu großer Ausgedehntheit, ein amüsanter und interessanter Abend.

Ich habe mich letzte Woche halb kaputtgearbeitet – alles für ein Shorthandexamen, das ich nun glücklich gestern bestanden habe. Das frz. Examen, von dem ich schrieb, ist ein großes, das Geld kostet und einem, wenn man es besteht, ein angeblich wertvolles Certifikat verschafft. Ich gehe einmal wöchentlich am Abend zur »prep« dafür in die Schule. Ein scheußlicher Tag, an dem ich von 9 Uhr früh – 9 Uhr abends dauernd in der Schule sitze.

Für heute genug, es ist schon sehr spät. Gut, daß Du die Uhr nicht sehen kannst!!

Viele Küsse, mein Liebes,

Sibylle.

Evi hat morgen Geburtstag, und ich habe ihr ein Buch gekauft. Ich stieß gestern auf ein Heine-Gedicht, das ich so gut fand, daß ich es Evi zu ihrem »ersten Geburtstag in der Emigration« in das Buch schrieb. Here it is:

Ich hatte einst ein schönes Vaterland.
Der Eichenbaum
Wuchs dort so hoch, die Veilchen nickten sanft.
Es war ein Traum.

Das küßte mich auf deutsch und sprach auf deutsch
(Man glaubt es kaum,
Wie gut es klang) das Wort: »Ich liebe dich!«
Es war ein Traum.

Das ist ein so echtes Emigranten-Heimweh-Gedicht. Es könnte heute entstanden sein und entspringt einer Stimmung, die Ihr nicht kennt und der fast alle Emigranten von Zeit zu Zeit verfallen.

Nun aber wirklich Schluß.

Kuß Sibylle

Eva Ortmann aus Berlin an Sibylle in London

13. Februar 1934

Mein gutes kleines Sibyllchen!

Du weißt ja, mein Liebes, *wie* ich mich mit jedem Wort und jeder Zeile von Dir freue. Aber wenn es wirklich so spät in der Nacht ist, daß Du froh bist, ich sehe die Uhr nicht, da solltest Du wirklich lieber schlafen und von der vielen Wochenarbeit ausruhen und nicht ganz so ausführlich sein. Im übrigen bin ich in allem, was Du schreibst, *ganz* Deiner Meinung, in jeder Beziehung, leider. Dein Pessimismus, mit dem Du die Entwicklung in Europa ansiehst, speziell in der Auswirkung auf uns, scheint mir nur allzu berechtigt. Z. B. hatte ich auch in Prag ganz stark den Eindruck, daß ein dortiger Aufenthalt nur vorübergehend sein kann, Du verstehst wohl, was ich meine. Alles hängt (für uns) von dem Präsidenten Masaryk ab, und der ist über 80 Jahre! Was in anderen Ländern sein wird, weiß kein Mensch. Aber was soll man dagegen tun? Wahrscheinlich hat von allen in der Familie Franz am richtigsten gehandelt.[74] Trotzdem man ja nicht weiß, ob ihm dort irgend etwas gelingen wird. Aber immerhin besaß er etwas Geld, ich glaube 8–10.000 Mark. Das ist zwar nicht viel für eine ganze Familie, aber er hat dadurch die Möglichkeit, etwas zu versuchen, die wir nicht haben. Was nützen uns alle Erwägungen? Nichts, selbst wenn sie sich zufälligerweise als richtig erweisen. Man kann nichts tun als abwarten und muß noch froh sein, daß man, im Augen-

74 Indem er nach Südafrika auswanderte.

blick sowohl Du wie ich, weiß, wovon man am nächsten Tag lebt. Ich schicke heute 10.– Mark an Dich ab, das ist nicht schlimm für mich, mein gutes Kind, wenn ich schon nichts anderes für Dich tun kann. Vor direkten materiellen Sorgen bin ich ja im Augenblick durch Lechner geschützt. Daß ich das so wenig wie nur überhaupt möglich ausnütze, ist selbstverständlich, zumal er selbst in der Idee, daß man nicht weiß, was die nächste Zukunft bringt, sehr spart. Er hat in diesem und im nächsten Monat gut zu tun, singt am 24. in Leipzig (vom Kulturbund aus) und am 12. und 14. März in Amsterdam, Konzert und Rundfunk.

Das Gedicht von Heine kannte ich natürlich. Früher habe ich es nie ganz verstanden, d. h. nicht verstanden, daß ein Mann wie Heine so empfinden konnte. Jetzt kann ich es *gut* begreifen, besonders nach meinen verschiedenen Aufenthalten in Paris und Prag. Also bald wieder mehr, mein Gutes. Grüße und 1000 Küsse

von Deiner Mutti

Eva Ortmann schrieb nach ihrer Rückkehr aus Prag an Heinrich und Jela. Sie und Fritz Lechner hatten sich zumindest teilweise wieder versöhnt.

Eva Ortmann aus Berlin an Heinrich und Jela Löwenfeld in Prag

17. Februar 1934

Lieber Heini, liebe Jela!

Von Sibylle hatte ich einen sehr langen, netten Brief. Sie scheint großes Heimweh zu haben, wird ganz kitschig und sentimental und schreibt plötzlich ans Ende des Briefes ein Gedicht von Heine »Ich hatte einst ein deutsches Vaterland«. Das arme Kind!

Lechner behauptet, mein Kommen habe ihm in *jeder* Hinsicht Glück gebracht. Er hat in dieser Woche 2 Konzerte bekommen. Augenblicklich ist er in Breslau, Figaro-Tournée, kommt Donnerstag wieder. Da er ein Mensch ist, der einen eigentlich den ganzen Tag braucht und beschäftigt und speziell in dieser letzten Woche nicht eine Minute von meiner Seite gewichen ist, so empfinde ich die Stille und Einsamkeit jetzt natürlich doppelt stark. Und sehe, daß das bestimmt kein Zustand ist, den ich mir wünsche, und daß ich wahrscheinlich froh und glücklich sein müßte, daß alles so ist, wie es ist. Dabei hat sich vieles von dem, was mir Heini gesagt hat, geradezu verblüffend bestätigt, wie eine mathematische Aufgabe gewissermaßen. Aber was nützt mir das? Gefühle kann man schließlich doch nicht so dirigieren wie den Verstand. Es ist alles so schwierig!

Nun Schluß. Grüßt mir Andreas schön. Hoffentlich hat er schon die Kinderpost bekommen, denn »was man verspricht, muß man halten«, er würde ja jedes Vertrauen zu Welt und Menschen sonst verlieren, und das wäre noch zu früh.

Eure Eva

Sibylle aus London an Eva Ortmann in Berlin

17. Februar 1934

Liebes Muttichen!

Wir haben gerade eine anstrengende, aber wirklich reizende Geburtstagsgesellschaft hinter uns. Und zwar hat man Margarets (10 Jahre) und Christophers (5 Jahre) zusammen gefeiert. Mit allen Nettigkeiten und Aufwand, die überhaupt nur möglich sind. Für diese Art Sachen geben die Leute wirklich Geld aus: Kinder, deren Gesundheit und (in Grenzen) deren amusement. Allerdings sehr in Grenzen. Denn diese Kinder sind, sowohl was Vergnügungen (Kino, Gesellschaften) als auch was Kleider und Äußerlichkeiten anbetrifft, viel weniger verwöhnt, als ich es in dem Alter war. Derartige »Ausnahmetage« wie Kinobesuch oder gar birthday party sind nur ganz seltene Erscheinungen, werden mit viel größerer Aufregung erwartet, mit enormem Pomp gefeiert, und die Erinnerung daran bleibt unauslöschbar haften. Vielleicht ist das der weit hübschere Weg, bei Kindern das Gefühl für die Neuheit, das Ungewöhnliche und Schöne solcher Ereignisse aufrechtzuhalten, als bei uns, wo man die Kinder viel zu schnell dahin verwöhnt, Theater und andere Amüsements als quasi selbstverständlich hinzunehmen. – (Allerdings glaube ich, daß das in Deutschland auch nur auf Großstädter und vor allem wohl auf Juden zutrifft.)

Gott, ich habe solche Sehnsucht nach dem schönen Berlin! (Denn es ist wirklich eine schöne Stadt.) Evi fährt wahrscheinlich Ostern für 3–4 Wochen nach Haus. Wie ich sie beneide! Wenn ich nur das Geld hätte, ich führe auf der Stelle und sofort. Ich habe das Gefühl, ich werde nicht mehr oft in meinem Leben Deutschlands heilige Schwelle betreten. Denn eines Tages wird die ganze, jetzt schon zu schwere Wolke über Europa zum Platzen kommen, und dieser Wolkenbruch wird unserer passiven Warterei ein Ende bereiten. Dann wird es nur noch das eine Entweder-Oder geben: »Gasbombe« oder »Rette-sich-wer-kann.« Never in the whole of history has the situation of the world or a part of the world looked so black as at present. All statesmen of all countries, of the left or of the right, agree in this point. And that is the worst of all, as it means that, admitting this, people have already lost their courage to maintain peace in Europe. Never before any war people have been so convinced that it would come as today. Let us hope they are wrong! – Warum ich das nun eben Englisch geschrieben habe, weiß ich gar nicht. Ich habe es selbst kaum gemerkt. Mir geht schon tagelang nichts anderes mehr im Kopf herum als diese Dinge (mit Ausnahme der englischen Shorthand). Wenn wir nur schon wieder irgendwo zusammensäßen. Das ist es ja, was mich von allem am meisten verrückt macht, daß wir nicht nur durch den Ärmelkanal, aber vor allem durch eine dicke, große, breite, strenge Grenze getrennt sind, die, so unscheinbar sie auf der Karte aussieht, soooo wichtig für diese dämliche Menschheit ist und schon so viele Millionen Leben gekostet hat.

Wenn Lechner herkäme,[75] wäre das ja überhaupt herrlich. Es liegt mir dabei nicht allein an den »herzlichen Grüßen« von Dir, sondern vor allem auch daran, daß ich dann, mit ihm an Deiner Stelle, mal über alles vernünftig sprechen könnte, was Ihr Euch überlegt habt. Brieflich ist das ja leider so gut wie unmöglich. Ich habe ja keine Ahnung, was Ihr erwägt. Denn, wenn man schon nichts tut, *erwägen* muß man doch schon mindestens, und so was muß man dann doch auch miteinander besprechen.

Lili hat die wilde Idee, nach Palästina auszuwandern – d.h. wohl mehr ihre Mutter. Ich denke und hoffe nur, daß die Idee ebenso wild und unernst ist wie alles in der Familie Faktor. Denn Lili ist von allen Menschen, die ich kenne, am wenigsten dazu fähig, so einfach alleine

---

75 Für ein Gesangsengagement.

irgendwohin auszuwandern. Dazu braucht sie viel zu sehr immer einen Rückhalt an andern, kräftigeren Menschen als sie selbst. Ich will nicht sagen, daß sie den jetzt hat. Darum fühlt sie sich ja auch unglücklich. Aber in gänzlich fremder Umgebung, mit der Aufgabe vor sich, so quasi ganz von unten anzufangen und sich selbständig durchzusetzen, würde sie, fürchte ich, gänzlich versagen.

Fortsetzung, 18. Februar 1934

Eben habe ich als schöne Sonntagsbeschäftigung Große Wäsche gehabt, dann Haufen von Strümpfen gestopft – und falle jetzt (obwohl es morgens 11 Uhr ist) äußerst müde in meinen niedlichen Klubsessel. Diese Kleinigkeiten nehmen doch zu viel Zeit weg. Arme Frieda.[76] Allmählich wird mir jetzt klar, was ihr meine Unordnung und Sachenschmutzigmachen und -zerreißen für schwere Stunden bereitet hat.

Es ist wirklich schrecklich, *wie* dick ich geworden bin, und ich fühle mich dabei so scheußlich unbehaglich. Aber es läßt sich einfach nicht ändern. Die Engländer sind nun mal gottbegnadete Wesen, die so viel und so süß essen können, wie sie wollen, um doch immer Hopfenstangen zu bleiben. Darum fabrizieren sie die himmlischsten Puddings und Kuchen, Weißbrote und Sandwiches und verzehren sie in »huge« Quantitäten. Um Extradiät kann ich schlecht hier bitten, auch nicht darum, weniger zu bekommen. Denn hier tut einer allen auf (an Wochentagen die Hausfrau; an Sonntagen, wo es überall den großen Braten gibt, ist es ein besonderes Privileg des Hausherren, das Fleisch zu schneiden – eine Sitte, die ausnahmslos in jedem englischen Haus streng befolgt wird. Und zwar auf eine ganz besondere Art! Man schneidet hier den Braten nicht wie bei uns von oben nach unten – sondern mit dem riesigen, kostbaren, sehr verschnörkelten »carving-knife-and-fork« schneidet man hauchdünne Riesenscheiben von links nach rechts des Bratens. Die Engländer haben alle eine bewundernswerte Geschicklichkeit in dieser regelrechten Kunst. Ich fürchte, ich werde sie nie erlernen).

Ja, siehst Du, wenn ich dann nach 3stündigem Durcharbeiten in

---

76 Frieda Sabbaoth war vor Anna Scheunemann Haushaltshilfe bei den Ortmanns gewesen.

der Schule mit einem Bärenappetit nach Hause komme, wenn ich dann nachmittags vor einem vollen Tisch mit Weißbrot und delicious cake sitze, dann kann ich einfach nicht dem Gebot der Vernunft gehorchen, die da spricht: Iß diese Dinge nicht, denn sie bestehen aus Mehl + Zucker!!

Die englische Kost ist natürlich äußerst ungesund: kaum glaubliche Mengen von Fleisch (zum Frühstück, Mittag- und Abendessen) und so gut wie gar kein Gemüse. D.h., hier im Haus hat man jeden Tag abwechselnd Rosenkohl (!) und ein scheußliches Blattzeug, das so ähnlich wie Kohlrabigrün schmeckt. Ich habe mich – denke Dir! – daran gewöhnt, mir von diesen gräßlichen Dingen, die in England nur in heißes Wasser geworfen und so – ohne jedes Gewürz – auf den Tisch gebracht werden, täglich eine Riesenportion zu nehmen, die ich dann auch zu allererst schnell herunterwürge. Sonst gibt es übrigens auf dieser Welt nichts mehr, was mir nicht schmeckt. Fisch ißt man in dem Inselreich in Unmengen. Im Anfang war mir das grausig, zum Frühstück oder Abendbrot, wenn ich auf ein Ei gewettet hätte, einen oder gar zwei Riesenfische aufgetischt zu kriegen. Jetzt habe ich mich dran gewöhnt, esse ihn sogar besonders gern. – Gott, was für eine prosaischer, materieller Brief. Wo Du es noch dazu so liebst, über Essen zu reden!

Das tut man übrigens in diesem Haus auch nicht. Obwohl die Kinder, besonders aber Christopher, nichts Schöneres und Wichtigeres kennen als Essen. Christopher ist heute schon der richtige jüdische Genießer. Dabei ein bezauberndes Kind, intelligent, charmant, reizend. Wenn Du ihn fragst, was er geträumt hat, ist es meist über einen großen jampudding mit custard oder einen turkey (Truthahn, das Festgericht der Engländer) – manchmal fährt er mitten aus einem Traum auf und phantasiert laut »about the big red cake from Alice in Wonderland« (das bekannteste englische Kinderstück). Wirklich ein Original von einem Kind.

Mrs. Rubinstein hat aber eine grenzenlose Abneigung gegen derartige Gespräche, wie sie sich meist schon während des Frühstücks über das Mittagessen entspinnen. Sie ist Dir überhaupt in vielem ähnlich, entsetzlich »vernünftig«, mit viel Verstand, wenig Wortemacherei und sehr geschickt, praktisch und energisch, ganz nach Deinem Geschmack (und nach meinem), und würde Dir wahrscheinlich großartig gefallen. Im Grunde ist es aber trotz allem so, daß ich mit ihr wie mit allen der Familie ebenso freundlich stehe, aber nicht persönlicher verbunden bin als am ersten Tag. Das ist mir gerade lieb, ich bin dadurch auch unabhängiger. Fast jeden Abend fordern mich Rubinsteins auf, in den Salon mit ihnen zu kommen, wo ein herrliches Kaminfeuer brennt, meist was Schönes im Radio angestellt wird und es himmlisch »cosy«, ruhig und nett ist. Ich arbeite, nähe oder stopfe da unten, gegen 10 – 1/2 11 sage ich Gut Nacht, gehe rauf in mein Zimmer, arbeite meist noch schriftliche Sachen, packe dann meine Mappe, räume mein Zimmer musterhaft auf, koche mir Wasser für meinen hot-water-bottle (der ein wichtiger Bestandteil im Leben jedes Engländers ist) – dann notiere ich gewöhnlich noch meine Ausgaben, seufze über meinem Portemonnaie, gehe dann durchschnittlich um 11 zu Bett, lese 1/4 Stunde, schlafe dann auf der Stelle ein, bis unerbittlich um 3/4 8 mein Wecker geht. Eine Viertelstunde brauche ich dann dazu, mich wachzukriegen und mich mit der Tatsache abzufinden, daß ich mit dem Glockenschlag 8 mein himmlisch warmes Bett verlassen und in die Kälte und Arbeit des Tages gerade hineinhopsen muß. Und dann schlägt die Uhr in der Halle 8 Mal. Nach dem 3. Mal fasse ich mir ein Herz zu dem größten Entschluß des Tages – und eins, zwei, drei, bin ich draußen, stürze zum Gas und mache erst mal ein Feuer, wärme mich 2 Minuten, verbringe 3 Minuten dann auf der Toilette, 5 Minuten im Badezimmer und weitere 5 Minuten mit Anziehen und Haarekämmen. Punkt 1/4 9 geht der Gong, ich schlage mein Bett zurück, mache das Fenster weit auf und begebe mich zum Frühstückstisch. Um 3/4 9 erhebe ich mich von dort, helfe in den nächsten 5 Minuten ein bißchen das Geschirr abräumen, habe dann 20 Minuten, um mein Zimmer zu machen und verlasse 10 nach 9 das gastliche Haus. Trotz 20 Minuten langem Weg und sogar einer Möglichkeit, für sixpence zu fahren, bin ich bisher immer gelaufen und noch nie (!) zu spät zur Schule gekommen. (Allerdings um so öfter mit der letzten Sekunde.) Aber immerhin empfinde ich das als großen Fortschritt. – Daselbst (Schule) befinde ich mich bis 12:28, brauche 2 Minuten, um meine Mappe für den Nachmittag zu packen und bereitzustellen und mich anzuziehen, eile dann hungrigen Magens nach

Hause, lange dort um 10 vor 1 an, gehe in mein Zimmer und falle erschöpft auf meinen Sessel. Aber nur für eine Minute, dann zieh ich mich aus und geh mich waschen. Nach dem ersten Glockenschlag (wenn ich nicht für den Nachmittag zu arbeiten habe) nehme ich ein Buch zur Hand oder gehe für einen Moment rauf in die »nursery« zu den Kindern und Mrs. Rubinstein. Mit der Sekunde ½ 2 geht der Gong, und die jungen Löwen stürzen die Treppen runter zum Eßzimmer. Wirklich wie ein junger Wurf Raubtiere, die zur Fütterung geführt werden. Zu nett! – 20 vor 2 steh ich vom Tisch (und manchmal von nicht beendeter Nachspeise) auf, laufe zur Schule, und der Trott beginnt von neuem. 20 nach 5 bin ich wieder zu Hause. Punkt ½ 6 geht der Gong für meinen Solotee (die andern haben ihn eher) – und dabei ruhe ich mich dann gleich ein bißchen aus.

Zwischen tea und supper sind dann über 1 ½ Stunden, in denen ich gewöhnlich arbeite. Nach äußerst umfangreichem Abendbrot muß ich dann den schwierigen Entschluß fassen, was ich anfangen soll. Die Auswahl ist nicht gering: Unmengen Strümpfe zu stopfen, Knöpfe anzunähen, Sachen zu ändern, zu flicken, zu plätten etc., dazu:

1	unbeantworteter	Brief	von	Frau Splett
2	"	"	"	Lili Faktor
2	"	"	"	Li Stern
2	"	"	"	Renate

und noch von vielen andern, weniger wichtigen Leuten. Dann ein längst vorgehabter Brief an die Wacker und Bernstein.

(Das ist der heutige Stand.)

Meist entschließe ich mich dann – der Not gehorchend, nicht dem eignen Trieb (Braut von Messina, Schiller, Akt 1, Scene 1) – zu den Dingen erstgenannter Art, bis die Uhr (wie eben, während ich dies schreibe) 11 Uhr schlägt. Dann beginnt der Tages- und Nachtlauf wieder von vorne. Jeden Tag wieder mit gleicher Pünktlichkeit und Pedanterie, mit der ich Dir das hier alles aufgezählt habe. Ich komme mir bald selbst wie eine lebendige Maschine vor, die täglich wie mein Wecker aufgezogen wird. (Ich habe schon so oft gewünscht, dieser würde mal versagen, so daß ich mit ruhigem Gewissen nur einmal verschlafen könnte. Aber es ist ein gutes Werk, und diesen Gefallen tut es mir nicht.)

Dank meines alten Fehlers, der zu großen Ausführlichkeit, die Dich immer an mir verrückt gemacht hat, ist das nun wieder so 'n dikker Fladen geworden, wird Dir aber wenigstens im letzten Teil ein bißchen einen besseren Eindruck von meinem hiesigen Leben gegeben haben, als Du vorher hattest.

Kuß, Sibylle

Eva Ortmann aus Berlin an Sibylle in London

25. Februar 1934

Mein liebes Sibyllchen!

Für Deinen lieben Brief habe ich Dir zwar schon mit meiner Karte gedankt, aber heute will ich es nochmals und etwas ausführlicher tun. Denn er war wirklich so nett und interessant, nicht von jener »Ausführlichkeit, die mich verrückt macht«. Wie kannst Du nur so etwas denken! Jedes Wort, was Du schreibst, interessiert mich doch, mein Liebes, nur leid tut es mir, wenn ich daran denke, daß Du Deinen einzigen freien Tag dazu benutzt, um solche Episteln zu schreiben, anstatt Dich auszuruhen. Denn Du schindest Dich ja wirklich schrecklich, Du Armes.

Lechner wird wohl nicht nach London kommen, die Korrespondenz darüber ist leider von der dortigen Seite ins Stocken geraten. Schade! Daß Du gerne mal über vieles gesprochen hättest, kann ich gut verstehen, obwohl ich nicht Deiner Ansicht bin in bezug auf die Schnelligkeit der Ereignisse.[77] Im Grunde hat ja eigentlich niemand Lust, etwas zu unternehmen, mit einer Ausnahme,[78] und die sind vorläufig noch nicht fertig. Mehr läßt sich darüber nicht sagen. Was hätte es auch für einen Zweck? Man kann vor der Entwicklung der Dinge nicht davonlaufen, dazu kennt man sie eben zuwenig. Man würde einfach das Verkehrte tun. Ganz abgesehen davon, daß man ja zu allem, was man unternehmen will, Geld braucht. Also muß man abwarten, so wie es mehr oder weniger alle machen. Irgendwie wird man sich schon durchwursteln. Irgendwelche Pläne *kann* man nicht ma-

---

77 Eva schrieb kaschiert und bezog sich auf Sibylles Prognosen von Krieg und Katastrophen in Europa, die sie in ihren Briefen vom 9. und 17. Februar geäußert hatte.

78 Gemeint ist Hitler.

chen, eben weil man mit unbekannten Faktoren zu rechnen hat. Wir machen die hier ebensowenig wie z. B. Heinrich, der ja seinen Aufenthalt in Prag auch nur als ein Intermezzo betrachtet. Er ernährt sich und seine Familie vorläufig, weiter kann er zur Zeit nicht denken. Hier liegt der Fall ähnlich, ich verdiene hier knapp 100 Mark, Lechner zwischen 300 und 400 Mark. Natürlich hilft er mir, denn von den 100 Mark abzüglich Krankenkasse habe ich fast 50.– noch in die Wohnung zu stecken, Gas, Elektrizität, Telefon, Anna. Was sollte ich da ohne ihn machen? Ich hatte jetzt z. B. *nichts* mehr anzuziehen, keine Schuhe etc. Ich schreibe das alles nur deshalb so ausführlich, damit Du Dir die Situation wirklich klarmachen kannst. Ich allein, ohne einen Pfennig Geld, kann nichts unternehmen. Lechner zu veranlassen, hier alles aufzugeben, was er noch hat, wäre Wahnsinn. Denn die paar Pfennig, die er gespart hat, wären im Nu verbraucht, wenn nichts dazukommt.

Zum Schluß muß ich Dir noch von einer Feier erzählen, die gestern in der Prinzregentenstraße stattfand. Ein Herr des Vorstands sprach davon, daß sich das Dunkel zu lichten beginne, er sehe Silberstreifen am Horizont etc. Zum Schluß erflehte er Gottes Segen auf unseren verehrten Herrn Reichspräsidenten und die gesamte Reichsregierung herab. Es ist wirklich eine Freude, daß auch die Juden endlich mit ihrer zersetzenden Kritik aufhören und Begriffe wie Stolz oder Würde nicht in unangebrachter Weise zur Schau tragen. Findest Du nicht auch?[79]

In diesem Sinne will ich schließen, sonst wird mein Brief wieder zu schwer. Sei viele, viele Male geküßt

von Deiner Mutti

Sibylle aus London an Eva Ortmann in Berlin

25. Februar 1934

Liebes Muttichen!

Freitag abend war Evi hier, es war ganz nett. Es ist interessant, die Entwicklung von diesem Mädchen zu beobachten. Eigentlich bewun-

---

79 Eva nahm an, daß ihre Ironie über dem Horizont derjenigen lag, deren Aufgabe es war, die Post zu öffnen und zu lesen.

dere ich, wie ernsthaft und tüchtig in Schule und Arbeit sie sich gegen mein Erwarten immer noch hält. Das Mädel wird von Tag zu Tag hübscher, ist sehr gewandt im Umgang mit Menschen und erweckt allgemein den Eindruck großer Intelligenz und Reife (so komisch es klingt). Sie spielt in der Londoner Emigrantengesellschaft eine ziemliche Rolle, wird dauernd – gemeinsam mit Lotte und Hannele Jessner – zu Empfängen und Bällen von prominentesten Leuten hier eingeladen. Fast alle Männer, die sie trifft, verlieben sich in sie, so daß sie augenblicklich einen Kreis von 10 oder 12 Verehrern um sich hat, die alle darauf warten, daß sie ihnen ihre Gunst zuwendet. Evchen läßt sich das natürlich gern gefallen, lacht drüber, gefällt sich – denkt aber im Grunde gar nicht daran, das irgendwie auszunützen (was sie gut könnte), hält sich alle diese Herren im Alter von 17–40 immer in einer gehörigen Entfernung und war bisher einzig und allein mit Stephan Schnabel[80] befreundet. Leider hat sie jetzt großen Liebeskummer, die Freundschaft ist aus mir unerklärten Gründen am Auseinandergehen.

Sie hätte ja Auswahl genug unter all ihrem Anhang, von denen sie manche auch sehr nett findet und ganz gut mit ihnen befreundet ist. Aber nach genauer Prüfung hat sie eingesehen, daß keiner von ihnen »der Richtige« ist, und so wartet sie getrost auf »denjenigen, welchen«. Ich finde diese ganze Haltung in ihrem Alter, angesichts ihrer völligen Selbständigkeit, anerkennenswert – Du nicht auch?

Das Komische ist, daß alles sich um Evi dreht und bemüht, während Schwester und Cousine (von denen eine 2 und die andere 4 Jahre älter ist und die beide zumindest ebenso hübsch, wenn nicht hübscher als Evi sind) gar keine Freunde hier haben und überallhin nur quasi als Anhängsel von Evi eingeladen werden. Hannele wurmt das sehr, verständlicherweise. Dabei ist Evi eine glänzende Schülerin, hat ein wunderbares Zeugnis mit einer auszeichnenden Bemerkung gehabt, geht pünktlich zur Schule, macht ihre Arbeiten und geht dabei gewöhnlich nicht vor 2–3 Uhr zu Bett. Ist nie krank (!!), fühlt sich nie schlecht, sieht gut aus – mit einem Wort gesagt, sie ist wie ein neuer Mensch, im Gegensatz zu früher.

Gestern (Sonnabend) bestand die Möglichkeit, durch Evi umsonst

---

80 Sohn des Pianisten Artur Schnabel.

in ein Hubermann-Konzert zu kommen, das er zum Besten der German Refugees gab. Im letzten Moment wurde nichts daraus. Ich war wirklich sehr enttäuscht. Mrs. Rubinstein muß das und die Tatsache, daß ich das ganze Weekend lang zu Hause sitzen würde, wohl leid getan haben. Kurz und gut, gestern Abend um 7 Uhr kommt sie rauf in mein Zimmer und fragt mich, ob ich mit ihr und ihrem Mann ausgehen möchte.

Es ist eine englische Sitte, daß entweder Sonnabend oder Freitag abend die Engländerin mit ihrem Mann (immer allein) meist ins Kino und anschließend in ein Restaurant abendessen geht. Ich war einfach starr, daß sie mich aufforderten, da mitzukommen. Derartige Unternehmungen sind in London, besonders sonnabends, wo die Kinopreise ums 3fache erhöht werden, doch ziemlich teuer.

Sibylle

Eva Ortmann aus Berlin an Sibylle in London

28. Februar 1934

Mein liebes gutes Kind!

Was Du von Evi schreibst, ist wirklich ulkig. Erinnerst Du Dich übrigens, daß ich immer gesagt habe, sie ist die Hübscheste aus Eurer Klasse und wird noch immer hübscher werden? Daß sie dabei so anständig arbeitet und lernt, ist ja aller Ehren wert. Spricht sie noch erheblich besser Englisch als Du? Ihr Freund Stefan Schnabel soll ein ziemlich tolles Früchtchen sein, aus einigen Internaten herausgeworfen wegen Mädelgeschichten etc.

Daß Du Hubermann nicht gehört hast, ist *sehr* schade. Er ist ein wunderbarer Geiger, vielleicht der beste, den ich je gehört habe. Dabei auch noch ein besonders anständiger Mensch. Hast Du von dem Brief gehört, den er an Furtwängler nach Berlin geschrieben hat?[81]

Wir waren jetzt schon seit Wochen nicht mehr im Kino. Ich mache

---

81 Der Geiger Bronislaw Hubermann hatte eine Einladung von Wilhelm Furtwängler erhalten, mit den Berliner Philharmonikern aufzutreten. Der Einladung war ein Artikel des *Berliner Tageblatts* beigelegt, die Regierung sei bereit, ausländische Musiker unabhängig von Rasse und Nationalität willkommen zu heißen. Hubermann hatte geantwortet, ein Kompromiß mit den Nationalsozialisten sei ihm unmöglich. Die Angelegenheit gehe über die Frage der Diskriminierung

mir ja nicht viel daraus, die meisten Filme sind schlecht, und Lechner hat sehr viel zu arbeiten, Proben zu »Hoffmanns Erzählungen«, wo er die drei großen Rollen singt, die im Großen Schauspielhaus Baklanoff gesungen hat.[82] Dann muß er seine Holland-Reise vorbereiten etc. In Leipzig hat er einen ganz großen Erfolg gehabt, die Leute haben geklatscht und getrampelt wie toll. Das ist in einer fremden Stadt, wo kein einziger Bekannter im Saal ist, natürlich um so höher zu bewerten.

Mutti

Sibylle aus London an Eva Ortmann in Berlin

3. März 1934

Liebe Mutti!

Mal wieder eine arbeitsame Woche vorüber – und zwar gehen die so schnell, daß mir am Ende jeder Schulwoche, die mir so schnell vergeht wie früher 2 Tage, ganz Angst bei dem Gedanken wird, wie schnell diese ganze Zeit hier meines Londoner Aufenthalts sich seinem Ende nähert. Es ist wirklich komisch: Die 2 Monate des Nichtstuns und Wartens bei Bishops erschienen mir wie 2 Jahre, die 2 Monate im Haus Rubinstein wie 2 Wochen. Am Dienstag bin ich 4 Monate und 2 Wochen hier. Kaum zu glauben! Ich hoffe nur, Dir vergeht die Zeit ebenso schnell – ich fürchte beinahe, nein.

Gestern habe ich Bilder von Österreich im Kino gesehen.[83] *Grausig!!* Was macht eigentlich mein Vater?????

Sibylle

---

von Juden in den Künsten hinaus, es sei vielmehr eine grundlegende Frage des Eintretens für »die elementaren Voraussetzungen unserer europäischen Kultur, die Freiheit der Person und ihre uneingeschränkte Eigenverantwortung, ungehindert von Fesseln des Standes oder der Rasse. [...] Nichts würde mich glücklicher machen, als auch außerhalb des Konzertlebens eine Veränderung feststellen zu können, die mich von dem Gewissenszwang befreite, der mir das Herz zerreißt: auf Deutschland zu verzichten.« *New York Times* vom 14. September 1933.

82 Der aus Rußland stammende Bariton Georges Baklanoff (1882–1938) hatte die Rollen des Coppelius, des Dr. Mirakel und des Dapertutto gesungen.

83 1934 hatte der österreichische Kanzler Engelbert Dollfuß die Sozialdemokratische Partei verboten und diktatorische Vollmacht erlangt. Im Februar 1934 schlug die Armee in Wien mit großer Brutalität einen sozialistischen Aufstand nieder und setzte Artillerie ein, um Wohnquartiere von Arbeitern zu beschießen.

Am 4. März sahen Eva Ortmann und Fritz Lechner die erste Aufführung der Produktion des Kulturbunds von Ibsens *Wildente* in der Inszenierung von Fritz Jessner, dem Vater Evis.

Eva Ortmann aus Berlin an Sibylle in London

7. März 1934

Mein liebes Sibyllchen!

Die Aufführung war ausgezeichnet, alles was recht ist. Jessner hat sich als ein tüchtiger Regisseur gezeigt. Das Stück völlig antiquiert. Man glaubt nicht, daß Ibsen vor 50 Jahren, sondern vor 100 gelebt hat. Was hatten die Leute damals nur für Sorgen! Und was für Probleme wälzten sie, man wurde im 4. Akt, als das Drama seinen Höhepunkt erreichte, lebhaft an Courths-Mahler erinnert. Einzig die Figur des Hjalmar Ekdal ist zeitlos und lebt in verschiedenen Variationen immer wieder. Manchmal wurde ich lebhaft an Deinen Vater erinnert.

Hier hast Du gleich die Antwort auf Deine Anfrage: Ich habe natürlich von Deinem Vater seit Deiner Abreise weder etwas gehört noch gesehen. Habe dies auch in keinem Augenblick erwartet. Ich hatte eigentlich die Absicht, ihn wegen Deiner Garderobe dranzukriegen und ihm, wenn möglich, 50.– Mark dafür zu entreißen, aber es ekelt mich direkt an, mich deswegen wieder in end- und sinnlose Unterhaltungen einzulassen, zumal ich mit größter Wahrscheinlichkeit nichts bekommen würde.

Wir waren neulich in einem sehr guten Film, einem amerikanischen mit lauter stars, Marie Dressler, Barrymore u.a. Er heißt: »Freitag Abend um 8 Uhr«. Den mußt Du Dir ansehen, wenn es ihn gibt. Morgen gehen wir zu »Katharina II.« mit Elisabeth Bergner. Jela hat ihn in Prag gesehen und schrieb mir, er tauge nicht viel. Aber die Bergner zu sehn wird sich wohl auf alle Fälle lohnen.

Sei viele Mal geküßt

von Deiner Mutti

Als Sibylle ihrer Mutter am 10. März schrieb, hatte sie Zeitungsberichte über den Aufruhr aus Anlaß der Premiere des Bergner-Films gelesen.

Sibylle aus London an Eva Ortmann in Berlin

10. März 1934

Liebe Mutti,

ich befinde mich augenblicklich gerade so, wie ich es am allerliebsten habe: Mr. und Mrs. Rubinstein sind out und haben mich aufgefordert, mich in den Drawing room (die »gute Stube«) zu setzen. Jetzt sitze ich vor einem wunderbaren Kaminfeuer in einem riesenhaften, himmlischen Klubsessel und schreibe. Überhaupt, diese offenen englischen Kaminfeuer, etwas Schöneres, Gemütlicheres kann man sich gar nicht vorstellen. Wir verwöhnten, aber ach, so unromantischen Centralheizler!

Sag mal, was hat sich bei »Katharina« ereignet? Warst Du noch drin? Ich werde nächste Woche endlich zu dem Bergnerstück und dann, wenn möglich, auch noch zu dem »Emigrantenfilm« gehen.

Es ist eigentlich komisch: Solange ich noch nicht wußte, was aus mir werden würde, dachte ich mir nichts Schlimmeres, als in einen Ort zu kommen, wo ich keinen Menschen kenne. Jetzt lebe ich in London, habe ein paar Bekannte, x Leute, die ich aufsuchen könnte, und vernachlässige sie allesamt, gehe – außer ab und zu mit Evi – nie aus Ealing raus und fühle mich zweifellos am wohlsten unter den Engländern der Familie Rubinstein, den Leuten in der Schule. Ich will gar nicht mit Emigranten zusammensein: Haben sie Sorgen, dann spricht man die ganze Zeit von nichts anderem, und das Ganze ist nur deprimierend. Haben sie keine Sorgen, dann ärgert man sich – ich wenigstens – über ihre Unbekümmertheit angesichts so vieler, berechtigter Gründe zu ernsten, unerfreulichen Gedanken. Lebt man aber in dieser gesunden, mit Recht unbesorgten, englischen Atmosphäre, dann wird man doch unwillkürlich von dieser Unbesorgtheit ein wenig mit ergriffen und fühlt sich mitunter, wenn die Sonne so schön scheint und man eine nette Arbeit vorhat – so richtig WOHL, ein Gefühl, das ich vor einem 1/2 Jahr kaum mehr für möglich gehalten habe.

Ich habe noch ein paar Freundinnen in der Schule (was die Engländer »Freundinnen« nennen), die mir grundlos zulächeln, wenn ich an ihnen vorbeikomme, und sich in gemeinsamen Stunden gern neben mich setzen, mir auch dann und wann kleine geistlose Briefchen zuschieben, von denen der erste gewöhnlich lautet: »Dear Sybilla,

have you ever seen Hitler personally? Yours sincerely, – – – – – –.«
Wenn ich dann zurückschreibe: »Dear – – – –, no, I am sorry, I haven't seen him, Yours sincerely, S. Ortmann«, dann streift mich ein Blick der Verachtung für soviel Unbildung. Mit Recht.

Viele Küsse,

Sibylle

Der Anfang von Eva Ortmanns nächstem Brief war unverfänglich und albern, vermutlich damit jemand, der die Post zu überwachen hatte, entschied, es bestehe keine Notwendigkeit, über die erste Seite hinaus zu lesen: Die politisch brisanten Neuigkeiten begannen erst auf Seite zwei.

Eva Ortmann aus Berlin an Sibylle in London

10. März 1934

Mein liebes Sibyllchen!

Ich danke Dir für Deine Karte. Hier schicke ich Dir das versprochene Bildchen. Auch ein paar Zeitungen habe ich an Dich abgeschickt – im Grunde nicht sehr interessant. Ein paar Kleckse habe ich gemacht, die werden Dir auffallen. Ich werde Dir, wenn Du willst, alle paar Tage die Hauptblätter der Voss[84] schicken, wir haben sie nämlich ab morgen abonniert. Ich wüßte Dir eigentlich kaum etwas zu erzählen, es verläuft hier alles sehr ereignislos.

Hier beginnt die zweite Seite des Briefes:

Wir waren neulich zu dem Film »Katharina II.« Der »Mob« hatte sich vor dem Kino zu Hunderten eingefunden und bildete Sprechchöre: »J . . . verrecke« etc. Polizei und S. A. sorgten in vorbildlicher Weise für Ruhe und Ordnung. Nur wer Karten hatte, also wir, wurde geschützt und durfte die Absperrung passieren! Im Kino selbst hielt ein Gruppenführer eine Rede, in welcher er betonte, daß wir in einem Staate der Ordnung und Gesetze lebten und daß solche ziellosen Ausschreitungen tumultanter Volksmassen nicht geduldet würden.[85]

---

84 Gemeint ist die in Berlin erscheinende *Vossische Zeitung*.

85 Eva Ortmanns Beschreibung stimmt zusammen mit einem Artikel der *New York Times* vom 9. März 1934, der berichtet, daß ein Nazi-Offizier vor dem Büh-

Infolgedessen verlief die Vorführung *ohne* jeden Zwischenfall! Leider kann ich Dir nicht mehr darüber berichten, da es mir an Zeit mangelt, Du verstehst, nicht wahr?

Viele Grüße und Küsse, mein Liebes, von Deiner

Mutti

Sibylle aus London an Eva Ortmann in Berlin

15. März 1934

Liebe Mutti!

Letzten Sonntag hatte mich Grandmother Rubinstein samt Mr. und Mrs. Rubinstein und beiden älteren Mädels zu sich zu Tisch eingeladen.

Dazu, Dir die Inneneinrichtung des Rubinsteinschen Hauses zu schildern, reicht leider meine schriftstellerische Begabung nicht. Man hat den Eindruck, daß da – wie in einem Museum – seit Victoria's Jugendzeit kein Stäubchen von seinem Platz gepustet worden ist. Stelle Dir Tante Mathildes Wintergartenzimmer in der alten Wohnung vor – nur dreimal so alt, dreimal so groß und dreimal so vollgestopft. Um es in Zahlen auszudrücken: Etwa 1/10 der saalartigen Zimmer sind mit Luft angefüllter Raum, in dem sich Menschen mit gewisser Mühe bewegen können. Weitere 2/10 bilden die Nippfigürchen, Reiseandenken etc., 3/10 die ganz, ganz altmodischen, mit Verzierungen, Deckchen und Stickereien überladenen Möbel, und schließlich der Hauptbestandteil der Zimmer, der Dich beim ersten Anblick Mund und Nase aufsperren läßt – die Bilder! Lebensgroße Porträts, von den Ururahnen bis zu den Enkelkindern, hängen da in 4 Etagen über- und ohne Zwischenräume nebeneinander. Da siehst Du die komischsten, lächerlichsten Szenen: Ronald Rubinstein mit seinen Brü-

---

nenvorhang erschien und ruhig sagte, daß er im Namen des Führers jedermann auffordere, zur Kenntnis zu nehmen, daß Deutschland ein Land von Ruhe und Ordnung sei und daß Zustimmung oder Ablehnung des Films allein Sache der Behörden sei, nicht der Menge und daß der geringste Versuch einer Störung der Vorführung zu sofortiger Verhaftung führe. Die *New York Times* identifizierte den Offizier als Ernst Röhm, den Führer der SA. Tags darauf verbot eine Abteilung des Goebbelsschen Propagandaministeriums den Film, und am 21. März entkam der jüdische Kinobesitzer nur knapp, als man eine Bombe auf sein Auto warf.

dern als reigentanzende Hirtenknaben etc., bei denen Dir nur immer die armen Jungens leid tun, die so lange in diesen unnatürlichen Stellungen bleiben mußten.

Aber ich wollte mich ja gar nicht so lange bei diesen Details aufhalten, sondern Dir von dem Sonntagmittagessen erzählen. Mir ist dabei zum ersten Mal ein echtes Verständnis aufgegangen für Eure Familienzusammenkünfte im Hause Deiner Großmutter. Ich habe mir minutenlang vorgestellt, hier säße das kleine Evchen und dort das Ottchen und der Heini, und am Ende des Tisches die Großmama, die sieht, daß ihre »Lieblinge« auch zuerst und das Beste aufgetan kriegen und daß sie nur genug von der schönen Nachspeise bekommen und jeder zufrieden ist. Es muß wohl genau dasselbe sein, nur daß hier die Großmama »Granma« ist, die Kinder Christopher und Anne und Margaret und Michael heißen und daß die »darlings« Englisch sprechen. Und die Atmosphäre der gemeinsamen Familienveranstaltungen, der ungeheure jüdische Familiensinn und das Zusammengehörigkeitsgefühl, die sich darin zeigen, sind doch Dinge, die keiner meiner, unserer Generation in Deutschland mehr erlebt hat.

Aber Du weißt ja, ich habe viel Sinn für so was – vielleicht ist das Sentimentalität, vielleicht ist es auch nur, weil es so ganz neu für mich ist. Dabei schien es mir, als ich da mit 15 jungen und älteren Familienmitgliedern am Tisch saß, als wäre das nichts Neues, sondern vielmehr etwas 100mal Erlebtes – so sehr wurden dabei alle Deine Erzählungen bei mir wach. Ich glaube sogar, ich guckte unter meinem Teller nach einem 1000-Mark–Schein. Es gibt einfach nichts Schöneres und Erfreulicheres als Kindern zuzusehen – je mehr, desto netter –, die es sich so richtig sorglos und von Herzen wohl sein lassen, die nicht – wie leider viele englischen Kinder – links von der Mutter und rechts von der Nurse gepufft werden und von ihnen Lehrreden über gute und schlechte »behaviour« bekommen, sondern die entweder, ganz mit sich selbst beschäftigt und von allem andern absorbiert, an ihrem Schokoladeneis mit Schlagsahne nibbeln oder auch im Chor mit den andern stolz von ihrem eben glänzend bestandenen Examen berichten.

Der Trumpf von allem waren die 6 Riesenschüsseln von verschiedenen Nachspeisen, für die sich jedes der Kinder »just a little tiny room in his tummy (Bauch)« gelassen hatte.

Ich habe selten einen Tag in London so genossen wie diesen, es hat mich alles so richtig angeheimelt – ich sagte das auch zu Mrs. Rubinstein, die lachte und sagte, wenn ich das jeden Sonntag fast 35 Jahre mitzumachen hätte, würde es mir auch mal über werden. Das kann sein!

Viele, viele Küsse, Grüße an Lechner und Anna, und alle andern,

Sibylle

Eva Ortmann aus Berlin an Sibylle in London

22. März 1934

Mein liebes Sibyllchen!

Dein Bericht über den Sonntag im Hause der Großmutter Rubinstein hat mich natürlich sehr interessiert. Er ist bestimmt in vielen Dingen den Sonntagen ähnlich, die wir im Hause unserer Großmutter erlebten. Vielleicht mit dem kleinen, mehr äußeren Unterschied, daß meine Großmutter etwas weniger formvollendet war und eine für ihre Zeit sehr moderne Frau, ihren Altersgenossen weit voran. Außerdem hatte sie, obwohl sie für unsere Begriffe sehr reich war, einen ausgesprochenen Zug zur bürgerlichen Bescheidenheit. Aber trotzdem – rein stimmungsgemäß – hat sich alles wohl ähnlich abgespielt. Mir persönlich haben diese idyllischen Familiennachmittage fast ein falsches Weltbild beigebracht. Ich habe geglaubt, daß alles, was dort versammelt war, also eben die ganze große Familie, nur aus Menschen besteht, die einander nur Liebes und Gutes tun wollen und *für das ganze Leben* zusammengehören. Ich habe mir das einfach nicht anders vorstellen können, so merkwürdig mir das heute vorkommt. Erst vielleicht in Deinem Alter habe ich allmählich gesehen, daß Dummheit, Eigennutz und Mißgunst in unserer Familie genauso anzutreffen waren wie unter Menschen im allgemeinen, was mich natürlich ungeheuer enttäuschte. Vorher hatte ich den umgekehrten Schluß gezogen, daß alle Menschen so vorzügliche und gute Leute seien, wie ich es von meiner Familie glaubte. Komisch, nicht wahr? Euch, die Ihr unter so *gänzlich* anderen Umständen groß geworden seid, muß das einfach unverständlich vorkommen.

Etwas ganz anderes ist es mit dem wirklichen Familienleben im kleinen Kreis. Ich las Deinen Brief an Frau Splett und kann es Dir sehr nachfühlen, daß Dich das entzückt. So ungefähr ist es bei uns zu Hause gewesen, bei meinen Eltern. So sorglos und restlos glücklich habe ich meine Kindheit verbracht – bis zum Tode meines Vaters. Da wurde alles ja zerstört – meine Mutter war auf Jahre hinaus nur noch das Wrack eines Menschen, und der Gegensatz zu früher war für uns um so schlimmer. Trotzdem sind die ersten 15 Jahre meines Lebens für mich noch heute ein unzerstörbarer Besitz und haben einen bestimmten Einfluß auf meine Entwicklung und meinen Charakter gehabt. Sie haben allerdings auch die Ansprüche an die Menschen zu sehr gesteigert. Man verlangt dann zuviel und ist infolgedessen – wenn man nicht *lernt,* Konzessionen zu machen – ziemlich allein. Denn wie viele Menschen gibt es schon, die an Gesinnung und innerer Vornehmheit den Idealbildern entsprechen, die man aus seiner Kindheit mitschleppt!

Daß Du so etwas nie kennengelernt hast, hat mich stets sehr betrübt, ich habe oft darüber nachgedacht, wie anders Du aufwächst als ich. Aber das Leben ist ja viel stärker als man selbst, man kann dagegen nicht an. Ich glaube trotzdem, daß Dein Zuhause *im Rahmen des einmal Gegebenen* doch liebevoller, wärmer und *sorgloser* war als das aller Deiner Freundinnen, die mir bekannt sind. Mit Ausnahme der allerletzten Zeit, wo sich alles so entwickelte, daß man nicht mehr ein und aus wußte. Genieße nun wenigstens die Zeit im Hause Rubinstein, so sehr Du kannst, mein Liebes. Es ist ja schon wundervoll, solche Menschen zu treffen, die sich so großartig benehmen. Denke dagegen nur mal an die Kleinlichkeiten, Unvornehmheiten in unserer Familie!

Sei gegrüßt und geküßt, viele 1000 Mal, mein Gutes!
Deine Mutti

Eva Ortmann aus Berlin an Sibylle in London

25. März 1934

Also, mein gutes Kind, nach allem, was Du schriebst, sind sie ja dort rührend zu Dir, einschließlich der Mädchen. D. h., »rührend« ist ja viel zu wenig gesagt, einfach »großartig«. Daß Mrs. Rubinstein für einen Menschen, der in ihrem Hause krank ist, sorgt, ist nach ihrer ganzen Art und Einstellung selbstverständlich. Aber daß sie es in dieser Weise tut, *selbst* dauernd nach Dir sieht und sich um Dich so persönlich bemüht, das ist wirklich ganz fabelhaft und beweist aber auch, daß sie Dich sehr gerne mögen muß. Man hat so das Gefühl, man möchte ihr einmal irgendwie sagen, wie man das anerkennt und nicht so einfach als selbstverständlich hinnimmt. Aber man hat eigentlich kaum eine Möglichkeit dazu, sowie man so etwas in Worte faßt, klingt alles gleich sehr banal. Und in irgendeiner Weise revanchieren wird man sich ja auch *nie* können.

Mit meinen Mietern habe ich nur Ärger. Es ist, seit Du weg bist, wie verhext. Die jetzigen sind ganz üble Kerle, halbe Hochstapler. Sie schulden mir noch 50.– Mark, denken nicht daran zu zahlen, telefonieren auf meine Kosten wie wild etc. Natürlich habe ich sie bereits verklagt, habe auch schon ein Urteil zum Vollstrecken. Aber ich weiß jetzt schon, daß mir das gar nichts nützen wird, zu pfänden ist bei ihnen nichts, und sie haben auch bereits den Offenbarungseid geleistet. Dazu liegen sie bis Mittag im Bett, das Zimmer kann nicht aufgeräumt werden, und ich kann natürlich zum 1. April nicht vermieten. Eine feine Sache! Ich werde froh sein, wenn sie glücklich heraus sind. Also, mein Gutes, Schluß für heute!

Viele 1000 Küsse
von Deiner Mutti

In einem Brief an ihren Bruder und ihre Schwägerin konnte Eva Ortmann sich etwas deutlicher über die Unzulänglichkeiten ihrer Mieter auslassen.

Eva Ortmann aus Berlin an Heinrich und Jela Löwenfeld in Prag

27. März 1934

Lieber Heini, liebe Jela!

Ich habe nicht viel zu berichten. Oder sollte es Euch vielleicht interessieren, daß meine Mieter, diese Schweine und Hochstapler, mich in diesem Monat um 50.– Mark geprellt haben, auf meine Kosten wie die Wilden telefoniert und mich mit der erhobenen Faust bedroht haben?

Sibylle geht es phantastisch gut. Am 4. April reist sie mit Familie Rubinstein auf 3 Wochen an die See, um sich zu erholen!! In der

Schule schreibt sie die *besten* englischen Arbeiten, besser als die *Engländerinnen.* Was sagt Ihr zu dieser Tochter und Nichte?

Herzlichst

Eure Eva

Eva Ortmann aus Berlin an Sibylle in London

30. März 1934

Mein gutes Sibyllchen!

Ich weiß nicht recht, wann ich Dir zuletzt geschrieben habe. Ich hatte die letzten Tage so viel mit meinen widerlichen Mietern zu tun, daß ich zu nichts Vernünftigem kam. Gestern wurde er gepfändet, bedrohte den Beamten, der die Pfändung vornahm, der kam mit Polizei wieder usw. usw. Trotzdem wird nichts für mich herausschauen, denn die Sachen scheinen vorsichtshalber einem Dritten übereignet zu sein.

Anna läßt Dich grüßen. Sie hat großes Mitgefühl mit Dir gehabt. Bist Du wieder ganz auf dem Posten? Übrigens hat sich Anna, das arme Tier, 17 (!!) Zähne ziehen lassen. Stell Dir das vor. Mit Andreas ist sie endgültig auseinander. Mich liebt sie und hält in allem Krach mit den Mietern absolut zu mir, was viel wert ist.[86]

Also, viele, viele Küsse, mein gutes Kind!

Deine Mutti

Sibylle aus London an Eva Ortmann in Berlin

31. März 1934

Liebe Mutti,

mein Gewissen läßt mich schon kaum noch aufrecht stehen, so lange habe ich Dir nicht mehr ausführlich geschrieben. Es war so schrecklich viel für die Schule zu tun, vor allem für das Shorthand-Theorie-Endexamen. Dafür bin ich aber auch »top« der Klasse, d. h. mit den 2 anderen deutschen girls und einem englischen. Tolle Sache, nicht?

---

86 Für eine jüdische Vermieterin konnte die Unterstützung einer arischen Zeugin in einer rechtlichen Auseinandersetzung mit arischen Mietern einen sehr wertvollen Schutz darstellen.

Was mir immer drohender erscheint, ist die Frage, wie das alles nach dem 20. Juli werden wird.

Ich hatte neulich von Otto einen gänzlich deprimierten und vor allem deprimierenden Brief, daß man in Frankreich überhaupt keine Arbeitskarte mehr bekommen kann, daß ich mich bei Kurt – was ich ja schon wußte – in keiner Weise auf irgend etwas spitzen kann und daß ich irgendeine Beschäftigung nur in England oder *Südafrika* (!) erhoffen könnte. Für Rubinsteins ist es ganz selbstverständlich, daß ich Ende Juli in das Geschäft meines Onkels nach Paris gehe, für das Committee noch viel mehr. Das Committee, wenn sich alles als Schwindel rausstellen würde, würde mir voraussichtlich einen furchtbaren Krach machen und mich in Zukunft wahrscheinlich in keiner Weise weiter unterstützen.

Evi hat diese Woche eine Stellung bekommen, das Glückstier, bei einem ganz interessanten Mann – einem Bekannten ihres Vaters und Onkels –, der hier eine Art Verlag hat, Bühnensachen, deutsche Buchübersetzungen, etc. Evi wird wohl da im Juni anfangen, lernt jetzt wie wild deutsche Stenographie und ist sehr vergnügt. Vor etwa 14 Tagen hat sie im Hause des Ex-Polizeipräsidenten W.[87] einen Mann kennengelernt, 35 (!) Jahre, klein, dick, häßlich, reich (!), scheußlicher Kerl, nach Evis und Hanneles Beschreibung, der sich auf den ersten Blick in Evi verliebte und sie Hals über Kopf *heiraten* wollte. Sie hat ihm einen Korb gegeben!! Schön, nicht?

Dabei fällt mir etwas ein, was ich mir überlegt habe. Lechner ist doch »staatenlos«.[88] Ist es da nicht einfacher, die englische oder französische Staatsangehörigkeit zu bekommen? Wenn ja, dann sollte er es doch versuchen, und dann solltet Ihr heiraten – wäre das nicht eine

---

87 Dr. Bernhard Weiss, der jüdische frühere Polizeipräsident von Berlin.

88 Vor Jahrzehnten waren Fritz Lechners Eltern aus Österreich-Ungarn nach Stettin in Pommern gezogen, um ihre Kinder auf eine deutsche Schule schicken zu können. Bei Kriegsende 1918, dem Zerfall Österreich-Ungarns und der Schaffung Polens, hatte man ihnen gestattet, ihre Staatsangehörigkeit frei zu wählen, und sie hatten sich dafür entschieden, Deutsche zu werden. Unlängst nun hatten die Nationalsozialisten allerdings alle Nachkriegsänderungen der Staatsangehörigkeit annulliert, so daß die älteren Lechners ebenso wie ihre Kinder seither offiziell staatenlos waren.

Glanzidee? Aber ich fürchte, die Einbürgerung für Staatenlose ist so schwer wie für irgend jemanden anders.

Weißt Du, daß heute genau *ein Jahr* vergangen ist seit diesem entsetzlichen Freitag, an dem Ihr mich aus der Hütte nach Hause kommen lassen und nach Jena verfrachtet habt und an dem Otto und Heini abgefahren sind?

Diese Panikstimmung werde ich in meinem Leben nicht vergessen, besonders die Menschen im Reisebüro – weißt Du noch? Wie unwahrscheinlich mir das jetzt alles vorkommt.

Viele 1000 Küsse und Grüße,
Sibylle

Eva Ortmann aus Berlin an Sibylle in London

3. April 1934

[...] Na, das alles sind ja recht kleine Probleme angesichts der in absehbarer Zeit akut werdenden großen, über die ich mir Tag und Nacht den Kopf zerbreche. Vorläufig genieße mal ordentlich Deine Ferien, erhole Dich von der vielen Arbeit, laufe tüchtig, spiele Tennis, wenn Dir dazu Gelegenheit geboten wird, und *freue Dich erst mal Deines Lebens!* Im Augenblick geht es Dir doch eigentlich recht gut, und viel weiter als bis zum nächsten Augenblick darf man eben heute nicht denken.

Lili [Faktor] war ganz begeistert über Deine Tüchtigkeit und prahlt bei allen Bekannten mit Dir herum, ich übrigens auch. Der Wacker[89] hat sie es auch gleich erzählt, die hat gesagt, sie hätte von Dir nichts anderes erwartet!!

---

89 Als Lili ihre alte Schule in Berlin besuchte, wurde sie von Gertrud Wacker ihrer früheren Französischlehrerin herzlich begrüßt. Andererseits hielt ihr Dr. Mönkemeyer, der Englischlehrer, einen Vortrag über die Aggressivität der Emigrantenpresse in Prag. Obwohl er keine Namen nannte, zielte Mönkemeyers Kommentar offensichtlich unmittelbar auf Lilis Vater, der innerhalb der Prager Flüchtlingsgruppe zu einem der führenden Journalisten geworden war, und Lili war verlegen und fühlte sich verletzt. Möglicherweise sah Mönkemeyer auch einen gewissen Druck, seine Ablehnung der Emigranten vor den Nationalsozialisten zur Schau zu stellen, denn seine eigene Lage war unangenehm: Seine Frau war Jüdin, und ihr Bruder, Heinz Neumann, lebte als bekannter deutscher Kommunist im Exil.

Nimm viele, viele Grüße und Küsse, und habe es recht, recht schön an der See!

Deine Mutti

Die Bilder haben mich sehr interessiert. Familie Bishop sieht aus wie eine Illustration zu Dickens!

Am 4. April brachen die Rubinsteins zusammen mit Sibylle zum Landhaus von Mrs. Rubinsteins Mutter nach Birchington auf, an die weiße Kreideküste von Kent.

Sibylle aus Birchington an Eva Ortmann in Berlin

4. April 1934

Liebe Mutti,

also es ist zu schön um wahr zu sein!!! Die See und das Wetter und das Haus und die Lage und die Aussicht von den Zimmern – – – – – – – – – – – – – *alles!*

Kurz vor dem Abendbrot hat mich Mrs. Rubinstein auf einen Spaziergang über die Cliffs mitgenommen. Es war schon fast ganz dunkel, und man konnte die Lichter der verschiedenen kleinen Ortschaften, die so eine neben der andern die Cliffs entlang liegen, auf Meilen hinaus erkennen – und dann die weißen Cliffs gegen das dunkle Wasser – gespenstisch schön!

Sibylle

Sibylle aus Birchington an Eva Ortmann in Berlin

6. April 1934

Liebe Mutti,

Birchington ist weiterhin wundervoll. Allerdings war dieses Götterwetter nur eine kurze Wonne, und die Hoffnung, daß es so bleiben würde, ein Trugschluß. Aber Du weißt ja, ich liebe die See sehr, wenn sie stürmisch und grau ist. Die ganze Natur hat dann diesen gleichen und eintönig-düsteren Ton, und dieses einheitlich Graue zusammen mit der bewegten See gibt mir immer das Gefühl von etwas Mächtigem, Überwältigendem.

Während blauer Himmel, glattes Meer, weißer Sand und Sonne mich behaglich und faul fühlen lassen, so daß ich stundenlang singend und pfeifend oder auch still am Strand entlang schlendre oder im Liegestuhl in der Sonne arbeite oder einfach mich wohlig und zufrieden im Gras ausstrecke und nichts tue als in-den-Himmel-starren und nachdenken, hat das Stürmische, Rauhe eine ganz andere Anziehungskraft – etwas Geheimnisvolles, Aufregendes, das mich stundenlang, ohne ein Wort zu sprechen, Hände in den Hosentaschen, gegen den Nordostwind laufen läßt.

Manchmal wieder stehe ich – ohne zu bemerken, wie lange – ganz weit draußen auf einer Buhne oder einem Felsen und beobachte die Wellen, wie sie von weit hinten immer näherkommen, anwachsen und schließlich wie ein schiefer hoher Turm umfallen, sich brechen und einfach zu Nichts zerstäuben und zerfließen – und rechts und links kommen Hunderte und Tausende von andern Wellen, und alle haben das gleiche Schicksal. Ich bringe diese Wellenwelt unwillkürlich immer in Beziehung zu den Menschen: Genau wie diese im Welten- oder Erdenmeer herumschwimmen, tun es die Wellen im Atlantic. Alle habe sie eine ähnliche Bahn; sie kommen quasi aus dem Nichts, wachsen an, erreichen einen Höhepunkt und gehen unter – einige von ihnen werden etwas größer als andere, einige haben es eiliger und springen über andere, kleinere weg – alle laufen sie in derselben Richtung, der Küste zu, nur ganz wenige gelangen hin, die meisten gehen vorher unter. Ob groß oder klein, schnell oder langsam, sie haben alle das gleiche Ende. Und wenn sie sterben, dann bekümmert sich keine Welle, rechts oder links, dahinter oder davor, darum, und das Meer läuft weiter, als wäre die kleine oder große Welle nie dagewesen– es ist froh, daß es die alten los ist, denn es braucht Platz für neues, junges Wellenleben.

Solche und hundert andere Ideen kommen mir immer, wenn ich so auf das Meer hinausstarre. Manchmal möchte ich dabei all den Politikern die Köpfe zusammenschlagen, daß sie aus ihrem Wahnsinn aufwachen, und sie dann in Reih und Glied nebeneinander aufstellen und sagen: Nun guckt Euch das an, und seht, ob Ihr Euch angesichts dessen hauen könnt!

Diese 2 ersten Tage waren himmlisch. Ich war doch mit Mrs. Rubinstein allein. Sie ist eine einfach wunderbare, großartige Frau. Obwohl weder sie noch ich übermäßig viel reden, habe ich doch die kurzen Spaziergänge und die 2 Abende mit ihr sehr genossen. Ich wünschte *so* sehr, daß Du sie kennenlernen könntest. Ich habe noch nie einen Menschen gesehen, der Dir in so vieler Beziehung ähnlich ist, besonders in den Zügen, die Dich von den meisten Menschen auszeichnen und unterscheiden. Ich möchte wissen, ob sie mich gern hat oder nicht. Sie ist ein Mensch – typisch englisch –, der *nie* einen Moment seine Gefühle zeigt, und ich bin nie sicher, ob sie alles aus wirklicher Zuneigung oder einfach aus der ihr angeborenen Liebenswürdigkeit und Großzügigkeit und aus dem Gefühl heraus tut, daß sie sich einmal dazu verpflichtet hat.

Du fragst, ob Mrs. Rubinstein das Woburn House von meiner »Vorzüglichkeit« informieren könnte? Ich mußte schrecklich lachen, als ich das las. Aber Du kennst ja wirklich die Verhältnisse hier nicht. Abgesehen davon, daß Mrs. Rubinstein diese Vorzüglichkeit bestimmt als nichts Außergewöhnliches empfindet – sie ist selbst ein so begabter und ehrgeiziger Mensch, daß ihr das einfach selbstverständlich für einen intelligenten Menschen erscheint –, hat sie nicht die geringste Verbindung zu dem Committee. Sie hat, ehe ich zu ihr kam, 1 oder 2mal mit den Leuten telephoniert, dann haben die sich – abgesehen davon, daß sie sich kaum bedankt haben – noch sehr unanständig zu ihr benommen, dann hat Mrs. Rubinstein (in einer Sache, die nicht im geringsten ihre Aufgabe war und bei der es reine Freundlichkeit war, daß sie sie in die Hand genommen hat) *2* Briefe an das Committee geschrieben, die beide unbeantwortet geblieben sind. Nun ist sie – wie jeder hier – froh, nichts mehr mit den Leuten zu tun zu haben. Auch nicht ein Mal haben sie sich – wie es sich gehört hätte – mit Mrs. Rubinstein in Verbindung gesetzt, nach mir erkundigt oder sich bedankt.

Sibylle

Sibylle aus Birchington an Eva Ortmann in Berlin

10. April 1934

Liebes Muttichen,

Renates Übersiedlung nach Palästina ist mir vollkommene Neuigkeit. Ich habe seit Januar nicht von ihr gehört – das war meine Schuld, ich habe ihr erst vor 3 Wochen auf einen langen ausführlichen Brief zu meinem Geburtstag geantwortet. Ich werde sie wohl nicht mehr sehen – wer weiß, ob überhaupt in meinem Leben. Ich freu mich aber für sie. Man wird ja doch merkwürdig abgestumpft gegen derartige Dinge. Man ist innerlich auf so viel Schrecklicheres, Bedeutenderes gefaßt, daß eine solche Nachricht, wie z. B. die, daß eine der ganz wenigen Freundinnen, die man hat, auf unabsehbare Zeit nach Palästina geht, kaum noch anders berührt, als daß man sich freut, daß sie so etwas wie eine Zukunft mit ungefähr bestimmbaren Aussichten gefunden hat.

1.000.000 Küsse,
Sibylle

Eva Ortmann aus Berlin an Sibylle in Birchington

13. April 1934

Mein gutes Sibyllchen!

Deine »Glanzidee« in bezug auf Lechners Staatenlosigkeit ist mehr als komisch. Du müßtest nur sehen, welche unglaublichen Schwierigkeiten *alle* Länder machen, ehe sie solche Leute überhaupt hereinlassen! Niemand will diese Staatenlosen haben, weil, wenn sie einmal irgendwo festsitzen, man sie ja *nie* loswerden kann, da sie keine Heimat haben, in die man sie wieder zurückschicken kann. Seine Reise nach Amsterdam hat ihn an Ein- und Ausreise-Visa, Telegramm- und Telefonspesen fast 30.– Mark (!) gekostet. Nur *ein* Gutes hat die Sache: Wenn in Europa irgendwo Krieg ausbricht, braucht er nirgends mitzukämpfen und kann auch nicht interniert werden, ganz gleich, wo er sich befindet. Aus diesem Grunde will er auch keinen Versuch machen, Pole oder Österreicher zu werden, die einzigen Möglichkeiten, die er eventuell hätte. Also mit Deiner Idee ist es nichts. Man wird sich etwas anderes ausdenken müssen, um einen Ausweg aus diesem Hexenkessel zu finden, und ich fürchte, es wird einem nichts einfallen.

Nimm viele 1000 Grüße und Küsse
von Deiner Mutti

Kapitel V

»Aber wohin?«

April bis Juli 1934

Das Jüdische Flüchtlingskomitee im Woburn House hatte nur widerstrebend eingewilligt, Sibylles Ausbildung zur Sekretärin im Pitman's College auf die Versicherung hin zu unterstützen, daß sie nach Beendigung ihres Unterrichts im Juli von Verwandten in Paris eine entsprechende Stelle bekäme. In Wirklichkeit hatte eine solche Möglichkeit immer nur ganz vage bestanden, und als der Juli kam, wurde es notwendig, zu erklären, daß das Angebot widerrufen worden war. Man konnte nicht vorhersehen, ob das Komitee an diesem Punkt bereit wäre, sie auch weiterhin zu unterstützen, auch war nicht klar, ob die Rubinsteins, die für die Dauer von Sibylles Kursen ihre Gastfreundschaft angeboten hatten, Sibylles Anwesenheit unter ihrem Dach auch weiterhin begrüßen würden.

Sibylle aus Birchington an Eva Ortmann in Berlin

16. April 1934

Liebe Mutti!

Was die Angelegenheit mit dem verlängerten Stipendium anbetrifft, so ist dazu noch zu bemerken, daß ich ja erstmal wissen muß, ob ich für die Zeit noch bei Mrs. R. wohnen kann. Das heißt, ich müßte ihr die Sache auf irgendeine Art so darlegen, daß sie es mir anbietet. Im Moment, wo ich sie jetzt kenne und sie sich so fabelhaft benimmt, kann ich sie um nichts mehr bitten. Daß sie es mir anbietet, wenn sie es versteht, ist ganz sicher. Aber abgesehen davon glaubst Du nicht, wie widerwärtig es mir ist, mit diesem wretched Committee wieder zu tun zu haben. Einfach zum Kotzen!

Viele Küsse,
Sibylle

Am 21. April rief ein Brief in der Londoner *Times* zu einer internationalen Pressekampagne auf, um Theodor Neubauers Leben zu retten, der zu dieser Zeit Häftling im Konzentrationslager Esterwegen war, in der Moorlandschaft nahe Papenburg. Die Autorin war Prinzessin Elisabeth Bibesco, Tochter des früheren liberalen Premierministers Herbert Asquith und Gattin eines rumänischen Prinzen. Kriegsverletzungen hatten Neubauers Gesundheit geschwächt, so führte sie aus, und weitere Zwangsarbeit in den zum Lager gehörenden Mooren, bis zur Taille im Schlamm stehend, würde ihn umbringen. Zur gleichen Zeit ging unter den Professoren von Oxford und Cambridge eine Unterschriftenliste herum, die um Unterstützung für die Befreiung des Pädagogen warb.

Möglicherweise wurde das Interesse der Gestapo durch diese breite Unterstützung für einen kommunistischen Funktionär aus dem Ausland, zumal auch durch Nicht-Kommunisten, geweckt. Doch aus welchem Grund auch immer, jedenfalls erhielt Eva Ortmann Ende April in ihrer Wohnung in der Schlüterstraße Besuch von einem Gestapo-Agenten, der ihr die Photographie eines Mannes zeigte und fragte, ob sie den Betreffenden erkenne. Da sie begriff, daß die Situation den Anschein erforderte, sie habe nichts zu verbergen, antwortete sie: »Na sicher, mein Untermieter, Herr Leuschner.« Der Agent informierte sie, daß der richtige Name des Mannes Neubauer laute und daß er ein Staatsfeind sei. Sie sagte, davon wisse sie nichts; sie hätten nie miteinander über Politik gesprochen.

Eva konnte Sibylle wegen der Postüberwachung nichts von dem Besuch des Gestapo-Agenten erzählen, wurde aber doppelt vorsichtig in bezug auf das, was sie in ihren Briefen mitteilte.

Eva Ortmann aus Berlin an Sibylle in Birchington

23. April 1934

Mein liebes Sibyllchen!

Lechner hat gestern ein sehr gutes Engagement für ein Konzert am 7. Juni nach Basel bekommen. Vielleicht wird er anschließend noch im Züricher Rundfunk singen. Eventuell will er mich mitnehmen, und wir wollen 8 oder 10 Tage an irgendeinem kleinen Ort in der Schweiz bleiben. Aber das ist vorläufig nur so eine Idee und hängt in der Hauptsache davon ab, ob das Geld reicht und wie sein neuer Vertrag mit dem Kulturbund aussehen wird.

Es kommt mir schon vor, als wärest Du eine Ewigkeit weg, und ich kann es manchmal gar nicht mehr erwarten bis zum Sommer. Andererseits verfliegen die Tage auch wieder schnell. Die meisten Menschen hier, und ich auch, haben das Gefühl, daß man nur so vegetiert und abwartet. Auf was man eigentlich wartet, das macht sich wohl niemand ganz klar. Ich persönlich bin mehr denn je der Ansicht, daß wir *gar nichts* zu erwarten haben und so schnell wie möglich sehen sollten herauszukommen. Lechner möchte das auch lieber heute als morgen, aber wohin?? Man hat zu wenig Geld, das ist es eben. Wir haben neulich sogar nach Kapstadt geschrieben. Dort macht (vielleicht!) ein Kapellmeister, den Lechner kennt, eine Oper auf. Aber ich glaube, das wird auch nur eine Utopie bleiben, es ist zu weit dorthin, das Wagnis zu groß. Auch in der Schweiz will er alles Mögliche versuchen, wenn er im Juni hinkommt. Aber er ist natürlich nicht der einzige, der solche Versuche macht. Manchmal wünschte ich fast, der Kulturbund ginge pleite, was nicht absolut unmöglich ist. Dann wäre man einfach vor eine Tatsache gestellt und müßte einen Entschluß fassen. Solange man nämlich hier noch eine Existenz hat, hat man doch keinen Mut, sie aufzugeben. Ich jedenfalls könnte nie die Verantwortung auf mich nehmen, Lechner dazu zu veranlassen, solange ich ihm nicht irgendeinen konkreten Vorschlag machen kann. Und ich allein, ohne einen Pfennig Geld, bin ja ganz machtlos und kann gar nichts anfangen. Wenn ich dann natürlich wieder an Otto denke, der doch heute noch nach einem Jahr vis à vis de rien steht, dann sage ich mir wieder, man muß froh sein, daß man überhaupt noch etwas zum Leben hat. Man dreht sich mit allem, was man denkt und überlegt, immer wieder im Kreise herum und kommt nicht weiter.

Mutti

Bei ihrer Rückkehr aus Birchington verbrachte Sibylle ein paar Tage bei Mrs. Birnberg, wo Lili (Li) Stern, die erst kürzlich aus Berlin eingetroffen war, als Au-pair-Mädchen arbeitete.

Sibylle aus London an Eva Ortmann in Berlin

26. April 1934

Liebe Mutti!

[...] Lili ist jetzt über eine Woche da, aber ich habe das Gefühl, daß sie sich ziemlich (furchtbar) unglücklich fühlt. Ich habe auch jetzt in den 3 Tagen, die ich im Hause Birnberg verbracht habe, die Wirtschaft dort kennengelernt und eingesehen, daß ich Lili nicht dorthin hätte empfehlen sollen. Lili, die so an Ordnung und Pünktlichkeit gewöhnt ist, in solch ein »polnisches« Haus zu stecken,[90] ist grausam, und wenn die Leute noch so nett sind: Die Kinder sind so verwöhnt, wie ich es noch in keinem Fall erlebt habe. Die Mutter verliert allen gesunden Menschenverstand über diesen Kindern. Vielleicht liegt es daran, daß sie sehr spät – mit 35 Jahren – geheiratet und mit 36 ihr erstes Kind gehabt hat. Da hat sie sich wohl ihr ganzes Leben so sehnsüchtig Kinder gewünscht, daß sie jetzt in sinnloser Weise versucht, ihnen alles nur mögliche Liebe und Gute zukommen zu lassen, ohne zu sehen, wie sie ihnen dabei schadet.

Ich habe also Mrs. Birnberg über alles erzählt. Sie, die politisch viel, viel besser orientiert ist als Mrs. Rubinstein, weiß ganz genau Bescheid über die Pariser Emigranten-Krise, sie sagte, sie hätte das alles für mich fast schon gefürchtet, und als ich ihr von meinen Befürchtungen wegen Schwierigkeiten dem Committee gegenüber sagte, da meinte sie nur, das wäre so unberechtigt wie nur irgendwas, das ganze Emigrantenproblem sei durch die Zustände in Frankreich angegriffen und erschwert und jeder Mensch wüßte, daß man mit ganz neuen Faktoren zu rechnen hätte. Also gerade diese Schwierigkeiten, vor denen ich die größte Angst hatte, beunruhigen mich nicht mehr weiter.

Aber nun kommt ja noch das viel Schwierigere, was soll ich wirklich nach dem 20. Juli tun????????

Weißt Du, wir haben eigentlich nie die Frage besprochen (oder beschrieben), was Du denn überhaupt darüber denken würdest, wenn ich noch länger in England bliebe. Schließlich haben wir nie mehr als ein Jahr im Auge gehabt, und das ist im Oktober um. Und wenn ich jetzt hier über eine Stellung und solche Sachen spreche und mich danach umsehe, dann bedeutet das im Grunde, daß wir da beide ganz

90 Mit »polnisch« meint Sibylle »polnisch-jüdisch«. Ihr Kommentar paßt zur Tendenz vieler assimilierter Juden, sich den »Ostjuden« überlegen zu fühlen. Dahinter steht, daß die deutschen Juden (oder genauer die jüdischen Deutschen) meinten, sie hätten mehr mit nichtjüdischen Deutschen gemeinsam als mit nichtdeutschen Juden.

einfach mit mindestens einem weiteren Jahr kalkulieren. Du schreibst mir nie, was *Du* eigentlich darüber denken würdest, so als hättest Du damit gar nichts zu tun, und Du hast sogar sehr viel damit zu tun. Wenn Du mir heute schreiben würdest, Du hast große Sehnsucht nach mir und möchtest mich wieder in Berlin haben, dann käme ich morgen zurück (wie Hannele J., die nächste Woche nach Haus fährt) – aber was soll ich dann in Berlin tun?? Nicht einmal meine englischen Kenntnisse würden mir nützen, und schließlich kann ich nicht in Deutschland auf Lechners Kosten leben. Wenn man diese Lösung also nicht in Betracht zieht, dann heißt es für mich, nur hier in London oder sonstwo in England eine Position zu suchen, und das bedeutet Aussicht auf eine weitere vorläufige Trennung, bis – na, so weit kann man eben noch nicht denken, bis Ihr Euch eines Tages entschließen könnt, die traute Heimat zu verlassen, und wir sonstwo »ein Familienleben auf gesunder Basis nach Muster des Neuen Deutschlands (besonders aber unseres Führers) gründen können«.

Ich selbst habe oft große Sehnsucht nach Dir, aber ich sage mir, daß alles notwendig ist, und ich versuche, allem seine beste Seite abzugewinnen. Wenn ich nur bedenke, daß Du ganz ohne Mittel und ich erst 16 Jahre bin, dann muß ich mir immer sagen, daß wir von Menschen in *unserer* Lage noch besonders gut daran sind. Du hast einen Menschen, der Dir das Leben in einem gräßlichen Land unter gräßlichen Umständen zu erleichtern und verschönen sucht (abgesehen von dem rein Materiellen dabei), und ich habe das Glück, nur anständige und liebe Menschen hier gefunden zu haben. Nicht jedes 15jährige Mädel hat die Freiheit und auch die Lust dazu, so einfach allein auf Wanderschaft zu gehen, und nicht jeder von denen, die so unternehmungslustig sind, hat soviel Erfolg und Glück wie ich hier in London. Und da ich nun mal solch einen guten Anfang hier gemacht habe, möchte ich nicht sehr gerne das alles aufgeben, sondern lieber versuchen, an das Gelernte die Praxis anzuknüpfen und hier vorläufig eine Stellung zu finden – erstens um, wie gesagt, die 6 Monate theoretischer Arbeit nicht verschwendet zu haben (man vergißt derartige Kenntnisse bei Mangel an Übung nur zu leicht), zweitens um noch besser Englisch zu *lernen,* da ich eben erst im Begriff bin, es wirklich zu lernen, ohne noch viel an grammatischen Kleinigkeiten hängenzubleiben. Immerhin sind das alles Dinge, die ich sehr, sehr gerne mal mit Dir *besprechen* würde. Wir müssen uns einfach im Sommer sehen, und zwar möchte ich gerne nach Berlin kommen. Das steht längst schon bei mir fest.

Mrs. Birnberg sagte mir neulich folgendes: Ich hatte ihr morgens von dem Mann von Grete erzählt. Darauf fragte sie mich am Nachmittag, ob ich nie den Gedanken gehabt hätte, nach Palästina zu gehen. Sie selbst ist eine begeisterte Zionistin, ihr Vater[91] war mit Herzl einer der Begründer des Zionismus, ihre ganze Familie fast ist drüben, sie selbst »wirkt« von hier aus. Ihr Bruder Norman Bentwich ist eine der führenden Persönlichkeiten in Palästina, er ist der Abgeordnete einer großen palästinisch-englischen Liga für die Frage der deutschen Juden in Genf,[92] hat ein Haus in Hampstead und eins in Telaviv und pendelt dauert durch ganz Europa, von einem Wohnsitz zum andern. Dreimal in diesem Jahr ist er in Deutschland gewesen, sehr oft in Genf etc. etc.

Mit der Antwort auf die Frage, ob ich gern nach Palästina gehen würde, verhielt ich mich vorsichtig, um sie nicht zu kränken – sonst hätte ich sagen müssen, daß ich früher Anti-Zionistin gewesen bin, obwohl ich jetzt den Nutzen und Sinn der Sache einsehe. Darum sagte ich ihr erstens, daß ich es für mich, die ich weder Geld noch ein Handwerk besitze, für geradezu unmöglich hielte hereinzukommen und daß ich außerdem nicht so weit fortgehen wollte, solange Du in Deutschland bist. Zu dem ersten Punkt erklärte sie mir, daß ihre Beziehungen in Palästina so gut wären, daß sie – falls ich eine tüchtige Sekretärin bin – glaubt, mir eine Stellung dort verschaffen zu können. Dabei erzählte sie mir, daß ihr Bruder seit langem eine gute Sekretärin suchte, die ihn auf seinen Reisen begleitet etc. Aber er wäre bisher nie ganz zufrieden gewesen und hätte wohl zur Zeit niemanden. Sie

---

91 Herbert Bentwich, der Vorgänger Chaim Weizmanns als Führer der zionistischen Bewegung in Großbritannien, hatte Susie Solomon geheiratet, eines der zahlreichen Geschwister Solomon J. Solomons, Mrs. Rubinsteins Vater. Mrs. Rubinstein war demzufolge eine Cousine der Kinder der Bentwichs, unter denen auch Norman Bentwich und seine verheiratete Schwester waren, Naomi Birnberg.

92 Norman Bentwich arbeitete damals für die in Genf ansässige Flüchtlingskommission des Völkerbunds.

hätte da eben an mich gedacht. Denn – und damit hat sie recht – für *die* Art von Sekretärin braucht man keine tiefen Kenntnisse von Handelsbetrieb und »business organization«, sondern perfekte Beherrschung von Sprache, Schreibmaschine und Steno und im übrigen als Hauptnotwendigkeit eine gute Intelligenz und Bewandertheit in allen modernen politischen Fragen.

Sie sagt, sie möchte auf keinen Fall, daß ich im Handelsfach weiterarbeite, sondern sie wünscht sich für mich etwas mehr Geistiges, z. B. etwas in politischer Richtung (worin ich voll und ganz mit ihr übereinstimme). Die Arbeit des Bruders ist natürlich irrsinnig interessant, und ich würde eine Unmenge dabei lernen. Aber ich fürchte, bis ich soweit bin, hat er längst jemanden anders oder viele besondere Gründe, mich *nicht* zu nehmen. Er ist augenblicklich in London, und Mrs. Birnberg wird mit ihm über mich sprechen, aber viel Hoffnung mache ich mir eigentlich nicht.

Was Mrs. Birnberg bei allem völlig überschätzt (und ich habe mich gehütet, sie darauf aufmerksam zu machen), sind meine Kenntnisse auf politischem Gebiet. Obwohl ich 1/2 Jahr in England bin, ist mir außer Ramsay MacDonald und Sir John Simon keiner der Staatsmänner vorgestellt, und von den beiden weiß ich nichts, als daß Sir John Simon ein schlechter Außenminister und Nachfolger Henderson's ist und daß Ramsay MacDonald von den Sozialisten zu den Konservativen übergegangen ist und daß ihn kein Mensch in England ausstehen kann.[93] Dabei fällt mir ein, daß ich nicht mal den Namen des Königs weiß! Das liegt alles daran, daß die Engländer aus Prinzip – außer in Versammlungen – Politik nicht diskutieren und daß ich keine Zeit habe, regelmäßig die Zeitung zu lesen. D. h., ich rase sie jeden Tag durch nach Nachrichten von Deutschland und überschlage alles andere.

---

93 Ramsay MacDonald, der Anführer der Labour Party, war nach dem Sieg seiner Partei bei den allgemeinen Wahlen 1929 Premierminister geworden. Er trat 1931 zurück, wurde jedoch aufgefordert, als Premierminister einer »Nationalregierung«, die eine Reihe zumeist konservativer Koalitionsparteien gebildet hatte, im Amt zu bleiben. Dafür schloß ihn die Labour Party aus. Sir John Simon, Mitglied der Liberalen, war Außenminister in MacDonalds Nationaler Regierung.

Eben kommt Dein Brief von gestern – vielen, vielen Dank.

Was das Prinzessinnenleben anbetrifft,[94] so trifft das in gewisser Weise zu, aber in anderen auch wieder nicht. Ich lebe tatsächlich in einem netten Haus mit allem Comfort und einem reizenden kleinen Garten, in einem der hübschesten Vororte von London, der eigentlich gar nicht mehr zu London gehört, sondern eine kleine Stadt für sich ist. Ich werde wunderbar verpflegt, mit einer Pünktlichkeit und Regelmäßigkeit, wie sie sich keine Prinzessin besser wünschen kann. Auf der andern Seite habe ich das, was ich mir unter einem vollendeten Prinz.-Leben vorstelle, gar nicht, gehe nie in ein Konzert, nie ins Theater, habe nicht mal Geld, meine Freunde und Freundinnen zu besuchen, die am andern Ende der Stadt wohnen, und dieses Gar-kein-Geld-für-Extravaganzen-Haben ist oft ganz scheußlich. Ich bin in 6 Monaten zu keinem Theater oder Konzert gewesen.

Hannele Jessner fährt nach Berlin zurück, Evi bleibt ganz allein hier, sie ist auf Suche nach einem neuen möblierten Zimmer. Sie nimmt die Stellung *nicht* an, will aber eine andere suchen. Im Sommer, Ende Juli, fährt sie nach Berlin, vielleicht wir beide zusammen!

Anne Rubinstein hat demnächst Geburtstag, und ich habe ihr »Emil« auf englisch gekauft. Es verliert durch die Übersetzung, ist aber immer noch sehr niedlich. Ich habe es wenigstens zum 10. Mal jetzt gelesen. Wie fandst Du »Yours truly, A. R.?« Anne ist meine besondere Liebe – und komischerweise, obwohl sie mich kaum sieht, ist sie die einzige von den Kindern, die mich ein bißchen gern zu haben scheint. Ich habe keinen Platz mehr, darum – 1000 Küsse

Sibylle

Eva Ortmann aus Berlin an Sibylle in London

30. April 1934

Mein liebes gutes Sibyllchen!

Ich finde es sehr gut, daß Du alles mit Mrs. Birnberg durchgesprochen hast. Sie hat Dir dort das bestätigt, was ich Dir ja schon von hier

---

94 Es war gerade ein Brief eingetroffen, in dem Eva schrieb: »Ich finde, Du hast in den letzten Wochen wie eine kleine Prinzessin gelebt, Seeaufenthalt, Autofahrten im herrlichen Wagen usw.«

aus schrieb: daß die Krise unter den Emigranten in Paris allgemein bekannt ist und daß sich das Woburn House bestimmt nicht wundern wird, wenn sich auch infolgedessen für Dich entscheidende Dinge geändert haben. Damit bist Du ja wenigstens eine äußerliche Sorge los – aber eben nur diese äußerliche. Der Kernpunkt der Frage liegt natürlich ganz woanders. Du hast so selbstverständlich davon gesprochen oder vielmehr geschrieben, Dir eine Stellung zu suchen, daß ich eben darauf eingegangen bin in der Meinung, dies sei Dein Wunsch. Vor allem auch deshalb, weil ich ja gar nicht imstande bin, Dir irgendeinen anderen greifbaren und vernünftigen Vorschlag zu machen.

Du fragst, ob ich Sehnsucht nach Dir habe? Sehr, sehr große Sehnsucht habe ich manchmal, mein Liebes, und gerade jetzt, wo wir uns doch bestimmt bald wiedersehen werden, kann ich es gar nicht mehr erwarten und möchte die Monate, die noch dazwischen liegen, von mir schieben und auslöschen. 6 Monate haben wir uns schon nicht gesehen, und es kommt mir vor, als wärest Du inzwischen ein ganz erwachsener Mensch geworden. Was soll ich nur tun? Ich habe es Dir ja schon in meinem vorigen Brief so ungefähr geschrieben. Ich bin ja ganz machtlos. Du selbst machst ja schon alle Einwände von Dir aus, die ich mir selbst 100mal gesagt habe. Wenn ich Dir zureden soll herzukommen, so müßte ich doch irgendeine Vorstellung haben, was Du hier machen sollst. Ein Stellung hier zu finden scheint mir ausgeschlossen unter heutigen Umständen. Und daß Du nur hier sitzt und nichts tust, geht doch auf die Dauer auch nicht. Schlimm genug, daß ich das schon tue, denn meine Tempel-Singerei ist ja weder eine »Tätigkeit«, die einen ausfüllt, noch ein Verdienst für einen erwachsenen Menschen. Das Wichtigste und Ausschlaggebende finde ich aber die Tatsache, daß 8 Monate England nicht ausreichen können, um die Sprache wirklich zu beherrschen, und daß Du, wenn Du jetzt wieder für dauernd nach Berlin kämst, binnen kurzem das meiste vergessen würdest von dem, was Du dort gelernt hast. Und das wäre *mehr* als schade. Du hast Dir alles so mühsam erkämpft, die ersten zwei Monate waren doch bestimmt nicht leicht für Dich! Nun solltest Du doch versuchen, das Gelernte praktisch zu verwerten und damit zu befestigen und zu erweitern, vielleicht wenigstens *1/2 Jahr* lang. Dann muß man weitersehen. Vielleicht hat sich bis dahin manches geändert, wer will das wissen? Man hofft jedenfalls von Tag zu Tag darauf. Dabei geht es ja weder Dir noch mir im Augenblick schlecht, im Vergleich mit anderen in ähnlicher Lage und Umständen sogar sehr gut. Darin hast Du völlig recht, eigentlich überhaupt mit allem, was Du schreibst, mein Gutes. Es ist alles so vernünftig und richtig gesehen, daß ich von mir aus kaum etwas hinzufügen kann. Daß mein Wunsch dahin geht, daß wir irgendwo zusammen leben können – ja, das brauche ich doch gar nicht auszusprechen, das ist doch so selbstverständlich.

2. Mai

Wir werden ja über alles genau *sprechen,* wenn wir uns im Sommer sehn. Wie und wo, weiß ich noch nicht. Wenn Du so gern nach Berlin kommen willst, ist es mir natürlich sehr recht. Der einzige Grund, warum ich vorgeschlagen hätte, daß man sich vielleicht an der See irgendwo trifft, ist der, daß uns beiden, wenn Du Dich entschließt, wieder zurückzugehen, von Berlin aus die Trennung noch viel schwerer werden wird. Ich weiß auch nicht, wieso ich das so empfinde. Im Grunde ist es natürlich Unsinn!

Die Idee von Frau Birnberg, daß Du Sekretärin ihres Bruders werden könntest, ist nicht schlecht. So eine Tätigkeit ist bestimmt hochinteressant. Im übrigen erscheint mir das Ganze noch viel zu sehr Projekt zu sein, als daß man sich vorläufig damit auseinanderzusetzen braucht. Nur ist mir so ein Gedanke schon sympathischer, als wenn ich denke, Du sitzt in einem idiotischen Büro und schreibst – in welcher Sprache es auch immer sein mag – »Auf Ihr Geehrtes vom« usw. Wenn ich so etwas überhaupt ins Auge fasse für Dich, dann nur als ein Provisorium, gewissermaßen als eine Lehrzeit; wenn ich daran denke, daß Du etwa so Dein Leben verbringen solltest, wird mir direkt schlecht.

Lechner möchte lieber heute als morgen hier fort. Der ganze Kulturbund ekelt ihn an. Er will, wenn er in der Schweiz ist, überall vorsingen, in Basel und Zürich am Theater. Aber im Augenblick wird nichts dabei herauskommen, denn die Stellen sind besetzt. Höchstens für später. *Wenn* er irgend etwas bekäme, auch mit einem kleinen Gehalt, würden wir *sofort* hier weggehen – und dann wäre es ja selbstverständlich, daß Du auch dorthin kämest. Aber ohne eine kleine feste

Grundlage ist es eben zu riskant, da will man das, was man hier hat, nicht aus der Hand geben. Ob ich mit nach der Schweiz fahren werde, weiß ich noch gar nicht. Das Konzert ist übrigens am 7. Juni. Es scheint mir, das Geld wird nicht ausreichen für uns beide.

Mutti

Sibylle aus London an Eva Ortmann in Berlin

4. Mai 1934

Meine liebe Mutti!

Vielen, vielen Dank für Deinen lieben langen Brief. Du schreibst mir darin ja alles, was ich seit langem wissen will, und ich bin in allem, was Du über das Weitere nach dem Sommer sagst, ganz Deiner Meinung. Nachdem ich nun schon so lange in London und von Dir weg bin, bleibe ich – natürlich nur unter der Bedingung, daß wir uns im Sommer 3–4 Wochen sehen – auch noch ein weiteres 1/2 Jahr hier. Und zwar aus allen den schon erwähnten Gründen. Der wichtigste ist ja tatsächlich, daß ich die Sprache noch nicht beherrsche und über kurz oder lang vergessen würde, wenn ich jetzt England verlassen würde. Der zweite ist, daß ich nur mit größtem Widerwillen wieder in Deutschland leben würde, da es ja wohl unmöglich ist, durch eine Stellung Geld zu verdienen. Und ich bin des Nichtstuns so entwöhnt, daß es mich wahrscheinlich rasend machen würde. Obwohl man ja immer sich die Zeit vertreiben kann, indem man etwas lernt, für sich selbst oder privat oder auch etwas Praktisches (Kochen, Nähen), wäre das, wie gesagt, nur ein »passe-temps«, während ich hier unterdessen meine kostbaren Jugendjahre mit dem 3fachen anfüllen könnte. Sowohl wenn ich eine kleine Stellung bekomme, wie auch wenn ich au-pair in ein Haus gehe – es tut mir in jedem Fall besser, als in Berlin, in dieser grauenhaften Atmosphäre, die einen so depressiv macht, ein Nichtstuerleben zu führen. Gerade nachdem ich jetzt in dem »freien« England gelebt habe, wäre ein »Zurückversetzt-Sein« viel schlimmer als ein »Nie-Herausgekommen-Sein«. Es ist ja fast unglaublich, wie man sich allmählich an alles Grauenhafte gewöhnt und es fast als alltäglich hinnimmt – aber auch, wie schnell man es vergißt. Ich merke das so oft an vielem, zum Beispiel als ich neulich irgendeinen deutschen Sender einstellte und eine Propagandaveranstaltung harmlosester Art für den 1. 5. anhörte. Ich faßte mir nur immer an den Kopf und sagte mir: »Noch vor 1/2 Jahr hätte ich da gar nicht hingehört, sondern einfach abgestellt«, und jetzt schien es mir, als hörte ich das Unglaublichste, und ich blieb wie gebannt am Lautsprecher sitzen bis zum Ende.

Um aber zum Entscheidenden zu kommen: Ich werde gern versuchen, Mittel und Weg zu finden, noch ein weiteres 1/2 Jahr hierzubleiben, was schon nicht zu schwer sein wird, besonders da es jetzt jeder hier einfach erwartet und mir behilflich sein wird. Nun ferner: Der Plan unseres Treffens im Sommer: Ich wär dafür, daß man sich in Berlin trifft: 1. Aus einer gewissen Sentimentalität, da ich mich noch nicht ganz damit abgefunden habe, daß ich es vielleicht für lange Zeit nicht mehr sehen werde. (Dieser Grund – obwohl fälschlicherweise an erster Stelle genannt – fällt unter Umständen ganz weg.) 2. Hätte ich gerne Frau Splett wiedergesehen, den einzigen Menschen außer Dir, an dem mir in Berlin noch etwas liegt. 3. Wäre es vielleicht Lili möglich gewesen, von Prag rüberzukommen. 4. Wäre es das *Billigste,* da sich ja in unserer Wohnung schon noch irgendein Bett oder so was finden würde, eventuell auch bei Carla.

Wenn Du aber aus anderen Gründen willst, daß man sich an einem 3. Ort trifft, dann ist mir das auch sehr recht, man wäre da bestimmt ungestörter als in Berlin, wo ich dann doch Verwandte und andere Lästigkeiten aufzusuchen haben würde.

Gestern war ich – seit dem 26. Dezember das erste Mal – bei Chasanowitschs in Golders Green. Ich schrieb Dir wohl schon davon, daß ich hingehen würde. Frau Chasanowitsch hat gar nichts mehr gegen mich, sondern ist ganz entzückend zu mir gewesen, und wenn nicht das Fahrgeld zu teuer wäre, würde ich furchtbar gern öfters mal hingehen.

Die ganze Lage der Frau ist eine wahre Tragödie, vor allem in bezug auf Lillan. Sie hat sie doch jetzt von Deutschland rübergeholt, nachdem sie die Untertertia absolviert hat. Und sie hat gehofft, daß das Woburn House, das gesunden jungen Menschen Stipendien gibt, das arme Mädel[95] auf eine Schule schicken kann. Nun denke Dir, sie

95 Lillan Chasanowitsch war behindert und hinkte stark.

hatte das Pech, auf Mrs. Model!! (an die Du Dich aus meinen Dezemberberichten wohl noch erinnerst) zu stoßen – die, die mir beinahe alles verdorben hätte, eine 76jährige Hexe. Wie sie sich zu mir benommen hat, ist nichts im Vergleich dazu, was sie gewagt hat, Frau Chasanowitsch zu sagen. Und zwar angesichts von Lillan! Sie sagte, als ihr Frau Chasanowitsch erklärte, daß sie Lillan das sogenannte »Matrik« (das englische Einjährige) machen lassen möchte – »Was, was Matrik?? Was denken Sie sich denn eigentlich? Immer noch dieser akademische Dünkel? Das hat aufgehört, dafür sind wir Hitler dankbar! Ein Glück, daß er gekommen ist. Jetzt kommen die Juden, die früher Doktoren (ironisch) und Professoren werden wollten, zu uns angekrochen und bitten flehentlich, daß man sie in landwirtschaftlichen oder handwerklichen Betrieben unterbringt« – usw. usw. usw.

Dazu fügte sie noch hinzu: »Wozu haben Sie das Kind denn überhaupt rübergebracht? Warum konnte sie denn nicht in Deutschland bleiben? Sie denken wohl, jetzt laden Sie sie hier bei uns ab und verlangen, daß wir sie erhalten, und Sie gehen nach Hause und sind auf diese Weise die Verantwortung losgeworden??«

Was sagst Du nun dazu? Und so was angesichts eines Kindes, dem man beim ersten Anblick ansieht, daß es zu allem Handwerklichen vollkommen untauglich ist, und das letzte zu einer Mutter, die seit 8 Jahren ihre ganze Energie darein gelegt hat, ihre beiden Kinder auf eine gute Schule zu schicken und ihnen eine Zukunft zu bereiten, die alles für Lillan tut, was überhaupt nur in ihrer Macht steht, und die jetzt eben natürlicherweise in eine Lage gekommen ist, überhaupt keine Mittel mehr zu haben, nicht einmal, um Lillan englische Stunden geben zu lassen.

Frau Chasanowitsch, die doch eine geborne Politikerin und Rednerin ist und eine furchtbar leidenschaftliche Art hat, in allen Dingen, die sie irgendwie berühren, hat sich so entsetzlich darüber aufgeregt, daß sie ganz die Beherrschung verloren hat und dieses Beast von einer Hexe so angebrüllt hat (in Anwesenheit aller andern Glieder des Committees und des gefüllten Wartesaals), daß man allgemein geglaubt hat, sie hätte den Verstand verloren. Und ich habe das Gefühl, als hätte sie für mich gleich mitgebrüllt und mir alle meine aufgestapelte Wut vom Herzen genommen und diesen Menschen ins Gesicht geworfen. Ich kann Dir nicht im einzelnen wiederholen, was sie alles gesagt hat – am Schluß schrie sie: »Lieber mache ich Selbstmord, als daß ich noch einmal mit einer Bitte in Ihre Institution komme!« und verließ mit Lillan das Zimmer. Das einzige, sagt sie, was sie sich nicht verzeihen kann, ist, daß sie vor Aufregung geweint hat.

Natürlich ist das Ganze sehr unklug von ihr, da sie sich damit jeden weiteren Zugang zum Committee abgesperrt hat, das sie unter andern Umständen vielleicht noch sehr nötig gehabt hätte.

Übrigens, nach all dem wirst Du verstehen, daß mir nichts so entsetzlich erscheint als die Idee, mich noch einmal mit diesen Leuten um ein paar lumpige 3 Monate Schule zu hauen.

Frau Chasanowitsch, als sie hörte, daß es mir ganz ähnlich wie ihr gegangen ist (ohne daß ich die Genugtuung gehabt habe, den Leuten meine Meinung zu sagen), war ganz entsetzt darüber, daß ich oder Henry ihr das damals nicht alles erzählt haben. Wenn sie das gewußt hätte, daß ich hier ganz allein solchen Furien gegenüber gestanden hätte, etc. etc. Da hätte man sich doch ganz anders benommen, etc. etc.

Tatsache ist, daß ich um die Weihnachtszeit mit meinen Nerven in einem grausigen Zustand gewesen sein muß (was mir selbst allerdings erst viel später aufgegangen ist). So lernte mich Frau Chasanowitsch kennen, und sie muß wohl von meiner Nervosität und Konfusheit ziemlich entsetzt gewesen sein. Als sie mich nun gestern wiedersah, sagte sie, hatte sie den Eindruck, einen ganz andern Menschen vor sich zu haben, so ruhig und vernünftig und ausgeglichen fände sie mich, und vor allem auch so gut und gesund aussehend.

Ich bin ganz überzeugt, daß sie damit ganz recht hat. Dieses Leben innerhalb einer so gesunden Atmosphäre und außerdem außerhalb von London und der Umstand, daß ich oft wochenlang nicht nach London reinfahre, haben Wunder bei mir gewirkt, trotz der verhältnismäßig nicht sehr langen Nachtruhe. Ich bin nur selten vor meiner regulären Schlafenszeit (11 – 1/2 12) müde und eigentlich *immer* fähig, konzentriert zu arbeiten. Dadurch, daß ich 4mal am Tag meinen Schulweg laufe und gewöhnlich im Garten oder aber am offenen Fenster arbeite (die auch beide die ganze Nacht durch weit offen sind – die Fenster!), dadurch habe ich zumindest die unbedingt nötige Minimumquantität an Bewegung und immer frische Luft, was natürlich alles zusammen gesünder ist als das Leben in der Schlüterstraße.

Ich habe übrigens auch das Gefühl, daß ich in dem letzten halben Jahr viel erwachsener geworden bin – weniger in den ersten 2 Monaten, als in den letzten 4 meines völligen Alleinlebens hier in Ealing. »Alleinlebens« meine ich, weil es mir doch an richtigen *Freunden* vollkommen fehlt. Evi kann ich kaum noch als das bezeichnen, so verschieden sind wir geworden und so selten sehen wir uns. Dabei stell ich immer wieder von neuem und mit neuem Erstaunen fest, was für ein netter, kluger, vernünftiger Kerl sie geworden ist. Sie ist übrigens jetzt ganz alleine, seit Hannele am vorigen Mittwoch nach Hause gefahren ist, sie war und ist noch sehr traurig darüber, hat sich jetzt aber schon ganz nett in ihrem neuen kleinen Zimmerchen eingerichtet.

Mit Henry stehe ich zur Zeit so kameradschaftlich nett, wie ich es mir nie hätte träumen lassen.

Wer ganz reizend geworden ist, ist Lillan. Wir verstehen uns so ausgezeichnet, daß ich mich dauernd fragen muß, ob das daran liegt, daß sie sehr viel reifer oder ich vernünftiger geworden bin. Wahrscheinlich an beidem. Denn solange wir beide in die Schule gingen, habe ich immer von der erhabenen Höhe meiner Drei-Klassen-»Seniorship« (was ist das in Deutsch?) auf Lillan als eine von den »Kleinen« heruntergeguckt. Und in meiner gönnerhaften Haltung habe ich nie bemerkt, was für eine Intelligenz und vor allem was für ein bewundernswerter Charakter in diesem armen kleinen Menschen steckt. Diese unendliche Geduld und die Selbstverständlichkeit, mit der sie leidet, ist etwas ganz Großartiges. Denn sie leidet nicht nur seelisch, sondern ist auch körperlich sehr schwach, und es vergeht kein Tag, ohne daß sie einen Migräneanfall mit Übelkeit hat, was sie natürlich im Grunde zu jeder kleinsten Tätigkeit untauglich macht. Die Mutter leidet unter diesen häufigen Anfällen fast mehr als das Kind selbst, und es ist rührend, *wie* Lillan sich bemüht, der Mutter jede Aufregung zu ersparen, wie sie ganz stillschweigend ein Medikament nimmt und sich in eine Ecke auf die Couch legt, wie sie kein Wort sagt, als Henry im selben Zimmer ein lärmendes Grammophon anstellt, und wie sie auf meine Frage, ob sie das nicht stört, nur sagt: »Ach, spielt ihr ruhig« – ohne die geringste Bitterkeit oder Eifersucht oder ähnliche Züge, wie sie bei körperlich behinderten Menschen nur zu natürlich sind.

Hier ist jetzt Opern-Saison in »Covent Garden«. Das ist die große Oper hier, und die ganze Spielzeit dort umfaßt nur 12 Wochen hintereinander im Jahr.

Ich hörte die erste Aufführung, »Fidelio«, im Radio, mit der Lehmann als Leonore und der kleinen Berger als Marzelline, besagtem Tenor, dessen Namen ich nicht finden kann, als Florestan (wunderbar) und Kipnis und Janssen als Rocco und Pizarro (oder umgekehrt?). Es war ganz wunderbar, und während ich zuhörte, mußte ich immer daran denken, wie wir vor über 6 Jahren (!) zusammen die erste Oper in meinem Leben gehört haben, »Fidelio« in der Städtischen Oper. Ich kann mich so genau daran erinnern wie an keine andere Opernaufführung aus der Zeit, sogar an die Kostüme der Leute. Es muß mir wohl großen Eindruck gemacht haben. Während ich mit Rubinsteins im Salon am Radio saß, muß ich mir wohl einen Moment eingebildet haben, in Berlin in der Städtischen Oper zu sitzen. Und es passierte folgendes Fürchterliches: Plötzlich ließ Mr. Rubinstein (der die Oper nie gehört hatte und sich langweilte) seine Kamera laufen, was immer ein scheußliches, knarrendes Geräusch macht. Ich, in dem Wahn, daß jemand im Opernhaus mit Butterbrotpapier knistert oder sonstwie dieses Geräusch von sich gibt, fahre auf und sage laut auf deutsch: *»Zum Donnerwetter!«* Dann wachte ich auf und sah in die entsetzten Gesichter von den Rubinsteins, die diesen Fluch verstanden hatten und wohl dachten, ich wäre verrückt geworden. Ich entschuldigte mich und erklärte die Sache so gut wie möglich. (Übrigens stellte Herr Rubinstein seine Camera an dem Abend nicht mehr an.)

Sibylle

Eva Ortmann aus Berlin an Sibylle in London

10. Mai 1934

Mein liebes Sibyllchen!

Gestern war ich im Kulturbund zu einer Aufführung von »Was Ihr wollt«, Regie Jessner. Eine ausgezeichnete Aufführung. Der Jessner ist wirklich ein anständiger Regisseur und versteht mit dem vorhandenen Material eine anständige Aufführung zu machen. Seit er da ist, hat das Schauspiel ein ganz anderes Niveau bekommen. Ich traf übrigens Frau Hartwig dort, die mir sagte, Evi käme bestimmt im Juli nach Berlin und Ihr solltet doch dann die Reise zusammen machen. Ich fände das natürlich auch sehr richtig, wenn es irgend einzurichten geht. Aber es ist wirklich noch zu lange bis dahin, da kann man noch keinen so festen Plan machen.

Was Du über Lillan Chasanowitsch schriebst, ist ja direkt entsetzlich. Was soll bloß aus so einem armen Geschöpf werden. Natürlich erinnere mich noch genau an diese Hexe Mrs. Model, mit der Du solche Kämpfe auszufechten hattest. Ich glaube, dieses Weib ist verrückt. Eines verstehe ich nur absolut nicht: Wie kam sie mit solchen Ansichten Vorsitzende eines Hilfscomité sein?? Sie sollte einen »Verein zur Abwehr der Emigranten« ins Leben rufen, damit würde sie wenigstens ihre Anschauungen richtig vertreten und ihren Platz ausfüllen. Ich kann Frau Chasanowitsch ganz gut verstehen, daß sie diesem Biest mal die Meinung ins Gesicht geschrien hat. Oft wird die so etwas wohl nicht zu hören kriegen. Klug natürlich war es wahrhaftig nicht. Warum hilft man der Frau denn aber nicht vom sozialistischen Comité aus? Ich werde Carla, die morgen herkommt, diesen Teil Deines Briefes zeigen, sie mochte Frau Ch. und die Kinder immer so gern. Auch Heinrich will ich diese 2 Seiten Deines Briefes einsenden. Ich fürchte, Jela, bei der der Wunsch immer gern der Vater des Gedankens ist, verspricht sich irgendwelche Hilfe vom Comité, wenn sie nach London kommt. Da kann sie mal hören, wie man gelegentlich mit Leuten umgeht. Das sind nun die – in dieser einen Hinsicht gepriesenen – Juden, von denen »keiner den andern untergehen läßt«. Woher nur solche komischen Märchen eigentlich entstehen? Übrigens, während ich dies schreibe, fällt mir ein, daß Du Dich – außer über diese Mrs. Model – doch eigentlich nicht beklagen kannst über das Woburn House. Man hat Dir doch schließlich alles gegeben, um was Du gebeten hast, Du bekommst sogar Geld, wenn Du darum einkommst. *Warum hast Du also eigentlich so eine Wut auf die Leute?* Schreibe mir das doch mal, ich wollte Dich schon so oft danach fragen. Ich meine natürlich ganz abgesehen von dem Benehmen der armen kleinen Lillan gegenüber, das ja auf jeden Fall indiskutabel und roh ist.

Sonst, mein Liebes, hätte ich wohl weiter nichts zu erzählen. Höchstens, daß wir Mitbenutzer eines Paddelbootes geworden sind. Wir können, außer Sonntag, an dem der Besitzer fährt – ein Bekannter von Lechner, den wir eigentlich nicht leiden können –, *alle Tage fahren*. Es ist ein großes Boot, wenn Du kommst, können wir bequem zu dritt fahren. Also Schluß für heute. Sei gegrüßt und geküßt

von Deiner Mutti

Eva Ortmann aus Berlin an Heinrich und Jela Löwenfeld in Prag

16. Mai 1934

Lieber Heini, liebe Jela!

Damit Ihr seht, wie man im Woburn House, dem »Hilfs«comité, mit Leuten umgeht, besonders mit Intellektuellen, und Euch keinen falschen Hoffnungen hingebt, lege ich Euch eine Seite aus einem Brief von Sibylle ein. Das Kind, um das es sich da handelt, ist ein besonders feines, intelligentes, völlig verwachsenes und hinkendes 14jähriges Mädchen.

Meinen Mieter, der mich betrogen und bedroht hatte, habe ich auf der ganzen Linie besiegt. Er hat einen Vortrag im Rundfunk gehalten, »In der Luft über Bord«. Dies erfuhr ich ganz zufällig, und so gelang mir in letzter Minute, das Geld mit Beschlag zu belegen. Soeben wurde es mir von der »Reichsrundfunkstelle« mit deutschem Gruß überwiesen.

Eure Eva

Der »deutsche Gruß« war »Heil Hitler!« Eva Ortmann war mit ihrem Vollstreckungsurteil gegen den Mieter zur Kasse der Rundfunkanstalt gegangen, um seinen Lohn in Beschlag zu nehmen. Da sie aus Lechners Erfahrungen wußte, daß, wer im Radio auftrat, unmittelbar nach der Übertragung bezahlt wurde, ging Eva zurück nach Hause, um dem Vortrag ihres Mieters zu lauschen, der die sentimentale Beschreibung eines Flugs über die deutsche Landschaft und das gegenseitige Zuwinken mit einem kleinen blonden Mädel am Boden enthielt. Eva weidete sich besonders daran, da sie wußte, welche Überraschung den Sprecher nur wenige Minuten später erwartete.

Der Mieter war wütend nach Hause zurückgekommen, und Eva

konnte hinter seiner geschlossenen Zimmertür hören, wie Möbel umgeworfen wurden. Sein ängstlicher Mitbewohner sagte, es sei unklug von ihr gewesen, ihn so aufzubringen – ein Rat, der gut gemeint und auch ganz berechtigt war. Als Arier und alter Kamerad Görings hätte der Mieter genausogut auf die Idee kommen können, daß ihm nicht viel passieren würde, wenn er sich entschließen sollte, seine jüdische Vermieterin für ihre »Frechheit« zu erschießen.

Eva Ortmanns Bruder Otto hatte aus Paris nur Entmutigendes zu berichten. Der Versuch, gemeinsam mit seinem Freund eine Wäscherei zu eröffnen, war fehlgeschlagen, und er hatte seine Ersparnisse dabei verloren. Nunmehr ganz auf die Unterstützung durch die Eltern seiner Frau angewiesen, lernte er Zahntechniker. Nach Abschluß dieser Ausbildung planten er und seine Frau erneut zu emigrieren, vielleicht nach Südafrika oder Kanada.

Sibylle hatte vor kurzem einen Ausflug mit zwei sehr reichen Mitschülerinnen aus San Salvador gemacht und einen Tag mit einer vermögenden Berliner Mitschülerin, Marion Priwin, verbracht.

Eva Ortmann aus Berlin an Sibylle in London

22. Mai 1934

Mein Liebes!

Dein Besuch bei den beiden Mädels aus San Salvador war gewiß ganz interessant. Ja, das ist wahrhaftig eine andere Welt! So etwas kann man sich heute kaum vorstellen. Daß einen diese Mädchen mit ihrer Lebensauffassung weniger beleidigen als z. B. Marion, ist schon ganz erklärlich. Bei Marion erwartet man eben mit Recht mehr Ernst, denn sie hat doch allerhand erfahren und erlebt, wenn nicht am eigenen Leibe, so doch in nächster Umgebung, und sollte zum mindesten wissen, daß das Leben nicht nur hell und sonnig ist. Du, mein Gutes, weißt davon leider ein bißchen zu viel. Solange ich nur konnte, habe ich Dir alles fernzuhalten versucht. Nun ist eben gleich auf einmal etwas viel auf Dich eingestürmt. Aber Du schreibst ja selber, irgendwie geht es schon immer weiter – das Leben, und wir schwimmen eben mit.

Mutti

Eva Ortmann hatte in ihrem Brief vom 23. April Zweifel geäußert, ob sie es sich werde leisten können, Lechner in die Schweiz zu begleiten, doch könnte das gut geschehen sein, um die Behörden irrezuführen für den Fall, daß ihre Briefe mitgelesen würden. Der eigentliche Grund ihrer Reise war nämlich Geldschmuggel ins Ausland, hatte sie doch zufällig eine große Banknote bekommen – ein seltener Glücksfall, da sich die Regierung bemüht hatte, solche Scheine aus dem Umlauf zu nehmen, um den Emigranten zu erschweren, ihre Ersparnisse außer Landes zu bringen. Für Eva war die Gelegenheit einfach zu günstig, diese Banknote in die Schweiz zu bringen, das Land des Bankgeheimnisses und der Nummernkonten, trotz der Härte der Nationalsozialisten gegen »Devisenverbrecher«. In der Hoffnung, einer allzu genauen Untersuchung ihrer Kleidung zu entgehen, hatte Eva einen Teil ihres Korsetts aufgetrennt, ein Stäbchen entfernt, es durch die kleingefaltete Banknote ersetzt und das Korsett anschließend wieder zusammengenäht.[96] Sie hatte Lechner nichts davon erzählt und eine Ausrede gefunden, ein oder zwei Tage später zu reisen als er, damit zumindest er unbehelligt bliebe im Falle, sie verhaftet würde.

Der Grenzübertritt verlief indessen ohne Zwischenfall. Und aus Basel konnte Eva zudem an Sibylle schreiben, ohne eine polizeiliche Überwachung fürchten zu müssen.

Eva Ortmann aus Basel an Sibylle in London

8. Juni 1934

Mein liebes Sibyllchen!

Eben, 7 Uhr früh, springe ich aus dem Bett, um Dir auf Deinen so lieben und netten Brief endlich zu antworten. Wir fahren heute Nachmittag weiter nach Zürich und wahrscheinlich morgen schon weiter ins Gebirge.

Das gestrige Konzert war sehr interessant. Lechner hat sehr anständig gesungen. Hoffentlich bekommt er gute Kritiken, das ist sehr wich-

---

96 Jahre später erzählte ihr ein Enkel, daß er in einer Schweizer Jugendherberge zwei junge Frauen gesehen hatte, die ins Land geschmuggeltes Geld aus einer Zahnpastatube holten. Geringschätzig fragte sie: »Einer Zahnpastatube? Da hätten die *zuerst* gesucht.«

tig. Das Werk an sich hat einen großen Erfolg gehabt. Die sonst sehr reservierten Schweizer haben geklatscht und getrampelt wie toll. Es ist ein ganz eigentümliches Volk. Man findet sich zuerst gar nicht zurecht. Lechner z. B. wohnt bei sehr netten, gebildeten Leuten, Besitzer der Basler Nationalzeitung. Mit denen waren wir nach dem Konzert noch zusammen. Die Tochter,[97] ein Frl. Dr. jur., die im Verlage tätig ist, wirkt auf uns wie eine kleine Kleinbürgerin aus Halle an der Saale etwa. Dabei ist sie das absolut nicht, sondern äußerst kultiviert. Die Leute sind nicht nur phantastisch reich, sondern sie verstehen auch, ihr Geld anständig auszugeben, besitzen eine herrliche Gemäldesammlung in ihrer Villa, eine Bibliothek der gesamten Weltliteratur, der Sohn ist der einzige Schüler von Rudolf Serkin usw. Es ist sehr schwer, mit diesen Leuten Kontakt zu bekommen, obwohl sie viel freundlicher sind, als wir groben Norddeutschen gewöhnt sind. Fürchterlich ist die Sprache, die auch von den Gebildeten gesprochen wird.

Übrigens werden diese Leute, die ich Dir eben so ausführlich beschrieb, ca. 1500 Schweizer Francs, die wir hierher geschafft haben (auch ein Hauptgrund, daß ich mitgefahren bin) und die Lechners in Jahren ersparter »Notgroschen« sind, in Verwahrung nehmen. Sie sind dort so sicher wie »auf der Bank von England«, und es ist ein schönes Gefühl, im Ausland ein noch so kleines Konto zu haben, von dem man im Notfall ein paar Monate leben kann. Er hat natürlich auch die Möglichkeit, etwaiges im Ausland verdientes oder vielmehr noch zu verdienendes Geld direkt nach Basel zu schicken und so das Konto weiter aufzufüllen. Die ganze Idee und Ausführung entspringt meiner Initiative, denn ich bin ganz fest überzeugt, daß wir irgendwann, vielleicht in einigen Monaten, vielleicht etwas später, einen furchtbaren Wirtschaftskrach kriegen, eine Art Inflation, vielleicht eine Abstempelung unseres Geldes auf den halben Wert oder ähnl. Man versteht ja zu wenig von diesen Dingen, um sich eine klare Vorstellung machen zu können. Aber die Symptome, die jeder sieht, sind ja bedrohlich genug. Habt Ihr dort die letzte Rede von Schacht gelesen? Er gibt offen zu, daß keine Devisen mehr vorhanden sind, keine genügende Golddeckung usw. Goebbels bereitet in seiner Rede »ge-

97 Dr. Ruth Witzinger.

gen Miesmacher und Kritikaster« auf den Zusammenbruch vor, indem er ihn schon jetzt den Juden in die Schuhe schiebt usw.[98]

Das schönste hat sich übrigens Herr Kube[99] geleistet. Ich weiß nicht, ob Du den Namen kennst, der Mann ist Oberpräsident der Mark Brandenburg. Er vergleicht die Juden mit »stinkenden Kujoten«, die man an die Kette legen muß. Niemand weiß, was ein Kujot ist, manche meinen, sich aus Indianergeschichten dieser Leute zu erinnern, die dort im Gegensatz zu den Indianern eine unrühmliche Rolle spielen und natürlich besiegt werden.[100] Wenn dem so ist, so entbehrte diese Reminiszenz des Herrn Kube nicht einer gewissen Lächerlichkeit – wenn nur alles nicht so verdammt ernst wäre. Im übrigen beruhigt er seine Mitbürger, es sei nicht notwendig, die Juden schon jetzt völlig auszurotten, »denn unsere Kinder wollen auch noch eine Lebensaufgabe haben«. Schön, nicht? Übrigens ist für September in Nürnberg, allwo Herr Streicher, der Herausgeber des »Stürmer«, regiert, ein großer Antisemitentag geplant. Alle Antisemiten aus der ganzen Welt sollen sich dort zu löblichem Tun vereinen. Und in ein solches Land willst Du kommen, um dort Deine Ferien zu verbringen und Dich zu erholen!!

---

98 In einer Rede vom am 11. Mai hatte sich Goebbels für das Versagen der Regierung entschuldigt, die geplanten Lohnerhöhungen zu erreichen.

99 Wilhelm Kube, ein nationalsozialistischer Politiker und Gelegenheitsdramatiker, sollte bei der sogenannten »Endlösung« der Judenfrage noch eine Rolle spielen. Als Gauleiter Weißrußlands, mit Sitz in Minsk, war er, seiner amtlichen Korrespondenz zufolge, tief in die Auslöschung russischer und polnischer Juden verstrickt, schützte jedoch gleichzeitig deutsche Juden, die in den Osten verschickt worden waren. Damit brachte er eifrigere Antisemiten gegen sich auf, die ihn in Briefen an SS-Vorgesetzte wiederholt für solche »Übergriffe« denunzierten, wie etwa die Untersuchung von Gewaltanwendung gegen jüdische Gefangene, Händeschütteln mit einem Juden, der sein Auto aus einer brennenden Garage gerettet hatte, oder seine Wertschätzung der Werke Mendelssohns und Offenbachs. Auch beschuldigte man Kube, die Bewohner des Minsker Ghettos vor dem Plan gewarnt zu haben, 5000 Juden unter dem Vorwand zu ermorden, sie umzusiedeln, und wegen der Forderung nach Ermittlungen bei Gefangenen, die behaupteten, keine Juden zu sein, erhielt er von Reinhardt Heydrich sogar einen schriftlichen Verweis. 1943 wurde er von einer russischen Partisanin in seinem Haus ermordet.

100 Offenbar war Eva Ortmann der amerikanische Kojote nicht geläufig.

Was übrigens Deinen Plan, mit Evi eine Rucksacktour zu machen, anbetrifft, so würde ich Euch auf jeden Fall raten, dies in England zu machen oder vielleicht an der belgischen Küste entlang zu wandern, nur nicht in Deutschland. Der Rhein ist wunderschön, aber nicht unter heutigen Umständen. Z.B. in Jugendherbergen könntet Ihr nicht übernachten. Ich hörte gerade vor einigen Tagen, daß, wer dort nicht in der Hitlerjacke erscheint und sich dementsprechend benimmt, aufs gröblichste beschimpft und angepöbelt wird. Ihr könntet höchstens in Hôtels in größeren Städten übernachten, aber Ihr müßt vorsichtig sein und Euch sehr unauffällig benehmen.

Eben, 2 Uhr – ich habe den Brief heute morgen nicht fertig schreiben können –, komme ich von der Familie, bei der Lechner wohnte. Sie hatten mich zu Tisch geladen, wirklich reizende, feine, nicht snobistische, gescheite Menschen, Christen, so etwas kennen wir in Deutschland einfach gar nicht mehr. Die Tochter brachte aus der Redaktion bereits eine Kritik mit, die ausgezeichnet ist.

Sobald ich Dir meine Adresse geschickt habe, kannst Du mir alles schreiben, die Briefe gehen über Frankreich. Sowie ich wieder in Berlin bin, sei bitte *übervorsichtig* mit allem, was Du schreibst. Mache auch keinerlei Andeutungen usw. Ich habe dafür einen bestimmten Grund. Ich bin nämlich in der vorigen Woche wegen meines Mieters Leuschner (alias Dr. Neubauer) eine Stunde von der Staatspolizei verhört worden. Es ging alles sehr gut. Ich war gar nicht aufgeregt, sondern sehr ruhig und überlegen, sagte, daß ich keine Ahnung gehabt hätte, wer der Mieter gewesen ist, und daß er auf das ausgehängte Schild wie 100 andere Mieter im Laufe von 8 Jahren gekommen sei. Auch Anna wurde verhört. Sie hat sich großartig bewährt. Erstens schlau und zweitens menschlich anständig. Sie hat die Leute sogar noch geärgert, indem sie den Leuschner über und über gelobt hat. Er sei ein so besonders anständiger und netter Mensch gewesen. Die letzte Nuance konnte sie sich natürlich eher leisten als ich. Übrigens war man zu mir außerordentlich höflich, aber eisig. Irgendeinen Verdacht kann man *nicht* haben, sonst hätte man mich nicht über die Grenze gelassen.

Es ist mir sehr lieb, daß ich diese Probe aufs Exempel gemacht habe. Trotzdem möchte ich lieber zuviel als zuwenig vorsichtig sein, das schadet schließlich nie, und bitte Dich daher, bei Deinen künftigen Briefen daran zu denken.

Was noch, mein Liebes? Ich glaube, das wäre so ziemlich alles vorläufig. Ich bin so froh, einmal heraus zu sein aus dieser erstickenden Atmosphäre, das glaubst Du gar nicht. Die Welt sieht hier ganz anders aus. In Prag hat man das nicht so empfunden, ich kam dort in den Emigrantenkreis, d. h. das gleiche Berlin mit umgekehrten Vorzeichen, aber mit allen Sorgen und Miseren. Lechner empfing mich an der Bahn mit der »Weltbühne«.[101] Es stand gar nichts weiter Besonderes darin, trotzdem ist es ein Labsal, nach dem irren Quatsch der »Morgenpost«, »B[erliner]. Z[eitung].« etc. so etwas zu lesen! Sei gegrüßt und geküßt, Liebes,

von Deiner Mutti

Um Sibylle nicht zu beunruhigen, hatte Eva Ortmann die Details ihres Besuchs im Gestapo-Hauptquartier in der Prinz-Albrecht-Straße weggelassen. In der Annahme, ihre vorurteilsgeprägten Befrager würden von einer jüdischen Vermieterin erwarten, daß sie etwas dumm sei, hatte sie sich entschlossen, diese Rolle zu spielen und sich so naiv und unwissend zu geben, als wisse sie nicht, daß eine Vorladung ins Hauptquartier der Gestapo ein Grund zur Furcht war.

Die beiden Beamten waren besonders daran interessiert, welche Organisationen sie unterstützt hatte. Sie nannte einige harmlose Wohlfahrtsverbände. Sie fragten, ob sie jemals irgendwelchen »roten Organisationen« angehört habe. Sie sagte zunächst »Nein«, zögerte dann aber ein wenig, als sei sie unsicher. Die Gestapomänner gingen sofort darauf ein: »Ja? Ja?«

»Na ja, im Krieg war ich Schwester beim Roten Kreuz.«

Gereizt sagte einer der beiden Gestapobeamten: »Nein, nein, das

---

101 Die von Carl von Ossietzky herausgegebene Wochenschrift war 1933 sofort verboten und ihr Herausgeber in »Schutzhaft« genommen worden; er verstarb – 1936 zum Ärger der Nationalsozialisten mit dem Friedensnobelpreis ausgezeichnet – 1938 an den Folgen der Lungentuberkulose, die er sich im Konzentrationslager Esterwegen zugezogen hatte. Die *Weltbühne* erschien seit April 1933 als *Die Neue Weltbühne* in Prag, seit Juni 1938 in Paris, und stellte ihr Erscheinen Ende August 1939 ein.

ist nicht die Art ›rot‹, die wir meinen, die Kommunisten nennen sich selbst doch ›Rote‹.«

»Oh, das hab ich nicht gewußt.«

Die Agenten waren es schließlich leid, ihre Zeit mit einem solchen Einfaltspinsel zu vertun, und sagten Eva, die Befragung sei vorbei. Als sie das Gebäude verließ, war ihr erster Einfall, von einer nahegelegenen Telefonzelle aus Fritz Lechner anzurufen, aber sie unterließ das und besann sich darauf, daß die Leitungen möglicherweise abgehört würden. Da es gut sein konnte, daß man sie beobachtete, kaufte sie statt dessen bei einem Straßenhändler eine Tüte Kirschen und spuckte Kerne aus, während sie langsam nach Hause schlenderte. Als sie in der Wohnung war, sagte sie Lechner allerdings, daß sie sofort alle Bücher linksgerichteter Autoren wegschaffen müßten.

Als Eva viele Jahre später gefragt wurde, ob die Gestapoleute sie eingeschüchtert hatten, antwortete sie nachdrücklich: »Oh, nein, sie waren sehr höflich und sehr dumm.«

Dann fügte sie hinzu: »Weißt du, du denkst, ich hätte etwas sehr Tapferes getan. Das hab ich aber gar nicht. Wir wußten, daß die Nazis böse waren, aber wir wußten ja noch nicht, *wie* böse. Bevor ich im Gestapo-Gebäude war, bin ich gar nicht darauf gekommen, daß ich selbst in irgendeiner Gefahr sein könnte. Warum ich das getan habe? Teilweise weil ich dachte, die Nazis würden ihn töten, wenn sie ihn kriegten. Und teilweise weil man sich so hilflos fühlte; ich wollte wenigstens *etwas* gegen Hitler tun, wenn es auch noch so unbedeutend war.«

Sibylle aus London an Eva Ortmann in Basel

10. Juni 1934

Liebe Mutti,

gestern abend spät kam Dein ersehnter langer, lieber Brief aus Basel. Das war ja mal endlich ein wirklich sehr interessanter Brief. Sehr aufgeregt hat mich die Sache mit dem Leuschner! Wie haben sie denn das nur erfahren? Ich meine, daß er sich Leuschner nannte und bei uns gewohnt hat? Und daß er Dr. Neubauer ist, ist ja interessant zu wissen. Ist er jüdisch? Ich halte die ganze Sache doch für sehr gefährlich für Dich, und ich wünschte, Du brauchtest nicht mehr zurückzugehen in dieses schöne Land. Anna hat doch übrigens nie gewußt, wer Herr Leuschner war? Was hat sie denn gesagt, als sie es erfuhr? Bist Du vereidigt worden?

Mr. Rubinstein hat neulich einen Mann gesprochen, einen sehr maßgebenden Mann, der erzählt hat, wie günstig die Verhältnisse für deutsche Emigranten in Capetown (Kapstadt) wären. Warum gehen wir nicht alle drei mit dem »Notgroschen« auf nach Kapstadt? Ich würde die Fahrt wohl vom Londoner Committee bezahlt bekommen. Franz hat mir versprochen, ich könnte bei ihnen wohnen, sobald es ihnen einigermaßen geht. Ich hoffe, Deutschland bricht recht bald zusammen, dann müßt Ihr wenigstens weg!

Was denkst Du übrigens über die Kriegsgefahr? Aber ich will Dir die paar schönen Schweizer Tage nicht miesmachen, genieße sie, und denke lieber nicht an Krieg.

10.000 Küsse, Grüße an Lechner,

Sibylle

Eva Ortmann aus Wengen in der Schweiz an Sibylle in London

14. Juni 1934

Mein liebes gutes Kind!

Daß Leuschner = Dr. Neubauer war, wußte ich schon seit Wochen ebenso wie Anna. Es war schon vor ca. 6 Wochen jemand von der Polizei da, der es uns gesagt und nach verschiedenem gefragt hat. Anna war voller Mitgefühl und sagte, wenn sie wüßte, wo er wäre, würde sie ihm gerne mal etwas hinbringen!!

Was ich über die Kriegsgefahr denke? Das ist schwer zu sagen. Einmal wird er kommen, das ist ja ganz klar, vielleicht im Januar nach der Saarabstimmung,[102] vielleicht erst in einem Jahr. Man hat darüber schwerlich ein richtiges Urteil, weil zu viele Faktoren mitsprechen, die man nicht kennt und die sich auch noch plötzlich ändern. Mit Kapstadt haben wir korrespondiert, ich glaube, ich schrieb es Dir mal. Für Sänger scheint es dort völlig aussichtslos zu sein. Dies

---

102 Der Vertrag von Versailles hatte das Saarland vom Deutschen Reich abgetrennt, und für Januar 1935 war eine Volksabstimmung über die Zukunft des Saarlandes angesetzt.

schrieb uns ein Kapellmeister Weigert (früher Staatsoper und Lehrer an der Hochschule). Er ist schon 10 Monate dort und hat noch nichts gefunden. Für Leute, die ein Handwerk können, soll es glänzend sein. Sie sollen sofort eine Stellung finden, auch sollen die Behörden sehr entgegenkommend sein.

Von uns kann ich Dir nur noch berichten, daß wir die kurzen Tage hier wirklich genießen, so sehr wir können, und mit Grauen an Berlin denken.

Ehe ich es vergesse – bitte wirf meinen Baseler Brief fort, *vergiß es nicht.* Er könnte durch einen blöden Zufall bei Dir gefunden werden, wenn Du nach Deutschland kommst. Sei gegrüßt und 1000mal geküßt

von Deiner Mutti

Sibylle warf Evas Basler Brief nicht weg, ebensowenig wie Eva Sibylles Antwort, die ja nicht weniger belastend war.

Sibylle aus London an Eva Ortmann in Berlin

16. Juni 1934

Liebe Mutti,

ich habe Dir doch bestimmt mal von der hiesigen Opernsaison in dem königlichen Opernhaus geschrieben. Sie dauert nur zwölf Wochen im Jahr und ist *das* große gesellschaftliche Ereignis in London.

Nun zur Oper: Es gab Rossini's »Cinderella« (so heißt es auf englisch), »La Cenerentola« auf italienisch. Ich habe vielleicht noch nie eine so *vollendete* Aufführung gesehen. Nicht nur, daß – wie es bei einer solchen Sache fast selbstverständlich ist – jeder einzelne der Solisten ein ganz großer Künstler war. Nein, weißt Du, es war überall »Höchstleistung« – Orchester, Chöre, Ballet. Und es war ein so wunderbares *»Ganzes«* – verstehst Du, was ich meine?! –, man hatte das Gefühl, Orchester und Sänger und Chor und Ballet wären miteinander verwachsen.

Na, die Leute haben auch ihren Applaus bekommen. Eine halbe Stunde lang raste das Publikum. Und noch dazu die zurückhaltenden Engländer! Trampelten, brüllten, klatschten wie die Besessenen.

Man hatte anstandshalber das Ende der 1/2stündigen Klatscherei abzuwarten wegen des »God save the king«. Du weißt, im allgemeinen beschließt dieser schöne Gesang *jede* Art Vorstellung: Theater, Oper, Kino (nach der letzten Vorstellung), Konzert, Kaffeehaus. Und nun am Freitag geschah etwas ganz Unerwartetes. Die vor lauter Begeisterung ganz aus ihrer englischen Haut gefahrenen Engländer taten etwas in der englischen Theatergeschichte kaum Dagewesenes: Als die Musik dröhnend einsetzte, erhob sich im Parkett eine schüchterne Frauenstimme, und dann, nach einer Sekunde, sang das ganze Riesenhaus mit unglaublichem Pathos und so brausend, daß man glaubte, die Wände müßten einfallen, zu Ehren ihres netten alten Toddel-Königs. Neben mir stand ein englisches Spießerpaar. Die Frau hatte – die Hände überm Bauch gefaltet und die Augen zur Decke erhoben – voller Inbrunst mitgesungen. Als es aus war, blickte sie noch einmal hoch, seufzte tief und sagte – noch ganz übermannt – »O, Harold, that was the nicest bit!«

Sibylle

Sibylle aus London an Eva Ortmann in Berlin

24. Juni 1934

Liebes Muttichen,

also jetzt weiß ich endlich, woran ich bin – wenn es auch vielleicht nicht so rosig ist, wie es hätte sein können. Aber es ist besser, die Faktoren zu kennen, mit denen man zu rechnen hat, als so in einer dauernden Ungewißheit zu leben.

Heute früh – Sonntag – erschien ich pünktlich mit dem Gong um 8 Uhr beim Frühstückstisch, und, was selten geschieht, Rubinsteins waren noch nicht da. Und da habe ich mich hingesetzt und gewartet. Nach 20 Minuten kam Mrs. Rubinstein runter und war erstaunt, daß ich noch nicht angefangen hatte und – sie schien übrigens besonders zugänglich – fragte: »Hast Du denn die ganze Zeit dagesessen und in die Luft gestarrt?« Und schon ergriff sie die Zeitung, aus der ich sie zu stören nicht mehr gewagt hätte – da sagte ich auf eine göttliche Eingebung: »Oh, Mrs. Rubinstein, I have been thinking about my summer plans!« Darauf sagte sie: »Ach, überhaupt, ich wollte Dir etwas schon lange sagen: Wir hatten doch ursprünglich ausgemacht, daß Du bei uns bis zum Ende Deines Kurses bleiben könntest. Und das wäre doch schon Ende Juli. Aber wenn Du willst, kannst Du gerne länger bleiben.« (Am 18. fahren sie nämlich für 3 Wochen fort.) Das ist es, und natürlich wenig erfreulich, denn 1. werde ich von dem Angebot keinen Gebrauch machen, 2. ist mit ihm jede etwaige andere Möglichkeit zunichte gemacht. Immerhin kam damit alles zur Sprache, und ich bin jetzt soweit, daß ich weiß, was ich zunächst tun werde. Mrs. Rubinstein hat mir auch dabei geraten, und es ist alles sehr vernünftig, was sie sagt.

Sie sagt, wie Du und ich auch denken, ich sollte mich erst nach einer Bürotätigkeit umsehen, und erst wenn in der Hinsicht alles gescheitert ist, sollte ich mir eine Haushaltsstellung suchen.

Morgen gehe ich zu unserem Direktor und bitte ihn, mir eine Stellung zu suchen. Du weißt, Pitman's College ist *die* Handelsschule Englands, die meisten Unternehmer beschäftigen nur *dort* trainierte Angestellte, und diese Schule hat eine große Agentur. Die ist natürlich an sich nicht für Ausländer gedacht, aber ich habe den Vorteil, daß unser Headmaster mich sehr gern hat (die beiden, Hilda und Bertha, und ich sind der Glanz der Schule) und daß er eine kolossal gute Meinung von meiner Fähigkeit und Intelligenz hat, in der er mich, glaube ich, maßlos überschätzt. Aber das kommt mir hierbei hoffentlich zugute. Ich werde (abgesehen von der Stellungsagentur) noch ein sehr gutes Zeugnis kriegen, wenn ich die Schule verlasse. Morgen muß ich aber wegen der Agentur mit ihm sprechen, und ich schreibe Dir, sobald ich irgendwelches Positives gehört habe.

Ich habe schon weitere Pläne gemacht. Sollte ich wirklich eine Stellung kriegen, dann müßte ich mir doch ein möbliertes Zimmer nehmen. Da 99% der Geschäfte und Büros in der City liegen, hätte ich also damit zu rechnen, daß ich in die Stadt ziehen muß. Ganz allein möchte ich nicht gerne ziehen, da wird man melancholisch. Zu Evi möchte ich aus verschiedenen Gründen auch nicht. Erstens lebt sie in einer sehr teuren Gegend. Zweitens hat sie eine Art, ihre Freizeit zu verbringen, die mir prinzipiell nicht zusagt, die aber – und zwar ganz natürlicherweise – immer 90% der Emigranten in allen Ländern annehmen: Sie sitzt Abende und Abende lang in Cafés rum! Das ist insofern natürlich, als sie einen großen Kreis von jungen Leuten, auch Emigranten, um sich hat, von denen keiner ein Heim hat, das geeignet wäre, die ganze Bande aufzunehmen. Evi ißt außer dem Hause, genau wie ihre Bekannten. Was ist da natürlicher, als daß sie alle zusammen in das Londoner »Romanische« gehen, wo man verhältnismäßig billig ißt, Musik hört, sich zerstreut?! Da sitzt man nun, raucht eine Zigarette nach der andern, unterhält sich, trifft Bekannte. Gegen 12 – 1/2 1 wird geschlossen, da geht man nach Hause, und dann soll man am andern Morgen früh aufstehen, um eine anstrengende Ganztagsarbeit zu leisten. Trotzdem weiß ich, daß solch ein Leben zuzeiten ganz verlockend ist und daß es, vor allem wenn man unter solchen Menschen lebt, auf die Dauer schwerfällt, sich dauernd als einzige von so was auszuschließen. Nicht zuletzt kostet ein Leben in Restaurants Geld, wenn man auch nur einfache warme Mahlzeiten ißt. Da kauft man sich im Laufe des Abends hier ein Eis und da einen Cocktail und dort eine Tasse Kaffee. Das sind die Gründe, warum ich, so gern ich Evi hab, nicht mit ihr zusammen oder in ihre Nähe ziehen möchte.

Vielen Dank noch für Deinen letzten Brief. Ich hatte gestern einen sehr reizenden Abend mit Frau Chasanowitsch und Lillan. Frau Chasanowitsch sagte mir unter anderem, sie hätte noch nie einen Menschen sich in einem 1/2 Jahr so zu seinem Vorteil verändern sehen (wie ich, meint sie). Sie möchte Dir am liebsten einen Brief schreiben. Lillan wird von ihrer Partei aus in eine High School gegeben, wo sie gleichzeitig lebt. Diese sogenannten Boarding Schools sind was sehr Schönes, und es ist eine sehr glückliche Lösung für sie.

Nun tut mir aber die Hand weh. Bitte schreib mir doch im nächsten Brief, was Du über alles denkst.

Sibylle

Sibylle aus London an Eva Ortmann in Berlin

26. Juni 1934

Liebe Mutti,

gestern gab eine Tante von Herrn Rubinstein, eine sehr hohe Dame der Society, einen »musikalischen Abend« großen Stiles. Rubinsteins waren eingeladen, und da Mrs. Rubinstein dachte, ich könnte vielleicht Nutzen davon haben, hat sie ihre Tante gebeten, mich mitbringen zu dürfen. Der erste Mensch, der mir ein Glas Bowle reichte, war Rabbi Mattuck (Du erinnerst Dich!). Als Frau Rubinstein, der ich von meinem Besuch bei ihm erzählt hatte, uns sah, kam sie heran, und in höchst geschickter Weise erklärte sie ihm, daß er mich wohl kennen würde, da ich ihn im November besucht hätte (natürlich hatte er keine Ahnung, mich je gesehen zu haben), daß ich bei ihr wohnte und jetzt mich um eine Stellung bemühte, daß ich – trotz »high qualifications« – das für sehr schwer hielte etc.

Herrn Dr. Mattuck war das ganze Thema augenscheinlich höchst unangenehm, er murmelte ein äußerst »ermutigendes« »Ja, ja, sehr schwer, und ich fürchte auch, es wird ihr nicht gelingen!« – und dann lenkte er, mit der gleichen Meisterhaftigkeit, mit der Mrs. Rubinstein die Sache zur Sprache gebracht hatte, das Gespräch auf etwas anderes, und das war mein »Erfolg«. Obwohl tragisch, hat mich der Vorgang doch amüsiert.

Auf Wiedersehen kann ich nun schon bald schreiben,
1000 Küsse,
Sibylle

Eva Ortmann aus Berlin an Sibylle in London

30. Juni 1934

Mein gutes Kind!

Auf dem Reisebüro traf ich übrigens Frl. Bernstein.[103] Sie sah ganz mitleiderregend aus. Alle Würde ist von ihr abgefallen. Sie kam gleich auf mich zu, sagte, sie habe über Lili von Dir so viel Gutes gehört und freue sich, daß es Dir bisher so gut ginge. Du solltest Dich doch auf jeden Fall im August bei ihr melden, jetzt verreist sie auf einige Wochen.

Deine Begegnung mit Rabbi Mattuck fand ich sehr schön. Ein wahrer Seelsorger. Es bestätigt nur meine Meinung, die ich von diesen Leuten habe. Alle tun sich wichtig und genießen ihre eigne Vortrefflichkeit. Aber wann sieht man schon, daß sie mal wirklich etwas für andere *leisten*?

Also, mein liebes Sibyllchen, ich glaube, das wäre für heute alles,

---

103 Alice Bernstein, Sibylles frühere »Klassenmutter« an der Fürstin-Bismarck-Schule.

was ich Dir zu erzählen hätte. Höchstens, daß uns Anna heute verlassen hat. Sie hat eine Stellung in einem Restaurant und hat sich auf Anraten von Andreas ein Zimmer genommen.

Mutti

Eva Ortmann aus Berlin an Sibylle in London

4. Juli 1934

Mein liebes Sibyllchen,

die Sache mit dem Woburn House sieht mir recht faul aus. Wenn Du Dich hast verpflichten müssen, Deinen eventuellen Weggang von London sofort dort zu melden, so scheint es doch wirklich so zu sein, wie Otto mir von Paris schrieb: Wer das Land einmal verlassen hat, gilt dem Comité gegenüber nicht mehr als Emigrant, dem man helfen muß. Das wäre ja recht betrüblich, man kann nie wissen, wie man die Leute noch einmal braucht.

Also noch genau *16* Tage, dann sehen wir uns! Es ist schön, das jetzt schon so genau zu wissen.

1000 Küsse bis dahin!

Mutti

Sibylle aus London an Eva Ortmann in Berlin

5. Juli 1934

Liebe Mutti,

also, nun ist es greifbarste Wirklichkeit geworden, und die Tage sind zu zählen.

Vielen Dank, daß Du alles soooo fix und richtig erledigt hast. Mein Schiff kommt wahrscheinlich gegen Mittag in Hamburg an. Ich werde dann wohl gerade zu Deiner Tempelzeit in Berlin ankommen. Bitte doch Lechner, daß er vielleicht an die Bahn kommt. Es ist so 'n bißchen trostlos, so mutterseelenallein auf seinem Heimatbahnhof zu stehen. Ich könnte dann vielleicht nach Hause gehen, mich waschen und umziehen und Dich dann abholen. Das ist sogar noch netter.

Ich überlege mir, was ich Mrs. Rubinstein schenken soll, wenn ich weggehe. Da sie alles hat, habe ich an eine schöne Blumenvase gedacht. (Sie liebt so was.) Denkst Du, es ist zuwenig oder zuviel, wenn ich 8 shillings ausgebe? Es ist furchtbar zu denken, wieviel ich von diesen Menschen bekommen habe und daß ich nun einfach »Dankeschön« sage und wegspaziere. Dann werde ich noch 1–2 Mal zum Tee eingeladen werden, und danach wird es so sein, als hätte ich nie existiert. Und dabei ist mir alles in dem Haus, jeder Mensch, jedes Fleckchen hier, so unendlich lieb und – leider – Selbstverständlichkeit geworden, daß ich es einfach nicht begreifen kann, daß ich nun ausziehe: Mehr als von allen andern wird es mir natürlich schwer, von Mrs. Rubinstein wegzuziehen. Höchstens das Bewußtsein, daß ihr mein Gehen und Nichtgehen so vollkommen schnuppe ist, macht mich der Sache gegenüber etwas härter, als ich vielleicht andernfalls gewesen wäre.

Nun Schluß, dies ist wahrscheinlich mein letzter Brief (sonst nur noch Karten).

AU REVOIR
AUF WIEDERSEHEN
HASTA LA VISTA (spanisch)
TILL WE MEET AGAIN
etc.
Sibylle

Eva Ortmann aus Berlin an Sibylle in London

9. Juli 1934

Mein gutes Sibyllchen!

Wie schwer es Dir wird, von Rubinsteins wegzugehen, das kann ich Dir nur zu gut nachfühlen. Aber so ist eben das Leben, mein gutes Kind! Übrigens braucht es nicht ganz so zu werden, wie Du es ausmalst. Solange Du überhaupt in England bist, wird auch eine Beziehung bestehen zwischen Dir und Rubinsteins, auch über 1 oder 2 Teebesuche hinaus. Schließlich, nach allem, wie sich diese Leute benommen und was sie getan haben, werden sie auch ein gewisses Interesse daran haben, ob das alles einen Zweck gehabt hat, ob Du nun weiterkommst usw.

Mutti

Kapitel VI

»Aus materiellen und seelischen Gründen unmöglich«

Juli 1934 bis Mai 1936

Am 18. Juli 1934 verließ ein Schiff der sowjetischen Linie Sovtorgflot den Hay Pier in London mit Sibylle und ihrer Freundin Cilia Frank an Bord auf dem Weg nach Hamburg. Das Prinzip der klassenlosen Gesellschaft erstreckte sich nicht auf sowjetische Passagierschiffe. Die Russen versorgten nämlich ihre Passagiere gemäß der harten Währung, in der sie zahlten, hielten dabei die verschiedenen Passagierklassen strikt auseinander und behandelten Reisende erster Klasse geradezu königlich.

Sibylle selbst hatte kein Geld mehr, als sie London verließ, sobald jedoch die russische Mannschaft mitbekam, daß ihr jugendlicher Passagier hungerte, wetteiferte sie darum, Sibylle mit ausgesuchter Kost aus der Küche der ersten Klasse zu versorgen, darunter bester Kaviar.

Zwei Tage später traf Sibylle in Berlin ein, wo sie fünf Wochen mit ihrer Mutter verbringen wollte, um anschließend wieder nach London zurückzukehren und eine Stellung und Unterkunft zu finden. Doch dann sah Eva Ortmann in der Zeitung eine Stellenanzeige in Englisch für eine Zweisprachen-Sekretärin, ohne daß der Arbeitgeber angegeben war. Bewerber sollten sich am folgenden Tag bei einer bestimmten Adresse vorstellen. Mehr als 50 Jahre später erinnerte sich Eva:

»Sie ist also hingegangen am nächsten Tag, ich weiß noch genau, sie hatte ein blaues Kleid an und einen großen Florentinerhut, und mein Mann sagte: ›Gott, sie sieht so niedlich aus und so hübsch, die wird sofort engagiert.‹ Sie war nicht besonders hübsch, meine Tochter. Gar nicht. Aber jedenfalls, sie sah nett aus und hat sich hübsch gemacht, und sie hat sich dort vorgestellt, und nach einer Weile geht das Telefon, und sie sagte: ›Muttichen, ich weiß doch gar nicht, was ich machen soll, die wollen mich sofort engagieren, und am Montag soll ich schon anfangen, und sie zahlen mir soviel Geld in Dollars, das wußte ich gar nicht, das ist doppelt soviel, wie jedes Mädchen hier im Büro bekommt.‹ Ich sagte: ›Na, Kind, willst du nach England?‹ –

›Natürlich will ich nach England, meine ganze Sachen sind bei Mrs. Rubinstein in England. Was mache ich denn nur?‹ Ich sagte: ›Hör mal zu, wir müssen das besprechen.‹

Also haben wir wieder darüber gesprochen, und wieso wir darauf gekommen sind, wir könnten uns schließlich nicht mehr trennen, ich weiß es nicht. Sie blieb. Sie wurde Sekretärin des amerikanischen – was war er, er war Mr. Miller, er war Handelsattaché und sehr gegen Hitler, er schrieb ein Buch, *You Can't Do Business with Hitler.*[104] Sie war dort zwei Jahre, und die Amerikaner gefielen ihr so. Der ganze Stil. Gegen den damaligen deutschen Stil. Sie sagte: ›Hältst du es für möglich, daß ein deutsches kleines Mädchen, wie ich bin, so behandelt wird? Sie behandeln mich wie eine Dame. Wir sind die Treppe raufgegangen zusammen‹ – dieser Mr. Miller war ein Mann von vielleicht 55 Jahren –, ›und wir kommen an, vom Lunch zusammen, und er öffnet die Tür und läßt mich rein. So was gibt's nicht in Deutschland‹, sagte sie, ›da geht der Boß, der Chef first, und hinterher mache ich *ihm* die Tür auf.‹ Das hat ihr so gefallen.«[105]

Theodor Neubauer blieb im Konzentrationslager Esterwegen. Im August 1934 kam der deutschsprachige Lehrer G. C. T. Giles nach Deutschland, um seine Freilassung zu erbitten. Offiziell handelte Giles im Auftrag einer Reihe von Professoren aus Oxford und Cambridge, die sich um das Ergehen eines Kollegen sorgten, wahrscheinlicher ist aber doch wohl, daß die Kommunistische Partei als heimlicher Finanzier hinter dieser Reise stand. In Berlin tat sich Giles mit einer englischen Quäkerin, Elizabeth Fox Howard, zusammen, die sich um die Freilassung des früheren Oberbürgermeisters von Magdeburg, des Sozialisten Ernst Reuter, bemühte. Gemeinsam trafen sie sich mit dem Leiter des Auslandspresseamtes, Ernst Hanfstaengl. Immer bemüht, das Ansehen des Regimes im Ausland zu verbessern, suchte Hanfstaengl Görings Zustimmung für die Entlassung der beiden Männer, glaubte auch, sie erhalten zu haben, und unterrichtete Howard und Giles in diesem Sinne, worauf sie beide nach England zurückkehrten.

---

104 Douglas Miller: *You Can't Do Business with Hitler.* Boston 1941.

105 Interview von Sibylle Quack vom 8. September 1987.

Am 2. September kündigte die Regierung die Entlassung von 742 Gefangenen aus der Schutzhaft an, nannte jedoch nur Reuter namentlich. In der Woche darauf wies Giles Mrs. Howard darauf hin, daß Neubauers Leben in großer Gefahr sei, und bat sie, nach Deutschland zurückzukehren und sich nochmals nachdrücklich für seine Freilassung einzusetzen. Mrs. Howard flog – zum erstenmal in ihrem Leben überhaupt – am nächsten Tag direkt nach Berlin. Wenn sie auch nicht die Freilassung Neubauers erreichte, so verschaffte sie ihm doch eine Unterbrechung der Lagerhaft in Esterwegen und hat ihn so vermutlich vor einem frühen Tod bewahrt. Im Oktober brachte man ihn nach Berlin, um ihm wegen des Besitzes falscher Papiere den Prozeß zu machen.

Eva Ortmann hätte gerne im Gerichtssaal gesessen, damit Neubauer dort wenigstens ein bekanntes und mitfühlendes Gesicht gesehen hätte, aber sie traute sich nicht. Else Splett allerdings besuchte die Verhandlung – sie hatte irgendwie die Bekanntschaft von Neubauers Frau gemacht – und berichtete Eva, daß Neubauer die Spuren grausamer Mißhandlungen zeigte.

Neubauer bestritt nicht, falsche Papiere benutzt zu haben, berichtete die Londoner *Times*; er erklärte jedoch, er habe lediglich »ein neues Leben« beginnen wollen und mit seiner angenommenen Identität keine »illegalen kommunistischen Aktivitäten« unternommen. Er wurde zu sieben Monaten Gefängnis verurteilt.

Eva Ortmanns Bruder Otto hatte sich nach mehrfachem Scheitern seiner Bemühungen, seinen Lebensunterhalt zu verdienen, zu einer weiteren Emigration entschlossen.

1935 stellte der Diederichs-Verlag die Zahlung von Tantiemen für Raphael Löwenfelds Tolstoi-Übersetzungen ein. Die Beziehungen zwischen der Familie Löwenfeld und dem Verlagshaus reichten drei Jahrzehnte zurück. 1902 waren Raphael Löwenfeld und Eugen Diederichs im Zusammenhang mit Leo Tolstois Antwort auf die Nachricht von seiner Exkommunizierung durch den russischen Heiligen Synod gemeinsam wegen Blasphemie angeklagt worden. Nach dem Tod Eugen Diederichs' im Jahre 1930 ging das Geschäft auf seine Söhne Niels und Peter über, die damals in ihren Zwanzigern standen.

Als die Zahlung der Tantiemen eingestellt wurde, vermutete Eva Ortmann, der Verlag nutze die veränderte politische Situation und ignoriere seine rechtlichen Verpflichtungen in der Annahme, kein Jude werde sich trauen, eine arische Firma in Geldangelegenheiten zu verklagen. So bereitete sie sich auf einen Prozeß vor, voller Verachtung für das, was sie für Opportunismus und Geiz hielt, und wütend über die Vorstellung, man erwarte von ihr, kampflos aufzugeben. Wenn sie auch keine Chance sah, vor einem nationalsozialistischen Gericht gegen einen arischen Verleger zu gewinnen, so hätte sie doch wenigstens die moralische Genugtuung, die Brüder Diederichs zu beschämen, indem sie dafür sorgte, daß die Handlungen ihres Unternehmens öffentlich bekannt wurden. Sie verhielt sich einfach weiterhin so, als hätte sie nicht mitbekommen, daß sie mit anderen deutschen Bürgern nicht länger auf gleicher Rechtsgrundlage stand.

Eva Ortmann aus Berlin an Heinrich und Jela Löwenfeld in Prag

15. März 1935

Lieber Heini, liebe Jela!

Wir haben mal wieder so lange nichts von einander gehört. Hoffentlich geht es Euch einigermaßen, seid Ihr gesund und habt noch einige Patienten. Wir wursteln hier so weiter, es hat sich nichts Neues ereignet. Sibylle ist mit ihrer Arbeit im Grunde sehr unzufrieden, außerdem strengt sie sich sehr an, sie ist ganz kaputt und nervös. Was soll man da machen?

Daß Otto augenblicklich auf der Überfahrt ist, wißt Ihr wohl schon? Das Schiff kommt am 20. in Kapstadt an.

Wenn ihnen nur wenigstens irgend etwas drüben gelingen würde! Ich bin ziemlich pessimistisch in bezug auf alles, was Otto anfangen wird. Er scheint mir nicht nur äußerlich, sondern auch innerlich völlig aus der Bahn geworfen und wird lauter Unfug machen, fürchte ich, ähnlich wie damals in der Inflationszeit. Damals hat man es auf seine große Jugend geschoben, mir scheint aber, es war doch mehr Charaktersache. Na, hoffentlich irre ich mich!

Ich habe augenblicklich eine große Sache vor, nämlich einen Prozeß gegen den Verlag Eugen Diederichs. Es hat den Anschein, als wollte man uns dort furchtbar betrügen. Ich habe alle Akten hier, von

Otto so wunderbar geordnet, daß ich mich darin ausgezeichnet zurechtfinden konnte. Ich habe daraufhin vor 4 Wochen an Diederichs geschrieben, er möge mir eine Aufstellung über den augenblicklichen Stand geben. Nach 2maligem Mahnen kam gestern eine Antwort, er sei uns nichts mehr schuldig, da er zwar die vorgesehene Anzahl Bücher verkauft habe, aber nicht zum regulären Preis, sondern als »Ramsch«. Gleichzeitig schreibt er vom »Erbe Raphael Löwenfelds«, das er stets hochgehalten habe, und noch mehr solche Redensarten, mit denen er mich dumm machen möchte. Ich habe mich sofort in mehreren Buchhandlungen und in Warenhäusern erkundigt. Von »Ramsch« kann gar keine Rede sein. Vielmehr hat er die Bände endlich vernünftigerweise als Volksausgabe für 2.85 erscheinen lassen. »Krieg und Frieden« kostet so z. B. immer noch 11.40, was bestimmt kein Ramschpreis ist. Außerdem sagte mir ein Buchhändler, Ramsch bezeichnete die völlige Aufhebung eines Preises, nicht aber die Herabsetzung auf ein Preisniveau, zu welchem viele ausgezeichnete Erfolgsbücher verkauft werden. Von all dem abgesehen, steht aber weder in unserem Vertrag noch in irgendeiner später getroffenen Abmachung irgendein Wort davon, daß die Bezahlung der letzten Tausend von dem Preis abhängig ist, zu welchem die früheren verkauft wurden. Dagegen steht ausdrücklich in der Allgem. Verlagsordnung, daß jede Preisherabsetzung dem Autor sofort anzuzeigen ist. Das hat er aber nicht getan. Was sagst Du zu solchem Gauner? Man kann es kaum glauben, daß ein so angesehener Verlag (es sind noch alle früheren Leute drin) einen auf eine so plumpe Art beschwindeln will. Hans Rosenthal hat die Akten jetzt bei sich, um nochmals alles zu überprüfen. Er will dann für mich verhandeln und, wenn es nicht anders geht, klagen. Nach meiner Ansicht müßten für jeden von uns etwa 650.– Mark herauskommen.

Wie findest Du meine Tüchtigkeit?

Herzlichst

Eva

Peter Diederichs schrieb Otto Löwenfeld nach Prag, in Unkenntnis, daß dieser nach Südafrika gegangen war.

Peter Diederichs aus Jena an Otto Löwenfeld in Prag

27. April 1935

Sehr geehrter Herr Dr. Löwenfeld!

In diesen Tagen sprach Frau Dr. Herschkowitz bei mir vor, um in Ihrem Auftrage die Angelegenheit des Übersetzerhonorars Ihres verstorbenen Herrn Vaters mündlich zu besprechen. Ich freue mich, daß mir dieser Besuch Gelegenheit gibt, meinerseits ausdrücklich zu betonen, daß es dem Verlage völlig fern liegt, sich in seiner rein sachlich bedingten Stellungnahme von einem anderen Motiv als dem des Rechts und der Billigkeit leiten zu lassen.

Um Ihnen zu zeigen, daß der Verlag durchaus Verständnis für die Situationen der Erben besitzt und ihnen aus freien Stücken entgegenkommen möchte, schlage ich vor, daß wir uns freiwillig auf einen Vergleich einigen. Der Verlag ist bereit, die Hälfte der strittigen Summe sofort an Frau Ortmann zur Auszahlung zu bringen, wenn Sie Ihrerseits damit Ihre Honoraransprüche als abgefunden erklären. Obwohl eine solche Regelung für den Verlag ein gewisses Opfer bedeutet, würde ich die Beilegung des strittigen Falles in dieser Weise sehr begrüßen, da uns nichts daran liegt, mit unseren Autoren Prozesse zu führen.

Sollten Sie Ihrerseits nicht bereit sein, auf diesen Vorschlag einzugehen, müßten wir unsererseits der juristischen Behandlung der Angelegenheit, die Ihnen vermutlich beträchtliche Kosten verursachen würde, ihren Lauf lassen.

Mit vorzüglicher Hochachtung

Ihr ergebener

Peter Diederichs

Heinrich Löwenfeld aus Prag an Eva Ortmann in Berlin

27. April 1935

Liebe Eva,

ich habe heute unerwartet diesen Brief aus Jena bekommen. Was nun? Der Wunsch der D. (unterschrieben von Dr. Peter D.), sich zu einigen, ist ja begreiflich, da sie damit Geld sparen können. Der Schluß-Satz spricht dafür, daß sie, trotz der gegenteiligen Versicherungen, die Situation auszunutzen gedenken. Was soll *ich* nun machen? Ich muß jedenfalls schon aus Höflichkeitsgründen antworten, der Brief der D. ist ja auch höflich und entgegenkommend, ich werde aber natürlich warten, bis ich von Dir Nachricht habe.

Heinrich

Eva Ortmann aus Berlin an Heinrich Löwenfeld in Prag

29. April 1935

Lieber Heini!

Vielen Dank für Deinen Brief. Er kam mit gleicher Post wie der von Diederichs, der mir Copie seines an Dich gerichteten Schreibens einsandte. Frau Herschkowitsch hatte neulich einen Besuch bei dem Verleger gemacht und scheint Gutes gewirkt zu haben, mindestens hat sie ihn daran erinnert, daß er eigentlich ein feiner Mann ist. Den richtigen Nachdruck hat diese Erinnerung aber wohl in der Hauptsache dadurch erhalten, daß ihm etwa vor 8 Tagen die Klage zugestellt wurde. Er scheint wohl selbst seine Position für recht schwach zu halten, sonst würde er nicht sofort 1000 Mark anbieten. Andererseits glaubt er auch, daß arme Leute sich mit Begeisterung auf eine solche Summe stürzen werden, wenn sie sofort greifbar ist. Ich habe natürlich das Ganze abgelehnt – schicke Dir anbei Copie meines Schreibens. Falls Du selbst es für notwendig hältst, ihm zu antworten, schreibe bitte mit der *notwendigen Vorsicht!* Vergiß nicht, daß jeder Fetzen, den einer von uns schreibt, in einem eventuellen Prozeß bei den Akten liegt.

Mit derselben Post wie Diederichs' Brief kam von der Reform-Gemeinde eine Rücknahme der Kündigung, ich habe also auf der ganzen Linie gesiegt, aber erst, nachdem ich beim Arbeitsgericht Klage erhoben hatte und bereits Termin angesetzt war. Vorher hatte ich 3 Monate lang versucht, an ihr Anstandsgefühl zu appellieren, und behauptet, daß es in der heutigen Zeit – abgesehen von den rechtlichen – doch auch einige moralische Verpflichtungen gäbe. Die frommen Leute vermochten dies jedoch nicht einzusehen oder jedenfalls erst dann, als sie fürchteten, daß etwas an die Öffentlichkeit dringen würde.

Eva

Aus Kapstadt schrieb Otto Löwenfeld seinem Bruder Heinrich aufgrund der jüngsten Erfahrungen seiner Frau eine ausdrückliche Warnung, je wieder einen Fuß auf deutschen Boden zu setzen, verbunden mit der eindringlichen Aufforderung, sich einen sichereren Ort als Prag zum Leben zu suchen.

Otto Löwenfeld aus Kapstadt an Heinrich Löwenfeld in Prag

6. Mai 1935

Lieber Heini,

ich habe neulich noch vergessen, Dir etwas zu schreiben. Wie Annemarie ihre Eltern besuchte, wurde ihr bei der Rückfahrt nach Paris im Zuge der Paß vom Beamten abgenommen (während er in die andern Pässe nur kurz hineingesehen hatte), und dann schlug er draußen in einem Namenregister nach, um ihr den Paß sofort wieder zurückzugeben. Immerhin ist ihr dasselbe passiert wie seinerzeit Jela. Soweit Annemarie schon vorher von einem früheren Rechtsanwalt, den ich gut kenne und der ein ruhiger und vernünftiger Mensch ist, gehört hat, handelt es sich darum, daß jemand namens Heinrich Löwenfeld gesucht wird. Nach Ansicht des Anwalts, der sich aber auch irren kann, ist dies ein Rechtsanwalt aus München. Ein Sohn des Justizrats Löwenfeld hat seinerzeit gleichfalls wegen dieser Verwechslung monatelang auf seinen Paß warten müssen, und auch mein Devisenantrag hat sich ja seinerzeit offenbar gleichfalls aus diesem Grunde hinausgezögert. Der Beamte behauptete erst, es läge etwas gegen mich vor.

Ich wollte Dir dies jedenfalls zur Orientierung schreiben. Hier wird übrigens allgemein viel davon gesprochen, daß man Rückwanderer unfreundlich behandelt, Ihr werdet ja in Prag Genaueres wissen. Wie es mit den Durchreisenden ist, weiß man hier natürlich nicht. Man ist hier überhaupt sehr weit ab von den europäischen Dingen, trotzdem sieht es so aus, wie wenn man auch hier, falls Krieg kommt, mit England mitgehen wird. Nachdem überall sonst die Herrschenden so versagt haben, ist man dem heute toll gefeierten König recht wohlgesonnen, und nachdem ein Wirtschaftsaufschwung bisher nur im englischen Weltreich, zu dem ja auch Palästina gehört, eingetreten ist, scheint sich auch das Zusammengehörigkeitsgefühl in den Dominions wieder sehr gestärkt zu haben. Hoffen wir jedenfalls das Beste in dieser Richtung, obgleich wir dann ins Konzentrationslager gesteckt werden würden.

Mir scheint es jetzt die höchste Zeit, daß Ihr Euch ernstlich vorbereitet, von Prag wegzufahren. Man ist hier von allem in jeder Hinsicht weit entfernt. Die Zeitungen schreiben natürlich viel über Europa, haben aber natürlich kein Verständnis für die Dinge, die jetzt in Deutschland vor sich gehen. Trotzdem wird die Kriegsgefahr für akut gehalten. Ich selbst kann mir die ganze überflüssige Prahlerei, ja die ganze Übertreibung, mit der man neuerdings von den eigenen, bisher ängstlich geheimgehaltenen Rüstungen spricht, das völlig überflüssige Reizen der Engländer, für die die Miniaturflotte doch nie gefährlich ist, sondern allein die Flugzeuge, nur so erklären, daß man systematisch die Umwelt in Schrecken setzen will, um plötzlich ungestraft über Memel oder irgendein sonst erstrebtes Gebiet herzufallen. Ich glaube sicher, daß man in Deutschland sehr gern den Krieg vermeiden will, wenn man alle Wünsche auch so durchsetzen kann. Aber es wird letzten Endes doch nicht ohne Krieg abgehen, und ich finde es sehr leichtsinnig, wenn Ihr weiter untätig abwartet, bis Ihr schließlich doch weg müßt. Wie die Dinge jetzt aussehen, ist es aber wirklich so gut wie sicher, daß der Krieg schließlich losgeht. Da aber wahrscheinlich sowohl England wie Italien mitmachen, könnt Ihr dann überhaupt nirgends mehr hin.

Herzliche Grüße
O. L.

Heinrich Löwenfeld aus Prag an Eva Ortmann in Berlin

9. Mai 1935

Liebe Eva,

Dein Brief hat hier eine furchtbare Aufregung und Begeisterung verursacht. Soviel ich verstanden habe, hat Diederichs alles anerkannt, so daß der Prozeß nicht durchgeführt werden muß. Das ist ja zweifellos die beste Lösung. Der Sieg ist ja nicht nur materiell, sondern auch ideell sehr wohltuend.

Heinrich

Otto Löwenfeld aus Kapstadt an Heinrich und Jela Löwenfeld in Prag

22. Juni 1935

Lieber Heini, liebe Jela,

[...] obgleich ich immer noch Unterricht habe, kann ich immer noch nicht fließend sprechen, mache abscheuliche Fehler, die ich selbst höre usw. Es wird noch recht lange dauern. Nur Lesen fällt mir ganz leicht. Annemarie geht es gerade umgekehrt. Die meisten in meinem Alter, die, wenn sie keine Specialkenntnisse haben, nicht leicht eine Stellung finden, schlagen sich hier mit allerhand Vertretungen verhältnismäßig gut durch. Allerdings handelt es sich dabei im allgemeinen nicht um Verkauf an Kaufleute, sondern an Private. Sie kaufen sich ein Auto und gehen gewissermaßen hausieren mit Waren. Das ist hier nicht so unangesehen und auch nicht so unangenehm wie in Europa. Aber ich finde es doch ganz schauderhaft. Auf vieles Drängen habe ich es 1 1/2 Tage probiert für eine große und bekannte Bürstenfirma. Alle andern, von denen ich gehört habe, daß sie für diese Firma arbeiten, die ich zum Teil auch gesprochen habe, verdienen dabei recht gut. Ich hatte grausigsten Mißerfolg. Nur meine englische Lehrerin kaufte mir eine Bürste ab, sonst wurde ich allein nichts los; dagegen verkaufte ich sofort etwas, als ein Bekannter von mir, der mit Steppdecken handelt, mal eine halbe Stunde mit mir mitkam, um mir zu zeigen, wie man es macht. Er machte es so großartig, daß ich sofort einsah, wie gänzlich ungeeignet ich bin. Obgleich kein Mensch etwa unfreundlich war, war mir die Sache so widerlich, daß ich mich buchstäblich schwer krank fühlte und vor allem das Gefühl hatte, nicht mehr denken zu können. Nur mit Mühe konnte ich mir die Preise meiner Bürsten merken etc. Da ich zum Glück keinerlei Kapital investiert hatte, gab ich das Geschäft am zweiten Tag wieder auf. Nachdem ich die Ware wieder zurückgegeben hatte, wußte ich selbstverständlich Preise, alles, was ich den Leuten sagen sollte, glänzend auswendig, aber Bürsten kann ich seitdem nicht mehr leiden.

Zur Zeit probiere ich es noch mit etwas ganz anderem, und Ihr werdet sicherlich finden, daß es eine ganz verrückte Idee von mir ist. Aber die Dinge liegen hier tatsächlich absolut anders als in Europa. Ich will sehen, ob man hier mit Graphologie, insbes. mit gerichtlicher Graphologie, etwas anfangen kann. Gekommen bin ich darauf dadurch, daß hier jemand erschien, der sich als Graphologe bezeichnete, dabei aber gar keine Ahnung davon hat. Er spricht ganz schlechtes Deutsch, seine sogn. Charakterskizzen enthalten lauter Quatsch in falschem, teilweise ganz unsinnigem Deutsch. Trotzdem hat man ihn hier am Gericht schon zweimal als Gutachter beschäftigt. Er gab nicht etwa ein begründetes Gutachten, sondern erklärte einfach, die Handschriften in den ihm vorgelegten Schriftstücken sind identisch bzw. nichtidentisch. Das genügte den Leuten hier merkwürdigerweise, und sie bezahlten ihn gut dafür. In den Privatgutachten sagt er den Frauen, wieviel und wann sie Kinder bekommen aus der Handschrift usw. À la longue wird der Mann natürlich nichts machen können, weil er ganz ungebildet und dumm ist. Ich nehme an, daß Ihr mich trotz allem für ein wenig verrückt halten werdet. Aber es ist wirklich sehr schwierig für mich, und es ekelt mich an, mich mit dem Verkauf von Nähmaschinen etc. ernstlich und unausgesetzt zu befassen. Dagegen ist es wirklich hochinteressant, die ganze graphologische Literatur durchzustudieren.

Herzliche Grüße Euch allen

O. L.

Sibylles unmittelbarer Vorgesetzter in der amerikanischen Botschaft war der stellvertretende Handelsattaché Rolland Welch. Er hatte Frau und Familie in Amerika gelassen und heiratete später eine deutsche Angestellte der Botschaft, Putti Holländer.

Im Sommer 1935 verbrachten Eva Ortmann und Fritz Lechner einige Urlaubstage an der dänischen Küste. Sibylle schrieb ihrer Mutter dorthin.

Sibylle aus Berlin an Eva Ortmann in Fanø, Dänemark

9. August 1935

Liebe Mutti!

Unser Büro ist ein kleines Affenhaus. Frau Welch kommt übermorgen mit Schwägerin und Mutter in Hamburg an, Welch rast, fährt in einigen Monaten (ohne daß die Frau die leiseste Ahnung davon hat) nach Amerika für vier Monate, hat schlechte Laune (jedenfalls gestern) und hat vor Wut, weil von draußen Lärm hereinkam, so mit dem Fuß an das Fenster gehauen, daß die Riesenbalkontürscheibe mit großem Getöse in tausend Stücke zersprang – in dem Moment trat der Rumänische Gesandte in die Tür, und Welch had to keep smiling. Es war rasend komisch.

Ich stehe zur Zeit mit ihm auf freundschaftlichstem Konversationsfuß. Er überredet mich dauernd dazu, doch nach Amerika zu gehen, und schreibt an alle Welt, ob man mir dort nicht helfen kann, hat seine sämtlichen Freunde mobil gemacht, und besonders nach einem ist er wild (einem Ted Levin, der mit seiner Familie in Chicago lebt und ein gutverdienender Rechtsanwalt ist), und wenn er dessen Adresse nicht rauskriegt, will er einen Aufruf in alle Chicagoer Blätter setzen, um dessen Adresse rauszufinden.

Das ist natürlich alles nur Strohfeuer oder vielleicht zu 80 Prozent – was aber wichtig ist, wenn ich nach Amerika gehen *wollte* (was ja der Kernpunkt der Sache ist und bleibt), dann würde er den *einen* Bürgen machen, und man müßte dann noch einen finden, was er für sehr leicht hält. Er sagt, es gibt in Amerika fabelhafte, nicht sehr teure Universitäten, außerdem glänzende Abend- und Nachmittagskurse, die man neben einer Arbeit nehmen kann. Denn das wäre ja der Weg, wie eben gänzlich unbemittelte Leute in allen Zeiten in Amerika so hochgekommen sind, wie es ja berühmt ist. Mit viel Energie natürlich und mit viel Arbeit. Er will auch mit seiner Schwiegermutter über mich sprechen, ich soll mir natürlich keine übergroßen Hoffnungen machen, aber er wird alles versuchen, was er nur kann, denn er meint auch, daß ich weder in diesem Büro noch überhaupt in diesem Land sehr lange mehr bleiben kann, findet, ich sollte was lernen mit meinen Begabungen und meinem Streben – kurz und gut, ich habe wieder neuen Mut zu Plänen (wenn auch noch nicht ganz zu Taten) gefaßt.

Kriege nun nicht etwa einen Schreck und denke, ich dampfe nun in zwei Monaten nach Amerika ab. Aber ich habe mir gedacht, daß nun, wo vielleicht aus den vielen Aussichten von Lechner eins werden wird, ich auch mal an mich denken muß und daran, was ich machen würde, wenn Ihr von Berlin weggingt. Und da ich denke, daß er bestimmt früher oder später in Amerika landen wird, habe ich mein Auge darauf geworfen. England, wenn etwas dort sich machen ließe, wäre mir natürlich vorerst lieber. Trotzdem habe ich in Amerika, wenn ich erstmal drin bin, mehr Aufstiegsmöglichkeiten als in England als Deutsche.

Sibylle

Nachdem er einen Eindruck vom Leben in Südafrika bekommen hatte, konnte Otto Löwenfeld es seiner Nichte jedenfalls nicht empfehlen.

Otto Löwenfeld aus Johannesburg an Sibylle in Berlin

25. August 1935

Liebe Sibylle,

Deine Absicht, in England zu studieren, finde ich auf jeden Fall sehr richtig. Aber als Ziel würde ich Dir jedenfalls mehr zu Amerika als zu Südafrika raten, vielleicht weil ich Amerika nicht kenne. Was Du von Deinen Erfahrungen mit den Amerikanern schreibst, trifft in viel weiterem Umfang auf Südafrika zu, denn hier ist alles noch neuer und jünger; obendrein verdirbt hier wohl die Menschen noch die gemeine Behandlung der Schwarzen, von der man sich keine richtige Vorstellung machen kann, wenn man nicht einige Zeit hier gelebt hat. Korrumpierend wirkt wohl nicht so sehr die Tatsache an sich, sondern daß die Leute es mit dem besten Gewissen von der Welt machen, sie halten es nicht nur für wirtschaftlich nützlich, daß sie die Schwarzen ausnutzen und, um dies ungestört fortsetzen zu können, sie in Unkultur und Unbildung verkommen lassen, sondern sie halten all dies für selbstverständlich und berechtigt. Jeder, der hier eine weiße Haut hat, denkt, er ist schon etwas besonders Feines, auch wenn er sonst ein ganz armer Teufel ist; ihm bleibt dann immer noch die Möglichkeit, Schwarze anzuschreien und auf sie herabzusehen.

Sehr interessant ist übrigens die Behandlung der Inder und Malaien sowie der Mischlinge, die ursprünglich aus der Vermischung von Schwarzen und Weißen abstammen. Sie alle sind sogn. *coloured people* und dürfen z. B. nicht in die Kinos, die von Weißen besucht werden etc. Ein gesellschaftlicher Verkehr mit Weißen ist unmöglich (ein paar Kommunisten und Juden, was meist identisch ist, machen dabei eine Ausnahme, die deutschen Emigranten und selbstverständlich die hiesigen Juden pflegen dagegen alles Farbige genauso zu verachten). Unter die Farbigen fällt u.a. auch der japanische Gesandte, der – im Gegensatz zu seinen sonstigen Volksgenossen – nicht nur ein gebildeter, sondern auch ein sehr feiner Mann sein soll. Außerdem gibt es hochgebildete Inder und Malaien, die obendrein häufig sehr reich sind. Das ändert alles nichts. In Kapstadt durften alle in die Straßenbahn, aber nicht ins Kino. Hier ist alles noch weit schlimmer, weil es hier fast nur ganz Schwarze (sogn. *natives*) gibt.

Um auf Deine Pläne zurückzukommen, so scheint mir aus all diesen Gründen Amerika doch besser zu sein. Dort spielt jedenfalls das Farbigenproblem bei weitem nicht die Rolle wie hier. Wirtschaftlich wäre es hier dagegen für Dich sehr einfach. Du würdest hier bestimmt sofort eine gutbezahlte Stellung finden. Zur Einwanderung braucht man an sich hundert Pfund, aber wer wie Du Aussicht hat, sich hier zu ernähren, erhält anstatt der notwendigen hundert Pfund die Garantie des Komités. Du kämst also ohne Schwierigkeiten hinein.

Im übrigen ist aber trotz allem die Frage, ob Du nicht besser nach Palästina gehst, erwägenswert. In Deinem Alter ist es ja immer noch möglich, Hebräisch zu lernen, und ich glaube, daß dort das Leben wahrscheinlich weit interessanter ist als hier oder in Amerika, jedenfalls leiden die dortigen Juden doch mehr an nationaler Verrücktheit als an Unkultur und Unbildung.

Dein O.L.

Als sie über eine Auswanderung nach Amerika nachdachte, hatte Eva den Einfall, an den Dirigenten des Boston Symphony Orchestra, Serge Kussewitzky, zu schreiben.

Eva Ortmann aus Berlin an Serge Kussewitzky in Boston

4. Dezember 1935

Hochverehrter Herr Professor,

Sie werden sicher sehr erstaunt sein, daß ich mir erlaube, mich an Sie zu wenden. Aber außergewöhnliche Situationen rechtfertigen wohl auch einen außergewöhnlichen Schritt. Zunächst einmal ist es erforderlich, daß ich versuche, mich Ihnen in Erinnerung zu bringen, was allerdings vielleicht nicht so ganz einfach sein dürfte. Unsere letzte Begegnung liegt etwa dreißig Jahre zurück. Ich war ein ganz kleines Mädchen und verlebte in Ihrem Hause die schönste russische Weihnachtsfeier meines Lebens. Sie gaben dieses Fest für Ihre Freunde und deren Kinder, und ich besitze noch heute eine wunderschöne russische Bauernstube, die ich damals von Ihrem Weihnachtsbaum herunterholen durfte. Ich bin die Tochter von Doktor Raphael Löwenfeld, damals Direktor des Schillertheaters in Berlin und erster Übersetzer Tolstois. Ich nehme an, daß Sie sich seiner noch gut erinnern werden, denn Sie sind oft in unserm Hause in der Fasanenstraße gewesen.

Dazwischen liegt nun allerdings eine lange, lange Zeit – für uns hier eine sehr böse Zeit. Meine Eltern sind beide tot. Ich bin verheiratet[106] mit einem jungen Sänger, der, auf der Berliner Akademischen Hochschule für Musik auf Staatsstipendium ausgebildet, alle Aussichten für sich hatte, eine ganz große Karriere zu machen. Er war bereits in Deutschland als Konzert- und Radiosänger gut bekannt und hatte in Berlin und andern großen Städten große Erfolge. Ende 1932 verhandelte der Intendant der Städt. Oper Berlin mit ihm, der Vertrag für die nächste Saison stand vor dem Abschluß. Da kam der Umsturz des Jahres 1933 und machte Pläne und Karriere mit einem Schlage zunichte. Ich brauche Ihnen wohl nichts Näheres zu erzählen. Sie werden gewiß genau darüber orientiert sein, daß es für jüdische Künstler keinerlei Betätigungsmöglichkeiten mehr in Deutschland gibt. Mein Mann hat versucht, im europäischen Ausland Verbindungen anzuknüpfen. Es gelang ihm das in einzelnen Fällen. Er sang in den letzten zwei Jahren unter Hermann Scherchen, im Wiener Radio, in Basel, Genf, Turin, Mailand, Straßburg, Brüssel, Luxemburg, Amsterdam. Er ist jetzt für den 26. Januar nach Brüssel für ein philharmonisches Konzert unter Leitung von Erich Kleiber verpflichtet. Aber es ist alles sehr schwer und reicht nicht aus, um einer Familie die materielle Grundlage zu schaffen. Vor allem kann man in diesen Ländern nur immer als Gast konzertieren, wobei man große Schwierigkeiten in bezug auf die Arbeitserlaubnis und die Mitherausnahme des

---

106 Tatsächlich war Eva Ortmann zu dieser Zeit nicht mit Fritz Lechner verheiratet.

verdienten Honorars hat. Kein Land gibt einem die dauernde Aufenthaltserlaubnis. In Deutschland zu bleiben ist uns aus materiellen und seelischen Gründen unmöglich. Nach gründlicher Erwägung aller bestehenden Möglichkeiten haben wir den Entschluß gefaßt, nach den Vereinigten Staaten zu gehen, und damit komme ich zum eigentlichen Zweck meines Briefes.

Können Sie uns irgendwie helfen? Haben Sie eine Möglichkeit, meinen Mann für einige Orchesterkonzerte oder ähnliches zu engagieren? Es kommt ihm darauf an, einen guten Start zu haben, eine Grundlage, auf der er dann weiter aufbauen kann. Wenn er ein paarmal an hervorragender Stelle herausgestellt worden ist, wird er bestimmt Erfolg haben und weiter Engagements finden. Denn er ist jung, 32 Jahre alt, hat eine wunderbare Stimme, ist außerordentlich musikalisch begabt und hatte sich auch als Interpret moderner Musik (Schönberg, Strawinsky, Křenek etc.) besonders ausgezeichnet. Da mein Mann auch pädagogisch begabt ist, könnte er auch an einem Konservatorium unterrichten. Er hatte hier bereits einen ganzen Kreis von Schülern, doch wurde ihm jetzt die Unterrichtserlaubnis entzogen.

Wie dankbar ich Ihnen wäre, wenn Sie irgend etwas für uns tun könnten, damit wir uns in Amerika eine neue Existenz aufbauen können, brauche ich Ihnen, sehr verehrter Herr Professor, nicht zu sagen. Nur unter dem Druck äußerer und innerer Bedrängnis habe ich es gewagt, mich an Sie zu wenden, und ich hoffe fest auf Ihr Verständnis.

Ganz ergebenst
Ihre Eva Lechner-Löwenfeld

Eva Ortmann aus Berlin an Heinrich Löwenfeld in Prag

27. Januar 1936

Lieber Heini!

Denke mal, ich habe einen reizenden Brief von Kussewitzky aus Boston bekommen, ich glaube, ich habe Dir erzählt, daß ich an ihn geschrieben hatte. K. schreibt englisch, er wäre glücklich, wenn er mir und meinem »husband« helfen könnte, ich solle ihm sein gesamtes Oratorien-Repertoire einsenden. Was sagst Du dazu? Es wäre doch toll, wenn irgend etwas sich daraus ergeben würde. Hoffentlich hat er nicht schon mit diesem liebenswürdigen Brief alle Gefühle abreagiert und antwortet mir überhaupt auf meinen zweiten. Man hat schon zu viel erlebt in dieser Art!

Eva

Otto Löwenfeld erwies sich in Südafrika bei seinen Anstrengungen, Geld zu verdienen, als dauerhaft unrealistisch und ungeschickt; was die Weltlage anging dagegen als ebenso dauerhaft feinfühlig und weitsichtig.

Otto Löwenfeld aus Johannesburg an Eva Ortmann in Berlin

22. Februar 1936

Liebe Eva,

zu Euren Auswanderungsplänen kann ich auch weiter nichts sagen. Ob USA günstig wäre, erscheint mir sehr zweifelhaft. Dort gibt es vorläufig noch immer etwa 10 Millionen Arbeitslose, d. h., daß etwa jeder fünfte arbeitslos ist, und das ist doch recht ungünstig für Emigranten, die im allgemeinen erst als letzte vom Arbeitsmarkt absorbiert werden.

Hier ist es natürlich viel günstiger, d. h., Sibylle würde sofort eine gutbezahlte Beschäftigung finden. Ob hier auch mit Gesang etwas zu verdienen ist, weiß ich allerdings nicht. Ich weiß nur von zwei Geigern, die hergekommen sind, die sich ganz leidlich mit Konzerten und Stundengeben durchschlagen. Aber alles in allem ist es hier mehr ein Land, in dem man sehen muß, möglichst schnell Geld zu verdienen, um es, wenn der Krieg in Europa erst vorüber ist, möglichst reich wieder zu verlassen.

Dein O. L.

Kapitel VII

»Schreck vor meinem eigenen Mut«

Mai bis Juli 1936

Im Frühjahr 1936 waren Sibylles Arbeitgeber in der amerikanischen Botschaft nicht länger davon überzeugt, ihre Sicherheit garantieren zu können; schließlich war sie deutsche Staatsbürgerin und genoß keine diplomatische Immunität. Der einfachste Weg wäre gewesen, nach London zurückzukehren, da es jedoch schwer war, eine Arbeitserlaubnis zu erhalten, und da das Jüdische Flüchtlingskomitee ihr vermutlich keine weitere Unterstützung geboten hätte, wäre sie wohl nicht in der Lage gewesen, dort ihr Leben zu bestreiten. Sibylle plante deshalb eine weitere scheinbare Urlaubsreise nach London. Wenn alles lief, wie sie erhoffte, würde sie dort eine Stelle finden, eine Arbeitserlaubnis bekommen und anschließend einen Kündigungsbrief an die Botschaft schreiben; ihre Mutter könnte dann ihre Sachen nach England schicken. Sollte sie jedoch keine Aussicht haben, in London ihren Lebensunterhalt zu verdienen, so könnte sie jederzeit auf ihre Stelle in Berlin zurückkehren. So schiffte sie sich am 1. Mai auf der Bremen ein und traf zwei Tage später in Southampton ein. Die Rubinsteins holten sie mit ihrem Auto vom Bahnhof ab und nahmen sie mit nach Hause.

Eva Ortmann sang weiterhin als Angestellte der Berliner Jüdischen Gemeinde in Synagogenchören. Lechner und sie hatten ebenfalls den Entschluß zur Emigration gefaßt, und zwar, auf Sibylles Drängen, wenn möglich nach Amerika. Da sie keine Hoffnung sahen, Einwanderungsvisa für die Vereinigten Staaten zu bekommen – sie waren zu arm und kannten dort niemanden, der ihre Einreise unterstützt hätte –, wollten sie als angebliche Urlauber mit Touristenvisa in die Vereinigten Staaten reisen und vor Ort nach einer Möglichkeit suchen, dauerhaft zu bleiben. Mit der Bitte um Rat und Unterstützung wandte Lechner sich an Rabbi Leo Baeck, der als Vorsitzender der Reichsvertretung der Juden in Deutschland das anerkannte Oberhaupt der deutschen Juden war. Inzwischen hatte Eva Besuch von einer wohlmeinenden arischen Freundin erhalten, Hanna Voigt.

Eva Ortmann aus Berlin an Sibylle in London

6. Mai 1936

Mein liebes Sibyllchen!

Lechner war heute bei Herrn Baeck. Er hat ihm lauter Dummheiten erzählt und ihm versprochen, daß er und kein anderer das Evidavit (oder wie schreibt man das?)[107] bekommt, falls es eintrifft, was nicht sicher ist. Aber Lechner hat einen sehr schlechten Eindruck von ihm und glaubt, daß er nie wieder etwas von ihm hören wird!

Hanna Voigt, die mich in den letzten Tagen mehrfach heimgesucht hat, läßt Dich sehr grüßen. Sie war eigentlich sehr nett, aber all die heutigen Dinge rücken einen noch weiter auseinander, als man es ohnehin schon ist. Und über was soll man schon reden, wenn die Dinge und Sorgen, die uns heute beschäftigen, für sie gar nicht existieren?

Mutti

Eva schlug vor, die Hilfe eines Herrn Bermann, der früher wie Sibylle in der Botschaft gearbeitet hatte, in Anspruch zu nehmen, um sich Scheineinladungen zum Besuch Amerikas zu verschaffen. Bermann war offenbar wegen mangelnder Kompetenz aus seiner Stellung entlassen worden und gemeinsam mit seiner Familie nach New York emigriert.

Eva Ortmann aus Berlin an Sibylle in London

8. Mai 1936

Mein liebes Sibyllchen!

Was unsere Pläne für Amerika betrifft, so glaube ich, es wäre richtig, wenn Lechner und ich zusammen im August hinführen. Was sagst Du dazu? Dazu wäre in erster Linie für jeden von uns eine Einladung notwendig. Könntest Du das nicht über Bermann für uns besorgen? Das beste wäre, Du schriebest beide Briefe fix und fertig (jedoch *nicht* auf gleichem Briefpapier und mit der gleichen Schreibmaschine) und Bermann suchte irgendwelche Amerikaner dazu zu bewegen, sie zu

107 Gemeint ist »Affidavit«, eine aus dem mittelalterlichen Latein übernommene Formel (wörtlich »er hat bezeugt«), die als fester Begriff die (finanzielle) Bürgschaft eines Bürgers des Aufnahmelandes für einen Einwanderer bezeichnet.

unterzeichnen. Natürlich zwei verschiedene, denn das Konsulat geht es gar nichts an, daß wir zusammengehören. Ich werde mir von der Gemeinde und Lechner vom Kulturbund je eine Bescheinigung holen, daß wir in fester Stellung sind, und ich glaube, wir werden dann keine Schwierigkeiten haben.

Eine zweite Frage ist nun, ob man hier alles aufgeben soll, Stellung bei der Gemeinde gegen Abfindung, Wohnung, Möbel, oder ob man sich die Rückkehr auf alle Fälle offenlassen soll. Lechner ist für die letzte Möglichkeit, ich persönlich würde das erste riskieren. Was richtig ist, weiß man natürlich nicht, es gibt Für und Wider für beide Auffassungen. Letzten Endes ist alles eine Geldfrage. Denn wenn man an die Kosten erst in zweiter Linie denkt, dann wäre es natürlich wohl klüger, hier zunächst alles stehen zu lassen. Hat man dann drüben etwas gefunden oder sieht man wenigstens gute Aussichten vor sich, dann könnte ich ja immer zurückfahren, hier alles auflösen und erledigen und dann gleich wieder zurückfahren, vielleicht mit Dir zusammen. Das würde hin und her höchstens 4 Wochen dauern.

Mutti

Eva Ortmann aus Berlin an Sibylle in London

14. Mai 1936

Mein liebes Sibyllchen!

Deine Idee, an W. [Welch] zu schreiben, damit er in Amerika etwas für Dich versucht, wäre vielleicht nicht falsch – könnte jedenfalls nichts schaden. *Wenn* er etwas für Dich erreicht, was mir nicht sehr wahrscheinlich ist bei diesem Phantasten, so wird sich ja alles noch ziemlich lange hinziehen, und wir könnten dann vielleicht zusammen hinfahren. Du schreibst, wir hätten uns für Amerika entschieden, ja leider hängt es ja nicht von uns ab. Schließlich ist es doch nur ein *Versuch,* und ob es uns gelingt, irgendwas zu erreichen, das kann man doch nicht wissen. Das ist ja eben das Schlimme, daß man nicht mit sicheren Faktoren rechnen kann.

Was den Brief an Bermann anbetrifft, so hatte ich mir auch schon überlegt, daß wir beide die gleiche Adresse haben. Aber schließlich können ja Leute, die in einem Haus wohnen, mal zusammen eine Reise machen. Abgesehen davon würden wir natürlich völlig getrennt und im *Abstand von ca. 4 Wochen* auf das Konsulat gehen. Ich kann mir nicht denken, daß die Leute nach 4 Wochen noch wissen, daß schon mal jemand aus der Schlüterstraße 48 da war. Schließlich bleibt uns ja keine andere Möglichkeit, als es so zu versuchen.

Mutti

Während der Saison 1935/36 hatte Fritz Lechner größere Rollen in Aufführungen des Kulturbundes gesungen, im *Barbier von Sevilla,* in *Carmen* und *Samson und Dalila.* Sein Verhältnis zum Vorsitzenden des Kulturbundes, Kurt Singer, war allerdings auf einem Tiefpunkt angelangt.

Eva Ortmann aus Berlin an Sibylle in London

18. Mai 1936

Mein liebes gutes Kind!

Die Aufführung von »Aida« muß ja wirklich ganz herrlich gewesen sein; bis auf die Amneris, deren Name mir unbekannt ist, sind es so ungefähr die größten Stars, die es für diese Rollen gibt. Der Korrepetitor Weigert ist der Bekannte von Lechner, er wußte schon, daß er augenblicklich in London ist. Er geht aber wieder nach Amerika zurück. Lechner hält leider menschlich *gar nichts* von ihm, sonst wäre natürlich die Möglichkeit, daß er ihm für Amerika sehr nützlich sein könnte. Wenn er wohl auch nur eine mittlere Stellung drüben hat und keinen Einfluß auf maßgebende Leute, so kennt er jedenfalls doch die Verhältnisse ganz genau. Traurig, daß die Leute alle so wenig wert sind. Singer benimmt sich auch wie ein Schwein, hat heute einen unglaublichen Brief ohne Anrede an Lechner geschrieben. Lechner regt sich furchtbar darüber auf, wie Du Dir denken kannst, und das Schlimmste ist, daß man dem Kerl nicht in gleicher Weise antworten und den Krempel vor die Füße werfen kann, sondern versuchen muß, alles einzurenken. Denn man braucht doch für das amerikanische Konsulat die Bestätigung des festen und ungekündigten Vertrages.

Der Vorwurf von Henry,[108] daß Du zuviel auf allerlei Leute hörst,

---

108 Henry Chasanowitsch, mit dem Sibylle bereits während ihrer früheren Zeit in London bekannt war, sollte schon bald ihr fester Freund werden.

ist nicht richtig. Es ist doch selbstverständlich, daß man überall herumfragt und immer hofft, irgendeinen schlauen Rat zu hören. Sich selbst eine Meinung zu bilden ist sehr schwer, da man mit lauter unbekannten Faktoren zu rechnen hat. Daher ist es auch für mich *sehr* schwer, Dir zu raten. Nur eines ist mir heute eingefallen. Es scheint mir für *Dich* ganz unmöglich, von *hier* aus nach Amerika zu kommen. Wie soll man es den Leuten auf dem Konsulat glaubhaft machen, daß Du plötzlich Deine Stellung aufgibst, um eine *Vergnügungsreise* nach U.S.A. zu machen? Die wissen doch ganz genau, daß Du dort arbeiten willst.

Mutti

Eva Ortmann aus Berlin an Sibylle in London

19. Mai 1936

Mein liebes Sibyllchen!

Lupi[109] war gestern bei uns. Eigentlich ein prächtiger Junge. *Der* ist wie extra modelliert für Amerika, wohin er auch aller Voraussicht nach – falls sich das Süd-Afrika-Geschäft seines Vaters nicht innerhalb der nächsten 2 Monate realisiert – gehen wird. Die Bürgschaft – ich weiß nicht, wie man das englische Wort schreibt – bekommt er sofort durch seinen Onkel, der offenbar ganz begeistert von ihm ist. Er hätte ihn sofort adoptiert – nur war es nach amerik. Gesetz 4 Wochen zu spät, er wurde im April 21 Jahre. In bezug auf das, was uns interessiert, scheint nun die Sache folgendermaßen zu liegen. Es erscheint mir zunächst schwieriger, *überhaupt* hereinzukommen, auch als Besuch, als später, wenn man erst mal dort ist, die richtigen Einwanderungspapiere zu bekommen. Dazu soll einem das dortige Komité sehr behilflich sein, einem Anwälte empfehlen etc.

Bürgschaften sollen, wenn man erst dort ist, ziemlich leicht durch das Komité zu beschaffen sein. So daß ich also glaube, daß es eine Möglichkeit für mich geben müßte, Dir eine solche zu beschaffen, natürlich erst, wenn ich regulär eingewandert bin. Begründen könnte man es ziemlich leicht: einzige Tochter, erst 18 Jahre, allein in Europa etc. Bis es soweit ist, müßtest Du Dich eben irgendwie in England

---

109 Lupi: Victor Marcus, der Sohn von Eva Ortmanns Cousine Grete Marcus, drei Jahre älter als Sibylle.

durchschlagen. Oder Du müßtest versuchen, von England aus ein Besuchsvisum zu kriegen – von hier für Dich unmöglich – und *gleich mitkommen.* Aber ich fürchte, Du wirst es nicht bekommen. Wenn wir es hier für uns bekommen, was ich trotz Schwierigkeit hoffe, so ist das zweite Hindernis bei der Landung. Dort gehen sie – immer nach Lupis Bericht – völlig willkürlich vor. Vom einen verlangen sie, daß er 500 Dollar hinterlegt, rückzahlbar bei der Wiederausreise, vom andern nichts. D. h., sie verlangen, daß die Bekannten, zu deren Besuch man fährt, das Geld hinterlegen, da man es ja selbst nicht mitbringen kann. Ich denke ja, daß man das eher von *ganz jungen* Leuten verlangen wird, von denen man glaubt, daß sie richtig auswandern. Lechners Paß, mit den Visen fast sämtl. europäischer Länder bestempelt, macht einen guten Eindruck. Auch ich bin in den letzten 3 Jahren viel im Ausland gewesen, Frankreich, Schweiz, Italien, Tschechei. Warum sollen wir uns jetzt nicht mal Amerika anschauen wollen?

Eine schlimme Sache ist der Krach mit Singer. Der hat heute wieder einen völlig irrsinnigen Brief geschrieben, in dem er sich u. a. darüber beschwert, daß Lechner als Anrede »Herr Dr. Singer« und nicht »Herr Intendant« geschrieben hat. Ich glaube, wenn man so etwas ausländ. Juden erzählt, können sie es gar nicht glauben. Bevor diese Sache nicht eingerenkt ist, kann man ja beim Konsulat doch nichts unternehmen.

Deine Mutti

Was hält man dort von der Kriegesgefahr England / Italien?

Eva Ortmann aus Berlin an Sibylle in London

23. Mai 1936

Mein liebes Kleines!

Dein Zusammentreffen mit Deiner Stiefschwester [Muschi] ist schon ein bißchen komisch und hat gewiß die Kantine des W. H. [Woburn House] erheitert. Hoffentlich ist Eure gemeinsame Familiengeschichte nicht in den anderen Regionen des W. H. lautgeworden, denn dort estimiert man Dich doch als aus einer sehr guten Familie stammend.

Ich ziehe auf allen möglichen Reisebüros Erkundigungen wegen Amerikafahrt ein. Es ist alles noch viel schwerer, als ich dachte. Von den meisten Leuten verlangt der Konsul die Vorlage einer Bescheinigung über ein Bankguthaben! Den Schein vom Kulturbund bekommt Lechner übrigens morgen. Rosenstock[110] geht nach *Tokio,* er hat dort eine phantastische Stellung als Leiter des europäischen Musikwesens bekommen!

Sei gegrüßt und geküßt von Deiner Mutti

Sibylle war inzwischen in eine Pension in der Fellows Road gezogen, in der zahlreiche junge Flüchtlinge wohnten. Sie suchte nach wie vor eine Stelle. Der springende Punkt blieb jedoch die Arbeitserlaubnis.

Sibylle aus London an Eva Ortmann in Berlin

23. Mai 1936

Mein liebes Muttichen,

auf meine Annonce hin hat sich nur Elisabeth Arden (wo die Stellung nachher schon vergeben war) und noch eine Gesellschaft gemeldet, wo ich hinschreiben sollte. Das habe ich aber noch nicht getan. Von Elisabeth Arden ging ich zur American Express, wo mich Mr. Smart empfing, der sehr nett war, mich prüfte und mir dann sagte, falls er ein Labour Permit für mich kriegen kann, will er mich nehmen. Also eine 100prozentig sichere Sache ist es noch nicht. Aber auch nicht so ausgeschlossen, denn es sind ja Amerikaner. Die Engländer sind viel schlimmer als die Preußen. Es ist, als ob die Leute einem mit einer Stellung gleich eine lebenslängliche Garantie geben sollten. Die Amerikaner sehen, ob man was kann, ob man einen netten Eindruck auf sie macht, eventuell, wo man vorher gewesen ist, und fertig.

Vorgestern nachmittag war ich in einer Veranstaltung »the German Refugee Question – an International Responsibility«, wo erst Sir Herbert Samuel,[111] dann Herr Wurfbain (!),[112] dann Norman Bentwich

---

110 Josef Rosenstock (1895–1985), Dirigent und Komponist, stammte aus Krakau und dirigierte 1933–1936 das Orchester des Kulturbunds.

111 Sir Herbert (später Viscount) Samuel (1870–1963), liberaler Politiker und Zionist, erster praktizierender Jude, der Kabinettsrang erreichte (1909), und 1920 bis 1925 erster britischer Hochkommissar in Palästina.

112 André Wurfbain hatte über Flüchtlingsprobleme und Konflikte auf dem Balkan geschrieben; Sibylle scheint sich nur über seinen Namen zu wundern.

und dann ein reizender Student, der aussah wie ein 20jähriger Junge, sprachen. Der erste sprach sehr allgemein, mit dauernd einem eleganten, verbindlichen Lächeln auf dem Gesicht, das mich sehr ärgerte, sonst aber recht gescheit. Wurfbain sprach sehr sachlich mit furchtbarem Akzent, ein widerlicher Bursche, obwohl gutaussehend. Sicher ein Choleriker. Dann kam eine lange Pause, dann sprach Norman Bentwich, sehr klug, sehr pro-zionistisch. Er ist übrigens ein ganz großes Tier. Dann sprach der Student, der aussah wie ein kleiner Junge. Und der sagte so etwa, man sollte doch nicht immer von Refugees als »Probleme« und von »Verantwortung« sprechen, sondern man sollte, wie zum Beispiel bei den deutschen Hochschullehrern, von denen er sprach, sie als eine »Gelegenheit« betrachten, über die man nur froh sein könne. Er sprach am klügsten von allen.

Von der italienisch-englischen Kriegsgefahr ist hier nicht die Rede, sondern einzig und allein von der Budgetangelegenheit und Mr. Thomas.[113] Ich glaube auch im Moment nicht daran. Schlimm scheint es ja wirklich in Palästina zu sein, obwohl die Engländer krampfhaft bemüht sind, die Leute daran zu hindern, den Vorgängen da unten irgendeine Bedeutung beizumessen.[114]

Sibylle

Sibylle aus London an Eva Ortmann in Berlin

26. Mai 1936

Liebes Muttichen!

Bevor ich mich hinsetze, um den fatalen Brief an Miller[115] zu

---

113 J.H. Thomas, langjähriges Kabinettsmitglied, war zum Rücktritt von seinem Parlamentsmandat gezwungen worden, als eine Untersuchung ergab, daß er sich vermutlich hatte bestechen lassen.

114 In Palästina hatten die Araber am 15. April einen Generalstreik ausgerufen, um gegen die fortgesetzte jüdische Immigration zu protestieren. Nach der Ermordung mehrerer Juden durch Araber begann die Irgun, eine kleine Gruppe militanter Juden, zur Vergeltung mit der Ermordung arabischer Arbeiter, was wiederum zu größeren antijüdischen Gewaltausbrüchen führte. Als sich die Gewalt Mitte Mai weiter ausbreitete, kündigten die Briten entschiedene Schritte zur Friedenserhaltung an. Die blutigen Auseinandersetzungen dauerten an, da die Araber sowohl Juden als auch britische Soldaten bekämpften.

115 Douglas Miller, der amerikanische Handelsattaché in Berlin.

schreiben, will ich Dir nur schnell erzählen, daß ich bisher noch keinen weiteren Erfolg zu verzeichnen habe. Man kann aber auch noch nicht von einem Mißerfolg reden. Die Leute haben eben alle natürlicherweise mehr Zeit als ich. Die Amexco wird sich heute inoffiziell beim Home Office erkundigen, ob es eine Möglichkeit gibt, für mich ein Permit zu bekommen. Das ist zwar ein Quatsch, aber ich muß die Leute machen lassen, was sie wollen, obwohl es die offizielle Prozedur nur verzögert.

An Miller schreibe ich nun genau, wie die Dinge liegen, und bitte ihn, mir – mit einigem Verständnis für die Situation, das er doch zweifellos aufbringen wird – die Stellung bis zum ersten August (Anfang der Olympiade) offenzulassen. Das Schlimmste, was passieren kann, ist eine Absage und Annahme meiner sofortigen Kündigung. Damit habe ich dann nichts riskiert, denn jetzt zurückkommen will ich ja auf keinen Fall. Frau Schwab,[116] mit der unterdessen Frau Birnberg gesprochen zu haben scheint, war heute sehr nett, hat mir sogar von sich aus geraten hierzubleiben (!) und ist eigentlich sehr optimistisch. Schließlich hat sie ja auch eine ganz gute Erfahrung und gar kein Interesse daran, Emigranten sich unnötig auf den Hals zu laden.

Fortsetzung 27. Mai 1936

Es ist leider jetzt hier eine ungünstige Zeit. Während im Januar mehr oder weniger alle die Arbeitserlaubnis bekamen, die nicht gerade einen groben Fehler bei der Formulierung machten, ist es jetzt so, daß etwa 80 Prozent abgelehnt werden. Es ist die Angst vor dem neuen Ansturm, und es ist nicht anzunehmen, daß diese Strömung sich im Laufe der nächsten Monate legen wird.

Was es hier an Problemen und Problemchen gibt, die alle gewälzt werden müssen, das kannst Du Dir einfach nicht vorstellen. Dieses England ist eben für Leute wie mich auf die Dauer ein unmögliches Emigrationsland. Ich sehe mehr und mehr ein, daß Amerika die einzige Möglichkeit, das kleinste Übel ist. Ich werde Welch schreiben, er soll sich wirklich für mich bemühen, aber ich verspreche mir davon

---

116 Anna Schwab bekleidete eine bedeutende Position im Jüdischen Flüchtlingskomitee.

fast ebensowenig wie Du. Meinst Du, es hätte Sinn, wenn ich im August auch mit einem Besuchervisum rüberfahre? Meinst Du, ich könnte es dann auch arrangieren dortzubleiben? Wenn ich keine reguläre Stellung hier finde und wenn es mir möglich wäre, das Comitee hier davon zu überzeugen, daß ich drübenbleiben kann, dann würden sie mir sicher die Reise bezahlen. Bestimmt sogar.

Grüße Lechner schön, und sei 1000mal umarmt.

Sibylle

Eva Ortmann und Fritz Lechner hatten einen kurzen Ferienaufenthalt mit Evas Bruder Heinrich und seiner Familie in der Tschechoslowakei verabredet.

Eva Ortmann aus Spindlermühle, Tschechoslowakei, an Sibylle in London

31. Mai 1936

Mein liebes gutes Kind!

Es kommt mir vor, als ob ich Dir ewig lange nicht geschrieben und auch von Dir nichts gehört hätte. Aber das kommt natürlich durch die Reise. Gestern früh, 7 Uhr, fuhren wir von Berlin ab bis Hirschberg und sind dann über den Kamm gelaufen bis zur Spindlerbaude, von dort mit Autobus nach Spindlermühle. Im Grenzort Hain, den wir zu Fuß passierten – in jedem Dörfchen übrigens nette Schilder »Juden sind in diesem Ort nicht erwünscht« –, wurde ich in ein Zimmer genötigt und von einer Frau bis zum Hemd ausgezogen!! Jedes Kleidungsstück wurde genau untersucht. Lechner war noch 1/2 Stunde später rot vor Wut und empfand es als eine Degradierung, ich fand es äußerst humorvoll.

Was Deine Idee, gleich mit nach Amerika zu kommen, anbetrifft, so haben sich ja unsere Briefe gekreuzt. Ich schrieb Dir in meinem letzten Brief, daß ich es sehr schön fände, wenn es möglich wäre. Allerdings weiß ich nicht recht, was man im Woburn House dazu sagen wird. Nachdem man sich bemüht, um ein Permit für Dich zu erlangen, kannst Du doch nicht gut 2 Monate später den Leuten damit kommen, nun wollest Du nach Amerika! Höchstens, wenn Du nach allen Versuchen und Anstrengungen absolut *kein* Permit erlangen kannst, dann wird man vielleicht froh sein, Dich mit Anstand loszuwerden, und Dir gern die Überfahrt bezahlen. Oder eben, wenn ich drüben bin und Dir eine richtige Bürgschaft verschaffen kann und Du offiziell drüben einreisen kannst. Dann wird man natürlich im Woburn House verstehen, daß Du lieber in ein Land gehst, wo Du keinerlei behördliche Schwierigkeiten, also alle Möglichkeiten zum Vorwärtskommen, und außerdem Deine Mutter hast. Na, man muß abwarten, mein Gutes.

Mutti

Eva Ortmann aus Marienbad, Tschechoslowakei, an Sibylle in London

3. Juni 1936

Mein liebes Sibyllchen!

Endlich bin ich hier gelandet, eine umständliche Reise von Spindlermühle. Ich fand hier aus Berlin nachgesandt 2 Karten von Dir vor, die eine mit der betrüblichen Mitteilung, daß die Amexco Dir abgesagt hat, das ist wirklich sehr dumm. Ich weiß auch gar nicht, wie das in zukünftigen Fällen werden soll, da Du *erst* die Stellung haben mußt und dann das Permit zu erhalten versuchen mußt! So viel Geduld bringt doch kein Chef auf, darauf zu warten! Ich kann mir gar nicht erklären, wie das diejenigen, die es erreicht haben, eigentlich gemacht haben. Wenn ich bedenke, daß Du doch sehr mit dem Gedanken umgehst, *bald* nach Amerika zu gehen, so finde ich fast, daß es gar nicht lohnt, für wenige Monate um das Permit zu kämpfen und seine Kräfte zu vergeuden. Wenn sie in England genau wissen, daß Du das Land in wenigen Monaten *bestimmt* verläßt, geben sie Dir vielleicht ein befristetes Permit.

Bermanns Brief ist wirklich sehr nett. Ob er praktisch von Nutzen ist, weiß ich nicht. Wenn Du jemanden fändest, der Dir das Geld zur Verfügung stellt? Ich wüßte niemanden, der so großzügig und vertrauensvoll ist. Für uns wäre es sowieso nicht in Frage gekommen, auch wenn wir noch nicht das Besuchsvisum hätten. Denn wir hätten hier bei diesem Konsul eine Ablehnung riskiert und uns damit den Weg für *immer* verbaut. Eine der wichtigsten Fragen auf unserem Fragebogen lautete: Haben Sie schon mal einen Antrag zur dauernden Einreise gestellt? Wenn man da ein »ja« ausfüllen mußte, dann ist den Leuten natürlich alles klar, und sie glauben einem die Absicht des Besuches nie wieder. Ich wundere mich genug, daß sie sie jetzt glauben.

Ich war schwer enttäuscht von dem berühmten Marienbad. Ein mondäner städtischer Ort, asphaltierte Hauptstraße, elegante Menschen, ohne Hut gehen erregt Aufsehen, blödes Kurkonzert, als Ausgleich ringsherum um den Ort sehr schöne Wälder. Wenn man direkt aus Berlin kommt, mag es noch gehen, aber nach dem Riesengebirge ist man natürlich enttäuscht. Na, die Hauptsache ist ja, daß mir die Kur etwas nützt, und das hoffe ich. Ich traf gestern eine Dame aus Berlin, die hat in 7 Tagen 8 Pfund abgenommen, und ihr Ischias hat sich in dieser kurzen Zeit auch schon gebessert durch die Moorbäder. Ach mein gutes Kind, wieviel lieber würde ich bei Dir sein als hier! Mich ärgert jeder einzelne dieser saturierten vollgefressenen Menschen, wenn sie hier des Morgens mit wichtiger Miene mit ihren Brunnengläsern einherwalzen, als gäbe es keine anderen Probleme auf der Welt. Und am meisten ärgert mich, daß ich ja im Augenblick so aussehe, als wenn ich ganz zu ihnen gehörte.

Mutti

Sibylle aus London an Eva Ortmann in Berlin

3. Juni 1936

Liebes Muttichen,

ich habe es mir überlegt. Ich halte es für besser, wenn *Ihr* erstmal festen Fuß faßt (solange ich hier ebenfalls welchen habe) und daß ich dann vielleicht ein paar Monate später nachkomme. Für mich wird es dann auch viel leichter sein, wenn ich sozusagen schon einen festen Stützpunkt drüben habe.

Sibylle

Sibylle aus London an Eva Ortmann in Marienbad

4. Juni 1936

Liebes Muttichen!

Bitte schreibe doch im nächsten Brief (sofort) nicht so viele persönliche Dinge, schreibe nichts über meine Angelegenheiten mit Stellungssuche, sondern drücke mir die Hoffnung aus, daß man mir hier erlauben wird, zu arbeiten und vielleicht nebenher zu studieren. Mache es deutlich, daß Du (nicht Ihr) das Visum für Amerika bekommen hast, daß Du im August fahren wirst, daß Du hoffst, festen Fuß zu fassen, mir eine Bürgschaft zu besorgen und mich nachkommen zu lassen, daß Du mich nicht gern vorläufig allein hier läßt, daß Du es nur tust, weil Du weißt, daß ich so gute Freunde in London habe, die sich um mich kümmern (sehr wichtig!). Daß mir die besonderen Gründe, warum ich nicht nach Berlin zurückgehen soll, wahrscheinlich Frau X. mündlich mitgeteilt hat, als sie hier in London war. (Das auszuschmücken bleibt dann meiner Phantasie überlassen.) Und dann, daß Onkel Heinrich mir, falls es nötig ist, regelmäßig Geld schicken wolle, daß das doch sehr nett von ihm sei und daß ich mich bei ihm bedanken solle.

Mit einem solchen Brief müßte ich zum Home Office gehen, da sie von mir Unterlagen für die Wahrheit meiner Geschichte verlangt haben, ich aber keinen Deiner Briefe vorzeigen kann. (Bitte datiere den Brief von Pfingsten, Spindlermühle.)

Du hast doch schon mal die Situation mit einem schönen Brief gerettet![117]

Sibylle

Sibylle aus London an Eva Ortmann in Marienbad

6. Juni 1936

Liebes Muttichen!

Unterdessen ziehen sich hier die Dinge drohend über meinem Kopf zusammen, obwohl sie sich einerseits auch wieder geklärt haben, indem ich nämlich die Stellung bei dem Uhrenexportgeschäft angenommen habe, und die haben bereits – dummerweise – die Eingabe gemacht.

Montag habe ich ein Interview mit dem größten Mann im Woburn House, Schiff[118], der Dir ja schon bekannt ist. Der soll und wird hoffentlich sein Bestes tun, um meine völlig verfahrene Angelegenheit

---

117 Die Anspielung zielt auf Eva Ortmanns Brief vom 29. November 1933, in dem sie in Form eines Briefes an Sibylle Argumente von Mrs. Model vom Jüdischen Flüchtlingskomitee zurückwies.

118 Otto M. Schiff, der Gründer des Jüdischen Flüchtlingskomitees, verfügte, was die Fälle einzelner Flüchtlinge betraf, beim Innenministerium über großen Einfluß.

wieder in Ordnung zu bringen. Mit Henry bin ich wieder mal etwas auseinander, seit ich ihm ernsthaft gesagt habe, daß ich nach Amerika zu gehen gedächte. Er hat es vorher nicht geglaubt. Dann wollte er mich überreden, nicht zu gehen, und dann erklärte er, er käme mit. Da habe ich ihn laut und schallend ausgelacht, und seither ist er tödlich beleidigt.

Sibylle

Eva Ortmann aus Marienbad an Sibylle in London

9. Juni 1936

Mein liebes Sibyllchen!

Also zunächst die praktischen Dinge: Niemand in Berlin weiß, daß ich nach Amerika fahren werde und es *soll* auch niemand wissen. Aus 1000 Gründen, die ich hier natürlich nicht schriftlich niederlegen möchte, die Du Dir aber wohl denken kannst.[119] Der *Hilfsverein* weiß im übrigen sowieso nichts von mir, wahrscheinlich nehmen die Leute im Woburn House an, daß der Hilfsverein mir die Reise bezahlt. Du kannst die Leute darüber aufklären, daß ich mich an *niemanden* gewandt habe deswegen, sondern meine allerletzten ersparten Groschen dafür ausgebe. Wenn die Leute *durchaus* einen Beweis haben wollen, so würde ich ihnen im schlimmsten Fall meinen Paß per Einschreiben schicken, aus dem sie ersehen können, daß ich das Visum habe.

Mutti

Sibylle aus London an Eva Ortmann in Marienbad

11. Juni 1936

Mein liebes Muttichen,

ich war am Montag abend bei Schiff, worum mich alle bewunderten, denn es soll schwer sein, an ihn heranzukommen. Ich gab ihm ein von mir verfertigtes Dokument, ein Meisterstück, indirekt an das Home Office gerichtet, in dem ich meine Lage fast wahrheitsgetreu erkläre, schreibe, daß ich aus wahren Gründen nur vorübergehend in

---

119 Eine Denunziation bei der Polizei hätte beispielsweise Währungs- und Steuervergehen enthüllen, aber ebensogut auch Lechners Verhältnis zum Kulturbund gefährden können.

England bleiben möchte, und zum Schluß an »hospitality, kindness and understanding« der Engländer appelliere. Schiff fand es sehr fein, lobte mein Englisch, versprach, die Sache in die Hand zu nehmen, und sagte zu meinem größten Erstaunen, er wolle versuchen, es in einer Woche durchzukriegen. Wie weit dieser Optimismus begründet ist, weiß ich nicht. Aber ich bin auf seinen Rat hin zu meinem Chef gegangen, habe ihm gesagt, daß ich auf keinen Fall anfangen dürfte zu arbeiten und daß er auf mich warten solle, bis ich mein Permit habe. Das versprach er denn auch tatsächlich zu tun, gegen mein Erwarten.

Sibylle

Sibylle aus London an Eva Ortmann in Marienbad

17. Juni 1936

Mein liebes Muttichen,

gestern hatte ich einen sehr überraschenden, entzückenden Brief von Lili. Denke Dir, sie hat sich verliebt! Und zwar offenbar recht glücklich und beiderseitig. Und der Junge ist der bezauberndste Junge, den ich in Prag getroffen habe, von dem ich Dir auch erzählt habe, nämlich der, der Mitglied der NSDAP ist.[120] Nicht nur klug und nett, sondern auch hübsch, groß, breitschultrig und blond. Also mein Ideal. Ich finde es wirklich sehr nett für Lili, und ihr Brief klingt ganz anders als irgend einer, den ich seit langem von ihr gehabt habe. Sie sagt, es käme ihr gar nicht »romantisch vor, sondern eher selbstverständlich«. Ihr Vater ist ganz entsetzt von der Sache, politisch. Aber was soll er machen? Lili studiert im Herbst Romanistik als Haupt- und Slawistik als Nebenfach, hat jetzt einen genauen Plan, ist ganz zufrieden mit ihrem Schicksal und ist überhaupt ein ganz anderer Mensch.

Sibylle

Sibylle aus London an Eva Ortmann in Marienbad

19. Juni 1936

Liebes Muttilein,

Henry war ganz begeistert darüber, daß Lechner neben Litwi-

---

120 Herbert (Tommy) Crüger. Er war zunächst Mitglied der SA gewesen, hatte 1931 aber zur kommunistischen Partei gewechselt.

now[121] im Liegestuhl gelegen hat. In seinen Augen ist Lechner dadurch gleich ein bißchen im Wert gestiegen. Dann überlegte er es sich und war ganz entrüstet, daß der Proletarier in einem mondänen Kurort bürgerliche Freuden genießt und sich sonnt.

Sibylle

Eva Ortmann aus Marienbad an Sibylle in London

23. Juni 1936

Mein liebes Kleines!

Bestelle Henry, er brauche sich nicht zu entrüsten. L. [Litwinow] ist hier alles eher als mondän aufgetreten. Er lief in einem schäbigen, schlecht sitzenden Anzug herum, und niemand, der ihn nicht kannte, wäre auf den Gedanken gekommen, daß dies einer der bedeutendsten Leute Europas sei.

Deine Mutti

Sibylle aus London an Eva Ortmann in Marienbad

27. Juni 1936

Liebe Mutti,

eben ruft Herr Rubinstein an, ein Brief vom Home Office sei gekommen. Das Permit ist bewilligt! Was sagst Du dazu?

Sibylle

Eva Ortmann aus Marienbad an Sibylle in London

28. Juni 1936

Mein liebes Kleines!

Ich gratuliere zum Permit, es scheint mir doch besser, daß Du es hast, als daß man es abgelehnt hat. Deine sonstigen Pläne kannst Du ja vielleicht für kurze Zeit zurückstellen, wir sprechen dann vielleicht mündlich darüber, wie ich Dir schon gestern schrieb. Ich hatte Dich

---

121 Maxim Litwinow (1876–1951), sowjetischer Außenminister. Als Jude, der mit einer Engländerin verheiratet war, war Litwinow ein Befürworter engerer Verbindungen zu den westlichen Demokratien, um Hitler im Zaum zu halten. Anders als die meisten hohen sowjetischen Politiker, die ihren Urlaub typischerweise am Schwarzen Meer verbrachten, zog er die tschechischen Kurorte vor, wo er sich unter falschem Namen einzuschreiben pflegte.

schon einmal angefragt, ob das Permit nur für Deinen Uhrenmann gilt oder ob das eine generelle Arbeitserlaubnis bedeutet. Alle, denen man davon erzählt, bewundern Dich sehr und wissen von Freunden, die viele Monate warten und es nicht bekommen.

Mutti

Sibylle aus London an Eva Ortmann in Marienbad

29. Juni 1936

Liebes Muttichen,

Du bist gar nicht so begeistert über das Permit, wie es das eigentlich verdient. Bisher haben mich alle Leute ganz hingerissen beglückwünscht, verschiedene haben mich direkt geküßt. Ich selbst bin sehr froh, es zu haben und nun hier legalisiert zu sein.

Den Engländern liegt nämlich vor allem daran, daß ich möglichst viel verdiene, da sie verhindern wollen, daß die deutschen Juden den Durchschnittstarif drücken. Ich war heute im Woburn House, habe Muschi, Gerda Maizner (die ich zufällig beim Essen traf) und noch verschiedenen andern Leuten, die man dort kennt, von meinem Glück erzählt, und man hat mich restlos bewundert, vor allem für die *Schnelligkeit*. Daß in knappen 3 Wochen ein Permit durchkommt, ist etwas ganz Unerhörtes. Man gibt allgemein als Minimum 6 Wochen an. Ich kriege 3 Pfund die Woche, das ist ausreichend und entspricht etwa 150 RM in Deutschland oder sogar etwas mehr. Von den 3 Pfund geht 1 £ pro Woche aufs Zimmer, 3 s auf Fahrgeld, und der Rest ist für Essen und Vergnügen.

Sibylle

Eva Ortmann aus Berlin an Sibylle in London

30. Juni 1936

Mein liebes Kleines!

Also, die Würfel sind gefallen, ich habe eben für ein Schiff der Holland-Amerika-Linie gebucht, am 5. Sept. ab Southampton. Die Linie ist besonders günstig, weil sie für den Aufenthalt 560.– Mark Landgeld (in Dollars) auszahlt pro Person! Mir ist ganz schlecht bei dem Gedanken. Aber ich glaube nur, weil Du nicht mitkommst, sonst wäre es nicht so schlimm. Natürlich regen einen Veränderungen immer auf, und hier steht man vor etwas gänzlich Unbekanntem, hat Schwierigkeiten mit der Sprache etc. Aber was soll man tun, vernunftgemäß ist dieser Versuch wohl das einzig Richtige, und Gefühle darf man heute nicht mitsprechen lassen. Ich habe nun auch zum 1. August die Wohnung gekündigt – der weine ich allerdings in keinem Falle eine Träne nach. Im Hause habe ich gesagt, ich führe im August zu Dir nach England und bliebe dort eine Weile und würde mir dann erst im Oktober wieder eine Wohnung nehmen, die Möbel inzwischen unterstellen.

Mutti

Eva Ortmann aus Berlin an Sibylle in London

1. Juli 1936

Mein liebes kleines Puppchen!

Du irrst Dich, wenn Du glaubst, daß ich mich nicht genügend über Dein Permit gefreut habe. Im Gegenteil, ich habe überall Deine Tüchtigkeit ausposaunt, und alle haben Dich sehr bewundert. Ich habe sogar daran exemplifiziert, daß man eben nicht immer auf alle negativen Reden und Erzählungen hören soll, sondern im Vertrauen darauf, daß man doch wohl etwas mehr Intelligenz und Energie als die durchschnittlich vorhandene besitzt, eben alles einmal versuchen soll. Wobei man ja nicht mehr darüber zu diskutieren braucht, daß alles heute sehr schwierig ist und daß niemand gerade auf einen gewartet hat. So habe ich es ja auch mit unserem amerikanischen Visum erlebt. Gestern erst hat mir jemand berichtet, es sei ganz *unmöglich,* eines zu bekommen, wenn man nicht über ein großes Bankkonto verfügt. So wird es hoffentlich auch mit der Erlangung eines richtigen Visums sein. Man muß alles versuchen und darf sich nicht auf die Leute verlassen. Die meisten sagen hier: »Ja, wenn man nach U. S. A. kommen könnte, aber da kommt man ja nicht hinein.« Und damit geben sie sich zufrieden.

Lechner will sich durchaus mit Singer einen Rückweg offenhalten, eventuell zum Januar. Ich habe ihn auch darin bestärkt, denn er ist nun mal so ein Mensch, der nicht alle Türen hinter sich verrammeln kann, ehe er eine neue offene sieht. Ich glaube überhaupt, daß, wenn man erst 4 Monate fort sein wird, man keine Lust mehr haben wird zurückzukommen. Wohin man allerdings gehen soll, wenn man in

Amerika gar nichts erreicht oder es einem *absolut nicht* gefällt, das weiß ich nicht. Immerhin muß man ja diese Möglichkeit in Betracht ziehen! Hast Du gelesen, daß in Genf jetzt zum ersten Mal offenbar eine wirkliche Lösung des E.-Problems in bezug auf Paß- und Aufenthaltsverhältnisse vorbereitet wird? Wenn das Abkommen wirklich, wie geplant, im August von den Völkerbundsstaaten unterzeichnet wird, so würde das eine große Erleichterung bei allen Plänen bedeuten; d. h. in bezug auf Europa, U. S. A. ist ja nicht im Völkerbund.[122]

Mutti

Eva Ortmann aus Berlin an Sibylle in London

6. Juli 1936

Mein liebes gutes Kind!

Deine Absicht, vorläufig in England zu bleiben, ist natürlich die einzig richtige. Es hat mir schon leid getan, Dich mit meinem Brief irritiert zu haben. Es wäre ein Unsinn, wenn Du, kaum daß Du erreicht hast, was Du wolltest, schon wieder alles hinwerfen würdest. Ich hatte nur an dem Tage, an dem ich endgültig gebucht hatte, plötzlich einen Schreck vor meinem eigenen Mut bekommen, und da habe ich es mir so schön ausgemalt, wie es wäre, wenn Du mitkämest. Schließlich wissen wir ja noch nicht einmal, ob wir drüben bleiben können und wollen. Das hängt in unserem Fall von soviel Zufalls- und Glücksumständen ab! Im schlimmsten Fall haben wir ja unsere Rückfahrkarte in der Tasche. Das ist immerhin ein beruhigendes Gefühl (Gültigkeit 2 Jahre!). Wenn alle Stricke reißen, kommen wir nach England, und ich vermiete dort Zimmer. Wenn es eine solche Kalamität ist, ein anständiges zu finden, dann müßte es doch ganz gut sein, welche vermieten zu können.

Onkel Max,[123] der oft angelaufen kommt, hat Deine Adresse einer

---

122 Das erwies sich allerdings als vergebliche Hoffnung. Das Abkommen bezog sich ausschließlich auf bereits vorhandene Flüchtlinge, und nichts hielt die Staaten davon ab, ihre Maßnahmen gegen weitere Einwanderung zu verschärfen. Und zur Enttäuschung der Vertreter des Völkerbunds nahmen diese Maßnahmen weiter zu.

123 Eva Ortmanns Onkel, der Altphilologe Max Rothstein, war Witwer, seine beiden Söhne waren Flüchtlinge, der eine in Paris, der andere in Bogotá; er selbst durfte nicht mehr unterrichten.

Frau Stoltenhoff gegeben, damit sie sich von Dir einen Rat holt. Du wirst ihr wohl nicht viel nützen können. Sie ist eine etwas hysterische, aber anständige und gebildete Frau. Ihr arischer Mann hat sie '33 sitzenlassen mit einem kleinen Jungen von 6 Jahren, glaube ich. Sie ist im Chor des Kulturbunds untergekommen, singen kann sie allerdings gar nicht, dagegen beherrscht sie offenbar mehrere Sprachen und will wohl damit etwas anfangen. Dies nur zu Deiner Orientierung, falls sie sich bei Dir melden sollte.

Schluß für heute, mein Liebes. Ich grüße und küsse Dich viele tausend Mal! Deine Mutti

Eva Ortmann aus Berlin an Sibylle in London

10. Juli 1936

Mein liebes Kleines!

Lechner lernt wieder fleißig Englisch. Er liest augenblicklich das Buch, das Du ihm zum Geburtstag geschenkt hast. Er war 2 Tage in Stettin, seine Mutter hatte Geburtstag, und er hatte sich sehr darauf gefreut. Zurück kam er ganz verstimmt und verärgert. Seine Mutter hatte wieder »reiche Mädchen aus großartiger Familie« für ihn zum Heiraten in Vorschlag, und er hat ihr darauf offenbar so grob geantwortet, daß sie geweint hat. Also eine traute Familienfeier, und er war froh, wieder hier zu sein.

Mutti

Eva Ortmann aus Berlin an Sibylle in London

19. Juli 1936

Mein geliebtes Kleines!

Ich habe noch so viel zu tun, daß mir ganz angst wird. Vor allem muß alles richtig *disponiert* werden, das ist das Wichtigste. Mieter waren schon verschiedene da, aber es schien mir nicht das richtige, und ich habe sie nicht genommen. Jetzt kommen seit paar Tagen überhaupt keine mehr, man weiß nicht, wie man es richtig macht. Frau Schurak hilft mir sehr, sie ist voll Abschiedsschmerz, obwohl ich ihr nicht gesagt habe, was wir vorhaben,[124] aber sie denkt es sich wohl so

---

124 Daß also der Abschied von Berlin endgültig sein sollte.

ungefähr. Sie hat ihre Erfahrungen. Die Eltern von Ina z. B. sind weg. Kein Mensch weiß, wo. Deine Mutti

Eva Ortmann aus Berlin an Sibylle in London

23. Juli 1936

Mein liebes gutes Sibyllchen!

Ich war heute sehr tüchtig, ich habe mir im Hilfsverein 250.– Mark zur Reise erstritten. Was sagst Du dazu? Ich hatte ja natürlich ursprünglich keineswegs die Absicht, dorthin zu gehen, sondern wollte von der jüdischen Gemeinde eine Art Abfindung für meine Stellung. Die machen aber nichts ohne den Hilfsverein, und so blieb mir nichts übrig, als dorthin zu gehen, obwohl ich nicht die geringste Hoffnung hatte, dort etwas zu bekommen. Auf meiner Kartotheks-Karte war auch hübsch säuberlich alles vermerkt, was ich schon bekommen hatte: 1. Fahrkarte nach Paris, 2. Fahrkarte nach London für Sibylle O. Ich mußte wieder mit Herrn Lifschitz sprechen und mit Frl. Loewi. Sie erkannten mich sofort und fragten nach meiner Tochter, wo sie sei, wie es ihr gehe. (Sie wußte auch noch von dem entrüsteten Brief, den das Londoner Comité geschrieben hatte.[125]) Ich sagte, ausgezeichnet, und prahlte sehr. Kurz und gut, ich beschwatzte die Leute, und gegen alle Regel bekam ich das Geld. Nun denke ich von der Gemeinde noch etwa 150 Mark dazuzubekommen, die ganze Karte kostet etwa 530, das ist dann nicht mehr so schlimm.

Deine Mutti

Sibylle schrieb, daß sie ihr Notizbuch wiederbekommen habe, das auch ihren Paß und die Registrierungskarte für Ausländer enthielt; sie hatte es bei einer spontanen Geburtstagsfeier für eine Arbeitskollegin in einem Pub liegenlassen.

Sibylle aus London an Eva Ortmann in Berlin

24. Juli 1936

Liebes Muttichen!

[...] Paß usw. hatte ich drin, weil ich in der Mittagspause auf der

---

125 Im Jahr 1933.

Fremdenpolizei gewesen war, wo ich mich drei Wochen zu spät gemeldet habe. Und da ich das vor drei Jahren schon einmal gemacht hatte und verwarnt worden war, woran ich mich natürlich nicht erinnern konnte, wollten sie von mir 2 £ Strafe haben. Ich habe so lange mit dem Beamten, einem besonderen Freund von mir, geflirtet, bis er eine kleine Fälschung gemacht hat und die Sache hat durchgehen lassen.

Was Du mit meinen Spielsachen sollst? Wenn ich in Berlin wäre, würde sicherlich mein Herz bluten, aber von hier aus kann ich ganz kaltblütig meine Anweisungen geben. Die guten Kinderbücher und Märchenbücher möchte ich *auf keinen Fall* weggeben. Erstens will ich sie für mich selbst aufheben; zweitens werden meine Kinder, wo auch immer sie aufwachsen, doch auf jeden Fall Deutsch sprechen können, und für die will ich sie in zweiter Linie aufbewahren. – Spielsachen nach Amerika zu schleppen ist wohl sehr sinnlos, außerdem werden sie altmodisch. Also sollen sich ein paar arme jüdische Kinder darüber freuen.

Sibylle

Miss E. M. Smith, eine ältere Lehrerin, die sich mit Sibylle 1933 kurz nach ihrer Ankunft in England angefreundet hatte, war mittlerweile in den Ruhestand gegangen.

E. M. Smith aus London an Sibylle in London

25. Juli 1936

Meine liebe Sibylle,

herzlichen Dank für Ihren freundlichen Brief. Ich habe nicht gleich geantwortet, da gute Nachrichten ja immer etwas Zeit haben. Ich war so erleichtert, mein liebes Kind, daß Sie nicht wieder in dieses gräßliche Land zurückmüssen. Jetzt besteht also keine Gefahr mehr, daß Sie zurückmüssen, und Sie haben die Sache endgültig hinter sich.

Ist es nicht sehr mutig von Ihrer Mutter, das Leben in einem anderen Land von vorn zu beginnen? Ihr alle habt so einen Mut, ich glaube nicht, daß irgendeine Rasse auf der ganzen Welt jemals so tapfer war.

Aber jetzt, liebe Sibylle, müssen Sie *Engländerin* werden, Sie sind ja noch so jung, Sie werden sich nicht so entwurzelt fühlen wie ältere

Leute, und Sie können Ihr Leben von vorn beginnen. Seien Sie gesegnet, mein Kind – Sie müssen wieder jung werden, Sie sind ja so ernst für Ihr Alter, und das ist ja auch wirklich kein Wunder.

Mit vielen herzlichen guten Wünschen, mein gutes Kind,

Ihre *alte* liebe Freundin

E. M. Smith

Eva Ortmann aus Berlin an Sibylle in London

28. Juli 1936

Mein liebes gutes Sibyllchen!

Mit Lechner können wir zunächst noch gar nicht rechnen. Ob er nach London kommt und wann, ist ganz unbestimmt. Also kann man für ihn auch nichts bestellen. Es hat auch keinen Zweck, ihn zu irgendeinem Entschluß zu drängen. Er ist *so* aufgeregt bei dem Gedanken, von Deutschland fortzugehen, vielleicht für immer oder doch für unbestimmte Zeit, daß er diesen Gedanken einfach wegschiebt und vor sich selber tut, als mache er eine Konzertreise nach Brüssel und weiter nichts. Du kennst ihn ja, wenn er sieht, wie ich allmählich anfange, alles einzupacken, Koffer zu kaufen etc., steht er ganz weiß vor Aufregung daneben. Im übrigen hat er noch besondere Aufregungen mit seiner Mutter. Seit die weiß, daß ich mit nach Amerika fahre, ist sie ganz toll vor Wut, schreibt ihm die rasendsten Briefe, er verkürze das Leben seiner Eltern und solche sinnlosen Sachen mehr. Ich habe es nicht selbst gelesen, er hat alles gleich zerrissen und hat nur gesagt: »So etwas konnte ich Dir nicht zeigen, es war so ordinär wie von einer Portiersfrau geschrieben!« Augenblicklich ruht der Briefwechsel, aber es macht ihm den Abschied natürlich nicht leichter, in solchem Unfrieden so weit wegzufahren, es sind schließlich alte Leute, denen jeden Tag etwas passieren kann.

Deine Mutti

Fritz Lechner schrieb ein Postskriptum in, wie er meinte, englischer Sprache

Mister Lechner replies best your greetings.

Eva Ortmann fügte ein letztes Postskriptum hinzu

Für diesen Satz mußte mehrmals das Lexikon zu Rate gezogen werden.

Sibylle aus London an Eva Ortmann in Berlin

30. Juli 1936

Meine liebe Mutti,

meine Käthe-Kruse-Puppe will ich nicht mit mir in der Welt rumschleppen. Für meine Kinder will ich sie nicht aufheben, denn ich werde hoffentlich in der Lage sein, ihnen andere Puppen zu kaufen.

Muschi ist neulich abgefahren. Sie ist mit Fritz und dessen Bruder erst nach Dänemark gefahren, und dann gehen sie sicher nach Amerika.

Lechners Satz mag vielleicht im Shakespearschen Sinne einwandfrei sein, aber englisch ist er nicht, und ich würde ihm von der Benutzung des Lexikons, das er dazu zu Rate gezogen hat, abraten. [Ab hier schrieb Sibylle englisch weiter:] Bitte grüß ihn herzlich von mir. Sag ihm, daß er sehr dumm ist, sich nicht darüber zu freuen, daß er Berlin verläßt. Ich selbst könnte mir nicht vorstellen, nach Deutschland zurückzukehren, nicht einmal vorübergehend. Aufs Geratewohl zurückzukehren käme mir vor, wie mir die eigene Hand abzutrennen oder etwas ähnlich Unmögliches. Er kann sich also zu seinem Mut nur gratulieren und zu all den Aussichten, die jetzt vor ihm liegen, und es gibt einfach überhaupt keinen Grund, wegen irgend etwas traurig zu sein. Verstehst Du?

Sibylle

Muschis Mutter Rika, Wolfgang Ortmanns erste Ehefrau, war bis 1933 Zahnärztin im öffentlichen Gesundheitsdienst gewesen, bis man sie wie die anderen Juden aus dem Staatsdienst entlassen hatte. Auf der Suche nach einem Auswanderungsland war sie in die Sowjetunion gegangen, wo sie ohne Ablegung von Zulassungsexamina, wie sie überall sonst gefordert wurden, arbeiten konnte. Im Sommer 1936 konnte sie Muschi und ihren Mann Fritz Daniel in Schweden (nicht Dänemark, wie Sibylle irrtümlich meinte) treffen, wo sie Verwandtschaft hatte. Bei ihrem Treffen in Stockholm erzählte Rika Ortmann ihrer Tochter und ihrem Schwiegersohn, daß die jüngsten Ereignisse in der UdSSR ihr angst machten und sie lieber im Westen bliebe, als nach Moskau zurückzukehren. Muschi und Fritz waren nicht Mitglieder der Kommunistischen, sondern der Sozialistischen Arbeiterpartei, aber ihr Vertrauen in die Sowjetunion war grenzenlos. Sie waren sicher, daß Rikas Ängste unbegründet waren, und drängten sie zur Rückkehr nach Rußland, bis sie selbst in Amerika Fuß gefaßt hätten und in der Lage seien, sie nachzuholen. Widerstrebend willigte Rika schließlich ein.

Kapitel VIII

»In dem verrückten Land«

August bis November 1936

Im August 1936 trafen Eva Ortmann und Fritz Lechner die letzten Vorbereitungen, Berlin zu verlassen. Sie wollten über London fahren, um Sibylle zu besuchen, und dann mit dem Schiff von Southampton nach New York reisen. Weder dem Hausverwalter und seiner Frau, Herrn und Frau Schurak, noch irgend jemandem sonst in der Schlüterstraße 48 erzählten sie, daß sie nicht zurückkommen wollten, da sie befürchteten, wenn ihre Pläne im Haus bekannt würden, könnte irgendein pflichteifriger Nationalsozialist unter den Mietern sie denunzieren. Es gab eine ganze Reihe von Gründen, ihre Absichten zu verbergen. Sollten die Behörden Nachforschungen anstellen, hätten sie sehr gut dahinterkommen können, daß Eva Ortmann und Fritz Lechner nicht, wie ihre Visa vorgaben, als Touristen nach Amerika fuhren, sondern um zu emigrieren und demzufolge die Reichsfluchtsteuer hätten entrichten müssen. Außerdem war Dr. Kurt Singer, Fritz Lechners cholerischer Arbeitgeber beim Kulturbund, dafür bekannt, daß er die Verträge von Sängern und Musikern aufhob, die über eine Auswanderung nachdachten; in seinen Augen war so etwas illoyal. Und dieser Vertrag war nicht nur ein Wert an sich – etwas, auf das beide hätten zurückgreifen wollen, wenn sie in Amerika scheitern sollten –, sein Bestehen machte es zudem sehr viel einfacher, Amerika überhaupt zu betreten, da er ihren Anspruch unterstrich, ehrliche Touristen mit dem festen Vorsatz zu sein, wieder nach Berlin zurückzukehren.

Sibylle nahm sich eine Woche frei, um mit ihrer Mutter Ferien auf der Isle of Wight zu machen. Während Eva und Fritz unterwegs waren nach Southampton, um die »Veendam« auf dem Weg von Boulogne nach New York zu besteigen, fuhr Sibylle zurück nach London.

Eva Ortmann unterwegs auf See an Sibylle in London

11. September 1936, R. M. S. Veendam

Mein geliebtes kleines Puppchen!

Ich benütze den ersten Tag, an dem ich wieder einigermaßen auf der Höhe bin, um meinen Brief an Dich anzufangen, den ich dann gleich nach der Ankunft in New York absenden will. Also den Anfang unserer Reise habe ich Dir ja in aller Eile schon geschildert, ich gab den Brief einem Mann in Southampton. Hoffentlich hast Du ihn bekommen. Als wir also völlig verfroren und müde in unseren Cabinen landeten, mußte ich sehen, daß sie *wirklich* die schlechtesten des ganzen Schiffes waren. Zwar wußte ich dies theoretisch schon, aber praktisch war es noch scheußlicher, als ich mir vorgestellt hatte. Ein muffiger winziger Raum, etwa so groß wie ein Liegewagenabteil III. Kl., *kein* Fenster, nur ein paar Luftklappen nach einem ebenfalls muffigen Gang. Meine Mitinsassin, ein sehr angenehmes junges jüd. Mädchen aus Berlin, störte mich gar nicht, dafür lag über uns der Küchenraum der 3. Kl. und unter uns der Maschinenraum.

Am nächsten Morgen erhob sich ein furchtbarer Sturm, Windstärke 10, und unser Schiff tanzte wie eine Nußschale. Ich lag fest in der Cabine und war so seekrank, wie Du es Dir überhaupt nicht vorstellen kannst. 24 Stunden habe ich mich ununterbrochen übergeben, ohne etwas zu essen, es war schrecklich. Übrigens waren sehr viele, wohl die Mehrzahl der Passagiere seekrank. Aber die meisten erholten sich, sobald der Sturm aufhörte, also nach 1–2 Tagen, während ich die ganze Woche bis gestern in mehr oder minder größeren Abständen dalag. Es war wirklich abscheulich, das ganze Schiff, Passagiere und Stuarts, waren voller Mitgefühl. Jeder erkundigte sich und kam mit einem anderen Rat: »Am besten, Sie legen sich lang.« – »Nur nicht soviel liegen, machen Sie sich Bewegung.« – »Essen Sie etwas Kräftiges, Heringssalat.« – »Nur nicht den Magen reizen, nichts Saures essen« usw. Schließlich ging ich zum Schiffsarzt, der sagte: »Es gibt überhaupt kein Mittel dagegen. Den einen packt es, den anderen nicht.«

Heute nun endlich ist das Meer so glatt wie der Wannsee, und da fange ich an, wieder ein normaler Mensch zu werden. Lechner hatte sich gleich nach 2 Tagen erholt und hat die ganze deutsch-jüdische Klique, die sich schnell gebildet hat, in großer Form unterhalten. Er hat all seine Glanz-Kopien losgelassen, und alle waren entzückt von ihm. Ein süddeutscher Arzt sagte zu mir: »Das ist aber mal a luschtige Haut, der läscht sich nicht unterkriege.«

Im übrigen ist es kaum zu glauben, wieviel Dummheit unter diesen

Juden, fast durchweg Akademikern, hier versammelt ist! Lauter ganz freundliche, gutartige Leute, aber *so* einfältig! Fast alle Emigranten, die z. B., aus kleinen Städten kommend, fürchterliche Sachen erlebt haben. Manche mußten bei Nacht und Nebel über die Grenze und haben alles im Stich gelassen, wofür sie ein Leben lang gearbeitet haben. Und dann muß man die Unterhaltungen hören über den größten Quatsch, als wenn es die wichtigsten Dinge sind. Das sind nun die Kulturbringer aus Europa!

12.9. Ich liege in der schönsten Laune und Wärme, wir nähern uns jetzt dem Golfstrom. Heute zum ersten Mal fange ich an zu begreifen, daß es Leute gibt, für die eine Seereise ein Vergnügen ist. Trotzdem werde ich froh sein, wenn wir dasein werden. Wenn man auf einem einigermaßen vernünftigen Kahn gefahren wäre, hätte man schon gestern oder vorgestern ankommen können, während dieses vorsintflutliche Boot erst am Dienstag mittag, also am 11. Tag nach der Abfahrt aus Rotterdam, in New York sein wird. Mit den Amerikanern, die in großer Anzahl hier vertreten sind, bekommt man gar keinen Kontakt. Nicht nur wir nicht, die durch die Sprache gehemmt sind. Es sind meist junge Menschen, Studenten, laut und unglaublich vergnügt und unbeschwert, wirklich so, wie ich mir nach der Beschreibung des amerikanischen Films und aus der amerik. Literatur diese College-Boys und -Girls vorgestellt habe. Toll ist es, wie diese jungen Leute tanzen. So etwas hast Du *bestimmt* noch nie gesehen. Bei uns würde jedes Paar innerhalb von 5 Minuten selbst aus dem schäbigsten Lokal hinausfliegen, wenn es sich ähnlich benehmen würde. Hier scheint es absolut der richtige Ton zu sein, die Mütter und Anverwandten sitzen dabei, betrachten ihre Kinder mit fröhlichem Blick und finden offenbar alles ganz in der Ordnung.

Ein junger deutscher Jurist, eine rühmliche Ausnahme unter den vorher beschriebenen Emigranten, hat mir gestern viel über diese Dinge erzählt. Er ist, wie gesagt, der einzig verständige und gescheite Mensch hier, war bereits 4 Monate in New York und hat das Visum auf genau die gleiche Art bekommen, wie wir es zu erlangen hoffen. Er konnte mir sehr Wichtiges über den Gang der Sache sagen, welche Fehler ich nicht machen sollte und welche eventuell nicht zu umgehen seien, etc. Komischerweise hat er sogar den gleichen Rechtsanwalt gehabt, den man mir gesagt hat. Er hat 100 Dollar von ihm genommen und hat ihn gut beraten. Das ist immerhin ganz erfreulich zu wissen. Dieser Jurist also, der sehr gut Englisch spricht und es liest wie Deutsch, hat mir viel von Amerika und von den Amerikanern erzählt, auch von der amerik. Jugend und wie schwer es für uns ist, sie zu verstehen, wenn wir mit unsern deutschen Begriffen und Maßstäben herangehen. Er schilderte mir den typischen Amerikaner, wie er ihm immer wieder in gebildeten Kreisen begegnet ist, und plötzlich sah ich Mr. Welch vor mir! So wie er ist, liebenswürdig, gut zu leiden, alles versprechend, nichts haltend, sobald er den oder die Betreffende aus dem Auge verliert.

Er erzählte mir von einem Freund, Arzt, der vor einem halben Jahr mit 350 Adressen herüberkam. Er suchte im Laufe von 2 Monaten alle auf. Die meisten waren reizend, einige aufs höchste entrüstet über das, was den Juden in Deutschland geschehen ist. Jeder versprach, sein Bestes zu tun, *keiner* hat ihm schließlich nur im geringsten geholfen. Durch Zufall fragte er in einem katholischen Krankenhaus an, zu dem er keinerlei Beziehung oder Empfehlung hatte. Dort war gerade ein Arzt erkrankt, die Stelle frei und man stellte ihn *sofort* ein. Dies sei Amerika. Wer gerade da ist, macht das Rennen, die Leute sind von schnellem Entschluß, aber Versprechungen seien *nichts* wert. Nun, wir werden ja wohl bald am eigenen Leibe ausprobieren, wie weit diese Theorie richtig ist.

Eine stundenlange Diskussion auf Englisch (!!) hatte ich gestern mit einem amerikanischen Professor, Jude, über die vermutlichen Gründe des Antisemitismus und über die Judenfrage überhaupt. Stell Dir das vor. Dieser Mann bringt den einwandernden Juden etwa die gleichen Gefühle entgegen wie die Berliner Juden den Ostjuden, d. h., er fürchtet ein Anwachsen der antisemitischen Welle und sieht uns nicht gern!

15.9. Wir sehen schon Land, eine tolle Sache, das ganze Schiff ist in Aufregung. Ich mache jetzt Schluß und küsse Dich in Gedanken viele, viele, viele 1000 Mal, mein Liebling.

Deine Mutti.

Am 19. September gestattete Eva Ortmann sich den Luxus, Sibylle einen Luftpostbrief mit dem Zeppelin »Hindenburg« zu schicken.

Eva Ortmann aus New York an Sibylle in London

19. September 1936
49 West 93th Street
Mein geliebtes Kleines!

Ich bekam Deinen lieben Brief mit all den verschiedenen Einlagen gleich nach der Ankunft im Hafen noch aufs Schiff gebracht. Dies war allerdings der einzige »nette Empfang«, den mir New York bot. Ich kann nur sagen (wie der Kaiser Franz Joseph von Österreich, als der Krieg ausbrach): »Mir bleibt halt nix erspart!« Auch von Heinrich und Jela bekam ich einen Brief aufs Schiff, in dem er unsere bisherige Reise, Verlust der Leica[126] etc., mit den Leiden Hiobs vergleicht. Aber ich muß sagen, Hiob war ein Waisenknabe im Vergleich zu uns!

Also stelle Dir vor: Von den 700 (!) Passagieren des Bootes hat man uns beide herausgepickt!! Die Einwanderungskommission kam an Bord, prüfte alle Visa, ließ alle passieren – nur wir mußten auf dem Schiff bleiben, bis alle anderen von Bord waren. Dann eröffnete er uns, daß wir nicht landen dürften, noch eine Nacht auf dem Schiff bleiben müßten, um am nächsten Morgen nach *Ellis Island* transportiert und dort einer höheren Einwanderungs-Kommission vorgeführt zu werden. Diese Leute sollten entscheiden, ob man uns eventuell mit dem nächsten Schiff zurückschicken sollte.

Versetze Dich in unsere Lage, wir hatten uns so gefreut, nach der endlosen Reise endlich an Land zu kommen, schon Pläne für unseren ersten Tag in N.Y. gemacht, und jetzt so etwas! Alle unsere Bekannten hatten längst das Boot verlassen, wir konnten also keinem Menschen mehr eine Nachricht zukommen lassen, damit uns jemand zur

---

126 Während die deutschen Gesetze die Geldmenge begrenzten, die man ausführen durfte, war persönliches Eigentum davon ausgenommen. Die Folge war, daß jeder Emigrant, der sich eine teure Kamera leisten konnte, sich eine kaufte, bevor er Deutschland verließ, mit der Absicht, sie nach der Ankunft im Ausland zu verkaufen. Eva und Fritz hatten eine Leica erworben, die ihnen aus dem Gepäck gestohlen wurde, und sie entdeckten zu spät, daß die Gepäckversicherung diesen Verlust nicht abdeckte.

Hilfe käme etc. Wir blieben also unter Bewachung auf dem Schiff, unsere Cabinen wurden von außen zugeschlossen. Lechner war so außer sich und so rasend vor Aufregung, daß er ganz still war und kein Wort sagte. Als er auf die Toilette ging, begleitete ihn ein Stuart und wartete vor der Tür, bis er wieder herauskam.

Am nächsten Morgen brachte uns ein Privat-Auto zur Fähre nach Ellis Island. Weißt Du eigentlich, was das ist? Mir war es ein Begriff aus schlechten amerik. 10-Pfennig-Romanen, ein Sammelbecken für lichtscheues Gesindel, das versucht hatte, mit falschen Papieren den geheiligten Boden Amerikas zu betreten, und das nun auf schnellstem Wege wieder abgeschoben wurde. Nun, ganz so schlimm und *so* lichtscheu waren die Leute nicht, die wir dort antrafen. Wir befanden uns in einer ziemlich gemischten Gesellschaft. *Sehr* viele Juden, meistens arme Kerle und ziemlich schmutzig, ein Schauspieler mit Vertrag an ein hiesiges jiddisches Theater, ein jüdischer Rechtsanwalt, eine elegante christliche junge Frau aus Deutschland, die hier ihren jüdischen Freund heiraten wollte.

Da saßen wir also, ein prächtiges Gebäude, es roch nach Krankenhaus, mittags um 12 gab es ein vorzügliches Essen, ein Klavier war auch da; Fenster vergittert. Bewacht wurden wir von einem ältlichen Weiblein. Es stellte sich aber heraus, daß sie alle recht nett waren, mit einer begann ich ein Gespräch auf englisch. Sie entpuppte sich als ungarische Jüdin, 38 Jahre in Amerika, faßte Sympathie für mich und gab mir einige sehr wichtige Tips für meine spätere »Vernehmung«. Sie hat mir auch zuerst den *wahren* Grund für die ganze Geschichte gesagt: Die moralischen Amerikaner sind entrüstet, daß wir nicht verheiratet sind!

Was sagst Du nur dazu? Wie sie überhaupt darauf gekommen sind, daß wir irgendwie zusammengehören, weiß ich nicht. Es kann wohl nur so sein, daß man schon von Berlin aus einen Wink gegeben hat. Man könnte sich jedes Haar einzeln ausraufen, wenn man bedenkt, wie leicht man dies hätte vermeiden können. Lechner hätte sich nur 14 Tage ein Zimmer zu nehmen und dort anzumelden brauchen, und wir hätten getrennt zum Consulat gehen müssen. Dann wäre alles gut gewesen. Jetzt hinterher tut jeder, als wenn diese verrückten Ideen der Amerikaner allgemein bekannt wären, alle erzählen Geschichten von Bräuten, die man nicht ans Land zu ihrem Verlobten gelassen hat, ehe sie entweder auf dem Schiff oder in Ellis Island getraut worden waren usw. Manchmal lassen sie noch nicht mal dieses zu. Die junge Frau, die mit uns in Ellis Island war, wird tatsächlich morgen wieder aufs Schiff gebracht und muß zurückfahren, da sowohl sie wie er geschieden ist und man *solche* Leute nicht mal verheirateterweise hier haben will.[127] Dabei sind die Amerikaner gegen ihre eigenen Leute recht nachsichtig, das sieht man im Fall Welch.

A propos Welch, der Herr hätte, anstatt sich mit Dir über den reizvollen Fall zu unterhalten, daß man eine 18jährige Tochter und trotzdem noch einen Boy-Friend haben kann, lieber sagen sollen, daß seine lieben Landsleute in dieser Hinsicht leider wahnsinnig sind und daß man sich also danach einrichten muß. Na, nun liegt es ja hinter uns, aber es hat alles, was nun folgen soll, *sehr* erschwert. Ich kann Dir nicht jede Einzelheit schildern: Wir wurden vernommen, teils einzeln, teils gemeinsam. Natürlich hatten wir verabredet, was wir sagen oder nicht sagen wollten. Aber wir konnten ja nicht alles voraussehen, was sie fragen würden, obwohl mich meine Freundin, die Aufseherin, sehr gut vorbereitet hatte. Natürlich sagte man auch manche Dummheiten, da man nie genau wußte, wollen sie jetzt »ja« oder »nein« hören. Mitten in der Verhandlung hatte ich plötzlich das Gefühl, jetzt ist es vorbei, jetzt hast Du Dich um Kopf und Kragen geredet. Ich sah mich im Geiste bereits wieder auf dem Schiff nach Europa zurücksegeln, und mir brach direkt der Angstschweiß aus allen Poren. Aber schließlich bot man uns an, pro Person eine Kaution von 500 $ zu stellen, rückzahlbar bei der Ausreise. Ich rechnete blitzschnell und sagte ja. Es blieb uns nichts anderes übrig. Für mich konnten wir die Summe sofort hinterlegen, so daß ich schließlich um

---

127 Der amerikanische Verlobte hatte der jungen Frau 500 Dollar geschickt in der Überzeugung, daß sie leichter Einlaß in die Vereinigten Staaten erhielte, wenn sie etwas vermögender wirkte. Der Erfolg war allerdings das genaue Gegenteil: Die Einwanderungsbehörde schloß daraus, daß er ein Zuhälter sein müsse, der eine Prostituierte ins Land bringen wollte, und ordnete ihre Ausweisung an. Der Amerikaner fand, es sei am einfachsten, seine Freundin nach Europa zu begleiten, sie dort zu heiraten und als seine Frau zurück in die Vereinigten Staaten zu bringen.

5 Uhr abends herauskonnte. Lechner mußte bis zum nächsten Tag dort bleiben, d.h., er mußte dort übernachten, ich versprach, am nächsten Tag mit dem Geld zu erscheinen und ihn abzuholen.

Ich ging also los und fuhr zunächst zu Bermann, an den ich morgens früh, bevor ich auf die Fähre verladen wurde, einen Hilferuf losgelassen hatte, den ich heimlich einem Mann zustecken konnte mit der Bitte, ihn zu befördern. Nun wollte ich doch wenigstens sagen, daß er nicht etwa am Abend noch nach Ellis Island zu fahren brauchte. Beide Bermanns haben sich so reizend gegen mich benommen, wie ich es Dir gar nicht sagen kann. Sie taten, als sei ich eine alte Bekannte von ihnen, ich mußte gleich zum Essen dableiben, und wir sprachen alle Möglichkeiten durch und was man etwa unternehmen könnte. Bermann stellte sich mir für den nächsten Tag für alle Wege und Verhandlungen zur Verfügung, er hatte frei wegen des jüd. Feiertages. Schließlich stellte es sich heraus, daß die Mutter von Frau B. ein Haus hat und Zimmer vermietet, und ich zog noch am selben Abend ein, und ich glaube, wir haben es großartig getroffen. Die Frau ist sehr nett, hat mir gesagt, ich solle mich bei ihr wie zu Hause fühlen. Ich kann ihre Küche benutzen, wenn ich waschen oder plätten will. Dabei kam ich eigentlich in einem furchtbaren Augenblick, am Tage zuvor hatten sie den Vater von Frau Bermann, also den Mann meiner Wirtin, begraben. Im Hause ist noch eine Tochter, eine Schwester von Fr. Bermann, fast noch netter als sie, ein jüngerer Bruder und einige Mieter. Unser Zimmer ist sehr nett, hat fließendes Wasser, warm und kalt. Sie hat mir einen für hiesige Begriffe phantastisch niedrigen Preis gemacht, 7 $ pro Woche für uns beide zusammen, und wir können damit vorläufig sehr zufrieden sein. Einen Gaskocher habe ich auch im Zimmer. Meine Wirtin hat uns gleich ein Radio ins Zimmer gestellt, und wir hörten gestern Kussewitzky mit dem Bostoner Orch. Es ist übrigens das Zimmer, in dem bisher Familie Bermann zu 4 Personen gehaust hat. Es ist viel Platz drin, aber für unsere vielen Sachen leider noch nicht genug, aber ich werde es schon einrichten. Jetzt sitzen wir jedenfalls schon ganz gemütlich und freuen uns, daß wir »hereingekommen« sind.

Leider sind wir in diesen 1 1/2 Tagen im ganzen Gebäude-Komplex von Ellis Island bekannt geworden. Als ich gestern mittag hinkam, um

Lechner abzuholen, und mir unten beim Empfangsoffizier einen Passierschein holen und meinen Namen nennen wollte, lächelte er mich freundlich an und sagte: »O yes, I know your case, Mrs O. and the man Fritz!« Das ist natürlich schlimm für alles, was wir zu unternehmen beabsichtigen. Bei jeder Eingabe z.B. auf Verlängerung werden die Leute sich sofort an uns erinnern und sagen: »Aha, das sind die beiden, die angeblich *nur* eine Vergnügungsreise machen.« Auch wenn wir etwa nach Kanada ausreisen, anstatt mit der Holl. Am. Linie nach Europa, wird das sehr auffallen. Man wird sehr vorsichtig sein müssen.

Die »Jewish Women« sollen da ganz großartig arbeiten. Ein Beispiel: *3* Stunden nachdem wir in Ellis Island waren, kam schon ein Abgesandter von ihnen, um sich unseres Falles anzunehmen, uns zu beraten etc., ohne daß wir uns an sie gewandt hatten. Ich nehme an, daß sie die Schiffslisten verfolgen und sehen, was aus den Leuten wird. Am Montag gehe ich sofort zu ihnen, vorher war nichts zu machen. In den letzten Tagen war halb New York geschlossen wegen der jüd. Feiertage. Es kommt mir überhaupt vor, als gäbe es *nur* Juden hier auf der Straße, z.B. viele Schutzleute sind Juden, fast alle kleinen Geschäfte, Bäcker, Milchmann, Schuster. Die großen Läden erst recht. Tatsächlich sind von 6 Millionen 2 Millionen Juden. Also hoffen wir auf ihre Macht.

Während wir in Ellis Island waren, habe ich immerzu gedacht: Gott sei Dank, daß Sibylle nicht dabei ist und lieber in ihrem Zimmerchen in Hampstead sitzt. Aber als wir dann vorgestern abend einen Bummel über den Broadway, 5th Avenue etc. machten, um diese unglaubliche Stadt kennenzulernen und gestern abend, als wir so gemütlich beim Abendbrot in unserm Zimmer saßen, da dachte ich schon wieder, wenn Du doch hier wärst, mein kleines Puppchen!! Ich muß jetzt Schluß machen, da der Brief sonst zu schwer wird. Ich schreibe ausnahmsweise einmal auf diesem Wege, er ist sehr teuer. Ich werde gleichzeitig noch einen auf dem gewöhnlichen Wege abgehen lassen. 1.000.000.... Küsse!

Mutti

Als die Beamten der amerikanischen Einwanderungsbehörde sich anschickten, sie zu befragen, sah Eva Ortmann zunächst mit einiger Unruhe, daß sie von einem Übersetzer des deutschen Konsulats begleitet wurden. Dann fiel ihr ein, daß sie daraus auch ihren Vorteil ziehen könnte. Als man sie fragte, ob sie über irgendwelche Mittel außerhalb Deutschlands verfüge, antwortete sie wahrheitsgemäß, daß sie Geld in der Schweiz habe – ein Verstoß gegen das deutsche Gesetz. Da die amerikanischen Beamten sie aufgefordert hatten, das in Gegenwart eines deutschen Diplomaten einzuräumen, so schloß sie, sei sie in der guten Lage zu argumentieren, man könne sie jetzt nicht zurückschikken, da ihr Gefängnis oder gar das Konzentrationslager drohe.

Zusätzlich schien auch der Zeitpunkt von Lechners und ihrer Ankunft vorteilhaft. Denn am 15. September 1936, dem Tag ihres Eintreffens in New York, berichtete die *New York Times,* die Einwanderungsbehörde habe wegen des jüdischen Neujahrsfestes am nächsten Tag entschieden, daß »Handlungen, die jüdische Ausgewiesene betreffen, bis nach Rosch ha-Schana verschoben werden«. Eva Ortmann erinnerte sich später, daß der Vorsitzende des Ausschusses, der mit ihrem Fall befaßt war, am 16. September gesagt hatte: »Laßt die Frau doch gehen, es ist ihr höchster Feiertag.«

Eva Ortmann aus New York an Sibylle in London

22. September 1936

Mein geliebtes kleines Puppchen!

An Frau Schurak werde ich schreiben, daß Lechner hier ein Engagement für 2 Monate hat und daß wir etwa Mitte November wiederkommen werden.

Nun zu Deinem gestrigen Brief, mein Liebes. Wie es in New York ist? Also Ellis Island haben wir so ziemlich überwunden, ich ganz, Lechner dreiviertel, aber ein schöner Empfang war es gerade nicht und kein schöner Anfang des jüdischen neuen Jahres. Lechner mußte übrigens 4 Stunden »dawnen« (beten), da die »Jewish Women« voller Fürsorge für die Inhaftierten extra einen Kantor dorthin gesandt hatten. Er nahm sich »Brush up your English« vor die Nase und lernte 4 Stunden daraus, sich gegen Osten wiegend, zum Schluß war er völlig geschwächt von dem Krach, dem Gestank und vor Wut. Also, wie gesagt, dies liegt hinter uns – vielleicht nur nicht mit seinen Folgen. Wir sind heute angemeldet beim Comité, um uns dort genaue Instruktionen zu holen über die »Einwanderung«, d.h. alles was damit zusammenhängt, dabei zu beachten ist etc. Vorläufig haben wir auf Ellis Island zu Protokoll gegeben, d.h. geben müssen, daß wir uns hier *kein* Affidavit suchen wollen, daß wir *nicht* um Verlängerung der Aufenthaltsbewilligung einkommen wollen, daß wir *nicht* von einem Nachbarland (!) die Einwanderung versuchen wollten etc. Du siehst, die Leute wissen genau Bescheid, was man vorhat. Auch in einem anderen Zimmer, wo ich warten mußte, um das Geld zu hinterlegen, nahm man als selbstverständlich an, daß wir unseren Aufenthalt verlängern lassen würden zu bestimmtem Zweck. Ich unterhielt mich dort fast eine Stunde mit einer Dame, sie erinnerte mich an Miss Gerstenkorn. Sie erzählte mir von ihrer Tochter, ich ihr von meiner, und wir kamen dann wieder auf unsere Angelegenheit. Ich sagte, was ich hätte zu Protokoll geben müssen, um überhaupt hereinzukommen. Sie lächelte nur und sagte: »But you can change your mind« und gab mir dann den Rat, getrennt von Lechner den Verlängerungsantrag zu stellen. Ein anderer Mann in der Bank von Ellis Island, der genau wie Miller[128] aussah, borgte mir 25 $, da mein Geld zum Hinterlegen nicht ganz ausreichte, und sagte, ich brauchte mich nicht zu beeilen, ich hätte bis Ende der Woche Zeit, es ihm zu bringen. Ein komisches Land und komische Leute! Im allgemeinen sind die Leute nett, hilfsbereit und freundlich, ganz anders als in England. Aber natürlich kann man nach 8tägiger Erfahrung absolut nicht beurteilen, ob hinter dieser freundlichen Außenseite *irgend* etwas steckt.

Verständigen kann ich mich auch viel besser als in England. Die Amerikaner sprechen sehr laut und reißen den Mund auf und betonen viel stärker als die Engländer. In England hatte ich immer das Gefühl, als sprächen die Leute ohne jede Betonung, ich konnte nicht mal hören, wann ein Satz aufhörte und der nächste anfing. Auch mich verstehen die Leute eigentlich immer. Von der Stadt selbst kennen wir bisher eigentlich nur Manhattan, dort spielt sich eigentlich alles ab, soweit es uns angeht. Man findet sich ganz leicht zurecht durch die ganz schematische Einteilung der Straßen nach Nummern, und die Entfernungen sind nicht so groß, wie ich dachte, mit London gar

---

128 Douglas Miller, der amerikanische Handelsattaché in Berlin.

nicht zu vergleichen, andererseits wirkt London oder gar Berlin wie ein idyllischer kleiner Platz, wenn man es mit den hiesigen Brennpunkten vergleicht. Alles, was man an Bildern und im Kino von New York gesehen hat, gibt einem *keine* Vorstellung von den Riesendimensionen, von den tollen Riesenlichtreklamen und den Massen von Menschen, die sich noch nachts um 12 Uhr die Hauptverkehrsstraßen entlangschieben. Manche Läden sind bis Mitternacht und länger auf, jeder tut, was er will, »Polizeistunden« gibt es nicht. Lebensmittel sind *sehr* billig für unsere Begriffe, Kaffee z. B. kostet 17 Cent, also etwa 50 Pfennig. Früchte wunderbar und sehr billig. Aber alle Billigkeit der Lebensmittel wird wieder aufgehoben durch die furchtbar teure Miete. Bekannte von uns suchen eine 2Zimmerwohnung und wollen dafür 50 $ ausgeben und können nichts finden, was ihnen gefällt. Aber ich glaube, wenn man erst mal richtig hier eingewandert ist und verdient, läßt sich nicht schlecht hier leben. Schulen, Hochschulen, etc. kosten *nichts* oder so gut wie nichts. Wir werden uns in den nächsten Tagen für einen englischen Abendkurs einschreiben, der natürlich auch nichts kostet und wovon es 100 über ganz N.Y. verstreut gibt.

»Erreicht« haben wir natürlich noch nichts. Wir laufen fast den ganzen Tag umher, nun, das kennst Du ja von Deinem ersten Londoner Aufenthalt her zur Genüge. Man macht die meisten Wege umsonst, der ist verreist, jener umgezogen. Francesco[129] ist in Kalifornien und soll erst frühestens im November zurück sein. Das Stück von Werfel[130] ist in Riesenlettern plakatiert, scheint aber trotzdem nicht aufgeführt zu werden, vorläufig. Bei Boenheim war ich gestern, er war sehr nett, aber er kann mir gar nichts nützen, hat noch nicht mal ein richtiges Affidavit für Renate. Alles in allem hat er mir eigentlich nicht so sehr gefallen, ich weiß nicht recht, wieso. Als ich übrigens in seinem Office die Treppe hinaufstieg, hörte ich aus einem Zimmer Klavierspiel, jemand spielte Bach. Ich sah hinein, da saß *A. Einstein* im Dunkeln vor einem Flügel und spielte – ganz leise – vor sich hin.

---

129 Der Regisseur Francesco von Mendelssohn.

130 »The Eternal Road«, ein Porträt der Juden im Verlauf der Geschichte, Text von Franz Werfel, Musik von Kurt Weill.

Heute schreibe ich an Kussewitzky und melde uns für Anfang Oktober bei ihm an. Die Fahrt nach Boston ist »ganz kurz«, wie die New Yorker sagen, nur 6 Stunden! Hoffentlich antwortet er uns, sonst weiß man gar nicht, was man machen soll.

Inzwischen waren wir beim Comité, d.h. beim »National Council of Jewish Wom en«, die hier alles machen. Sie waren sehr nett, sehen die Sache mit Ellis Island nicht so ungünstig an wie ich zuerst und sagten auch: »Sie können ja Ihre Meinung innerhalb zweier Monate geändert haben.« Sie wollen versuchen, Leute für uns zu interessieren, denn wie und von wo wir auch einwandern wollen, wir brauchen ein sehr gutes Affidavit!! Alles steht und fällt damit, daß wir das finden.

Also, mein Bestes, ich küsse Dich in Gedanken viele tausend Mal.

Deine Mutti

Eva Ortmann aus New York an Sibylle in London

29. September 1936

Mein geliebtes Kleines!

Gestern hatten wir anscheinend einen lucky day, d.h., wir wollen abwarten, ob von den verschiedenen Aussichten sich etwas verwirklicht. Morgens früh bekamen wir im Abstand von 2 Stunden 2 Briefe von Strelitzer mit Luftpost und Eilboten. Er überschlägt sich vorläufig vor Eifer. Im ersten schrieb er Genaueres über das appointment mit Klemperer, das heute oder morgen hier stattfinden soll, im zweiten schickte er einen Empfehlungsbrief an die »Jewish Women«, in welchem er schrieb, welch ein hervorragender Sänger Lechner ist, wie man es sich zur Ehre gereichen lassen müßte, ihn zu fördern etc. Dann kam ein Brief vom Sekretär von Kussewitzky, der allerdings schrieb, daß Kussewitzky erst am 5. Oktober wieder in Boston sei und seine Proben aufnehme. Das war zwar nicht sehr viel, aber ich war ganz gerührt, daß er unsern Brief überhaupt beantwortet. Ich habe es nach allen Erfahrungen für möglich gehalten, daß er einfach gar nicht reagiert.

Am Nachmittag gingen wir zu einer Besprechung zu den »Jewish Women« (Comité) und trafen dort zufällig Kurt Weill, den Komponisten von »Mahagonny« und von der »3 Groschenoper«. Lechner faßte sich unerwarteterweise ein Herz, sprach ihn an und erinnerte ihn daran, daß er vor einigen Jahren im Berliner Radio in einem Querschnitt von Mahagonny (gewissermaßen als Uraufführung) gesungen hatte. Weill war sehr nett, erinnerte sich sofort, fragte, ob er schon Englisch könne. In diesem Falle wäre es möglich, daß er ihn für die Manhattan Opera brauchen könne. Dort kommt angeblich Mitte November der große »Werfel« heraus, Regie Max Reinhardt, Musik von Weill. Gerade am Vormittag hatte ich allerdings in der Zeitung gelesen, daß die Sache wegen Geldmangel hier nicht gestartet würde, sondern daß die Welturaufführung in Zürich stattfände. Weill behauptete, *er* müsse es doch besser wissen, die Sache fände bestimmt statt und Francesco mache in erster Linie die Besetzung. Dies alles würde ja für uns sehr günstig aussehen, ich schreibe gleich heute noch an ihn, er ist in Hollywood augenblicklich und soll nach Weills Bericht Ende Oktober hier sein. *Wenn* alles so ist, wie Weill sagt, glaube ich bestimmt, daß Francesco uns beide irgendwie unterbringt, aber natürlich *wissen* kann man nichts, die Menschen verändern sich manchmal in ungeahnter Weise, wenn sie »groß« werden und Erfolg haben. Allerdings, von Francesco möchte ich das nicht glauben, dafür erscheint mir eher zweifelhaft, ob das Ganze überhaupt zustande kommt.

Als wir nach Hause kamen, überraschte uns die Schwester von Frau Bermann mit der Mitteilung, daß sie *zwei* Affidavits für uns hätte. Die Leute wollen morgen abend herkommen, um uns kennenzulernen und alles zu besprechen. Wenn das wirklich etwas wird, vor allem, wenn die Affidavits *wirklich etwas taugen,* so ist das mehr wert als alle eventuellen Engagements etc. Aber es ist alles sehr schwierig, die Konsuln sind überall bereits sehr hartnäckig und angewiesen, soviel wie möglich abzulehnen. Kanada soll schon fast unmöglich sein, ebenso Kuba. Dagegen soll der Konsul in Mexiko im Augenblick noch zugänglich sein, erklärlicherweise. Mexiko ist etwa 5 Tagesreisen von N. Y. entfernt. Der Mann ist noch nicht so überlaufen. Aber soweit sind wir ja noch nicht, erst müssen wir die Affidavits haben und dann müssen sie begutachtet werden, ob sie gut sind. Das tun die Jewish Women, die darin eine große Routine haben und auch genau informiert sind über die jeweilige Einstellung der verschiedenen Konsuln. Außerdem hat mir Boenheim einen Anwalt empfohlen, einen Freund von ihm, bei dem ich gestern war. Er war sehr nett, hat mir kein Geld abgenommen und will mich auch weiter beraten, wenn wir erst die Affidavits haben.

Nun, wir müssen abwarten, wie es kommt, ich erwarte ja nie, daß alles gleich klappt. Aber jedenfalls war es ein aufregender Tag gestern. Abends gingen wir in die Abendschule zum englischen Sprachkursus. Leider fürchte ich, dort nicht viel zu lernen, es sind zu viel Menschen, ungefähr 38, im Kurs, und trotzdem dies der II. Kursus für Fortgeschrittnere ist, sind die Leute zu ungleich in ihren Kenntnissen, die meisten können weniger als wir. Wir werden versuchen, in den 3. Kurs zu kommen, aber mir scheint, *sprechen* kann man in solchem Kursus überhaupt nicht gut lernen. Und gerade das ist das Wichtige, was uns nötig ist, Grammatik können wir ja eigentlich, und die Fehler, die wir darin machen, geschehen meistens nur aus Mangel an Übung im Sprechen und schnellem Engl.-Denken, weniger aus Mangel an grammatischen Kenntnissen. Aber da die Kurse völlig kostenlos und 5 Min. entfernt von unserer Wohnung sind, gehen wir einstweilen mal hin.

Was sagst Du dazu, daß wir vor 8 Tagen uns das Geld aus der Schweiz haben schicken lassen? Seit gestern soll der Schweizer Franken, als Folge des Französ. Franc, um ca. 30% abgewertet sein! Das hätte uns noch zu allen Verlusten gefehlt! Hast Du vom Kulturbund gelesen? Hier soll in der New York Times ein längerer Artikel gestanden haben, leider konnten wir die Nr. nicht mehr feststellen und haben es also nicht selbst gelesen, und die meisten Leute erzählen einem alles so ungenau. Jedenfalls soll da gestanden haben, daß alle jüdischen Zeitungen, Theater, Konzerte etc. von jetzt ab nicht in deutscher, sondern ausschließlich in hebräischer Sprache zu erscheinen bzw. zu spielen haben. Das würde natürlich praktisch das Eingehen sämtl. jüd. Zeitungen und ebenfalls des Kulturbunds bedeuten, denn in Berlin gibt es ja fast keine Juden, die Hebräisch verstehen, geschweige solche, die es schreiben und sprechen können. Es wäre wirklich ganz entsetzlich für die armen Menschen, die dort noch eine Existenz haben, auch bei den verschiedenen Zeitungen arbeiten doch Hunderte von Menschen! 3 Leute, Dr. Nußbaum, Cohn und Meyer – ich kenne keinen von ihnen –, haben gesagt oder wohl auch geschrieben, daß das unmöglich durchzuführen sei, und sind daraufhin ins Konzentrationslager gebracht worden.

Die N.Y.-Times ist ja eine sehr ordentliche Zeitung. Wenn das alles wirklich so darin gestanden hat, dann wird es sicher stimmen. Im allgemeinen scheint es mir, als wenn die amerikanischen Juden im Ganzen wirklich mehr Interesse an diesen Ereignissen in Deutschland nehmen als die englischen und französischen Juden. Ob es daran liegt, daß sie so weit vom Schuß sind und vielleicht keine solche Angst vor dem Übergreifen des Antisemitismus auf ihr Land haben, oder ob es davon kommt, daß sie hier in solchen Massen leben und wirklich einen ganz großen Machtfaktor bilden, weiß ich nicht, es kommt wohl beides zusammen. Aber man fühlt es deutlich, wenn man mit den einzelnen Leuten spricht, daß sie *selbst* das Gefühl haben, anständigerweise *müßten* sie einem helfen. Allerdings scheint es auch hier so zu sein, daß dieses Gefühl im gleichen Maße abnimmt, je mehr der Reichtum der betreffenden Leute zunimmt. Wir sprachen gestern mit einer offenbar steinreichen Frau, die in der besten Gegend in einer phantastischen Wohnung wohnt, darüber, daß wir als wichtigstes ein Affidavit brauchen. Sie wiegte sehr freundlich den Kopf hin und her und sagte nur: »Ja, das wird sehr, sehr schwer sein, glaube ich.« Wirklich hilfsbereit sind hier anscheinend auch nur die nicht zu reichen Leute. Komisch, meinen Charakter würde Geld bestimmt nicht ruinieren, in welchen Mengen ich es auch immer hätte!

Eben kommt Lechner von Klemperer zurück, der war ganz begeistert von ihm nach seinem Bericht. Mitte November, wenn er von Europa zurückkommt, soll er ihm den Christus aus der »Johannes-Passion« vorsingen. Er hat sich eine Stunde mit ihm unterhalten, eine Menge Sachen vorsingen lassen und ihm außerdem eine Empfehlung an einen hiesigen großen Manager geschrieben. Lechners Laune ist um 100% gestiegen, wie Du Dir denken kannst. Vorgestern abend kam ich nach Hause, da saß er in einer Ecke und weinte vor sich hin: »Ich liebe Deutschland!« Er hat furchtbar Sehnsucht nach »zu Hause«, ich gar nicht, *nur nach Dir,* mein geliebtes kleines Puppchen! *Was machst Du, und wie geht es Dir??* Wenn ich das immer genau wüßte, wäre alles gut. Ich muß jetzt schnell schließen, denn es ist gleich Postschluß für die »Normandie«. Sei gegrüßt und geküßt, mein Liebes, bleibe nur immer gesund und sei vergnügt!

Deine Mutti

»Deutschland« von Heine hat mir Lechner aus Deiner Ausgabe vorgelesen zum Abschied von Berlin!

Sibylle aus London an Eva Ortmann in New York

3. Oktober 1936

Mein geliebtes Muttileinchen!

Gestern bekam ich einen Brief von Eva Tichauer, der ich geschrieben hatte (!) – sie hat ihr zweites Abitur gemacht und studiert Medizin, wobei sie sich Studium und Lebensunterhalt sowie eine Unterstützung für ihre Eltern nebenbei verdienen muß. Das tut sie als Lehrerin für Physik, Mathematik und Naturkunde an einer Pariser Schule, außerdem gibt sie täglich Privatstunden. Ich muß sagen, mir hat das sehr imponiert, und ich kam mir daneben plötzlich ganz minderwertig vor.

Daß Du Einstein hast Klavierspielen hören und sehen, finde ich wunderbar. Wie kam er denn zu Boenheim ins Haus? – Daß Dir Boenheim nicht gefällt, wundert mich nicht. Ich finde ihn nämlich auch gräßlich. Dabei ist er zu mir immer sehr nett und ungeheuer liebenswürdig gewesen. Aber er hat etwas Weibisches und dabei so was Fahriges in seinem Wesen. Man denkt immer, daß, während er sich so liebenswürdig mit einem unterhält und ein interessiertes Gesicht macht, er schon an ganz etwas anderes denkt.

Sibylle

Sir Oswald Mosley, der Vorsitzende der britischen Union der Faschisten, hatte für den 4. Oktober 1936 einen Marsch seiner Gefolgsleute durch das stark jüdisch geprägte Londoner East End angekündigt. Die Wahl der Route war als Provokation gemeint, und in dieser Hinsicht war Mosley auch erfolgreich: Es versammelte sich eine große Anzahl Antifaschisten und Juden in der Absicht, die Schwarzhemden aufzuhalten. Sibylle schrieb ihrer Mutter, daß sie die Gegendemonstration als Zuschauerin, nicht als Teilnehmerin besucht habe. Doch Eva kannte ihre Tochter wohl gut genug, um diesbezüglich skeptisch zu bleiben.

Sibylle aus London an Eva Ortmann in New York

5. Oktober 1936

Liebes Muttichen,

Gestern – Sonntag – sollte ein großes faschistisches Meeting in Whitechapel stattfinden unter Führung von Sir Oswald Mosley, und im letzten Moment haben die Kommunisten eine Gegendemonstration einberufen »in order to drive fascists out of East London«. Jede Partei hatte einen genauen Marschplan aufgestellt und in den Zeitungen veröffentlicht, und außer den 5000 Faschisten und vielen 1000 Kommunisten fanden sich Haufen von Neugierigen aus allen Teilen Londons ein, die zwar nicht marschierten, sich aber die Sache ansehen wollten. Ein Polizeiaufgebot von 10.000 Mann war da, teils mit Gummiknüppeln und teils beritten. Henry fuhr natürlich zwecks Demonstrierens zur angegebenen Zeit hin, ebenso Ruth, Hans und Nora. Katja und ich aßen erst bei Chasanowitschs Mittag und fuhren dann als zufällige Zuschauer ebenfalls nach Whitechapel, besonders, da ich schon seit drei Jahren mal am Sonntag dort zum jüdischen Markt fahren will und es (zu meiner Schande) noch nie getan hatte. Wir waren um 3 Uhr dort, kamen aus der Untergrundbahn in eine der Hauptstraßen, die aber nur zwei der größten Hauptstraßen verbindet. Die beiden Enden der Straße wurden abgesperrt, die Untergrundbahn desgleichen, und somit waren die vielen 100 Schaulustigen in dieser Straße von dem Schauspiel abgeschnitten, von dem sie glaubten, daß es irgendwo anders stattfände. Die Menge war von Polizei, beritten und unberitten, völlig eingekreist, und wo sich irgend jemand vorwagte, ritt die Polizei einfach rein oder schlug mit Knüppeln, so daß die Leute in ihrem Käfig geduldig mehrere Stunden gewartet haben.

Dank meiner Schlauheit fanden Katja und ich einen Hinterhof, der in eine andere Straße führte, und wir sind dann noch mehrere Stunden durch Whitechapel gegangen, haben uns den Markt angesehen und – die Juden! Ich glaube, wenn ich durch ein Chinesen-Viertel ginge, könnte ich nicht fremder berührt sein, obwohl die Leute sogar meine Sprache verstehen. Die keifende ältere Generation der Weiber, die, vor ihren Geschäften stehend, sich gegenseitig in den fürchterlichsten Ausdrücken beschimpfen, und dann die jüngere Generation, fürchterlich zurechtgemacht, dick, ordinär und mit 24 Jahren schon verblüht. Dazu die armen, ganz schmutzigen Kinder in den völlig sonnenlosen Hintergassen. Und dann die Geschäfte und der Plunder darin!!!

Übrigens wohnen in Whitechapel auch sehr reiche Juden. Wir sind aber mehr durch die Marktstraßen gegangen, die ganz proletarisch sind. Dann sind wir zu einem Bäcker reingegangen und haben uns zwei große Stücke Käsekuchen gekauft – richtigen deutschen oder vielmehr jüdischen Käsekuchen, und die Frau hat Jiddisch gesprochen, aber ich habe kein Wort verstanden. Dort wurden die wildesten Geschichten von Straßenkämpfen und Verhaftungen erzählt, die Leute schrien in Englisch, Cockney und Jiddisch durcheinander, es war eine schreckliche Atmosphäre. Wir gingen dann – etwas beunruhigt über das Schicksal der Demonstranten – wieder zur Station zurück, wo es bereits die ersten Zeitungen gab mit den Berichten, daß der Marsch der Faschisten kurz nach seinem Anfang verboten worden war vom Polizeiinspektor, da man wegen der Tausenden von feindlich gesinnten Menschenmassen in den Straßen ernste Zwischenfälle fürchtete. Es ist die größte Niederlage, die die Faschisten seit langer Zeit erlitten haben, und die heutigen Zeitungen sind voll davon, ebenso wie das Ausland.

Die Kommunisten haben sich gar nicht getroffen, es war keine Demonstration, da sie, als sie ankamen, schon alles abgesperrt fanden und sich dann nur mit der Polizei geschlagen haben, um durchzukommen. Es gab immer nur kleine Grüppchen, und weder Henry noch Hans haben einen Faschisten gesehen, ebensowenig wir. Trotzdem ist es an vielen Stellen zu Schlägereien gekommen und vor allem 70 Verhaftungen.

Sibylle

Diese Auseinandersetzung lebte fort als »die Schlacht in der Cable Street«. Sibylle erinnerte sich später sowohl des Triumphgefühls – »heute London, morgen Madrid«, war der Schlachtruf der antifaschistischen Demonstranten – als auch ihrer Angst, als ein berittener Polizist sein Pferd unmittelbar vor ihr sich aufbäumen ließ, um die Menge zurückzudrängen, und die Hufe über ihrem Kopf drohten.

Sibylle und Henry hatten sich unlängst allerdings gestritten. Er hatte einen Ausflug, den sie für das jüdische Neujahrswochenende geplant hatten, mit der Erklärung abgesagt, er habe sich zu spät daran erinnert, daß dies der Jahrestag des Todes seines Vaters sei. Sibylle war verärgert und sagte Henry, dem Andenken pro Jahr einen einzelnen Tag freizuhalten sei keine ehrenvolle Angelegenheit, sondern eher das Gegenteil, da es nahelege, daß der Tote während der übrigen Zeit vergessen sei. Er nahm ihr das sehr übel.

Eva Ortmann aus New York an Sibylle in London

5. Oktober 1936

Mein gutes kleines Puppchen!

Henry mit seinem Todestag ist wirklich ein komischer Kommunist. Lechner hat sich über Deine Ausführungen in bezug auf diese Dinge sehr amüsiert. Er behauptet, ich hätte ihm mit *fast den gleichen* Worten darüber Vorträge gehalten und völlig überzeugt. Komisch, daß manche Dinge, die für einen so selbstverständlich sind, daß man sie kaum noch erklären kann, für andere so neue Begriffe enthalten, noch komischer aber, daß man dann die anderen in verhältnismäßig kurzer Zeit von ihren gedankenlosen Vorurteilen abbringen und überzeugen kann. Es ging mir neulich mit Bermanns so. Wir waren zusammen bei Bekannten von ihnen gewesen, und sie brachten uns nach Hause. Nachts um 1 Uhr bis ½ 2 entwickelte ich ihnen auf der Straße meine doch gewiß nicht komplizierten Ideen über Kinder und das Verhalten der Eltern zu ihnen. Beiden war das völlig neu, dabei ist sie eine leidenschaftliche, ja exaltierte Mutter. Aber sie »verdrischt« ihre 9jährige Tochter und auch den 14jährigen Jungen, und er ebenfalls. Nach einer halben Stunde waren sie absolut meiner Meinung, daß Schlagen ein Eingeständnis der eigenen Schwäche ist, daß es höchst ungerecht sei, Kindern nicht schlechte Laune, Mißstimmung und Nervosität zuzugestehen, während man solche Zustände und die damit verbundene besondere Reizbarkeit und verminderte Leistungsfähigkeit für sich selbst als Entschuldigung recht gerne in Anspruch nimmt. Wie gesagt, es war ihnen dies ein völlig neuer Gesichtspunkt, und am nächsten Tag sagten sie zu Lechner, unser Gespräch hätte sie so erregt, sie hätten die ganze Nacht nicht schlafen können und sich noch stundenlang darüber unterhalten! [Frau Bermanns Schwester, die Eva Ortmann und Fritz Lechner gegenüber freundlich und hilfsbereit war, hatte allerdings wenig Geduld mit ihrer eigenen Nichte und dem Neffen:] Sie hat natürlich kein Verständnis für diese doch irgendwie beschwerten Kinder und z. B. dafür, daß ein Junge nachts weint vor Sehnsucht nach Deutschland und nach seinen deutschen Freunden. Sie findet so etwas »duckmäuserig« und »schlafmützig«. Nun, mit uns ist sie gestern nachmittag durch halb New York gefahren, um uns einer alten Dame vorzustellen, die uns ein Affidavit geben soll. Diese Frau ist vor 35 Jahren aus Rumänien hier eingewandert. Und wie das so ist bei Juden, Lechner ließ den Namen Gaster fallen – da stellte es sich heraus, daß Lechners entfernter Londoner Onkel Moses Gaster (der Vater des furchtbaren Sängers Vivian, den Du gehört hast) auch ein entfernter Verwandter von ihr ist und sie außerdem getraut hat.[131] Sie war ganz entzückt, daß er einer so vornehmen Familie entstammte, während für Lechner der Name Gaster fast mit Gauner identisch ist. Allerdings, den alten Moses Gaster kennt er ja nicht. Also diese Frau wird als »entfernte Verwandte« ein Affidavit geben, was die Sache etwas verbessert, denn Geld hat sie wohl nicht viel. Das Ganze geht von ihrer Tochter aus, einer jungen Studentin, die eben ihr Examen als Lehrerin gemacht hat und Kommunistin und natürlich Hitler-Hasserin ist. Sie hat auch durch ihre Beredsamkeit noch zwei Leute herangeschleift, einen Photographen und einen Lehrer, alles, ohne uns zu kennen, aus rein sachlichem Fanatismus. Was daraus werden wird, werden wir nun wohl in den nächsten Tagen erfahren, ich fürchte, daß die Leute alle nicht genügend Geld haben für eine ausreichende Bürgschaft.

Lechner hat am Donnerstag ein Appointment mit einem Millionär Goldman,[132] derselbe, von dem ihm Rabbiner Baeck in Berlin gesprochen hat. Er ist 77 Jahre alt und blind, aber Lechner will versuchen, ihn trotzdem zu bezaubern. Er hat schon sehr viele Affidavits gegeben und weitere abgelehnt, aber ein Versuch schadet nie!

---

131 Moses Gaster, ein Onkel der Mutter Lechners, war ein bekannter Londoner Rabbi.

132 Der deutschstämmige Finanzier und Philanthrop Henry Goldman gehörte zu der Familie, die das Bankhaus Goldman Sachs gegründet hatte. Seine deutschfreundliche Einstellung erforderte während des Weltkrieges sein Ausscheiden aus der Firma. Als er sich in der Nachkriegszeit für hungernde deutsche Kinder einsetzte, wurde ihm die Ehrenbürgerschaft der dankbaren Weimarer Republik verliehen. Er hatte auch dem 12jährigen Yehudi Menuhin eine Stradivari überlassen und Albert Einstein eine Yacht zur Verfügung gestellt. Goldman zählte den Reichspräsidenten Hindenburg zu seinen Freunden und hatte während seiner Deutschlandbesuche bei ihm logiert.

Einen ganz reizenden Brief bekam ich gestern von Francesco v. Mendelssohn aus Californien. Ich hatte ihm auf gut Glück einen Brief geschrieben, ohne überhaupt eine richtige Adresse zu haben, einfach an die Filmfirma, bei der Reinhardt einen Film machen soll. Schon nach 3 Tagen – hier innerhalb der Staaten geht alles mit Flugpost – hatte ich eine Antwort. Wenn der Werfel hier gemacht würde, was allerdings noch ziemlich unbestimmt sei, dann würde für Lechner bestimmt etwas zu machen sein, da sehr viele Bariton-Rollen darin wären. Für mich wäre es schwieriger, er könnte da nichts Bestimmtes sagen, da sehr wenig Frauenrollen überhaupt vorhanden. Er schrieb mir außerdem, ich solle seine Schwester Eleonore anrufen, die hier in N. Y. lebt und in der nächsten Woche ihre erste Premiere in einem Broadwaytheater in englischer Sprache hat! Wie tüchtig diese Leute alle sind! Ich rief sie also an, da hatte er ihr schon von mir geschrieben, sie war sehr nett – wir kennen uns nur ganz flüchtig – und sagte mir, ich solle sie im Theater während der Proben aufsuchen. Das will ich heute tun.

7. Oktober 1936

Zunächst muß ich Dich über eine Sache beruhigen, die Du offenbar falsch verstanden hast. Die 1000 $ haben wir nicht bezahlen müssen *à fond perdu,* sondern wir mußten sie *hinterlegen,* d. h., wir bekommen sie wieder, wenn wir das Land bis zum 15. November verlassen. Das müssen wir denn eben auch tun, wobei wir zunächst mal um eine Verlängerung dieser Frist einkommen werden. Aber die Sache ist nicht so schlimm, denn um legal wieder einzureisen, mit richtigem Visum, müßten wir doch auf jeden Fall ausreisen. Schlimmer als dies ist, wie Du richtig annimmst, daß unser ganzer Fall so aufgefallen ist, unsere Aussagen protokolliert wurden und nun bei unseren Akten liegen. Aber erst gestern sagte mir ein Anwalt, *geglaubt* hätte uns der Mann auf Ellis Island sowieso kein Wort, denn er wäre ja kein absoluter Dummkopf und wüßte genau, was in Deutschland los ist und warum Juden plötzlich keine anderen Sorgen hätten, als Vergnügungsreisen nach U. S. A. zu machen. Mir leuchtet dies natürlich ein, nun weiß ich dann wiederum nicht, wozu überhaupt diese ganze Komödie gemacht wird.

An Frau Schurak habe ich geschrieben, Lechner hätte hier ein Engagement für 2 Monate bekommen.

Ob es mir hier »gefällt«, kann ich natürlich weder mit ja noch mit nein beantworten. Ich kenne ja bisher kaum einen Menschen hier und vor allem keine Amerikaner, und wenn, beherrsche ich die Sprache viel zu schlecht, vorläufig, um in einen wirklichen Kontakt mit ihnen zu kommen. Also wie soll man da ein Urteil abgeben. Aber selbst wenn sie mir vielleicht nicht so sehr gefallen werden bei näherer Bekanntschaft, so gefallen mir die Leute in Europa ja schon längst nicht mehr – mit Ausnahmen natürlich, und die wird es hier auch geben.

Was sagt Ihr nur zu Spanien? Ist es nicht ganz entsetzlich, daß niemand diesen armen Menschen hilft, nicht die Russen, nicht die Franzosen? Ich muß jetzt schließen, mein Geliebtes, in 50 Minuten geht die Queen Mary, und ich bringe den Brief selbst hin. Der Pier ist ungefähr 1/2 Stunde von unserem Haus entfernt. Hier ist doch das Tolle, daß die größten Boote direkt bis mitten in die Stadt hineinfahren können. Wenn sie dann abfährt, denke ich, in 5 Tagen ist sie bei Dir, mein geliebter kleiner Mensch, mein Bestes, Du. Aber was nützt mir das! Ich küsse Dich 1000, 1000 Mal.

Deine Mutti

Eva Ortmann aus New York an Sibylle in London

10. Oktober 1936

Mein geliebtes Kleines!

Jetzt habe ich wieder die »Île de France« versäumt, und zwar wollte ich heute morgen schreiben und den Brief selbst zum Pier tragen, aber ich habe die Zeit verschlafen. Wir sind nämlich heute nacht erst um *3 Uhr* nach Hause gekommen, waren so lange auf der Generalprobe des Stückes, in dem Eleonore Mendelssohn auftritt. Es war sehr interessant, wir haben verhältnismäßig *gut* folgen können, da wir den Stoff ungefähr kannten, das Stück hieß nämlich »The daughters of Atreus«, von irgendeinem modernen Mann geschrieben, der sich die Sache ziemlich leicht gemacht hatte und es dabei mit der überlieferten Sage nicht sehr genau nahm. Aber dies hat uns ja weniger an der Sache interessiert als vielmehr die Tatsache, daß wir überhaupt imstande waren, ein englisches Stück zu verstehen, die Art und

Weise, wie man in Amerika Theater spielt und wie ein amerikanischer Regisseur arbeitet – es wurde ziemlich oft unterbrochen –, von einer modernen Regie in unserem Sinne keine Idee, und dann vor allem natürlich Eleonore Mendelssohn. Ich habe sie am Nachmittag in ihrer Garderobe besucht, fast nicht erkannt, so viel älter sah sie aus, als ich sie im Gedächtnis hatte.

Ihre Leistung fand ich bewundernswert, schauspielerisch wie auch sprachlich – soweit ich das beurteilen kann. Ich hatte das Gefühl, als spräche sie ohne fremden Accent, während ich bei einer anderen Schauspielerin sofort hörte, daß sie Russin ist. Sie selbst sagte mir, sie spräche nicht accentrein, aber mit weniger Accent als die Bergner, die sich aber nach ihren tollen Erfolgen gar nicht bemühe, den Accent abzulegen. Ich fürchte, *sie* wird recht weit entfernt von einem Erfolg sein, denn dies Stück ist ein ziemlicher Mist – sie findet es gut –, aber vor allem: Wen interessiert heute die blutrünstige Geschichte von Atreus' Geschlecht, in der sich sämtliche Familienmitglieder wechselseitig töten? Die Amerikaner doch wohl schon gar nicht, scheint mir. Aber ich kann mich ja irren, hoffentlich. Jedenfalls hoffe ich, daß es kein Reinfall wird, in ihrem Interesse und auch in meinem, denn ich will sie nach der Premiere anrufen. Sie kann mir unter Umständen *sehr* nützlich sein und wird dazu eher gestimmt sein, wenn sie gutgelaunt und erfolgreich ist. Sie hat irgend etwas *Bohèmehaftes* in ihrer ganzen Art, daher bin ich ein bißchen skeptisch, ob man sich auf sie verlassen kann. Dabei führt sie das Leben einer ganz großen Dame, fährt jedes Jahr für den ganzen Sommer nach Europa – *nicht* nach Deutschland, das sie rasend und fanatisch haßt –, natürlich nur mit »Queen Mary« oder »Normandie«, und hat eben doch wohl kein ganz richtiges Verständnis für die *einfachen* Schwierigkeiten des Lebens. Sie wußte z. B. gar nicht, daß man irgendwelche Schwierigkeiten mit der Einwanderung haben könnte!! Sie kennt natürlich eine Menge reicher Amerikaner, und ich will versuchen, ob etwas zu machen ist durch sie.

Mit unseren Affidavits, die wir in Aussicht hatten, ist es ungefähr so, wie ich mir gleich dachte. Der eine Mann ist zurückgezuckt, als er sein Einkommen nachweisen sollte, die anderen beiden sind zu wenig. Jetzt haben wir einen Millionär, 80 Jahre alt und blind, der will Lechner ein Affidavit geben, nachdem er ihn einfach aufgesucht und von Rabbiner Dr. Baeck aus Berlin gegrüßt hat. Aber er möchte irgendwelche Unterlagen dafür haben, daß Lechner ein hervorragender Sänger mit Engagementsaussichten ist. Das ist natürlich sehr schwer ihm zu bringen, *vielleicht* wird uns Kussewitzky da helfen können mit einer Art Zeugnis.

Herr Zaminski, der Bekannte der Engländerin Mrs. Henry, will, daß ich ihm im Tempel vorsinge, aber erst in 14 Tagen, da er »überarbeitet« ist durch die vielen Feiertage. Die Leute lassen sich alle viel Zeit, keine Spur des »amerikanischen Arbeitstempos« ist hier zu finden. Ich sprach gerade neulich mit Bermann darüber, er ist darin ganz meiner Meinung und hat doch viel mehr Erfahrung. Dies amerikanische Tempo ist entweder eine Sage, oder es ist inzwischen längst von Europa überholt worden, so daß wir es nicht mehr als solches empfinden. Mir erscheinen die Leute auf den Straßen, in den Geschäften und Banken, ja sogar mittags in der Wall Street laut, fröhlich, geschäftig – aber nichts von rasendem Tempo! Sogar die Juden haben hier ein gewisses gemütlicheres Phlegma und nicht soviel »Nerven« wie bei uns.

Daß Renate Dich besuchen wird, bevor sie herkommt, finde ich nett und freut mich sehr. Sie gehört, glaube ich, zu den wenigen Menschen, von denen man auch nach jahrelanger Trennung nicht enttäuscht sein wird. Einfach und gut, ich glaube, das ist unter den heutigen Schwierigkeiten besser und verläßlicher als zuviel Verstand und Kompliziertheit.

Deine Mutti

Eva Ortmann aus New York an Sibylle in London

13. Oktober 1936

Mein geliebtes bestes kleines Puppchen!

Daß Du zu der Demonstration gegangen sein würdest, hatte ich mir fast schon gedacht und gefürchtet, als ich davon las. Es freut einen ja so etwas, aber für den Endeffekt will es ja leider gar nichts besagen. Denke nur mal daran, wie oft bei uns vor Jahren die Nazis auseinandergesprengt und verjagt wurden mit Schimpf und Schande und Hohngelächter. Wir wissen es gar nicht mehr genau, so wenig ernst hat man das seinerzeit genommen. Ich würde jedenfalls das nächste

Mal nicht mehr hingehen an Deiner Stelle. Denn nach dem, was ich darüber gelesen habe, hat Herr Mosley die Absicht, das nächste Mal sich nicht so friedlich zu gebärden. Kein Wunder, wenn er sieht, wie seine Leute überall Erfolge haben. Spanien hatte ich eigentlich schon ganz aufgegeben, jetzt rühren sich ja anscheinend die Russen, aber es wird wohl zu spät sein!

Daß Du an Eva Tichauer geschrieben hast, finde ich sehr ordentlich von Dir. Was das für ein tüchtiges Mädchen ist, aber ich habe eigentlich immer etwas von ihr gehalten, das weißt Du ja. Den Eltern scheint es doch also recht schlecht zu gehen, wenn Eva sie noch unterstützt.

Deine Mutti

In Moskau bereitete sich Rika Ortmann, Wolfgang Ortmanns erste Frau, darauf vor, Rußland hinter sich zu lassen auf dem Weg zur endgültigen Wiedervereinigung mit ihrer Tochter Muschi und ihrem Schwiegersohn Fritz (genannt »Effchen«) in Amerika. Während ihres Besuchs in Schweden vor einigen Monaten war Rika eine Scheinehe mit einem entfernten Vetter, Leo Gawatin, eingegangen, um einen schwedischen Paß zu bekommen, und mit der Übereinkunft, sich so bald wie möglich wieder scheiden zu lassen. In Vorfreude auf ihre Ankunft in Stockholm schrieb sie ihrer Cousine Anna, der Mutter Leos und seines Bruders Eskil Gawatin.

Rika Ortmann aus Moskau an Anna Gawatin Sablowski in Stockholm

15. Oktober 1936

Liebe Anna –

Durch Deinen Brief hast Du mich sehr erfreut, zumal ich von den anderen Stockholmern überhaupt nichts höre. Von Eskils Treffen mit Musch und Fritz hatte ich schon von ihnen selbst gehört, wahrscheinlich war es ja ein Abschied für lange Zeit, da sie nun bald auf dem Wege nach Amerika sind. Sobald sie dort festen Fuß gefaßt haben (was ich bei Fritzchens Tüchtigkeit gar nicht bezweifle), werde ich ihnen dort nachfolgen. Mein mütterliches Herz ist natürlich entzückt über diese Aussicht. Du wirst Dir das vorstellen können, wie sehr das der Fall war, als sie mir diesen Plan mitteilten. Es ist ja immer mein größter Wunsch und mein stärkstes Bestreben gewesen, mit Musch zusammenzusein. Das stärkste Gefühl, das ich überhaupt habe, gehört ihr. Nun ist also doch die Verwirklichung des Zusammenseins in greifbare Nähe gerückt. Ich hoffe ja auch, daß später mein Sohn herüberkommen kann, so daß dann die ganze Familie wieder vereinigt ist. Ja, so mit einigen Umwegen wird dann der alte Zustand wiederhergestellt sein. Ich selbst bin auch in der Zwischenzeit nicht jünger geworden, und es verlangt mich schon etwas nach häuslicher Gemütlichkeit.

Liebe Anna, Du wirst nun bald das Vergnügen haben, mich wiederzusehen. Ich hoffe, daß es auch ein Vergnügen für Dich sein wird! Ich werde schon Ende des Monats dort sein und nehme an, daß Ihr mir einen festlichen Empfang bereiten werdet. Ihr bekommt noch ein Telegramm.

Für heute nimm Du sowie die ganze Familie die herzlichsten Grüße von Deiner

R.

Heute bekam ich gerade Brief von Musch, daß sie gegen den 25. abfahren. Sicher ist es in Amerika doch noch leichter, sein Fortkommen zu finden.

Also, Anna, nochmals herzlichste Grüße und auf baldiges Wiedersehen. Wirst Du mich vom Schiff abholen? Ich hoffe stark.

Deine Rika

Sibylle aus London an Eva Ortmann in New York

16. Oktober 1936

Mein liebes Muttilein,

in meiner Mittagspause kam ich heute durch eine Straße, da standen lauter Leute um einen Sarg in einem Auto umher, etwa 30, alles Juden, was sofort auffiel, die offenbar auf Taxis warteten, die sie samt dem Sarg zum Friedhof beförderten. Genauso neugierig wie die übrigen Engländer, ging ich auch da hin, und da sah ich, daß die Männer (es waren fast nur solche) alle ihre Kleider zerrissen hatten. Ich habe gar nicht geglaubt, daß es heutzutage noch solche Leute gibt. Sie sprachen nicht Englisch, sondern Jiddisch.

Sibylle

Eva Ortmann aus New York an Sibylle in London

20. Oktober 1936

Mein geliebtes Engelchen!

Wir haben unsere Abendschule wieder aufgegeben, die Lehrerin war sehr gut, eine kleine amerik. Jüdin, nicht viel älter als Du. Aber die Schüler waren unmöglich, 42 im ganzen, nicht nur zu ungleich in ihren Vorkenntnissen, vor allem von zu verschiedenem Bildungsniveau und Schulbildung. Wir beide waren ein Glanz, wenn wir einen Satz vorlasen, sagte sie immer: »Oh, very nice«, Lechner wurde immer an die Tafel gerufen, um das Diktat dort aufzuschreiben, aber schließlich, dazu brauchen wir nicht dorthin zu gehen.

Von Fortschritten oder Erfolgen kann ich Dir eigentlich nicht viel berichten, leider. Die Deutschen hier, d.h. die Emigranten, benehmen sich fast ausnahmslos schweinisch. Solange sie selbst nichts haben und nicht eingewandert sind, können sie einem natürlich nichts nützen. Ist aber einer wirklich nur ein bißchen *gesettled,* wird er sofort größenwahnsinnig, blickt freundlich-mitleidig auf unsereinen herab und gibt einem Eizes[133], mit denen man nichts anfangen kann. Nicht ein vernünftiger Rat ist von den Kerlen zu kriegen. So z.B. der Dr. V.E. Wolff, der gestern z.B. im Radio spielte und zum wenigsten doch schon einen Konnex mit den Leuten hat. Er könnte doch sagen: »Gehen Sie dorthin, zu dem Mann oder zu dem Manager«, statt dessen sagte er: »Ja, ja, man muß klein anfangen, man muß ganz bescheiden sein, alles nehmen, was einem geboten wird« etc., lauter dummes Zeug – nur nichts Positives.

Neuerdings besteht wieder eine etwas größere Möglichkeit für das Zustandekommen der großen Werfel-Aufführung. Das Geld soll angeblich dasein, schon auf der Bank bereitliegen – nur Reinhardt ist nicht da, sondern arbeitet in Hollywood.

Alles dies hörte ich heute von Eleonore Mendelssohn, die – nach meiner Ansicht ganz unberechtigt – miserable Kritiken bekommen hat und völlig *down* ist. Sie jammerte mir vor, warum sie nur in dieses verrückte Land gekommen ist, sie hätte im Salzkammergut bleiben sollen bei ihren Kühen etc. Am 3. November kommt hierher Jacob

---

133 Jiddisch: Ratschläge.

Goldschmidt, der jetzt in London lebt, der kennt natürlich die ganzen Wall-Street-Leute. Den will sie für uns nach einem Affidavit fragen. Aber ich verspreche mir gar nichts davon, diese Leute haben doch Todesangst um ihr Geld und kein bißchen Idealismus. Warum sollten sie also für wildfremde Menschen bürgen? Witzingers haben Lechner angeboten, ihm das Geld für eine Kaution zu leihen. Ist das nicht anständig? Das kann uns natürlich *sehr* helfen, nur wissen wir nicht, ob Witzingers wissen, wieviel die Konsuln verlangen, man sagte uns 5–10.000 Dollar für 2 Personen. Ob sie *so viel* Geld frei haben und ihm anvertrauen wollen, ist natürlich sehr fraglich. Er hat ihnen heute noch mal deswegen genau geschrieben.

Natürlich verfolge ich die Vorgänge in Europa, die Amerikaner dagegen sind augenblicklich nur von ihrer Wahl besessen. D.h., wirkliche gebildete Amerikaner kenne ich bisher ja überhaupt nicht, daher kann ich mir über diese Dinge überhaupt kein Urteil bilden. Die kleinen Leute denken ungefähr: »Gott sei Dank, daß wir nicht in diesem Hexenkessel ›da drüben‹ leben, die Leute scheinen alle ein bißchen verrückt zu sein.« Damit ist ihr Interesse erschöpft.

Walter ist bei Welch gewesen.[134] Er schreibt, er sei ein reizender Mann.

Sei umarmt und geküßt, mein Kleines, von Deiner Mutti

Am Vorabend der endgültigen Abreise schrieb Rika Ortmann ihrer Tochter.

Rika Ortmann aus Moskau an Ruth (Muschi) Daniel in London

21. Oktober 1936

Mein Liebes –

gestern habe ich versucht, Dich telefonisch anzurufen. Aber es

---

134 Evas Vetter Walter Rosenthal. Er und Rolland Welch standen am Anfang einer Zusammenarbeit, bei der Rosenthal als Mittelsmann für Juden agieren sollte, die nach einem Weg suchten, ihr Geld aus Deutschland herauszuschaffen. Welch würde das Geld ins amerikanische Diplomatengepäck stecken, wo es vor Durchsuchungen sicher wäre, und nach Paris schicken, wo der Emigrant es dann abholen könnte, abzüglich einer Gebühr. Diese Gebühr, erinnerte sich Sibylle, betrug fünfzig Prozent der transferierten Summe.

klappte nicht, man bekam keinen Anschluß. Ich hatte schon morgens für abends 7h (Moskauer Zeit, bei Euch 4h) mit Voranmeldung angemeldet, um 8h abends sagte man mir, ich könnte die Verbindung – aber ohne Voranmeldung – kriegen. Da schien es mir ratsamer, ganz zu verzichten. Schade, mein Musch, ich hätte – wenn auch nur für 3 Min. und bei einem Preis von 30 Rubel – gern noch ein paar Worte mit Dir gesprochen, ehe Du übers große Wasser fährst. So nur auf diesem Wege alle guten Wünsche für Dich und das Effchen. Es fängt ja doch schließlich ein neuer Lebensabschnitt für Euch an. Für mich ja auch. Bin in der Packerei nach und habe schrecklich viel Lauferei. Am 24. fahre ich nun, von der Grenze bekommst Du noch ein Abschiedstelegramm aus der Sowjetunion, aus Stockholm nicht, da es dort zu teuer ist.

Visum, Billett, alles habe ich schon. Denk nur, man kann für 900 Rubel 2. Kl. von hier nach New York fahren, Voraussetzung dafür ist aber das amerikanische Visum. Schade.

Für heute, mein Musch, von Herzen Gruß u. Kuß

M.

Heinrich Löwenfeld aus Prag an Sibylle in London

24. Oktober 1936

Liebe Sibylle,

Andreas geht munter in die deutsche Schule. Nachmittags hat er 3x in der Woche, mit zwei andern Kindern, eine Engländerin. Wir hoffen, ja doch einmal Europa zu verlassen und uns alle in Amerika zu treffen.

Die politische Lage ist ja immer trostloser, ich habe das Gefühl, daß es überall nur noch ein kleines Häuflein von Menschen gibt, mit denen man sich versteht; aber das ist zuwenig, damit wird man nichts erreichen. Ich bin ja so versteckt in meiner Arbeit, daß ich sowieso isoliert bin. Die spanischen Ereignisse, der Moskauer Prozeß – das sind alles Erlebnisse, die lähmend wirken. So sollte man sich wirklich nach einer neuen Welt umsehen, auch auf die Gefahr hin, keine bessere zu finden – man ist dann vielleicht nicht so beteiligt.

Heinrich

Eva Ortmann aus New York an Sibylle in London

27. Oktober 1936

Mein geliebtes Kleines,

ich glaube, ich habe lange nicht geschrieben, und morgen geht ein guter Dampfer. Leider habe ich Dir nichts Besonderes zu erzählen – noch immer nicht! Ich laufe den ganzen Tag umher – augenblicklich sitze ich wieder mal bei einer der vielen jüdischen Organisationen und warte auf eine Dame. Die Leute tun viel hier, das ist schon richtig, vor allem, sie geben viel Geld. Aber ich sagte erst gestern – nach meiner Manier, die Leute zu beschimpfen, anstatt als Bittsteller aufzutreten –, es ist *viel* leichter für einen reichen Mann 10 $ zu opfern als 10 Minuten Zeit für die Angelegenheiten fremder Leute. Der Mann, ein junger Rabbinats-Kandidat, gab mir recht, aber ich sagte ihm, wenn er erst ein big-man wäre wie z. B. Rabbi Wise, so etwa in 10 Jahren, würde er genauso sein. Besagter Rabbi Wise ist hier der größte Mann und tollste Hitler-Hasser.[135] Jeden Sonntagvormittag hält er in der Carnegie Hall eine flammende Rede über Hitler-Deutschland und seine Folgen für die Juden und für die Welt. Die reichsten Juden New Yorks kommen dorthin, ziehen ihre Taschentücher und sind voll von Entsetzen und Mitleid über the poor German Jews. Dann kommt eine Geldsammlung mitten im Gottesdienst – und dann gehen alle getröstet nach Hause, entzückt über ihre eigene Güte. Am letzten Sonntag sprach Lechner Rabbi Wise nach der Predigt einfach an, stellte sich als deutscher Flüchtling vor. Da war Rabbi Wise *very very busy,* hätte bis zum 3. November nur mit der Wahl zu tun und nicht 5 Minuten Zeit. Vorher fragte er noch, ob Lechner auch *jedes Wort* seiner Predigt verstanden hätte, und im übrigen sagte er, er solle nach der Wahl mal seine Sekretärin anrufen, vielleicht könnte die dann ein appointment machen. Wahr ist es natürlich, daß den Juden daran liegt, daß Roosevelt gewählt wird. Und dieser Mann reist die ganze Woche umher und hält Vorträge für Roosevelt, aber 5 Minuten hätte er schließlich aufbringen können, wenn er wirklich wollte. Übrigens stehen die

---

135 Rabbi Stephen S. Wise war ein bedeutender Zionist, der sowohl in nationalen als auch in internationalen jüdischen Organisationen eine führende Rolle spielte.

Großkapitalisten, z. B. Warburg und andere Juden, alle hinter Landon.[136] Die Dummköpfe haben von Deutschland *nichts* gelernt und finanzieren Landon, der dadurch eine Unzahl von Zeitungen beherrscht, genau wie in Deutschland Hitler z. B. von Jacob Goldschmidt[137] u. a. finanziert wurde aus Angst vor dem Bolschewismus. Natürlich ist Landon noch lange nicht Hitler, aber doch eine Vorstufe dazu.

Ich weiß nicht, ob ich Dir schrieb, daß Eleonora Mendelssohn versuchen will, durch Jacob Goldschmidt, der nächste Woche mit der Queen Mary hier ankommt und der natürlich die ganze Wallstreet kennt, uns Affidavits zu verschaffen. Ich verspreche mir absolut *nichts* davon, denn diese wandelnden Geldsäcke besitzen doch nur Geldgier und keine Spur von Idealismus. Nach meiner Meinung ziehen sie, wenn es sein muß, mal 100 Dollar aus der Tasche – da wissen sie, was die Sache sie kostet. Aber sich irgendeine Unannehmlichkeit machen – vielleicht einen unangenehmen Gedanken haben, daß man *vielleicht* mal an sie herantreten könnte, wozu sollen sie das tun? Ich brauche da nur an Kurt, unsern Vetter, zu denken, der gegen diese Leute ja nur ein Winztier ist, aber seine Ansichten sind genauso.

[Eva Ortmann und Lechner hatten unlängst einen Nachmittag in Harlem verbracht. Eva war beeindruckt von den unterschiedlichen Pigmentierungen der Afroamerikaner:] Wenn man diese »high-yellows«, die sind aber gar nicht gelb, am Kurfürstendamm treffen würde, besonders die jungen Mädchen unter ihnen, dann würde man sie für besonders reizvolle jüdische Schülerinnen der Fürstin-Bismarck-Schule halten können und sich voll Bewunderung nach ihnen umsehen. Diese sind auch natürlich nach der letzten Pariser Mode gekleidet und frisiert, während die anderen zum Teil sämtliche Re-

---

136 Alf Landon, der Gouverneur von Kansas, war der republikanische Gegenkandidat zu Roosevelt im Wahlkampf 1936.

137 Die kommunistische Propaganda, der Eva in diesem Fall geglaubt zu haben scheint, hatte behauptet, der jüdische Finanzier Jacob Goldschmidt habe geholfen, Hitler zu unterstützen. Die Absicht dahinter war nicht allein, Hitler als Werkzeug des Monopolkapitals zu zeigen, sondern auch, daß der Judenhaß Hitlers durch jüdisches Geld durchaus bestechlich sei.

genbogenfarben auf einmal auf ihrem Körper haben. Das Tolle ist, daß die High-Yellows sich turmhoch erhoben fühlen über die Yellows oder gar dark-people. *Niemals* würden sie in ein und dasselbe Haus mit ihnen ziehen! Aber das braucht einen kaum zu wundern, wenn man an das Verhalten der »assimilierten« gegenüber den Ostjuden denkt. Aber hier wie dort – wieviel sie sich auch dünken mögen und wenn sie die schönsten Rolls-Royce-Wagen fahren, was sie in Massen tun, in Harlem müssen sie *alle* wohnen, kein Wirt könnte es wagen, ihnen in irgendeinem anderen Stadtteil eine Wohnung zu geben. Nur wenn sie die Bedienten der Weißen sind, dann ändert sich alles. Dann können sie sogar in der Park Avenue wohnen!! Dabei soll hier noch das Paradies für sie sein, denn sie dürfen alle Verkehrsmittel benützen, während das in den Südstaaten verboten ist.

Eine schreckliche Welt, wirklich, wohin man auch sieht! An Europa darf man erst recht nicht denken. Jetzt – gewissermaßen 5 Minuten nach 12 – rühren sich die Russen. Was kann das jetzt noch für einen Zweck haben? Die Erfolge der Faschisten [in Spanien] sind schon viel zu groß, als daß die Italiener und die Deutschen, besonders nach ihrer neuesten Verbrüderung, zulassen werden, daß sie *nicht* siegen. Man kann sich das Ende dieser Sache gar nicht denken – es muß fast zu einem Kriege führen, so oder so. Was man auch etwa gegen Amerika sagen kann, und vielleicht läßt sich viel dagegen sagen, es scheint mir immer mehr das *einzig Vernünftige* und daher Erstrebenswerte zu sein. Es kommt mir immer unsinniger vor, sich in irgendeinem europäischen Lande eine Existenz aufzubauen – selbst wenn man die Möglichkeit dazu hätte. Löwenfelds sollten nur auch machen, daß sie aus Prag wegkommen, ehe es zu spät ist. Otto hat es ihnen ja schon so oft geschrieben!

Inzwischen habe ich mit der betreffenden Dame, auf die ich fast 1 Stunde warten mußte, gesprochen. Sie stürzte sich mit Begeisterung auf mich, als sie hörte, daß wir erst vor 5 Wochen aus Deutschland gekommen sind! Gewissermaßen direkt aus der Höhle des Löwen. Sie hat nämlich nicht direkt mit dem Comité und den Jewish Women zu tun und trifft anscheinend selten Emigranten. (Wenn sie sich 3 Etagen tiefer bemühen würde, könnte sie täglich deren 100 sehen.) Aber das tut sie eben nicht, und so war sie ganz entzückt, rief zwei andere

Damen herbei, die mich ebenfalls voll Rührung betrachteten. Im übrigen war sie eine helle Person, verstand sofort, was ich von ihr wollte. Und zwar ist dies ein Scheinengagement für Lechner oder, noch besser, für jeden von uns. Sie sagte, das wäre doch wohl eine Kleinigkeit, arrangierte sofort für nächsten Sonntag in ihrer offenbar sehr eleganten Wohnung eine party für uns, auf der wir beide singen sollen und zu der sie allerhand wichtige Leute einlud – gleich telephonisch in meiner Gegenwart. Diesen Leuten erzählte sie das Blaue vom Himmel über uns. Wir seien wonderful singer from Germany, Rabbi Wise und seine Frau seien persönlich an uns interessiert usw. Ich fürchtete, sie hätte meine englischen Erzählungen falsch verstanden, und teilte ihr mit, daß ich weder Rabbi Wise noch seine Frau kennen würde. Aber sie lachte nur und sagte: »Solche kleinen Lügen verzeiht Gott.« Dagegen hatte ich dann nichts einzuwenden und bezog diesen Satz auch gleich auf mich selbst. Ich hatte mich ihr nämlich als E. Ortmann Lechner vorgestellt, da ich inzwischen gelernt habe, daß man hier jeden Namen führen kann, der einem gefällt. Tatsächlich nennen sich die Frauen hier je nach Laune – mit ihrem Mädchennamen oder mit dem Namen ihres ersten, zweiten oder jeweiligen Mannes. Unerwarteterweise erschien auch noch Lechner, der inzwischen woanders war, und sie lud uns also als Mr. and Mrs. Lechner zu ihrer party ein. Sie verquatschte den Namen ununterbrochen, obgleich sie im selben Augenblick allen erzählte, Mr. Lechner sei very famous in Germany. Es war furchtbar komisch, ich platzte fast vor Lachen, aber Lechner rettete die Situation. Er saß breit und würdevoll in seinem Wintermantel da – seit heute früh Kältewelle – und stammelte ab und zu: »Oh, very nice, very nice.«

Ich muß schnell schließen, es ist gleich Postschluß für die Aquitania. Bleib nur gesund, mein Engelchen, ich küsse Dich hunderttausend Mal.

Deine Mutti

Die weiblichen Angehörigen einer Reihe von Hilfskomitees bemühten sich nachdrücklich darum, Eva Ortmann und Fritz Lechner zu unterstützen, da ihnen bewußt war, daß deren 60-Tage-Besuchervisa Mitte November abliefen. Am 30. Oktober erhielt Eva den Bescheid, daß ihnen erlaubt wurde, weitere sechs Monate in den Vereinigten Staaten zu bleiben, bis zum 15. April 1937. Die augenblicklich drängendste Frage war nun, ob Henry Goldman ihnen ein Affidavit geben würde.

Eva Ortmann aus New York an Sibylle in London

30. Oktober 1936

Mein geliebtes Kleines,

[...] Das wichtigste Positive ist aber ein Schreiben, das man von dort aus an unseren Millionär Henry Goldman richten will, in welchem man uns bescheinigt, daß wir ausgezeichnete Sänger sind, die sofort, wenn sie legal eingewandert sind, *laufend durch das Comité beschäftigt werden sollen* (was auch wirklich wahr ist!). Wenn ihm das genügt, was wir natürlich nicht wissen können, und wenn er uns dann darauf das Affidavit wirklich gibt, dann wird alles klappen. Du siehst, es sind noch sehr viele »Wenn« zu beachten. Aber wir werden wohl bald Genaueres wissen, denn Lechner ist für Montag um 11 Uhr bei Henry Goldman angemeldet.

Heute morgen, als ich dies alles noch nicht wußte, habe ich in der Free Synagogue, wo Rabbi Wise spricht, vorgesungen. Der Dirigent fand meine Stimme lovely and fine and wonderful, aber es besteht leider keine Vakanz bei ihm. Er sprach aber dann mit verschiedenen Leuten, und man will mir einen Schein-Kontrakt für die Einwanderung geben. Vielleicht kann ich dann später mal irgendwie hineinrutschen, wenn eine Stelle frei wird, sie bezahlen 50 $ im Monat. Soviel kostet hier eine leidlich nette 3-Zimmerwohnung.

Daß Renate [Boenheim] extra Deinetwegen nach London kommen will und sich so darauf freut, ist wirklich rührend. Ihr Vater hat sich nicht mehr bei mir gemeldet, ich auch nicht mehr bei ihm, er hat mir zu sehr mißfallen und ist *genau* so, wie Du beschrieben hast, liebenswürdig und uninteressiert. Der erste Mensch unter den Emigranten, der wirklich nett war, war Eva Rotmann Goldstein, eine Bekannte von Heinrich, die ich auch flüchtig kannte. Sie hat jedenfalls versucht, alle möglichen Leute für uns zu interessieren, durch sie bin ich indirekt zur Free Synagogue gekommen und zu Frau Siegel, die alles für uns mobilisiert und auf deren Gesellschaft wir übermorgen singen sollen. Auch zu einem Prof. Michaelis,[138] deutschem Physiologen, schleppte sie mich, die Frau von ihm kannte meinen Vater. Aber es waren widerliche Leute. Sie erklärten mir, gegen Roosevelt zu sein, weil er judenfreundlich wäre und den Juden zuviel gute Posten gäbe!! Es wäre besser, wenn die Juden bescheiden wären und nur an kleinsten Stellen tätig und sich nicht wieder »vordrängen« würden. Er selbst – Herr Prof. Michaelis – hat natürlich längst eine große Stellung am Rockefeller Institut.

Die Juden, die Du da am Sarge hast stehen sehen, betrügen den lieben Gott. Sie zerreißen sich nämlich nicht ihre anständigen Anzüge, wie Gott es erwartet. Sondern sie halten für die Fälle solchen Kummers alte Sachen, die schon zerrissen sind, bereit. Wenigstens behauptet Lechner dies, und er weiß ja solche Sachen. Er ist hier in seinem Element. Jeden Mittag dreht er die jiddische Radio-Stunde an und ist jedesmal begeistert und gerührt. Er behauptet, keine Sprache hätte soviel Herz wie diese, und vielleicht hat er recht. Du hättest hören sollen, wie neulich in dieser Stunde für Roosevelt gesprochen wurde oder etwas für ein jüdisches Altersheim gesammelt wurde. Der Mann am Mikrophon weinte und schluchzte fast, als er einem die alten Leute schilderte, und man mußte beinah mitweinen. Gleich hinterher allerdings kam ein fröhliches Couplet über »gefillte Fisch« und dazu die Reklame für ein Fischgeschäft. Es ist sehr komisch hier, überhaupt das ganze Radio. Die größten Sänger der Metropolitan Oper singen z. B. in einer Reklame für General Motors oder irgendeine Staubsaugerfirma.

Mutti

Eva Ortmann aus New York an Sibylle in London

3. November 1936

WIR HABEN EIN AFFIDAVIT!!!

Was sagst Du dazu? Unser Millionär, der 80jährige, blinde Mann, hat sich bewährt. Er hat sich bei Dr. Baeck in Berlin über Lechner erkundigt und eine so glanzvolle Auskunft erhalten, daß er sich gestern

---

138 Leonor Michaelis (1875–1949), bedeutender deutscher Biochemiker, der seit 1926 in den Vereinigten Staaten lebte.

schriftlich bereiterklärt hat. Er ist einer der reichsten Leute New Yorks, und als wir gestern mit unserm Brief im »Council of Jewish Women« Office erschienen, geriet alles in hellste Aufregung. So ein Affidavit gibt es nicht oft, er garantiert mit einem Vermögen von 500.000 Dollar. (Fünfhunderttausend!! nicht auszudenken!) Die Dame, die unsere Sache bearbeitet, wurde abwechselnd rot und blaß vor Aufregung, so hat sie sich gefreut. Was ich wiederum rührend fand, denn sie bearbeitet augenblicklich 73 Fälle auf einmal. Aber sie hat uns besonders in ihr Herz geschlossen und sagte gestern, wir seien die komischsten Leute, die je in ihrem Office gewesen sind. Aber das sollte eine Anerkennung sein!

Also, dies ist der erste Schritt, nun beginnen weitere Schwierigkeiten, aber irgendwie wird es bestimmt werden. Die Konsuln in den Nachbarstaaten sollen immer ekliger werden. Kanada ist schon ganz verbaut. Wir werden also wohl nach Bermuda oder Kuba gehen müssen. Es muß alles sorgfältig vorbereitet werden, damit keine Dummheit passiert, wir nehmen uns dazu einen Anwalt. Die Sache soll am Donnerstag unterschrieben werden, aber da wir bereits eine schriftliche Bestätigung in der Hand haben, besteht wohl kein Zweifel. Lechners Erkältung ist erst jetzt vorüber, ich habe an Kussewitzky geschrieben und hoffe, daß er uns noch mal einlädt.

Unsere party, auf der wir beide sangen, war sehr interessant. Es waren anscheinend recht gebildete und fortschrittliche Leute dort versammelt. Den Mittelpunkt der ganzen Veranstaltung bildete ein Neger. D.h. ein sympathisch und kultiviert aussehender junger Mensch, kaum brünetter als ich, der durchaus keine negroiden Merkmale zeigte. Man hätte ihn für irgendeinen Südländer halten können. Dieser Mann also stammt aus Georgia, wo die Neger heute noch wie Sklaven leben. Er wurde dort vor einigen Monaten zum Tode verurteilt, dann zu 20 Jahren Zuchthaus verurteilt. Das Ganze geschah aufgrund eines Gesetzes aus dem Jahr 1823, also lange vor Aufhebung der Sklaverei, das *heute* noch gültig ist, jedenfalls nicht für ungültig erklärt wurde. Sein Verbrechen bestand darin, daß er eine Protestversammlung einberief, in welcher man eine Beschwerde an die Regierung richtete wegen plötzlicher Entziehung der Arbeitslosenunterstützung für alle Neger. Dies wurde als »Verschwörung gegen das Government« bezeichnet, und darauf steht seit 1823 – *für Neger* – Todesstrafe.

Augenblicklich ist er gegen Stellung einer Kaution von 15.000 $, die Freunde aufgebracht haben, frei, muß sich aber in 6 Monaten in Georgia stellen. Jetzt ist er unterwegs, in den Nordstaaten Sympathie-Kundgebungen, Unterschriften und wohl auch Geld zu sammeln, um eine Neuaufnahme seines Verfahrens zu beantragen und durchzusetzen. Ist das nicht furchtbar? Er trug der Gesellschaft die ganze Sache vor, sprach fast eine Stunde, und alle waren sehr interessiert. Natürlich konnten wir nicht alles verstehen, aber doch einen großen Teil, den Rest erzählte uns ein deutschsprechender Herr. Ein wahrhaft grausiger Beitrag zur »Negerfrage«, die anscheinend ein unlösbares Problem darstellt, so wie in Europa die Judenfrage. Es wurde denn auch prompt die Parallele gezogen, und wir wurden den Leuten mit ein paar passenden Worten präsentiert! Lechner war ganz entrüstet darüber und warf mir über den Tisch hin verzweifelte Blicke zu. Er empfand es mit Recht als eine Bagatellisierung der fürchterlichen Geschichte des Negers, eines um sein Leben kämpfenden Menschen, wenn man ihn mit deutschen Refugees, wie wir es sind, vergleicht. Schließlich versuchen wir im Augenblick, eine neue Existenz zu finden, und es ist anzunehmen, daß uns dies in einer oder der anderen Weise gelingen wird – er versucht seinen Kopf zu retten und den einer Reihe von mit ihm verurteilten Negern, wobei man wissen muß, daß 20 Jahre Zuchthaus in den Südstaaten viel schlimmer als der Tod sein soll. Natürlich war das Ganze ein faux pas, aber schließlich finde ich es recht anerkennenswert, daß diese wohlsituierten Juden, und zwar keinesfalls Sozialisten, sondern saturierte Bürger, sich überhaupt für so etwas einsetzen. Ob sie nachher *wirklich* etwas tun, weiß ich ja nicht, so etwas kann man erst dann beurteilen, wenn man ihre Sprache mit allen Nuancen versteht und echte Worte von oberflächlichen zu unterscheiden imstande ist. Wir dagegen sind doch eben froh, einer Unterhaltung in den rohesten Umrissen folgen zu können.

Die Hausfrau jedenfalls ist eine äußerst betriebsame Frau, sitzt den ganzen Tag im Jewish Congress House und arbeitet. Was, ist mir immer noch nicht klar, aber bestimmt wird sie uns in vielen Dingen helfen können und hat uns in ihr Herz geschlossen. Jedenfalls muß ich schon sagen, daß sich die Amerikaner hundertmal anständiger gegen uns benehmen als die Deutschen, ich spreche natürlich nur von Juden. So etwas von Neid und Mißgunst, wie man es unter den Emigranten trifft, ist kaum zu beschreiben. Lechner war gestern abend bei einer früheren Kollegin mit einigen zusammen und erzählte strahlend, daß er endlich ein 500.000 $ Affidavit bekommen hätte. Sofort beeilte man sich, ihm klarzumachen, daß es auf die Höhe des Affidavits gar nicht so sehr ankäme (was ein ganz großer Unsinn ist), daß es bei dem und bei jenem nicht geklappt hätte usw. Jedenfalls wollte man ihm die Sache recht schnell vermiesen und ihn entmutigen.

Wir erwägen übrigens die Möglichkeit, daß ich vielleicht Mitte November nach Berlin fahre, alles auflöse, das meiste verkaufe und dann über Kuba oder Bermuda, wo ich mich mit Lechner und den inzwischen geordneten und vom Konsul genehmigten Papieren treffe, einwandere. Es ist vorläufig nur eine ganz vague Idee. Nachdem unser Wohltäter am Donnerstag hoffentlich unterschrieben hat, wollen wir alles genau mit dem Anwalt durchsprechen.

Heute ist hier – am Wahltag (hoffentlich Roosevelt!!!) – wieder Sommerwetter. Man reißt die Fenster auf und geht ohne Mantel.

Was Du von Heinrich schreibst, ist betrüblich. Sie haben wirklich einen ganz großen Fehler gemacht, daß sie nicht vor Jahr und Tag hierhergekommen sind, als sie noch etwas Geld hatten und es für Ärzte noch viel leichter war. Es geht eigentlich keinem direkt schlecht hier und manchen sehr gut. Aber es wird natürlich von Tag zu Tag schwieriger. Wenn erst unsere eigene Angelegenheit völlig geklärt und erledigt ist, werde ich ihm mal über alles ganz genau und ausführlich schreiben. Ich könnte ihm ja bestimmt viele praktische Dinge hier erleichtern und, wenn er wirklich will, alles zu seiner Einwanderung vorbereiten. Manchmal, wenn man die Zeitung in die Hand nimmt und über dies Tohuwabohu in Europa liest, wird einem angst und bange. Mussolinis Reden sind ja deutlich genug, und man kann die Engländer einfach nicht verstehen, daß sie alles geschehen lassen. Andererseits, wenn die Engländer diesen Kerlen gegenüber auftreten würden, wie sie müßten und wie man es sich wünschte, dann wäre der Krieg wahrscheinlich längst da. Und das ist ja gar nicht auszudenken – abgesehen von allem Entsetzlichen eines Krieges besteht für mein Gefühl noch die Möglichkeit, daß die Faschisten siegen. Und was wird dann werden! Ich glaube, das kann sich heute kein Mensch richtig vorstellen.

Nun Schluß für heute, mein geliebter kleiner Mensch. Ich küsse Dich tausend Mal

Deine Mutti

Der schwarze junge Mann war Angelo Herndon, ein Organisator der kommunistischen Partei aus Chicago, der 1932 wegen Aufwiegelung zum Aufstand gegen den Staat Georgia verurteilt worden war. Wie Eva richtig verstanden hatte, bestand der Grund für die Anklage darin, daß er in Atlanta eine Protestversammlung gegen die Streichung der Arbeitslosenunterstützung für Schwarze organisiert hatte. Er war damals 19 Jahre alt. Bei einigen Einzelheiten irrte Eva: So betraf beispielsweise das Gesetz, nach dem er verurteilt worden war, zwar ursprünglich nur Sklavenaufstände, war jedoch nach dem amerikanischen Bürgerkrieg dahingehend ergänzt worden, daß es seither für alle Rassen gleichermaßen galt, und obwohl es im schlimmsten Fall die Todesstrafe vorsah, hatte man Herndon zu 18 Jahren Zuchthaus mit Zwangsarbeit an der Kette verurteilt. In der Praxis kam diese Strafe allerdings der Todesstrafe gleich, denn nicht nur waren die Bedingungen unerträglich hart, sondern es hätte wohl auch reichlich Gelegenheiten gegeben, einen unliebsamen Gefangenen zu beseitigen. Herndon war all das, was der weiße Süden am meisten fürchtete: ein überzeugter schwarzer Kommunist aus dem Norden, der in den Süden kam, um Unzufriedenheit unter den ansässigen Schwarzen zu stiften. Seine Chancen, die 18 Jahre Zwangsarbeit an der Kette zu überleben, waren ausgesprochen gering.

Herndon verbrachte zwei Jahre im Todestrakt des Gefängnisses, wo er sich um seine zum Tod auf dem elektrischen Stuhl verurteilten Mitgefangenen kümmerte. Als schließlich eine Kaution festgesetzt wurde, waren es 15.000 Dollar – eine Summe, von der man annahm, sie sei für einen schwarzen Verurteilten unerreichbar hoch –, und man gab ihm nur 23 Tage Zeit, sie aufzubringen. Mit Unterstützung der kommunistischen Partei brachten Spenden von außerhalb der Vereinigten Staaten den Betrag allerdings zusammen. Ein weißer Mitinsasse, der Zugang zum Büro des Gefängnisaufsehers hatte, berichtete Herndon, daß es Pläne gab, ihn zu lynchen, falls er das Geld aufbrächte und auf Kaution entlassen werden sollte.

Auf diese Drohung hin rief der Schriftsteller Theodore Dreiser den Gouverneur von Georgia, Herman Talmadge, an und verlangte und erhielt dessen Zusicherung, daß Herndon im Falle der Entlassung geschützt werde.

Die 15.000 Dollar wurden gesammelt und ermöglichten Herndon die Freiheit, solange seine Berufung anhängig war. Seine Mitangeklagten blieben in Haft. Sein Fall kam zweimal vor den Obersten Gerichtshof, der 1935 mit 6 zu 3 Stimmen gegen ihn entschied, allerdings wohl fehlerhaft, und Anfang 1937, einige Monate nach der Party in Mrs. Siegels Wohnung, hob das Gericht die Verurteilung mit 5 zu 4 Stimmen auf. Im März 1937 veröffentlichte Herndon dann sein autobiographisches Buch *Laßt mich leben!*

Eva Ortmann aus New York an Sibylle in London

7. November 1936

Mein liebes Kleines,

ich bin schon ungeduldig, die Sache endlich zum Klappen zu bringen. Die Leute machen einem alle angst, weil Goldman kein Verwandter von uns ist. Aber im Council of Jewish Women hat man uns gesagt, daß es das *beste* Affidavit ist, was sie bisher in der Hand gehabt haben. Der Mann hat 275.000 $ jährliches Einkommen, wovon er – dank Roosevelt – 70.000 $ *Steuern* zahlt!! Auf alle Fälle erwarten wir noch die Antwort von Witzingers, die uns angeboten haben, Geld zum Vorzeigen zur Verfügung zu stellen. Wenn das wirklich kommt, dann besteht hoffentlich keine Möglichkeit, uns zurückzuweisen. Natürlich müssen wir vorher heiraten, das ist das einzige, was mich an der ganzen Sache kränkt. (Aber ich heiße weiter Ortmann, das kann man hier.) Aber wir haben hin und her überlegt, selbst *wenn* wir noch ein Affidavit für mich bekommen hätten, die Leute sind doch nun mal verrückt und wollen alleinstehende Frauen nicht hereinlassen. Marlene Dietrich hat einen *monatelangen* Kampf um ihr Emigrationsvisum durchfechten müssen. Wenn Du kommst, wird es etwas anderes sein. Du eilst in die Arme Deiner Mutter, dafür sind sie sehr zu haben.

Deine Frage nach Möglichkeiten, hiesige Universitäten zu besuchen, kann ich Dir heute noch nicht definitiv beantworten, da ich mich noch weiter erkundigen will. Aber wirklich Genaues weiß eigentlich niemand darüber. Tatsache ist, daß man in diesem »verrückten Land«, wie Du es nennt, auch ohne Abitur auf Universitäten gehen kann, von denen es eine Unmenge und ganz verschiedene Typen gibt. Vor allem gibt es staatliche und private, welche die Geld kosten und *ganz kostenlose.*

Alles in allem ist hier immer noch ein Land der unbegrenzten Möglichkeiten, wenn auch nicht ganz in dem Sinne wie früher. Aber z. B. so: Ein Kellner oder Fahrstuhlführer kann auf eine Abenduniversität gehen – und kann sich unter Umständen nach 3 Jahren als Anwalt niederlassen. Der Mann von Frau Bermanns Schwester hat am Tage bis 5 Uhr eine Stellung in einem Hotel, ich glaube eine ziemlich untergeordnete, abends geht er zur Universität und wird Ingenieur.

Gestern abend waren wir im Zirkus!!! Eine verrückte Schraube hatte uns und ungefähr 20 andere Emigranten dazu eingeladen, und wir konnten nicht nein sagen! Wir alle, meist Berliner Ärzte und ihre Familien, langweilten und lachten uns abwechselnd halbtot. Aber unsere Gastgeberin war von allem hingerissen und schrie immerzu: »Oh, wonderful, did you ever see anything like this in Germany?« Dabei waren es jammervolle, 2.rangige Attraktionen, wie wir sie uns niemals früher angesehen hätten. Ein deutscher Arzt, der seine Frau abholte und den Schluß sah und der mich in seiner Art an Franz Rosenthal erinnerte, sagte ihr ins Gesicht: »Wie konnten Sie das nur 3 Stunden lang mit ansehen, so lange hätte ich es in dem Stall nicht ausgehalten!« Aber wir beruhigten sie wieder und sagten ihr, es wäre »very nice und lovely« gewesen. Jetzt schnell Schluß, mein Gutes, der Brief muß fort. Sei gegrüßt und geküßt, mein Geliebtes, von Deiner Mutti

Sibylle hatte den Brief ihrer Mutter vom 3. November mit der Nachricht erhalten, daß Henry Goldman ihnen ein Affidavit geben würde.

Sibylle aus London an Eva Ortmann in New York

11. November 1936

I C H G R A T U L I E R E ! ! ! ! WIR GRATULIEREN ALLE!!!

Das war ja wirklich mal eine freudige Nachricht, ich habe gleich das ganze Haus damit in Aufregung gebracht. Also einfach fabelhaft – weißt Du noch, wie wir in Berlin davon gesprochen haben, es erschien uns doch damals als Inbegriff fast unmöglichen Glückes, von diesem Mann ein Affidavit zu bekommen. Müßt Ihr denn nun heiraten – Frau Lechner? Dann führest Du doch als Polin nach Deutschland, *wenn* Du führst. Du wirst Dich ja inzwischen schon entschlossen haben. Ich fände es keine so schlechte Idee.

Eben war eine Unterbrechung von 2 Minuten, zur Erinnerung an die Gefallenen des Weltkrieges. Ich habe Dir doch schon von dem 11. November hier erzählt und geschrieben. Jeder Mensch hat eine oder mehrere rote Mohnblumen angesteckt, und von 11 Uhr bis 11:02 herrscht über der ganzen Stadt eine Totenstille. Alle Menschen kommen auf die Straßen und nehmen ihre Hüte ab und sind so unheimlich ruhig, sogar die Pferde hören auf zu wiehern. Es ist ganz toll. Je mehr man in der eigentlichen Stadt drin ist, desto erstaunender wirkt es.

Die Geschichte von dem Neger ist ja entsetzlich. Was für ein furchtbares Land, in dem so was noch möglich ist.

Viele Grüße und Küsse, meine tüchtige große Mutti!

Sibylle

Eva Ortmann aus New York an Sibylle in London

16. November 1936

Mein liebes Kleines!

Wir gehen augenblicklich fast täglich aus, werden von irgendwelchen komischen steinreichen Leuten eingeladen, gestern abend zum Dinner, heute zum Tee, am Sonnabend zum Konzert, am Freitag von der verrückten alten Schraube (mit der wir schon mal im Zirkus waren) ins Kabarett. Alles dies habe ich heraufbeschworen durch die eine Dame, von der ich Dir schon mal schrieb, glaube ich, die so laut und geschäftig ist. Aber es kann natürlich alles mal von Nutzen sein. Lechner mußte gestern und heute singen, zu seiner größten Wut. Aber vielleicht wird er dadurch eine weitere gute Beziehung haben. Unser gestriger Gastgeber, der größte Nasenplastiker New Yorks, will ihn nächste Woche mit einem großen Radio-Mann zusammenbringen. Hoffentlich tut er es, man muß hier sehr skeptisch sein, die Leute sind alle so rasend liebenswürdig, sprechen *nur* in Superlativen, daß man geneigt ist zu glauben, daß sie *gar nichts* von allem halten, was sie versprechen. Jedenfalls haben wir bereits das New Yorker Gesellschaftsleben kennengelernt und konstatiert, daß es langweilig und geistlos ist. Dabei waren es lauter gebildete Leute, Ärzte, Juristen, etc.

Unsere Einwanderungsangelegenheit ruht im Augenblick, d.h., wir warten von einem Schiff zum anderen auf eine Nachricht von Witzingers, ob und wieviel Geld zum Vorzeigen sie uns borgen wollen. Wir brauchen nämlich auf jeden Fall Vorzeigegeld, weil Goldman kein Verwandter von uns ist, und zwar je mehr, je besser. Und bevor wir das nicht genau und sicher wissen, können die Papiere nicht nach Kuba geschickt werden.

Über Spanien regen wir uns genauso auf wie Ihr. Ich habe tagelang morgens kaum gewagt, in die Zeitung zu sehen. Ich dachte jeden Tag, Madrid ist gefallen und damit der Sieg der Faschisten endgültig. Augenblicklich scheinen ja die Regierungstruppen Erfolge zu haben, aber ich glaube leider nicht, daß es endgültig sein wird. Im übrigen glaube ich auch, daß, wenn sie wirklich wider Erwarten die Faschisten besiegen würden oder auch nur an entscheidenden Stellen zurückschlagen, Italien und Deutschland sich das nicht ruhig mit ansehen, sondern ganz offen Partei ergreifen würden.

Über Rußland habe ich neulich in einem Artikel gelesen, der offenbar von einem gutunterrichteten Mann war, daß die Regierung es gar nicht wagen könne, einen Krieg anzufangen, weil sie viel zu sehr im Innern zu tun hätte, eine riesige Opposition im eigenen Lande hätte und nicht wissen könne, gegen wen das Volk die Waffen richten würde, wenn es sie erst einmal in der Hand hätte. Das gleiche könnte man ja vielleicht auch von Deutschland sagen im umgekehrten Sinne, aber ich glaube, dies Volk muß man aufgeben, es ist *zu* dumm. Du hast ganz recht, selbst kluge Leute prophezeien so Entgegengesetztes, daß man wirklich nicht mehr weiß, was man selber denken soll. Ich persönlich habe das Empfinden, daß wahrscheinlich *kein* Krieg kommen wird, weil sich alle – leider auch Rußland – davor fürchten, und daß Hitler *alles* ohne Krieg erreichen wird, was er will – ein so entsetzlicher Gedanke, daß man ihn gar nicht zu Ende denken möchte, und ein Grund mehr, aus Europa zu fliehen!

17. November 1936

Die »Queen Mary« kam in Folge von Sturm 24 Stunden verspätet an, leider ohne Brief von Dir. Dafür kam aber Klemperer und der erwartete Brief von Witzingers. Die wollen Lechner eine Bestätigung von *einer Londoner Bank* senden, daß er *dort ein Konto von 10.000 $* besitzt!! Ich glaube, nun wird unsere Einwanderung sehr schnell gehen.

Ich grüße und küsse Dich, mein Bestes auf der Welt!

Deine Mutti

Eva Ortmann Lechner aus New York an Sibylle in London

20. November 1936

Mein geliebtes kleines Puppchen,

wir kamen eben von Kussewitzky zurück. Lechner hat ihm ½ Stunde hintereinander vorgesungen, erst eine Bach-Arie und dann hintereinander alle 4 »Lieder eines fahrenden Gesellen«. Er sang so gut wie selten, und Kussewitzky sagte: »Wundervoll«, als er aufhörte, war überhaupt *sehr nett,* sprach von Papa und von den schönen Tagen, die er im Hause meiner Eltern verlebte etc. Er ist schon ein ganz alter Herr. Er hat sich sehr für den Mahler-Zyklus als Komposition interessiert, bat Lechner, ihm *sofort* eine Partitur zu besorgen und nach Boston zu schicken. *Vielleicht* will er das Ganze im Februar mit ihm machen. Er versprach auch sonst, wenn er einen Bariton brauchte, Lechner zu nehmen, wollte auch an verschiedene Dirigenten seinetwegen schreiben und ihn empfehlen. Aber ich glaube alles erst, wenn ich es schwarz auf weiß sehe. Ich kenne aus meiner Kindheit und auch aus Mamas Erzählungen die Russen zu gut. Sie sind oft die feinsten und nettesten Menschen und meinen es ehrlich im Augenblick – aber sie sind unzuverlässig. Und Kussewitzky ist ein so großer Mann und so unglaublich beschäftigt, wer weiß, ob er in ein paar Tagen noch an sein Versprechen denkt. Nur, wenn der »Mahler« ihn auch bei näherer Durchsicht fesselt, wäre das eine große Chance. Aus diesem Grunde hatte Lechner auch die Lieder zum Vorsingen gewählt, man hatte ihm vorher gesagt, daß man Kussewitzky »interessieren« müßte für etwas und daß er Mahler besonders liebt. Mehr kann man nicht tun.

Sei gegrüßt und geküßt, mein geliebtes Kleines, von Deiner Mutti

P. S. Wir haben schon geheiratet, aber ich finde diese Tatsache so abscheulich, daß ich den Gedanken immer verdränge, es kommt mir zu blöd vor und ist ja auch nur aus praktischen Gründen geschehen.[139] Bitte erzähle es *niemandem.* Lechner möchte nicht, daß seine Eltern es erfahren, und im Januar siedelt seine Schwester nach London über. Du weißt ja, wie klein die Welt manchmal ist.

Eva Ortmann Lechner aus New York an Sibylle in London

24. November 1936

Mein liebes Kleines,

[...] Dabei hat Lechner heute seinen ersten Job bekommen. Er ist von einer Radio-Station für Xmas nachmittag für ein paar Lieder engagiert worden. Er bekommt dafür 50 $, für hiesige Verhältnisse sehr wenig, aber für ernste Musik zahlt man nicht mehr. Nur wenn man im Rahmen einer Reklamestunde singt, bekommt man leicht das 10fache bezahlt. Das kann sich aber eventuell daraus entwickeln. Die Verbindung kommt durch Mrs. Goldsmith, deren Bekannter in dieser Firma arbeitet. Was sagst Du dazu? Vorbedingung ist allerdings, daß wir bis zum 24. Dezember regelrecht eingewandert sind. Und das hoffe ich ja bestimmt. Die Leute haben nur alle so furchtbar viel Zeit. 3 Sätze in ein Schriftstück einzufügen dauert mit Hin-und-her-Schicken fast eine Woche beim Anwalt, und so ist alles. Wir werden wahrscheinlich nach Kuba fahren müssen, das kostet für beide zusammen ca. 200 Dollar! Nach Kanada würde es nur 50 Dollar kosten, aber dort besteht die Gefahr, daß man uns nicht hereinläßt, weil wir hier nur nach Hinterlegung von je 500 Dollar hereingekommen und also irgendwie aufgefallen sind. Du siehst, es ist alles sehr kompliziert, selbst wenn man alles so gut vorbereitet hat wie wir.

Mutti

---

139 Ihr Gönner Henry Goldman hatte das Affidavit in der Annahme, Fritz Lechner und Eva Ortmann seien verheiratet, für Mr. und Mrs. Fritz Lechner ausgestellt.

A.S.: Sei nicht über das Briefpapier erstaunt, ich muss doch schliesslich verbrauchen, und an Fremde kann ich es nicht verschicken. L.

[illegible]

Berlin, Brandenburger Tor
Ges gesch

[illegible]

Liebe kleine Mutti,
Dank für Deinen Brief. – Du wirst mir wohl nach meinem ersten ausführlich Bericht ohne den kleinsten Zweifel glauben, dass alles so glänzend verlaufen ist wie nur irgend möglich, dass ich noch im vollen Besitz meines Geldes bin etc. – Heute will ich Dir also von meinem ersten Besuch und Eindruck der STADT erzählen. Nachdem vorgestern Koi bei mir draussen gewesen ~~waren~~ war, hatten wir uns für gestern in der Stadt verabredet. – Ich sage, in der Stadt, weil ich nämlich die Gegend, in der ich wohne, nicht in diesen Begriff einbeziehe. Sie entspricht etwa dem Berliner Wedding, Reinickendorf: Ein Arbeiterviertel, das, für sich genommen, ganz hübsch ist,

Photographien

Raphael und Eva Löwenfeld um 1908

Ida Löwenfeld um 1890

Wolfgang Ortmann, um 1915, mit Ruth (Muschi), Rika Ortmann

Wolfgang Ortmann und Sibylle, 1918

Sibylle, 1929

Sibylle und Andreas Löwenfeld, Jena 1933

»Die angehende Untersekunda«, Berlin, 18. März 1932

Eva Ortmann als Juanita, das Gorillamädchen
in »Kasimir und Karoline« von Ödön von Horváth,
Komödienhaus Berlin, 1932

Fritz Lechner
und Eva Ortmann

Registration Certificate No. 537176

Issued at Bow Street W.C.

on 20th January 19

Name (Surname first in Roman Capitals) OTTMANN Sybille Renat

Alias

Left Thumb Print (*if unable to sign name in English Characters*).

23/1/34

PHOTOGRAPH.

Signature of Holder

Certificate of Registration, ausgestellt in London 1934

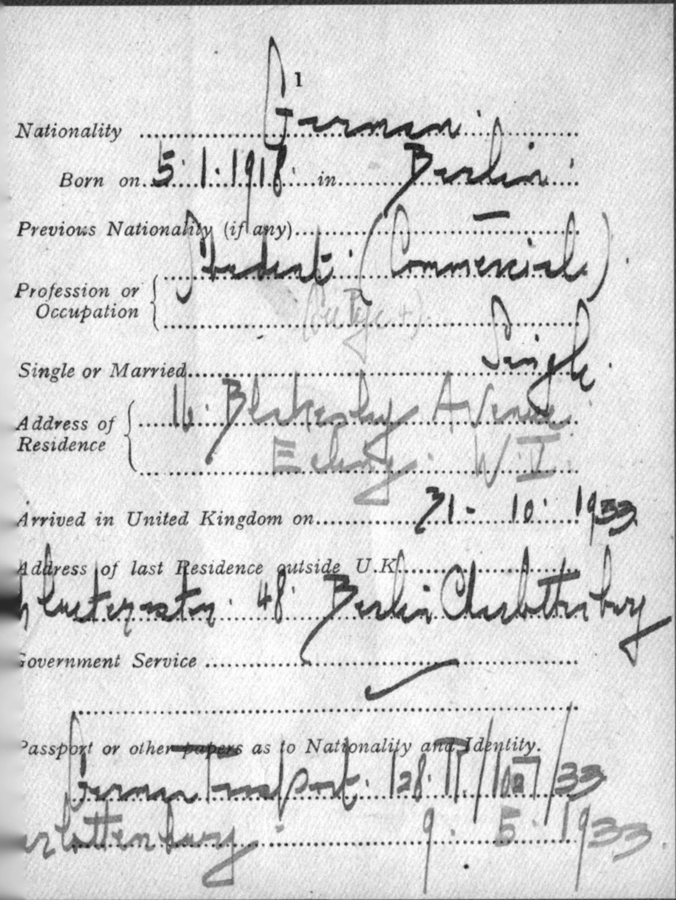

Nationality .... German
Born on 5.1.1918 in Berlin
Previous Nationality (if any) .... —
Profession or Occupation .... Student (Commercial)
Single or Married .... Single
Address of Residence .... 16 Blakesley Avenue, Ealing W.5
Arrived in United Kingdom on 21.10.1933
Address of last Residence outside U.K. ....strasse 48 Berlin Charlottenburg
Government Service .... —

Passport or other papers as to Nationality and Identity.
German Passport 128 II/1027/33 ... Charlottenburg 9.5.1933

Sibylle, Frankreichtour, Juli 1937

Sibylle, London 1936

Evi Jessner, London 1934

Mrs. Rubinstein, Birchington, April 1934

Fritz Lechner als Baalpriester in »Nabucco«,
Jüdischer Kulturbund Berlin, Dezember 1934
Foto: Abraham Pisarek

Gustav und Sophie Lechner, um 1935

Lili Faktor und Sibylle, Berlin, Frühjahr 1935

Thola Theilhaber,
um 1937

Henry Chasanowitsch,
London 1934

Sibylle und Thola Theilhaber, 1937

Sibylle, Olivaer Platz, Berlin 1936

Lili Stern, um 1935

Sibylle und Eva,
Juli 1940

Milton Crane und Sibylle,
Cambridge, Juni 1942

Lili und Ossip K. Flechtheim,
Atlanta, Georgia, Dezember 1942

Heinrich und Jela Löwenfeld, Fritz Lechner, Andreas und Sibylle
New York, Mai 1938

Otto Löwenfeld und Eva Ortmann Lechner,
New York, 1951

Milton und Sibylle Crane mit John Thomas und Peter,
Greensboro, Vermont, Sommer 1950

Evi Jessner Sampson und Sibylle, 1967

Sibylle und Alice Bernstein, Basel 1971

Eva mit
Katherine Sibylle Crane,
1984

Sibylle, 1971

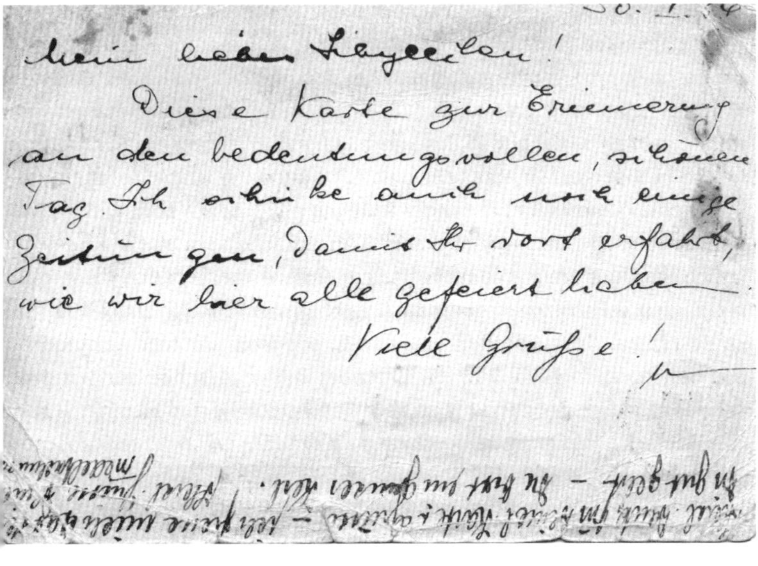
Mein liebes Sibyllchen!
Diese Karte zur Erinnerung an den bedeutungsvollen, schönen Tag. Ich schicke auch noch einige Zeitungen, damit Ihr dort erfahrt, wie wir hier alle gefeiert haben.
Viele Grüße!

Kapitel IX

»Wohin einen das Leben so verschlägt!«

November 1936 bis März 1937

Eva Ortmann Lechner aus New York an Sibylle in London

29. November 1936

Mein liebes gutes Kind!

Denke nur, ich habe schon einen »job«! Es ist nichts Bedeutendes, aber immerhin, ich werde etwas verdienen. Wieviel, weiß ich noch nicht, ich habe morgen um 11 schon die erste Probe. Ich mache nämlich in »Eternal Road« von Werfel mit. Vor einigen Tagen finde ich in der Untergrundbahn eine »Times«, blättere sie durch und lese, daß die lang verschobene Reinhardtinszenierung nun bestimmt am 30. Dezember herauskommt und daß Francesco von Mendelssohn zu den Vorproben bereits in N. Y. eingetroffen sei. Ich rief ihn sofort an, er wohnt im selben Hotel wie die Schwester, er war furchtbar nett, bestellte mich in sein Büro, und dann lud er mich zu einem prächtigen Lunch ein. (Ich habe bisher nicht gewußt, daß man in New York so gut essen kann.) Wir besprachen alles genau, er ist wirklich ein überaus gescheiter und erfreulicher Mensch, eine wahre Erholung! Am nächsten Tag sangen wir ihm und einigen anderen im Manhattan Opera House vor. Er war sehr entzückt, auch der Kapellmeister, ein sehr netter Amerikaner. Lechner sang *auf englisch*: »O Tod, wie bitter« von Brahms. Francesco fand seine Aussprache sehr gut – er selbst spricht fließend und accentfrei wie ein Amerikaner –, auch die anderen sagten es, trotzdem hat man Angst, ihm eine Rolle zu geben, da keine reinen Gesangsrollen darin sind, sondern nur teils gesungene und teils gesprochene Rollen. Offenbar hat man schon im vorigen Jahr darüber gesprochen (oder auch geschrieben), daß Reinhardt zuviel deutsche Emigranten beschäftigt. Jedenfalls will man jeden deutschen Accent aus dem Stück fernhalten.

Ich habe jedenfalls das Gefühl, daß Lechner in kurzer Zeit, ich verstehe darunter natürlich vielleicht 1/2 – 1 Jahr, *sehr* gut verdienen wird. Man kann hier viel Geld mit Musik machen, selbst wenn man kein Caruso, sondern nur ein *guter* Sänger ist. Schrieb ich Dir schon, daß Lechner am 24. Dezember eine Radio-Sendung hat »from coast to coast«, also wohl über ganz Amerika? Am Thanksgiving-Tag waren wir zu einer großen Party eingeladen bei dem Nasendoktor, der Lechner in sein Herz geschlossen hat. Es gab den traditionellen Turkey und viele feine Sachen, war aber sonst entsetzlich langweilig. Ich weiß nicht, mir kommen die Leute immer etwas komisch vor, wenn sie da so aufgereiht in ihren feinen Kleidern sitzen und lauter seichtes Zeug schwatzen. Wir mußten beide laut lachen, als wir nach Hause gingen.

Wir werden also nun wohl Ende nächster Woche von hier abfahren und wollen versuchen, doch nach Kanada hereinzukommen. Es ist nur 12 Stunden von hier und viel, viel billiger als alles andere. Wir werden eine Einladung von dort bekommen und hoffen, damit über die Grenze zu kommen. Für den Konsul haben wir alles gut vorbereitet, daß ich mir nicht mehr vorstellen kann, woran es nun scheitern könnte. Aber es gibt ja Überraschungen. Außer dem Affidavit und der Geldbescheinigung (durch Witzingers) haben wir noch einen Kontrakt an die Manhattan Opera, natürlich einen *fingierten* durch Francesco, mit 1000 $ im Monat und ein großartiges Zeugnis über Lechners sängerische Qualitäten von einer der beiden alles beherrschenden Radio-Sende-Gesellschaften. Was also könnte sich der Konsul noch austüfteln, um uns nicht hereinzulassen? Ich rechne bestimmt damit, daß wir in 10–14 [Tagen] eingewandert sind.

1. Dezember.

Wir fahren nun bestimmt am Sonntag nach Kanada. Aber es ist nur ein Versuch. Viele werden an der Grenze zurückgeschickt.

In Eile, mein Geliebtes. Viele, viele Küsse!

Deine Mutti

Bitte besorge Dir *doch* das Visum! Ich zittre, daß ein Krieg kommt, es sieht furchtbar aus.

Eva Ortmann Lechner aus New York an Sibylle in London

4. Dezember 1936

Mein liebes Kleines!

Ich habe sehr viel zu tun, habe schon Proben für »Eternal Road«, und dann wollen wir also morgen versuchen, nach Kanada zu gelangen. Mrs. Goldsmith,[140] die gescheiteste und aktivste alte Dame, die ich kenne, wird uns vielleicht dazu helfen, daß uns eine Bekannte von ihr im Auto mitnimmt. Vielleicht wird man uns dann weniger Schwierigkeiten machen an der Grenze. Aber es ist alles ganz ungewiß. Wenn es uns mißlingt, müssen wir doch nach Kuba, was je drei Tage Reise hin und her und etwa 100 Dollar pro Person kostet. Nach Deutschland fahre ich auf keinen Fall, auch nicht später. Die letzten Gesetze haben mir genügt. Vielleicht kommt jemand auf den Gedanken, mich zu fragen, von welchem Geld ich die vielen Monate in Amerika gelebt habe. Ich hatte es mir auch sehr schön gedacht, vielleicht Weihnachten in London zu sein, mein kleines Puppchen, aber es geht eben nicht. Eben fällt mir ein, vielleicht hast Du gar nicht gelesen, daß sie als neuestes Gesetz Todesstrafe für Devisenschieber erklärt haben? Walter wird es in die Knochen gegangen sein, er hat zuviel Leute, die von ihm wissen!

Daß Du über unsere Heirat nicht sprechen sollst, so daß seine Schwester es eventuell erfährt, findet er [Lechner] sowieso Unsinn. Nur ich möchte es aus folgendem Grunde nicht: Die Mutter schreibt augenblicklich wieder äußerst liebevolle Briefe. Wenn die nun plötzlich erfährt, daß ihr Sohn geheiratet hat, noch dazu, ohne es ihr zu sagen, wird sie rasen und ihn wieder beschimpfen. Wozu also? Eines Tages bekommt er vielleicht hierher eine Nachricht, daß einer von den alten Leuten gestorben ist. Mit so was muß man bei Leuten von 70 Jahren immer rechnen. Und dann ist es besser für ihn, sie waren gegenseitig liebevoll, als wenn sie bösartige Briefe gewechselt haben.

Also mein Gutes, ich hoffe, ich schreibe den nächsten Brief aus Montreal! Für heute viele tausend Küsse, mein Kleines, Bestes!

Deine Mutti

Sibylle aus London an Eva Ortmann Lechner in New York

7. Dezember 1936

Liebe Mutti,

ich habe heute sehr wenig Zeit zum Schreiben, Du hörst Ende der Woche wieder ganz ausführlich von mir. Henry fährt heute abend

---

140 Die Mutter von Sibylles Freundin und Unterstützerin Margaret Goldsmith.

weg. Wohin, kannst Du Dir denken. Ich habe schon seit Wochen gewußt und gefürchtet, daß er es eines Tages tun wird. Es kam alles sehr plötzlich – für mich wenigstens –, weil mir drei Tage lang kein Mensch etwas erzählt hat, erst am Freitag abend habe ich es erfahren.

Sibylle

Henry war unterwegs nach Spanien, um für die Republik zu kämpfen. Seine erste Station war Paris, wo die kommunistische Partei seinen Weg über die Pyrenäen und den illegalen Grenzübertritt arrangieren sollte. Obwohl Frau Chasanowitsch überzeugte Kommunistin war, reagierte sie auf Henrys Entschluß eher als Mutter denn als Revolutionärin.

Sibylle aus London an Eva Ortmann Lechner in New York

8. Dezember 1936

Meine liebe Mutti,

Henry ist gestern abend abgefahren, zunächst nach Paris. Ich war die einzige, die ihn an die Bahn gebracht hat. Nicht mal an die U.-Bahn hat ihn seine Mutter gebracht. Sie hat sich überhaupt benommen – unglaublich. Er wollte eigentlich noch bis Donnerstag hierbleiben, hat es aber dann zu Hause nicht mehr ausgehalten und ist aus diesem und noch einigen andern Gründen nun schon gestern gefahren und wird noch ein paar Tage in Paris sein, eh er weiterfährt. Daß sie nicht wollte, daß er fährt, ist ja klar. Daß er das geworden ist, was ihn in seinen Augen moralisch verpflichtet zu gehen, ist einzig und allein ihre Schuld, ihre Erziehung, ihr Verdienst auch, wenn man es so auffaßt, und der Traum ihres Lebens. Sie, die großartige Psychologin, hat sich aber hier so unklug benommen, daß ich innerlich immerzu den Kopf geschüttelt habe. Sie hat tagelang abwechselnd geweint und geschimpft, geschimpft aber über Nichtigkeiten. Dabei muß sie genausogut wie ich wissen, daß sie damit nie sein Mitleid erregen wird, sondern eine instinktive Opposition, weil Henry nun mal quengelnde und um Mitleid bettelnde Menschen nicht leiden mag. Ich glaube, daß ich mich 100% klüger benommen habe. Am Sonnabend bin ich ganz früh aus dem Büro weggegangen, und wir sind den ganzen Tag von einem Platz zum andern gerast, haben 100 Sachen erledigt, für Henry eingekauft, ich habe ihm einen wunderschönen Lumberjack gekauft und noch einiges andere, was er brauchte, seine Mutter hatte ihm auch Geld gegeben, und dann sind wir gefahren – nach Greenford, wo einer von seinen Leuten, ein Arbeiter aus seiner Fabrik, ein Häuschen hat und mit seiner Familie, der Frau und 5 Kindern, wohnt. Dieser Abend ist einer der größten Eindrücke für mich gewesen, die ich seit langem gehabt habe. Leider läßt sich darüber schlecht schreiben, aber ich werde es Dir mal erzählen – wenn man solche Menschen trifft wie diese schottischen Arbeiter, dann glaubt man doch wieder an Fortschritt und Änderung und an den Wert und sogar die Notwendigkeit von dem, was diese jungen Menschen (Henry ist nicht der einzige, sondern mit ihm viele 100) unternehmen. Diese Menschen sind unheimlich arm, bisher haben sie in einem alten Eisenbahnwaggon gehaust, jetzt haben sie dieses Häuschen mit 5 Zimmern, sehr nett, an dem sie furchtbar abzahlen. Sie haben nur in einem Zimmer Lichtbirnen und kaufen sich alle paar Wochen eine neue Birne. Die drei Mädchen arbeiten, die beiden Jungens, 10 und 14 (Du wärst genauso verliebt gewesen in sie wie ich), gehen noch in die Schule. Der Vater will vor allen Dingen, daß der ältere Sohn, der gern Ostern von der Schule abgehen will, das nicht tut, sondern auf eine höhere Schule geht. Der kleine, 10 Jahre, hat mir einen langen außenpolitischen Vortrag gehalten, so daß ich plötzlich den Eindruck hatte, als erlebte ich das alles gar nicht wirklich, sondern als wären alle diese Gestalten solche, die es im wirklichen Leben gar nicht gibt. Der kleinere der beiden bildhaften Jungens ist ein wahres Genie. Der Vater liest schon mit ihm K. M. [Karl Marx]. Von früh bis spät erzieht er sie in seinem Sinne und in seiner Religion. Ihre politische Schulung ist daher nicht so zu verwundern, obwohl sie einen im ersten Moment sprachlos macht. Außerdem spielt der kleinere sehr hübsch Klavierkord oder Accordion, oder wie es heißt, und singt dazu traurige englische und schottische Lieder: »Swany River« und »oh, Susanna, don't you cry for me, for I went to Alabama with my banjo on my knee.« (Das kennst Du auf deutsch.) Dann zeichnet er ganz fabelhaft, mit ungeheurer Phantasie, und außerdem imitiert er ohne jede Schüchternheit 6 Leute auf einmal, alle in verschiedenen Dialekten. Er selbst zu Hause spricht so stark schottisch, daß ich ihn anfangs kaum verstehen konnte. Die Leute lieben Henry abgöttisch, mich haben sie auch gleich in ihr Herz geschlossen, und jederzeit, wenn ich sie mal brauchen sollte, ist bei ihnen immer Platz und etwas zu essen. Ein Bild von Henry und mir, das besonders von ihm sehr schlecht ist, haben sie an einem Ehrenplatz mit Widmung aufgestellt. Der Zweck unseres Besuches (Reise von 2 Stunden hin und 2 zurück) war, daß eines der Mädchen mit Henry mitgehen soll, und er wollte verschiedenes mit ihr besprechen, außerdem sich von der Familie verabschieden. Als wir nach Hause gehen wollten, schneite es und war eiskalt, außerdem schon spät, ich konnte vor Müdigkeit kaum noch stehen, und da haben sie uns angeboten, bei ihnen zu übernachten, was wir auch dankbar angenommen haben. Im Anschluß daran ging Henry am nächsten Tag irgendwo zum Lunch, kam also am Sonntag erst nachmittags nach Hause, und das hat ihm die Mutter so übelgenommen, daß sie nun ununterbrochen ihm Vorwürfe gemacht hat, bis er schon halb verrückt war. Nun ist er abgefahren, und ich bin ganz froh, daß die Tage vor dem Wegfahren abgekürzt sind. Die letzten Tage und die Vorbereitungen waren furchtbar. Aber es ist erstaunlich, traurig und gut zugleich, wie man sich an Situationen und Gedanken, die einem heute noch unfaßbar erscheinen, morgen schon gewöhnt. Henry hat ja einen wunderbaren guten Stern, ein kaum glaubliches Glück im Leben, und hoffentlich wird sich das auch hier bewähren. Er fährt übrigens hier nach Prag, nur Ruth und ich und ein paar andere Leute wissen, wie es ist.

Ich hatte übrigens seit dem vorigen Sonntag die Gewißheit und die Angst, daß er es tun wird, und ich habe es Dir, glaube ich, auch geschrieben. Es hatte gar keinen besonderen Anlaß, und ich war dann so froh, als er am Dienstag seine Stellung bekam, die er sich so gewünscht hatte, und ich dachte, nun wäre die Gefahr vorbei. Ich ahnte nicht, daß er sie am Donnerstag schon aufgeben würde.

Aber macht Euch nur keine Sorgen um mich – wie gesagt, ich habe mich jetzt schon in unheimlicher Weise mit der Tatsache abgefunden, ich glaube an Henrys Stern, und ich habe schon viel zu oft die Möglichkeit erwogen gehabt und mich mit der Vorstellung vertraut gemacht, als daß es ein solcher Blitz aus ganz heiterem Himmel gewesen wäre. Noch dazu verstehe ich ihn, daß er es hier nicht mehr aushält. Ein Mensch kann nicht seit seiner frühesten Jugend versichern, daß er für seine Überzeugung mit dem Leben kämpfen würde, ohne sich furchtbar minderwertig und niedrig vorzukommen, wenn er im entscheidenden Augenblick dann nichts tut.

Alle Leute, die fremdesten Mädchen im Büro, Henrys Freunde und Freundinnen, sind fürchterlich nett zu mir, ich kann mich vor Einladungen zu Weihnachten und Silvester und Aufforderungen zu Besuchen überhaupt gar nicht mehr retten. Dabei habe ich mir vorgenommen, sehr viel zu arbeiten und zu lesen. Vor allem Mathematik muß ich lernen. Für alle Drucksachen und Informationen vielen Dank. Ich habe die Matrikidee aufgegeben, aber arbeiten nach einem bestimmten System werde ich.

Am Sonnabend gehe ich zu einem Hubermannkonzert, zu dem ich für Halla, Henry und mich Karten gekauft hatte. Am 2. Februar habe ich Karten für das einzige Schnabel-Beethoven-Konzert genommen, damit habe ich Henry moralisch verpflichtet, zu diesem Termin zurückzukommen. Er wird Dir mal schreiben, hat es mir jedenfalls versprochen. Aber sei vorsichtig in Deinen Briefen an mich. Vor allen Dingen, *erzähle es keinem Bekannten aus jüdischen Kreisen und überhaupt.* Vielleicht findest Du es albern und übervorsichtig, aber es hat gute Gründe. Noch leben wir zwar in einem demokratischen Land, aber wer weiß wie lange, und man ist in Deutschland schlau geworden.

Sibylle

Henry Chasanowitsch aus Paris an Sibylle in London

9. Dezember 1936

Liebes Sibyllchen!

Heute hatte ich Dir schon mal geschrieben, aber dieser Brief wird wohl den ersten überholen. Da dies Comité mir keine entschiedene Antwort gegeben hatte, schrieb ich noch nicht. Jetzt eben bekam ich die Antwort, nachdem man schon andere Leute abgelehnt hatte. Ich fahre nicht. Diese Idioten in Paris und in London. Man hat bereits schon seit voriger Woche gewußt, daß Studenten nicht für nur vier Wochen fahren können. Man nimmt nur Leute für die ersten Reihen und die, die Erfahrung haben. Nun, das habe ich Euch, Nelly in addition, versprochen, nicht zu tun. Ich kann unmöglich sofort nach London zurück.

Herzlichen Gruß und Kuß

Henry

Sibylle zufolge hatte Henry Chasanowitschs Mutter seine Pläne für den Spanienkampf durchkreuzt. Sie hatte ihre Verbindungen zur Kommunistischen Partei genutzt, um dafür zu sorgen, daß man ihm die nötigen Papiere für die Weiterreise nach Madrid nicht aushändigte. Nach der »Heldenverabschiedung«, die man ihm in London bereitet hatte, schämte er sich nun, nach England zurückzukehren.

Eva Ortmann Lechner aus New York an Sibylle in London

10. Dezember 1936

Mein geliebtes Kleines!

Unser Trip nach Canada ist mißglückt! Man hat uns nicht hineingelassen. Am Bahnhof in Montreal verfrachtete man uns sofort in den nächsten abgehenden Zug nach New York. Obwohl wir darauf vorbereitet waren, war es ganz schrecklich. Lechner war nämlich eigentlich krank, er lag schon tagelang mit einer Art Grippe und furchtbarer Erkältung im Bett. Nur, um nicht immer mehr Zeit zu verlieren, beschlossen wir, trotzdem zu fahren. Ich verfrachtete ihn vom Bett ins Auto, von da in den Pullman-Car. Wir fuhren wie die Prinzen – so ein Pullmann-Bett ist großartig –, um dann betrübt und gar nicht mehr prinzlich im gewöhnlichen Coupé zu landen, nach 24 Stunden. Die Sache hat uns etwa 40 Dollar gekostet und war eine Dummheit. Mrs. Goldsmith wollte uns behilflich sein und hatte eine canadische Bekannte unseretwegen in Bewegung gesetzt. Die wollte uns von Buffalo mit dem Auto herüberholen. Aber über dieser Verabredung waltete ein Unstern, und eine Menge Mißverständnisse vereitelten das Ganze.

Nun fahren wir also nach Kuba. Es liegt gegenüber von Florida, schon ganz südlich, soll ein wahres Paradies sein. Aber was nützt uns das, man braucht 3 Tage, bis man dort ist. Wir schicken unsere Papiere dorthin und warten erst die Antwort ab. Ich fürchte vor allem, ich werde dadurch meinen »job« verlieren. Ich habe heute meinen Kontrakt bekommen, 35 $ die Woche, das ist mehr, als ich dachte, davon kann man schon erst mal leben! Aber wenn ich mittendrin auf wenigstens 8–10 Tage verschwinde, wird man mich sicher nicht behalten.

Für Spanien sammeln sie hier sogar mit Büchsen *auf den Straßen*, sicherlich finden auch Versammlungen statt, aber davon weiß ich nichts. Es ist ja unglaublich, wie sich die Regierungstruppen halten. Aber trotzdem – ich kann leider nicht daran glauben, daß sie endgültig erfolgreich sein werden. Mörder und Räuber sind schließlich immer stärker als alle anderen, *nie* wird Deutschland und Italien eine Niederlage der Faschisten dulden. Gewiß kann man nicht die Hände in den Schoß legen eigentlich, aber daß da junge Menschen hingehen und ihr bißchen Leben und ihre gesunden Glieder opfern, um wahrscheinlich *nichts* damit zu ändern, das finde ich so entsetzlich, daß ich es gar nicht zu Ende denken kann. Alles in Europa ist eigentlich so furchtbar, daß es kaum auszuhalten ist, also bleibt einem doch gar nichts anderes übrig, als möglichst nicht so viel dran zu denken. Hier interessiert man sich nur für Euern romantischen König.

Von Heinrich hatte ich heute einen Brief. Im übrigen möchten sie gerne herkommen, da die Situation immer bedrohlicher und unheimlicher würde. Auch von dort sind sehr viele Bekannte nach Spanien gegangen, wahrscheinlich wohl auch als Ärzte.

12. Dezember 1936

Mein Brief ist liegengeblieben, es geht nämlich leider kein einziges anständiges Schiff.

Daß der Fall König – Mrs. Simpson wie eine Bombe eingeschlagen hat bei Euch, kann ich mir denken, ebenso daß die englischen Spießer ebenso verblödet sind wie die gleiche Menschensorte hier. Lechner hat große Sympathien mit dem Herrn und lauschte voll Rührung seiner Abdankungsrede im Radio.

Ich habe heute das erste Geld in Amerika verdient, d. h. ausgezahlt bekommen und bin sehr stolz darauf. Wir haben jeden Tag Proben, morgen kommt Reinhardt hier an, dann wird es erst richtig losgehen. Eigentlich wollten wir morgen zu einem Meeting, bei dem Ernst Toller, Kurt Rosenberg und Peter Lorre sprechen, aber ich werde vielleicht wegen der Probe nicht können.

Kussewitzky hat an 6 Dirigenten Lechners wegen Empfehlungsbriefe geschrieben, einer hat schon geantwortet und ist sehr interessiert. Es ist doch wirklich großartig von ihm, daß er sein Versprechen gehalten hat, ich habe nicht so ganz daran geglaubt, ihm also unrecht getan.

Schluß für heute, mein Geliebtes, bleib nur weiter gesund und sei vergnügt. Ich küsse Dich tausend Mal!

Deine Mutti

Sibylle aus London an Eva Ortmann Lechner in New York

11. Dezember 1936

Mein liebes Muttichen!

Heute abend muß ich mal früh ins Bett gehen und mich tüchtig ausschlafen, was ich in den letzten Tagen vor lauter Aufregung versäumt habe. Am Montag ist Henry gefahren, gestern abend war ich bei seiner Mutter, die wie gebrochen ist, und heute früh kam sein Brief an mich, daß er von einem dortigen (Pariser) Comité, das die letzte Entscheidung hat, nicht angenommen worden ist. Er ist natürlich fürchterlich deprimiert und enttäuscht und will vorläufig nicht nach London zurückkommen und hat mich gebeten, nach Paris zu kommen. Aber ich will das aus vielen Gründen nicht. Ich könnte eventuell eine Woche Urlaub kriegen, würde aber lieber irgendwo in England verreisen, wie wir es uns ursprünglich vorgenommen haben. Was daraus wird, weiß ich nun natürlich noch nicht, aber ich bin fürchterlich froh. Ich habe überhaupt nicht gewußt, daß sich die Welt von einem Abend bis zum nächsten Morgen so verändern kann.

Sibylle

Sibylle aus London an Eva Ortmann Lechner in New York

14. Dezember 1936

Mein liebes Muttichen,

hoffentlich seid Ihr schon eingewanderterweise friedsame Bürger mit allen Rechten und Pflichten eines amerikanischen Staatsbürgers. Ich wünsche so sehr, daß es so wäre und Ihr davon nun endlich Ruhe hättet.

Eine so aufregende Woche wie die letzte, mit soviel »ups and downs«, habe ich selten erlebt. Daß Henry nicht angenommen worden ist, habe ich Dir ja schon geschrieben. Er bleibt jetzt zwar noch sechs Wochen in Paris, aber das stört mich weiter nicht, solange ich weiß, daß er in Paris ist. Er und Nelly beschwören mich, doch Weihnachten 8 Tage Urlaub zu nehmen und rüberzukommen, und ich hätte natürlich irrsinnige Lust. Stell Dir vor, vom 24. bis zum 3., unter Preisgabe der Hälfte meines Sommerurlaubs. Und Paris! Das Fahrgeld ist 3 £, drüben würde ich ganz billig leben, und es wäre sicher sehr nett, obwohl ich natürlich nicht bei Kurt wohnen würde. Nelly hat einen angeblich sehr netten Kreis, ist selbst entzückend, soll einen netten Freund haben. Henry ist überhaupt ganz verändert – wahrscheinlich, weil er aus der scheußlichen Atmosphäre seines Zuhause raus ist, nichts tut, was er ja so liebt, und mit lauter vergnügten Menschen zusammen ist. Anfangs war er natürlich furchtbar deprimiert und hat sich wohl auch etwas geschämt, dabei war dazu gar kein Grund.

Nach Paris zu fahren wäre herrlich. Endlich mal aus London raus, überhaupt aus England. Es ist übrigens sehr fraglich, ob ich ein Visum kriegen würde, aber ich glaube, in meinem Fall ja. Ich habe mir einen prachtvollen Einladungsbrief geschrieben, »Henry« gezeichnet und nehme außerdem mein Permit mit aufs Konsulat, und da hoffe ich, werden sie es mir geben.

Sonnabend war ich mit Halla und Ruth zum Hubermann-Konzert. Es war ganz herrlich. Ich habe ihn ja noch nie gehört, und er hat auch sicher besonders schön gespielt. Bach (Konzert No. 1 und wohl das schönste von den Sachen, die er gespielt hat), Beethoven, Mozart, Chopin und noch einige kleine Zugaben, Chopin und noch was. Das Publikum (ich muß Dir das so ausführlich schreiben) bestand fast ausschließlich aus *den* in London befindlichen Refugees. Es gibt kaum Menschen, die ich hier kenne und *nicht* dort getroffen habe. In unseren Reihen wurde nur Deutsch gesprochen. Es war auch nicht ein einziger Engländer darunter. Wahrscheinlich nur in den teuren Sitzen.

Sag mal, was sagst Du denn eigentlich zu unserm König bzw. Mr. Windsor?[141] Vor lauter privater Aufregung sind diese Dinge, die 14 Tage lang das Land und die Welt erschüttert haben, an mir etwas vorbeigegangen. Bei mir war neulich abend eine ganze Gesellschaft ver-

141 König Edward VIII. hatte am 10. Dezember abgedankt.

sammelt, ich lag im Bett dabei, um um 10 Uhr die Rede des Ex-Königs zu hören. Habt Ihr auch gehört? Der Kerl versteht es, und recht hat er, daß er die Verantwortung für und Herrschaft über ein so verblödetes Volk zum Teufel gehen läßt. Ich bin überzeugt, er hat gewußt von vornherein, wie es kommen wird. Jetzt erholt er sich in Österreich bei den Rothschilds. Wir haben hier ein hübsches Stückchen Geschichte miterlebt, ich bin gespannt, wie das in 100 Jahren in den Geschichtsbüchern aussehen wird.

Morgen hole ich mir ein französisches und ein amerikanisches Visum. Übrigens sieht es mir gar nicht so nach einem so baldigen Krieg aus. Es hat doch schon ganz andere Wochen gegeben. Aber ich will mir das Visum gern holen.

Walter habe ich nun endlich die Information über den Verkauf der Möbel geschickt. Ja, das mit dem Gesetz habe ich gelesen. Gut, daß wir alle draußen sind. Ihr werdet es mir beide noch ewig danken. Hätte ich nicht den Anfang gemacht, dann würden wir noch heute alle drei in Berlin sitzen, und ich würde an der Botschaft kleben und »nicht so einfach alles aufgeben können« und Lechner am Kulturbund und Du an der jüdischen Gemeinde.

Die Mädels im Büro sind alle furchtbar nett zu mir. Besonders die »Antisemitin« liebt mich. Ich glaube, sie ist nicht mal mehr antisemitisch, seit sie mich kennt. Alle haben mich eingeladen, Weihnachten mit ihnen zu verbringen, ich weiß gar nicht, wie ich absagen soll, sollte ich nicht nach Paris fahren.

Sibylle

Eva Ortmann Lechner aus New York an Heinrich und Jela Löwenfeld in Prag

15. Dezember 1936

Lieber Heini, liebe Jela!

Die Situation ist jedenfalls jetzt so, daß wir endlich, endlich alles haben, was wir zur Einwanderung brauchen, das Affidavit eines hiesigen Millionärs, Geldbescheinigung von Lechners Freunden aus der Schweiz[142] (diese wildfremden Leute, keine Juden, haben sich wirklich großartig benommen), einen Scheinvertrag auf 1 Jahr durch

142 Die Witzingers von der *Basler Nationalzeitung.*

Francesco und einige andere Zeugnisse hiesiger Musikleute. Alles dies haben wir nach Havanna auf Cuba geschickt, und heute ist das Kabel von dort gekommen, daß alles in Ordnung zu sein scheine und daß wir kommen sollen. Also ich hoffe, nun wird es klappen, und das ist auch wirklich höchste Zeit. Man ist schon ganz zermürbt durch dieses ewige Warten. Allein die Korrespondenz nach der Schweiz hat uns viele Wochen gekostet.

Ans Zurückfahren allerdings habe ich keinen Augenblick gedacht. Je länger ich fort bin, um so unmöglicher erscheint mir dieser Gedanke.

Übrigens müßte ich Euch wohl der Ordnung halber erzählen, daß wir vor 4 Wochen geheiratet haben, obwohl mir dieser Gedanke so unangenehm ist, daß ich mich nach Kräften bemühe, ihn zu verdrängen. Erleichtert wird mir letzteres dadurch, daß man in diesem verrückten Land sich nennen kann, wie man will, was zur Folge hat, daß viele Frauen ihren alten Namen weiterführen, wenn sie das aus irgendeinem Grunde mögen. Warum ich an dem Namen Ortmann hänge, weiß ich selbst nicht – vielleicht, weil Sibylle so heißt.

Von ihr bekam ich heute inliegenden Brief, der mich in mehr als einer Hinsicht aufregt und entsetzt. Henry ist ihr Freund, das wißt Ihr wohl. Ein anständiger, guter Junge, den sie – mit größter Kritik für seine großen Mängel – wohl sehr gerne gehabt hat. *Jetzt* wird sie ihn natürlich *lieben*. Und das ist schrecklich. Wenn ihm etwas passiert, ist es gar nicht auszudenken. Und wenn er wiederkommt, wird sie ihm viel mehr verbunden sein, als sie wohl ursprünglich selbst angenommen hat. Und wenn er nur *gesund* wiederkommt! Und dabei planen wir doch immerzu und eigentlich in jedem Brief, daß sie im Sommer uns nachkommt hierher. Denn schließlich hat alles für mich nur diesen einen Sinn gehabt, sie herzuholen in der Hoffnung, es ihr hier zu ermöglichen, daß sie etwas Vernünftiges beginnen und diese blöde Büroarbeit aufgeben kann. Wie findet Ihr den Brief? Ich finde, sie schreibt wie ein ganz reifer, erwachsener Mensch und nicht wie jemand, der eben noch ein Kind war. Es ist alles so schrecklich, so ein kleiner Mensch erlebt schon so viel. Und ich habe immer das Gefühl, ich möchte sie vor allem bewahren – und dabei ist man ja ganz machtlos.

Eva

P. S. Ihr solltet Euch beeilen, um auch herzukommen, es ist das einzig Mögliche, und Ihr würdet große Aussichten haben, glaube ich. Wenn Ihr *ernsthaft* diesen Gedanken habt, dann werde ich Euch *ganz genau schreiben,* was Ihr braucht, um das Visum zu bekommen, und wie Ihr es am besten bekommt.

Eva Ortmann Lechner aus New York an Sibylle in London

18. Dezember 1936

Mein geliebtes Kleines!

Ich sitze wieder auf der Fähre nach Ellis Island, um die Rückgabe unserer hinterlegten 1000 $ zu erwirken. Ein bißchen anders als damals ist mir schon zumute, obwohl wir ja noch nicht das Visum in der Tasche haben. Aber doch wohl – hoffentlich – alle Anwartschaft darauf. Heute Nachmittag 4 Uhr fahren wir ab. Wir fahren nun doch ganz und gar mit dem Boot, sind Dienstag, den 22., früh dort und hoffen, am 24. mittags mit dem Visum wieder zurückfahren zu können, würden dann am 27. abends in New York sein.

Du kannst Dir nicht denken, was für Formalitäten zu erledigen sind, ehe man sich auf das Boot begeben und das Land verlassen kann! Wir sind beide von morgens bis abends auf den Beinen. Gestern rannten wir durch ganz New York, da die Kubaner die Hinterlegungsgebühr für die Landung von 400 Dollar plötzlich auf 600 Dollar erhöht haben. Darauf waren wir nicht vorbereitet und mußten uns das Geld borgen. Dabei habe ich noch zweimal am Tag Probe, sogar heute vor der Abreise von ½ 2 – ½ 3, denn ich versuche alles, um mir den job zu erhalten. Man hat mir auch zugesagt, daß man mir die Stelle offenhält, wenn es nicht *zu* lange dauert. Die Leute sind im allgemeinen sehr nett dort. Es ist ein viel anständigerer und freundlicherer Ton als in den Berliner Theatern, die ich kenne, alles ist kameradschaftlicher.

Ich bin schon wieder auf der Rückfahrt und habe wieder ein Beispiel dafür, wie nett die Amerikaner durchschnittlich sind. Die Fähre hält nämlich nur 15 Minuten in Ellis Island, die nächste fährt eine Stunde später. Ich sagte, daß ich gerne die gleiche Fähre zurück nehmen möchte, noch viel zu tun hätte vor der Abreise. Darauf rannte ganz Ellis Island wegen meiner Angelegenheit, eine junge Beamtin galoppierte 2 lange Korridore mit mir entlang, um noch eine Unterschrift zu bekommen usw. So etwas wäre, glaube ich, sonst nirgends möglich. Ich habe es also wirklich geschafft in 15 Minuten und habe dadurch eine Stunde gewonnen.

Sei geküßt von Deiner Mutti

Eva Ortmann Lechner, unterwegs von New York nach Havanna, an Sibylle in London

22. Dezember 1936, an Bord der S. S. Orizaba der New York and Cuba Mail Steamship Company

Mein geliebtes Kleines!

Wir sind kurz vor der Ankunft in Havanna, haben etwa 8 Stunden Verspätung. Der Meeresgott scheint es besonders schlecht mit uns zu meinen, er muß ein Nazi sein. Auf dieser dicht an der Küste von Florida entlanglaufenden Route fährt man gewöhnlich wie auf dem Wannsee. Diesmal – seit *7 Jahren* das erste Mal – brach in der zweiten Nacht ein Sturm aus, gegen den der auf dem Atlantik, den wir erlebten, eine Kinderei war. Haushohe Wellen ist überhaupt kein Ausdruck. Unsere Kabine lag auf dem obersten Deck, trotzdem schlugen die Wellen hinein bis in mein Bett. Alle unsere Sachen, Koffer etc. schwammen in der Kabine umher. Es war schrecklich! Alle Maschinen wurden abgestoppt, damit sie nicht brächen, und wir lagen fast 12 Stunden still, d. h., wir tanzten auf den Wellen, ohne vorwärtszukommen. Weitere Beschreibungen will ich Dir ersparen; daß wir seekrank waren, ist ja selbstverständlich. Leider war es aber auch 3/4 der Mannschaft, Stewarts usw., so daß ich 5 Stunden klingeln mußte, ehe jemand kam, um einem eine Tasse Tee zu bringen.

Am dritten Tage erwachten wir bei herrlichstem Sommerwetter. Das Meer glatt wie Öl, tief blaugrün. Alles zog Sommerkleider an oder Badeanzüge und legte sich aufs Deck in die Sonne. Ich bin in einem Tag ganz braun gebrannt, dabei ist es nicht zu heiß, etwa so wie bei uns an einem schönen Juni-Tag. Um unser Schiff herum spielen und *springen* die Fische, Delphine, und gestern abend kamen wir dicht an den berühmten Florida-Badeorten Palm Beach und Miami vorbei. Wohin einen das Leben so verschlägt! Ich hätte wahrhaftig nicht geglaubt, jemals durch den Golf von Mexico zu fahren (dies tun wir augenblicklich, und ich habe vorhin einen entsetzlichen Haifisch gesehen). Havanna war für mich ein Begriff, den ich nur von den Cigarrenkisten her kannte, in denen die dicken Cigarren mit Bauchbinde lagen und auf denen gewöhnlich eine glutäugige Cubanerin abgebildet war. Solche Frauen gibt es auf unserem Schiff eine Menge. An unserem Tisch sitzt eine junge Frau von 27 Jahren, die in Havanna von ihrer *12*jährigen Tochter erwartet wird. Sie selbst hat gestern abend einen echten Rumba vorgetanzt. So etwas habe ich noch nie gesehen an naiver Schamlosigkeit. Aber es sah reizend aus.

Als wenn man keine Sorgen hätte, nicht wahr? Dabei ist Lechner wieder mal ganz verrückt vor Aufregung, jammert immerzu, der Konsul würde uns abweisen usw. Ich habe ihm schon gesagt, wenn er so weiß vor Angst zum Konsul geht, wird er bestimmt einen schlechten Eindruck machen. Tatsache ist ja nun, daß für uns alles von diesem Mann abhängt. Gibt er uns das Visum nicht, können wir in Cuba sitzen und uns sonnen. Zurück nach U. S. A. können wir nicht mehr. Aber ich hoffe ja, daß alles gutgeht.

Wie geht es Dir, mein geliebter kleiner Mensch? Ich denke immerzu an Dich und mache mir soviel Sorgen! Wenn Du hier mit mir wärst, wäre alles ganz anders! Dann würde ich mir aus all den verschiedenen Unannehmlichkeiten gar nichts machen.

Mutti

Im Brief an ihren Bruder und ihre Schwägerin erwähnte Eva ein Detail, das sie Sibylle verschwiegen hatte.

Eva Ortmann Lechner, vom Schiff aus, an Heinrich und Jela Löwenfeld in Prag

22. Dezember 1936, an Bord der S. S. Orizaba
der New York and Cuba Mail Steamship Company

Lieber Heini, liebe Jela!

In U. S. A. ist augenblicklich Seemannstreik, und alle Schiffe heuern »wilde« Mannschaften an, die zum Teil falsche Papiere haben und Verbrecher sind. Als wir aufs Schiff gingen, händigte uns der amerikanische Immigration Officer die hinterlegten 1000 $ (leider nicht unser Geld) ein. Er führte uns dazu in ein kleines Kämmerchen, damit niemand sähe, daß wir eine solche Geldsumme bei uns hätten, und sagte freundlich: »Be careful, here you can be killed for such a sum.«

Eva Ortmann Lechner aus Havanna an Sibylle in London

(Ansichtskarte des Capitol Building in Havanna, Cuba)

24. Dezember 1936

WIR HABEN UNSER VISUM!

Der Konsul war reizend, sah aus wie Heinrich und sprach auch so sanft und nett. Bald mehr, mein Gutes! 1000...... Küsse!

Mutti

Sibylle aus London an Eva Ortmann Lechner in New York

24. Dezember 1936

Also, mein Muttichen,

gestern abend, als ich nach Hause kam, fand ich Deinen Brief von voriger Woche. Daraus las ich dann, daß traurigerweise die kanadische Sache mißglückt ist, und das tut mir natürlich furchtbar leid.

Habt Ihr auch ein kleines Bäumchen? Hoffentlich ja. Voriges Jahr war es so schön bei uns, mir wird ganz wehmütig zumute, wenn ich dran denke. Aber nächstes Jahr sind wir dann wieder zusammen in der etwas altmodischen Wohnung von Mrs. Goldsmith.

Ich kann weder sitzen noch stehen. Es ist herrlich, mal von der ollen Insel runterzukommen. Bald aus Paris.

Sibylle

Eva Ortmann Lechner, vom Schiff, an Heinrich und Jela Löwenfeld in Prag

26. Dezember 1936, Rückfahrt

Er hat es uns gegeben.

Wir haben das Visum, und morgen abend sind wir eingewandert! Man kann es noch gar nicht glauben, daß man endlich alles erreicht hat, worauf allein man sich monatelang konzentriert hat. Der Konsul war ein reizender junger Mensch. Er nahm uns auf wie geehrte Gäste und nicht wie Leute, die etwas von ihm wollten. Einigemal kam er persönlich raus, um sich zu entschuldigen, daß wir noch etwas warten müßten, da vor den Feiertagen so viel zu tun sei. Schließlich erklärte er, er hätte alles dem General-Konsul vorgelegt, alle Papiere seien perfectly OK, wir könnten die Ausfertigungen in 2 Stunden abholen. Uns war so, als wenn wir einen Fahrstuhl ganz schnell herunterfuhren.

Lechner behauptete, er hätte dasselbe Gefühl wie nach dem Abitur, als er schon wußte, daß er durchgekommen war. Zum Schluß schüttelte uns dieser reizende Mann die Hand und wünschte uns »good luck«. In unser Hotel zurückgekehrt, wurden wir angestaunt wie Wunder. Wir wohnten nämlich in dem einzigen Hotel, in welchem man wohnen konnte – der Schmutz in Havanna ist unvorstellbar –, und dies war gefüllt von Emigranten, die dort von 4 Wochen bis zu 7 Monaten auf ihr Visum warten. Wir hatten eine Menge Bekannte, gleich als wir das Hotel betraten, erhob sich ein Herr und fragte: »Sind Sie nicht Herr Lechner vom Kulturbund?«

Sehr interessant war es zu sehen, wie *diese* Emigranten, die sich noch vor den Pforten des Paradieses befinden, nett und hilfsbereit sind im Vergleich zu denen, die wir in New York kennengelernt haben! Ehe wir zum Konsul gingen, wurden wir von allen Seiten mit Ratschlägen überschüttet und uns Erfahrungen der mit oder ohne Erfolg durchgereisten Emigranten berichtet. Vom Schiff wurden wir übrigens bereits vom Leiter der jüdischen Organisation abgeholt, dem man aus New York unsere Ankunft gemeldet hatte. Er erleichterte uns die Landung, d.h. die Verhandlung mit den nur Spanisch sprechenden cubanischen Beamten.

Hitler hätte seine Freude gehabt und den Beweis als erbracht gesehen, wie die Juden auf der ganzen Welt sich finden und *verstehen,* wir verständigten uns nämlich auf *jiddisch.* D.h., er sprach jiddisch, wir deutsch, und es ging wunderbar. Alle diese Juden sprechen Jiddisch, auch unser Hotelwirt z.B. und kleine Jungen, die uns in dieser Sprache anbettelten.

Herzlichste Grüße,
Eva

Eva Ortmann Lechner aus New York an Sibylle in London

28. Dezember 1936

WIR SIND EINGEWANDERT.

Mein geliebtes kleines Sibyllchen!

Ich finde keine freie Minute – und kein Schiff –, um Dir zu Deinem Geburtstag, Deinem 19.! Geburtstag noch rechtzeitig zu gratulieren. Ich kann es einfach gar nicht fassen, daß ich eine so große Tochter habe, daß mein kleines, kleines Puppchen nun wirklich ein erwachsener Mensch ist. Ich muß es mir immer wieder sagen, um mit diesem Gedanken allmählich vertraut zu werden.

Wir sind gestern um 6 Uhr abends aus Havanna zurückgekommen, ich ging gleich ins Theater, wo man sehr nett war trotz meines langen Fortbleibens. Ich mußte gleich zur Probe, dort bleiben bis 12 Uhr nachts. Heute morgen fing es um 10 Uhr an, und jetzt, um 7 Uhr abends, sitze ich noch immer im Theater. Du kennst ja diese Reinhardt-Proben von Berlin her.

Daß sie Henry nicht genommen haben, ist ja wunderbar, wenn ich es auch sachlich nicht verstehe. Zu genieren braucht er sich nicht, im Gegenteil. Daß er vielleicht in einem verborgenen kleinen Winkel seines Herzens ganz froh ist, daß es so gekommen ist, ist selbstverständlich und nur zu menschlich!

Daß Du nach Paris gefahren bist, Du unternehmungslustiges kleines Persönchen, finde ich sehr nett. Du hast recht, ich hätte Dir bestimmt dazu zugeredet, wenn Du mich hättest fragen können. Nun bin ich sehr gespannt darauf, von Dir zu hören, wie Dir diese wunderbare Stadt gefällt, besonders nachdem Du aus London kommst. Einen größeren Gegensatz kann es wohl nicht geben als gerade London und Paris.

Am 24. fuhren wir zurück auf einem elenden Kahn. Natürlich war Sturm, natürlich war ich seekrank und konnte an dem Xmas dinner mit Kaviar etc. nicht teilnehmen. Aber wir waren trotzdem sehr zufrieden, und als wir endlich mit dem Visum in der Tasche New York auftauchen sahen, hatten wir fast Heimatgefühle.

Dein Geburtstagsbrief, der gestern ankam, war süß, Du bist ein goldner kleiner Mensch und sprichst zu mir wie zu einer ¾ erwachsenen Tochter. Da Du mich fragst, will ich Dir sagen, daß wir uns ausgezeichnet vertragen, trotzdem wir seit Monaten in einem einzigen Zimmer wohnen und fast ausschließlich aufeinander angewiesen sind. Natürlich jammert Lechner öfter mal, das ist nun mal seine Natur. Aber meine ist es wohl, es zu ertragen – und so geht alles sehr gut.

Also, mein Liebes, einen schönen Geburtstagskuß, nein, viele, viele tausend!

von Deiner Mutti

Sibylle aus Blois in Frankreich an Eva Ortmann Lechner in New York

28. Dezember 1936

Liebes Muttichen,

ich schreibe Dir auf dem Postamt von Blois um 8 Uhr früh nach 2stündigem Wintermarsch mit blauen Fingern, daher die komische Schrift. Wir haben eine hübsche Fahrt hinter uns. Alles per Autostop. Von Paris vorgestern nachmittag nach Orleans, das ein ziemlich langweiliger Platz ist. Dort gestern morgen aufgebrochen nach Blois (sieh Dir alles auf der Karte an) – aber leider kamen, da es Sonntag war, wenig Autos, und wir sind doch etwa in allem 25 km gelaufen. Blois ist bezaubernd mit einer netten Herberge, wo wir allerdings um 1/2 7 Uhr rausgeschmissen wurden. Daher unsere morgendliche Energie. Henry und ich sind von einem Auto mehrere Kilometer mitgenommen worden, und die andern vier sind noch auf der Landstraße, und da wir keinen Pfennig Geld bei uns haben, sitzen wir in Blois auf der Post und warten. Nach Besichtigung des Schlosses fahren wir nach Chartres, von dort nach Paris, da unser englischer Freund heute abend nach London zurückfahren muß.

Sibylle

Eva Ortmann Lechner aus New York an Sibylle in London

4. Januar 1937

Mein liebes gutes Kind!

Ich benutze mal wieder eine Pause zwischen zwei Proben, um Dir zu schreiben. Die Proben sind endlos, neulich von 11 Uhr früh bis 5 Uhr am nächsten Morgen, mit 2 Pausen von je einer Stunde. Heute abend sollte Premiere sein, aber natürlich ist, wie immer bei Reinhardt, nichts fertig, und die Eröffnung wurde auf Donnerstag verschoben. Ganz New York lacht bereits darüber, und es macht natürlich keinen guten Eindruck. Lechner hat neulich eine Probe mit angesehen und war ganz entsetzt von der Sache. Er findet das Ganze einen großen Kitsch, jüd. Oberammergau-Spiele, und findet auch das Stück schlecht trotz einiger hübscher Szenen. Am Silvesterabend haben wir auch geprobt von 9 Uhr abends bis 3 Uhr nachts. Um 12 Uhr wurde unterbrochen, das Orchester spielte die amerik. Hymne, alles sang mit, fiel sich in die Arme und küßte sich nach amerik. Sitte. So fing das neue Jahr an.

Um 5 Uhr früh war dann noch ein großes Bankett, das der Direktor für die ganze Company gab. Aber ich war viel zu müde und froh, nach Hause gehen zu können, und ging nicht hin. Eine Arbeitskraft wie die von Francesco habe ich übrigens noch nie in meinem Leben gesehen. Er tut am meisten von allen, ich weiß nicht, wann er eigentlich schläft.

Wir haben heute unsere »first papers« eingereicht. Das ist der erste Anfang zum amerik. Bürger. Man braucht dann hier in Amerika keinen Paß mehr, nur dieses Papier. Und wenn man ins Ausland fahren will und keinen Paß mehr hat, meiner z. B. läuft 1938 ab, dann bekommt man dafür irgendein Interimspaper, sozusagen einen Paßersatz.

Mutti

Sibylle aus London an Eva Ortmann Lechner in New York

5. Januar 1937

Mein liebes Muttichen,

Ate war sehr interessant, ist eine richtige Proletarierin geworden, hat viel erlebt[143] und betätigt sich jetzt in Paris in einer Buchhandlung, aber nur vorübergehend. Henry war hell begeistert von ihr. Ich hatte sie auch ihm zuliebe gleich aufgesucht.

Ich bin nun schrecklicherweise in mein 20. Lebensjahr getreten, ich bin ganz entsetzt – und Du sicher auch über so eine alte Tochter. Heute abend kommen Hughy, Halla, Henry, Lili, Jutta, Ruth, Katja, vielleicht Hans, und vielleicht noch ein Junge. Hoffentlich wird es sehr nett.

Deine 19jährige Tochter umarmt und küßt Dich

1000000000000000000000000 Mal

Sibylle

Sibylle aus London an Eva Ortmann Lechner in New York

7. Januar 1937

Mein liebes Muttichen,

in Europa sieht es ja momentan fürchterlich aus. Trotzdem glaube ich nicht, daß Krieg kommt, jedenfalls nicht vor dem Frühling. Du

---

143 Ate Flake war noch immer Revolutionärin und kehrte im Frühjahr 1936 nach Deutschland zurück, um im Untergrund zu arbeiten. Sie entging nur knapp der Verhaftung durch die Gestapo.

hast sicher gelesen, daß Ralph Fox gefallen ist.[144] Ich habe ihn gerade vor einigen Wochen noch sprechen hören. Ungeheuer gut und sympathisch. Ich habe Dir doch oft von Paul erzählt, dieser deutsche Junge, Freund von Katja (der Sohn von Bauern), der mir so gut gefällt. Er fährt in drei Wochen nach Paris etc.

Sibyllchen

Eva Ortmann Lechner aus New York an Sibylle in London

9. Januar 1937

Mein liebes Sibyllchen!

Unsere Show ist nun wirklich am Donnerstag gestartet, Gott sei Dank. Am Tage vorher hatten wir bis früh 1/2 8 Uhr Probe, die ganze Nacht hindurch. Es scheint ein großer Erfolg zu sein, alle Kritiken sind sehr gut, manche hervorragend. Aber das ist noch nicht gleichbedeutend damit, daß das Publikum auch hineingeht. Lechners Radiostunde scheint sehr gut gewesen zu sein. Ich habe leider nicht hören können, da wir zur gleichen Zeit Probe hatten. Aber alle Leute, die ich gesprochen habe, waren ganz begeistert.

In der hiesigen einzigen deutsch erscheinenden Zeitung, einem ganz gesinnungslosen Blatt, das heute einen Bericht über den »Marsch der braunen Bataillone« und morgen über ein antifaschistisches Meeting und Ernst Toller bringt, hat ein langer Absatz über den deutschen Liedersänger F. Lechner und sein erstes Auftreten im amerik. Radio gestanden. Aber das will hier nicht so viel heißen. Sogar in der Times las ich z. B. neulich ein Telegramm aus Wien, daß Exkönig Eduard in eine Conditorei gegangen sei und dort ein Stück Schokoladentorte gegessen habe. Punkt, weiter nichts. So etwas findet man wert, zu telegrafieren und abzudrucken, während die ganze Welt an allen Ecke brennt.

Heute las ich ja tolle Sachen, die Franzosen schicken ihre ganze Flotte nach Marocco. Wer weiß, was sein wird, wenn Du diesen Brief bekommst. Es war ja zwar schon x-mal so brenzlig, und schließlich

144 Ralph Fox kam vom Magdalen College in Oxford, wurde Kommissar der britischen Kompagnie der 14. Internationalen Brigade und starb am 28. oder 29. Dezember 1936 im Alter von 36 Jahren.

gaben die Nazis doch irgendwie nach, oder die anderen ließen sich alles gefallen und sandten irgendeine blöde Protestnote. Aber *einmal* kommt es ja bestimmt zum Klappen, denn die Nazis werden nicht nur immer unverschämter, sie scheinen nun auch den Krieg sehr notwendig zu brauchen, denn sie haben doch anscheinend nun *wirklich* Lebensmittelknappheit. Ich habe Leute gesprochen, die eben aus Berlin kamen und erzählten, daß die Leute kein Fleisch bekommen, Fett nur auf Karten etc. Und ich glaube, da hört allmählich selbst bei diesem sturen Volk die Geduld auf.

Es ist alles furchtbar, aber mein erster Gedanke ist natürlich immer, wenn ich denke, daß Krieg kommt, daß Du in Europa bist und ich hier. Bitte *besorge Dir doch ein amerik. Besuchsvisum!* Du hast es bestimmt Deiner Pariser Reise wegen bisher noch nicht getan. Aber Du mußt vorsichtig mit dem Konsul umgehen, er soll ein Ekel sein, das hat mir Muschi erzählt.

Mutti

Jela Löwenfeld aus Prag an Eva Ortmann Lechner in New York

9. Januar 1937

Liebe Eva,

hoffentlich kannst Du Deinen Einfluß auf Heinrich geltend machen und ihn hier weglocken, ehe es zu spät ist, was man wirklich täglich befürchtet. Heinrich will nicht ohne Geld rüber, aber sparen kann man hier kaum.

Jela

Eva Ortmann Lechner aus New York an Sibylle in London

15. Januar 1937

Mein geliebtes Kleines!

Lechners Engagement nach Los Angeles ist heute perfekt geworden. Aber dieser Klemperer ist ein solches Schwein – er übertrifft darin noch Scherchen. Er bietet ihm 50 $ – eine lächerliche Summe für hiesige Begriffe, die Reise kostet schon fast das Doppelte. Und er schreibt gleich in seinem Angebot, es sei doch eine kolossale Reklame für ihn und würde ihn künstlerisch fördern etc. Lechner hat fast geweint vor Ärger, aber er kann nichts anderes tun, als es anzunehmen. Denn alle Manager wollen ein Engagement sehen, mit dem sie Reklame machen können.

Deine Mutti

Sibylle aus London an Eva Ortmann Lechner in New York

18. Januar 1937

Mein liebes Muttichen,

ich war heute früh auf dem Konsulat wegen eines Besuchsvisums. Ich fürchte, wir haben uns da fürchterlich in die Nesseln gesetzt. (Ich sehe gerade, es ist schon gleich 6 Uhr, und ich muß morgen weiterschreiben.) – Nur etwas muß ich noch schnell sagen. Ich habe fast geweint, als ich dort reinkam. Dieselben Stühle, dieselben Schreibtische, dieselben Bänke, dieselben Stehlampen, Kalender, Schreibtischservice, Landkarten etc. wie bei uns. Ein reizender Ton, entzückende Mädels. Ich kam mir vor wie der verlorene Sohn, der zurückkehrt und nicht erkannt wird. Ich habe das auch dem Mädel gesagt, mit der ich verhandelte. Es erscheint mir geradezu wie ein seltener Segen des Himmels, in solchen Wänden arbeiten zu können. Aber außer im Konsulat werden hier von den Amerikanern nur Amerikaner angestellt.

Hier kommt ein großer Gedankenstrich. Unterdessen hat sich furchtbar viel ereignet. Ich muß nach der Reihe berichten. Am letzten Freitag, vier Tage nachdem ich aus Paris gekommen war, wurde ich schrecklich arbeitsunlustig und blieb einfach im Bett liegen. Rief dann an, ich hätte die Grippe (wahrlich nichts Seltenes, wo jeder Mensch sie hat), und als mein Chef das hörte, bekam er einen Wutanfall und schrie, jetzt hätte er die Nase voll von mir und schmisse mich raus. Das hat mir jedoch niemand gesagt, weil sie alle dachten, es wäre nicht so ernst gemeint, aber seine Sekretärin-Freundin hat noch tüchtig gegen mich gehetzt, und er ist dabei geblieben. Und da bin ich nun arbeitslos und muß mir so schnell wie möglich eine neue Stelle suchen. Eigentlich bin ich froh, daß ich diese los bin, außerdem gibt es eine ganze Menge jetzt. Nur hoffentlich finde ich bald eine, denn diese eine abgezogene Woche hat mich schon schwer getroffen. Den Mädchen hat es allen furchtbar leid getan, und sie waren reizend.

Ich ruhe mich jetzt zwei Tage noch aus, schreibe ein paar Briefe und gehe dann »job-hunting«.

Nun vom Konsulat. Heute, Montag, kommt Dein Brief, in dem Du mich – leider zu spät – vor dem Konsul warnst. Ich habe vor mir noch Deinen Brief, in dem Du (in leider sehr »verantwortungsloser, ja frivoler Weise«[145]) schreibst, der Konsul könnte nie rauskriegen, wie Du eingewandert wärst, denn »in dem verrückten Land würde nichts aufgeschrieben«. Obwohl ich dem gegenüber sehr skeptisch war, bin ich hingegangen und habe die berühmte eidesstattliche vorgedruckte Form ausgefüllt, worin ich hauptsächlich das Folgende gesagt habe: (Ich habe übrigens nichts gesagt, wonach mich der Konsul nicht ausdrücklich gefragt hat, kann mir also die Aufzählung der Fragen sparen.)

Ich habe die Absicht, gegen Ostern vielleicht auf 4–5 Wochen meine Mutter zu besuchen, die seit 6 Monaten in Amerika lebt. Ich will nach meiner Rückkehr hier studieren, habe nicht die geringste Absicht, drüben zu bleiben. Meine Mutter ist regelrecht eingewandert, und zwar von vornherein. (Hätte ich angegeben, wie es ist, so würde ich nie und nimmer ein Besuchsvisum bekommen haben.) Meine Mutter hat also ein Affidavit, und das muß, wie sich der Konsul klug ausrechnete, von Berlin begutachtet und *approved* worden sein und außerdem ungefähr vom August oder September datiert sein. Ferner: Meine Mutter hat sich drüben mit einem mit ihr ausgewanderten Herrn verheiratet. Ob sie finanziell von ihm abhängig ist. Ich sagte, daß sie es wohl, was das Bankkapital anbetrifft, wäre, daß sie aber selbst Engagements habe und imstande wäre, mir ohne weiteres ein Retourbillet zu schicken, ohne daß ich dabei meinen Stiefvater zu belästigen brauche. (Dann war ich sehr verlegen, weil ich Deine jetzige Nationalität nicht wußte, und ich habe den Konsul einfach von der Beantwortung der Frage abgelenkt. Bist Du denn Polin?)

Dann wollte er Referenzen haben und wissen, von wem das Affidavit kam, und ich sagte einfach, ich wüßte das nicht, da ich zu der Zeit schon in England gewesen wäre, aber Du hättest eine ganze Menge Bekannte und wohl auch entfernte Verwandte drüben. Ich spielte übrigens großartiges Theater, kam mir vor wie eine Komödiantin oder Diplomatin.

Nichtsdestoweniger war der Konsul noch ein bißchen schlauer,

---

145 Ein Zitat aus der Charakterisierung Eva Ortmanns in dem Brief des Jüdischen Flüchtlingskomitees in London an den Hilfsverein in Berlin.

sagte mir auf den Kopf zu, ich sei doch wohl eine deutsche Jüdin und Emigrantin, es sei kaum anzunehmen, daß ich, wenn ich mal drüben bin, wieder zurückkommen würde, und dagegen und gegen ähnliche Fälle (er behauptet, dies geschehe in 99% aller Fälle von Juden aus Deutschland, die plötzlich »Vergnügungsreisen« nach Amerika machen) müßte sich die amerikanische Regierung eben schützen. Ich erwiderte, falls ich in den 4 Wochen einen Dollarmillionär heiraten sollte, könnte ich meine Meinung vielleicht ändern, und dann hätte wohl kaum jemand mehr was dagegen. Diesen Witz belächelte er, ohne sich davon täuschen zu lassen, und sagte, er würde die genauen Aussagen, die ich gemacht habe, zur Prüfung nach Berlin schicken, und wenn alles stimmt und sobald er das Duplikat Eures Affidavits hat sowie einen Kontoauszug der Bank und eine Sicherheit darüber, daß Ihr mich erhalten und vor allem 500 $ hinterlegen wollt, würde er mir das Touristenvisum geben. Bums, Schluß. Ich hatte zu gehen.

Ich habe wirklich all meine Schlauheit aufgeboten und habe nur gesagt, was unbedingt nötig war. Ich glaube, die einzige Möglichkeit ist die, auf das Besuchsvisum – so angenehm es gewesen wäre, es zu haben – zu verzichten und erst dann um ein reguläres Immigr.-Visum einzukommen, wenn ich rüberkommen will.

Sibylle

Eva Ortmann Lechner aus New York an Sibylle in London

22. Januar 1937

Mein geliebtes Kleines!

[...] Wieso bist Du übrigens so ängstlich in bezug auf das, was ich an *Dich* schreibe?? Ich verstehe Dich gar nicht. Du wie ich leben doch jetzt in anständigen Ländern, in denen man sich nicht um Privatbriefe kümmert und es ein Postgeheimnis gibt. Es gibt doch nur ein solch schweinisches Land außer Deutschland, Italien. So glaube ich wenigstens und bin deswegen vorsichtig, wenn ich an Carla schreibe.[146] Üb-

146 Carla und ihr Mann, der Soziologe Kurt Wolff, lebten im italienischen Ruta, bevor sie 1939, aufgrund der italienischen antisemitischen Gesetze, ebenfalls in die USA emigrierten, wo er dann an verschiedenen amerikanischen Universitäten Karriere machte und zum bedeutenden Vermittler der deutschen Soziologie in den USA wurde.

rigens ist sie anscheinend politisch vollständig verkommen, aus einigen Äußerungen zu schließen. Lechner hat fast einen Wutanfall bekommen, als er sie las. Aber ich bin überhaupt auf nichts eingegangen, weil ich es ganz sinnlos finde, sich über solche Dinge schriftlich auseinanderzusetzen mit einem Menschen wie Carla. Ich halte mich bei ihr an das Gute, ihre Anhänglichkeit – sie macht mir wahre Liebeserklärungen in jedem Brief – und an ihren im Grunde so anständigen Charakter. Im übrigen ist sie eben nicht sehr klug und zu leicht zu beeinflussen. Ihr Mann fühlt sich übrigens gar nicht wohl in seiner Stellung und hofft, etwas anderes zu finden, wenn er sein Staatsexamen gemacht hat. Auch hofft er, dann eingebürgert zu werden. Ob es unter gegenwärtigen Umständen erstrebenswert ist??

Mutti

Eva Ortmann Lechner aus New York an Heinrich und Jela Löwenfeld in Prag

24. Januar 1937

Lieber Heini, liebe Jela, lieber Andreas!

Lechners Mutter wird in Ohnmacht fallen.[147] Sie hat nämlich keine Ahnung und sollte auch nicht. Es hat nämlich schon vor unserer Abreise ein fürchterlicher Briefwechsel deswegen stattgefunden zwischen Lechners Mutter und ihm. D.h., sie hat ihn mit primitiven und ordinären Ausdrücken beschimpft, und er hat auf meinen Rat ziemlich ruhig und ausweichend geantwortet. Der Abschiedsbesuch in Stettin mißglückte gänzlich. Dies tat mir besonders leid, denn schließlich, es sind alte Leute, der Vater 70, die Mutter fast gleichaltrig. Da kann schließlich immer mal die Nachricht kommen, daß einer von ihnen tot ist, und es wäre furchtbar für Lechner, der solche Härten nicht erträgt, wenn dann vorher Zank und Unfrieden gewesen wäre. Also wollte ich eben, daß sie nichts erfahren und daß man sich jede Auseinandersetzung spart. Ebenso könnte man sich schließlich mit Analphabeten über ein wissenschaftliches Werk unterhalten. Aber nun wird es wohl irgendwie zum Klappen kommen. Ich kann Andreas gut

---

147 Der siebenjährige Andreas hatte seinem besten Freund in Prag, Peter Sussmann, von Evas Heirat erzählt. Dessen Mutter hatte in Fritz Lechners Familie eingeheiratet, so daß die Nachricht schon bald Lechners Eltern in Stettin erreichen würde.

verstehen, ich fand Heiraten auch immer so furchtbar interessant und habe Onkel Max' Verlobung (die erste!) überall ausposaunt, als er sie noch geheimhalten wollte.

Eben hat mich Sibylles Freundin besucht, Renate Boenheim. Sie erzählte mir, man spräche darüber, daß Ihr demnächst hier herüberkämet! Leider scheint Ihr ja noch weit davon entfernt zu sein. Ich kann Euch nur raten, es zu tun, solange überhaupt noch eine praktische Möglichkeit dazu besteht. Worauf wollt Ihr dort noch warten? Es sind hier große Bestrebungen im Gange, die Einwanderung immer mehr zu beschränken. Ich glaube zwar nicht, daß schon jetzt irgendwelche Gesetze in dieser Hinsicht herauskommen werden, denn Roosevelt hat sich dagegen ausgesprochen. Aber die vorhandenen Gesetze können so ausgelegt werden, daß eine Einwanderung so gut wie unmöglich wird. Die Consuln haben sehr weitgehende Vollmachten und können sie so oder so gebrauchen, je nachdem sie Anweisung aus Washington haben. *Geld braucht Ihr keines,* das ist ein Unsinn. Es sind Leute hier mit 10 Mark angekommen. Besonders für Ärzte wird großartig gesorgt. Ein ganzes Haus steht zur Verfügung, in welchem sie *völlig kostenlos* wohnen können. Ich habe dorthin sehr gute Verbindungen. Man hatte uns sogar angeboten, ob wir dort einige Wochen wohnen wollten, als wir aus Cuba zurückkamen. Aber wir haben es abgelehnt, da wir ja schon etwas verdienen und es nicht unbedingt nötig haben. Etwas Geld von Otto habe ich ja auch noch, das er Euch zur Verfügung stellen wollte für den Fall der Auswanderung, das könntet Ihr dann haben. Natürlich ist es nicht so einfach für Euch, alles wieder aufzugeben, was Ihr Euch dort so mühsam aufgebaut habt. Aber mir scheint, eines Tages werdet Ihr es tun müssen, ob Ihr wollt oder nicht, und dann vielleicht unter viel schlimmeren Umständen.

Viel mehr Sorge macht mir die Angelegenheit mit Sibylle und Henry! Daß ich das alles vorausgesehen habe und daß Ihr es als den natürlichen Verlauf der Sache bezeichnet, ändert und bessert nichts daran. Aber ich weiß nun gar nicht, was werden soll. Der Junge wird natürlich alles in Bewegung setzen, um sie daran zu hindern, hierherzukommen. Er wird ihr unentwegt in den Ohren liegen und sie mit Verantwortung für sein Schicksal belasten. Ich möchte natürlich vermeiden, von hier aus das gleiche zu tun und sie zu bedrängen. Was soll ich bloß machen? Ich habe so viel Kraft und Energie aufgebracht, um diesen Amerika-Plan so weit durchzuführen – zum großen Teil, zum allergrößten im Hinblick auf Sibylle und sogar auf ihren Wunsch hin.

Eva

Eva Ortmann Lechner aus New York an Sibylle in London

27. Januar 1937

Mein geliebtes Kleines!

[...] Muschis Adresse kann ich Dir leider nicht geben. Da sie bei ihrer Tante ohne Telefon wohnte, versprach sie, mich anzurufen, und ließ mir deshalb keine Adresse da. (Weißt Du, daß ihre Mutter in Rußland verhaftet ist?)

Mutti

Rika Ortmann hatte Moskau am 24. Oktober 1936 mit dem Zug verlassen. Sie war ungefähr eine Stunde unterwegs, als zwei Geheimpolizisten ihr Abteil betraten und sie verhafteten.

Eva Ortmann Lechner aus New York an Sibylle in London

30. Januar 1937

Mein liebes Sibyllchen!

Du machst ja feine Sachen! Wie kann man sich nur rausschmeißen lassen, das verstehe ich nicht. Wenn die Stellung so unangenehm war, hättest Du lieber früher fortgehen sollen, aber nicht die Sache so auf die Spitze treiben. Die Sache mit dem Besuchsvisum sieht natürlich faul aus. Ich habe Dich aber durchaus nicht »leichtfertig und frivol« informiert, habe auch nicht gesagt, daß hier *nichts aufgeschrieben* wird. Im Gegenteil, es werden Dutzende von Formularen ausgefüllt, unterschrieben, beschworen. Nur begleiten sie einen nicht wie in Deutschland durch das ganze Leben und haben so gewissermaßen ihren Zweck zum Teil verfehlt. Sie ruhen in irgendeiner Kartothek und werden eigentlich nie daraus hervorgeholt. Vielleicht in kriminellen Fällen. So hat uns z. B. das seitenlange Protokoll, das in Ellis Island während des Verhörs aufgenommen wurde, in keiner Weise geschadet, obwohl darin ungefähr in *jeder* Hinsicht das Gegenteil von dem stand, was wir beim Konsul in Cuba angegeben und beschworen haben. Ich hatte natürlich große Angst davor, aber bei den »Jewish Women« hatte man mir gleich gesagt: »Das macht gar nichts, diese Akten bleiben in Ellis Island.«

Im übrigen haben wir ja erklärt, *deshalb* nicht von Berlin aus eingewandert zu sein, weil wir uns nicht getraut hätten, ein im Ausland befindliches Vermögen zu deklarieren, solange wir noch in Deutschland waren. Das erscheint jedem Konsul durchaus plausibel. Wie dem auch sei – ein Besuchsvisum bekommst Du natürlich nicht bei diesem ekelhaften Konsul. Das andere *muß* er Dir geben, wenigstens nach z. Zt. geltendem Gesetz. Du bekommst nämlich von Washington eine Bescheinigung für *bevorzugte Quote.* Die »Jewish Women« machen einen Antrag für mich, sobald unsere ersten Papiere da sind. Das kann noch einige Wochen dauern, natürlich. Eine andere Frage ist, *wann willst Du denn eigentlich kommen?* Es hat ja keinen Sinn, eine Vogel-Strauß-Politik zu betreiben. Ich weiß ganz genau, daß Henry Himmel und Hölle in Bewegung setzen wird, um Dich nicht fortzulassen. Ich will nicht das gleiche mit umgekehrten Vorzeichen tun und Dich schon von hier aus bedrängen. Ich weiß, daß es für Dich eine schwere Sache ist, und will von mir aus nicht dazu beitragen, Dir schon jetzt das Herz schwer zu machen. Wenn es so wäre, daß wir hier schon eine richtige Existenz hätten, eine nette Wohnung, so wie ich es mir vorstelle, dann würde ich Dir sagen, Du solltest so bald als möglich kommen, aufhören, ins Büro zu gehen, und hier etwas Vernünftiges anfangen, lernen, studieren, wozu Du eben Lust hast. Ich würde ja dann auch das Gefühl haben, Dir wirklich damit etwas bieten zu können, was Du in England nie haben wirst. Aber leider ist es noch nicht soweit. Als wir hierher gingen, hatte ich geglaubt, es vielleicht in ½ Jahr so weit geschafft zu haben, und nun sind wir schon über 4 Monate hier! Lechner hat eventuell Aussichten, in der Hollywood Bowl (Sommeroper) mitzumachen, wenn er im März zum Klemperer-Konzert fährt, wird er dort die Leute sprechen und Genaueres hören. Auch Francesco [von Mendelssohn] wird wohl dann wieder an der Westküste sein. Vielleicht könnte ich dann durch ihn oder andere Reinhardt-Leute (der Prof.

Nilson,[148] den ich vom Großen Schauspielhaus und vom »Großen Welttheater« kenne, ist dort) etwas finden oder auch durch Strelitzer. Wenn sich aber irgend etwas verwirklichen sollte derart, daß wir den Sommer über in Kalifornien bleiben könnten, würdest Du denn dann Lust haben, dorthin zu kommen? Es soll ganz herrlich da sein, Du könntest Dich dort 3–4 Monate *nur* ausruhen, baden, am Strand liegen, lesen, tun, was Du willst! Denn nur, wenn wir verdienen, würden wir ja dort sein, im übrigen soll das Leben dort sehr billig sein. Es ist ja vorläufig nur ein vaguer Plan, aber ich möchte sehr gerne wissen, wie Du dazu stehst, *wenn* er sich verwirklichen läßt?

2. Februar 1937

Evi braucht man wohl nicht so sehr um dieses »Glück« zu beneiden, als Privatsekretärin dieses Borchardt nach Amerika zu gehen. Was das bei solchem dicken Schwein und Junggesellen bedeutet, ist mir ziemlich klar. Na, vielleicht wird sie ihn hier bald abstoßen und eine gute Partie machen. Wie merkwürdig, wenn man diese Mädchen so von früher kennt, da hätte man doch gedacht, Lili wird es wer weiß wie weit bringen und aus Evi würde nie etwas. Ein wenig ist das alles doch Charaktersache, nicht nur durch äußere Umstände bedingt. Denn an ihrer Familie hat ja Evi auch wahrhaftig keinen Halt gehabt, nur daß sie vielleicht nicht so irrsinnig wie Lili, sondern sozusagen gar nicht erzogen wurde.

Mutti

Sibylle aus London an Eva Ortmann Lechner in New York

3. Februar 1937

Mein liebes Muttichen,

warum Du so vorsichtig sein sollst? Aus vielen Gründen. 1. soll ja niemand wissen, was Henry vorhatte. Nun wohnen wir im Haus Goldbergs etc., die wir beschwindelt hatten. Die kommen gelegentlich in mein Zimmer, und es könnte z.B. ein Brief umherliegen. 2. gibt es ja

148 Einar Nilson war der schwedische Chorleiter und Komponist, der lange Jahre mit Max Reinhardt zusammenarbeitete und der sich im Februar 1933 geweigert hatte, Eva Ortmann und zwei andere jüdische Sänger aus dem »Großen Welttheater« zu entlassen.

in London deutsche Spitzel. Z.B. wohnt vielleicht hier in unserem Haus einer. Wir sind nicht sicher, aber es ist sehr möglich. Hier wäre die Gefahr für mich und nicht für Henry. 3. hat ja auch das englische Home Office seine Geheimagentur und ist genau über einzelne Emigranten, die ihnen aus irgendwelchen Gründen aufgefallen sind, sowie über deren Anhang und Verkehr orientiert. Man erfährt gelegentlich Beispiele von diesem Geheimdienst und ist dann immer furchtbar erstaunt. Und 4., der Grund all dieser Gründe, ist die Versendung von Volontären illegal, und obwohl sie es seinerzeit noch nicht war, rechnete man jeden Tag mit der Erklärung, wie sie denn auch tatsächlich vor etwa 3 Wochen gegeben wurde. Man streitet sich ja aber noch darum.

Was sagst Du zu Rußland? Sie scheinen wahnsinnig dort zu sein. Neulich haben wir Hitler gehört. Ihr auch? Oder ist Euer Radio nicht gut genug? Ich habe leider keine Kurzwellen, sonst hätte ich versucht, Lechner zu hören. H.'s Rede war so etwa die dümmste und schwächste, die ich je gehört habe. Wir haben uns auf dem Boden gewälzt vor Lachen, da kam unser Spitzel und fragte, wer denn da redete? Über den werde ich Dir mal demnächst schreiben.

Sibylle

Eva Ortmann Lechner aus New York an Sibylle in London

5. Februar 1937

Mein liebes Kleines,

so ist es aber immer. Wenn man auf etwas wartet, kommt es nie, sondern erst dann, wenn man es eigentlich gar nicht mehr gebrauchen kann und es einen nur irritiert. Lechner ist in dieser Hinsicht etwas Schreckliches passiert. Er ist doch für Karfreitag von Klemperer für »Johannespassion« engagiert und hat es, obwohl der Kerl so wenig zahlt, daß noch nicht mal die Reise nach Kalifornien dabei herauskommt, angenommen, da er ja, wie ich Dir wohl gerade im vorigen Brief schrieb, allerhand Hoffnungen daran knüpft. Gestern kommt von Kussewitzky ein Brief, er will ihn für denselben Tag für »Matthäuspassion« haben. Die Aufführung geht gleichzeitig über Radio und wird auf Schallplatten aufgenommen. Kussewitzky würde natürlich ein anständiges Honorar zahlen, ein paar hundert Dollar. Ist das nicht ein schreckliches Pech? Es wäre ein großartiger Start für Lechner und für den ganzen Osten eine große Reklame. Los Angeles ist wieder eine Welt für sich, und Klemperer ist auch nicht Kussewitzky, jedenfalls nicht für die Amerikaner. Wir haben den ganzen Tag hin und her überlegt, ob man noch etwas ändern kann. Aber es wird wohl nicht gehen. Klemperer ist ja kein Mann mit irgendwelchem menschlichen Verständnis, sondern ein absolut verrückter Choleriker. Man würde sich einen furchtbaren Feind machen und in Kalifornien ein für alle Mal unmöglich sein.

Schluß für heute, mein Liebling.

Ich umarme und küsse Dich!

Mutti

Sibylle aus London an Eva Ortmann Lechner in New York

7. Februar 1937

Meine liebe Mutti,

nun noch etwas. Vielleicht wäre es Dir schon immer mal möglich, Dich für mich nach einem Affidavit umzuschauen. Selbst wenn Du bald eins findest, wird es ja doch einige Monate dauern, bis alles perfekt ist – sowie ich hier eine Stellung und vom Home Office meine Papiere zurückhabe, schicke ich Dir alle ein samt Zeugnissen. Vielleicht kann ich dann schon Ende des Frühjahrs oder Anfang des Sommers rüberkommen. Aus unsern Palästina-Plänen wird wohl kaum etwas werden. Die Jungens wollen nicht zurückkommen, d. h. gleich 2 Jahre drüben bleiben, und noch dazu haben wir ja alle kein Geld – die Sache ist ganz utopisch. Aber es war eine nette Idee.

Sibylle

Eva Ortmann Lechner aus New York an Sibylle in London

8. Februar 1937

Mein geliebtes Kleines!

Von Walter hatte ich einen Brief, endlich. Er scheint die Sachen geradezu verschleudert zu haben. Geld ist keines mehr da, im Gegenteil. Die Holland-Linie gibt das Bordgeld von zusammen 400 Mark nicht heraus, sondern verlangt, daß wir *jeder 225 Dollar* hier bei der Linie einzahlen sollen. Das ist das Landgangsgeld, das wir als Besucher und nicht als Auswanderer bekommen haben. Natürlich tun wir das nicht, aber was dann aus den 400 M wird, weiß ich nicht. Es ist alles eine ziemlich verfahrenen Sache und jammerschade, wenn man bedenkt, was man sich alles für das Geld hätte kaufen können. Aber letzen Endes, wenn es uns hier so gelingen wird, wie wir hoffen, dann spielen die paar hundert deutsche Mark gar keine Rolle, und wenn man hier etwa kein Glück hätte, dann hätten sie einen auch nicht retten können.

Ich schicke morgen 10 $ an Dich ab. Du kannst sie mit gutem Gewissen nehmen. Ich habe nämlich von der Reichsversicherung 147 $ geschickt bekommen, und zwar als Gegenwert von 371 RM, also mit ca. 2.50 transferiert. Ist das nicht großartig? Und wie liebenswert schnell die deutschen Behörden arbeiten! Am 10. Januar hatte ich den Brief mit meiner Heiratsurkunde abgeschickt, und heute habe ich bereits das Geld. Prächtige Leute.

Millionen Küsse, mein Engelchen!

Mutti

Sibylle aus London an Eva Ortmann Lechner in New York

9. Februar 1937

Mein liebes Muttichen,

das beste wäre, wenn Du mir etwa Anfang Mai ein Visum verschaffst. D. h., soviel ich weiß, daß ich das Datum meiner Abreise beliebig innerhalb der folgenden drei Monate wählen darf. Das wäre doch wohl ganz günstig.

Ich habe sicher nie in einem meiner Briefe eine Bemerkung gemacht, aus der Du hättest vermuten können, daß ich vorläufig nicht nach Amerika kommen will. Das hat von Anfang an für mich festgestanden, und ich habe weder mir noch Henry jemals etwas anderes vorgemacht. Daß das keine so leichte Sache ist, weißt Du ja, und wozu sollte ich Dir schreiben von meinen Auseinandersetzungen mit Henry, der das keine Minute lang vergißt, von seinen Reaktionen – angefangen von Wutanfällen bis zu rührendsten Kindertränen –, von all den moralischen Druckmitteln, die er versucht, von seinen kleinen Racheakten, zu denen er sich berechtigt glaubt und mit denen er mich bestrafen will. Immerhin ist er doch fast noch ein Kind, voller Illusionen, und es würde bestimmt seine erste große Enttäuschung werden. Er gehört zu den wenigen Menschen, die an den Begriff »ewig« wirklich glauben, und das ist ja gerade das Positive an ihm. So etwas als erste zu zerstören ist traurig, und ich komme mir dabei wie ein Schuft vor. Daß bei unserer Jugend eine Beziehung unbestimmte Jahre überdauert, glaube ich nicht, und es wäre auch falsch, sich so etwas vorzumachen und danach zu leben. Es wird wohl gerade Henry sein, der sich das einreden wird, und dabei ist er der letzte, der danach leben wird, denn er ist viel zu positiv, konstruktiv, lebensbejahend, als daß er sich jemals aufs Phantomejagen verlegen würde. Indem er jammert bzw. mich beschimpft oder mich bittet und beschwört, reagiert er schon die Hälfte seines Kummers ab.

Ich weiß genau, wie es sein wird. Nach einigen Tagen der Selbstmordstimmung und sinnloser Wut wird seine Lebenslust um so stärker erwachen, besonders da er sich ja im Leben eine Aufgabe gestellt hat, die er sehr, sehr ernst nimmt. Und schließlich ist er ein Mensch, der nicht allein sein kann auf die Dauer, und die Mädchen sind vollkommen verrückt nach ihm, dieser merkwürdigen Mischung von klassenbewußtem Arbeiter und weichem jüdischen Muttersöhnchen – und das erleichtert einerseits mein Gewissen, andererseits ärgert es mich. Ich selbst, die sachlich ist und entschlossen und nicht jammert, bin ja im Grunde die viel Schwerfälligere, und es wird mir schon recht schwer werden. Aber ich hoffe, daß Ihr und Amerika und eine befriedigendere Arbeit mir soviel Neues geben werdet, daß ich wirklich ein neues Leben – frei von Europens übertünchter Höflichkeit – anfangen kann.

Ich habe dabei die feste Absicht, mich sofort politisch zu organisieren, und auch das ist ein wichtiger Grund, warum ich Amerika positiv gegenüberstehe. Wir brauchen also darüber nicht mehr zu korrespondieren, sondern lediglich um die formalen Dinge. Ich halte es auch für am besten, mich dem Konsul vorher nicht unnötig zu zeigen.

Wenn Ihr im Sommer in Kalifornien wärt, wäre es ja phantastisch, und wenn Du es Dir (oder mir) leisten könntest, daß ich mal ein paar Monate gar nichts tue, so wäre das ja die Erfüllung meines jahrelangen Traums.

Ich möchte gern vorher, wenn ich es mir geldlich leisten kann und wenn ich einen Begleiter finde, eventuell Henry, eine Hitch-hike-Tour durch Frankreich bis zu Carla machen, von dort durch Italien und zurück über Prag. Wenn es Sommer ist und man ein Zelt hat, kann es gar nicht so teuer sein, wenn man wirklich jegliches Fahrgeld spart. Bei Carla bin ich eingeladen, in Paris bin ich eingeladen und in Prag.

Gestern habe ich die zweite Einladung nach Palästina bekommen, von einem reizenden Jungen, einem Freund von Henry, der in drei Monaten dorthin zurückgeht und mir die Veranda seines Vaters zur Verfügung gestellt hat. Er sowie Halla fahren schon im Juni zurück, und unsere Tour wird wohl eine Utopie bleiben. Aber wozu auch Palästina, obwohl es sicher gerade für eine Besuchsreise ein fabelhaft interessantes Land ist. Man erwartet wieder Unruhen, und damit wäre ja schon alles hinfällig.

Lili schrieb mir gestern einen etwas weniger traurigen Brief. Dem Vater geht es besser. Was mich auch am meisten entsetzt hat, ist diese abgestumpfte, merkwürdige Sachlichkeit in der Aufzählung der wahren Hiobsleiden, von denen diese arme Familie betroffen ist. Von ihrer eigenen Gesundheit schreibt sie nichts, nur daß sie eine Bankstellung bekommen hat und endlich was verdienen wird, daß ihr Freund seit Wochen mit einem gebrochenen Bein im Erzgebirge liegt ohne Doktor und daß sie »nur froh ist, solange der Kopf noch dran ist«. (Mir scheint, diese Exkursionen, wo sie immer so um ihn zittert, sind politischer Art.) Jedenfalls ist es seltsam, wie hard-boiled und abgestumpft dieses Mädchen geworden zu sein scheint. Na, ihr kann es nichts schaden. Richard[149] ist politisch sehr aktiv und gibt mir schriftlich gute Lehren. Von Heinrich hat er erfahren, daß mir dieser den André Gide über Rußland geschickt hat, und er bittet mich nun, auf keinen Fall zu versäumen, die Antwort von Romain Rolland darauf zu lesen, denn der Gide wäre »Gift« für mich.[150]

Sei viele Male umarmt und geküßt von Deinem

Sibyllchen

---

149 Lilis Bruder Richard Faktor, der überzeugter Kommunist war.

150 Der kommunistische französische Autor Romain Rolland hatte eine linientreue Zurückweisung von Gides *Le Retour de l'U. R. S. S.* geschrieben.

Eva Ortmann Lechner aus New York an Sibylle in London

9. Februar 1937

Mein liebes Kleines!

Klemperer hat Lechner freigelassen. Unser Telegramm hat großartig gewirkt, das Management der Philharmonie in Los Angeles hat sich noch *bedankt* »for your *kind* telegram« und hat gratuliert zum Engagement bei Kussewitzky!!

Kussewitzky war gestern in New York und hat »Das Lied von der Erde« aufgeführt. Lechner war drin, hatte einen Ehrenplatz in der Loge und kam sich ganz groß vor. Vorher hatte er Kussewitzky im Hotel aufgesucht, um alles nähere zu besprechen und genau festzulegen, was er singt. (Es sind nämlich 2 Bässe engagiert für solche Passion.) Als Kussewitzky ihm 2 große Arien fest zusagte, hat er ihn vor Freude *umarmt.* Kussewitzky war ganz geschmeichelt darüber und auch darüber, daß er sich von Klemperer freigemacht hatte, nur um bei ihm zu singen, und klopfte ihm immer väterlich auf die Schulter. Also ein wahres Idyll. Hoffentlich singt er nun wirklich gut und hat Erfolg. Er muß alles englisch singen! Ist es nicht komisch, daß eine Sache, die man sich zusammen an unserm runden Tisch in der Schlüterstr. vor ca. 1 Jahr ausgedacht hat, sich *genau* so verwirklicht hat? Es war doch schließlich damals kaum mehr als eine *Idee,* von keinem von uns 100% ernstgenommen!

Wie lange unser Stück laufen wird, weiß kein Mensch. Auch Francesco hat keine Ahnung, weiß auch noch nicht, ob er wieder nach Californien gehen wird oder nicht. Ich sprach ihn neulich nachmittag ausführlich, als er mit einem Arbeitslosenorchester[151] in Brooklyn (einer der 5 Stadtteile von N. Y.) ein Konzert gab. Er spielte das Cellokonzert von Dvořak, recht jämmerlich, denn er hat seit 9 Jahren kein Cello angerührt, und das merkte man, kein Ton war sauber. Lechner war ganz entsetzt. Hinterher gingen wir hinter [die Bühne], um ihm in einiger Verlegenheit ein paar Komplimente zu machen.

---

151 Zu den Bemühungen der Rooseveltregierung, die Folgen der Wirtschaftskrise zu überwinden, gehörte auch ein Programm, das Beschäftigungsmöglichkeiten für arbeitslose Künstler, Schriftsteller und Musiker vorsah, möglichst in ihrem jeweiligen Fachgebiet, und das der Öffentlichkeit zugute kommen sollte.

Aber unsere Verlegenheit war ganz unangebracht. Er hatte offenbar das Gefühl, eine prächtige Leistung geliefert zu haben. Seine Schwester war sichtlich nicht dieser Ansicht, sie sagte zu mir: »Beschimpfen Sie ihn ordentlich, dies Schwein übt ja nicht«, worauf er sagte: »Du siehst ja, daß ich nicht zu üben brauche.« Kann man sich das vorstellen? Ein so kluger, musikalischer Mensch, der die besten Künstler der Welt kennt, versagt so vollkommen in seinem Urteil sich selbst gegenüber.

Leider habe ich sowohl Lechners wie meinen Füllfederhalter kaputtgemacht, und niemand kann einem hier etwas richtig reparieren. Übrigens auch ein ganz interessantes Zeichen für dieses Land, das trotz allem eben doch noch reich ist verglichen mit Europa. Du bekommst hier *nichts* vernünftig repariert. Wenn etwas entzwei ist, wird es eben weggeworfen und Neues gekauft. Möbel z.B. oder elektr. Apparate, wenn sie entzwei sind, werden einfach auf die Straße gestellt, und die Müllabfuhr nimmt sie mit.

Was sagst Du nur zu Spanien? Ich traue mich morgens nicht, die Zeitung aufzuschlagen. Allgemein ist man hier jetzt von Francos Sieg überzeugt!

Mutti

Eva Ortmann Lechner aus New York an Sibylle in London

16. Februar 1937

Mein Geliebtes,

denke nur, Francesco ist gestern hier herausgeschmissen worden, ich meine aus dem Theater. Ich bin ganz entsetzt darüber, er war meine einzige Stütze, auf die ich im Notfall gerechnet hatte. So ein Notfall kann für mich sehr leicht eintreten, denn wie immer bei so einem Riesenetat beginnt man jetzt mit Einsparungen und versucht abzubauen, wo es irgend möglich ist. Ich hatte sehr stark auf Francescos Hilfe gerechnet, nun kann er sich selbst nicht mal helfen! Es ist mir vorläufig noch unklar, was da passiert ist, er soll angeblich zu einer Probe, zu der er Leute bestellt hatte, nicht gekommen sein. Aber das kann nach meiner Meinung nur ein Vorwand, nicht der Grund sein, jemanden herauszuschmeißen, besonders wenn er so wie ein Pferd gearbeitet hatte wie Francesco. Vielleicht ist das amerikanisch. Moralische Verpflichtungen erkennt man eben nicht an. Wenn Du z. B. an Bermann denkst. Im Augenblick, wo man ihn nicht mehr nötig hatte, hat man ihn kaltblütig vor die Tür gesetzt, obwohl er 12 Jahre tätig war und man *genau* wußte, daß er gerade in dem Augenblick keine andere Stellung finden *konnte*. Dabei war Miller nach wie vor freundschaftlich und brachte ihm, als er herüberkam, sogar seinen Photovergrößerungsapparat mit. Ich persönlich muß übrigens zum Fall Bermann sagen, daß ich einen solchen Menschen längst rausgeschmissen hätte, nicht erst nach 12 Jahren. Ich habe eine solchen Grad von Faulheit und Sturheit noch *nie* gesehen.[152]

Mutti

Eva Ortmann Lechner aus New York an Sibylle in London

18. Februar 1937

Mein geliebtes kleines Puppchen!

Jetzt muß ich Dir noch von Francesco erzählen. Stell Dir vor: Es ist eine schreckliche Sache. Er soll sich nämlich angewöhnt haben zu trinken. Mehrmals soll er betrunken zur Probe gekommen sein, einige Male überhaupt nicht, weil er sich irgendwo festgekneipt hatte. Daraufhin hat man ihn am Sonnabend gefired, und zwar sofort, während jeder Sänger bis zum letzten Statisten eine 14tägige Kündigung hat (dafür sorgen die Gewerkschaften, für die ich damals blutenden Herzens meine 20 $ zahlen mußte). Francesco also soll daraufhin in rasender Wut fortgegangen sein, um sich bis zur Sinnlosigkeit zu besaufen. Am Abend soll er vollständig betrunken im Theater erschienen sein, während der Vorstellung. Er holte sich irgendein Kostüm aus der Garderobe – ein Schauspieler konnte fast deswegen nicht auftreten – und wollte so auf die Bühne stürzen, um dem Publikum zu sagen, wie man sich gegen ihn benommen hatte als Dank für seine viele Arbeit etc. Im allerletzten Moment sah man ihn in der Kulisse stehen, hielt ihn fest und schleppte ihn hinter die Bühne. Er soll wie rasend getobt haben, 4 Leute haben sich schließlich auf ihn gestürzt

152 Bermann war ein deutscher Jude, der wie Sibylle für den Handelsattaché der amerikanischen Botschaft in Berlin gearbeitet hatte. Miller hatte dessen Photovergrößerer mit in die Staaten gebracht und als sein Eigentum ausgegeben, um Bermann die Zahlung des Einfuhrzolls zu ersparen.

und ihn furchtbar verboxt. Einer hat ihm einen Kinnhaken gegeben, so daß er lang hingeschlagen ist. Ist das nicht schrecklich? Ich würde es noch gar nicht geglaubt haben, aber als ich vorgestern um 1/2 1 Uhr in seinem Hotel anrief und natürlich ganz harmlos tat und fragte, was los sei mit ihm, da sagte er mir, wir müßten mal zusammensein und er würde sich bei mir melden, wenn er weniger müde und weniger betrunken sei. Heute tränke er bereits seit 8 Uhr früh ununterbrochen. Ich war ganz entsetzt und sagte ihm das, da sagte er, es sei heute das letzte Mal. Ich sagte ihm darauf, das berühmte »letzte Mal« kennte ich, aber er blieb dabei. Du kannst Dir denken, mit welcher Schadenfreude die Sache hier im Theater breitgetreten wird. Über einen gefallenen Löwen freuen sich alle. Dabei war er eigentlich vorher sehr beliebt. Aber so sind die Menschen![153]

Unsere Wohnungsfrage haben wir immer noch nicht gelöst. Jemand hat uns gesagt, wir hätten ein »champagne-taste« und ein »beerpocketbook«, und so ist es wohl auch.

Mutti

Sibylle aus London an Eva Ortmann Lechner in New York

19. Februar 1937

Meine liebe Mutti,

gestern früh langten wir reichlich erschöpft nach einem ermüdenden Rück-Hitch-Hike in Fellows Road an, und trotzdem fand ich

---

153 Francesco von Mendelssohn (1901–1972) war der Sohn der italienischen Pianistin Giulietta Gordigliani und des Bankiers Robert von Mendelssohn und damit ein direkter Nachfahre des Philosophen Moses Mendelssohn. Ursprünglich ausgebildeter Cellist, machte er während der zwanziger Jahre vor allem als schillernde Figur der Berliner Künstlerszene von sich reden, bevor er sich seit 1929 mit zunehmendem Erfolg als Regisseur versuchte. Mit seinen Inszenierungen der Uraufführungen von Ödön von Horváths *Italienische Nacht* und *Kasimir und Karoline* schrieb er Theatergeschichte, mußte aufgrund seiner jüdischen Herkunft 1933 emigrieren und konnte nach anfänglichen Erfolgen in New York als Regieassistent von Max Reinhardt seine Karriere nicht fortsetzen, da er immer mehr dem Alkohol verfiel. Da biographische Daten schwer zu ermitteln sind, sei hier auf Thomas Blubachers Gedenkartikel »Exzesse eines verwilderten Genies« verwiesen (*Süddeutsche Zeitung* vom 8. 9. 2001). Vgl. auch ders.: »Where do we go from here?« Die Geschwister Eleonora und Francesco von Mendelssohn. In: *Exil,* 22. Jg. (2002), Nr. 2, S. 21–41.

noch die Energie, Deine beiden lieben Briefe ganz gründlich zweimal zu lesen. Dann schlief ich bis 2 Uhr. Jetzt wirst Du den Kopf schütteln, aber laß Dich nicht beeinflussen, denn unsere Fahrt war wirklich ganz wunderschön.

Am Sonnabend früh sind wir von London abgefahren, mit dem Autobus etwas aus der Stadt heraus, und etwa um 11 Uhr haben wir angefangen zu hitchen. Herbei kam ein Lorry (Lastauto) und bat uns direkt, für 10 Meilen einzusteigen, und obwohl wir uns im allgemeinen mit so langsamen Gefährten nicht gern die Zeit vertrödeln, wollten wir es dem netten Jungen nicht abschlagen. Als er uns absetzte, hielt ich versehentlich zwei Polizisten an, die uns daraufhin interviewten, denn eigentlich ist ja das Hitchen verboten – aber es war ein netter hübscher junger Mann, und er wünschte uns am Ende, nachdem wir ihm erzählt hatten, wir seien ganz harmlose Walkers, die nur ein paar Meilen weit gehen wollten, daß wir einen direkten Lift nach Schottland kriegen (tatsächlich wollten wir ja nach Wales, das fast ebenso weit ist). Dann kam ein prächtiger Ford mit einem einzelnen Mann, und als ich ihn anhielt, sagte er: »A jiddische girl I couldn't refuse.« Dieser reizende Mann, ein oller geldgieriger jüdischer Reaktionär, der Angst hat, daß seine 18jährige Tochter Kommunistin werden könnte, fuhr nach Liverpool und ist extra eine ganz andere Route gefahren (die ihn 2 1/2 Schilling Tunnelgebühr kostete), um uns in Chester absetzen zu können.

Dieser Kerl war ein ganz enormer Glücksfall, wir waren schon um 4 Uhr in Chester (guck Dir bitte alles auf der Landkarte an), und von dort, nach kurzer Besichtigung dieser süßen Stadt, fuhr uns ein Farmer direkt vor die Tür in Llangollen (Wales). Das ist ein reizender Ort, riesengebirgsähnlich, mit viel Wald, Wasserfällen, Bächen und eben ganz lieblich – im Gegensatz zu den wilden, hochgebirgsähnlichen Teilen im westlicheren Wales. Dort ist eine nette Jugendherberge, Freunde von Henry, wir wurden gleich mit einem Supper empfangen, machten noch einen Spaziergang, herrlicher Sternhimmel, und gingen früh ins Bett – am nächsten Tag, einem sonnigen Sonntag, haben wir dann einen sehr schönen Ausflug auf die Berge gemacht, es waren eine ganze Menge Leute, wir haben oben ein Lagerfeuer gemacht und Mittag gekocht, und nachmittags waren wir dann bei den Honoratioren der Stadt, einer Familie von einem gelehrten Vater, einer frauenrechtlerischen Mutter und drei unterdrückten Söhnen, zum Tee eingeladen – eine Ehre, um die uns die Einwohner von Llangollen beneidet haben. Am Abend mußten wir uns einer Party in der Herberge widmen, ich widerwillig, Henry natürlich mit Enthusiasmus, und am nächsten Morgen goß es, und so grau war das Land gar nicht einladend zur Weiterfahrt. Ich bin übrigens die ganze Zeit in Trainingsanzug und Windjacke gewesen. Ein reizender Pastor hielt sofort, voller Mitleid mit uns durchnäßten Wanderern, und fuhr uns direkt an unseren Bestimmungsort. Das war Bangor, eine sehr nette Universitätsstadt an der walisischen Küste, wo Henry eine seiner alten Flammen, oder auch nicht alt, aufsuchen mußte. Immer noch goß es, und noch dazu war das Mädchen nicht zu Hause, sondern in der Universität, und dort marschierten wir in unserem sehr komischen Aufzug rauf – ein enormes Gebäude auf einem der Berge, an denen sich Bangor entlang- und hinaufzieht, und natürlich fanden wir sie nicht, und da ihr Vater dort gleichzeitig Professor ist, ließ Henry ihr eine Note in des Vaters Zimmer, die sie auch bekam, so daß sie am Nachmittag zu Hause war, wir fuhren also mit dem Autobus über eine berühmte Brücke zu einer Insel, die direkt vorgelagert und nur durch einen Meeresarm von der Stadt getrennt ist, und dort hatten wir ein warmes Feuer und bekamen ein Abendbrot und brachen gegen 8 Uhr von Gwenno und eine Viertelstunde später von Bangor per Zug auf, kamen etwa gegen 9 in Bethesda, einer kleinen Stadt im Gebirge, an, von wo wir leider noch etwa 10 Kilometer über die Berge, über schwarze unheimliche Berge ohne Licht bei strömendem Regen hätten wandern müssen – wenn nicht ich die grandiose Idee gehabt hätte, noch ein Brot zu kaufen. Wir kamen mit der Bäckersfrau ins Gespräch, und sie bemitleidete uns sehr, weil wir noch diesen furchtbaren Weg vor uns hatten. Schweren Herzens machten wir uns auf den Weg, und nach einer ganzen Weile kam uns atemlos die Nichte der Bäckerin hinterhergelaufen. Ihr Vater war gerade nach Hause gekommen, und sie hatten ihm von uns erzählt, und da hatte er gesagt, er würde uns mit seinem Auto zur Herberge fahren. Dieser rührende Mann holte also sein Auto aus der Garage und fuhr uns bis vor die Tür, durch einen fürchterlichen Sturm und Wolkenbruch und diese unheimliche Gebirgsgegend, und ich bekreuzigte mich heimlich bei der Vorstellung, daß ich diesen Weg hätte laufen müssen.

Am nächsten Morgen jagte uns Henry allen einen Schreck ein, indem er ohne Anmeldung auf einen der gefährlichsten Berge kletterte, und da dort gerade am Tage vorher ein furchtbares Unglück passiert war, waren alle Eingeborenen von einer Psychose erfaßt und redeten schon von ihm, als wäre er tot. Natürlich kam er ganz gesund wieder runter, stolz auf diese Heldentat, die das ganze Dorf in Aufregung gebracht hatte, und dann machten wir eine Tagestour nach einem ganz anderen schwer erreichbaren Teil von Wales, von wo aus wir ein Stückchen den höchsten Berg von Großbritannien, den Snowdon, zu ersteigen versuchten, aber da wir einen verkehrten Weg einschlugen und es außerdem viel zu spät für eine Tagestour war, kehrten wir viertelwegs um, traten unseren Hitching-Rückweg an, kamen in die Dunkelheit, und als wir die Hälfte des Weges (der ganze Weg war etwa 30 km) einen Lift bekommen hatten, war auf der anderen Hälfte der Verkehr völlig ausgestorben, und nun begaben wir uns tatsächlich auf einen Marsch wie den, dem wir am Abend vorher so schön entgangen waren. Nur kam dazu, daß Wind und Hagelstürme uns ins Gesicht peitschten und die Telephondrähte eine unheimliche Musik machten. Nach einer guten halben Stunde war ich ganz verzweifelt und Henry wohl nicht weniger, als zwei Riesenscheinwerfer über das Gebirge streiften, und einige Minuten später kam hinter uns der große Liverpool-Bangor Bus in Sicht, und mit dem Mut der Verzweiflung stellte ich mich vor ihn und schwenkte Arme und Beine und alles, was an mir los ist, und der Bus hielt auch wirklich und fuhr uns ganz umsonst bis vor unsere Jugendherberge.

Leider mußte ich noch meiner hausfraulichen Pflicht genügen und Nudeln mit Tomatensoße kochen, und dann fiel ich aber in mein Bett und schlief bis zum Morgen um 9, und dann mußten wir leider den Rückweg nach London antreten, der uns auch bis auf den letzten Teil der Reise, zu dem ich erst später komme, recht erfolgreich gelang. Ein Arzt, ein Tierarzt, ein Reisender, ein Bauer und noch ein paar andere brachten uns bis nach Chester zurück, und außerhalb von Chester hielt ich einen herrlichen Terraplane an, der in unheimlicher Geschwindigkeit herangesaust kam. Darin saß ein entzückender

Mann, Leiter einer großen Teefirma, ein phantastischer Autofahrer, nett aussehend, etwa 35, der uns gleich mit unseren Vornamen nannte, den wir schon nach einer halben Stunde und nach einem guten Tee in einem hübschen Hotel an der Straße jahrelang zu kennen schienen. Dieser Mann (Mr. Cone) fuhr uns nach Birmingham, fuhr aber uns zuliebe noch etwa 1 Stunde weiter, um uns auf die Hauptstraße nach London zu bringen. Dort sollten wir einen guten Wagen nach London finden, und erst dann wollte er umkehren.

Tatsächlich hielten wir auch an einer belebten Ecke, und da passierte das Unglück. Ich hielt ein herrliches Auto an, und darin saßen – zwei Polizisten. Diesmal nicht so gemütlich wie auf der Hinfahrt. (Leider hatten wir zusammen nicht mal mehr einen Schilling.)[154] Die Männer prüften genau unsere Papiere, und nachdem sie uns für gut befunden hatten, erklärten sie, sie würden ein Gefährt für uns nach London finden, und sie hielten an – eine Lorry, die ungefähr 10 Meilen die Stunde fuhr.

Das Hitch-Hiken ist manchmal etwas anstrengend und bei manchen Menschen und bei unglücklichen Straßen auch gelegentlich enttäuschend, aber ich finde es recht faszinierend. Ich habe so unendlich viele verschiedene Menschen kennengelernt auf dieser einen Fahrt nach Wales, und man bekommt einen großartigen Überblick, gerade bei der Fahrt durch Wales, über dieses komische Volk, das eigentlich in England wohnt, sich Welsh nennt und die Engländer haßt, für seine Unabhängigkeit kämpft und in ganz bewundernswürdiger Weise das pflegt und betreibt, was es Welsh culture nennt. Es ist ein ganz kleines Volk, jeder kennt jeden, und Henry war ganz begeistert, denn der Mann, der Vater des Mädchens, die wir besucht haben, Universitätsprofessor für Welsh in Bangor, offenbar wirklich eine Persönlichkeit unter den Walisern, war jedem einzelnen unserer Chauffeure, merkwürdigerweise auch den ganz ungebildeten, bekannt, einer von ihnen erzählte sogar, daß er noch diese Woche auf einem Kongreß mit ihm sprechen wird, und Henry bestellte schöne Grüße. Ich weiß ja nicht,

---

154 Nach englischem Recht hätten sie deshalb wegen Landstreicherei belangt werden können. Sibylle achtete eigentlich sorgfältig darauf, niemals ohne die Sixpence zu sein, die sie vor einer Festnahme schützten.

mit welchen Gefühlen dieser sehr konventionelle Herr die »Grüße« von zwei zweifelhaften Landstreichern, die sich als seine Freunde ausgaben, entgegennehmen wird. Aber Henry war fürchterlich stolz auf diese feine Bekanntschaft und darauf, daß er mir nun lebendig beweisen konnte, daß Mr. Ifor Williams[155] wirklich die Persönlichkeit ist, als die er sie mir immer geschildert hat.

Dann habe ich noch vergessen, einen sehr amüsanten Umstand zu erwähnen. Der nette Mann, der uns nach Birmingham fuhr, machte mir einige Liebeserklärungen, und ab und zu schickte er den ahnungslosen Henry nach Erkundigungen und versuchte, mir seine Sympathie, allerdings in netter Weise, zu beweisen, d. h. sogar in sehr netter und zurückhaltender Weise. Erst beim Abschied bat er darum, mir einen Kuß geben zu dürfen, und er wurde ihm auf »französische Weise« (auf beide Backen) gestattet. Das war doch wirklich ein Abenteuer. Henry ist empört, daß ich Dir das schreibe, und findet, ich dürfte es niemandem erzählen. Vielleicht hat er sogar recht.

Daß in Deutschland kein Geld mehr ist, ist ja traurig, aber andererseits hält es mich auch von der Versuchung ab, rüberzufahren, um es auszugeben, wie ich mir das überlegt hatte.

Sibylle

Eva Ortmann Lechner aus New York an Sibylle in London

22. Februar 1937

Neue Adresse: 26 West 75th Street

New York, N. Y.

Mein liebes Kleines!

Also, wir haben uns ein neues kleines leeres Apartment genommen. Es ist ganz nett, gleich am Central Park, 2 kleine hübsche Zimmer, ein wunderbares kleines gekacheltes Bad und eine winzige Küche. Die Gegend am Central Park hat uns am meisten bestochen, dann aber vor allem die Tatsache, daß wir dort 14tägige Kündigung haben, also in keiner Weise gebunden sind. Einen Tisch für 2 $ und 3 Stühle à 0,75 $ haben wir uns heute gekauft, und viel mehr brauchen

---

155 Professor Ifor Williams (1881–1965) wurde 1947 für seine Verdienste um die walisische Sprache und Kultur sogar geadelt.

wir nicht, Schränke sind überall eingebaut, sogar in der Küche und im Bad, ebenso überall *Beleuchtungskörper.* Man braucht nur die Birnen mitzubringen. Das Haus ist ein Privathaus, gehört Juden, der Portier ist auch ein Jude. Die Wohnung kostet 45 $ im Monat, das ist für hiesige Verhältnisse sehr wenig, bisher haben wir für unser eines dunkles Zimmer 30 $ gezahlt.

Lechner ist natürlich wieder voller Aufregung, daß man neue Verpflichtungen auf sich nimmt, aber wir konnten ja nicht ewig in dieser Bude hausen, die wir uns eigentlich nur für ein paar Wochen gedacht hatten und in der wir genau 5 Monate gelebt haben.

Mutti

Sibylle aus London an Eva Ortmann Lechner in New York

24. Februar 1937

Mein liebes Muttichen,

ich habe Henry nun also gesagt, daß ich denke, schon diesen Sommer nach Amerika zu fahren, und er sagte nur: »Ja, fahr nur recht bald, desto schneller kommst Du dann wieder zurück.« Er stellt sich vor, daß ich vielleicht schon diesen Herbst auf eine Universität gehen und dort 2 Semester oder 3 studieren soll und daß ich dann wieder nach London zurückkomme. Ich habe einfach nicht das Herz und den Mut, ihm zu sagen, daß ich mir das weitere ganz anders vorstelle. Ich werde ihn auch nicht haben, ehe ich aus London fort bin, und ich vertraue eben da auf das Schicksal, das es sowieso immer anders macht, als man denkt, und auf die Objektivität, die man durch die Entfernung gewinnt, und auf eine bessere Zeit.

Beschäftigst Du Dich überhaupt mit der amerikanischen Politik, oder ist sie sehr kompliziert? In England ist alles furchtbar kompliziert. Aber sicher scheint uns das nur so, weil uns das 3. Reich so an die Einfachheit und Gradheit in der Politik gewöhnt hat. Da gibt es weder Parteien noch Gewerkschaften, noch richtige Parlamente. Prachtvolle Leute.

Spanien ist furchtbar. Aber vielleicht passiert noch einmal so ein Wunder wie schon mal. Ich erinnere mich an einen Sonnabend im November, wo wir alle zusammensaßen bei Katjas Geburtstag und versuchten, uns zu amüsieren, und jeder dachte nur die ganze Zeit:

Heute fällt Madrid. Und auf dem Nachhauseweg habe ich mich mit Henry dann fast geschlagen (wörtlich), weil er sagte: »Madrid fällt nicht« und weil ich das einen »einfältigen Optimismus« nannte. Neulich habe ich einen Jungen gesprochen, den hatte man als »gefallen« verzeichnet, und seine Eltern hatten sich schon damit abgefunden, und erst einige Wochen später fand man heraus, daß er und ein Freund die einzigen Überlebenden in einer ganz furchtbaren Schlacht waren. Während seiner Ferien ist er in London und redet in Versammlungen. Hier wird jetzt überall ein Film gezeigt, leider nur klein und ganz dilettantisch, »the defense of Madrid«, mit einigen grauenhaften Bildern.

Nun aber genug Geklatsche für heute, und sei viele Male gegrüßt und Tausende von Malen geküßt von Deinem einzigen

Sibyllchen

Eva Ortmann Lechner aus New York an Sibylle in London

26. Februar 1937

Mein Liebes!

Ich habe heute Nachricht bekommen, daß ich am 3. März mein »first paper« herausnehmen kann. Nun könnte ich also das Affidavit für Dich ausstellen und den Antrag nach Washington absenden lassen.

Ich war heute am Hafen, um die Sachen vom Zoll-Inspektor untersuchen zu lassen. Als erstes öffneten wir den Wäschekoffer – er war halbleer, anscheinend bestohlen!! Nichts Neues, sagte unsere Hedwig. Anscheinend fehlen gerade die Sachen, die man ganz notwendig braucht, Laken und Überlaken. Genaues muß ich aber erst feststellen. Das nächste war eine Kiste; Scherben fielen uns entgegen, und zwar von dem schönen Fischservice. Zur Abwechslung bin ich diesmal nicht versichert, aber im Endeffekt kommt wohl alles auf das gleiche heraus: Was nicht durch Zufall ankommt und nicht ruiniert ist, das büßt man eben ein. Na, das sind nicht unsere größten Sorgen!

Mutti

P. S. Lechner läßt auch grüßen, Henry vielen Dank für seine Anschrift. Er ist ein komischer Junge, warum solltest Du mir von dem Mann, der einen Kuß haben wollte, nichts erzählen? So ein kleines Abenteuer gehört überhaupt zu einer richtigen Reise dazu.

Eva Ortmann Lechner aus New York an Sibylle in London

5. März 1937

Mein geliebtes Kleines!

Lechner war gestern zum Serkinkonzert. Er fand es *so* herrlich, daß er sagte, er könne sich kaum erinnern, daß jemand so schön gespielt hätte. Dort traf er Francesco, ging in seiner manchmal so naiven Art auf ihn zu und sagte: »Hören Sie, was ist denn nur los, ich habe ja tolle Sachen in der Zeitung über Sie gelesen (man hatte ein Feuilleton daraus gemacht: »Der Amokläufer«), das ist doch gewiß alles nur Unsinn?« Worauf Francesco sehr fröhlich antwortete: »Aber nein, es ist alles ganz, ganz richtig, ich wollte von der Bühne herunter Herrn W. (dem Direktor) einige Wahrheiten sagen, ich hätte das schon so im Rahmen des Stückes gemacht, daß das Publikum nichts gemerkt hätte.« Im übrigen behauptete er, er sei nicht betrunken gewesen, hätte aber vor Überarbeitung dicht vor einem Nervenzusammenbruch gestanden. Aus diesem Grunde hätte ihn sein Arzt zum Psychoanalytiker geschickt. Und zwar ist dies Herr Radó,[156] Heinrichs Lehrer, was sie sofort beim ersten Besuch festgestellt haben. Francesco war sehr aufgeräumt, sagte, er würde es jetzt »energisch in die Hand nehmen«, Heinrich herüberzuholen, Radó könnte ihm sehr viel helfen etc. Er schleppte Lechner ins Künstlerzimmer, stellte ihn Serkin vor: »Du kennst doch Fritz, Heinrichs Schwager, ein hervorragender Sänger« etc. Er tat also, als sei Lechner sein Busenfreund, dabei hat er ihn zweimal gesehen im ganzen. Leider, leider ist er nur so unzuverlässig und verrückt. Trotzdem will ich Heinrich, der seit Wochen ganz verstummt ist, darüber schreiben. Wenn er wirklich ernsthaft daran denkt herzukommen, könnte er ja mal direkt an Francesco schreiben. Wenn man gerade mal einen guten Moment bei ihm erwischt, tut er ja alles, was er kann, denn er ist ein anständiger Kerl. Vielleicht vom Leben *zu* sehr verwöhnt und daher übersättigt und verrückt und egozentrisch. (Obwohl dies eigentlich gegen meine Theorie verstößt, die behauptet, es sei viel einfacher, sich anständig

---

156 Sándor Rádó (1890–1972), ein aus Ungarn stammender Psychoanalytiker, der in Berlin, Wien und, nach seiner Emigration in die USA 1931, in New York tätig war.

und gut zu benehmen, solange es einem selber gutgeht, als wenn man Unglück und Sorgen hat und deshalb mit sich selbst beschäftigt ist.)

Deine Mutti

Sibylle aus London an Eva Ortmann Lechner in New York

15. März 1937

Liebe Mutti,

heute nur ein paar kurze wichtige Zeilen. Also, to make it short, ich habe mich von Henry getrennt, und nun habe ich eigentlich keinen Grund mehr, viel länger in London zu bleiben, besonders aber ohne Geld, und wenn es irgend möglich ist, mir die Papiere zu beschaffen, tue es doch *so bald wie nur irgend möglich.* Ich bemühe mich ja weiter um eine Stellung, und ich würde sie ja auch annehmen, nur um mal wieder was zu tun zu haben und zu verdienen. Ich kann ja jederzeit aufgeben.

Nachdem ich Dir gerade erst von Wohnungsprojekten und Osterreiseplänen geschrieben habe, wird Dir dies alles sehr unerwartet und unverständlich klingen – so wie es mir selbst erscheint. Aber es ist wirklich ganz endgültig, und wenn es auch ganz und gar nicht erfreulich scheint im Moment, so löst es mindestens das Problem Amerika auf einfachste Weise, und ich werde nun wirklich unter Europa einen großen Strich machen können.

Schreib mir mal ganz schnell, was ich alles evtl. zu tun habe. Wird es lange dauern? Es liegt mir wirklich daran, so kurze Zeit wie nur möglich in London zu bleiben. Ich kann und werde, wenn ich in Amerika bin, zunächst natürlich arbeiten, bis wir weitersehen können. Je mehr ich an Amerika und an Euch (umgekehrt) denke, desto faßbarer und leichter erscheint mir vieles.

Aber nun Schluß, und schreib *bald* !

Viele Küsse

Sibylle

Mach Dir keine Sorgen, ich bin sehr vergnügt!

Kapitel X

»Hier brennt einem der Boden unter den Füßen«

März 1937 bis September 1937

Eva Ortmann Lechners dringlichstes Anliegen war, ihrer Tochter zu helfen, ein Einwanderungsvisum für die Vereinigten Staaten zu bekommen. Sie bemühte sich, Geld von irgend jemandem zu leihen, um ihr Bankguthaben gerade so weit aufzustocken, wie nötig, damit die amerikanische Einwanderungsbehörde davon überzeugt wäre, daß sie vermögend sei, denn mit einer so vermögenden Mutter würde Sibylle dem Staat ja wohl kaum zur Last fallen. Hielte sie das Visum erst in Händen, sollte das Geld seinem Eigentümer umgehend zurückgezahlt werden.

Eva Ortmann Lechner aus New York an Sibylle in London

16. März 1937

Mein geliebtes Kleines!

Ich habe heute noch mal mit Miss Jankelson, unserer Freundin bei den Jewish Women, überlegt und durchgesprochen. Aus einem bestimmten Grunde möchte ich nämlich nicht mehr zu lange mit der Abfassung des Affidavits warten, und zwar weil *ich* jetzt noch in der Lage bin, ein festes Einkommen nachzuweisen, das ich mir vom Theater bestätigen lassen kann. Aber ich habe so ein Gefühl, als würde das nicht mehr allzulange dauern. Der Besuch ist sehr schlecht, wenigstens für ein solches Stück mit so großen Spesen. Jedenfalls sagte mir Miss Jankelson, daß es sehr wichtig sei, daß *ich* ein festes Einkommen habe, da Du doch zu mir kommst und sonst keine Verwandten hier hast. Übrigens sagte mir Miss J. auch, sie wüßte, daß der Konsul, sowie er sähe, daß Leute Geld hätten, sehr entgegenkommend wäre, nur, wenn er glaubt, es sei kein Geld da – und das ist ja bei den meisten aus Deutschland Kommenden der Fall –, dann soll er so ekelhaft sein. Also ich *muß* sehen, wo ich das Geld für kurze Zeit zusammengepumpt kriege, werde auch nochmals an Kurt schreiben. Es ist schrecklich, daß man immer nur arme Leute kennt um sich herum!

Einen rührenden Brief hatte ich heute von Frau Splett. Ich hatte ihr auf ihren vorigen verhältnismäßig schnell geantwortet, während meiner Freizeit in den Vorstellungen, und das hat sie offenbar hoch aufgenommen. Man kann es sich kaum vorstellen, daß jemand, der so merkwürdig lebt wie sie, eigentlich in gewisser Hinsicht mit dem Leben abgeschlossen hat, so viel wirkliches echtes Interesse an Menschen nehmen kann. Sie schreibt mir, wie sehr sie sich über alles, was ich ihr berichtet habe, gefreut hätte, über unsere »Erfolge«, wie sie es nennt, wie sie sich auch im Hinblick auf Dich freut etc. Ich habe gedacht, sie könnte sich überhaupt nicht »freuen«. Ich werde ihr bald wieder schreiben, habe allerdings vorher noch einige andere wichtige Schreibereien zu erledigen. U. a. wegen unserer Versicherung,[157] die Hans Rosenthal zur Zahlung aufgefordert hat und die all ihre alten Behauptungen wieder hervorholt. Ich werde ihnen jetzt einen langen Brief hinpfeffern, alles noch einmal zusammenfassen und an Eides-statt versichern. Dann werde ich alles vom Notar des hiesigen deutschen Konsulats beglaubigen lassen, und dann werden wir sehen, ob Hans damit etwas erreichen kann. Viel wird bestimmt nicht dabei herauskommen, denn es wird wohl keine Kleinigkeit sein, als jüdischer Anwalt für Emigranten im 3. Reich einen Prozeß zu führen gegen eine »deutsche« Firma.

Gestern war hier eine Massenversammlung von 25.000 Antifaschisten, ich wäre gerne hingegangen. Erika Mann hat gesprochen, sonst aber wohl nur Amerikaner, LaGuardia[158] u. a. Es war wohl als Antwort gedacht auf die wüsten Beschimpfungen, die Herr Goebbels – hier »little Joe« genannt – in seinem Angriff losgelassen hat. Hast Du das gelesen? Er spricht von dem Volk, »das die Füße auf den Tisch legt, in die Gegend spuckt und den Hut im Zimmer aufbehält«, und fragt, was man schon schließlich von solchen Leuten verlangen könnte. Aber den Vogel hat er abgeschossen, indem er die Versammlung, in der La-Guardia gesprochen hat, als eine solche von lauter *»Straßenmädchen«* und »übel berüchtigten Weibern« bezeichnete. Nun muß man diese alten Damen kennen. Die jüngsten werden so 50 Jahre sein, die Frauen der jüd. Honoratioren von New York. Bestimmt nicht nach meinem

157 Eva versuchte, den Wert ihres Eigentums zu ermitteln, das auf dem Transport verlorengegangen oder beschädigt worden war.

158 Fiorello LaGuardia (1882–1947), der fortschrittliche Bürgermeister New Yorks von 1934 bis 1945.

Geschmack, Angeberinnen und Wichtigtuerinnen, aber für den mühseligen und traurigen Beruf eines Straßenmädchens dürfte keine dieser Damen die geringste Eignung besitzen. Übrigens hat ein Brief einer der Damen an das Government, nämlich von Mrs. Wise, der Frau des größten Rebben von New York, die den Vorsitz hatte, genügt, um Mr. Dodd in Berlin zu einem offiziellen Schritt zu veranlassen. Es ist alles sehr komisch – aber leider ganz sinnlos. Man freut sich einen Augenblick, daß die Kerle mal hören, was ihnen schließlich bisher kaum einer zu sagen gewagt hat, aber besiegen wird man sie mit solchen Dingen gewiß nicht, es ist unnötige Kraftverschwendung.

Daß Du ein paar schöne Konzerte gehört hast, ist sehr vernünftig, ich konnte es ja leider nicht in diesem Jahr. Edwin Fischer ist ein herrlicher Pianist, besonders wenn er Beethoven spielt, ein Zwitter ist er keinesfalls, wahrscheinlich aber homosexuell. Übrigens war er der erste Mann von Eleonore v. Mendelssohn. Leider spielt er bei den Nazis, und als Serkin ihm in Prag begegnete und Fischer auf Serkin zueilen wollte, hat dieser ihm ohne Gruß den Rücken zugekehrt.

Deine Mutti

Sibylle aus London an Eva Ortmann Lechner in New York

18. März 1937

Habe ich Dir eigentlich von dem schönen Heifetz-Konzert geschrieben, zu dem mich Halla eingeladen hatte? Sonst war ich in letzter Zeit öfters mit Henrys Freund Thola zusammen, von dem ich Dir wohl schon mal geschrieben habe, ein furchtbar netter Junge aus Palästina.

Ein bißchen traurig werde ich wohl doch sein, hier wegzufahren – es erscheint einem von hier aus so weit und endgültig.

Sibylle

Eva Ortmann Lechner aus New York an Sibylle in London

20. März 1937

Mein geliebtes kleines Puppchen!

Von Löwenfelds aus Prag hatte ich gestern einen langen Brief. Sie scheinen ernste Absichten in bezug auf Amerika zu haben. Dabei geht es ihnen finanziell jetzt gut, wie sie schreiben, sie fangen bereits an, für ihre Amerikapläne zu sparen. Leicht ist es ja wirklich nicht für sie, nachdem sie sich fast 4 Jahre lang dort etwas aufgebaut haben, noch einmal von vorne anzufangen. Aber Heinrichs Paß läuft im August ab, er weiß nicht, ob er einen neuen bekommt, es ist unwahrscheinlich, aber nicht ganz unmöglich. Nun will er versuchen, ein amerik. Visum noch vor August zu bekommen. Ich muß ernsthaft mit Francesco reden, er muß ihm ein gutes Affidavit beschaffen. Stelle Dir vor, wie ich gestern ins Theater komme, stolziert Francesco freundlich und hochmütig wie immer über die Bühne, das Regiebuch in der Hand! Ich traute meinen Augen nicht. Nach so unrühmlichem Abgang hat dieser schlaue Hund es fertiggebracht, in allen Ehren wieder an seinen Posten zurückgeholt zu werden. Er hatte schon Lechner, als er ihn bei Serkin traf, erzählt, daß Reinhardt alle Tage seinetwegen aus Hollywood an den Direktor telegrafierte. Jetzt gibt er natürlich ganz groß an, erteilt neue Anweisungen und macht alles, was man während seiner Abwesenheit umgeändert hat, wieder rückgängig.

Was Deine Sache anbelangt, so wäre alles ganz leicht, wenn ich das bewußte Geld beschaffen könnte. Ich werde nächste Woche an Gott und die Welt deswegen schreiben.

Eben fällt mir ein: Schreibe mir doch bitte ganz genau, was Du dem Konsul damals von Deinem Stiefvater erzählt hast. Es wäre alles so einfach, wenn man ihn ausschalten könnte. Glaubst Du – nach Deiner bisherigen Unterhaltung –, daß der Konsul dann nach Deinem Stiefvater fragen wird? Könnte man vielleicht sagen, daß ich von diesem Mann wieder getrennt lebe? Aber ich glaube, das macht einen sehr schlechten Eindruck.

Deine Mutti

Andreas hat zu Masaryks Geburtstag mit großem Pathos ein Gedicht vorgetragen in der Schule. Ich finde das so komisch.

Sibylle hatte geschrieben, daß sie sich von Henry getrennt hatte und daß es »endgültig« sei.

Eva Ortmann Lechner aus New York an Sibylle in London

23. März 1937

Dein Brief hat mich natürlich sehr überrascht. Ich weiß ja allerdings nicht, was vorgefallen ist, da Du kein Wort darüber schreibst, aber ich glaube nicht so schnell, daß etwas »endgültig« ist, im allgemeinen. Auf jeden Fall werde ich tun, was ich kann, um Dir die Papiere für das Visum zu beschaffen.

Ich wäre ja so glücklich, wenn Du bald kämest, mein Geliebtes, ich kann es schon gar nicht mehr erwarten.

Mutti

Sibylle aus London an Eva Ortmann Lechner in New York

26. März 1937

Liebes Muttichen,

ich bin nun heute einen Vormittag in meiner neuen Stellung, um mich einzuarbeiten, im übrigen werde ich lieber erst warten, bis ich das Permit habe. Es scheint recht sympathisch, angenehm, und obwohl ich »die ersten zwei Monate« nur 3.10 £ bekommen werde und nachher 4 £, bin ich zufrieden und hoffe nur, daß ich dieses verdammte Permit bekomme.

Jeder Mensch sagt, nach Amerika bald zu fahren sei das einzig Vernünftige, und alle beneiden mich um die Aussicht.

Sibylle

Eva reiste nach Boston, um Lechner in der *Matthäuspassion* singen zu hören, die Kussewitzky dirigierte.

Eva Ortmann Lechner aus New York an Sibylle in London

27. März 1937

Mein liebes Kleines!

Eben bin ich von Boston zurück und gleich in die Nachmittagsvorstellung. Es war sehr interessant, denn dort lernte man mal das »andere Amerika« kennen, das es eben auch gibt – wohl nur nicht in New York. Leute, die Musik wirklich mit Begeisterung treiben und nicht aus Snobismus. Wundervoll war der Chor, bestehend aus Studenten der Harvard Universität, der berühmtesten von U.S.A. Es war ein schönes Bild, 500 junge Menschen, die Mädchen alle in ihrer Uniform, schwarze Talare mit weißen Bubikrägelchen. Und die Stimmen alle jung und frisch und begeistert, von der Musik wie auch von der Ehre, unter Kussewitzky singen zu können. Das Orchester ist wunderbar, die Solisten waren sehr gut, besonders die beiden Frauen, von den Männern hatte Lechner bestimmt die schönste Stimme, aber die anderen sangen auch gut und stilvoll. Das Publikum, unelegant und ganz anders als in New York, war begeistert.

Kussewitzky war reizend. Er schien sehr zufrieden und sagte, er würde ihn noch oft holen, sowie er einen Bariton brauchte. Allerdings macht er nicht viel Sachen mit Solisten, sondern meistens nur Symphonien. Dr. V. E. Wolff, der beste Begleiter und Cembalo-Spieler, den wir in Deutschland hatten, hat auch mitgewirkt und die Rezitative begleitet, ganz hervorragend. Eine Zeitung hat über ihn und Lechner schlecht geschrieben, offenbar ein Mann, der sich ärgert, daß man Ausländer engagiert. Lechner war ganz verstört. Die anderen Zeitungen schrieben meist »vorzügl. Solisten«, und dann folgten die Namen.

Kussewitzky ist anscheinend schon zu alt, um solch ein Werk zu meistern, manche behaupten, er hätte niemals Bach dirigieren können, tut es auch erst zum *zweiten* Mal in seinem Leben, aber die Bostoner sind ganz verrückt mit ihm und beten ihn an, er kann tun, was er will. Er hat Lechner übrigens von meinen Eltern *vorgeschwärmt* und wie er ihnen *zu Dank verpflichtet sei*. Er sei als armer Kerl mit Empfehlungsbriefen aus Rußland gekommen zu Papa; der hätte in seinem Hause einen Riesenempfang arrangiert und die wichtigsten Musikleute eingeladen, und er, Kussewitzky, hätte gespielt. Am nächsten Tag hätten in allen Berliner Blättern Berichte gestanden über ihn, und dies sei der Anfang seiner Karriere gewesen. Ich finde es fabelhaft anständig, daß er sich daran so erinnert, die meisten Leute wünschen so etwas sehr schnell zu vergessen. Auch von meiner Mutter hat er Lechner erzählt, was das für eine wunderbare Frau gewesen wäre und wie klug. Frau Kussewitzky habe ich auch kennengelernt, sie hat mich gefragt, was meine »kleinen Brüderchen machen«.

Francesco hatte mir, als ich vorgestern abend nach Hause kam, einen Brief mit Hin- und Rückfahrkarte durch die Tür stecken lassen. Dabei war er bereit, sowohl Dir wie auch Heinrich ein Affidavit zu geben. Er hat auf der Bank 9700 $, allerdings gehören sie seiner Mutter, aber sie liegen auf seinen Namen. Offenbar ist er damit eingewandert. Aber er kann an das Geld nicht heran ohne die Unterschrift seiner Mutter. Die hat das in weiser Voraussicht schon so eingerichtet. Ich bin schon wieder so beunruhigt, daß ein Krieg kommen kann und Du dann noch in England sitzt. Mussolini hat doch klar und deutlich ausgesprochen, daß er *niemals* einen Sieg der Loyalisten dulden würde. Und wenn sich die auch bis jetzt so gehalten haben, daß es wie ein Wunder ist, wenn Mussolini wirklich will, *muß* er ja stärker sein. Und was werden dann die Engländer tun?? Ich finde die Situation ganz schrecklich in jeder Hinsicht!

Mein geliebtes Kleines, wenn ich Dich hier vom Schiff abholen werde, werde ich restlos glücklich sein. Ich kann es jetzt schon gar nicht mehr erwarten.

Mutti

Sibylle aus London an Eva Ortmann Lechner in New York

30. März 1937

Mein liebes Muttichen,

Du magst nicht ohne weiteres an den Begriff »endgültig« glauben, aber irgendwo hört jedes Ding mal auf, und dann ist das »endgültig« endgültig. Ich habe mich übrigens mit Henry gar nicht gezankt (dafür aber mit seiner Mutter). Wenn Du denkst, ich sei jetzt sehr unglücklich und entmutigt, so wäre das eigentlich eine ganz vernünftige Vermutung – so wie Du Deine Sibylle kennst. Aber tatsächlich bin ich so vergnügt und glücklich, wie ich es ganz selten in meinem Leben gewesen bin. Es klingt ein bißchen komisch, und es erscheint ein bißchen komisch – aber ich war in den letzten 14 Tagen, seit genau 2 Tagen nach dem endgültigen Bruch mit Henry, jede freie Minute mit dem Thola zusammen, von dem ich Dir schon geschrieben habe, und wir sind sehr befreundet. Das ist kein Verzweiflungsakt, sondern einer der merkwürdigen Zufälle im Leben. Ich bin sehr froh und denke nicht zu weit. Thola (den Du wohl leider nie sehen wirst) ist einer der richtigen Götterlieblinge, von dem jeder Mensch beim ersten Anblick hingerissen ist. Bildhübsch, eigentlich schön, klug, intelligent, begabt, tüchtig, nett, jung, temperamentvoll, liebenswürdig. Ich schreibe das nicht aus Schwärmerei, sondern weil es mir immer noch unfaßlich ist, daß ein Mensch so ungerecht viel von allem haben kann. Er ist 1 Monat jünger als ich, Halla und er kennen sich seit 10 Jahren, und wir drei sind wirklich ein feines Kleeblatt.

Die letzte Woche habe ich eigentlich nichts getan, war nur ab und zu spazieren, ins Kino und Theater gegangen, zu Hause gesessen. Thola hat mir viel vorgelesen, besonders Heine. Er ist ein mißglückter Schauspieler, rezitiert fabelhaft (ich mußte oft an die Abende zu Hause denken, wenn Lechner vorgelesen hat). Dann haben wir immer viele Leute dagehabt zum Kaffee oder zum Mittag – so viele, daß Mrs. Sheehan es verboten hat. Aus allen Osterplänen ist nichts geworden, weil Paul krank geworden ist, aber so war es sehr schön und geruhsam.

Nur gestern abend gab es bei mir zu Hause einen furchtbaren Krach zwischen Henry, der sich die Maschine holen kam, und Thola – der häßliche Abschluß eines wunderschönen Tages, wo wir vormittags zu 10t auf dem Bank-Holiday-Rummel auf Hampstead Heath gewesen waren, uns dort herrlich amüsiert hatten, nachmittags alle bei mir gewesen waren und Thola und ich uns einen ruhigen Abend zu Hause gemacht hatten.

Sibylle

Eva Ortmann Lechner aus New York an Sibylle in London

6. April 1937

Mein liebes Sibyllchen!

Heute morgen kam der erwartete Queen-Mary-Brief. Es ist ja schön, daß Du anfangen kannst zu arbeiten. Wenn das home-office das erlaubt, dann werden sie Dir ja wohl auch das permit geben. Heute nachmittag war Renate bei mir zum Kaffee.

In Palästina sind schon wieder Unruhen, hat ihre Mutter geschrieben, 5 Juden sind totgeschlagen von den Arabern. Sie hat mir überhaupt so allerhand von dort erzählt, das ist ja alles ganz schrecklich. Das ist doch bestimmt eine totgeborene Sache. Jetzt ist bereits eine große Arbeitslosigkeit dort, und dabei wollen immer mehr Juden hin! Doppelt schlimm, weil es ja für viele der einzige Ausweg ist und weil andererseits so viel Geld, Kraft und Idealismus dafür aufgebracht wurde! Hier besonders sind fast alle führenden Juden, Rabbiner etc., Zionisten, wahrscheinlich weil sie so weit vom Schuß sind, da möchten sie gerne die anderen dahin verfrachten.

Liselotte Steinbrecher will hierherkommen, sie hält es angeblich in

Deutschland nicht mehr aus. Renate und eine Freundin von Lilo suchen jetzt hier eine Stellung für sie als Köchin, das ist die einzige Möglichkeit, daß sie ein Visum bekommt. Aber sie muß dann wirklich ein Jahr Köchin sein. Allerdings ist mir unklar, wie man das hier in diesem Land kontrollieren will. Ich nehme aber an, es wird ihr trotzdem nicht gelingen beim Berliner Konsul.

Mutti

Sibylle aus London an Eva Ortmann Lechner in New York

8. April 1937

Mein liebes Muttichen!

Du schreibst, ich könne entweder im Mai oder im September fahren, in den Sommermonaten sei es zu heiß. Besorge ich mir also bald ein Visum, so werde ich eben noch 4–6 Wochen arbeiten, eine Woche brauchen, um meine Sachen zu ordnen, und dann bald losfahren.

Falls ich erst Ende des Sommers führe, hatte ich geplant, ev. mit Thola, der nach Palästina Ende Juli von Triest fährt, nach Italien zu trampen, Carla zu besuchen, mir Florenz anzusehen etc. – d.h. also, meinen alten Traum wahr zu machen und noch »Europa zu genießen«, ehe ich in die Neue Welt verschwinde. Das steht und fällt ja mit der Partnerschaft, und da Thola im Juli sein Examen macht und dann für die Ferien nach Hause fahren möchte, hatten wir uns das neulich so nett ausgemalt, und es täte mir leid, wenn daraus wieder gar nichts werden würde. Andrerseits ist es ja lächerlich, nach so etwas sein Leben einzurichten, und vielleicht wäre es tatsächlich besser, wenn ich jetzt schon nach NY führe, dort vorläufig arbeiten und abends Abendkurse nehmen würde.

Im Moment täte es mir sicher furchtbar leid fortzufahren, denn ich fühle mich jetzt so wohl und vergnügt wie noch nie. Aber am Ende des Sommers wäre es sicher noch schlimmer, und außerdem bin ich ein vernünftiges Mädchen und betrachte diese Zeit jetzt nur wie einen netten Holiday, und je länger der Holiday ausgedehnt ist, desto schwerer wird es mir wohl fallen, so oberflächlich zu bleiben.

Sibylle

Eva Ortmann Lechner aus New York an Sibylle in London

10. April 1937

Mein liebes Kleines,

ich muß noch etwas korrigieren, was ich Dir neulich schrieb und was mir gleich sehr unwahrscheinlich schien. Aber Renate hatte es mir bestimmt gesagt, und ich glaubte, daß sie über diese Dinge wirklich gut orientiert sei: Also, Kommunismus ist *nicht* verboten hier, ich konnte es mir auch schon deshalb nicht denken, weil doch hier eben nichts verboten ist. Jedenfalls für »citizen« ist es nicht verboten. Aber es ist natürlich wenig gern gesehen – es gibt im ganzen überhaupt nur 4 Millionen in ganz U.S.A. –, und bei noch nicht Eingebürgerten nimmt man es unter Umständen zum Grunde einer Deportation, indem man sagt, der Betreffende sei *Anarchist* und gefährde den Staat. Renate ist wirklich ein komisches Mädchen, sie rennt zu allen antifaschistischen Versammlungen, ist in irgendeiner Jugendgruppe, und dann weiß sie noch nicht mal richtig Bescheid.

Sei geküßt, mein Bestes, von Deiner

Mutti

P.S. Was sagst Du übrigens zu dem illegalen Sender, der alle Abend um 10 Uhr in Deutschland zu hören ist? *Das* ist mal wirklich eine großartige Sache. Hast Du davon gelesen oder gehört?[159]

Eva Ortmann Lechner aus New York an Sibylle in London

11. April 1937

Mein liebes Sibyllchen!

Wir haben Nachmittagsvorstellung, und die kann ich nicht besser ausfüllen, als Dir zu schreiben, zumal mir etwas einfiel, was ich bisher immer vergaß. Renate erzählte mir neulich, daß Euer früherer Direktor der F.B. Schule[160] pensioniert sei wegen Nicht-Nazismus und daß

---

159 Dieser Sender, angeblich von Gegnern des Nationalsozialismus innerhalb Deutschlands betrieben, war in Wirklichkeit ein sowjetisches Unternehmen und sendete aus Barcelona. 1939, nach der Unterzeichnung des sogenannten »Hitler-Stalin-Pakts«, gaben die Sowjets in ihrem Eifer, alle Differenzen der Vergangenheit zu übertünchen, vor, der Sender sei in Wirklichkeit von der französischen Regierung auf französischem Boden betrieben worden.

160 Der Direktor war ein Dr. Küchling.

vorläufig Frl. Mazura die Direktionsgeschäfte erledigt, bis ein neuer gefunden ist. Ich meine, Du solltest daher diese Situation ausnutzen und *jetzt* an die Schule schreiben, wie ich Dir schon einmal riet, ehe sie einen Nazi-Direktor einsetzen. Die Mazura war doch immer anständig und kennt Dich so lange, sie wird Dir sicher alles schicken, was Du brauchst. Schreibe – natürlich ganz unpersönlich – »an die Schulleitung der F.B.Sch.«, Du gingest in Kürze nach Amerika und hättest die Absicht, dort eine Universität zu besuchen. Du bätest deshalb um eine Bescheinigung darüber, wie lange Du die Schule besucht hast und *wieviel Jahre* Du in den einzelnen Hauptfächern, also wohl Latein, Französisch, Englisch, Deutsch, Mathematik, Unterricht hattest. *Ganz abgesehen* davon wärest Du sehr dankbar und man würde Dir damit Deine Aufnahme in ein College (Universität) *sehr* erleichtern, wenn man Dir einen ganz kurzen Bericht über *Führung* und *Leistungen* während Deiner Schulzeit ausstellen würde. Deine Schulzeugnisse nützten Dir in dieser Hinsicht nicht viel, da die amerikan. Schulbehörden aus den dort nicht gebräuchlichen Noten 1, 2, und 3 keinen richtigen Eindruck über Deine Leistungen gewinnen könnten. Du mußt natürlich sehr nett schreiben, die Mazura wird ja sicher den Brief in die Hand bekommen und ist, glaube ich, für Höflichkeit und gute Form besonders empfänglich.

Sonst hat sich seit gestern, wo ich Dir schrieb, natürlich nichts ereignet. Hast Du gelesen, daß eine sogenannte »Freiheitspartei« ganz Deutschland und speziell Berlin mit Drucksachen per Post überschwemmt, in denen sie Absetzung der Regierung, Rede- und Pressefreiheit und neue freie Wahlen fordern? Sie behaupten, Fritsch und Schacht[161] ständen hinter ihnen und Leute aus allen Parteien von den Deutschnationalen bis zu den Sozialdemokraten. (Kommunisten sind nicht erwähnt.) Tolle Sache, nicht? Ich weiß nicht, wieso, ich habe plötzlich so ein Gefühl – zum ersten Mal in all den Jahren –, als wenn dieser Spuk doch irgendwie ein Ende nehmen könnte! Aber wahrscheinlich ist das Unsinn!

---

161 General Werner Freiherr von Fritsch war bis 1938 Oberbefehlshaber des Heeres, Hjalmar Schacht war bis 1939 Reichsbankpräsident und bis 1937 zugleich Wirtschaftsminister.

Dienstag, 13. April

Deinen Optimismus in bezug auf Spanien teile ich leider immer noch nicht. Ich glaube nämlich nicht daran, daß Mussolini die Sache aufgeben wird, das ist doch ein Wahnsinniger. Aber hoffen wir, daß ich mich irre. Die ganze Wendung, nachdem man schon alles für verloren hielt, ist jedenfalls phantastisch.

Ich muß Dir noch schnell erzählen, daß unser Goldman gestorben ist. Lechner wünschte ihm heute einen Besuch abzustatten, um ihm von Boston und Florida zu erzählen, ging in sein Büro in die 5th Av. und erfuhr dort von seinem Sekretär, daß er am vorigen Sonntag gestorben ist. Eine peinliche Sache, denn der Sekretär, der den blinden Mann seit 25 Jahren betreut, war ganz aufgelöst vor Kummer und auf der andern Seite entrüstet, daß Lechner nicht einen der vielen Nachrufe gelesen hat, die über diesen Mann in allen Zeitungen standen. Wieso mir das entgangen ist, ist mir auch nicht ganz klar. Mir fuhr noch nachträglich der Schreck in alle Glieder wie dem Reiter übern Bodensee: Stell Dir vor, der liebe Gott hätte den Mann 4 Monate vorher sterben lassen! Wir wären noch heute nicht eingewandert. Übrigens war es schon damals immer meine Angst. Ich habe damals Miss Jankelson gesagt, als sie ihren Besuch bei Goldman um ein paar Tage verschieben wollte: »Gehen Sie nur schon lieber morgen hin, bei meinem Pech stirbt uns der Mann, ehe er das Affidavit unterschrieben hat.« Er war, glaube ich, 84 Jahre. Lechner war aufrichtig betrübt, er fühlt verwandtschaftlich für ihn, und außerdem konnte er ihm doch nun nicht mehr von seinen Erfolgen berichten!

Unsere Vorstellung schließt, und morgen früh geht die Normandie. Darum für heute Grüße und Küsse, mein Kleines, von Deiner

Mutti

Sibylle aus London an Eva Ortmann Lechner in New York

13. April 1937

Liebes Muttileinchen!

Nur ein paar Zeilen heute, weil ich einfach keine Zeit habe. Im Büro ist jede Sekunde eingeteilt und müßte eigentlich doppelt so lang sein, um alles zu schaffen. Aber dafür kriege ich diese Woche auch schon 4 £. Natürlich schnappe ich nach meiner übermäßigen Sparsamkeit bereits wieder über und habe diese Woche nicht nur Milchrechnung (für 6 Monate) bezahlt, sondern mir so einiges gekauft. Z.B. ein süßes Kostüm für *1 £!* Dunkelblau, und eine kleine hübsche gestreifte Bluse. So neu eingekleidet, sitze ich bei Goldbergs und schreibe, Goldberg und Halla spielen Poker, Frau Goldberg handarbeitet, Thola macht Mathematik. – Kurz, ein Familienidyll.

Am Sonntag hat mich Ursel zu Kreisler[162] eingeladen. Es war das uninteressanteste Konzert, das unfeierlichste, was ich je gehört habe, dabei hat er schön gespielt. Aber geärgert hat es mich, daß der eingebildete Fatzke sich vor *10.000* Leute setzt, die *sehr begeistert* klatschen, und nicht eine Zugabe macht.

Sibylle

Eva Ortmann Lechner aus New York an Sibylle in London

17. April 1937

Mein liebes Sibyllchen!

Hast Du gelesen, daß in Deutschland, außer dem Gottesdienst, *alle* jüdischen Veranstaltungen auf die Dauer von 2 Monaten verboten worden sind? Sogar Sportvereine und alle Umschulungs- und Sprachkurse fallen darunter. Kulturbund war nicht extra erwähnt, aber er ist natürlich auch mit einbegriffen.

Mutti

Sibylle aus London an Eva Ortmann Lechner in New York

19. April 1937

Liebes Muttichen,

ich will morgen gleich an die Mazze[163] schreiben – so wie Du gesagt hast. Mit Küchlings Pensionierung war zu rechnen. Tut mir leid.

Gestern habe ich unseren sympathischen Hausgenossen P. Lorre im Film »Secret Agent« gesehen. Das mit dem Goldmann von einem

---

162 Der aus Österreich stammende virtuose Geiger und Komponist Fritz Kreisler hatte 1933 seinen Wohnsitz von Berlin nach Paris verlegt. Als Jude hatte er in Deutschland Auftrittsverbot.

163 Dr. Olga Mazura von der Fürstin-Bismarck-Schule trug den Spitznamen »Mazze« nach dem ungesäuerten Brot, das die gläubigen Juden zum Pessachfest essen.

Goldman hat mich auch aufgeregt, als ich es las. Wer ist der Reiter überm Bodensee?

Sibylle

Eva Ortmann Lechner aus New York an Sibylle in London

20. April 1937

Mein liebes Sibyllchen!

[...] Es ist alles ganz einfach – bis auf die verflixte Geldsache. Der Mann, von dem ich Dir schrieb, will uns einige Tausend geben, vielleicht, zunächst ist er aber erst mal 11 Tage verreist. Francesco will mir plötzlich auch 3000 $ geben, aber nach all den verrückten Sachen, die er sich in der letzten Zeit geleistet hat.

Ich weiß wohl, wie schwer es ist, sich immer wieder loszureißen, und ich glaube, daß ich es Dir damals in Berlin vorausgesagt habe. Ich kann Dir ja hier auch noch gar nichts bieten, vor allem keinen Kreis netter junger Menschen, wie Du ihn dort hast. Das ist ja auch der Grund, warum ich Dich nicht so bedrängt habe herzukommen, bisher. Denn wie sehr Du mir an sich in jedem Augenblick fehlst, mein Liebes, das weißt Du ja! Aber ich denke, wenn im Sommer doch alle wegfahren, so wird das vielleicht der richtige Moment sein. Mehr kann ich Dir im Augenblick darüber auch nicht sagen. Ich freue mich, daß Du so vergnügt und guter Stimmung bist, Du glaubst gar nicht, *wie* sehr; wenn Du mir so etwas schreibst, bin ich auch gleich den ganzen Tag vergnügt.

Seit einigen Tagen ist hier Sommer. Der Central Park ist fast über Nacht grün geworden. Gestern abend, an meinem freien Montag, gingen wir ein bißchen spazieren und kamen schließlich zum Columbus-Circle, dort stehen mitten auf dem Platz die Redner wie im Hyde-Park. Eigentlich ist es verboten, denn sie stören natürlich den ganzen Verkehr. Aber da gibt es ein anderes Gesetz, das heißt, unter dem Sternenbanner herrscht Redefreiheit, und so nehmen die Leute einfach eine amerikanische Fahne in die Hand – und dann können sie reden, soviel sie wollen. Wir haben fast 2 Stunden dort verbracht, es war hochinteressant: ein kommunistischer Neger, ein alter frommer Neger, Faschisten, alles durcheinander. Den Vogel schoß eine Sängerin ab, eine arme Verrückte, die dort alle Tage erscheinen soll. Sie sang, unter dem Gejohle der Leute, mit grauenhafter Stimme, tänzelte auf ihrer Kiste umher wie auf einem Podium, bat die Umstehenden, nicht zu rauchen. Es war eigentlich schrecklich anzusehen, aber sie fühlt sich offenbar sehr wohl und befriedigt, daß sie sich so produzieren kann. Lechner schloß Freundschaft mit einem Baptistenprediger, der ihm versprach, am 4. Mai sich seine Radiostunde anzuhören und dann an die Station zu schreiben. Eben – vor dem III. Akt – kommt Francesco, ich soll ihn morgen früh anrufen, er hätte *sehr* wichtige Sachen mit mir zu besprechen. Ich bin nur leider jetzt so skeptisch, vielleicht ist er morgen früh wieder betrunken.

Deine Mutti.

P. S. Kreisler soll ein sehr anständiger Mensch sein und eigentlich kein Fatzke. Im Kriege hat er fast den gesamten Erlös seiner Konzerte für arme Kinder gegeben.[164]

Eva Ortmann Lechner aus New York an Sibylle in London

27. April 1937

Mein geliebtes Kleines!

Ich hatte die feste Absicht, Dir heute Deine Papiere abzuschicken, aber nun wollen wir noch auf jemanden warten, der übermorgen von der Reise kommt und uns eigentlich 2000 Dollar versprochen hat. Es wäre ganz gut, wenn wir die noch hätten, dann sähe die Sache schon ziemlich stattlich aus, und ich denke, je besser es aussieht, um so weniger Fragen wird der Konsul stellen. *Falls* er Dich über diese finanziellen Dinge fragt, so weißt Du von *nichts*. Wenn der Konsul nicht ein absolut bösartiger Kerl ist, und das soll er in Fällen, wo Kinder zu den Eltern fahren wollen, *nicht* sein, dann mußt Du das Visum eigentlich ziemlich glatt bekommen. Gehe möglichst *sofort* hin, sobald Du alles beisammen hast. Das ist aus vielen Gründen sehr wichtig. Er-

---

164 Kreisler war im Ersten Weltkrieg schon früh zum Dienst in der österreichisch-ungarischen Armee eingezogen worden. Seine Frau war Krankenschwester in einem Lazarett und kümmerte sich um sterbende Soldaten, Österreicher wie russische Gefangene, deren größte Sorge das Schicksal ihrer Kinder war. Ihnen hatte sie versprochen, daß sie gemeinsam mit ihrem Mann, wenn er heil nach Hause komme, für die Kinder sorgen werde. Zeitweise hatten sie daher mehr als 20 vaterlose Kinder zu versorgen, und Kreisler gab Konzerte zu deren Gunsten.

stens weil das Theater schließt, vor allem aber weil ich das Geld möglicherweise *sehr* schnell zurückgeben muß, da Francesco es für eine andere Freundin braucht. Und für den Fall, daß der Konsul doch eine Rückfrage bei der Bank macht, muß es noch da sein.

Der Reiter übern Bodensee ist eine Figur aus einem alten Gedicht, Echtermeyer. Jedes Kind kannte das früher; es war eine grausige Geschichte von einem Mann, der in dunkler Winternacht über ein Schneefeld reitet und, als er nachträglich erfährt, es sei der zugefrorene Bodensee gewesen, vor Schreck tot vom Pferd fällt. Er ist also gewissermaßen ein Symbol für einen nachträglichen und daher unnötigen Schreck.[165]

Peter Lorre habe ich hier in allen Zeitungen abgebildet gesehen, den Film selbst allerdings nicht. Und in der Idee, daß sie sich in Berlin ruhig ein bißchen ärgern sollen, daß die Juden überall Erfolge haben – und weil ich doch auch Stoff zum Schreiben brauchte –, habe ich darüber in großer Form an Frau Schurak berichtet. Daraufhin hat Frau von Baum, an die da alles offenbar gleich weiterging, beschlossen, P. Lorres noch in ihrem Besitz befindliches Eigentum zu versteigern, da er ihr noch Geld schuldete. Ich habe dem Herrn also einen schlechten Dienst erwiesen. Aber es tröstet mich, daß laut Devisenverordnung a.) Frau von Baum keinerlei Verkauf von Sachen eines Devisenausländers vornehmen darf, b.) er ja praktisch doch gar nicht in den Besitz der Sachen kommen kann, da er nicht richtig ausgewandert ist. Also, mein geliebter kleiner Mensch, laß Dich tausend und aber tausend Mal küssen und umarmen. Wenn ich es nur schon endlich in Wirklichkeit tun könnte!

Deine Mutti

Eva Ortmann Lechner aus New York an Sibylle in London

30. April 1937

Mein geliebtes kleines Engelchen!

Heute morgen klingelte es Sturm! Ich wachte aus einem furchtba-

---

165 Gemeint ist Gustav Schwabs Ballade *Der Reiter und der Bodensee,* die sich beispielsweise in der seinerzeit sehr populären *Auswahl deutscher Gedichte für höhere Schulen,* herausgegeben von Theodor Echtermeyer, findet.

ren Traum auf: Ich sollte »Aida« auf der Bühne singen und hatte den Text vergessen, und es klingelte immerzu, damit der Vorhang aufgehen sollte – aber schließlich war es der Briefträger, der mir Dein Bild brachte. Ich finde es *reizend,* so natürlich und nett und dabei doch eine künstlerische Aufnahme! Es prangt bereits in unserm Wohnzimmer auf dem Bücherregal.

Deine Mutti

Sibylle aus London an Eva Ortmann Lechner in New York

4. Mai 1937

Mein liebes Muttichen,

ich bin fest dazu entschlossen, wie ich es Dir nun schon oft geschrieben habe, nach Italien zu trampen, vorausgesetzt, daß mir das Woburn House die Reise (nach Amerika) bezahlt. Wir werden nun vielleicht etwas langsamer fahren, in Paris zur Weltausstellung halten und dann durch die Schweiz und Italien nach Ruta, dort ein bißchen bei Carla bleiben, wo ich mich noch schön ausruhen werde.

Ich muß Dir noch schnell erzählen, daß der Erste sehr, sehr fein gewesen ist – nur leider habe ich mich halbtot gelaufen, da ich mich nämlich nicht sehr wohlfühlte; ich war auch den ganzen Nachmittag so gereizt, daß ich mich mit Gott und der Welt gezankt habe, dabei fand ich es eigentlich sehr schön. Eine enorme Demonstration wie noch nie, herrlichstes Wetter dazu – es kam alles Gute zusammen, Busstreik und das Sinken des Francoschen Kriegsschiffes.[166] Der Freudentag war also wirklich einer, nicht nur gekünstelt. Thola holte mich von der City[167] ab, wir aßen erst gut Mittag, liefen dann zu den Embankments an der Themse entlang, dort versammelte man sich. Es war ein schöner Treffpunkt, besonders bei dem guten Wetter, die Versammlung ungeheuer bunt, im Zeichen von Spanien und Einheitsfront, wir hatten entweder die spanische Nationalflagge oder das Unity-Abzeichen angesteckt. Henry trug ein riesenhaftes Bild von

166 Die *España,* ein Kriegsschiff der Nationalisten, war am 30. April auf eine Mine gelaufen und gesunken.

167 Das Büro, in dem Sibylle arbeitete, lag in der Innenstadt, in Upper Thames Street, etwas nördlich der Themse.

Jose Diaz.[168] Man traf natürlich alle Menschen außer denen, mit denen man sich verabredet hatte, und schließlich ging der lange Marsch (20.000 Menschen) die Coronation Route entlang mit sehr viel Zuschauern auf beiden Seiten der ganzen Strecke entlang und viel Sonne und Gesang und »Yelling«.

Sibylle

Eva Ortmann Lechner aus New York an Sibylle in London

4. Mai 1937

Mein geliebtes Kleines!

Das war heute ein ganz verrückter Tag, und Du bist dadurch zu kurz gekommen. Die Hauptschuld hatte natürlich Francesco, der immer verrückt mit seiner und anderer Leute Zeit umspringt. Den Nachmittag hatte ich mir reserviert, um in aller Ruhe und ausführlich an Dich zu schreiben, da rief plötzlich Francesco an, ich müßte sofort zu einer Probe kommen, ich solle übermorgen ein Schubertlied mit Cello-Begleitung singen bei einer Veranstaltung zum Besten der Spanier. Ich habe das Lied noch nie vor Augen gesehen oder gehört, es ist 9 Seiten lang, aber an sich nicht schwer, nur sind 2 Tage ein bißchen wenig, um es gut zu lernen. Hier ist jetzt eine wahre Hausse in deutschen Immigranten, das »Jewish Council« ist überfüllt, und der Konsul in Cuba hat ein höfliches Schreiben geschickt, er bitte, nicht mehr als 3 Leute *täglich* hinüberzuschicken, er könne sie sonst nicht abfertigen! Man teilt also die Leute jetzt ein, und Jospe ist bereits gesagt worden, er könne nicht vor 2 Monaten dorthin fahren, da man sich diese letzte Einwanderungsstelle nicht verärgern will.

U.a. erschien neulich ein Dr. Ehrlich bei uns, ein Dirigent, von dem Lechner schon sehr viel Gutes gehört hatte, z.B. in Antwerpen. Weiler hatte ihn uns geschickt. Leider ist der Mann völlig neurasthenisch, eigentlich ein Psychopath und so egozentrisch, daß ich nach 5 Minuten wütend wurde und ihn anschrie. Das hat ihm anscheinend großartig gefallen, denn als er 2 Tage später Lechner auf der Straße

---

168 Der ehemalige Schuhputzer José Díaz Ramos war Sekretär der spanischen Kommunistischen Partei und für seine Unabhängigkeit von Moskau bekannt; er starb 1942 unter mysteriösen Umständen in der UdSSR, möglicherweise wurde er ermordet.

traf, schwärmte er ihm von mir vor. Dabei gebe ich diesen Mann von vorneherein als völlig hoffnungslosen Fall auf. Übrigens ist er wie auch seine Frau bei all ihrer praktischen Unbegabtheit von unglaublicher Frechheit. Als erstes haben sie sich ein prächtiges Apartment für 65 $ gemietet. Ich schloß daraus, daß die Leute Geld hätten. Aber er erzählte strahlend, daß sie im ganzen 120 $ mitgebracht hatten, der »Council« müßte ihnen eben weiterhelfen. Wenn ich bedenke, wie wir uns eingeschränkt haben, monatelang in einem Zimmer gelebt und jeden Dollar umgedreht haben. Unsere Wohnung fanden sie »sehr nett«, bemängelten aber den fehlenden Elevator und daß ich keine »richtige« Küche, nur Kitchenett hätte! Gestern riefen uns ununterbrochen Leute an, denen er *unsere* Telefonnummer statt seiner eigenen gegeben hatte, dieser Trottel.

7. Mai. 1937

Ich schreibe heute erst weiter, da inzwischen kein Schiff abging. Ich wollte diesen Brief eigentlich mit dem »Hindenburg« abschicken!![169] Was sagst Du nur zu dieser Sache? Ganz New York spricht von nichts anderem. Es ist auch wohl das tollste Unglück, was seit langem passiert ist. Die Leute waren eigentlich schon angekommen, winkten aus den Fenstern ihren Angehörigen zu, die sie erwarteten, um im nächsten Augenblick vor deren Augen zu verbrennen oder sich zu Tode zu springen. Es muß ganz grauenhaft gewesen sein. Natürlich tauchen bereits Gerüchte auf, daß es sich um einen Sabotage-Akt handelt, und ich bin überzeugt, in wenigen Tagen werden die deutschen Zeitungen die Juden oder die Kommunisten verantwortlich machen. Viele Juden, z. B. unser Portier und auch ein Sänger aus unserm Theater, hatten das Luftschiff am Nachmittag gesehen und, als ihnen die Hakenkreuzfahne entgegenleuchtete, den jüdischen Fluch »verbrennt sollt' es sein« ausgerufen. 2 Stunden später tat ihnen Gott den Gefallen.

Über diese Sache hat man sogar die Coronation vergessen, die sonst alle Spalten füllte. Euer König scheint prächtig und sehr geeig-

---

169 Das Luftschiff »Hindenburg« war am 6. Mai beim Andocken in Lakehurst, New Jersey, in Flammen aufgegangen. Auf seiner Reise hatte es zuvor New York City überflogen.

net für einen solchen Posten. Lechner sah ihn neulich im Kino, er stotterte, das Publikum lachte laut.

Die Spanienveranstaltung, die gestern stattfand, war völlig mißglückt wie alle Sachen, die Francesco unternimmt. Er ist eben *zu* verrückt und auch wohl zu größenwahnsinnig. Das Ganze begann um 12 Uhr, nach der Vorstellung, da es von unserem Theater ausging. Die Leute hatten nicht das geringste Interesse für Spanien, sondern wollten nur saufen und tanzen und ließen daher voll sichtlicher Ungeduld alle »Darbietungen«, darunter auch die meine und Francescos, an sich vorüberziehen. Sogar ein Mann, der vor 3 Wochen aus Spanien gekommen war und darüber sprechen wollte, konnte sich kein richtiges Gehör verschaffen. Ich finde so etwas entsetzlich peinlich, wenn es sich um so ernste Probleme wie »Spanien« handelt. Ich fürchte auch, daß so gut wie gar kein Geld eingekommen ist, eben weil die Leute völlig interesselos waren. Schreckliche Welt!

Mutti

Sibylle aus London an Eva Ortmann Lechner in New York

6. Mai 1937

Mein liebes Muttichen,

unterdessen war ich heute bei meinem Appointment im Konsulat. Es ist nicht »der« Konsul, sondern irgendeiner der Vice-Consuls, die ja oft viel ekliger sind, weil sie sich verpflichtet fühlen, besonders gewissenhaft und streng zu sein. Ich war eigentlich sehr guten Mutes während all der Präliminarien, denn wie immer kam ich mir heimatlich berührt vor und absolut nicht wie ein Bittsteller. Als ich jedoch die Tür zum Konsul aufmachte, der nach mir geklingelt hatte, hörte ich, wie er zu seinem Begleiter sagte: »Na ja, das Übliche: Erst sagt sie eidesstattlich aus, ›sie hätte nicht die geringste Absicht drüben zu bleiben‹, und heute eine Eingabe für permanent residence, – unerhört, unerhört« – – – na, etwa in dem Stil, auf englisch natürlich. Du kannst Dir denken, wie mein Mut thermometerartig fiel. Ich habe ihm dann aber gleich gesagt, als ich merkte, er wollte davon anfangen, ich hätte zufällig gehört, daß er gesagt hat, das wäre contradictory, meine Aussagen, aber das wäre absolut nicht so, sondern ich hätte damals nicht die geringste Absicht gehabt rüberzugehen, obwohl meine Mutter es schon damals sehr gern wollte, etc. etc. Er war ein ganz großes Ekel, mit dem man überhaupt nicht reden konnte und nicht schmusen, weder konnte ich ihm vom Studium erzählen, noch ihm mein schönes Zeugnis präsentieren. Aber ich glaube doch, daß, wenn die Vermögensbescheinigung ihn einigermaßen befriedigt, er mir das Visum gibt.

Sibylle

Sibylle aus London an Eva Ortmann Lechner in New York

10. Mai 1937

Mein liebes Muttichen,

ich hatte über 8 Tage keine Nachricht von Dir! Noch dazu, während ich auf die Papiere gewartet habe! Mit dem Zeppelin werden sie wohl nicht kommen – was sagst Du bloß dazu? Leider haben die Schweine alles in England versichert und kriegen nun noch Devisen – aber komisch, daß ich am Tag vorher nach langer Zeit zum ersten Mal an den Zepp gedacht habe und zu jemandem sagte: Vielleicht kommen meine Papiere mit dem Zeppelin, der muß doch jetzt sicher bald wieder eingestellt werden – ohne daß ich davon gewußt habe, es war nur so eine Idee von mir. Meine Leib- und Magen-Zeitung, der *News Chronicle,* brachte die Nachricht von *300* Toten am Morgen, und da war ich denn doch ein bißchen entsetzt. Aber so 31 Nazis, das rührt mich nicht so sehr. Nur schade, weil das Ding immer so schön aussah, wenn die Sonne darauf schien.

Long live the King, in these days of the Coronation, and for a happy Whitsun!

Ich grüße Euch beide sehr und gebe Dir einen Kuß,

Sibylle

Eva Ortmann Lechner aus New York an Sibylle in London

11. Mai 1937

Mein Geliebtes,

durch Eure blöde Krönung ist der ganze Transatlantik-Verkehr durcheinandergekommen. Hast Du irgend etwas davon gesehen? Hier sind alle Zeitungen und Kinos voll damit. Ich ging heute durch die 5th Avenue, da haben sie alle Schaufenster mit Bildchen der »königl. Familie«, mit kleinen Krönchen u. ähnl. Dingen dekoriert. Ich glaube, dies wird die letzte Veranstaltung dieser Art sein! So etwas *können* sich doch denkende Menschen nicht gefallen lassen auf die Dauer.

Unsere Show schließt nun doch endgültig am nächsten Sonnabend, d. 15. Mai. Ich bin sehr betrübt darüber. Es war so schön, immer am Sonnabend sein Geld zu haben. Ich habe mir heute noch schnell ein Sommerkleid mit Jacke, einen Hut und ein Paar weiße Schuhe gekauft. Aber ich brauche noch sehr nötig ein paar andere Sachen, z. B. einen Mantel. Mein armseliges schwarzes Fähnchen kann ich nun wirklich nicht mehr tragen. Besonders nicht hier, wo die Frauen sich anziehen, wie ich es noch nirgends gesehen habe. Übrigens nicht immer geschmackvoll. Eine meiner Kolleginnen hat *21* Hüte z. B. und findet, daß man soviel *unbedingt* braucht. Ja, die Leute haben hier meistens keine anderen Sorgen.

Wir sind augenblicklich dabei, Affidavits für Lechners Bruder Alfred und für Heinrich fertigzumachen, da wir einmal und nicht wieder im Besitz des Geldes sind. Ob Heinrich es dann benützen will, weiß ich nicht, aber es ist eben alles, was ich für ihn tun kann, und noch einmal werde ich diese Gelegenheit wohl nicht haben in absehbarer Zeit. Lechners Bruder wird bestimmt versuchen, das Visum zu bekommen, und hoffentlich wird es ihm glücken, die Aussichten sind nicht schlecht. Geist[170] ist von Berlin abgerufen, weil so viele Klagen über ihn und sein Benehmen nach Washington gekommen sind. Statt dessen ist jetzt ein Konsul dort, der den deutschen Juden sehr positiv gegenüberstehen soll. So wurde mir jedenfalls berichtet.

Sei geküßt, mein Engelchen, von Deiner Mutti

Sibylle aus London an Eva Ortmann Lechner in New York

11. Mai 1937

Meine liebe Mutti,

gestern abend kam am selben Tag wie Dein Brief vom 30. der mit den Papieren per Queen Mary vom 4. Mai. Also nun ist alles da, und am nächsten Montag gehe ich und hole mir das Visum.

---

170 Raymond Geist, der amerikanische Konsul.

Das sind ja wunderbare Papiere, ein herrliches Affidavit, und ich bin überzeugt, daß die Zeremonie dort keine 5 Minuten mehr dauern wird.

Sibylle

Eva Ortmann Lechner aus New York an Sibylle in London

14. Mai 1937

Mein Geliebtes,

Deine Erfahrungen mit dem Konsul sind ja betrüblich. Du scheinst denselben erwischt zu haben, von dem mir Muschi erzählt hat. Das scheint ein ganz besonderes Ekel zu sein. Andere haben mir nämlich aus London ganz andere Sachen berichtet, von einem sehr freundlichen Mann; die haben wohl einen anderen gemeint. Hoffentlich wird er nur an unseren Bankbescheinigungen nichts auszusetzen haben, das ist meine einzige Angst.

Die Idee, für ein paar Wochen zu Carla zu fahren, finde ich ganz schön – wenn ich auch von einer »Erholung« das vorige Mal nicht viel gemerkt habe. Vielleicht hat sich Carla aber inzwischen etwas beruhigt, und Gespräche über Politik solltet Ihr von vorne herein ausschalten, so fast unmöglich das allerdings heute ist.

Was mir an der Sache nicht gefällt, ist die Art, wie Du dorthin gelangen willst. So etwas klingt ganz schön, wenn es einem hinterher erzählt wird, und sieht auch wohl vorher in der Phantasie ganz verlokkend und romantisch aus. Aber ich glaube, für ein kleines, nicht gerade überkräftiges Mädchen, wie Du es bist, ist es nicht das Richtige, *bestimmt* nicht. Erkundige Dich doch mal, was ein Billett London – Genua kosten würde.

Mutti

Sibylle aus London an Eva Ortmann Lechner in New York

19. Mai 1937

Mein liebes Muttichen,

die »Hindenburg« ist zwar ein schreckliches Unglück, aber ich finde nicht das schlimmste, »was seit langem passiert ist«, wie Du sagst. Es waren bestimmt nur Nazis drin, und jeder Tag, an dem in Spanien auch nur 20 kleine Kinder umkommen, rührt mich viel mehr. Hier ist nicht so sehr viel darüber geredet worden. Sabotagegerüchte sind sehr schnell verstummt. Wenn es Sabotage gewesen wäre, hätten doch die Deutschen sicher keine Versicherungszahlungen bekommen, und so haben sie sich diese Gelegenheit für einen zweiten Reichstagsbrand entgehen lassen müssen.

Daß Du für Spanien singst, ist ja sehr schön, aber daß so etwas so unernst aufgezogen wird, verstehe ich gar nicht. Hier wäre es nicht möglich, und es kommt hier immer noch, nach über einem Jahr, bei jeder Veranstaltung unerwartet viel Geld ein.

Sibylle

Eva Ortmann Lechner aus New York an Sibylle in London

19. Mai 1937

Mein Liebes,

unsere Show hat am Sonnabend geschlossen, anschließend war noch ein Empfang im Theater, bei dem sich alle betranken mit Ausnahme von mir natürlich, denn abgesehen von allem anderen finde ich, daß Whisky abscheulich schmeckt.

Immerhin scheint mir endlich eine gewisse Aussicht auf Erfolg zu bestehen. Ich habe nämlich vor etwa 4 Wochen auf einen Brief der Versicherung hin, in welchem sie sozusagen alles bestritt, nochmals eine lange Beschreibung der ganzen Angelegenheit losgelassen und zum Schluß geschrieben, ich sei bereit, meine Angaben vor dem hiesigen deutschen Konsul zu beschwören. Dies scheint Wunder gewirkt zu haben, denn die Leute schlagen plötzlich einen ganz anderen Ton an und erklären sich bereit zu einer Verhandlung über einen Vergleich, falls wir damit einverstanden sind. Es ist natürlich möglich, daß sie sich nochmals an die Zeugen wenden werden, aber ich sehe gar nicht ein, warum das für diese irgendwie unangenehm zu sein braucht.

Aber es ist auch möglich, daß sie die beiden gar nicht mehr belästigen und daß sie sich mit Hans auf irgendeine Summe einigen, was ich natürlich einem Prozeß im heutigen Deutschland unter allen Umständen vorziehen würde.

Deine Mutti

Sibylle aus London an Eva Ortmann Lechner in New York

20. Mai 1937

Du bist doch ein ulkiger Mensch, Mutti. Seit Wochen schreibe ich Dir in jedem Brief von der Fahrt, auf die ich mich so freue und für die ich immerzu Pläne mache, und Du hast noch nicht einmal ein Wort darüber verlauten lassen – ob Du die Idee schön findest, ob nicht, etc.

Sibylle

Sibylle aus London an Eva Ortmann Lechner in New York

24. Mai 1937

PRE-SCRIPTUM – ICH HABE DAS VISUM!!!

Liebes Muttichen,

heute nachmittag gehe ich zum Konsul, und dann, im P.S., werde ich Dir hoffentlich Endgültiges schreiben können. Vorläufig vielen Dank für Deinen Brief. Ich habe mich zu früh beklagt, daß Du Dich nicht zu meinen Tramp-Plänen äußerst. Ich hätte nicht gedacht, daß Du so dagegen bist, wo ich mich soooooo darauf freue. Deine Einwände sind so nett und mütterlich gemeint. Aber Du verstehst gar nicht, daß das meine Abschiedstour von Europa ist, daß nicht das Ziel der Reise, Carla, die Hauptsache ist, sondern die Tour, Paris, die Schweiz, Gardasee, Florenz. Du weißt doch genau, daß ich mir auch nur etwas Ähnliches auf keine Weise leisten kann. Wenn ich viel Geld für die Reise zusammenkriege, werden es 10 £. Davon glaube ich, sechs Wochen, alles inclusive, existieren zu können. Ich bin ja schon getrampt, wenn es auch nur eine knappe Woche nach Wales war, aber es war ein guter Maßstab für das, was ich leisten kann. Thola weiß ganz genau, wieviel Schonung ich brauche, er wird das keine Sekunde vergessen, er sagt mir jetzt schon dauernd, ich müßte ihm auch immer sofort sagen, wenn mich etwas anstrengt, dann machen wir gleich halt. Es ist keine so große Strapaze, in Privatwagen zu fahren, wir werden alles sehr methodisch machen, und es wird gar nicht anstrengend sein. Alle meine Pläne sind darauf eingestellt, ich weiß gar nicht, wie traurig ich wäre, wenn aus irgendeinem Grund nichts daraus würde, und so wie die Dinge jetzt liegen, können mich weder zehn Pferde noch eine besorgte Mutti davon abbringen.

UNTERDESSEN HABE ICH ALSO DAS VISUM und mir ist ein Stein vom Herzen. Es ging ganz schnell, ich habe den Konsul gar nicht mehr gesehen, sondern wurde im Vorzimmer abgefertigt, nachdem das Mädchen dort die Papiere reingenommen hatte. Ich war mit Halla, und wir saßen im Warteraum, und ich war auf eine längere Sitzung und auf ein kompliziertes Interview mit dem Konsul gefaßt, als mir die Sekretärin plötzlich ganz beiläufig sagte: »Your visa has been granted. You will have to wait another 20 minutes till I get it ready.«

Mir blieb einen Moment lang richtig das Blut im Kopf stehen. Nun ist es also ganz bestimmt, und alle Mühen sind nicht umsonst gewesen.

Dein Sibyllchen

Eva Ortmann Lechner aus New York an Sibylle in London

25. Mai 1937

Mein liebes gutes Kind!

Was Du über den Zeppelin schriebst, ist nicht richtig. Daß man den Nazis jeden Prestigeverlust und jede Blamage herzlichst gönnt, ist ja selbstverständlich. Aber in diesem Fall handelt es sich nicht darum. Es sind Menschen, die keine Nazis zu sein brauchen, mindestens 50% waren Amerikaner, in grauenvollster Weise ums Leben gekommen, ein Teil von ihnen vor den Augen ihrer Frauen und Kinder, die ihnen von unten zuwinkten, verbrannt. Die amerikanischen Zeitungen bringen ja solche Sachen mit liebevollster Deutlichkeit und kleinsten Details und haben von schrecklichen Tragödien berichtet. Eine Frau, Amerikanerin, z.B. hat ihre 3 Kinder aus dem brennenden Luftschiff *geworfen,* um sie zu retten. Eine Tochter ist an den durch den Sturz erlittenen Verletzungen gestorben, 2 Kinder sind gerettet, die Frau selbst, die zu lange nach ihrem Manne gesucht hatte und schließlich ohne ihn absprang, hat so furchtbare Brandwunden im Gesicht davongetragen, daß keine Zeitung ihr Bild zeigte, obwohl alle ihre Geschichte brachten. Der Mann ist verbrannt. Dies ist nur eine von vielen Geschichten, aber wenn Du mehrere dieser Art gelesen hättest, würdest Du bestimmt nicht sagen »nur« 37.

Am Sonntag haben wir einen Ausflug gemacht, zum ersten Mal seit wir hier sind. Wir sind den Hudson entlanggelaufen, der angeblich so schön sein sollte wie der Rhein. Aber natürlich ist das Quatsch. Eher könnte man ihn mit der Havel vergleichen. Das Publikum, einschließlich der Boy Scouts, die den Fluß entlang lagerten, abkochten und Papier herumwarfen, bestand nur aus Juden. Man kann es selbst in Palästina nicht anders erwarten. Als wenn New York nicht schließlich 2/3 Nicht-Juden hätte! Ein paar vereinzelte blonde Gestalten kamen uns so nicht dazugehörig vor wie etwa umgekehrt ein Jude, der jetzt noch an der Havel spaziert.

Mutti

Sibylle hatte Befürchtungen, daß die amerikanischen Behörden Anstoß an den politisch linken Büchern in ihrem Gepäck nehmen und ihr die Einreise verweigern könnten.

Eva Ortmann Lechner aus New York an Sibylle in London

31. Mai 1937

Mein liebes Sibyllchen!

Was die besonderen Bücher anbelangt, so scheint mir da keine Gefahr zu bestehen, wenn Du sie mit *allen* anderen zusammen, möglichst zuunterst natürlich, in eine Bücherkiste tust, die Du mit Deinem übrigen Gepäck zusammen befördern läßt. Wenn Du mit einem der üblichen großen Schiffe fährst, wird Dein Gepäck mit den Hunderten von anderen gleich auf dem Schiff visitiert. Da haben die Leute natürlich nur einige Minuten Zeit für jeden und denken gar nicht daran, sich die einzelnen Bücher anzusehen. Ich habe überhaupt nicht gemerkt, daß sie darauf aus sind, die besondere Art der mitgeführten Literatur zu visitieren. Du darfst nicht vergessen, daß *hier* die Zoll-Kontrolle *nichts* mit Politik zu tun hat und auch gar nichts davon versteht. Unsere Sachen sind kaum angesehen – allerdings alle Koffer geöffnet worden, aber alles zusammen hat höchstens 2 Minuten gedauert, und der Beamte hat nichts ausgepackt, nur ein wenig pflichtgemäß die Kleider hochgehoben, sich im übrigen sehr auf unsere Aussage verlassen. Letzteres ist übrigens etwas, was ich hier oft gefunden habe und nicht ganz verstehe. In diesem Gangster-Lande, wo bestimmt die größtangelegten Schwindel der Welt ausgeheckt werden, gibt man verhältnismäßig viel auf mündliche Aussagen und Auskünfte.

Während ich an Dich schreibe, kommen die neuesten Nachrichten durch das Radio: Die Deutschen haben, als Antwort auf den Bombenbewurf ihres »friedlich« daliegenden Schiffes, die spanische Küste beschossen, bisher 60 Loyalisten getötet.[171] Mir scheint die Situation wieder mal sehr brenzlig zu sein, und obwohl ich glaube, daß Hitler im Augenblick *noch* keinen Krieg will, kann er plötzlich dasein. Er hat bisher mit all seinen Rechtsverletzungen und Übergriffen einen solchen Erfolg gehabt, daß er in seinem dadurch noch immer gesteigerten Größenwahn den Bogen auch plötzlich überspannen kann. Wer weiß, wie sich alles entwickelt, bis dieser Brief in Deine Hände kommt! Das ist auch ein Grund, warum ich aufatmen werde, wenn Du endlich das Visum in Deinem Paß hast. Ich erinnere mich, diesen Satz schon öfter geschrieben zu haben. Bisher waren meine Befürchtungen, sagen wir, verfrüht, aber über Nacht kann sich das natürlich ändern. Das ist wohl auch der Grund, daß ich nicht so auf Deine Reisepläne eingegangen bin, wie Du erwartet hattest. Ich habe immer das Gefühl, als könnte man gar keine Pläne machen für Wochen oder gar Monate im voraus.

Als moralische Erzählung will ich Dir noch berichten, daß sich Anstand und gutes Benehmen unter Umständen lohnen kann. Lechner hat seinerzeit, als wir von Goldman aufgrund der Auskunft von Dr. Baeck das Affidavit bekommen hatten, an Baeck geschrieben und sich bei ihm bedankt. Der Brief ging nach der Kantstr. 158, und es hat sich dort anscheinend herumgesprochen, daß Lechner der *einzige* Mensch gewesen ist, der sich für irgendeine Hilfe, die man materiell oder ideell schließlich Hunderten geleistet hat, bedankt hat. Jedenfalls hat B. dies Jospe erzählt, und so sind wir auf den Gedanken gekommen, dieses Wohlwollen auszunutzen!! Ob es gelingt, weiß ich natürlich nicht.

---

171 Am 29. Mai hatten Flugzeuge der Republik Spanien das in einem von Francos Truppen kontrollierten Hafen liegende deutsche Kriegsschiff *Deutschland* bombardiert. Um die dabei getöteten 22 Seeleute zu rächen, beschoß ein deutsches Panzerschiff die ungeschützte, von den Republikanern gehaltene Stadt Almería, wobei 19 Zivilisten starben. Die Spanische Republik erwog daraufhin den Generalangriff auf die deutsche Mittelmeerflotte, hielt sich jedoch zurück, weil man befürchtete, damit einen allgemeinen europäischen Krieg zu entfesseln.

Habe ich Dir eigentlich geschrieben, daß Adi Lechner, der Vetter von Lechner, der ein Tunichtgut sein soll, sich bei ihm gemeldet hat, weil er in der Zeitung die Radioankündigung gelesen hat? Erinnerst Du Dich noch, wie Lechner auf unsere Veranlassung, als der abenteuerliche Plan »Amerika« auftauchte, seinen Onkel nach der Adresse anrief? Denselben Onkel, der sich dann erhängt hat?[172] Und weißt Du noch, wie wir gelacht haben, weil das Gespräch kein Ende nahm? Heute abend ist Lechner bei diesem Vetter eingeladen, der mit Familie, Frau und Schwiegereltern auch zum Konzert erschienen war.

Deine Mutti

Eva Ortmann Lechner aus New York an Sibylle in London

1. Juni 1937

Mein Liebes,

Lechners Bruder Alfred hat schon wieder einen ganz verzweifelten Brief geschrieben, es scheint alles noch viel schlimmer zu sein als im vorigen Jahr. Dafür scheinen aber auch ganz große Hilfsaktionen, deutsch-amerikanische, einzusetzen, und ich glaube, es wird ihm gelingen, bald hier zu sein. Vetter Tunichtgut hat sich als gesettledter Mann und Familienvater herausgestellt. Hat 2 nette Kinder und eine nette Frau, hübsche Wohnung, gute Stellung, »Seidenbranche«. Da kann man sehen, was in diesem Lande immer noch möglich ist: Lechner fragte ihn nach seiner Einwanderung, da sagte er, er sei *illegal* im Jahre 23 hereingekommen, d.h. als Besucher, und einfach dageblieben. Hat geheiratet, eine Stellung gefunden, seine Kinder zur Schule geschickt, *kein Mensch hat nach seinen Papieren gefragt.* Offenbar hat er auch schon viel Geld gemacht, um es beim großen Krach im Jahre 29 im Bankhaus *Goldman,* unserem Wohltäter, wieder zu verlieren. Die Kinder sind ganz amerikanisch, sprechen kein Deutsch, der kleine

172 Lechners Onkel (der Mann der Schwester seines Vaters) hatte aus Verzweiflung darüber Selbstmord begangen, daß er seine Frau und seinen Sohn nicht von der Notwendigkeit einer Emigration aus Deutschland überzeugen konnte. Später änderten sie ihre Meinung auf Drängen des Neffen der Witwe (»Vetter Tunichtgut«), der sie kurz vor der sogenannten »Reichskristallnacht« in die USA brachte, während seine eigene Mutter mit einer weiteren Schwester in Berlin zurückblieb.

10jährige sagte: »Hope to see you again«, der Ältere, ein bebrilltes 14jähriges Judenjungchen, besucht die High School und will Arzt werden. Jetzt kann der Vater sich sogar legalisieren und sein 1. Papier herausnehmen, da eine allgemeine Amnestie mit Stichjahr 1924 ist.

1000 Küsse, mein Geliebtes,

Mutti

Eva Ortmann Lechner aus New York an Sibylle in London

2. Juni 1937

Mein Liebes,

es ist wirklich ein Stein vom Herzen, daß Du das Visum in der Tasche hast. Ich kann Dir gar nicht sagen, *wie* froh ich darüber bin, gerade in diesem Augenblick, wo die Situation so kritisch aussieht wie seit langem nicht mehr; wenigstens habe ich das Gefühl, es kann jeden Tag losgehen. Ich hoffe nur, daß dies *nicht* der Grund sein wird, Dich von Deiner Reise zurückzuhalten, nachdem »10 Pferde und eine besorgte Mutter« dies nicht vermögen. Es hat ja keinen Zweck, jetzt viel darüber zu schreiben, die Dinge entwickeln sich täglich und stündlich, und die Lage kann sich bis zum Eintreffen dieser Zeilen ebensogut beruhigt wie zugespitzt haben. Ich meine, Du wirst ja wohl selbst Verstand genug besitzen, oder sagen wir lieber, Verständigkeit genug, um zu wissen, ob Du am gegebenen Zeitpunkt noch die *Möglichkeit* zu einer Reise nach Italien hast. Es scheint mir nicht ratsam, *dort* von einem Kriege überrascht zu werden, dann schon lieber in England. Man schreibt das alles so hin, und ich will nicht einmal sagen, daß man sich nicht bewußt wäre, um *was* es sich da handelt. Aber es bleibt einem ja gar nichts anderes übrig, als daran zu denken, wie und wo man sich selbst am besten in Sicherheit bringen kann.

Mutti

Eva Ortmann Lechner aus New York an Sibylle in London

8. Juni 1937

Mein Geliebtes!

Eben bekomme ich Deinen Queen-Mary-Brief mit den Papieren, die Dir der Konsul zurückgegeben hat. Lechner war sehr froh darüber, denn nun kann er bald seinem Bruder die Papiere schicken, die

Miss Jankelson schon soweit vorbereitet hat. Ich hätte so gerne auch für Heinrich alles bearbeiten lassen, da wir doch gerade das Bankkonto hatten, aber da er mir schrieb, sie hätten die Amerika-Idee vorläufig verschoben, so hätte es ja keinen Sinn gehabt. Nun habe ich Francescos Geld bereits zurückgegeben, und die Gelegenheit ist für diesmal vorbei.

Wir waren gestern bei einem sehr bekannten Arzt, Freund von Einstein, einem verrückten Kerl, der aber den anderen Emigranten-Ärzten sehr geholfen haben soll. Ich erzählte ihm von Heinrich, er sagte: »Psychoanalyse, is ja jakeene exakte Wissenschaft natürlich. Aber hier große Mode, Goldgrube. Telegrafieren Sie mal sofort, er soll kommen.«

Deine Absicht, die »Washington« zu nehmen, scheint mir gut. Der 16. September wäre übrigens dasselbe Datum, an dem wir ein Jahr vorher ankamen! Wenn ich damals gewußt hätte, daß wir uns ein ganzes Jahr lang nicht sehen würden! Ich wäre bestimmt nicht gefahren.

Ich traf heute Renate, sie scheint wirklich ein bißchen gekränkt, aber eben nur ein bißchen, sie ist ja ein viel zu gutmütiges Mädchen, um ernstlich böse zu sein. Ich soll Dir erzählen, daß sie Mönkemeyer mit Sohn und Frau als Emigranten hier getroffen hat. Ob Du Dir das vorstellen könntest? Außerdem hat sie kürzlich hier eine Freundin von der Ziehm gesehen, die ihr erzählt hat, wie unglücklich die alle in Berlin sind, Wacker[173] jetzt auch noch als Katholikin angegriffen.

Das Buch von Schlamm würde mich sehr interessieren.[174] Gehört es Dir? Dann könntest Du es mir vielleicht schicken, wenn Du es aus-

---

173 Gemeint ist die Französischlehrerin an der Fürstin-Bismarck-Schule, Gertrud Wacker.

174 Der kommunistische Politiker und Publizist William S. Schlamm (1904–1978) war Wiener Mitarbeiter der *Weltbühne* und 1932/33 zunächst Chefredakteur ihres kurzfristig bestehenden Schwesterorgans *Die Wiener Weltbühne*. Er hielt sich zeitweilig in Berlin auf und emigrierte nach der Verhaftung Carl von Ossietzkys 1933 nach Prag, wo er Mitbegründer und bis 1934 Chefredakteur der *Neuen Weltbühne* wurde. Er war zeitweilig Anhänger der politischen Positionen Trotzkis und schied deshalb nach Auseinandersetzungen 1934 aus der *Neuen Weltbühne* aus. Sein Buch, von dem hier die Rede ist, *Diktatur der Lüge* (Zürich 1937) ist eine Auseinandersetzung mit den Moskauer Prozessen und eine Abrechnung mit dem stalinistischen Kommunismus. 1938 emigrierte er in die USA.

gelesen hast. Oder hat es Dir Heinrich nur geborgt? Wir haben so viel über diese Sache[175] hier gelesen, jeder behauptet 100%ige Beweise zu besitzen, aber ich habe mir aus all dem keine Meinung bilden können. Rein gefühls- und überlegungsmäßig bin ich felsenfest überzeugt, daß alles ein toller Schwindel ist. Ich würde gerne wissen, wie der Schlamm, den ich in Prag einmal kennengelernt habe, diese Ansicht nun wirklich begründet. Hier sind bedeutende Leute aus dem »Comité zur Verteidigung von Trotzky« ausgetreten und zur Gegenseite übergegangen, weil sie sich von der »Echtheit der Prozesse überzeugt hätten«.

Ich traf heute auch das Frl. Loewy aus dem Hilfsverein, die Dir damals das Fahrgeld nach London, mir einen Zuschuß für mein Schiffsticket gegeben hat. Sie fragte gleich nach Dir, wie es Dir geht in London und ob Du nicht auch herkämst, und war sehr nett und interessiert, die Arme. Ich hatte sie doch damals so angeschrien, als sie mich auf die Anfrage von London aus hinzitierte.[176] Jedenfalls ist sie nun auch hier angelangt, nachdem sie so vielen Leuten herübergeholfen hat.

Lechner war neulich bei Borchardt, Evis Chef. Der scheint hier *ganz* große Beziehungen zu haben, und man muß ihn sich warmhalten. Er war übrigens sehr nett und interessiert – und hat Lechner für morgen nochmal bestellt. Er will sich alles durch den Kopf gehen lassen. Hoffentlich tut er es wirklich. Er hat Beziehungen zu Warburg, einem der Hauptgeldgeber der Metropolitan[-Oper], einem großen Schwein natürlich wie alle diese Millionäre. Aber man braucht diese Leute, um irgend etwas zu erreichen. Hier geht *alles* durch persönliche Beziehungen, in einem Ausmaße, wie man es sich überhaupt nicht vorstellen kann, das lernt man immer mehr, je länger man hier ist.

Ich umarme und küsse Dich,
Deine Mutti

---

175 Gemeint sind die Moskauer Säuberungsprozesse.

176 Als das Jüdische Flüchtlingskomitee 1933 nach Berlin schrieb, um die »Leichtsinnigkeit« zu kritisieren, mit der sie ihre Tochter ganz allein nach London geschickt hatte, hatte Eva Sibylle keinerlei Hinweis darauf gegeben, wie sehr diese Kritik sie traf.

Sibylle aus London an Eva Ortmann Lechner in New York

11. Juni 1937

Mein geliebtes großes Muttichen,

nun werden wir ja wohl über die Reise nicht mehr diskutieren, alle Menschen in England machen Reisepläne und würden Dich erstaunt angucken, wenn Du ihnen sagtest, daß es ja zwischendurch einen Krieg geben könnte, der alles hinfällig macht. Schließlich sagt man das nun auch schon seit 4 Jahren bei jeder Sommerreise, und es scheint es doch gar keine Partei so eilig zu haben mit dem Krieg. Die Krisis diesmal ist ja schnell vorbeigegangen. Durch so was darf man sich nicht die schönsten Freuden des Lebens zunichte machen lassen. Wir leben nun mal auf einem Vulkan, und wenn wir immerzu Angst haben würden, wann er ausbricht, dann könnten wir ja gar nicht auf dem Vulkan leben, also schlägt man sich diese Möglichkeit einfach aus dem Sinn und lebt weiter, aus Selbsterhaltungstrieb – schließlich ist ja kaum ein Unterschied, ob man beim Ausbruch ganz an der Spitze vom Krater oder mehr nach dem Fuß zu ist. Aber das klingt ja schon ganz gefährlich, und dabei bin ich sogar in pessimistischsten Momenten vollkommen davon überzeugt, daß alles herrlich geht und daß wir uns am 19. September im Hafen in New York den Empfangskuß geben.

Sibylle

Sibylle aus London an Eva Ortmann Lechner in New York

15. Juni 1937

Mein Liebes, Einziges!

Ich danke Dir schön für Deinen lieben langen Brief, wegen dem ich zu Tholas größter Wut den Toast verbrennen ließ. Daran knüpfte sich eine 10 Minuten lange heftige Diskussion, ob es möglich ist, einen Brief von Dir bis zum Autobus aufzuheben, wobei ich die gegenteilige Meinung vertrat. Komisch, daß ich damit anfange, aber ich war ganz aufgeregt von der Nachricht, daß Mö [Mönkemeyer] Emigrant geworden ist. Gelegentlich der Hinrichtung von Heinz Neumann[177]

---

177 Dr. Mönkemeyer, der Englischlehrer an der Fürstin-Bismarck-Schule, war mit der Schwester von Heinz Neumann verheiratet, dem deutschen Kommunistenführer, den man in Rußland hingerichtet hatte.

– ist das alles nicht grauenhaft? – habe ich Thola gestern lange von ihm erzählt. Was sagst Du bloß zu Rußland? Ich bin eigentlich ganz verzweifelt.

Morgen geben wir eine ganz komische Party – komisch wegen der Zusammenstellung. Marion, Vera, Leo und Bubi (Tholas Freund) und Philida (eine ehemalige Freundin von Henry). Dazu noch der Junge, der Sonntagabend da war, und ein anderer Freund von Thola. Die letzten beiden sind übrigens große Zionisten, wie Thola, und es gibt immer lange Diskussionen. Es ist überhaupt Tholas großer Schmerz, daß ich Zionismus so ablehne, wie ich es immer noch tue. Er ist so darin groß geworden, sein Leben lang im Bund, später in Palästina, der kleine Bruder im Kibbuz, der Vater einer der ersten und ältesten Zionisten.

Sei nur nicht deprimiert, weil nicht alles immer im gleichen Tempo aufwärts geht. Jetzt ist doch Sommer, und Du bist erfahren genug, um zu wissen, daß man als Sänger im Sommer nur dann gut lebt, wenn man im Winter vorher schon Reichtümer gesammelt hat, und die kann man doch nur gesammelt haben, wenn man in dem Sommer vorher schon an Ort und Stelle gewesen ist und alles eingefädelt hat, und das wart Ihr doch nicht, und Du wirst sehen, im nächsten Winter verdient Ihr schon so viel Geld, daß Ihr drei Jahre davon übersommern könnt (dieses Wort stammt von mir und ist eben geschaffen worden). Wenn Du dies liest, wirst Du lachen und sagen, »Sie schreibt doch wie eine Alte, süß!« – aber das macht ja nichts.

Die Zeit wird mir bestimmt sehr schnell vergehen. Sie vergeht schon jetzt fliegend, und ich möchte sie immer lieber strecken. Ich werde diesmal den 14. Juli in Paris feiern – dieser Traum meines Lebens.

Sibylle

Eva Ortmann Lechner aus New York an Sibylle in London

15. Juni 1937

Mein liebes Sibyllchen,

ich danke Dir schön für Deinen lieben Brief vom 3., der gestern zusammen mit Lechners Geburtstagsbrief ankam. Lechner war ganz gerührt, daß Du daran gedacht hast, ist aber im Augenblick zu aufgeregt, um Dir zu antworten, er hat nämlich heute seine Radiostunde.

Eben wird Lechner angesagt: er sei den Hörern dieser Stunde durch seine »delightful interpretation« der »Lieder eines fahrenden Gesellen« bereits bekannt.

Ich habe eine Pause gemacht, um zuzuhören, er hat sehr schön gesungen trotz einer grauenhaften Begleiterin, die in der Barbier-Arie meistens einen halben Takt voraus war. Ich werde sofort einen »fanletter« verfassen und ihn mit Countess Yorck[178] (Freundin von Francesco) unterzeichnen. Übrigens werde ich keinen selbständigen englischen Erguß von mir geben – die Leute könnten durch Fehler mißtrauisch werden –, sondern irgendeinen der alten, die wir alle aufbewahrten, kopieren. Man bekommt sie nämlich komischerweise zugeschickt, nachdem der Direktor der Station sie zur Kenntnis genommen.

Vetter Tunichtgut ruft eben an, er hat die Übertragung gehört, gibt sein fachmännisches Urteil ab – er singt nämlich in seinen freien Stunden – und verspricht, einen ordentlichen fan letter hinzuschreiben, natürlich nicht unter dem Namen Lechner. Im übrigen war er erstaunt und gekränkt, daß wir ihn noch nicht besucht haben. Er wünscht offenbar einen »Familien-Verkehr«, eine sehr unangenehme Sache. Außerdem hat er uns eine glanzvoll gedruckte Einladung zur Einsegnung seines Sohnes am 26/6 geschickt mit nachfolgender »reception«, der Sohn heißt Monroe Stanley. Ich denke nur, wenn es schon einem Tunichtgut so gut geht, wie werden wir dann erst dastehen nach einigen Jahren? Allerdings ist das Leben nicht immer logisch und erlaubt sich manchmal Witze. Sollte es aber in diesem Fall wirklich alles ordnungsgemäß vor sich gehen und wir wirklich mal endlich zu einer anständigen Existenz gelangen, so gönne ich Dir gewiß den Ruhm, die ganze Amerika-Idee aufgebracht und immer und immer wieder zur Sprache gebracht zu haben, Du kleines Schäfchen, Du. Sicherlich hätten wir uns nie so schnell dazu entschlossen und wären überhaupt zunächst wohl gar nicht darauf gekommen. Vielleicht erst

---

178 Gemeint ist die Schriftstellerin und Schauspielerin Ruth Landshoff-Yorck (1904–1966). Skizzen ihrer Erinnerungen an Eleonora und Francesco von Mendelsohn finden sich in ihrem Buch *Klatsch, Ruhm und kleine Feuer. Biographische Impressionen.* Köln, Berlin 1963.

jetzt, wo der Kulturbund wirklich in den letzten Zügen zu liegen scheint. Ich hatte heute einen Brief von Frau Frohnhausen, die mir darüber berichtet, soweit sie kann. Alles geht weg, sogar der Chor löst sich allmählich auf, soweit die Leute noch einigermaßen jung und daher beweglich sind. Allein 4 davon kommen her.

Deine Mutti

Eva Ortmann Lechner aus New York an Sibylle in London

18. Juni 1937

Mein liebes Kleines,

ich frage mich vergeblich, *welchen* von meinen Briefen Du nur so völlig mißverstanden haben kannst. Es ist mir im Augenblick nicht klar, auf welchen Du gerade heute antwortest, aber eines weiß ich ganz genau, daß ich Dir niemals und in keiner Form »Vorwürfe« wegen unnötiger Geldausgabe in bezug auf Deine Reise gemacht habe. Wenn ich den Geldpunkt überhaupt erwähnt habe, dann doch nur, um Dir zu erklären, daß ich Dir leider, so *sehr gerne ich möchte,* nichts werde dazu schicken können, weil wir eben in den Sommermonaten beide so gut wie nichts verdienen. Von Vorwurf kann gar keine Rede sein, eher von einer Entschuldigung, daß ich Dir nicht mehr dazu helfen kann. Ich habe nun so eine erwachsene gescheite Tochter, Spezialistin in Psychologie, und plötzlich ist sie wie ein Dummchen und kennt ihre eigene Mutter *so* schlecht. Ich habe längst alles verstanden in bezug auf diese Reise, Du brauchtest das alles gar nicht mehr zu schreiben, aber das hindert doch nicht, daß ich mir natürlich Sorgen mache. Sorgen darüber, daß Ihr eben für so ein Unternehmen zu wenig Geld habt, daß Ihr Euch schlecht ernähren, schlecht schlafen werdet in irgendwelchen Heuschobern und daß Du Dich überanstrengen wirst und daß Ihr überhaupt heil und wohl da unten anlangt.

Die Kriegsgefahr scheint ja im Augenblick wirklich vorüber, die Engländer verbrüdern sich immer mehr mit den Nazis, dulden, daß man offene Städte beschießt und Krieg gegen Frauen und Kinder führt.

Aber ein Hirngespinst war es schon nicht von mir, denn ich weiß aus guter Quelle, daß etwa 24 Stunden die Situation wirklich *so kritisch* war, wie in den ganzen 4 Jahren nicht.[179] Alle Konsulate waren in höchster Alarmbereitschaft. Der bessere Teil der Menschheit hat wohl geglaubt, daß sich die Engländer, wie schon öfter in 12. Stunde, doch noch besinnen werden. Sie *hatten* doch schließlich mal Begriffe von Anstand in gewisser Hinsicht! Aber sie haben eben alle solche Angst vor diesen Schweinen, daß man die Hoffnung aufgeben muß, ein für allemal. Daß diese »Hoffnung« letzten Endes ein Krieg ist, möchte man nicht recht aussprechen. Aber im Grunde ist doch eben die einzige Hoffnung, daß die Hitler, Mussolini, Franco etc. zerschlagen werden mit allem ihrem Anhang, so daß kein Fetzen mehr von ihnen übrigbleibt. Aber wie gesagt, dies wird wohl nicht geschehen, sondern man wird lieber warten, bis sie stark genug sind, um ihrerseits alles zu zertrümmern, was sie sich bis dahin nicht schon auf »friedlichem« Wege angeeignet haben.

In Rußland muß es ja toll zugehen. Manche Leute sagen, Stalin sei verrückt, verfolgungswahnsinnig, vielleicht haben sie recht. Jedenfalls ist von da wohl auch auf nichts zu rechnen. Anstatt sich um die Spanier zu kümmern, fliegen sie über den Nordpol[180] nach Amerika. Sicherlich eine unerhörte Sache, die wirtschaftlich und auch in anderer Hinsicht große neue Möglichkeiten erschließt. Aber im Augenblick scheint es einem ganz unwichtig.

Dabei fällt mir ein: Wir waren gestern in einem Kino zu einem Film »Vom Zar zu Lenin«. Hast Du je davon gehört? Es ist kein gestellter Film mit Schauspielern, sondern eine großartige Sammlung zufällig aufgenommener Szenen, die man dann chronologisch ablaufen läßt mit entsprechenden Erklärungen. So etwas Phantastisches und dabei Unheimliches habe ich noch nicht gesehen. Die ersten Aufnahmen beginnen etwa 1 Jahr vor dem Kriege, sind technisch natürlich ganz unvollkommen, teils vom Zaren persönlich aufgenommen. Man sieht die Familie vergnügt beim Ballspiel, beim Reiten, Schwim-

179 Nach der deutschen Beschießung Almerías hatte das Kabinett der spanischen Republik über einen Vergeltungsangriff auf alle deutschen Kriegsschiffe im Mittelmeer debattiert, so daß zu diesem Zeitpunkt tatsächlich akute Kriegsgefahr bestanden hatte. Vgl. H. Thomas: *The Spanish Civil War.* New York 1977, S. 686.

180 Am 20. Juni 1937 erreichten drei sowjetische Piloten aus Moskau nach 2tägigem ununterbrochenem Flug Portland, Oregon.

men etc. Dann kommen Kriegsaufnahmen, ganz naturalistische, grauenhafte Aufnahmen, dann Revolution, Kerenski, das Volk in Petersburg usw. usw. Lenin, *Trotzki* umjubelt, wie er die rote Armee allmählich aufbaut und gegen die verschiedenen »weißen Generäle« führt, und nach und nach alle großen damaligen Führer, Radek und viele andere, die jetzt *fast alle* als Verräter erschossen sind. Du kannst Dir gar nicht vorstellen, wie grauenhaft das war, diese Leute selbst so vor sich auf der Leinwand zu sehen. Das Publikum versuchte erst, je nach Sympathie, zu klatschen oder zu zischen, aber schließlich wurde es ganz still, und alle waren ganz betäubt. Ja, wenn man das so zusammengedrängt an sich vorbeiziehen läßt und dann denkt, was heute, kaum 20 Jahre später, daraus geworden ist, wie die Menschen gegeneinander wüten und man noch nicht einmal weiß, wo ist Recht, wo Unrecht, dann kann man schon ganz allgemein deprimiert sein. Aber es bleibt nichts übrig, als diese Dinge von sich zu schieben, und mehr oder weniger tun wir es ja alle aus Selbsterhaltungstrieb.

Eben wird Lechner angerufen: Er soll am nächsten Donnerstagabend in einer *Radio Advertising* Show ein Lied singen. Das Lied, von Beethoven, hat 7 Druckzeilen, und er bekommt dafür 50 $, wobei die Leute sich noch entschuldigen, daß sie nicht mehr herausschlagen konnten. Du siehst, das Geld liegt hier in mancher Hinsicht noch auf der Straße, man muß nur erst die Gelegenheiten ausfinden heranzukommen, und daran fehlt es uns noch ein bißchen. Aber Lechner wird jetzt versuchen durch Borchardt, der sehr nett zu ihm war, an verschiedene große Leute heranzukommen. Anders kann man hier in diesem Lande nichts erreichen. Ein verrücktes Land, *wirklich* demokratisch und dabei mit den *übelsten* Auswirkungen des Kapitalismus behaftet. In Europa versucht man diese Dinge schamhaft zu kaschieren. Hier denkt niemand daran.

Deine Mutti

Eva Ortmann Lechner aus New York an Sibylle in London

22. Juni 1937

Mein Liebes,

als ich gestern mittag die Queen Mary pünktlich tuten hörte, dachte ich gleich: Jetzt wird vielleicht ein Brief für mich ausgeladen, und richtig lag er heute morgen im Kasten! Viel wichtiger ist, was ich Dir in meinem vorigen Brief schrieb, *daß Du Dich nicht auf ein Schiff verläßt,* das in letzter Minute vor Ablauf Deines Visums hier ankommen soll. Nach dem, was augenblicklich in Frankreich los ist und was der Anfang von vielen aufeinanderfolgenden Krisen und Strikes sein *kann,* nicht muß natürlich, darf man sich nicht in eine solche Lage bringen.

Vielleicht hast Du das alles schon längst erledigt, wenn dieser Brief ankommt. Bei der Entfernung ist es zu schwierig, über solche Sachen zu diskutieren. So ist es natürlich auch sinnlos, über die augenblickliche politische Lage irgendwelche Vermutungen zu Papier zu bringen, die längst so oder so überholt sind, bis der Brief ankommt. Jedenfalls scheint sie gespannter als je. Da nach dem letzten Zwischenfall eine Beruhigung eingetreten war, haben sie jetzt wieder die Sache mit der »Leipzig« provoziert. Selbst nach deutschen Berichten ist ja deutlich zu sehen, daß diesmal nicht das geringste geschehen ist von seiten der Spanier.

Aber ich denke, die Engländer werden schon wieder in allem nachgeben und die Franzosen haben zu viel eigene Sorgen. Ich wünsche Dir wirklich, daß Du am 14. Juli auf den Straßen von Paris tanzt. Aber ich bitte Dich andererseits, *vorsichtig* und *vernünftig* zu sein. Die Franzosen sind ein unberechenbares und temperamentvolles Volk, und es geht ihnen nicht sehr gut im Augenblick – so ein Tag könnte unter Umständen der äußere Anlaß und der Anfang aller möglichen Dinge werden. Ich habe den Eindruck, daß die Regierung selbst nicht mehr recht ein und aus weiß. Und den Rückhalt an Rußland haben sie auch verloren. Denn schließlich kann man nicht mit Leuten Verträge schließen und sich auf sie verlassen, wenn diese selben Leuten 24 Stunden später vielleicht hingerichtet werden. Und was ist überhaupt eine Armee wert, deren Führer alle Augenblicke als »Verräter« entlarvt, abgesetzt etc. werden. Ich glaube, das ist im Augenblick das, was das Geschick Europas am entscheidendsten beeinflußt und Hitler den großen Auftrieb gegeben hat.

Daß Heinz Neumann hingerichtet worden ist, wußte ich nicht. Das ist ja entsetzlich. Ich muß immerzu daran denken. Die armen Eltern, diese guten jüdischen Spießbürger. Ich verstehe gar nicht, daß ich darüber nichts gelesen habe. Wo ist er denn nur hingerichtet? In Rußland? Er ist doch damals von der Schweiz aus nach Rußland gegangen. Irrst Du Dich auch nicht?[181]

Mönkemeyer beweist doch eigentlich seinen anständigen Charakter. Er hätte es doch leicht gehabt, sich von der Frau scheiden zu lassen und sich Stellung und Pension und alles zu retten. Viele haben es getan! Sein Sohn ist auch hier.

Es ist schon 2 Uhr nachts, der Brief muß noch weg.

Ich grüße und umarme und küsse Dich, mein Kleines!

Deine Mutti

Sibylle aus London an Eva Ortmann Lechner in New York

22. Juni 1937

Liebes Muttichen,

gestern kam eine Karte von Eva Tichauer. Sie fährt 2 Stunden durch London, und ich soll sie von einem Bahnhof zum andern bringen. Sie fährt nach Dublin für zwei Monate (Irland).

Sibylle

Jela Löwenfeld wollte, begleitet von dem siebenjährigen Andreas, ihre Schwester Elsi in Holland besuchen.

---

181 Evas Irritation war verständlich. Im Januar 1934 war Neumann auf dem Parteikongreß in Moskau wegen seiner Abweichungen von der Parteilinie angeklagt worden. Er lebte zu dieser Zeit mit seiner Frau illegal in Zürich unter falschem Namen und hatte, bei Stalin in Ungnade gefallen, keinen Grund, nach Rußland zurückzukehren. Im Dezember 1934 wurde er allerdings von der Schweizer Polizei verhaftet. Aller Wahrscheinlichkeit nach hatte ihn ein sowjetischer Agent verraten in dem Wissen, daß dies seine Ausweisung zur Folge haben würde und daß nur die Sowjetunion bereit wäre, ihn aufzunehmen. Vergleiche dazu die Erinnerungen von Neumanns Witwe Margarete Buber-Neumann: *Von Potsdam nach Moskau,* Stuttgart 1957. Als sie während der »Großen Säuberung« in Moskau lebten, wartete das Paar »wie Tote auf Urlaub« (wie sie später schrieb) auf seine Verhaftung. Er wurde im April 1937 festgenommen, seine Frau war ein Jahr später an der Reihe. 1940 wurde sie mit anderen Deutschen aus sowjetischen Gefängnissen und Arbeitslagern, zumeist Gegner des Nationalsozialismus auf der Flucht vor Hitler, an die Gestapo ausgeliefert und verbrachte die nächsten fünf Jahre im Konzentrationslager Ravensbrück. Sie berichtet ihre Erfahrungen in dem außerordentlichen Buch *Als Gefangene bei Stalin und Hitler,* München 1949.

Elsi Herschkowitsch Danziger aus Scheveningen an Jela Löwenfeld in Prag

24. Juni 1937

Mein liebes Jelachen,

ich glaube, ich werde noch verrückt vor Aufregung, Du bist sozusagen schon im Anrollen. Ob Du Dich verändert hast? Ich nicht. Ich muß ganz genau wissen, mit welchem Zug Du fährst, damit ich auf dem Bahnhof sein kann. Wahnsinn, daß man sich so lange nicht gesehen hat. Wenn es auch bei uns manchmal sehr knapp ist, ich bin mir bewußt, daß Du Dich hier erholen mußt, und das wird auch geschehen. Es gibt hier herrliches Obst, und Du wirst von Deinen armen, aber ehrlichen Verwandten sehr gepflegt werden.

Alles Gute, grüß in Berlin gemeinsame Bekannte, grüß Heinrich, ich wünsche Dir und Andreas eine sehr angenehme Fahrt und erwarte Dich mit Ungeduld und Aufregung wie etwa einen vier Jahre vermißten Bräutigam. Außerdem habe ich Lampenfieber, ob Dir auch alles hier bei mir gut gefallen wird. Was Mama nicht gefällt hier, das wird Dich nicht stören. Hans ist nett, die Kinder sind nett, die Wohnung ist nett, und ich bin nett. Wulfe freut sich natürlich auch sehr. Wozu schreibe ich eigentlich bis in die Nacht? Weil ich mich freue und weil ich ein kleiner gutartiger Idiot bin und immer bleiben werde.

Deine Elsi

Sibylle aus London an Eva Ortmann Lechner in New York

28. Juni 1937

Mein liebes Muttichen,

ich war neulich bei einer Cocktailparty bei Rubinsteins, von denen ich bei der Gelegenheit Abschied genommen habe. Es war sehr, sehr nett. Dort war die Schwester von Frau Birnberg, Leiterin einer Schule für Kinder in Amerika, sehr nett. Ferner war dort ein sehr reicher, furchtbar netter junger New Yorker Rechtsanwalt, der gesagt hat, ich soll ihn sofort drüben anrufen, and he will do everything to make me happy. Das klingt ja ein bißchen komisch, war aber absolut nett und wohlmeinend gesagt, vielleicht ohne viel dahinter. Aber immerhin werde ich ihn mal aufsuchen, er hat ein großes Büro. Er war so entsetzt davon, daß ich auf einen Hitch-Hike gehe, noch dazu mit einem Jungen, mit dem ich nicht verlobt bin, daß er es gar nicht verhehlte, sondern mir gleich sagte, was die Amerikaner davon halten. Ein schreckliches Volk, und dabei ist alles nur geheuchelt und verlogen. Ich habe ihm aber auch gesagt, was ich davon halte, wie die Amerikaner denken.

Ich habe die Papiere von der Schule geschickt bekommen.[182]

Viele Grüße und Küsse

Sibylle

Eva Ortmann Lechner aus New York an Sibylle in London

30. Juni 1937

Mein Liebes,

ich habe Dir zwar erst gestern geschrieben, sehe aber, daß morgen wieder ein Boot geht, und da mich Lechner schwer beschimpft hat, daß ich Dir über das Geld, das uns das Comité gibt, überhaupt geschrieben habe, will ich Dir schnell einen Gruß senden und diese Sache noch ausführlicher beleuchten. Lechner meint nämlich, Du würdest entsetzt sein und denken, es ginge uns schlecht und wir nagten am Hungertuche, und das würde Dich deprimieren etc. Daß dem aber nicht so ist, schrieb ich Dir ja schon.[183] Es ist wirklich so, daß Borchardt ihn 2-, sogar 3mal gefragt hat in seiner berlinischen groben Art: »Na, wie is das denn, Lechner, mit den Moneten? Sie werden doch nicht gerade haben *sparen* können im Winter. Genieren Sie sich nicht, *gehen Sie zu Herrn Sowieso im 8. Stock, ich habe schon mit ihm über Sie gesprochen.* Sie sind das beste Pferd im Stall, man muß ein bißchen Geduld haben, Qualität setzt sich durch«, usw. usw. – danach wären

---

182 Genau wie Eva vorausgesehen hatte, war Sibylles Brief an die Fürstin-Bismarck-Schule Dr. Olga Mazura vorgelegt worden, die für eine vollständige Abschrift von Sibylles Schulunterlagen sorgte, darunter auch der besonderen Empfehlung durch das Kollegium vom März 1933. Diese Abschrift war lediglich in einer Hinsicht fehlerhaft: Sie gab an, Sibylle habe die Schule einschließlich des Schuljahrs besucht, das am 1. August 1933 endete, obwohl sie tatsächlich ja im März 1933 abgegangen war. Dr. Mazura war das zweifelsohne bekannt, doch wollte sie Sibylle offensichtlich bei der Bewerbung an amerikanischen Colleges helfen, indem sie die tatsächlich absolvierte Schulzeit übertrieb.

183 Selbst wenn man berücksichtigt, daß Eva und Sibylle einander vor unglücklichen Nachrichten bewahrten, bleibt Evas Erklärung dafür, warum Lechner und sie Wohlfahrtsunterstützung bezogen, wenig überzeugend.

wir ja wirklich dumm gewesen, wenn wir nicht darauf eingegangen wären.

Deine Mutti

Heinrich Löwenfeld aus Prag an Sibylle in London

3. Juli 1937

Liebe Sibylle,

wir werden uns also, fürchte ich, nicht mehr in Europa sehen. In die Nähe der Tschechoslowakei scheint Eure Reise nicht zu führen – leider. Mir scheint es doch sehr richtig, daß Du Dich entschlossen hast, nach Amerika zu gehen. Du wirst dort mehr Möglichkeiten haben, und den Kreis und die Menschen, die Du brauchst, wirst Du auch dort finden. Merkwürdigerweise lebt man überall in einer kleinen Gruppe von Menschen, die ähnliche Interessen und Ziele haben, bei verschiedenster Herkunft gibt es so eine »internationale Mischrasse«, man findet sie in Prag, London, Los Angeles oder New York. Aber ich finde es sehr tapfer und bewundere Dich, wie Du Dich jetzt klar entschieden hast. Vielleicht wirst Du in Amerika doch noch Deine Studienpläne durchführen können, es gibt dort doch so viele Stipendien usw. Vielleicht bekommst Du eins. 20 J. ist ja nicht zu spät, und nicht für ein längeres Studium. Unsere Pläne sind noch nicht entschieden. Aber Eure Anwesenheit in Amerika wird als ein magisches Band wirken, das uns hinüberziehen wird.

Jela ist ja hier sehr unzufrieden, das wird uns wohl doch nach Amerika treiben.

Heinrich

Sibylle aus London an Eva Ortmann Lechner in New York

6. Juli 1937

Mein liebes Muttichen,

ich stecke über beide Ohren in Packen, Koffersorgen und Abschiedsschmerz. Gestern früh stand ich um 4 Uhr auf und traf Eva Tichauer an der Bahn, um sie um 9 Uhr in den nächsten Zug zu setzen. Ich werde Dir später von ihr erzählen. Sie ist wie das Musterexemplar einer feinen, klugen Frau aus einem anderen Jahrhundert. Äußerlich völlig unverändert. Vernünftig, fleißig, klug, tuntelig, furchtbar alt, dabei nett. Sie haben sich jetzt alle naturalisieren lassen. Sie waren die ersten, die es geworden sind. Nun sind schon eine ganze Reihe Emigranten eingebürgert, wie sie sagt. Sie fährt zu Quäkern nach Dublin. Sie haben mich eingeladen, in Paris bei ihnen zu wohnen, aber ich habe es abgelehnt, da ich ja Thola nicht so im Stich lassen kann und außerdem keine Lust dazu habe. Denn wenn ich schon den 14. dort feiere, möchte ich nicht gern um 1/2 11 Uhr zu Hause sein müssen.

Ich grüße und küsse Dich viele Male.

Sibylle

Eva Ortmann Lechner aus New York an Sibylle in London

6. Juli 1937

Mein liebes Kleines,

gestern waren wir von Mittag an bei Vetter Tunichtgut, der gar kein solcher ist, sondern ein einfacher, beschränkter, furchtbar freundlicher Mann, der ein nettes Familienleben führt, *sehr* angenehme und nette Kinder und ebensolche Frau hat. Der Gewinn des Tages war, daß wir den ganzen Tag Englisch sprechen mußten. Ich habe dabei zum ersten Mal gemerkt, daß ich die Sprache vielleicht doch noch mal lernen könnte, wenn ich sie gezwungenermaßen wochen- oder monatelang ausschließlich sprechen müßte. Mit anderen Worten, man muß *allein* in ein Land gehen und mit dortigen Menschen leben, sonst lernt man es *nie*.

Schluß für heute, mein geliebtes Engelchen, und eine gute glückliche Fahrt für Euch beide!

Deine Mutti

Sibylle aus Basel an Eva Ortmann Lechner in New York

16. Juli 1937

Liebe Mutti,

wir sind nach 1 1/2 Tagen von Paris (mit Campieren im Freien [184]) in Basel gelandet. Hier habe ich mir einen Brief von Frl. Dr. Witzinger

---

184 Sibylle und Thola hatten nicht geplant, im Freien zu schlafen. Sie waren wachgerüttelt und der Jugendherberge verwiesen worden, als die Herbergseltern feststellten, daß sie nicht verheiratet waren.

abgeholt, die mich einlädt, zu ihr zu kommen. Da wir aber keine Zeit haben und ich wie ein Landstreicher aussehe (kurze Höschen und wild), werde ich es doch nicht tun. Unsere Fahrt ist knorke, Paris sehr schön, wenn auch zu kurz, die Ausstellung sehr interessant, und heute abend wollen wir noch nach Luzern kommen, damit wir morgen Ruhetag einlegen können.

Sibylle

Sibylle aus Ruta, Italien, an Eva Ortmann Lechner in New York

23. Juli 1937

Meine liebe Mutti,

vorgestern nacht um 1/2 12 landete uns ein Autofahrer vor Carlas Haustür. Alles hat prächtig geklappt, und wir haben eine ganz wunderbare Fahrt gehabt. Wir sind 2 1/2 Tage in Paris gewesen, einen halben Tag in Luzern, 2 Tage in dem herrlichen Lugano, 1 Tag in Como und schon am 10. Tag in Ruta gelandet.

Hier ist es sehr nett, wir baden, sonnen uns, faulenzen und gehen spazieren. Carla kocht schön, wohnt herrlich, und Thola hat ein Zimmer 2 Häuser weiter. Morgen fährt er – per Auto – entweder nach Marseille oder Neapel, und ich fahre mit und komme per Bahn zurück.

Am Abend vor unserer Abfahrt hatten wir noch eine große Abschiedsparty. 20 Leute waren da, alle brachten was zu essen mit, auch Wein, und es war furchtbar nett. Ich kam mir am Ende wie ein ernstlicher Verlust für London vor. Die Toaste, Küsse, Wünsche und Abschiedsgesänge hörten gar nicht auf. Um 11 Uhr wurden alle rausgeschmissen, denn wir sind schon um 4 Uhr am nächsten Tag aufgestanden.

Sibylle

Eva Ortmann Lechner aus New York an Sibylle in Ruta, Italien

3. August 1937

Mein Liebes,

neulich waren wir einen Abend mit Max Ehrlich, dem Komiker aus Berlin, zusammen. Carla wird ihn sicherlich kennen, z.B. vom Cabaret d. Komiker. Er hat dort oft gespielt, auch mit Bressart zusammen. Er ist augenblicklich noch im Kulturbund, war hier nur zur

Orientierung und geht diesen Winter noch zurück, da er das ganze Kabarett dort leitet und die Leute nicht im Stich lassen will. Im nächsten Jahr will er hier in New York ein deutsches Kabarett aufmachen, er glaubt, daß genügend Publikum dafür da ist. Er hat uns sehr interessant erzählt von verschiedenen deutschen Künstlern, die er im *Ausland,* Wien, Prag, Schweiz, getroffen und gesprochen hat. Er kennt so ungefähr alle, die es überhaupt gibt, und behauptet, es seien darunter viel mehr anständige Leute, als man denkt. Was sollen sie machen, nur die ganz Großen, wie z. B. Forster, K. Goetz u. a., können es sich leisten, aus dieser Gesinnung die Konsequenzen zu ziehen.[185] Wir waren dann noch einmal mit ihm und einigen anderen Leuten in einem Riesen-Vergnügungspark in New Jersey, so eine Art Lunapark, aber eben von amerikanischen Dimensionen und Eleganz. Ich konnte auch diesmal der Sache keinen Geschmack abgewinnen und fand mich dort sehr deplaciert, übrigens auch Lechner, der mit der redlichen Absicht hingegangen war, sich zu amüsieren, und es so wenig tat wie ich, sondern nur ab und zu leise weinend rechnete, wieviel »dimes«, d. sind 10 cents, wir schon ausgegeben hatten. Komisch, daß einem so jede Naivität abgeht, denn daran muß es ja wohl liegen. Die anderen einschließlich Max Ehrlich, der bestimmt ein seriöser und gescheiter Mensch ist (wie die meisten Komiker) und älter als ich, schienen sich glänzend zu unterhalten.

Ich umarme und küsse Dich, mein Gutes!

Deine Mutti

Fritz Lechner bemühte sich, seine in Deutschland verbliebenen Familienmitglieder in die Vereinigten Staaten zu bringen. Im Jahr 1937

---

185 Der Schauspieler Rudolf Forster (1884–1968) spielte u. a. den Mackie Messer in der Verfilmung der *Dreigroschenoper* (1931), emigrierte 1937 in die USA und kehrte 1940 nach Deutschland zurück. 1942 spielte er in dem Film *Wien 1910* den antisemitischen Wiener Bürgermeister Karl Lueger. Der Schauspieler, Schriftsteller und Regisseur Curt Goetz (1888–1960) emigrierte 1939 in die USA, erhielt einen Fünfjahresvertrag von einem Hollywoodstudio, den er jedoch angewidert zurückgab. Er und seine Frau verbrachten die Jahre von 1940 bis 1945 mit der Hühnerzucht und kehrten nach dem Krieg nach Europa zurück. Max Ehrlich (1892–1944) kehrte nach Deutschland zurück, floh dann nach Holland, wo er 1943 den Nazis in die Hände fiel. 1944 wurde er in Auschwitz ermordet.

konnten er und Eva nur entweder für seine Eltern oder für seinen Bruder bürgen. Sie entschieden sich, zuerst für den Bruder zu bürgen, und wollten im Jahr darauf versuchen, Gustav und Sophie Lechner nach Amerika zu bringen.

Eva Ortmann Lechner aus New York an Sibylle in Ruta, Italien

10. August 1937

Mein Liebes,

Lechners Bruder schrieb uns heute über seinen Besuch beim Berliner Consul. Wir hatten gehört, daß man dort neuerdings sehr wohlwollend den jüdischen Emigranten gegenüber eingestellt sei, daß der frühere Consul wegen der gegenteiligen Einstellung abgerufen sei etc. Die Behandlung scheint sich aber, wenigstens äußerlich, nicht geändert zu haben. Alfred Lechner schreibt »höflich, aber eisig«. Im übrigen war man überaus mißtrauisch, glaubte offenbar *nichts,* fragte, ob wir uns das Geld für das Bankkonto nicht etwa geliehen hätten etc. Am meisten geärgert haben sich die Leute anscheinend, daß wir über Kuba eingewandert sind, obwohl Alfred L. dies recht geschickt erklärte. Er wurde jedoch keiner Antwort gewürdigt. Lechner will nun sehen, ihm eine Stellung in einem Krankenhaus zu verschaffen sowie ein zweites Affidavit.

Deine Mutti

Eva Ortmann Lechner aus New York an Sibylle in Ruta, Italien

17. August 1937

Mein Liebes,

von Heinrich hatte ich gestern endlich einen Brief, es scheint ihnen wirklich ganz gut zu gehen. Ihre Amerika-Pläne haben sie zurückgestellt, einstweilen. Er schreibt, *dazu* fehle ihnen das Geld. Sie besitzen augenblicklich etwa 250/300$ Das ist natürlich gar nichts für hiesige Begriffe, würde ja auch für die Überfahrt draufgehen. Also müßten sie hier vollkommen von vorne anfangen, sich vom Comité versorgen lassen, was dieses allerdings in *sehr* großzügiger Weise tut, wie ich Dir ja schon schrieb, besonders wenn es sich um Ärzte handelt. Aber es ist natürlich keine Kleinigkeit, dies alles zum zweiten Mal durchzumachen und eine gewisse behagliche Existenz wieder aufzugeben. Es ist für mich auch zu verantwortungsvoll, ihm unentwegt dazu zuzureden. Ich habe ihm ja die *großen* Möglichkeiten, die er nach Meinung aller maßgebenden Leute hier hat, genügend geschildert, auch hört er ja durch andere Analytiker davon, denen es hier glanzvoll geht.

Deine Mutti

Lili Stern aus London an Sibylle in Paris

2. September 1937

Mein liebes kleines Sibyllchen,

alles kommt anders, als man denkt. Ich kann nicht aufs Schiff kommen, habe keinen Urlaub erhalten. Konnte Dir deswegen nicht schreiben, da Du keine Adresse auf Deiner Karte angabst.

Also, meine Kleine, leb wohl, hoffentlich sehen wir uns bald wieder.

Deine Reise war sicher sehr schön, trotz des bitteren Vorgeschmackes, aber als Abschluß einer Freundschaft sicher der richtige Weg.

Eigentlich bin ich sehr froh für Dich, daß Du von London und aus Deinem Kreise nun heraus bist, denn auf die Dauer hättest Du es da auf keinen Fall aushalten können. Du bist zuletzt nur noch ein Schatten Deiner selbst gewesen. Die ganzen letzten Monate Deiner zwei Freundschaften haben an Deinen Nerven gerissen, Du hast Sorgen und Streitigkeiten über kleine Nichtigkeiten gehabt, die heute eigentlich gar keine Rolle mehr spielen. Laß Dir alle Leute egal sein, nimm nicht zu viel Rücksicht auf andere, und denke nicht mehr an die Londoner Zeit zurück, sondern fange neu an. Dies alles klingt vielleicht wie eine Predigt, aber ich meine es aufrichtig gut mit Dir.

Ich wünsche Dir das Aller-, Allerbeste und freue mich schon auf den Tag, an dem ich Dich wiedersehen werde.

Ich muß Dir noch eine Neuigkeit berichten: Kurt[186] und ich heiraten am 25. d. M. Du wirst Dich vielleicht wundern, daß es nun auf einmal so schnell gegangen ist, aber meine Schwiegermutter ist nun hier, und da sie uns vermutlich in den nächsten Jahren nicht mehr se-

---

186 Das war der junge Mann, dessen Interesse an Sibylle ihre Mutter im Sommer 1933 so beunruhigt hatte.

hen wird, so hat sie den Wunsch geäußert, bei der sogenannten Festlichkeit dabeizusein. Es wird nichts gefeiert, nur Standesamt, und Montag geht die Arbeit weiter. Ein bißchen komisches Gefühl, trotzdem man vorher so viel vom Heiraten spricht, wenn es erst mal soweit ist, ist es doch komisch.

Also, Bille, leb wohl, gute Reise.

Herzlichst

Lili

Halla Rachmilevitz aus Paris an Sibylle, auf dem Weg nach New York

6. September 1937

Liebe Sibylle,

heute ist schon Montag, und Du schwimmst schon den 4. Tag auf dem großen Wasser. Ich muß sagen, daß ich mir ganz blöde und verlassen vorkam, als Du wegfuhrst. Hoffentlich hast Du nette Gesellschaft oder einen netten Gesellschafter auf den Schiff, so daß Dir die Fahrt nicht zu langweilig wird.

Mir gefällt es jetzt hier schon ganz gut. Paris ist doch eine amüsante Stadt. Tagsüber bin ich fast immer in der Ausstellung[187] und bin jedesmal von neuem über alles mögliche überrascht. Nachts mache ich physical exercise von wegen der Flöhe, die sich anscheinend an meine Gesellschaft viel zu sehr gewöhnt haben. Heute früh habe ich übrigens eine tote Wanze gefunden (bitte erzähle es niemandem), die ich, in Watte gebettet, Madame Gravis gezeigt habe, worauf heute mein Zimmer einer gründlichen Reinigung unterzogen werden soll.

Kuß Halla.

Heinrich Löwenfeld aus Prag an Eva Ortmann Lechner in New York

9. September 1937

Liebe Eva,

inzwischen wird ja Sibylle angekommen sein; wir halten es auf jeden Fall für richtig, daß sie hinübergekommen ist. Sie wird auch drüben schon allmählich einen Kreis finden. Und eine besondere Position hatte sie in London doch auch nicht, d.h., wenn sie in Amerika

187 Weltausstellung 1937 in Paris

doch zuerst oder zeitweilig arbeiten müßte, wäre es ja nicht schlechter als in London. Und schließlich besteht doch die Kriegsgefahr immer weiter. Auch die Tatsache, daß man in Europa immer der Ausländer mit geringeren Rechten bleibt, belastet einen doch immer. Der Start in Amerika ist doch einfacher. Ich glaube also, daß Du Dir gar keine Bedenken zu machen brauchst. Bei uns gibt es wieder neue Schwierigkeiten: Man will die Emigranten aus Prag evakuieren, und zwar teils aus Liebedienerei gegenüber Deutschland, teils aus Furcht vor den Gestapospitzeln, die sich innerhalb der Emigration gut verbergen können. Nun glaube ich zwar, daß es uns mit Hilfe von Beziehungen gelingen wird, die hiesige Aufenthaltsbewilligung doch verlängert zu bekommen, aber man ist hier tatsächlich niemals sicher, und es kann ja bald wieder eine neue Verordnung kommen.

Soweit nehmen unsere Auswanderungspläne allmählich doch festere Form an. Jela will gern nach Holland übersiedeln, weil es ihr dort so gut gefallen hat und wir auch bei der dortigen analytischen Gruppe wahrscheinlich schnell Anschluß finden würden. Ich aber bin doch dagegen und mehr für Amerika, denn wenn wir schon ein zweites Mal emigrieren, scheint es mir schon besser, Europa zu verlassen. Auch für Andreas bietet ja die englisch-amerikanische Welt viel mehr Möglichkeiten, schließlich glaube ich auch, daß man in Amerika mehr verdienen kann.

Die Paßfrage ist überhaupt schwierig; mein Paß ist abgelaufen, die deutsche Gesandtschaft läßt mich vorläufig warten, hat aber noch nicht endgültig nein gesagt. Wenn ich keinen deutschen Paß bekäme, so würde ich wohl einen tschecho-slovak. Paß (zum Verlassen des Landes) erhalten, aber ich weiß nicht, wie sich die U. S. A. zu diesem Schriftstück einstellen werden. Ohne eine Anstellung nach Amerika zu gehen scheint mir doch sehr schwierig, wir sind drei Personen usw. Ich habe keine Lust, wieder alle Unbilden der Arbeits- und Geldlosigkeit auf mich zu nehmen.

Es tut uns sehr leid, daß Ihr Euch so plagen müßt. Aber Ihr seid ja wirklich noch nicht sehr lange drüben, und es ist kaum mehr zu erwarten. Vielleicht könnt Ihr Euch an *Serkin* wenden, sowie er drüben ist; er soll jetzt große Erfolge gehabt haben, zum Teil auch durch eine Erkrankung von Horowitz, für den er eingesprungen ist. Jedenfalls könnt Ihr Euch *unbedingt* an ihn wenden und alles von ihm fordern, was er zu vergeben und zu vermitteln hat. Ohne Scheu oder Zurückhaltung!

Herzliche Grüße an Euch drei.

Heinrich

Jela Löwenfeld aus Prag an Eva Ortmann Lechner in New York

9. September 1937

Liebe Eva,

Andreas und ich waren 6 Wochen in Holland. Ich finde das Land herrlich schön, die Menschen sympathisch, die Sprache leicht. Schade, daß wir nicht alle zusammen dorthin gegangen sind. So verliert man sich ganz in der riesigen Welt. In Berlin waren wir auch einige Tage. Andreas war begeistert von allem, Menschen, Sprache, Untergrundbahn.

Denke Dir, wir waren bei Onkel Max, auf Heinrichs dringenden Wunsch. Der alte Mann erkannte uns langsam. Nur mich, glaube ich, nicht. Er hielt meine Mutter für die Mama von Andreas. Andreas aber war sich des Ernstes der Situation voll bewußt. War ernst und gesammelt, sprach über Ahnen und Literatur und stellte sich zum Schluß stramm vor Onkel Max auf und deklamierte ein Gedicht von Goethe (Gefunden). Allen stiegen die Tränen in die Augen. So nahmen wir Abschied. Ja, es greift die Nerven an, die Heimat wiederzusehen. Jetzt aber denken wir ernstlich an Amerika, denn hier brennt einem der Boden unter den Füßen. Aber die leidenschaftlichen Europäer! Hoffnungslose Fälle. Ob wir alle verrückt sind?

Herzlichste Grüße an alle,

Jela

Kapitel XI

»Den Winter überstehe jeder, wie er kann«

September 1937 bis September 1938

Am Nachmittag des 9. September 1937 fuhr die »Île de France« mit Sibylle an Bord den Hudson hinauf und legte am Pier der West 48th Street in Manhattan an, nur ein paar Blocks vom Times Square entfernt.

Später, im Laufe des Septembers, kehrte Thola Theilhaber aus Palästina nach London zurück, legte in Paris Station ein und zog wieder in Mrs. Sheehans Pension in der Fellows Road.

Thola Theilhaber aus London an Sibylle in New York

circa 20. September 1937

Liebe Syb.

Ich bin jetzt seit 4 Tagen in London. Jetzt hat der »Ernst des Lebens« wieder begonnen. Eigentlich muß ich ein Jahr jetzt mit Studium verbringen; da aber meine Eltern ziemlich knapp sind, habe ich vor, meine Studien auf die Abendzeit zu verlegen und tagsüber zu arbeiten.

Auf meinem Schiff von Palästina nach Marseille waren einige Amerikaner, die mich zu sich nach Detroit eingeladen haben, falls ich mal in den States bin. Und das wird sicher nicht mehr lang dauern.

In Deinem Zimmer hier wohnt eine Dame. Mrs. Sheehan sagte zu mir scherzend, daß ich doch bitte nicht gewohnheitsgemäß im Traum in das Zimmer gehen soll. Mrs. Sheehan ist sehr krank, aber sehr freundlich.

Thola

Etwa zwei Wochen nach ihrer Ankunft in New York fand Sibylle ihre erste Stelle als Sekretärin.

Sibylle aus New York an Mary und Ronald Rubinstein in London

24. Oktober 1937

Liebe Mrs. Rubinstein, lieber Mr. Rubinstein,

ich hatte den schönsten Sommer meines Lebens. Meine Reise per

Anhalter war ein großer Erfolg. Wir kamen schneller und leichter voran, als wir je zu hoffen gewagt hätten.

Die erste Woche in New York war wie ein Traum, mit so vielem zu sehen und zu lernen, so vielen neuen Gesichtern und so viel zu erzählen. Sie können sich sicher vorstellen, wie glücklich ich war, wieder bei meiner Mutter zu sein. Wir haben eine kleine Wohnung in der Nähe des Central Park. Im letzten Monat habe ich im Büro eines Zollinspektors gearbeitet. Es war eine ziemlich anstrengende Arbeit, lange Arbeitszeiten und immer eine fürchterliche Hektik, so daß ich sehr froh bin, jetzt eine andere Stelle gefunden zu haben, die ganz gut scheint, nämlich beim hiesigen Flüchtlingskomitee als Übersetzerin deutscher Dokumente in der Abteilung, die für die Einwanderung zuständig ist. Morgen fange ich an. Wir arbeiten 5 Tage die Woche, und ich glaube, ich werde Abendkurse nehmen können, um mich auf das richtige Abendcollege (also eine Art Universität) im Februar nächsten Jahres vorzubereiten.

New York ist eine sehr aufregende Stadt, so ganz anders als Europa, in mancher Hinsicht sehr einnehmend und sehr oft auch wirklich abstoßend. Aber bis jetzt weiß ich noch sehr wenig von allem, da ich noch nicht viele Amerikaner kennengelernt habe.

Sibylle

Thola Theilhaber aus London an Sibylle in New York

9. November 1937

Liebe Sybille!

Eigentlich wollte ich Dir eine barsche Antwort auf Deinen vorletzten Brief schreiben. Aber der letzte hat mein Herz wieder erweicht.

Syb., Du mußt Dir schleunigst einen Boyfriend anschaffen. Das ist ja direkt gefährlich, was für Stimmungen Du Dir so machst. Wenn Du mir einen Deiner Bekannten findest, der für mich bürgt, und mir einen Rat gibst, wie man umsonst nach U. S. A. fährt (wie Gillender fuhr[188]), dann komme ich und schlafe auf der Couch, lieber heute als morgen.

---

188 Tony Gillender, ein englischer Freund, arbeitete als Steward auf einem Linienschiff.

Sonst geht's mir gut, und ich hoffe, Du wirst Dich bald besser eingelebt haben und Deinem Zores[189] ein Ende machen. Much luck in your parents' business.

Heil, Thola

Seit mehr als einem Jahr hatte Muschi Daniel erfolglos versucht, mit ihrer Mutter in Verbindung zu treten, die irgendwo in Rußland inhaftiert war. In Erwiderung der Nachfragen des schwedischen Außenministeriums hatten die Sowjets zwar bestätigt, daß Rika Ortmann in Haft war, aber wo man sie festhielt und wessen man sie beschuldigte, blieb unbekannt. Muschis Bitte an den sowjetischen Botschafter in Washington vom Mai 1937, daß man ihr erlaube, mit ihrer Mutter Briefe zu wechseln, war mit einer kurzen Notiz beantwortet worden, man bedaure »außerordentlich, daß die Botschaft in der Angelegenheit, in der Sie schreiben, leider nichts unternehmen kann«. Im September 1937 hatten Rikas Verwandte den Rat des schwedischen Presseattachés in Moskau gesucht, als er Stockholm besuchte. Er sagte ihnen: »Ja, es werden so viele verhaftet, bei einigen weiß man im voraus, was passieren soll, ein Prozeß, dann Erschießung oder Verschikkung, aber es gibt auch viele, die man so aus Zufall mitverhaftet, die läßt man dann sitzen, man hat einfach keine Zeit; diejenigen haben es im Gefängnis nicht schlecht, das Essen ist anständig, und sie haben auch nicht unter ›Verhörmethoden‹ zu leiden.«

Im November 1937, nach 13 Monaten, trafen schließlich direkte Nachrichten von Rika Ortmann ein. Leo Gawatin, der junge schwedische Cousin, der offiziell ihr Ehemann war, bekam einen Brief von einer ehemaligen Zellengenossin Rikas, der ansonsten unbekannten »H. Braude« aus Riga in Litauen. Er enthielt eine detaillierte Beschreibung dessen, was sie von Rikas Lage wußte.

H. Braude aus Riga an Leo Gawatin in Stockholm

November 1937

Geehrter Herr Gawatin,

ich kann Ihnen mitteilen, daß ich mit Ihrer Frau 6 Monate in Mos-

---

189 Zores ist das jiddische Wort für Ärger.

kau verbracht habe. Ich bin in der vorigen Woche nach Riga zurückgekommen. Sie ist aber noch dort, leider. Ich muß Ihnen mitteilen, daß sie sich in einer sehr schlechten Lage befindet. Gesundheitlich geht es ihr auch schlecht. Außerdem sitzt sie ganz ohne Geld und braucht sofortige Hilfe. Es wäre sehr ratsam, wenn Sie oder irgend jemand aus der Familie nach Riga kommen könnten, damit ich alles genau mitteilen kann, was los ist. Rika hat sehr gebeten, Sie möchten ihre Tochter benachrichtigen und auch die andern Angehörigen von ihrem schweren Zustand. Ich erwarte Ihre sofortige Antwort.

H. Braude

Bericht – im Interesse des Berichterstatters streng vertraulich zu behandeln.
Frau Braude war im April 1937 nach Moskau gereist, um ihre Verwandten zu besuchen. Fünf Tage nach ihrer Ankunft wurde sie verhaftet, weil sie im Verdacht stand, Gegenstände, die sie angeblich eingeschmuggelt hatte, verkaufen zu wollen. Sie wurde mehrere Tage im Untersuchungsgefängnis Lubjanka verhört, dann als Ausländerin in das politische Gefängnis Botyrka überführt und dort im selben Saal einquartiert wie Frau Gawatin. Da sie von den im Saal untergebrachten 55 Personen die einzigen Ausländer waren und da sie als solche von den andern ausgegrenzt wurden, wurden sie näher miteinander bekannt. Frau Gawatin erzählte der Berichterstatterin folgendes: Sie hatte alle Formalitäten erledigt und fuhr am 24. Oktober nach Leningrad, um weiter über Helsingfors nach Stockholm zu reisen. Eine Stunde nach der Abfahrt in Moskau forderten zwei Herren sie auf, ihren Paß abzugeben, und eine halbe Stunde später erklärte man, sie müsse nach Moskau zurückfahren, weil das Visum nicht in Ordnung sei. In Moskau wurde sie sofort ins Untersuchungsgefängnis gebracht, wo sie etwa einen Monat zubrachte. Man beschuldigte sie der Konspiration und der Mitgliedschaft in einer gewissen »Brandlergruppe«.[190] Sie gab zu, daß sie früher in Berlin gewisse Verbindungen

190 In den frühen zwanziger Jahren war Heinrich Brandler (1881–1967) ein einflußreicher deutscher Kommunistenführer, der 1928 als Kritiker Stalins aus der KPD ausgeschlossen wurde. Er gehörte im gleichen Jahr zu den Mitbegründern der KPDO (Kommunistische Partei Deutschlands Opposition) und galt als Anhänger Trotzkis.

zur »Brandlergruppe« gehabt habe und mit Brandler sympathisiere. Aber sie sei nicht für ihn tätig gewesen.

Sie wurde dann in das politische Gefängnis Botyrka überführt, wo sie nach drei Monaten Frau .... kennenlernte. Sie erzählte dieser auch, daß eine Freundin, Käthe Güsfeld, in einer in Moskau gegründeten Brandlergruppe aktiv gewesen sei. Sie habe u. a. einmal einen Brief von Brandler auf dem Tisch der Freundin liegen sehen. Die Mitglieder der Gruppe, darunter auch Käthe Güsfeld, seien gleichzeitig mit Frau Gawatin wegen Konspiration, Landesverrats und Trotzkismus verhaftet worden. Nachdem sechs Monate vergangen waren, ohne daß die Sache vor den Richter kam oder ein neues Verhör stattfand, begann Frau Gawatin am 15. Juni einen Hungerstreik. Der dauerte bis zum 20. Juni morgens, als sie auf Anweisung des Untersuchungsrichters wieder ins Untersuchungsgefängnis zurückgebracht wurde. Dort blieb sie bis zum 24. Juni. Im Verhör habe der Richter erklärt, daß der Grund ihrer Verhaftung sei, daß sie Gawatin nur geheiratet habe, um schwedische Staatsbürgerin zu werden, und daß Gawatin selbst sowie dessen Bruder und eine Dame, die mit ihnen zusammen ein Laboratorium[191] betrieb, Brandler-Anhänger seien und daß das Laboratorium lediglich als Deckmantel für Spionage oder ähnliche Tätigkeit diene.

Nach dem Verhör wurde Frau Gawatin wieder ins politische Gefängnis zurückgebracht und am 30. Juni zusammen mit der Berichterstatterin auf Anweisung des Untersuchungsrichters in eine bessere Zelle verlegt. Darin waren nur 24 Personen, und im Gegensatz zu dem früheren Saal, in dem nur Holzbänke waren, gab es hier Betten und Bettwäsche. Auch sonst war der Raum viel angenehmer als der frühere. Da Frau Gawatin schon länger verhaftet war als die anderen, erhielt sie ein Bett in der Nähe des Fensters. Das Essen war dasselbe wie früher: als Frühstück 600 gr. Brot, zwei Stück Zucker und Tee, mittags Kohlsuppe, abends Grütze. Nach ihrem Hungerstreik bekam Frau Gawatin vom Untersuchungsrichter 50 Rubel für zusätzliche Kost. Zuweilen erhielt sie von anderen Verhafteten etwas Butter, Zucker und dergleichen.

---

191 Die Gawatins betrieben eine kleine Parfumherstellung.

Anfang Oktober wurde Frau Gawatin zum Obersten Tribunal geführt, wo sie drei Tage blieb. Nach ihrer der Rückkehr erzählte sie, man habe ihr die Anklageschrift vorgelesen. Sie sei sehr scharf gehalten und gründe sich auf Artikel 58, Absatz 10 und 11 des Strafgesetzes (nach Aussage der Berichterstatterin »Konspiration« und »staatsfeindliche Äußerungen«). Einige Tage später wurde Frau Gawatin in eine andere Zelle (von etwa 100 Personen) überführt. Etwa eine Woche später sah die Berichterstatterin Frau Gawatin vom Fenster aus im Gefängnishof, wo sie 20 Minuten spazierengehen durfte. Danach konnte die Berichterstatterin nichts mehr erfahren. Sie selbst wurde Ende Oktober freigelassen und konnte dann einige Tage später in ihre Heimat reisen. Sie hatte Frau Gawatin versprochen, wenn sie freikäme, den Verwandten in Stockholm Mitteilung zu machen, bitte aber dringend, die Mitteilungen und vor allem den Namen der Berichterstatterin nicht öffentlich zu nennen.

Muschi und ihr Mann begriffen nicht sofort, daß Frau Braudes Brief authentisch war – vielleicht weil es so wenig wahrscheinlich schien, daß jemand Rika, eine 51jährige Zahnärztin, ernstlich verdächtigen konnte, eine konterrevolutionäre Verschwörerin zu sein. Weit weg von Europa, wußten sie noch nicht, daß die Säuberungen in der UdSSR Millionen Unschuldiger verschlangen. Statt Frau Braudes Loyalität und Mut zu schätzen – sie hatte noch Verwandte in Rußland, die in Gefahr gerieten, würde der Brief bekannt –, hatten sie anfänglich den Verdacht, von Rikas westlichen Angehörigen solle lediglich Geld erpreßt werden.

In Prag waren Heinrich, Jela und Andreas Löwenfeld krank.

Jela und Heinrich Löwenfeld aus Prag an Eva Ortmann Lechner in New York

14. November 1937

Liebe Eva,

Andreas, der 4 Wochen im September mit einer Bronchitis krank lag, hat seit 2 Wochen Scharlach! Ist das nicht furchtbar, da ich dauernd im Bett liege, kann ich ihn nicht einmal pflegen, wir haben ihn mit viel List und Geschick in der Wohnung behalten, müssen ihn aber völlig isoliert halten, verkehren nur durch Haustelephon mit ihm. Andreas geht es übrigens gut, es ist ein leichter Fall; aber 6 Wochen muß er in Quarantäne bleiben. Mit uns will kein Mensch verkehren, alle werden hysterisch aus Ansteckungsangst. Selbst die Ärzte weigern sich, mich zu behandeln. Daraufhin habe ich, als der Chirurg mich nicht empfangen wollte, dem Internisten eine fürchterliche Szene gemacht, geschrien, daß ich die Prager Bürger hasse und nichts mehr mit ihnen zu tun haben will. Heinrich war entsetzt; ich habe über das Ziel hinausgeschossen, mußte mich demütigen und sagen, daß die Sorgen mich verwirrt haben. Daraufhin verspricht er für Heinrich Patienten. Alles gräßlich, aber alles spielt sich am Apparat ab, da ich isoliert im Nebenzimmer von Andreas liege. Liebe Eva, was sagst Du zu solchem Mißgeschick? Fliehen wir Europa, Heinrich schreibt weiter.

Herzlichst, Jela.

Liebe Eva,

für Lyrik und Stimmung hat Jela das Ressort. Du siehst daraus, daß wir die wahren Nachfahren Hiobs sind. Aber auch Hiob hat seine Plagen überlebt, und somit hoffen auch wir das gleiche. Zur Zeit sind wir noch wie mit Pest behaftet, bemitleidet, verachtet und gemieden. Wir trösten uns mit Phantasien von noch schlimmeren Ereignissen, um dann die Wirklichkeit milder zu sehen. Dazwischen drohte die Evakuierung sämtlichen Emigranten, d.h. die Konzentrierung in einige Landbezirke, Panik in der Emigration. Mir gelang es, in die wichtigste tschechoslow. Zeitschrift einen Aufsatz hineinzubringen, dann begann eine starke Pressekampagne, und das Innenministerium mußte die Vorlage zurückziehen. Also ging dieser Kelch an uns vorüber.

Übrigens will mir die deutsche Gesandtschaft einen Paß ausstellen, auf 6 Monate gültig, so daß das größte Hindernis wegfällt. Das Führungszeugnis aus Berlin haben wir bisher noch nicht bekommen, aber ich glaube, daß schließlich auch dies gelingen wird.[192] Ich glaube, es ist besser, wenn Du vorläufig noch nichts unternimmst, sondern erst, wenn wir irgendeine Anstellungsmöglichkeit gefunden haben. Dann erst die Affidavits durch Dich und Francesco. Sonst könnte es zu früh

---

192 Die amerikanischen Einwanderungsbehörden verlangten von Bewerbern um ein Visum ein polizeiliches Führungszeugnis.

kommen. Erst wenn wir sehen würden, daß es uns absolut nicht gelingen sollte, von hier aus etwas zu finden, müßten wir daran denken, ohne eine Position loszufahren.

Heinrich

Heinrich Löwenfeld aus Prag an Eva Ortmann Lechner in New York

24. Dezember 1937

Liebe Eva,

[...] nun zu den Amerika-Plänen: Deine Energie hinsichtlich der Affidavits hat sehr stimulierend auf uns gewirkt. Wir haben uns nun fast fest entschlossen, wirklich hinüberzukommen. Der Durchbruch des Faschismus in Rumänien,[193] der für die hiesige Situation sehr gefährlich sein kann, hat auch dazu beigetragen. Das Unangenehme ist nur, daß wir höchstens mit 200 Dollar, wahrscheinlich weniger, drüben eintreffen werden, dies auch nur für den Fall (der aber wahrscheinlich ist), daß eine hiesige Organisation uns die Überfahrt bezahlt. Ich schrieb an einen Kollegen namens Steinfeld,[194] welcher meinte, für den Anfang brauchten wir etwa 500 Dollar, bis wir etwas gefunden hätten. Er ist übrigens bereit, evtl. einen Scheinvertrag zu verschaffen, wenn es notwendig wäre. Der hiesige Konsul scheint aber, wenn das Affidavit einigermaßen anständig ist, keine besonderen Schwierigkeiten zu bereiten.

Steinfeld schrieb, daß er das Examen jetzt nachmache, daß wir es auch machen müßten. Wir sollten eben auf ein Jahr in ein Krankenhaus gehen, in dieser Zeit Sprache und Prüfungswissen usw. erarbeiten, dann die Prüfung machen. In dieser Zeit bekämen wir Wohnung und Verpflegung, vielleicht einige Dollars. Er ist sogar bereit, evtl. Andreas in dieser Zeit zu sich zu nehmen. (Er hat 2 Kinder.) Im ganzen kein angenehmes Programm. Aber vielleicht läßt es sich dort noch anders machen. Einmal müssen wir uns ja entschließen, und ich habe auch Angst, daß die Einwanderungsbestimmungen bald wieder

---

193 Bereits seit der Thronbesteigung König Carols II. im Jahr 1930 hatten sich die nationalistischen und autoritären Tendenzen in Rumänien verstärkt, bis schließlich im Dezember 1937 eine neue, strikt antisemitische Regierung unter Führung von Octavian Goga die Macht in Rumänien übernommen hatte.

194 Vermutlich Julius I. Steinfeld, ein Spezialist für Schizophrenie.

verschärft werden könnten, falls in A. wirklich eine neue Krise ausbricht. Jedenfalls lacht in Amerika, daß Ihr dort seid.

Heinrich

Thola Theilhaber aus London an Sibylle in New York

27. Dezember 1937

Liebe Sybille!

Wie lange bist Du schon fort von hier? Schon 5 Monate! Mit Recht kannst Du sagen, daß Du in dieser Zeit wenig Bestätigung ernster und tiefer Freundschaft erhalten hast. Und wie oft habe ich mich über mich selbst geschämt. Und wie oft habe ich Dich vermißt.

Ich wollte Dich eigentlich dieses Jahr besuchen kommen. Und noch ist nichts ausgeschlossen. Vielleicht kannst Du mir sogar ein wenig helfen. Erkundige Dich einmal nach »Airconditioning«-Fabriken (besonders für Zimmerkühlanlagen). Vielleicht kann ich auf ein halbes Jahr als Volontär dort arbeiten.

Auf jeden Fall wünsche ich Dir in jeder Hinsicht alles Gute und werde mich freuen, weiter von Dir zu hören.

Dein Thola

Halla Rachmilevitz aus Paris an Sibylle in New York

28. Dezember 1937

Liebe Sibylle,

Thola ist am 19. nach Paris gekommen, wollte eigentlich eine Woche bleiben, hat aber plötzlich einen Rappel bekommen, daß er sich so ohne Arbeit langweilt, und ist schon am 23. wieder abgedampft. Ich habe mich sehr gefreut, ihn wiederzusehen, und die ganze Zeit an Dich gedacht. Er sieht sehr gut aus, war guter Laune, hat 1000 und 1 Ideen im Kopfe, und die paar Tage waren wirklich sehr schön. Wir haben natürlich auch von Dir gesprochen. Er war ein bißchen traurig für Dich, daß Du Dich noch nicht in N. Y. eingelebt hast, und im Grunde versteht er gar nicht, warum Du weggefahren bist, wenn er es auch nicht zugibt, vermißt er Dich sehr. Er sagte mir, er kann einfach keine Gefühlsergüsse von sich geben und wenn Du ihn im ernsten Tone zum Schreiben mahnst, dann ist es sein dummer Dickkopf, der sagt: Nun gerade nicht.

Weißt Du, es war sehr komisch. Wir beschlossen, gemeinsam einen Brief an Arnold zu schreiben, ich fing an, und zwar wie ich es gewöhnlich mit Arnold-Briefen mache, in einem lustigen, etwas ironischen und so was wie »Geht mich einen Dreck an«-Stil zu schreiben. Das hat dem Thola gefallen, und er beklagte sich, daß Du, wenn Du ihn mahnst, immer so ernst dabei bist. Vielleicht versuchst Du es anders? Bitte erzähl es Thola nicht, daß ich Dir das geschrieben habe, sonst werde ich mir wie eine alte Klatschbase vorkommen, und das möchte ich nicht. Wir haben übrigens dann an Arnold noch einen sehr netten Brief geschickt, und vielleicht bequemt er sich auch zu antworten. Nun ist ja Dein Verhältnis zu Thola sicher auch ganz anders als meines zu Arnold. Wenn es uns auch beiden sehr ernst war, wir haben es uns einfach niemals zugegeben und uns beide ausgelacht. Es liegt sicher auch an der Verschiedenheit unserer Charaktere. Ich meine A. und H. – und S. und T. Wir beide wollen das Leben einfach, jedenfalls in gefühlsmäßiger Hinsicht, nicht ernst nehmen, vielleicht eben nur aus Feigheit, weil wir denken, es lebt sich dann sicher leichter, wir wollen eben nur die Gegenwart, überhaupt gerade nur den bestimmten Augenblick genießen, während Thola und Du besonders ganz anders seid. Vielleicht liegt das auch an der Erziehung oder vielmehr an den Umständen. Ich meine damit, daß Du, wo Du Dir z. B. schon von so früh an das Leben alleine verdienen mußtest, vielmehr gezwungen warst, an die Zukunft zu denken. Eben aus ganz materiellen Gründen, aber materielle Gründe haben dann oft auch auf das gefühlsmäßige Handeln einen großen Einfluß. Das letzte habe ich sehr schlecht ausgedrückt, und ich weiß nicht, ob Du mich verstehen wirst. Ich meine damit, daß man, z. B. wie bei Dir, in gefühlsmäßigen Dingen an die Zukunft denkt und nie den gegebenen Augenblick deshalb vollkommen genießt. Übrigens ist Dein Denken an die Zukunft viel vernünftiger, und eigentlich müßte man sein Leben eben in Gegenwart und Zukunft leben. Well, darling, ich könnte darüber noch ewig quatschen, aber da kein Partner da ist, um mir Einwände zu machen, Unlogik und weiß ich was vorzuwerfen, so stoppe ich hier lieber. Außerdem bin ich sicher, daß Du glaubst, ich sei plötzlich meschugge geworden. Bitte glaub es nicht.

Kuß Halla.

Nelly Bogorova aus Paris an Sibylle in New York

3. Januar 1938

Liebe Sybille,

schade, daß man sich in einer fremden Stadt immer erst so lange seine Menschen suchen muß. Mir ging es so ähnlich, als ich nach Paris kam. Es hat an die 3 Jahre gedauert, bis ich mich einigermaßen wohlfühlte. Da Du ja älter bist, wird es bei Dir ja schneller gehen. Lasse Dich doch vor allen Dingen nicht entmutigen, und verpasse doch keine Gelegenheit, in neue Kreise zu kommen.

Was Du mir über die Stadt schreibst, war ja sehr interessant. Amerika ist das einzige Land, das ich mir gar nicht vorstellen kann. Ein Land ohne feudale Tradition, das durch den Kapitalismus groß geworden ist und sich an die alte Parole klammert, wie Euer Roosevelt – Demokratie –, und doch ist wohl nirgends die Ungleichheit vor dem Gesetz größer. Sage mal, ist es wirklich so, daß man als Schuhputzer anfangen kann, oder muß man – wie hier in Frankreich, auch ein Land mit so demokratisch-bürgerlicher Tradition – die »Beziehungen« haben? Schreibe mir mal etwas über die Neger.

Wie hast Du Neujahr verlebt? Hast Du auch so großen Katzenjammer gehabt wie wir hier?

Ich hatte noch besonders Glück, weil ich in die Vogesen geautostoppt bin, aber in Straßburg am 31. war uns allen so traurig zumute. Die Panik der politischen Lage, unsere Aussichtslosigkeiten, alles Politische hat unserer persönlichen Lebensfreude doch einen ordentlichen Kinnhaken versetzt.

Du in der »neuen Welt« kannst mit viel mehr Grund auf eine glückliche Zukunft anstoßen. Und da Dein Geburtstag naht, möchte ich Dir zugleich immer das Alte wünschen, immer wieder dieselben Glücksmomente, die wohl für alle Zeiten gelten, und eben die Erfüllung der Sachen, über die man andauernd spricht, und der, über die man schweigt, aber um so öfter denkt.

Bist Du 19 oder 20? Du bist ja blutjung!

Lasse es Dir recht gut gehen, und schreibe uns auch mal nach Europa.

Deine Nelly

Sibylle aus New York an Mary Rubinstein in London

7. Januar 1938

Liebe Mrs. Rubinstein,

gerade am Weihnachtstag erhielt ich Ihren freundlichen, langen Brief mit dem Scheck. Ich habe mich so gefreut, daß Sie sogar einige tausend Meilen jenseits des Atlantik an meinen Geburtstag gedacht haben. Ich hoffe sehr, daß Sie so schöne Weihnachten hatten, wie eine glückliche Familie mit vier Kindern nur haben kann: mit einer Menge Feiern, »Peter Pan« oder »Alice im Wunderland« und ganz ohne jede Quarantäne. Wir hatten natürlich, als ganz sentimentale Deutsche, sogar einen Weihnachtsbaum, sehr zur Bestürzung einiger Flüchtlinge und aller Juden in New York. Ich war ganz erleichtert, als die Einladung ins Haus meiner Halbschwester am ersten Weihnachtstag sich erwies als die zu einer sowohl »deutschen« Weihnachtsfeier mit Baum, einer Unmenge zu essen, Gesang und Tanz als auch zu einer wundervollen 2stündigen Radioübertragung eines Toscaninikonzerts.

Meine Mutter ist schon geraume Zeit arbeitslos, und selbst die Wintersaison hat keines der erhofften Engagements gebracht. Ihr Mann hat eine »feste Stunde« im Radio und gelegentlich größere Engagements, aber bislang noch nicht genug, um sich darauf zu verlassen und davon leben zu können. Meine Mutter dankt Ihnen für Ihre Grüße. Seitdem ich Sie kennengelernt habe, wollte sie Ihnen zumindest schreiben und Ihnen sagen, wie dankbar sie Ihnen für das ist, was Sie 1934 für mich getan haben. Aber ich glaube, sie hat eine sonderbare Hemmung und befürchtet, daß Worte solche Gefühle wie Dankbarkeit nicht ausdrücken können, sondern daß alles, was man aufs Papier wirft, sie vielmehr bloß verkleinern und abschwächen würde, und hat Ihnen deshalb nicht einmal geschrieben. Das ist sicher alles ganz falsch und eine im Leben sehr schädliche Veranlagung, aber ich fürchte, ich habe etwas von dieser Unfähigkeit geerbt, gerade dann »Danke« zu sagen, wenn ich es am meisten will. (Ich versuche nicht, sentimental zu werden, dies ist bloß eine Erklärung, von der ich glaube, daß ich sie Ihnen schon eine ganze Weile schulde.)

Ich wünsche Ihnen, Mr. Rubinstein, den Kindern und allen übrigen ein sehr glückliches 1938.

Ganz herzlich, Sibylle

Man nimmt an, daß während der sowjetischen »Säuberungen« 1937 und 1938 etwa acht Millionen Männer, Frauen und Kinder verhaftet worden sind, von denen mindestens eine Million hingerichtet wurden und etwa zwei Millionen in den Lagern starben.[195] Zu Beginn des Jahres 1938 hatte Muschi Daniel etwas besser begriffen, was in der UdSSR vorging, wo ihre Mutter unerreichbar blieb. Rika Ortmanns Bruder dagegen, der Londoner Wollhändler Louis Baruch, war immer noch der Überzeugung, daß seine Schwester irgendein Verbrechen begangen haben mußte, um so mit den sowjetischen Behörden aneinandergeraten zu sein. Da er ihr unbedingt helfen wollte, verlangte er, daß man ihm die Wahrheit über ihre Aktivitäten in Rußland sage, und wies Muschis Versicherungen, sie habe sich überhaupt nicht politisch betätigt, gereizt zurück. Brieflich bemühte sich Muschi einmal mehr, ihm zu erklären, daß man in Rußland ohne jeden Grund verhaftet werden konnte.

Ruth (Muschi) Daniel aus Kew Gardens, New York, an Louis Baruch in London

11. Januar 1938

Lieber Onkel Louis!

Obgleich wir vielleicht an tatsächlicher Hilfe auch nicht viel hätten machen können, so haben wir doch beinah' Reue, daß wir nicht auf alle Fälle in England geblieben sind, wo wir doch ab und zu hätten nach Schweden fahren können und jetzt z.B. nach Riga. Wenn ich aber etwas in meinem Leben von Herzen bedaure, so ist es, daß ich meiner armen Mutti so geraten habe, nach Rußland zurückzugehen, und danach noch ihr Rauskommen mit aller Macht zu hindern gesucht habe.

Eine Lehre kann man jedenfalls mit ziemlicher Sicherheit aus der Methode und Richtungnahme der ganzen Verhaftungen ziehen: Es handelt sich um eine Aufräumungsarbeit gegen die Ausländer und gegen Russen, die irgendwie mit dem Ausland in Verbindung standen, mehr oder weniger unabhängig von politischen oder unpolitischen Einstellungen. Begonnen hat es mit den sogenannten »Alten Bolsche-

---

195 Die Zahlen nach Robert Conquest: *The Great Terror: A Reassessment.* New York 1990, S. 485.

wiki«, die die westeuropäischen politischen und wirtschaftlichen Verhältnisse sehr gut kannten. Gleichzeitig wurden fast sämtliche Ausländer ausgewiesen oder verhaftet, letzteres vor allem, wo es sich um Angehörige benachbarter oder feindlich gesinnter Staaten handelte. Fortgesetzt wurde der purge [die Säuberung] gegen die Militärclique Tuchatschewskys, die seit beinahe dem Beginn der russischen Revolution *offiziell* und unter Gutheißung der russischen Regierung mit der Deutschen Reichswehr in Verbindung stand und sich von ihr die Rote Armee hat aufbauen lassen. Es ist wie ein roter Faden, der sich ohne Unterbrechung durch die Kette der Prozesse zieht, und die Absicht wird auch ohne allzu kritische Betrachtung offenbar.

Deine Muschi

Muschis zuverlässigste Informationsquelle zur Situation ihrer Mutter blieben ihre schwedischen Verwandten, die Gawatins. Sie ihrerseits verließen sich auf den schwedischen Presseattaché in Moskau, einen Herrn Lind, der seine Neuigkeiten mitteilte, wann immer er nach Stockholm reiste. Muschi fragte Kajsa Gawatin – die Schwägerin von Rikas offiziellem Mann Leo – in einem Brief, ob Lind in der Lage sei, in Moskau unter der Hand Erkundigungen zugunsten Rikas anzustellen. Kajsa antwortete am 9. Februar 1938:

»Als Resi hier war, haben wir zusammen Presseattaché Lind getroffen. Lind hat noch was erklärt, was in bezug auf Bestechungsmöglichkeiten von Interesse ist. Er ist doch sehr lange in Moskau und kennt eine Menge Russen. Ich habe ihn gefragt, ob es nicht möglich wäre, daß er inoffiziell über Rika etwas erfahren könnte und uns das mitteilen wollte. Ja, hat er gesagt, früher wäre das möglich gewesen, aber jetzt nicht mehr. Eine Menge seiner Freunde war verschwunden, er wußte nicht, wieso und wohin. Menschen, mit denen er schon vor der Revolution befreundet war und die ihn immer besucht hatten, trauen sich kaum, ihn auf der Straße zu grüßen. Alle haben solche Angst, und mit einem Ausländer zu sprechen ist schon Grund genug, verhaftet zu werden. Diese Umstände machen alle Versuche, einzelne russische Beamte zu bestechen, unmöglich.«

Am 23. Februar 1938 schrieb Muschi wieder an Kajsa Gawatin:

»Ich bin sehr erstaunt, zu hören, daß Ihr es als Selbstverständlichkeit hinnehmt, was für uns erschütternde Neuigkeit war, nämlich daß in Rußland nicht nur Politik schlimmster Art gemacht wird, sondern Gangstertum herrscht; daß man nicht politische Gegner, wirkliche oder eingebildete, verhaftet, sondern Leute kidnapped aus dem einzigen Motiv, Geld zu erpressen.

Meine Stellung zum Problem Rußland hat sich sehr geändert, so sehr, daß ich z.B. nicht mehr bereit wäre, gegen die Einsperrung Thälmanns[196] zu protestieren (was ich sehr gerne tue), ohne auch ebenso öffentlich gegen die Ermordung führender russischer Genossen zu protestieren. Ich fürchte, meine so schöne runde und satte und makellose ›Weltanschauung‹ ist etwas in die Brüche gegangen, und ich muß mir erst eine andere Plattform bauen, auf der ich stehen kann.«

Heinrich Löwenfeld aus Prag an Eva Ortmann Lechner in New York

16. Januar 1938

Liebe Eva,

[…] Nun zu Amerika: Wir danken Dir sehr für Deine vielen Mühen. Wegen der Affidavits: Wäre es nicht gut, noch ein drittes zu bekommen? Jela hat dort eine Verwandte, eine Cousine ihrer Mutter, in New York. Sibylle kennt sie: Betty Stone, Bakteriologin. Geld haben sie wohl nicht, aber sie hat eine feste Stelle. Es ist so, daß der Konsul überhaupt nur noch das Visum gibt, wenn man Verwandte drüben hat, je mehr, desto besser. Außerdem hat einer Bekannten von uns die Sekretärin auf dem Konsulat zu verstehen gegeben: Sie können doch 1000 Dollar vorweisen? Sie hat, schnell gefaßt, ja gesagt und hat den Stempel bekommen. Anscheinend ist es unmöglich, das Visum zu bekommen, wenn man nicht Geld vorweisen kann. Ich werde versuchen, Rudi Serkin zu bewegen, auf mein Konto in der Schweiz vielleicht 2000 Dollar zu legen. Nur Frieda,[197] die alles untersucht, wird es vielleicht verhindern.

Weiter fehlt uns noch das Führungszeugnis, obgleich unser Schwa-

---

196 Ernst Thälmann, der Vorsitzende der KPD, war im März 1933 verhaftet worden, und die kommunistische Partei hatte seither permanent seine Freilassung gefordert.

197 Frieda Busch, Rudolf Serkins Schwiegermutter.

ger in Berlin sich sehr darum bemüht. Schließlich werden wir es wohl bekommen. Bisher ist der hiesige Konsul anscheinend nicht allzu schwierig gewesen, jedenfalls freundlicher als der Berliner; man fürchtet aber allgemein, daß die rumänischen Ereignisse binnen kurzem die Sache sehr erschweren werden. Daher bleibt uns nichts übrig, als zu versuchen, das Visum so schnell wie möglich zu bekommen. Auf das Wiedersehen mit Euch freuen wir uns sehr. Jela fiebert schon in dem Gedanken, was sie Dir alles zu erzählen hat.

Es tut uns leid, daß es Euch bisher nicht besser geht. Jela ist beleidigt bei dem Gedanken, daß Du mit Deinen mannigfaltigen Fähigkeiten nur Zimmer putzt.

Heinrich

Eva Ortmann Lechner aus New York an Heinrich Löwenfeld in Prag

3. Februar 1938

Lieber Heini,

der Gedanke an ein drittes Affidavit ist nicht schlecht. Sibylle kennt die Adresse von Jelas Verwandter und kennt sie selbst aus London. Sie wird sich mit ihr in Verbindung setzen und sehen, wie sie sich dazu stellt. Eventuell, wenn sie zusagt, könnte man es nachliefern, denn bis so etwas ausgefertigt und mit allen notwendigen Unterlagen versehen ist, dauert es wieder Wochen. Natürlich müßt Ihr die Führungszeugnisse haben. Auf so etwas legen die Konsuln großen Wert. Wieso Euer Schwager sie nicht bekommt, verstehe ich nicht. Ein Gang zum Alexanderplatz und 2 Mark, die *Ihr* schicken, *nicht er bezahlen* darf, und Ihr habt sie. Solltet Ihr sie aber noch nicht haben, wenn ich Euch die Affidavits schicke, so würde ich Euch raten, trotzdem hinzugehen. Es ist psychologisch gar nicht falsch, *nicht* gleich alles fix und fertig mitzubringen. Die Konsuln lieben es sehr, nicht gleich ja zu sagen, sondern irgend etwas auszusetzen. Besser sie halten sich dabei an irgendein kleines fehlendes Dokument, das man leicht beschaffen kann, als an die größeren Dinge, die meist nicht zu ändern sind. Was das Geld anbelangt, nach dem man Euch etwa fragen könnte, so würde ich ruhig sagen, daß Ihr ca 2000 $ vorweisen könnt, es aus den und den Gründen bei Euerm Freund S. habt etc. Tatsächlich kann ich Euch *bestimmt* 1000 $ zur Verfügung stellen, d. h., *wenn notwendig* z. B.

telegrafisch nach Southampton schicken, wahrscheinlich aber auch die doppelte Summe, so daß Ihr sie dann dem Immigrationsoffizier bei der Landung vorweisen könnt. Das ist das wenigste, darüber solltest Du Dir zunächst keine Sorge machen. An Kurt sich zu wenden ist sinnlos. Er hat mir, als ich ihn, als es sich um Sibylles Einwanderung handelte, allerdings um eine viel größere Summe bat, einen reizenden Brief geschrieben, in welchem er mir auseinandersetzte, wie sehr ich ihn finanziell überschätzte, daß er überhaupt *kein bares Geld* hätte etc. etc. Auch Serkin scheint mir recht fraglich, nachdem ich ihn vor 3 Tagen nach seinem – phantastisch schönen – Klavierabend sprach, neben ihm wie 2 Cerberusse seine Frau und Frieda. Die Tochter scheint eine zweite Auflage der Mutter zu sein, hat ein hübsches, aber böses Gesicht. Lechner war am Vormittag beim Konzertagenten, den er gut kennt, und bat um Karten; da sagte er, er könne nur auf persönliche Anweisung von Frau Serkin Karten vergeben, die wäre darin sehr komisch!! Schließlich haben wir sie dann durch Francesco bekommen. Dabei war der Saal, allerdings der größte von New York, halbleer, das Publikum dafür illuster und begeistert: Toscanini, seine Frau, Tochter, die Geschwister Mann, Schnabel, S. Goldberg, überhaupt alles, was Musik macht. Kritiken waren großartig. Gestern waren wir ebenfalls durch Francesco beim Busch/Serkin-Sonatenabend. Sie haben einen ganzen Zyklus sämtlicher Beethoven-Violinsonaten gemacht. Ich glaube, das ist so ungefähr das Vollendetste, was man so an Musik hören kann, dieses Zusammenspiel – alles auswendig – kann wohl kaum übertroffen werden. Das Publikum raste, und Toscanini klatschte ostentativ.

Viele Grüße auch von Lechner und Sibylle für Euch drei!

Deine Eva.

Indem er mit der Invasion Österreichs drohte, zwang Hitler den österreichischen Kanzler und erklärten Gegner der Nationalsozialisten Kurt Schuschnigg, diesen die entscheidenden Ministerien für Inneres, für Justiz und das Außenministerium zu überlassen. Dieser Eingriff in die Unabhängigkeit Österreichs stellte eine Verletzung des Versailler Vertrages dar, aber Großbritannien und Frankreich entschlossen sich, das zu ignorieren.

Heinrich Löwenfeld aus Prag an Eva Ortmann Lechner in New York

22. Februar 1938

Liebe Eva,

Rudi Serkins Schicksal ist ja zum Erbarmen, jetzt ist er in einer Zange, aus zwei Weibern bestehend. Und schon wächst das dritte heran.

Toscaninis Absage an Salzburg hat hier größtes Aufsehen erregt, der letzte Trost der deutschen Emigranten.[198]

Wir warten jetzt auf Deinen Brief mit den Affidavits. Die Führungszeugnisse werden jetzt auch eintreffen. Es waren lauter Schwierigkeiten zu überwinden, u.a. eine eidesstattliche Versicherung wegen der Kennzeichen meines Autos usw.

Wir sind sehr gespannt und leben hier schon auf Abbruch. Dabei haben wir ja noch gar nichts sicher. Übrigens sollen die amerik. Konsuln (jedenfalls in Deutschland) jetzt freundlicher in der Handhabung sein. Jelas Mutter ist zur Zeit hier, wie alle Angehörigen von Hinausgefahrenen, da den Juden jetzt in Deutschland alle Pässe abgenommen werden. Man erhält sie nur noch zur Auswanderung. Haus für Haus werden sie zur Polizei gerufen.

Heinrich

Heinrich Löwenfeld aus Prag an Eva Ortmann Lechner in New York

6. März 1938

Liebe Eva,

wir danken Dir sehr für all Deine Mühen. Die Affidavits sind angekommen, wir sind sofort zum Konsul gegangen, sie waren herzbewegend, Jela hat geweint vor Rührung bei der Lektüre, dem Konsul haben sie ebenfalls Eindruck gemacht, denn sie genügen ihm. Die Sache

---

198 Aus Protest gegen die erzwungene Aufnahme von Nationalsozialisten ins österreichische Kabinett kündigte der Dirigent Arturo Toscanini an, er werde 1938 die Salzburger Festspiele weder besuchen noch fortfahren, Mittel für sie einzuwerben. Als standhafter Gegner des Faschismus und des Nationalsozialismus hatte sich Toscanini lange geweigert, in seinem Geburtsland Italien oder in Deutschland zu dirigieren, und hatte außerdem mitgeholfen, in Palästina ein Symphonieorchester zu gründen, das sich hauptsächlich aus deutschen Flüchtlingen zusammensetzte.

verlief so: Eine Dame hat uns empfangen, sehr nett und hilfsbereit, hat alles durchgesehen und notiert, ging dann zum Konsul, kam lächelnd zurück und sagte, daß alles in Ordnung sei. Wir sollen zwischen dem 14. u. 25. III. oder 18. u. 29. IV. wiederkommen mit allen Papieren zur ärztlichen Untersuchung. Der Arzt ist nämlich auch in Warschau und wohl noch in einer andern Stadt tätig, und die Untersuchungen können nur in dieser Zeit stattfinden. Soweit ist also alles in Ordnung, nur eine Schwierigkeit ist noch zu besiegen: Die Sekretärin fragte: »Sie haben doch noch Geldmittel?« derart, daß Bejahung ratsamer schien. Ich einigte mich mit ihr dahin, daß ich auf einem Schweizer Konto noch etwa 7 oder 8000 Frs. habe, also etwas weniger als 2000 $. Ich habe tatsächlich in Basel ein Guthaben auf meinen Namen, beim Bankhaus Sarasin & Co. (Telegramme: Sarasbank Basel), auf welchem ich aber nur 875 Franken habe. Ich werde nun versuchen, durch Bekannte für einige Zeit Geld dorthin zu legen.

Jedenfalls hast Du alles, was Du tun konntest, großartig gemacht, Du solltest Deine Fähigkeiten nunmehr für Dich selbst verwenden.

Heinrich

Sibylle aus New York an William E. Dodd in Washington[199]

7. März 1938

Sehr geehrter Herr Dodd,

ich hoffe, Sie sehen in diesem Brief keine Unverschämtheit. Aber da ich in der letzten Zeit so viel über Sie gelesen und Ihre jüngsten Reden und Erklärungen mit großem Interesse und mit Bewunderung gehört habe, dachte ich mir, daß Sie mir möglicherweise einen Rat geben könnten.

Vor etwas mehr als zwei Jahren habe ich für Mr. Douglas P. Miller, den Handelsattaché in Berlin, gearbeitet, und Ihr Name ist mir dabei so vertraut geworden, daß ich Sie beinahe zu kennen glaube. Und das ist wohl der Grund, warum ich es wage, Sie auf diesem Wege anzusprechen, obwohl ich Ihnen vollkommen fremd bin.

Ich bin zwanzig Jahre alt und Flüchtling aus Deutschland. Obwohl

---

199 William E. Dodd war der amerikanische Botschafter, als Sibylle in der Berliner Botschaft der Vereinigten Staaten arbeitete.

ich zur Zeit als Sekretärin für einen New Yorker Rechtsanwalt arbeite, finde ich doch, daß dies nicht die Art Arbeit ist, die ich erstreben sollte.

Ob Sie mir durch Ihren Einfluß und Ihre Verbindungen in irgendeiner Weise bei meiner Suche nach einer geeigneteren Stelle behilflich sein könnten, möglicherweise im politischen, journalistischen oder wissenschaftlichen Bereich – einer Art von Arbeit, die Initiative und Intelligenz erfordert? Ich weiß, daß dies nach einer reichlich naiven Beschreibung meiner Interessen klingt, aber es ist schwierig, sich selbst lediglich mit ein paar Worten vorzustellen. Um Ihnen wenigstens eine Vorstellung meiner Fähigkeiten und Erfahrungen zu geben, lege ich eine Empfehlung von Mr. D. P. Miller bei. Während der vergangenen beiden Jahre (von denen ich eins in England verbrachte) habe ich sicherlich noch beträchtlich an Wissen und Erfahrung hinzugewonnen.

Ich wäre Ihnen außerordentlich dankbar für jeden Ratschlag, den Sie mir geben könnten.

Lassen Sie mich noch einmal um Entschuldigung bitten für diese Aufdringlichkeit. Mit herzlichem Dank schon im voraus und freundlichen Grüßen

Ihre Sibylle Ortmann

Thola Theilhaber aus London an Sibylle in New York

14. März 1938

Mein liebes, dummes Gänschen!

bitte sei nicht beleidigt, Fräulein Syb, lebe endlich mal in der Gegenwart und nicht in der Vergangenheit. Schulerinnerungen dürfen mich auf keinen Fall ins Greisenalter begleiten. Streich deshalb so allerhand aus Deinen Listen.

Ein Doppelkuß

von Thola-Joachim

In der Nacht vom 11. März 1938 marschierten deutsche Truppen über die Grenze nach Österreich ein, ohne dabei auf Widerstand zu treffen. Während der darauffolgenden Tage schockierten die gegen die Wiener Juden begangenen Grausamkeiten die Weltöffentlichkeit.

Besonders erschreckten sie die Juden, die in der Tschechoslowakei lebten, da diese offensichtlich Hitlers nächstes Ziel war.

Nelly Bogorova aus Paris an Sibylle in New York

ca. 16. März 1938

Liebes Sybillchen,

ich kann mir vorstellen, wie Paris, das für Dich ja nur Ferienaufenthalt war, Dir in Erinnerung geblieben ist: die Stadt der lachenden, lustigen Leutchen, bei denen eine Manifestation wie ein Sonntagsspaziergang in der »Expo« aussieht, die Stadt der breiten Plätze, der schönen frz. Gärten und der Civilisation, die so kultiviert ist und in deren Sprache das Wort »Kultur« praktisch fehlt. Bei uns ist wieder Frühling, und in dieser Jahreszeit mehr als je wirkt der Zauber, den diese Stadt ausübt, über alles. Ich bin jetzt seit 3 Monaten arbeitslos, weil mal wieder etwas Finanzielles in unserem Farbenfilm nicht geklappt hat. Ohne Paris wäre ich verzweifelt. Deshalb ist auch Paris das ideale Emigrantennest, denn die amerikanischen Schwierigkeiten, die Du erwähnt hast, sind ja international, in Paris mehr als woanders und aus der zu großen Ansiedlung der Ausländer zu erklären. Es ist nichts dagegen zu machen. Ich kann Dir sehr nachfühlen, wie Dir manchmal zumute sein muß, nach Deinen netten Leutchen in London. Es gibt so wenig nette Leute auf der Welt, und da müßten die doch wenigstens zusammenhalten, nicht?

Ich möchte Dir gerne recht viel auf Deinen Brief antworten können, es ist aber nichts Aufmunterndes zu sagen. Dein Brief kam gerade bei Österreichs Annexion an. Bald gibt's auch die Prager und die spanische. Hier ist ein Explosionskessel, Filme werden vor Juni nicht gedreht, denn vorher ist Kriegsgefahr, die doch immer im Frühling drohender ist.

Du hast eine ganz feine Nase gehabt, nach Amerika zu kommen, denn hier geht's bald los. Irgendwie wird es schon gehen, und wir ziehen gegen den »mörderischen Faschismus« und machen einen netten kleinen imperialistischen Weltkrieg für eine Sowjetunion, deren Befreiung einmal erkämpft worden war und für die beinahe soviel Blut geflossen ist, wie Rußland im Weltkrieg verloren hat. Ja, ich bin aus der sogenannten Partei schon seit längerer Zeit auch politisch, nicht nur aktiv raus. Oder sie ist von mir raus, wie es ja der ganzen alten Garde[200] geht. Und wenn es beileibe kein allgemeiner Schmerz ist, so doch mindestens der Emigrantenschmerz, daß nicht nur persönlich, sondern auch politisch alles dem Ende zugeht und daß das einzige, was uns übrigbleibt, eine Gegenwart ist, die uns beileibe nicht zulächelt.

Es ist gar nichts zu machen, Sybille. Neulich sagte mir eine große Trösterin, daß Zähnezusammenbeißen nicht nur die einzige Möglichkeit, sondern auch psychoanalytisch möglich sei. Es scheint also mit der guten Miene zu bösem Spiel auch nach Vater Freud zu gehen (der sie ja bestimmt behalten wird im Konzentrationslager, wo sie ihn hingeschleppt haben).[201] Der einzige Vorzug, den er hat, ist, 83 zu sein und nicht seine Jugend in der heutigen Zeit zu verspielen, sondern doch wenigstens ein schönes, reiches Leben hinter sich zu haben. Deshalb sind wir Jungen ohne Zukunft und ohne Gegenwart mehr zu bedauern als die anderen.

Diese traurige Konstatierung, die Du in Deinem Briefe so wahr gesagt hast, hindert uns aber nicht bei der Tatsache, daß Zähnezusammenbeißen leichter geht als Sichgehenlassen und Schlechte-Laune-Haben. Das Schlimme an der heutigen Lage ist ja, daß wir an unserer Positivität zugrunde gehen, weil wir angeborene Sanguiniker sind, die ja mit diesem kl. Minimum an Forderungen glücklich wären, wenn sie erfüllt wären und die ja in »normalen« Umständen erfüllbar sind. Wären wir alle Skeptiker, Melancholiker oder Philosophen, die aus Weltanschauung alles fallen lassen, oder vom Menschenschlag: »die traurig sind, nur weil sie sind«, dann wäre es ja viel leichter. Aber wir nehmen ja unser realistisches kleines Leben für wichtig – und es ist ja gut so – und haben deshalb ja auch alle realistischen Gründe, traurig zu sein, daß wir keine Möglichkeit haben, uns zu freuen (wo wir doch zu den Glücklichen gehören, die sich freuen können). Ich glaube, wir müssen den Mut haben können, noch mehr Konzessionen zu machen und doch nicht unterzugehen.

---

200 Gemeint sind die alten bolschewistischen Anführer, von denen nur wenige die Säuberungen überlebt hatten.

201 Wiens berühmtester jüdischer Einwohner, Sigmund Freud, war während des »Anschlusses« nicht behelligt worden, lediglich seine Tochter Anna hatte man zum Verhör durch die Gestapo gebracht.

Vielleicht trennt uns diese Meinung am meisten von der Generation unserer Eltern.

Schreibe mir doch bald wieder, Deine Briefe sind immer eine große Freude für mich.

Herzlichst

Deine Nelly

William E. Dodd aus Washington an Sibylle in New York

18. März 1938

Liebe Miss Ortmann!

Ich habe versucht, vielen demokratisch gesinnten Deutschen bei der Arbeitssuche in den Vereinigten Staaten behilflich zu sein; aber einige von ihnen waren nicht erfolgreich. Hier in Washington warten Hunderte auf Arbeit. Für den Fall, daß ich von einer Stelle höre, für die ich Sie empfehlen kann, werde ich das tun. Jedoch glaube ich, daß Sie Glück haben, überhaupt etwas zu tun zu haben – bei so vielen Arbeitslosen in unserem Land.

In was für einer Welt leben wir!

Mit freundlichen Grüßen,

William E. Dodd

Jela Löwenfeld aus Prag an Eva Ortmann Lechner in New York

24. März 1938

Liebe Eva,

nach sehr rasender Spannung, ob alles glücken wird, haben wir heute die Visa bekommen. Es war so aufregend, das Konsulat vollgestopft mit Menschen. Hier herrscht eine unerträgliche Spannung und Panik. Das macht den Abschied von Europa wirklich leicht.

Andreas war prächtig auf dem Konsulat. Bleich und ernst hat er seine application unterschrieben. Und als wir schwören mußten, hat auch er die Hand erhoben und mit schwellender Stimme gerufen: ich schwöre, daß alle meine Aussagen wahr sind. Alle Details mündlich.

Flugzeuge sind alle ausverkauft auf Wochen. Ich schreib ganz durcheinander. Aber wir sind überreizt. Wir sind Dir übrigens lebenslänglich dankbar für Deine Affidavits.

Jela

Sibylle aus New York an William E. Dodd in Washington

28. März 1938

Sehr geehrter Mr. Dodd,

ich möchte Ihnen ganz herzlich für Ihren freundlichen Brief und Ihre Bereitschaft danken, mich zu empfehlen, sollten Sie je von einer offenen Stelle von der Art hören, wie ich sie zu finden hoffe. Auch verstehe ich Ihr Argument sehr gut, daß ich angesichts der ganzen Arbeitslosigkeit in diesem Land mit dem zufrieden sein sollte, was ich habe, und ich glaube, ich muß mich dafür entschuldigen, um so viel zu bitten.

Aber ich bin erst 20 und noch nicht an dem Punkt von »Resignation« angelangt, an dem man alle jugendlichen Hoffnungen auf eine Karriere aufgibt. Ursprünglich kam ich in dieses Land mit der Vorstellung, daß unter all den amerikanischen Colleges vielleicht eines wäre, das mir ein Stipendium bewilligt, und es gehört zu meinen traurigsten Erfahrungen festzustellen, daß das ohne Beziehungen, ohne amerikanischen Hintergrund oder doch wenigstens irgendein deutsches Universitätsstudium eine ziemlich unmögliche Erwartung darstellt.

So bleibt mir an diesem Punkt nur zu sagen, daß ich Ihnen sehr, sehr dankbar wäre, wenn Sie je eine Gelegenheit finden sollten, mich für eine Stelle zu empfehlen.

Nochmals ganz herzlichen Dank für Ihr so freundliches Interesse.

Ihre ergebene

Sibylle Ortmann

William E. Dodd aus Washington an Sibylle in New York

3. April 1938

Liebe Miss Ortmann!

Es tut mir leid, daß ich nicht mehr für Sie tun kann, aber für den Fall, daß Sie sich irgendwo bewerben, beziehen Sie sich auf mich. Sie werden wissen, daß ich vielen Leuten zu ihren Positionen verholfen habe – besonders entlassenen Professoren.

Mit freundlichen Grüßen,

William E. Dodd

Sibylle aus New York an Mary Rubinstein in London

14. April 1938

Liebe Mrs. Rubinstein,

bloß ein paar Zeilen, um Ihnen einmal mehr »noch viele glückliche Jahre« zu wünschen. Denn sonst gibt es von hier wenig zu berichten. Wir hatten ein schlechtes Frühjahr. Regen und Nebel und zu alledem noch die »Wirtschaftskrise«, mit so vielen Freunden und Bekannten ohne Arbeit. Außerdem waren unsere Herzen und Gedanken mehr in Europa als in Amerika. Meine Familie gehört zu den glücklichen, die in Österreich weder Freunde noch Verwandte hat. Aber natürlich machen wir uns Sorgen um die in der Tschechoslowakei. Mein Onkel und seine Familie kommen in ungefähr zwei Wochen aus Prag hierher. Sie werden beide nochmals zumindest ein Jahr Medizin studieren müssen, um das staatliche Examen ablegen zu können. Und ich sende gerade Affidavits an meine Freundin Lili in Prag, damit sie dort so schnell wie möglich rauskommt. Mein Freund Thola (mit dem ich letztes Jahr die Reise per Autostopp gemacht habe) wollte ursprünglich auch in die Vereinigten Staaten kommen, wenn er im Juli dieses Jahres sein Ingenieursexamen abgelegt haben wird. Aber angesichts der großen Arbeitslosigkeit und der starken Stimmung gegen Ausländer hier ist mir nicht danach, ihn in dieser Hinsicht zu ermutigen.

Mit meiner Arbeit komme ich ganz gut zurecht. (Ich schrieb doch, daß ich eine Stelle bei einem Anwalt in Wall Street bekommen habe?) Der einzige Schock war, daß unsere Gehälter um 25% gekürzt wurden. Die Amerikaner verfügen über die Gabe, es auch in solchen Fällen leicht zu nehmen mit der Begründung, da sie ja sowieso nichts machen können, sei es bloß unnütze Energieverschwendung, sich den Kopf zu zerbrechen.

Ich würde alles tun, um an Geld zu kommen und diesen Sommer nach Europa zu fahren. Als letzte Möglichkeit spiele ich eben in der »Irischen Pferdelotterie«.[202]

Sibylle

---

202 Glücksspiele und Lotterien waren zu dieser Zeit fast überall verboten. Die Irische Pferdelotterie war eine Ausnahme; mit ihren Losen, die man auch im Ausland kaufen konnte, unterstützte man zugleich den Bau von Krankenhäusern in Irland.

Im April 1938 erhielt Muschi schließlich endgültige Auskunft über ihre Mutter. Sie kam von Arnold Sölvén, einem schwedischen Rechtsanwalt, den sie engagiert hatte, um die Angelegenheit zu klären.

Arnold Sölvén aus Stockholm an Fritz Daniel in Kew Gardens, New York

26. April 1938

Das Außenministerium hat mir mitgeteilt, daß nach Angabe des russischen Außenministeriums und der schwedischen Legation in Moskau Frau Rika Gawatin infolge Verbrechens wider die Sicherheit des Staates (Art. 58 des Strafgesetzes) zu achtjährigem Freiheitsverlust verurteilt worden sei. Das Außenministerium hat in der Angelegenheit übrigens nichts mitgeteilt.

Hochachtungsvoll

Arnold Sölvén

Am 7. Mai 1938 nahmen Heinrich, Jela und Andreas Löwenfeld das Flugzeug von Prag nach Straßburg, um nicht deutschen Boden betreten zu müssen. Sie fuhren mit dem Zug weiter nach Le Havre, gingen an Bord der »Normandie« und trafen am 16. Mai in New York ein. In Amerika anglisierten sie ihre Namen und wurden zu Henry, Yela und Andreas Lowenfeld.[203]

Mary Rubinstein aus London an Sibylle in New York

14. Mai 1938

Liebe Sibylle!

Zuerst einmal laß mich Dir für die lieben Wünsche zu meinem Geburtstag danken. Es war ein schrecklicher Geburtstag, denn ich bin 40 geworden, was Dir unglaublich alt vorkommen muß! Auch mir kommt es nicht mehr besonders jung vor, obwohl ich mich im Innern genauso fühle wie, sagen wir, mit 20. Komisch, nicht?

---

203 Henry und Yela Lowenfeld arbeiteten in den USA erfolgreich als Psychoanalytiker. Alexander Mitscherlich bot Henry 1964 die Leitung des Sigmund-Freud-Instituts in Frankfurt an, doch kehrten sie nicht nach Deutschland zurück. Henry starb 1985, Yela 1988. Vgl. Thomas Müller, *Von Charlottenburg zum Central Park West. Henry Lowenfeld und die Psychoanalyse in Berlin, Prag und New York.* Frankfurt 2000.

Die Kinder sind alle für zwei Wochen mit dem Kindermädchen ans Meer nach Bognor gefahren. Sie sahen so gut aus und waren braun geworden, als sie zurückkamen. Am nächsten Tag fühlte Anne sich krank, und es wurde festgestellt, daß sie Scharlach hat. Sie war fast zwei Wochen wirklich sehr krank, und wir haben uns große Sorgen um sie gemacht, aber seit letzter Woche geht es ihr viel besser. Wenn Annes Krankheit nicht mehr ansteckend ist, möchte ich sie in unser Häuschen auf dem Land bringen. Wir haben dann doch eins gekauft, nachdem wir 18 Monate danach gesucht hatten. Es liegt 20 Meilen von hier entfernt (weniger als eine Stunde mit dem Auto) und in der Nähe eines kleinen Dorfes, das Hemel Hempstead heißt, in Hertfordshire.

Alle Zeitungen sind voll von Vorbeugemaßnahmen bei Luftangriffen, und es gibt Kurse für diejenigen, die den bequemsten Weg kennenlernen wollen, vergast, verbrannt oder bloß in die Luft gejagt zu werden. Ich habe mich noch bei keinem angemeldet, werde das aber vielleicht irgendwann tun. Wir glauben, daß das Landhaus einmal ein nützliches »Schlupfloch« sein könnte. Wir alle wünschen Dir alles Liebe und Gute für einen glücklichen Sommer.

Mary Rubinstein

Halla Rachmilevitz aus Paris an Sibylle in New York

15. Mai 1938

Liebe kleine Sibylle,

Du kannst Dich noch immer nicht in New York einleben, nicht weil Dir N. Y. nicht gefällt, sondern weil Du viel zu sehr an Europa, an London und Menschen, denkst und Dich mit ihnen beschäftigst. Es ist nicht gut, Sibylle. Du schreibst mir, Du bewunderst mich, weil ich so gut zwischen Vergangenheit, Gegenwart und Zukunft unterscheiden kann, und Du machst mir trotzdem einen leisen Vorwurf deswegen, weil ich Dir über Arnold (hübsche, sentimentale Erinnerung) geschrieben habe. Weißt Du, kleines Mädchen, ganz so hart und unsentimental bin ich ja nicht, versuche es aber zu sein, weil ich sonst nicht weiterkommen würde. Außerdem habe ich, seit ich die Schule verlassen habe, immer irgendwie Abschied nehmen müssen, von Freunden, von einer Stadt, von einem Kreis, immer habe ich

Aufwiedersehen gesagt, erst in Berlin, als ich nach Palästina fuhr, dann in Tel-Aviv, dann Warschau, dann Danzig, dann London (wo es mir sehr schwer wurde, lächelnd Aufwiedersehen zu sagen), dann kamst Du, und jetzt werde ich in einigen Monaten auch au revoir sagen müssen. Trotzdem ich von Natur aus eigentlich sehr optimistisch bin und mein Aufwiedersehen ernst nehme oder vielmehr bis jetzt ernst genommen habe, fange ich allmählich an, daran zu zweifeln, werde hart, wenn Du es so nennen willst, und fange an, zwischen Vergangenheit, Gegenwart und Zukunft dicke Unterscheidungsstriche zu ziehen. Well, das wäre das.

Wer ist der Junge, der Dir den Hof macht, Deutscher, Amerikaner? Hast Du irgendwelche nette Mädels, mit denen Du zusammen bist? Und hast Du jetzt schon etwas Frühlingsstimmung?

Großen Kuß

Halla

Der junge Mann, der Sibylle den Hof machte, war Milton Crane, ein 20jähriger Doktorand der Columbia-Universität. Seinen Vorfahren waren das, was deutsche Juden als »Ostjuden« bezeichnet hätten, Jiddisch sprechende Juden aus den Stetln, den kleinen jüdischen Städtchen und Dörfern Rußlands und Polens. Für assimilierte deutsche Juden waren die Ostjuden in jeder Hinsicht arme Verwandte, eine häufig Verlegenheit hervorrufende Erinnerung an das Milieu, dem viele noch selbst (oder doch wenigstens ihre Vorfahren) entkommen waren: eine zurückgebliebene, abgekapselte Gesellschaft, die von extremer Religiosität, anachronistischer Kleidung und Haartracht, unzulänglicher Ausbildung sowie schrecklicher Armut bestimmt war. Und auf der anderen Seite betrachteten viele Ostjuden die deutschen Juden mit nicht geringerer Verachtung, hatten sie doch ihre religiösen und kulturellen Wurzeln durchtrennt um sozialer und wirtschaftlicher Assimilation an eine heidnische Gesellschaft willen.

Miltons Vater war 1890 als Max Kranowitz in Bjeliza, einem Dörfchen an der Memel im heutigen Weißrußland, geboren worden. Max war das älteste von neun Kindern eines Rabbiners, der zugleich auch als Dorfpostbote diente. Rabbiner zu sein brachte in den Stetln Rußlands und Polens zwar Ansehen, nicht unbedingt aber auch Wohlstand mit sich. 1905, im Jahr der großen Pogrome, befand sich Max unter etwa 130.000 russischen Juden, die in die Vereinigten Staaten auswanderten. Und wie viele dieser Einwanderer hatte er keine sentimentale Bindung an den Lebensstil, den er hinter sich ließ, sondern wollte sich nur rasch amerikanisieren, eine Stelle finden und genug Geld verdienen, um auch für die übrigen Familienmitglieder Schiffskarten fürs Zwischendeck kaufen zu können.

Max Crane, wie er sich jetzt nannte, legte die religiöse Erziehung, die er gehabt hatte, vollständig ab. Am heiligsten Tag des jüdischen Kalenders, wenn strenggläubige Juden 24 Stunden lang fasten, hielt er angeblich »Yom Kippur-Feiern« mit Essen und Trinken ab und liebte es, die Gläubigen zu verspotten, wenn sie auf dem Weg zur oder von der Synagoge mit leerem Magen an seinem Mietshaus vorübergingen.

1914 heiratete er seine entfernte Verwandte Frieda Levitt, die kurz zuvor aus Rußland gekommen war. Ihr einziges Kind wurde drei Jahre später in Hartford, Connecticut, geboren, wo Max als Versandangestellter arbeitete. Die Familie kehrte bald darauf nach Brooklyn zurück. Man sprach im Haushalt ausschließlich Jiddisch, so daß Milton an seinem ersten Schultag nach Hause geschickt wurde und man ihm sagte, er solle wiederkommen, sobald er Englisch spreche.

In den frühen zwanziger Jahren arbeitete Max Crane als Handlungsreisender, hatte ein Auto zur Verfügung und eine Strecke zu fahren, die ihn im Norden bis nach Springfield, Massachusetts, führte. Die Ehe war unglücklich und Max Crane zutiefst deprimiert.

An einem Frühlingsmorgen 1925, als Milton sieben Jahre alt war, sagte sein Vater zu ihm: »Was für ein schöner Tag. Man könnte direkt leben wollen.« Später, während sein Sohn in der Schule war, drehte er den Gashahn auf.

Die *New York Times* berichtete über Max Cranes Selbstmord und bemerkte, seine Frau sei sicher, daß sein Tod ein Unfall gewesen sei. In einer Gesellschaft, in der Selbstmord als Schande galt, sagte niemand dem Jungen, was aus seinem Vater geworden war. Jahrzehnte später konnte sich Milton Crane erinnern, daß sein Vater während seiner Kindheit nur ein einziges Mal erwähnt worden war, als nämlich ein Verwandter ihn dafür kritisierte, daß er statt eines erkennbar jüdischen Namens, wie etwa Kramer, den heidnisch klingenden Namen Crane gewählt hatte.

Die übrige Kindheit verbrachte Milton in einem Haushalt, der aus seiner zunehmend verstörten und hypochondrischen Mutter, zwei unverheirateten Tanten und ihm selbst bestand. Den einzigen Lichtblick in seinem freudlosen Leben bot die Schule, in der hervorragende Lehrer mit Erfahrung bei der Erziehung von Einwandererkindern seine Fähigkeiten erkannten und die Liebe zu seiner zweiten Sprache nährten. 1933, mit 16, ging er an die Columbia Universität an der Upper West Side von New York. Dort, wo er Literatur studierte, fand Milton zum erstenmal die für ihn passende Umgebung. Nachdem er 1937 das College beendet hatte, blieb er der Universität treu und absolvierte ein einjähriges Master-Programm im Fach Englisch.

Im Frühjahr 1938 gab man Heinrich Löwenfeld, der einen Englischlehrer suchte, Miltons Namen, und über Henry lernte Milton Sibylle kennen. Er faßte sofort eine intensive Zuneigung zu ihr und scheint ihr umgehend einen Heiratsantrag gemacht zu haben. Sibylle, die immer noch heftig in Thola verliebt war, erwiderte seine Gefühle erst allmählich.

Thola Theilhaber aus London an Sibylle in New York

Juni 1938

Liebe Sybille!

Dein Briefschluß mit der Klage, daß Du über Deinen Brief unzufrieden bist, stimmt nicht. Deine Briefe sind restlos interessant, und ich lese sie meistens zu Ende (manchmal sogar noch mal)!!!

In den Ferien trampe ich nach Konstantinopel. Ich höre mich schon auf türkisch fragen: Fahren Sie nach Istanbul?

Syb, sei für heute bestens gegrüßt und geküßt von Thola (ab heute: Deutscher Soldat der Reserve).

Thola Theilhaber aus London an Sibylle in New York

14. Juni 1938

Liebe Sibylle!

Es ist traurig, daß die Leute Lifschitz keine Arbeit haben, und ich kann mir lebhaft die allgemeine Depression vorstellen.

Du aber, Sybille, mit Deinem »intellektuellen« Gesicht (auf Photos zumindest) und Heiratsantragstellern, solltest aber ein wenig glücklicher sein!

Kuß, Thola

Halla Rachmilevitz aus Paris an Sibylle in New York

1. Juli 1938

Liebe kleine Sybille,

aus Palästina höre ich furchtbare Sachen. Auf den Kibbuz meines Bruders wurde ein Überfall gemacht. Einem Freund von Siga wurde ein Arm abgeschossen. Es ist ganz unwahrscheinlich, das alles, und vor allen Dingen, daß die Leute trotz allem ihren Optimismus bewahren. Die Engländer haben jetzt einen jungen Juden zum Tode verurteilt und trotz Protesten aus aller Welt auch hingerichtet.[204] Der Junge war 18 Jahre alt, also nicht einmal volljährig. Die ganze Welt ist so aufgeregt, und es steckt an.

Also denn, bon courage, ich weiß zwar nicht, wozu, aber eben auf alle Fälle.

Einen Kuß, Halla

Am 6. Juli 1938 bemühte man sich auf einer internationalen Konferenz in Evian-les-Bains in Frankreich, das immer drängendere Problem der jüdischen Flüchtlinge zu erörtern. Die jüdischen Vertreter hofften auf eine Einigung der Konferenz, da im Hinblick auf die humanitäre Krise in Zentraleuropa die Einwanderungsbeschränkungen fallen mußten. Für die meisten Länder jedoch, unter ihnen auch die Vereinigten Staaten und Großbritannien, stellte die Aussicht auf die Zuwanderung Zehntausender verarmter Juden – die deutschen Gesetze hätten sie in jedem Fall gezwungen, ihr Vermögen zurückzulassen – keinen Grund dar, die Einwanderungsbestimmungen zu erleichtern, sondern im Gegenteil zu verschärfen.

Jonah B. Wise, der Vorsitzende der Abteilung für die Sammlung

204 Schlomo Ben Josef hatte auf einen Bus mit Arabern geschossen. Obwohl niemand getötet wurde, wurde er für dieses Verbrechen gehängt. Dies war das erste Mal, daß die britischen Behörden einen Juden exekutierten.

von Mitteln zur Unterstützung von Flüchtlingen des Joint Distribution Committee, nahm als Beobachter daran teil. (Als Rabbi an New Yorks Central Synagogue hatte er im Jahr zuvor Fritz Lechner als Kantor engagiert, ohne daß diese Anstellung schon dauerhaft gewesen wäre.) Bei seiner Rückkehr nach New York sagte er der Presse, daß die Konferenz ein Erfolg gewesen sei, pries Präsident Roosevelt und berichtete, daß die Führungsrolle der USA »himmlisches Manna« für die europäischen und südamerikanischen Demokratien und Großbritannien sei.

Diese Kommentare – gedacht zur Unterstützung der Rooseveltregierung, die ihre Anstrengungen zugunsten der Juden ausweiten sollte – waren jedoch nur für die Öffentlichkeit bestimmt. Persönlich waren seine Bitterkeit über die weltweite Gleichgültigkeit und sein Pessimismus für die Zukunft grenzenlos. Der bestürzte Lechner fragte ihn: »Aber was kann ich denn für meine Eltern tun?« Wise blaffte zurück: »Was Sie für Ihre Eltern tun können? Sie können *Schiwasitzen*[205] für Ihre Eltern!«

Da ihnen immer weniger Möglichkeiten offenstanden, interessierten sich die jüdischen Flüchtlinge, besonders die jüngeren unter ihnen, für Palästina. Dessen arabische Bevölkerung lebte in der Angst, von einer neuen großen Welle von Einwanderern überrollt zu werden, und begann zu kämpfen, um das zu verhindern.

Thola Theilhaber aus Tel Aviv an Sibylle in New York

10. Juli 1938

Liebe Sibylle!

In der stickigen Mittagshitze Tel-Avivs verfasse ich einen Brief an Dich. Gestern abend bin ich hier angekommen und habe die ganze schöne Lage gleich bei meiner Ankunft aufgetischt bekommen: Die Fahrt nach Tel-Aviv von Haifa ging unter stärkster militärischer Beschützung vonstatten. Überall Maschinengewehrposten, die Hälfte meiner Freunde sind legal oder illegal Vaterlandsverteidiger gewor-

---

205 Von hebräisch »Schiwa« für die Zahl Sieben; zu den jüdischen Trauergebräuchen gehört es, nach der Beerdigung zu Hause sieben Tage zu trauern: »Die Trauernden sitzen in dieser Woche am Tage auf der Erde oder auf niedrigen Schemeln; daher ›Schiwasitzen‹« *Jüdisches Lexikon*, Band IV/2. Berlin 1930, Sp. 1036f.

den. Ein verständlicher, aber doch unsympathischer, chauvinistischer Ton herrscht überall. Es geht ja wirklich wieder einmal um die Existenz, ums nackte Leben. Die Wirtschaftslage ist schon trostlos genug. Es gibt noch nicht mal soziale Institutionen, und so sah ich gestern abend eine halbnackte Frau Ende 60 herumlaufen. Bettler gibt es haufenweise.

Aus London fuhr ich mit Duveen[206] (auf seine Kosten) erster Klasse nach Paris, wo ich als sein Privatsekretär mit ihm Leute aufsuchte, mit ihm Schach spielte, ihm Gesellschaft leistete und sein Buch kritisierte. Er schreibt gerade ein Spionagebuch mit einem ehemaligen französischen Spion zusammen. Mit Duveen ging ich in die Oper, Theater und Kino.

Auf dem Schiff nach Palästina war wenig los. Ich habe Dich plötzlich sehr vermißt, besonders als ich in meiner Cabine einen alten Freund von mir mit seiner Verlobten entdeckte, mit der Du ziemlich viel Ähnlichkeit (äußerlich) hast. Hat man Dir weitere Heiratsangebote gemacht?

Ich hoffe, Du benachrichtigst mich, wenn Du wen heiratest. Was würdest Du eigentlich zu einem Eheantrag von mir sagen, hätte ich Chancen? Schreib mal darüber, das könnte doch mein Selbstbewußtsein heben und so manches klären. Für heute, Syb, laß es gut sein. Und sei gegrüßt und geküßt von

Thola

In Italien war die faschistische Bewegung ursprünglich frei von jedem Antisemitismus. Unter ihren Mitgliedern fanden sich auch Juden, und Mussolini selbst verlieh in einem 1932 veröffentlichten Interview seiner Verachtung für »das Delirium der Rasse« Ausdruck – eine Ohrfeige für die deutsche Spielart des Faschismus. Doch Hitlers Erfolge und die Ausrufung der Achse Rom-Berlin im Jahr 1937 veranlaßten Mussolini zum Umdenken. Am 14. Juli 1938 erklärte ein von einem regierungsnahen Komitee herausgegebenes »Manifest der Rassewissenschaftler«, daß die Italiener eine arische Rasse seien, zu der Ju-

206 James Henry Duveen war ein bedeutender britischer Kunsthändler und Verfasser von *Secrets of an Art Dealer,* London 1937.

den nicht gehörten. In dem Text hieß es: »Für die Italiener ist die Zeit gekommen, sich offen als Rassisten zu bekennen.« Die Regierung machte sich dieses Manifest rasch zu eigen und verkündete, entsprechende Gesetze würden folgen.

Unter den Flüchtlingen in Italien waren auch Sibylles Freunde Carla und Kurt Wolff, die sie im Sommer des Vorjahres in Ruta besucht hatte, sowie Evi Jessner. Nach ihrer Rückkehr aus London hatte Evi durch Verbindungen ihres Vaters (der die Theaterabteilung des Kulturbundes leitete) eine Stelle als Sekretärin bei der Reichsvertretung der Juden in Deutschland erhalten, der zentralen jüdischen Organisation unter Rabbi Leo Baeck. Zu den Aufgaben der Reichsvertretung gehörte es auch, die jüdischen Gemeinden überall in Deutschland über die neuesten Gesetze und Verordnungen zu unterrichten, soweit sie Juden betrafen. Als Evi erfuhr, daß die Regierung beabsichtigte, die Pässe aller Juden einzuziehen, entschloß sie sich erneut zur Emigration. Nach Italien konnte man wegen der engen Verbindung zu Hitlerdeutschland mit einem deutschen Paß leicht einreisen, und obendrein konnte man Reichsmark gegen Lire wechseln. Im Dezember 1937 zog sie nach Rom.

Halla Rachmilevitz aus Paris an Sibylle in New York

4. August 1938

Liebe kleine Sibylla,

herzlichen Dank für das feine Buch und den furchtbar netten Brief. Eigentlich wollte ich Dir gestern einen ganz ausführlichen Brief schreiben, schade, daß ich es nicht getan habe, heute bin ich zu nervös. Ich fahre nämlich nach Palästina. Warte, ich weiß nicht, wo ich anfangen soll. Heute bekam ich Post von meiner Ma, sie muß nach Warschau fahren, mein Vater fühlt sich nicht gut, sie kann ihn nicht alleinlassen, und ich muß zu ihm. Sie verspricht mir, daß ich dann wieder nach Paris zurückfahren kann. Jedenfalls nehme ich eine aller-retour Karte, und hoffentlich bleibe ich dann wirklich nur 2–3 Monate dort.

Die Idee hinzufahren, ist ja nicht schlecht, aber wenn ich nur ganz bestimmt wüßte, daß ich wieder hierher kommen könnte. Überhaupt sieht alles so mies aus. Die Juden werden aus Italien rausgeschmissen (die Leute, bei denen Du damals mit Thola gewohnt hast, sind sie Juden?), in Palästina sieht es furchtbar aus, und eigentlich dürfte ich gar nicht so egoistisch sein und denken, daß ich ein Unglücksvogel bin.

Ich habe viel gelernt und arbeite viel. Überhaupt habe ich mich in diesem einen Jahr in Paris sehr entwickelt. Ich kann Dir das brieflich natürlich nicht erklären, aber es ist so. Weißt Du, ich bin irgendwie menschlicher geworden, ich schaue Dinge und Menschen nicht mehr mit dieser gewissen ironischen Ruhe (manche nannten es oberflächlich, manche hochmütig) an, ich verstehe Menschen besser, bin offener geworden, energischer, und, Sibylle oder Sibylla, ich möchte Dich gerne sehen.

Sibylle, kleines Mädchen, der ganze Brief ist voll von mir, entschuldige. Ich werde in Tel-Aviv natürlich Thola sehen und meine Mission mit hoffentlich großer Diplomatie vollbringen. Als Thola hier in Paris war, habe ich ihn auch schon ausgefragt. Thola hat mir erzählt, daß er sich nach Dir mehr sehnt als am Anfang und daß er fest vorhat, nach Amerika zu gehen nach Beendigung seiner Studien. Ich wollte es Dir damals nicht schreiben, weil ich Thola kenne und weiß, wie oft er wechselt, seine Pläne etc.

Herzlichen Kuß, Halla.

Im Sommer 1938 dröhnte die nationalsozialistische Propaganda von der angeblichen Unterdrückung der dreieinhalb Millionen ethnischen Deutschen im Sudetenland, durch die Tschechoslowakei. Um den Druck auf die Tschechen und ihre Verbündeten zu erhöhen, setzte Hitler militärische Manöver an, die im August beginnen sollten; bis Ende September waren schließlich mehr als eine Million Soldaten aktiviert. Die Welt blickte unterdessen gebannt auf den Parteikongreß der Nationalsozialisten, vor dem Hitler am 12. September sprechen sollte, um zu erfahren, ob ein europaweiter Krieg bevorstand.

Sibylle hatte sich bei der New Yorker Abend-Handelsschule, einer privat geführten Abendschule, eingeschrieben. Ihre Englischaufgabe für den 12. September 1938 bestand darin, einen Brief an den Lehrer zu schreiben, »in dem sie ihrer Meinung über ein bedeutendes aktuelles Ereignis Ausdruck verleihen sollte«.

Englischaufgabe Sibylles an der New Yorker Abend-Handelsschule

12. September 1938

Sehr geehrter Herr,

diejenigen unter uns, die heute nachmittag am Radio hingen, um die Schlußansprache des deutschen Diktators auf dem Nürnberger Parteitag zu hören, werden – genau wie ich – die gleiche flüchtige Erleichterung verspürt haben, als im Verlauf dieser Rede deutlich wurde, daß wir diesmal nicht mit einer von Hitlers berühmten »Überraschungen« rechnen mußten. Man atmete etwas auf, als man begriff, daß Hitler augenscheinlich versuchte, sich nicht dazu hinreißen zu lassen, irgendeine entscheidende Handlung von deutscher Seite anzukündigen, die die tschechoslowakische Frage erledigt – immerhin der Anlaß für die bedeutendste Kriegsanspannung, die wir seit dem Juli 1914 erlebt haben. Dennoch fürchte ich, daß die Optimisten und die demokratischen Gegner Hitlers dazu neigen werden, sein scheinbares Einlenken vor dem Protest der demokratischen Regierungen überzubewerten. Glauben Sie mir, Hitler wird nicht aufgeben. Seine heutige Rede war das sorgfältige Ergebnis der Einsicht, daß der Eifer seiner Bewegung und der Parteifunktionäre ihn etwas über das Ziel hinausgetragen hatte, nämlich das Sudetenland erst anzugreifen, wenn er für den Weltkrieg gerüstet ist, der die Folge eines solchen Schrittes sein könnte. Er ist noch nicht soweit. Aber er wird soweit sein. Er wird es nicht lassen. Je länger dieser schreckliche Krieg aufgeschoben wird, desto grausamer und überraschender wird er kommen.

Sibylle Ortmann

Englisch 8.

Kapitel XII

»Wenn man auch 600.000 Juden nicht helfen kann ...«

September 1938 bis Januar 1939

Am 25. September 1938 verließ Milton Crane New York, um an der Harvard University in Cambridge, Massachusetts, sein Promotionsstudium in englischer Literatur aufzunehmen. In der kurzen Zeit, die er Sibylle erst kannte, hatte er viel getan, um ihr Selbstvertrauen wiederherzustellen, das die jahrelange eintönige Arbeit als Sekretärin angegriffen hatte. Fest von ihren intellektuellen Möglichkeiten überzeugt, ermutigte er sie, sich ein hohes Ziel zu setzen und sich um ein Stipendium an einem erstklassigen privaten College zu bewerben, statt sich mit einer günstigeren, aber weniger angesehenen staatlichen Universität zu begnügen.

Wie schon erwähnt, hatte Milton Sibylle bereits kurz nach ihrer Bekanntschaft einen Heiratsantrag gemacht. Ihre Briefe zeigen, daß sie glücklich darüber war, von ihm geliebt und bewundert zu werden, aber auch von der Intensität der Gefühle irritiert, die sie zu erwidern nicht in der Lage war. Sie hing immer noch sehr an Thola, dessen gerahmtes Foto sie, sehr zu Miltons Leidwesen, an ihrem Bett stehen hatte.

Auch jemand, der selbstsicherer gewesen wäre als Milton, hätte sich bei dem Gedanken an diesen athletischen, gutaussehenden, abenteuerlichen und unberechenbaren Thola fürchten dürfen, der jederzeit wieder auftauchen und Sibylle beanspruchen konnte.

Milton war allerdings weit davon entfernt, selbstsicher zu sein, und er versuchte das zu überspielen, indem er nicht nur Thola, sondern überhaupt jedes Aufscheinen von Sibylles Vergangenheit in ihren Briefen und Gedanken kritisierte. Selbst wenn sie Ereignisse aus Europa erwähnte – die Sibylle natürlich die ganze Zeit beschäftigten und mit Angst um das Schicksal der Juden und der politischen Emigranten erfüllten –, konnte das schon zu Gereiztheit und Vorwürfen Anlaß geben, da es gegen seine wiederholte Bitte verstieß, diese Themen doch zu vermeiden.

Zu dieser Zeit war die tschechische Krise fast auf ihrem Höhepunkt angelangt. Seit seiner Nürnberger Rede hatte Hitler seine Forderungen immer wieder erhöht. Im Bemühen um eine friedliche Lösung war der britische Premierminister Neville Chamberlain bereits zweimal vergeblich zu Verhandlungen nach Deutschland geflogen. Es geschah also vor dem Hintergrund eines anscheinend unmittelbar bevorstehenden größeren Krieges in Europa, daß Milton und Sibylle voneinander Abschied nahmen. Sibylle schrieb ihm noch am selben Abend.

Sibylle aus New York an Milton Crane in Cambridge, Massachusetts

25. September 1938

Eben bin ich mit Lechner aus seiner Synagoge zurückgekommen. Er hat sehr gut gesungen. Offenbar hat es den Mitgliedern der Gemeinde auch gefallen, was wichtiger ist als alles andere. Lechners Zukunft in diesem Tempel hängt von diesen Feiertagen ab. Nach der Begeisterung heute morgen ist er jetzt ganz zufrieden – und so ist die Familie glücklich. Wir haben meiner Mutter Blumen gekauft und einander »ein glückliches neues Jahr« gewünscht, nur mit ein bißchen Halb-Ironie, Halb-Persiflage.[207] Ich habe bei all unseren Leuten eine Tendenz bemerkt, sich an alle Gelegenheiten zu klammern, sich etwas Gutes zu wünschen und etwas Besseres zu erhoffen. Ich frage mich, ob das ein Symptom jeder Emigration ist?

Sibylle

Sibylle aus New York an Milton Crane in Cambridge, Massachusetts

27. September 1938

Wir waren im Ungewissen und depressiv und hingen abends am Radio.[208] Und die Stimmung von Kriegsangst, Unsicherheit und die Gedanken an die, die dort sind, haben wieder von mir Besitz ergriffen. Es ging schon am Freitag [dem 23. September] los mit so

---

207 Der Anlaß war Rosch ha-Schana, das jüdische Neujahrsfest.

208 An diesem Tag hatte Premierminister Chamberlain eine Radioansprache gehalten, um sein Volk auf einen Krieg einzustimmen, der sowohl unvermeidlich als auch unmittelbar bevorzustehen schien. Darin sprach er unfreiwillig zugleich das Urteil über seine eigene Kompetenz auf dem Gebiet der Außenpolitik: »Wie schrecklich, bizarr und unglaublich, daß wir hier Gräben ausheben und Gasmasken anprobieren sollen wegen einer Auseinandersetzung in einem fernen Land zwischen Leuten, von denen wir nichts wissen.« Zitiert nach *The Times* vom 28. September 1938.

etwas wie Scham und Gewissensbissen, weil ich mich allem so zielgerichtet und fast vollständig entzogen habe, mich auf Dich, mein persönliches Leben und Glück und auf Werte konzentriert habe, deren Existenz ich fast schon vergessen hatte. Natürlich ist es genau das, was richtig ist, wenn wir weiterleben und etwas aus unserem Leben machen wollen. (Mit »wir« meine ich meine eigene, »verlorene« Generation von Emigranten.) Ich habe Dir nie gesagt, wieviel Du unbewußt für mich getan hast. Daß meine erste Unterhaltung mit Dir, als Du mich ermutigt hast, zur Schule zu gehen und mich um ein Stipendium zu bewerben, mir einen ganz neuen Antrieb gegeben und mich aus einem chronisch trübseligen Defätisten in etwas verwandelt hat, das mir viel ähnlicher sieht: einen hoffnungsvollen und entschlossenen »positiviste« (ich benutze die französische Version des Wortes, weil ich die englische nicht kenne).

Sibylle

Sibylle aus New York an Milton Crane in Cambridge

28. September 1938

Heute gibt es nur ein paar Zeilen, weil ich fast meine ganze Mittagspause schon damit zugebracht habe, zwei Briefe und ein – mein eigenes – Affidavit für Lili in Prag zu schreiben. Ich habe mir selbst vorzuwerfen, daß ich die ganze Angelegenheit vernachlässigt habe, bis es jetzt schon fast zu spät scheint. Obwohl es, nach den jüngsten Neuigkeiten, anscheinend nun doch keinen Krieg gibt. Soll man sich darüber freuen? Man weiß es nicht ...

Mit meiner ganzen Liebe

Sibylle

Die jüngsten Nachrichten, auf die sich Sibylle bezieht, kamen aus England. An jenem Nachmittag, als Arbeiter zur Vorbereitung auf die erwartete Bombardierung der Stadt bereits begannen, in den Londoner Parks Splittergräben auszuheben, trug ein bedrückter Neville Chamberlain dem Unterhaus seine erfolglosen Bemühungen vor, die tschechische Krise friedlich beizulegen, als man ihm einen Zettel reichte. Er las ihn und verkündete dann mit einem Lächeln, daß Hitler ihn für den folgenden Tag zu einem Treffen nach München eingeladen habe, an dem Benito Mussolini und der französische Premierminister Daladier ebenfalls teilnehmen sollten.

Sibylle aus New York an Milton Crane in Cambridge

29. September 1938

Liebling,

meine Mutter und Fritz denken, Du verdirbst mich, indem Du mir so oft schreibst. Du seist kein Diplomat, sagt meine Mutter. Worauf ich entgegne, daß wir so etwas wie Diplomatie nicht brauchen, worauf wiederum meine Mutter auf ihre reifste und erfahrenste Art den Kopf schüttelt und sagt, daß ein gewisses Maß an Diplomatie niemals überflüssig ist.

Ich fürchte, die Tschechoslowakei wird ein zweites Mal im Stich gelassen. Und es wird wohl vorerst keinen Krieg geben.

Sibylle

An diesem Abend kamen die Vertreter Großbritanniens, Frankreichs, Italiens und Deutschlands (die Russen hatte man nicht eingeladen, die Tschechen ließ man in einem anderen Raum warten) überein, daß dem Deutschen Reich die Grenzregionen der Tschechoslowakei abgetreten werden sollten, wie Hitler gefordert hatte, und daß die deutsche Besetzung bereits am 1. Oktober beginnen sollte. Gezwungen, sich zwischen Skylla und Charybdis zu entscheiden – entweder ein Krieg gegen Deutschland, der wahrscheinlich mit einer besiegten Tschechoslowakei und ihren Städten in Trümmern enden würde, oder Zustimmung zu einem Abkommen, das fast zwangsläufig das Ende tschechischer Freiheit und Unabhängigkeit bedeuten mußte –, entschloß sich der tschechische Präsident Beneš für das zweite.

Als Opfer des Münchener Abkommens kamen nach den Tschechen gleich die Juden. Fünf Jahre lang hatten sich die antisemitischen Maßnahmen der Regierung nur allmählich gesteigert, immer hatte man damit gerechnet, daß die Westmächte – nach nationalsozialistischem Verständnis auf Geheiß des »Internationalen Judentums« – eingreifen würden. München nun räumte mit dieser Befürchtung auf. Denn wenn die bloße Drohung eines Krieges dazu führen konnte, daß Frankreich und Großbritannien einen militärisch wertvollen Verbündeten fallenließen, bestand nicht die geringste Wahrscheinlichkeit, daß sie Deutschlands Juden zur Hilfe kämen, denen sie schließlich keine Versprechungen gemacht und die ihrerseits nichts anzubieten hatten. Die nationalsozialistischen Führer wußten nun, daß sie den Juden in ihrem Machtbereich antun konnten, was immer sie wollten, da sie sicher sein konnten, daß niemand im Westen auch nur einen Finger rühren würde, um sie aufzuhalten.

Sibylle aus New York an Milton Crane in Cambridge

3. Oktober 1938

Mein Kopf ist so voll von Dingen, um die ich mich kümmern muß und für die ich einfach nicht die Zeit zu finden scheine. Leute in Europa, denen ich helfen muß, Papiere, die fertiggemacht werden müssen. Kummer um Lechners Bruder, der sehr wahrscheinlich sein Visum nicht bekommen hat. Meine Mutter und ich sind sicher, wenn er es diesmal nicht bekommen hat – und es keine weitere Chance geben sollte –, wird er sich einfach umbringen. Also sitzen wir herum und warten auf seinen Brief, ob er das Visum endlich bekommen hat.

Ach Milton, in was für einer schrecklichen Welt leben wir! Ich glaube, keiner von uns hat wirklich begriffen, was da in Europa gerade passiert ist. Kann man da einfach die Augen schließen und das Beste aus seinem eigenen, persönlichen Leben machen? Wie Du es tust, wie ich es instinktiv gerne möchte? Hier ist wieder mein alter Zwiespalt zwischen meinem Sinn für Selbsterhaltung und dem, was ich dennoch für richtig halte. Aber laß Dich dadurch nicht bedrükken. Es wird vorübergehen, wie schon so oft.

Ich werde all diese Briefe schreiben, sobald ich Lilis und Carlas Einwanderungsangelegenheiten aus dem Kopf habe und eine Menge anderer Dinge – darunter auch den einen Brief, den zu schreiben ich bisher nicht den Mut fand.

Sibylle

Der ungeschriebene Brief war der an Thola. Seit einem Jahr war er, was seine Gefühle für Sibylle anging, demonstrativ nicht offen gewesen. Wie er zugegeben hatte – wenn auch, für ihn typisch, nicht gegenüber Sibylle selbst, sondern einer gemeinsamen Freundin, Halla

Rachmilevitz –, hatte er sich um so sturer verweigert, je mehr sie nach der Bestätigung suchte, daß ihre Liebe von ihm erwidert wurde. Selbst die Nachricht, daß sie in Milton Crane einen Verehrer habe, hatte nicht genügt, Thola dazu zu bringen, seine Pose ironischer Distanz aufzugeben. Jetzt allerdings gab es Anzeichen dafür, daß er einsah, er habe das vielleicht zu lange hinausgeschoben.

Thola Theilhaber aus London an Sibylle in New York

1. Oktober 1938

Liebe Syb!

[...] Aber wie geht es Dir? Was wird aus Deinem Studium? Hast Du noch die alte Energie? Wenn nicht, hol' sie Dir wieder.

Wie geht es Herrn Milton, wenn er aus dem Kreis Lipskis ist, muß er schon ein ganz intelligenter Bursche sein! Versteht Ihr Euch gut?

Syb, wie kann man als Tourist nach U. S. A. kommen? Kennst Du Leute, die auf Frachtdampfern hinübergefahren sind? Wenn ja, mit welcher Linie?

Frau Rachmilevitz hat meiner Mama von Dir vorgeschwärmt, so daß meine Mutter Dir ein Geschenk zu schicken denkt und es mir übelnimmt, daß ich Dich überhaupt nach U. S. A. habe fahren lassen und Dich nicht festgehalten habe. Kompliment?

Syb, mach's gut

Gruß, Kuß und Schluß

Thola

P. S. Ich bin nebenberuflich Soldat im jüdischen Regiment geworden. Hurrah.

Eva Ortmann Lechner hatte die Faktors lange gedrängt, die Tschechoslowakei zu verlassen. Nach dem Münchener Abkommen, so erinnerte sich Lili später, schrieb sie erneut und sagte: »Europa ist verloren.« Wenn sie selbst schon nicht bereit seien zu emigrieren, sagte sie Lilis Eltern, so sollten sie doch zumindest ihre Tochter in den Vereinigten Staaten in Sicherheit bringen. Während die Faktors zögerten, entschlossen sich Sibylle und Eva, auf eigene Faust zu handeln. Da sie die Bedeutung kannten, die amerikanische Behörden Affidavits von Verwandten beimaßen, nahmen sie Kontakt mit einer Verwandten von Lilis Mutter auf, der in New York lebenden Pianistin und Musiklehrerin Isabelle Vengerova,[209] und sicherten sich ihre widerstrebende Zustimmung, ein Affidavit zu unterschreiben. Zudem bereitete Sibylle ihr eigenes Affidavit vor. Das allein hätte Lili zwar kein Visum verschafft, es mochte aber eine nützliche Ergänzung zu dem von Frau Vengerova sein.

Affidavit vom 4. Oktober 1938

Stadt New York im Landkreis New York,

Staat New York

Ich, SIBYLLE ORTMANN, vorschriftsmäßig vereidigt, bezeuge und bestätige hiermit:

Ich lebe 46 West 83rd Street, New York City, New York, wo meine Mutter und mein Stiefvater eine Fünf-Zimmer-Wohnung gemietet haben. (Ich erhielt meine Einwanderungspapiere, Nr. 406601, am 14. Dezember 1937.)

Ich gebe dieses Affidavit aus eigenem freien Willen, um den Ehrenwerten Amerikanischen Konsul davon zu überzeugen, daß ich imstande und willens bin, die Verantwortung zu übernehmen für meine Freundin LILI FAKTOR, z. Zt. wohnhaft Zizkova 9, Prag X, die den Antrag stellt, in die Vereinigten Staaten von Amerika einzureisen zum Zwecke dauerhafter Niederlassung. Ich habe den Wunsch, daß meine Freundin LILI FAKTOR mit mir und meiner Familie in den Vereinigten Staaten lebt, da unser Verhältnis nahezu geschwisterlich ist. LILI FAKTOR und ich waren seit früher Kindheit befreundet und haben später bis zum Jahre 1933 gemeinsam die Fürstin-Bismarck-Schule in Berlin, Deutschland, besucht. Ich habe danach zu verschiedenen Gelegenheiten mit LILI FAKTOR und ihrer Familie in Prag gelebt, deren Wohnung die meine war, ebenso wie meine Wohnung stets meiner Freundin LILI FAKTOR offenstehen wird. Obwohl ich weiß, daß Miss FAKTORs Tante, Miss Vengerova, den Wunsch hat, daß sie bei ihr wohnt, wird LILI FAKTOR jederzeit willkommen sein, bei mir zu wohnen, solange sie möchte und wann immer sie es

---

209 Sie wurde 1873 in Minsk geboren und starb 1956 in New York. Zu ihren Klavierschülern gehörten Leonard Bernstein, Samuel Barber und Lukas Foss.

wünschen oder bequem finden sollte, dies zu tun. Ich werde von meiner Mutter und meinem Stiefvater unterstützt, in deren Wohnung ich ein geräumiges Zimmer bewohne, das ich gerne bereit bin, mit LILI FAKTOR zu teilen.

Mein Einkommen während des vergangenen Jahres und zur gegenwärtigen Zeit beträgt 25,00 $ pro Woche, wie aus der beigefügten Bescheinigung meines Arbeitgebers hervorgeht. Mein Gehalt steht mir zur freien Verfügung, und ich bin imstande und willens, LILI FAKTOR mit der Summe von 25,00 $ pro Woche so lange zu unterstützen, bis sie sich selbst unterhalten kann.

Ich werde niemals zulassen, daß LILI FAKTOR in irgendeiner Gemeinde der Vereinigten Staaten aus öffentlichen Mitteln unterhalten werden muß.

Unter Berücksichtigung des oben Gesagten bitte ich den Ehrenwerten Konsul der Vereinigten Staaten respektvoll, LILI FAKTOR freundlicherweise ein Visum für die Einreise in die Vereinigten Staaten zum Zwecke der dauerhaften Niederlassung auszustellen.

Sibylle Ortmann
Mir gegenüber vereidigt an diesem
4. Oktober 1938
René Loeb
(Öffentlicher Notar)

Sibylle hat sich in ihrem Affidavit einige Freiheiten mit den Fakten erlaubt. Mrs. Vengerova war nicht Lilis Tante, sondern weitläufiger verwandt, und sie hatte keineswegs den Wunsch, daß Lili bei ihr leben sollte. Sibylle wurde außerdem nicht von ihrer Mutter und ihrem Stiefvater unterstützt, und sie hatte auch nicht 25 Dollar wöchentlich zu ihrer freien Verfügung. Vielmehr zahlte sie Eva und Fritz Lechner die Miete für ihr Zimmer und das Kostgeld und bemühte sich obendrein noch, jede Woche 10 Dollar für eine künftige Collegeausbildung zur Seite zu legen. Das »geräumige Zimmer« war ebenso übertrieben. Doch trotz aller Abweichungen von den eigentlichen Tatsachen entsprach der wesentliche Inhalt des Affidavits der Wahrheit: Lili war ihr wie eine Schwester, und sie hätte sich, falls nötig, um sie gekümmert.

Sibylle aus New York an Milton Crane in Cambridge

5. Oktober 1938

Ich war gestern abend in Kew Gardens,[210] um Muschi zu treffen, während Fritz nach Corpus Christi fliegt oder inzwischen vielleicht schon die texanischen Ölfelder inspiziert. Sie war träg und müde und grundsätzlich an gar nichts und niemandem interessiert außer ihrem Baby, ihrem Fritz und ihrem Haus in Kew Gardens. Und die hat sich mal als Vorkämpferin für Menschlichkeit bezeichnet, in deren Kopf und Leben das Individuelle eine zweitrangige Rolle spiele! Es ist diese Inkonsequenz, die ich ihr vorwerfe. Ich selbst habe niemals geheuchelt, und genau dieses Dilemma war mein erstes und – vermutlich – auch letztes Hindernis dabei, ein guter und zuverlässiger Kämpfer für eine Sache zu werden, von der ich überzeugt war, daß sie richtig ist und es sich lohnt, für sie zu kämpfen. Ich frage mich, wie viele Leute da einfach unehrlich sind? Es kommt mir jetzt erst in den Sinn, daß wir niemals oder doch wenig über diese Angelegenheiten gesprochen haben. Betrifft Dich das alles überhaupt nicht? Kümmer Dich nicht drum, begreif das als rhetorische Frage. Das ist schließlich kein Thema, um damit eine Korrespondenz wie diese zu beginnen. Und wir werden ja noch Zeit haben, um zu reden!

Sibylle

Milton Crane aus Cambridge an Sibylle in New York

6. Oktober 1938

Wenn Du mir schreibst, sprichst Du oft ein Thema an, das ich immer weiterverfolgen will, aber irgendwie werde ich abgelenkt oder gehe doch auf Dinge ein, von denen ich Dir lieber schreibe, Dinge, die ich hier jetzt nicht wiederholen muß.

Alles, was ich sagen will, ist dies: Du hast ein seltsames Bild – vielleicht nicht so seltsam: Ich habe wenig getan, um es zu erklären oder richtigzustellen – von mir als einer einzelnen, ruhigen, einsamen Seele. Deine europäischen Probleme berühren mich, Deiner Ansicht nach, wenig; Du machst Dir Sorgen um Halla in Paris und Lili in Prag und, wichtiger noch, um die grundlegenden politischen und wirt-

210 Ein Viertel im Stadtteil Queens von New York City.

schaftlichen Probleme, die mich nicht zu interessieren oder zu betreffen scheinen. Und Du fühlst Dich in gewisser Weise schuldig, wenn Du zuläßt, Dich völlig von Deinen eigenen unmittelbaren Problemen und von etwas so wenig Weltbewegendem wie der Liebe mitreißen zu lassen. Also, laß es mich so klar wie möglich ausdrücken: Ich bin, das ist wahr, grundsätzlich und nach meiner Veranlagung nicht besonders an Politik oder Wirtschaft interessiert. Es liegt mir daran, soweit ich kann, dafür zu sorgen, daß eine liberale demokratische Regierungsform herrscht, zum Teil weil sie mich persönlich am meisten zufriedenstellt und weil ich den Vorzug genossen habe zu sehen – und mit welch vortrefflichen Resultaten! –, was Faschismus bedeutet, was eine konservative reaktionäre Regierung bedeuten kann. Ich finde und werde immer so empfinden, daß das persönliche Seelenheil das einzig Bedeutende ist unter jeder Regierungsform. Aber das ist unter einer solchen Regierung, wie sie in den Staaten besteht, leichter zu erreichen. Ich bin mir keineswegs sicher, was die richtige Art zu handeln ist für jemanden in meiner oder einer ähnlichen Situation. In der heutigen Zeit ist es schmerzlich einleuchtend, daß sich meine Aufmerksamkeit auf mein materielles Fortkommen konzentrieren sollte, damit jeder Schritt, den ich unternehme, Gewicht und Sicherheit erhält. Bis dahin beabsichtige ich nichts zu tun, als meine Wählerstimme so gut zu nutzen wie möglich. Du kennst meine Einstellung zum Kommunismus: Ich sehe für mich selbst kein Glück unter so einem System und werde es nicht unterstützen, es sei denn, ich müßte eine klare Wahl zwischen ihm und dem Faschismus treffen. Ich sehe keinen Grund, meine Beschäftigung mit persönlichen Themen, emotionalen wie akademischen, zu bereuen, und ich möchte meine Taten, soweit wie möglich, mit meinen Gedanken und meiner Überzeugung in Einklang bringen.

Das ist eine lange Rede, und ich hoffe, sie beantwortet alle Fragen, die Du vielleicht nicht gestellt oder angedeutet hast. Ich kann nicht anders als mich wehren, wenn Du Dich ein wenig zu schämen scheinst, die Probleme der Welt vor Aufregung über und Interesse an einer so entscheidenden Sache wie unserer Liebe zu vergessen.

Milton

Sibylle aus New York an Milton Crane in Cambridge

6. Oktober 1938

Liebling,

Du solltest Dich nie davor fürchten, mit mir einen »Eiertanz« zu vollführen (wie Du es tatsächlich auch gar nicht getan hast).[211] Du hast recht: Einfach zu schweigen wäre nicht die richtige Art, damit umzugehen. Aber ich habe Angst vor diesem Brief wie nur was. Schon beim Gedanken daran fühle ich mich scheußlich. Ich weiß, das ist nicht das, was Du von mir hören möchtest – aber es ist trotzdem die Wahrheit. Die endgültige Übermittlung der Entscheidung ist in diesem Fall so viel schwieriger als die Entscheidung selbst. Kannst Du das verstehen? Ich glaube kaum. Mußt Du aber auch gar nicht. Versuch bloß zu begreifen, daß das, was mich so martert, weniger ein Mangel an Kraft ist, wie Du es nennst, als mein Gewissen.

Gestern abend kam ein nettes Mädchen vorbei, um mit mir über ein Stipendium zu sprechen. Sie ist die Tochter eines Wiener Psychoanalytikers, 14 Jahre alt, vollkommen erwachsen und hochintelligent.[212] Ich möchte, daß Du sie kennenlernst, wenn Du Weihnachten herkommst. Das wird Dir eine Vorstellung davon vermitteln, wie seltsam erwachsen ich mit 14 war, genau wie sie. Ich habe mich seitdem fast gar nicht verändert, wie ich Dir ja schon oft gesagt habe.

Sibylle

Sibylle aus New York an Milton Crane in Cambridge

13. Oktober 1938

Liebling,

ich bin so stolz. Einer der Englischlehrer (die Frau) hat uns gerade einen kurzen, einfachen Essay zurückgegeben, für den wir vor etwa drei Wochen 20 Minuten gebraucht haben. Sie sagte, meiner sei mit Abstand am besten gegliedert. (Ich habe zwei 95er dafür bekommen.) Oben drüber hatte sie in großen Buchstaben geschrieben: »Sie schreiben hervorragendes umgangssprachliches Englisch, wo haben

---

211 Milton hatte mit der Formulierung, er führe einen »Eiertanz« auf, Sibylle gedrängt, Thola endlich von der veränderten Situation zu unterrichten.

212 Gemeint ist Eva Reich, die Tochter von Annie und Wilhelm Reich.

Sie das gelernt?« Dann schrieb sie noch: »Sie haben einen hervorragenden Sinn fürs Dramatische.« Alle sahen auf mich, und ich fühlte mich gebauchpinselt.

Sibylle

Thola Theilhaber aus London an Sibylle in New York

15. Oktober 1938

Liebe Syb,

bist Du krank oder verliebt?

Im ersteren Fall wünsche ich Dir gute Besserung – im zweiten alles Gute.

In London ist nun wieder alles ruhig. Ich hatte mich in der jüd. Legion zum Fliegen angemeldet. Daraus wird wohl wenig werden.

Was tust Du?

Bis man von Dir hört,

alles Gute

Thola

Halla Rachmilevitz aus Tel Aviv an Sibylle in New York

26. Oktober 1938

Liebe Sibylle,

woran liegt es, daß Du so unverschämt schreibfaul geworden bist? Sind es die aufregenden Zeiten, ist es der Herbst, oder liegt kein besonderer Grund vor? Einen ganzen Monat bin ich jetzt wieder hier in Tel-Aviv, einen ganzen Monat sehne ich mich schon nach Paris, und trotzdem bin ich ganz glücklich, hier zu sein. Gekommen bin ich, weil meine Mutter wegfahren sollte und mein Vater nicht alleine bleiben konnte. Inzwischen kamen diese Panikwochen, und meine Mutter ist hiergeblieben, und jetzt werden sicher Mutter und Vater nach Europa fahren müssen. Die Stimmung im Lande ist grauenvoll und vor allen Dingen deshalb, weil man nicht weiß, was aus Palästina werden wird. Die Menschen hier werden hart, werden richtige Soldaten, und nach diesem verfluchten Friedensschluß kann man auch nichts Gutes mehr erhoffen. Sag, Sibylle, hast Du etwas von Lili gehört? Es muß ja in Prag furchtbar gewesen sein und noch sein. Bitte schreib mir doch, ob Du etwas von ihr weißt.

Ich habe hier meine alten Bekannten wiedergefunden, nicht viel verändert, aber ich dafür um so mehr. Sehe viele schwache, faule Seiten, die ich früher nicht bemerkte, und beurteile die Menschen dabei doch viel weniger hart als früher. Weißt Du, daß Thola 4 Tage bevor ich kam, weggefahren ist? Ich habe mich wirklich sehr geärgert. Inzwischen habe ich seine Eltern und seinen kleinen Bruder kennengelernt. Adin ist ein reizender Junge, dem Thola im ganzen Wesen sehr ähnlich und doch ganz anders ist. Wir haben uns über alles mögliche unterhalten, auch über Dich. Thola scheint Dich sehr zu vermissen, viel, viel mehr, als er zugibt und als er es selber weiß. Sag, hast Du da mit irgendeinem Jungen angebändelt? Adin erzählte mir so etwas, daß Thola sehr deprimiert deswegen sein sollte. Übrigens denkt er sehr ernst daran, später nach Amerika zu gehen, d.h. ungefähr in einem Jahr. Glaubst Du, es wird dann noch alles genauso stark sein, nach 2 Jahren? Was machst Du, was ist mit Deinen Plänen, Kinderärztin zu studieren? Please do write to me, und ganz ausführlich.

Kuß, Halla

Wie Halla vermutete, waren die Bedingungen für Flüchtlinge in Prag schrecklich. Die neu eingesetzte tschechische Regierung, zur Zusammenarbeit mit den Deutschen verpflichtet, war nicht einmal mehr bereit, ihre eigenen Bürger vor der Gestapo zu schützen. Auf Präsident Beneš war sein Premierminister, General Jan Syrovy, als Interims-Staatsoberhaupt gefolgt. Nur ein paar Wochen zuvor war Syrovy bereit gewesen, einen deutschen Einmarsch zu bekämpfen, notfalls auch ohne französische und britische Unterstützung. Doch der Verrat an seinem Land durch seine angeblichen Verbündeten hatte ihn verändert und verbittert, und als die Deutschen die Auslieferung der Flüchtlinge verlangten, die nach der Verkündigung des Münchener Abkommens aus dem Sudetenland geflohen waren, hatte er keine Einwände erhoben.

Die Juden aus dem früheren Sudetenland stellten fest, daß man sie nirgendwo wollte. Nachdem man sie zusammengetrieben, ihres Geldes und der Wertsachen beraubt hatte, schickte man sie über die deutschen Linien in Richtung der neuen tschechischen Grenze, wo Grenzposten sie zurückwiesen.

In den Gräben zwischen den beiden Heeren lebten schon bald Hunderte von Menschen, darunter Kinder und Greise, ohne den geringsten Schutz gegen den kalten Herbstregen.

Sibylle aus New York an Milton Crane in Cambridge

26. Oktober 1938

Ich mache es kurz, da ich diesen Abend nutzen will, um im Bett einen Brief zu schreiben – nach langer Zeit – an Thola.

Ja, ich erhielt heute zwei Briefe, die ich kaum erwartet hatte. Europa holt mich ein. 18 Seiten von Henry. Einen kurzen von Thola, in dem er fragt, warum ich nicht geschrieben habe. Dann ein weiterer verzweifelter Brief von Lili. Die Dinge schleppen sich zu langsam dahin, und sie will dort raus, je eher, desto besser. Das Schlimmste ist, daß ich nichts tun kann, um die Sache zu beschleunigen. Hab ich Dir erzählt, daß die Zeitung, für die ihr Vater arbeitete[213] und damit die Familie vor dem Verhungern bewahrte, vor 3 Tagen eingestellt wurde, wie wir in der Zeitung gelesen haben?

Sibylle

Sibylle aus New York an Milton Crane in Cambridge

28. Oktober 1938

Ich habe Dienstag [den 26. Oktober] an Thola geschrieben, einen langen und schmerzlichen Brief. Diese beiden Briefe, die ich aus London bekam, die Verwirrung von Vergangenheit und Gegenwart, das war alles zuviel, und diesmal gelang es mir nicht, es mir aus purer Feigheit einfach aus dem Kopf zu schlagen. Ich habe mich sehr unglücklich gefühlt, und meine Mutter war wunderbar. Ich glaube, so eine Mutter gab es noch nirgendwo auf der Welt.

Sibylle

Polen hatte eine neue Regelung erlassen, die Ende Oktober in Kraft treten sollte, daß nämlich Inhaber eines polnischen Passes, die im Ausland lebten, eine erneute Gültigkeitserklärung dieses Passes benötigten, bevor ihnen die Wiedereinreise nach Polen erlaubt würde.

---

213 Es handelt sich um den *Prager Mittag.*

Vom deutschen Standpunkt aus stellte das eine Bedrohung der Regierungspolitik dar, Juden, wenn irgend möglich, in die freiwillige Emigration zu treiben.[214] Falls Polen ausländischen Juden mit polnischem Paß die Einreise verweigerte und keine andere Nation ihnen ein Visum erteilte, konnten sie Deutschland nicht verlassen, selbst wenn sie wollten, und Deutschland seinerseits wäre außerstande, sie oder andere polnische Staatsbürger auszuweisen, die man für unerwünscht erklärt hatte. Die Nationalsozialisten entschlossen sich deshalb, den Polen mit einer einzigen Massendeportation zuvorzukommen, die mit solcher Blitzesgeschwindigkeit erfolgen sollte, daß sie bereits eine vollendete Tatsache wäre, wenn die Welt davon erfuhr.

Am Abend des 27. Oktober wurden deshalb Tausende deutscher Juden zusammengetrieben, die offiziell polnische Staatsbürger waren, und, nur mit den Kleidern, die sie trugen, und einem Maximum von 10 Mark pro Person, über die Grenze abgeschoben. Die polnischen Behörden weigerten sich, sie aufzunehmen, und für die nächsten zwei Tage saßen einige zehntausend Männer, Frauen und Kinder im Niemandsland fest, das die Verteidigungslinien der beiden Staaten voneinander trennte. Am 30. Oktober gaben die Polen nach und ließen die Deportierten ins Land.

Die Nachrichten schockierten vor allem die Emigranten, die darauf warteten zu erfahren, ob ihre in Deutschland zurückgelassenen Familienmitglieder unter den Deportierten waren.

Sibylle aus New York an Milton Crane in Cambridge
29. Oktober 1938
Liebling, jetzt bin ich hier ganz alleine (Fritz wird gerade mit einem

---

214 Seit dem Anschluß Österreichs und der Abtretung des Sudetenlandes suchte eine große Zahl jüdischer Flüchtlinge nach neuen Lebensmöglichkeiten, und damit wollte weder Polen etwas zu tun haben, noch stand es damit allein. Etwa zu dieser Zeit schlug die Schweizer Polizei den Deutschen vor, ein Unterscheidungsmerkmal in den Pässen von Juden anzubringen, und die Nationalsozialisten leisteten dem gern Folge. Demnach bedeutete das große rote »J« in den Pässen deutscher Juden, daß die Schweizer Beamten mögliche Einwanderer identifizieren und an der Grenze zurückweisen konnten, ohne einen Visumszwang einführen zu müssen, der den lukrativen Strom deutscher Touristen in die Schweiz hätte reduzieren können.

enormen Bankett offiziell zum »Kantor auf Lebenszeit« gewählt) – und fühle mich großartig. Selbst die Aussicht, daß ich heute abend ein Theaterstück lesen muß und morgen zwei, stört diesen tiefen Frieden nicht.

Das war wirklich ein aufregender Tag: Ich habe mich um 1:30 Uhr mit Mutti getroffen, und wir haben einen Mantel gekauft, den ich so dringend brauchte. Dafür mußte ich zwar meine Rücklagen angreifen, aber es ist ein so schöner Mantel, und er wird halten – wie leider alle meine Sachen.

Ich hatte mich kaum hingesetzt, um diesen Brief zu beginnen, da rief Milton Gandell[215] an – von der Party – und bat mich hinzukommen. Ich sah keinen Grund, ihm nicht die Wahrheit zu sagen, nämlich daß ich eine Menge Hausaufgaben zu erledigen hätte. Außerdem, sagte ich, würde ich mich ohne Dich als Bindeglied und Beschützer wahrscheinlich ein bißchen fremd fühlen.

Ich bin so froh, daß ich nicht zu der Party gegangen bin. Nicht nur brauche ich dieses Wochenende einen klaren Kopf und kann mir nicht leisten, betrunken zu sein, sondern die Vorstellung von Partys und ihrer künstlichen Fröhlichkeit empört mich heute irgendwie. Hast Du diese schrecklichen Berichte aus Deutschland gelesen und was sie dort den polnischen Juden antun? Und zu denken, daß Lechners Vater (76 Jahre alt) und irgendwelche von unseren Freunden darunter sein könnten! Das alles ist noch schlimmer als Mord und Totschlag. Hast Du die Hitler-Karte von Europa 1938 bis 1941 gesehen? Heute dämmerte es mir plötzlich – offenbar war ich zu der Zeit nicht in der Lage, es in vollem Umfang zu begreifen –, wie unglaublich und doch auch wie typisch und ungeheuer bezeichnend es ist, daß ein Mann wie Highet so redet, wie er es tut.[216] Ein Intellektueller, und anscheinend noch dazu ein guter. Auch wenn er Nationalist sein sollte, was er ja, wie Du sagst, nicht ist. Erinnerst Du Dich, wie meine Mutter das Beispiel des Rabbiners zitierte über die Haltung der Welt

215 ein Freund von Milton Crane.

216 Milton hatte Sibylle den hervorragenden Altphilologen Gilbert Highet vorgestellt, der an der Columbia University einer seiner Professoren gewesen war. Der Zusammenhang legt nahe, daß er isolationistische Ansichten vertrat, also für die strikte Nichteinmischung Amerikas in die europäischen Angelegenheiten war.

zum Münchener Abkommen? Na, und heute habe ich mich dabei erwischt, wie ich mit dem festen Vorsatz ins Geschäft gehe, nicht mehr als 10 Dollar auszugeben, dann finde ich einen sehr schönen Mantel für 19 Dollar, kaufe aber schließlich einen für 14 – und bin enorm zufrieden, nicht nur mit dem Mantel, sondern hauptsächlich wegen der Illusion, 5 Dollar »gespart« zu haben.

Ich fühle mich heute abend so wunderbar wohl und stark wie seit meinen Ferien nicht mehr. An Tagen wie diesem denke ich, ich kann eine Million Dinge tun, und möchte Dich hier haben, damit Du diese Ekstase an imaginärer Kraft, Glück, und was weiß ich, was noch, mit mir teilst. Das passiert so selten. Aber warte nur, bis ich nach Cambridge komme! Wenn ich mich früher so gefühlt habe, habe ich automatisch an meine politischen Fähigkeiten und meine Zukunft geglaubt (eben das, was ich am meisten zu bezweifeln pflegte). Ich erinnere mich, wie ich – es ist gar nicht lange her – nach meinem letzten Besuch bei Margaret Goldsmith durch High Holborn gehe und plötzlich die Vision habe, daß ich selbst in Amerika vor einer großen Massenversammlung spreche. Als wie anders hat sich das wirkliche Amerika, und ich mitten darin, dann herausgestellt.

Heute ist noch ein Jahrestag, Du kannst ihn einen Anti-Höhepunkt zu dem nennen, den wir am 9. September gefeiert haben. Heute ist es nämlich fünf Jahre her, daß das schrecklich erwachsene Kind, das meinen Namen trug, zum Abschied von der schluchzenden Mutter auf dem Charlottenburger Bahnhof winkte und weinte. Meinst Du nicht auch, daß die 20 Dollar, die ich damals eingesteckt hatte, mich ziemlich weit gebracht haben? Natürlich war es weitaus mehr Notwendigkeit und Abenteuergeist als jener »Mut«, dem die Leute das zuschrieben. Eins steht jedenfalls fest, es war wohl das entscheidendste Ereignis meines Lebens, und ich werde es schwerlich vergessen.

Sibylle

Sibylle aus New York an Milton Crane in Cambridge

31. Oktober 1938

Hast Du die Berichte über die polnischen Juden gelesen? Lies sie. Man *kann* nicht einfach die Augen schließen und woanders hinsehen.

Sibylle

Milton Crane aus Cambridge an Sibylle in New York

1. November 1938

[...] Zu Deinem Brief: Warum denkst Du immer, daß wir, nur weil wir unserer Liebe so viel Bedeutung beimessen und ihr so viele Gedanken widmen, damit notwendigerweise alles andere ausschließen? So scheint es mir jedenfalls, wenn Du mich beschwörst, das über die polnischen Juden zu lesen. Natürlich habe ich mich über die Krise auf dem laufenden gehalten – Zeitungen und das Radio sorgen schon dafür. Ich will Dir über diese Dinge einfach nicht schreiben; wenn wir genug Zeit haben, über alles auf der Welt zu reden, und dann immer noch alle Zeit, die wir wollen, für uns haben, können wir das tun. Aber gerade jetzt, mit sehr viel Arbeit und so vielen Dingen, über die man sich Sorgen macht (polnische Juden eingeschlossen), möchte ich, wenn ich mich hinsetze, Dir zu schreiben, wieder wissen, daß Du und ich eine kleine private Welt für uns haben mit unseren ganz eigenen Problemen.

Milton

Sibylle hatte gehofft, auf das Barnard College gehen zu können, eine private Einrichtung der Columbia University in New York. Sie hatte ein Bewerbungsgespräch, bei dem ihr ein Mitarbeiter des Zulassungsbüros sagte, ihr Status sei mißlich und hinzufügte: »Es wäre viel einfacher, wenn Sie Austauschstudentin wären.« Sibylle entgegnete: »Ich verstehe, Sie hätten lieber einen Nazi als einen jüdischen Flüchtling.« Sie beschloß, daß sie mit dem Barnard College nichts mehr zu tun haben wolle, und wandte sich ans Radcliffe College, das innerhalb der Universität Harvard weiblichen Studierenden vorbehalten war.

Sibylle aus New York an Milton Crane in Cambridge

3. November 1938

Liebling – ich bekam Deine beiden Briefe vom Dienstag heute morgen, zusammen mit dem von Miss Graham.[217] Ich war nicht so

217 Am 31. Oktober hatte die Sekretärin des Zulassungskomitees am Radcliffe College, Louise Graham, Milton geschrieben, daß Sibylle für bestimmte Stipendien nicht in Frage komme, sich aber gerne um andere bewerben könne.

arg enttäuscht, da ich mir nie eingebildet habe, ein Stipendium für das Anfängerjahr zu gewinnen, und die Hauptsache war, daß der Brief sehr freundlich klang.

Ich habe Dich überhaupt nicht »getadelt«, aber wenn Du es so ausdrücken willst, so habe ich es wenigstens nicht getan, weil Du die ideologische Notwendigkeit, »über Politik zu sprechen«, vernachlässigst. Aber Du kannst mich nicht davon überzeugen, daß diese Angelegenheiten, die mir auf der Seele liegen, Dich in irgendeiner Weise ebenso persönlich berühren wie mich, was nur natürlich ist. Es ist eine so alte Erfahrung, daß es Dich eine Million Mal mehr aufregt, von einem Unfall zu hören, wenn Du die Leute kennst, die betroffen sind, wenn auch vielleicht nur flüchtig, als wenn sie einfach nur Namen und Zahlen für Dich sind. Genauso wie Du sagst, daß Du, so wie Du Dich kennst, die Vorgänge in Europa für mehr hältst als nur für »etwas Bedauerliches«, ist es da nicht nur natürlich für mich, daß sie mir weit mehr bedeuten müssen als nur das? Wenn man es logisch, politisch sieht, aus großer Entfernung, bedeuten diese paar Tausend Juden, diese paar Hundert Kinder, die man in Deutschland direkt aus ihren Schulen geholt und irgendwo in Polen abgesetzt hat, wenig im Vergleich zu China, im Vergleich zur Tragödie der Hitlerei im ganzen. Und doch hast Du Dich nach und nach an diese Entsetzlichkeiten gewöhnt. Selbstschutz! Aber an diese vielen individuellen Tragödien zu denken, die gut irgend jemanden von den Leuten, die ich kenne (etwa Lechners Eltern) hätten treffen können, und zu spüren, daß man selber sicher und geschützt ist – *sollte* einen froh machen, läßt *mich* jedoch Scham und Schuld empfinden und Verzweiflung darüber, daß ich nicht in der Lage bin, etwas dagegen zu tun. Und es ist noch viel mehr. Aber ich scheine nicht imstande zu sein, die richtigen Worte dafür zu finden. Eines Tages werde ich es Dir *sagen.* Während der vergangenen Woche bekam Heinrich ungefähr fünf Briefe von Leuten, die – jenseits der Verzweiflung – kaltblütig schreiben, daß sie sich umbringen werden (nicht weil sie lebensmüde sind, sondern weil sie keine andere Möglichkeit sehen). Und glaubst Du wirklich, man kann einfach weiter das Leben genießen und keine Gewissensbisse haben? Man kann ja versuchen, und sogar erfolgreich, sich Katastrophen aus dem Kopf zu schlagen, gegen die man nichts unternehmen kann. Aber wenn sie einen trotzdem einholen, kann man sie nicht einfach in die zweite Reihe schieben. Und wenn ich sie erwähne, dann nicht, weil ich denke: »Jetzt sollst Du darüber nachdenken«, sondern weil *ich* darüber nachdenke und mich sorge. Sieh das doch ein, und versteh bitte, daß das mit uns nichts zu tun hat. Gar nichts, Liebling. Das ist bloß eine kleine Strafe dafür, daß Du mit kleinen Flüchtlingsmädchen schäkerst. Ich habe in Eile geschrieben und mehr, als ich dazu schreiben wollte. Und ich glaube, es ist ziemlich konfus und verwirrend. Aber versuch doch, es zu verstehen! In mir steckt doch etwas vom schlechten Gewissen eines politischen Deserteurs. Ich bekam heute auch einen kurzen, verzweifelten Brief von Lili (Prag). Hoffentlich kriegt sie das Visum. Sonst weiß ich nicht, was geschieht.

Sibylle

Thola Theilhaber aus London an Sibylle in New York

4. November 1938

Liebe Sibylle!

Soeben ist Goldberg fortgegangen, und ich habe Zeit, auf Deinen Brief zu antworten. Ja, ich habe ihn sehr genau gelesen. Und er hat weh getan; obwohl ich so etwas längst erwartet habe. Was bleibt da anderes, als Dir alles Gute für die Zukunft zu wünschen?

Aber warum legst Du bloß so eine Abrechnung hin? Er wimmelt geradezu von komplizierter Prozentrechnung. Muß man mit Zahlen feststellen, wo man steht? Ja, ich habe geschwiegen. Du sagst, Du wußtest nicht, ob ich Dich so lieb habe wie Du mich. Wußtest Du es denn je? Und doch lebten wir zusammen. Genauso wie ich es plante, mit Dir wieder einmal zusammenzuleben. Aber nun erlauben es mal die Umstände nicht. Dir auf 5000 km Entfernung mitzuteilen, daß ich auf Dich warte, wäre reichlich ungerecht, Du hättest es schwerer gehabt, Milton zu finden. Und das will ich gar nicht. Wünsch mir Glück, ich muß mir ja eine neue Sibylle finden! Good luck to you both

Joachim[218]

P.S. Thola läßt grüßen. Er war zu traurig. Komme auf jeden Fall gut durch die Prüfungen! *Bitte antworte nicht!*

---

218 Joachim war Tholas Geburtsname.

Viele Jahre später erinnerte sich Sibylles Mutter an das Eintreffen des Briefes: »Sie hat mir nie gesagt, was Thola ihr schrieb, und ich habe nie gefragt. Ich weiß bloß, daß sie in ihr Zimmer ging, die Tür schloß und drei Tage lang nicht aufhörte zu weinen.«

Sibylle aus New York an Milton Crane in Cambridge

5. November 1938

[...] Willst Du es mir nicht ein bißchen einfacher machen? Ich habe Dir alle Gründe genannt, warum ich nicht will, daß einer von uns diesen Winter Geld für Zugfahrten ausgibt. Du weißt, ich werde nächstes Jahr auf Unterstützung von Fritz angewiesen sein. So wie die Dinge jetzt liegen, ist es ein ganz schön unangenehmes Gefühl, das zu wissen. Ich habe seit über fünf Jahren nicht mehr um Geld von zu Hause bitten müssen.

Und wenn ich nur daran denke, so scheint es insgesamt doch ziemlich phantastisch und verrückt, daß Fritz irgendwann für meine Ausbildung zahlen sollte. Also versuche ich, nicht »nur daran zu denken«, denn wenn ich es täte, gäbe es niemals etwas anderes für mich als Mr. Jacobys Büro in der Wall Street 52. Deshalb ist alles, was ich tun kann, zu zeigen, daß ich so viel wie möglich spare. Für Fritz sind 10 oder auch 5 Dollar eine bedeutende Summe. Er konnte nie begreifen, wie ich einen Dollar oder mehr für einen Hut oder eine Bluse ausgeben konnte, und ich habe ihn ausgelacht, ihn einen Geizhals genannt und ihm gesagt, das sei eine der wenigen Freuden, die ich vom Geldverdienen hätte, und ob ich nicht im Recht sei, mir etwas zuzulegen, das ich möchte, dafür, daß ich eine Arbeit tat, die ich so haßte? Jetzt kann ich das nicht mehr sagen.

Beeil Dich und komm zum Thanksgiving und dann wieder an Weihnachten. Wir werden wundervolle Weihnachten haben, und wir werden Dich schockieren, indem wir Dich mit dem vielleicht ersten Weihnachtsbaum überraschen, den Du je gesehen hast. Keine Einwände! Das ist eine meiner kindischsten Leidenschaften, und darauf werde ich nicht verzichten, wenn es möglich ist, einen zu bekommen.

Sibylle

Sibylle aus New York an Frau Dr. Bergmann
von der Organisation »Selbsthilfe für deutsche Flüchtlinge« in New York

7. November 1938

Sehr geehrte Gnädige Frau,

ich wandte mich kürzlich auf Anraten von Herrn Dr. Gustav Jacoby in einem Fall, der mir sehr am Herzen liegt, an Sie als eines der führenden Mitglieder der »Self-Help«-Organisation und möchte auf Ihre Bitte hin kurz das wiederholen, was ich Ihnen schon am Telephon sagte:

Es handelt sich um meine älteste und beste Freundin, LILI FAKTOR (geb. am 22. September 1917), für die es mir gelungen ist, die zur Einwanderung nach Amerika nötigen Unterlagen und Affidavits zu beschaffen, und die den endgültigen Bescheid, ob die vorliegenden Papiere dem Konsul genügen, schon diese Woche erwartet. Im positiven Fall wird ihre Angelegenheit umgehend erledigt werden, da sie bereits Anfang des Jahres beim amerikanischen Konsulat in Prag vorgemerkt worden ist.

Da die Notlage der Familie sehr groß ist, hatten wir gehofft, daß ihr, d. h. meiner Freundin, der Prager Hilfsverein bei der Finanzierung der Überfahrt behilflich sein würde. Leider erklärt nun diese Organisation, daß sie nicht in der Lage sei, einer Tschechin die Überfahrt nach Amerika zu bezahlen, da sie das Prinzip hätte, deutsche Emigranten in der Tschechoslowakei zu bevorzugen.

Es ist nun aber nicht nur die wirtschaftliche Lage meiner Freundin so verzweifelt, wie es die einer deutschen Emigrantin nicht in größerem Maße sein kann, sondern sie fällt nach den neuesten Bestimmungen auch politisch unter dieselbe Kategorie, und zwar auf folgende Weise: Ihre Eltern waren nach dem Krieg Tschechen, sie selbst ist in sudetendeutschem Gebiet geboren. Nach der Übersiedlung der Familie nach Deutschland vor fast 20 Jahren wurden sie dort naturalisiert. Im Jahre 1933, nach Rückkehr nach der Tschechoslowakei, dort repatriiert. Vor einigen Wochen hat nun die Familie durch die Ereignisse im Sudetenland ihre tschechische Staatsangehörigkeit vorübergehend verloren.

Es handelt sich hier um einen der begabtesten und tüchtigsten jungen Menschen, die ich kenne. Fräulein Faktor sind jedoch durch die traurige finanzielle Lage ihrer Eltern und durch die jüngsten politischen Ereignisse alle Existenz- und Entwicklungsmöglichkeiten genommen. Ich möchte bei dieser Gelegenheit erwähnen, daß ihr Vater Dr. EMIL FAKTOR der langjährige Chefredakteur und Theaterkritiker des Berliner Börsenkuriers war und nach seiner Auswanderung in die C.S.R. Mitarbeiter einer dortigen Zeitung geworden ist, die vor etwa 4 Wochen ihr Erscheinen eingestellt hat und auf die Weise die Familie völlig mittellos gemacht hat. Da es leider wohl vorläufig keinerlei Möglichkeiten gibt, der Familie zu helfen, ist die Hilfe für einen so jungen und vielversprechenden Menschen wie Lili Faktor um so dringender. Ich kann Ihnen leider im einzelnen nicht beschreiben, wie dringend der Fall ist, materiell und menschlich. Über die Überfahrt hinaus wird Fräulein Faktor keiner Organisation zur Last fallen, da sie bei mir in meinem Zimmer wohnen wird und von mir mit Taschengeld unterstützt wird, bis sie eine Stellung in einem Haushalt gefunden hat. Jedoch bin ich nicht in der Lage, zu den etwa 100 $ beizutragen, die eine Überfahrt ungefähr kostet.

Ich wäre Ihnen unendlich dankbar, wenn Sie meine Bitte dem Vorstand der »Self-Help« vortragen würden. Und ich möchte noch einmal betonen, daß es sich um eine einmalige Ausgabe handelt für einen jungen, ungewöhnlich begabten Menschen, die einzige Tochter von Dr. Emil Faktor – die Aussichtslosigkeit und Traurigkeit der Situation dieser Familie unter jetzigen Umständen in Prag brauche ich wohl nicht noch hervorzuheben.

Fräulein Faktor hat im Jahre 1934 in Prag ihr Abiturientenexamen gemacht und seither in einer deutschen Bank gearbeitet, hat aber ihre Stellung ebenfalls durch die kürzlichen Ereignisse verloren. Sie hat außerdem ein französisches Sprachdiplom.

Nochmals meinen herzlichsten Dank im voraus für Ihre liebenswürdige Befürwortung meiner Bitte. Ich lasse Sie umgehend die dieser Tage erwartete Entscheidung des Prager Konsuls wissen.

Ihre sehr ergebene
Sibylle Ortmann

Unter den am 27. Oktober aus Deutschland deportierten Juden waren auch die Eltern eines 17jährigen Flüchtlings aus Paris, Herschel Grynszpan, die ihm in einem Brief aus Polen ihr Leid schilderten. Als er in seiner Verzweiflung in Paris einen deutschen Diplomaten ermordete, nahmen die Nationalsozialisten das zum Vorwand für jenen massiven, reichsweiten Pogrom, den man wegen der unzähligen zerschlagenen Fensterscheiben zynisch als »Kristallnacht« bezeichnete.

Sibylle aus New York an Milton Crane in Cambridge

15. November 1938

Vergib mir, daß es wieder nur ein Lebenszeichen ist. Ich bin so erschöpft, daß ich mich kaum noch auf den Beinen halten kann. Gestern habe ich von 8 bis 8 im Büro gearbeitet, ohne Mittagspause, heute von 9 bis 7 und dazu noch eine hektische Reise zum Hauptpostamt, obendrein auch noch überflüssig. Und jetzt bin ich todmüde und will Dir nur noch ein paar Zeilen schreiben, bevor ich schlafen gehe (ich schwänze die Schule). Ich kann es nicht ablehnen, so zu arbeiten, wie ich es tue, da wir all die Arbeit für Deutsche tun, meist für solche, die in Konzentrationslagern sitzen. Und Jacoby verdient damit auch kein Geld.

Sibylle

Sibylle aus New York an Milton Crane in Cambridge

18. November 1938

Ich habe etwa fünf Minuten, um Dir zu schreiben, und so werde ich versuchen, Dir die Neuigkeiten in aller Kürze zu präsentieren: Heute morgen kam ein Brief von Lili mit der Nachricht, daß sie ihr Visum im Dezember bekommt. Prima, aber trotzdem ein kläglicher Brief. Nichts Neues von Alfred. Hoffen wir, daß Du nicht zu sehr für eine Verschiebung seiner Ankunft gebetet hast.[219] Sie sperren *alle* Männer unter 40 ein für einen zwangsweisen Arbeitsdienst. Ich kann darüber nicht schreiben. Es ist einfach zu schrecklich, zu unglaublich, als daß man darüber nachdenken könnte und dabei nicht verrückt würde.

---

219 Milton wollte sicher sein, daß er und Sibylle ein Zimmer für sich allein hätten, wenn er das nächste Mal in New York wäre, und hoffte deshalb, daß Lechners Bruder Alfred nicht so bald käme.

Um Dir eine Vorstellung davon zu vermitteln, wie es inzwischen bei uns im Büro zugeht: Gestern habe ich *sechzehn* Affidavits geschrieben. Ich habe sie zufällig gezählt.

Sibylle

Milton Crane aus Cambridge an Sibylle in New York

22. November 1938

Ich schwebte den ganzen Tag wie auf Wolken – das Wetter ist wieder schön –, es sieht nach Frühling aus, und seitdem Landauer gestern abend angerufen hat, um zu sagen, daß wir am Donnerstag fahren, bin ich wirklich glücklich.[220] Ich fühle mich, als wäre ich in einem manisch-depressiven Zyklus auf der Welle nach oben – diese beinahe unerklärliche Freude und Aufregung, die mich über mich selbst hinaushebt. Es ist verrückt und wunderbar zugleich, und ich liebe das. Wie garstig auch immer diese Welt ist, es ist wunderbar, am Leben und verliebt zu sein. Dein Brief gestern hat mich erstaunt – Du weißt, Du schriebst, man könne über diese Dinge nicht zuviel nachdenken, ohne verrückt zu werden. Ich habe Freitag an Pater Golding geschrieben und dasselbe mit den gleichen Worten formuliert. Liebling, laß uns den Realismus für einen Augenblick vergessen und uns ein bißchen der Mystik überlassen. Wir können dieser Tage nicht einmal getrennt denken.

Milton

In Wirklichkeit gab es einen himmelweiten Unterschied zwischen Miltons und Sibylles Reaktionen auf die letzten Ereignisse. Endlich kam Nachricht von Fritz Lechners Eltern.

Sophie Lechner aus Brody in Polen an Fritz Lechner in New York

25. November 1938

Mein lieber Fritz!

Gestern haben wir Deinen lieben Brief erhalten. Ich kann Dir nicht beschreiben, wie sehr wir uns darüber gefreut haben, über Deine

220 Landauer war ein Bekannter Miltons, der regelmäßig mit dem Auto nach New York fuhr und sich die Kosten mit seinen Mitfahrern teilte.

Trostworte. Du bist so gut und lieb zu uns und willst für uns sorgen. Wir danken Dir von Herzen, auch für das gesandte Geld. Gott soll Dir das vergelten. Wir können stolz sein auf solche Kinder! Wir befinden uns gesund und sind hier gut aufgehoben, aber Max und Siegfried sind gleich vom Anfang hier, schon bereits 4 Wochen. In Berlin haben sie nur die Männer abgeschoben. Frauen und Kinder sind dageblieben. Ich finde, daß es eine große Last für Bernhard ist. Darum werden wir hier versuchen, ein möbliertes Zimmer mit Küche zu mieten, das werden wir noch abwarten. Wir werden wohl ungefähr 150 Zloty im Monat brauchen. Ganz genau kann ich das noch nicht wissen. Wir sind hier seit dem 15.11. Wir haben uns sehr gesträubt hierher zu fahren, weil Alfred uns schrieb, daß Max und Siegfried hier sind. Seit 8 Tage haben wir von Alfred keine Nachricht, das beunruhigt uns sehr. Heute hat Max ein Paket von 18 Pfund bekommen. Seine Frau hat ihm Anzug, Mütze usw. geschickt. Jetzt haben wir noch Hoffnung, daß Alfred uns auch noch Sachen schicken wird. Ich habe ihn ja darum gebeten. Alfred hat alles öffnen lassen, die Schmucksachen und auch Geld, das hat er zu sich genommen, aber das Silber und die Leuchter hat er nicht mitgenommen.

Jetzt will ich Dir beschreiben, was wir durchgemacht haben: Am 27.10., abends 10 Uhr kamen 2 Polizeileute und sagten, wir müssen gleich beide mitkommen. Wir wurden fast ohnmächtig vor Schreck. Ich habe mich sehr gesträubt, ich wollte nicht mitgehen. Ich fragte: »Was haben wir denn verbrochen?« Er sagte, daß wir bald zurückkommen. Wir hatten keine Ahnung, um was es sich hier handelt. Vater hat geglaubt, vielleicht hätte er sich irgend politisch mit jemandem besprochen. Also, es blieb uns nichts anderes übrig, wir mußten mitkommen. Vater hatte seine Hausjoppe an. Das Gesicht weiß wie Kreide. Ich, in meinem Hauskleid, hatte nur den Mantel und einen alten Hut aufgesetzt. Von unseren 3 Mietern war nur ein Herr Dipl. Ing. zu Hause. Es war mir furchtbar peinlich, es ihm zu sagen, aber ich habe Mut gefaßt und erzählte ihm von unserem Unglück und sagte ihm, daß er denken wird, er wohnt bei Verbrechern, darauf sagte er, nein, das glaubt er nicht, und wünschte uns alles Gute. Unsere Wohnung, bis zur Küchentür, haben wir abgeschlossen. Wir kamen an im Polizeigefängnis, da haben wir erst erfahren, was los ist.

Es waren aus Stettin 200 Personen. Kleine Kinder auch, in Kinderwagen. Bis 4 Uhr morgens blieben wir im Gefängnis. Dann wurden wir, wie die größten Verbrecher, zur Bahn gebracht. Einen ganzen Tag sind wir gefahren, ohne was zu essen oder zu trinken. Spät nachts kamen wir zur Grenze, aber die Polen ließen uns nicht rein. Die ganze Nacht haben wir alle auf freiem Felde verbracht. Was wir durchgemacht haben! Und wir leben noch!!

Endlich, nach 2 Tagen, kamen wir in Bromberg an, da bekamen wir zu essen u. zu trinken, da hat die Gemeinde dafür gesorgt. Nach einigen Tagen hat uns die Gemeinde nach Thorn geschickt, da wurden wir in Gruppen eingeteilt. Nach 8 Tagen kamen wir alle nach Kutno, da hatten wir es sehr schön. Vater und ich bekamen Wäsche und Badekarten und waren unter Menschen. Ein Herr hat Vater 7 Zloty angeboten, ein wenig Taschengeld. Die Gemeinde hat jeden gefragt, wer Verwandte in Polen hat, dem wird die Reise und etwas Taschengeld gegeben. Darauf haben wir uns gemeldet.

Nun mache ich für heute Schluß.

Viele, viele Grüße von uns beiden. Ich umarme Dich in Liebe.

Deine Mutter

Sibylle aus New York an Milton Crane in Cambridge

4. Dezember 1938

Dein letzter Brief hat mich seltsam traurig gemacht. Ich ertrage diese Mutlosigkeit in Dir nicht. Du hast mir eine Vorstellung von den Unannehmlichkeiten dieses Jahres in Harvard gegeben. Dabei solltest Du immer im Blick behalten, was für eine kurze Durchgangsstation das ist.

Was immer während der vergangenen Wochen dafür gesorgt hat, daß ich deprimiert und unglücklich bin, war von ganz anderem Zuschnitt. Es ist dieselbe Sache, die Fritz so reizbar macht, daß wir uns während der letzten drei Tage furchtbar gestritten haben und immer noch nicht miteinander reden. Ich weiß nicht, was uns am meisten an den Nerven zerrt: Vielleicht, daß man geschützt und doch so schrecklich mit diesem Desaster verknüpft ist und zugleich das Unvermögen, etwas für die tun zu können, die es trifft, was die einzige Rechtfertigung für das Privileg wäre, in Sicherheit und weit entfernt zu sein. Es ist wieder das gleiche alte Lied, und ich hatte versprochen, daß Du es nicht mehr hören sollst.

Ich habe für Dich gekauft, was ich Dir als Geschenk zum Thanksgiving versprochen hatte, zwei kleine Bücher mit Rainer Maria Rilkes Gedichten, den schönsten in moderner deutscher Sprache. Mir war gar nicht klar, wie schwierig das für Dich sein wird, aber wenn das der Fall sein sollte, mußt Du einfach warten, bis Du Deutsch so kannst wie jetzt schon Französisch.

Gerade eben kam ein Flüchtling, um Lechner zu besuchen, einer von den üblichen Fällen wie fünf von zehn beliebigen, aber so schrecklich traurig und tragisch, daß ich mit Steinen nach einem Herman und einer Nora werfen könnte.[221] Seltsam genug, wann immer mich dieser Tage ein individuelles Schicksal zu Hause erreicht, denke ich mit grenzenloser, ohnmächtiger Wut an die beiden. Ich wußte vorher gar nicht, zu was zivilisierte, gebildete, sogar jüdische Köpfe imstande sind. – Noch ein Thema, das ich vermeiden wollte, weil es unangenehm ist und weil die Gunds Deine Freunde sind. Aber ich zerreiße keine Briefe. Du kannst es einfach vergessen, so wie wir alle allzu menschlich das vergessen, an das zu denken unbequem oder schmerzlich ist.

Sibylle

Nach der »Kristallnacht« schickten viele jüdische Eltern aus Deutschland oder Österreich ihre Kinder mit Kindertransporten nach Großbritannien im Vertrauen darauf, daß man dort Unterkunft für sie finden werde, und in der Hoffnung, später zu ihnen zu stoßen. Die ersten Kinder trafen am 2. Dezember 1938 ein.

Mary Rubinstein aus London an Sibylle in New York

11. Dezember 1938

Liebe Sibylle,

wir alle senden unsere besten Wünsche zu Weihnachten und für das Neue Jahr und hoffen, daß Du das Leben in New York nach wie

---

221 Milton hatte Sibylle seine Freunde Herman und Nora Gund vorgestellt. Der Zusammenhang legt nahe, daß sie sich gegen die Aufnahme jüdischer Flüchtlinge ausgesprochen hatten. Herman Gund arbeitete als Journalist für Gewerkschaftsblätter.

vor interessant findest und glücklich bist – oder doch so glücklich, wie man in diesen Zeiten eben sein kann!

Jedenfalls müßt Ihr keinen Vorrat an Gasmasken im Hause haben so wie wir. Nicht, daß die irgend etwas nützen würden, falls man Sprengbomben abwirft!

Es geht uns allen gut, und ich bin ganz schrecklich damit beschäftigt, ein Zuhause für die Kinder aus Deutschland und Österreich zu finden. Es ist großartig, wie viele ihr Haus öffnen.

Mit ganz herzlichen Grüßen und allen guten Wünschen von uns allen.

Herzlich Deine
Mary Rubinstein

Sibylle aus New York an Mary Rubinstein in London

12. Dezember 1938

Liebe Mrs. Rubinstein,

es mußte erst wieder Weihnachten vor der Tür stehen, damit ich Ihnen endlich wieder ausführlich schreibe.

Im September habe ich endlich mit der Abendschule angefangen, um mich für das College im nächsten Jahr vorzubereiten. Und seither habe ich kaum Zeit gehabt, zu essen oder zu schlafen, vom Briefeschreiben mal ganz abgesehen. Ich arbeite jeden Tag von 9 bis 6 und gehe von 7 bis 11 abends zur Schule, abgesehen vom Wochenende, wo ich mich ganz meinen Hausaufgaben widmen muß.

Ich war gerade über das Wochenende in Cambridge und habe die Harvard-Radcliffe-Leute kennengelernt, was sehr ermutigend war. Ich hoffe, genug zu sparen, um das Schulgeld für mein erstes Jahr bezahlen zu können, und man hat mir so gut wie versprochen, daß ich eine Arbeit gegen Kost und Logis bekomme, wenn ich zugelassen werde, was für die wichtigsten Posten in meinem Budget sorgen würde. Das Taschengeld, wie wenig ich auch brauche, hoffe ich von meiner Familie zu bekommen, und für das Schulgeld der Folgejahre setze ich auf Stipendien.

Ich habe mich zu einer ziemlichen Optimistin entwickelt – aus schierer Notwendigkeit, nehme ich an, um mich nicht allzu häufig nach dem Sinn und Zweck all der harten Arbeit zu fragen. Im großen und ganzen bin ich persönlich ganz glücklich. Ich habe gute Freunde kennengelernt, oder, um ehrlicher zu sein, ich habe einen sehr guten Freund kennengelernt, der dafür gesorgt hat, daß mir Amerika und die Tatsache, daß ich hierhergekommen bin, wirklich gefällt. Er hat eine gute Anstellung an der Harvard-Universität bekommen (nachdem er seinen Magister an der Columbia abgelegt hat) und studiert dort für seinen Doktor in Englisch, womit er dann an die Columbia zurückkehren will, um zu unterrichten. Wir hoffen dann heiraten zu können, aber bis dahin sind es noch fast zwei Jahre.

Es klingt seltsam, von sich selbst als glücklich zu sprechen, während unsere Gedanken so von den allgemeinen und den persönlichen Nachrichten aus Europa blockiert sind. Es ist schon wahr, die allgemeinen Ereignisse sind schlimm genug, um die ganze Welt aufzurütteln, aber die Welt und auch man selbst gewöhnt sich daran, von diesen Schrecken zu hören und zu lesen, und man begreift es erst, wenn es eines Tages die eigenen Verwandten und Freunde trifft und die ganze Katastrophe der Zerstörung Tausender individueller Lebensläufe einem im ganzen Ausmaß nach Hause getragen wird. Ich will mich nicht zu sehr schwarzmalen. Alles, was ich sagen will, ist nur, daß kein Bericht aus Spanien oder China oder über das, was wir von den Vorgängen der letzten fünf Jahre in Deutschland wußten, die gleiche Wirkung auf uns hatte, uns auch nur halb so quälend und entsetzlich schien wie das, was wir jetzt allmählich über das Schicksal unserer Freunde und Verwandten erfahren, die noch immer in Deutschland waren und die entweder umgekommen sind oder in irgendeinem unbekannten Konzentrationslager verschwanden oder, wie die 75jährigen Eltern meines Stiefvaters, einfach aus dem Bett geholt und nach Polen verfrachtet wurden (wo sie vor 40 Jahren hergekommen waren), dort unter freiem Himmel übernachten mußten und für 48 Stunden nichts zu essen hatten. Die Eltern meines Stiefvaters kamen glücklicherweise nach 15 Tagen in polnischen Asylen und Lagern schließlich zu irgendwelchen Verwandten, die sich derzeit um sie kümmern.

Dies ist allerdings nicht die Art von Weihnachtsbrief, den ich Ihnen schreiben wollte. Ich habe oft an Sie gedacht in den Tagen dieser inszenierten Kriegskrise, die wir zu der Zeit ernstgenommen haben, und daran, wie angenehm es in Ihrem kleinen Landhaus gewesen wäre.

Ich möchte nicht, daß Sie denken, ich sei treulos und vergeßlich, wenn ich Ihnen so lange Zeit nicht schreibe. Ich denke viel an Sie und die sieben glücklichen Monate in Ihrem Haus, daran, was Sie damals für mich getan haben und wie Sie mich wieder aufgenommen haben, als ich aus Deutschland zurückkam. Wenn ich Ihnen noch dankbarer sein könnte, als ich es stets war, dann wäre das jetzt, wo ich mich verwurzelt finde und mit Hoffnungen für die Zukunft und bewahrt vor dem Schicksal von 600.000 Juden in Deutschland.

Alles Gute für Sie und den Rest Ihrer Familie,

Sibylle

Sibylle aus New York an Milton Crane in Cambridge

14. Dezember 1938

Heute wieder wenig oder keine Zeit für einen Brief. Es gibt nicht viel, das ich Dir erzählen könnte, außer daß die »Bremen« mit einem weiteren Haufen verzweifelter Post eingelaufen ist und wir alle davon geradezu gelähmt sind. Es ist alles so schrecklich, es gibt gar keine Worte dafür, ich muß Dir mal einige dieser Briefe zeigen, Hilfeschreie, und wir sind nicht in der Lage, etwas dagegen zu tun. Ein Sänger, den wir gut kannten: im Konzentrationslager getötet. Meine Tante, die uns drängt, Affidavits für ihre Schwägerin zu schicken, deren Haus und gesamte Habe man verbrannt hat, ihren Mann in irgendein Konzentrationslager verschleppt, ihr achtjähriges Kind in irgendein Land verfrachtet, Holland oder England, vielleicht unterwegs in eine der Kolonien. Um sie selbst kümmert sich eine andere Familie unter den schrecklichsten Umständen: Sie leben und schlafen zu acht in einem Zimmer. Und so weiter und so fort, ein Brief nach dem anderen. Leute, irgendwelche Fremden, flehen uns von morgens bis abends um Affidavits an. Die Leute greifen zu den seltsamsten und extremsten Maßnahmen, und man kann ihnen nicht helfen. Sei froh, daß Du von all dem weit entfernt bist. Und wenn Du einen Unterton des Vorwurfs in dem findest, was ich in diesem Zusammenhang zu Dir gesagt habe, so ist es bloß eine Art Neid, der mich so reden läßt, was Du jetzt ja vielleicht verstehst.

Was ich Dich schon während der letzten beiden Tage fragen wollte: Ich möchte, daß sich Lili um eines der Flüchtlingsstipendien bewirbt, zumindest bewirbt – was kann es schon schaden? –, von denen in der Zeitung so viel die Rede war.[222] Und ich möchte, daß Du folgendes für mich herausfindest: Ein 21jähriges Mädchen, sehr begabt, die ihr »Abiturium« vor zwei Jahren in Prag abgelegt hat, deutscher Flüchtling, hat vielleicht eine Gelegenheit herzukommen, die Reise zu bestreiten, wenn sie ein Stipendium erhalten könnte, also von der Art, wie Radcliffe sie für deutsche Flüchtlinge zu vergeben plant. Natürlich werden sie Einwände haben, weil sie in Prag ist, aber die Umstände und die Gesetze in Prag werden schnell dieselben wie in Deutschland. Käme sie in Frage, und was hätte sie zu tun? Und würde der Umstand, daß sie vielleicht schon in naher Zukunft herkommt, diese Chancen beeinträchtigen? Aber sag nicht, es stehe fest, daß sie kommt. Liebling, sei nicht böse über diesen Auftrag und die geschäftliche Form, aber ich habe so wenig Zeit, und ich kann so viel schneller tippen, als ich je lernen werde, mit der Hand zu schreiben. Und wenn man auch 600.000 Juden nicht helfen kann, so kann man für die wenigen, die man kennt und mit denen man befreundet ist, doch wenigstens alles Vorstellbare versuchen (versteh das »man« nicht falsch, es sollte sich auf mich beziehen).

Sibylle

Milton Crane aus Cambridge an Sibylle in New York

16. Dezember 1938

Diese 20 Stipendien sind für Harvard, nicht für Radcliffe. Es gibt nur 2 für Radcliffe, und die sind für das nächste Semester. Ich habe mit Miss Graham gesprochen, und sie sagte, Du kämst dafür nicht in Frage, aber Lili möglicherweise. Also habe ich Dekan Cronkhite ei-

---

222 Die Harvard-Vereinigung gab am 29. November 1938 bekannt, daß sie 20 Stipendien von je 500 $ (genug, um das Schulgeld und die Bücherkosten zu decken) für Flüchtlinge aus Deutschland vergeben würde. Die Universität war so vorsichtig zu formulieren, sie erwarte, daß »eine große Zahl der Empfänger dieser Stipendien junge Männer seien, die Deutschland aus einem anderen Grund verlassen hätten als dem der Verfolgung rassischer Minderheiten durch die Nationalsozialisten.« *New York Times* vom 30. November 1938.

nen Brief wegen Lili geschrieben. Jetzt müssen wir abwarten. Wenn sie es ihr geben, helfen sie vielleicht auch mit dem Reisegeld.

Milton

Milton Crane aus Cambridge an Sibylle in New York

18. Dezember 1938

Ich schreibe Milton, um ihn zu bitten, mich Samstag abend unterzubringen. Und ich *werde* Herman und Nora schreiben und hoffe, daß Du, wenn ich nach Hause komme, wieder soweit beieinander sein wirst, um dorthin zu gehen.

Milton

Sibylle aus New York an Milton Crane in Cambridge

19. Dezember 1938

Der Umfang der heutigen Post hat mich gefreut (drei Briefe), aber ihr Inhalt war nicht so angenehm. Ich hatte so sehr auf die Chance gesetzt, eins von diesen Stipendien zu bekommen.

Bitte ruf Herman und Nora nicht an! Besuch sie doch lieber alleine. Ich werde das merkwürdige Gefühl der Wut nicht los, wenn ich an unsere Unterhaltung an jenem Abend denke. Sie bedeuten für mich nicht länger Herman und Nora, ihre Haltung ist vielmehr symptomatisch oder symbolisch geworden, oder wie auch immer Du es nennen willst, für eine ganze Klasse von Leuten in den Vereinigten Staaten oder sogar auf der Welt, von denen ich Besseres gedacht und erwartet hatte.

Sibylle

In New York hatte Sibylle von der Organisation »Selbsthilfe für deutsche Flüchtlinge« ein Darlehen von 25 $ für Lili erhalten.

Lili Faktor aus Prag an Sibylle in New York

27. Dezember 1938

Liebes Sibyllchen,

dieser Geburtstagsbrief kommt mit Verspätung, weil ich gehofft habe, Dir endlich Genaues über meine Ankunft schreiben zu können – daß Du nun volljährig bist, wird Dich ja nicht rühren, Du warst es schließlich schon mit 15 Jahren, als Du nach London fuhrst. Trotzdem wünsche ich Dir, daß Du weiter so glücklich und zielsicher Deinen Weg gehst wie bisher. Es ist ja so schade, daß wir noch nicht zusammensitzen und zusammen feiern können wie früher. Aber dafür nächstes Jahr! Wenn ich an meinen diesjährigen historischen Geburtstag zurückdenke, wird mir ganz schwach. Da hat ganz Prag mir zu Ehren nicht gearbeitet und einen Festzug durch die Straßen veranstaltet.[223]

Also, den Paß habe ich glücklich. Dafür sind am Konsulat die Nummern für Dezember ausgegangen, so daß man mich auf den 3/I. bestellt hat. Die HICEM durch Deine 25 $ in Rührung zu versetzen ist mir bis jetzt noch nicht gelungen, weil ich einfach nicht zu den Leuten vorkam. Jetzt habe ich einen Kollegen entdeckt, der dort arbeitet. Vielleicht kann der herausfinden, wie meine Sache steht. Sicher werden die Leute sich über eine Beihilfe von drüben sehr freuen, nur ist es mir ein drückendes Gefühl, bereits mit Schulden anzukommen. Aber wenn es meine Abfahrt hier beschleunigt, muß ich es selbstverständlich tun. Du bist jedenfalls ein kleiner Wundermensch, über dessen Tüchtigkeit mir und allen anderen immer die Spucke wegbleibt. Grete Fischer, der es übrigens sehr schlecht geht und die nur mit Hilfe ihrer Verwandten die Reise nach Prag und zurück bezahlen konnte, hat gestern vor Rührung Tränen in den Augen gehabt, als ich ihr Deinen Brief zeigte. Ich weiß auch gar nicht mehr, was ich sagen soll, Sibyllchen, ob es je eine Möglichkeit für mich geben wird, auch Dir so viel Gutes zu tun?

Du bekommst von mir sofort Nachricht, sobald ich auf dem Konsulat war und weiß, wann ich fahre. Wenn mir die Hicem schon früher Anordnungen bezüglich der 25 $ gibt, schreibe ich auch gleich. Vorläufig muß ich immer wieder warten. Richard hat durch Studen-

---

223 Der 22. September 1938, Lilis 21. Geburtstag, war der Tag, an dem sich Chamberlain und Hitler in Bad Godesberg trafen, um sich über die Teilung der Tschechoslowakei zu verständigen. An jenem Tag versammelte sich eine große Menschenmenge auf dem Prager Wenzelsplatz, um zu hören, wie Präsident Beneš die Gründung einer neuen Regierung der nationalen Verteidigung unter General Syrovy als Premierminister bekanntgab. Man trug Soldaten auf den Schultern und rief »Lang lebe die Armee!«

tenorganisationen vielleicht schon eine Affidavitsmöglichkeit. Näheres darüber im nächsten Brief. Für heute viele, viele Geburtstagsküsse.

Lili

Nelly Bogorova aus Paris an Sibylle in New York

31. Dezember 1938

Liebe Sibylle,

in Paris gibt es keine hübschen Birthdaykarten, und so mußt Du mit einer einfachen vorlieb nehmen. Wenn mein Geburtstag mit Deiner Abfahrt zusammenfiel, so fällt Deiner mit dem Neuen Jahr zusammen, und bei dem Gedanken bleiben alle schönen Wünsche im Halse stecken. Nur ein bescheidener Wunsch: daß 1939 schöner sei als das erledigte, Ende mit Schrecken als sowohl Schrecken ohne Ende. Und falls es Dir in persönlicher Hinsicht nicht ganz so geht, wie Du gerne möchtest, so wünsche ich alte Europäerin Dir, daß es bei den persönlichen Komplikationen bleibt, die Du ja doch früher oder später lösen wirst, das weißt Du ja so gut wie ich. Kriegst Du einen schönen Napfkuchen mit Kerzen? Ist Dein Chef in Dich verliebt? Rennen Dir alle Gary Coopers nach? Verdrehe allen hübsch den Kopf – und mache Dir aus nichts was. Sei recht munter, und wenn Du traurig bist, im neuen Continent zu sein, so denke immer daran, daß USA ja doch bloß eine englische Colonie ist. Schreibe mir bald, und sei herzlich von meiner Mutter, Navon, Ansi und mir gegrüßt.

Deine Nelly

P.S. Bist Du etwa 21? Dann darfst Du ein Bankkonto haben.

Nelly Bogorova aus Paris an Sibylle in New York

etwa 3. Januar 1939

Meine liebe Sibylle,

diesen kleinen nur, um Dir herzlich für Deine Neujahrskarte zu danken. Auch ich habe Weihnachten immer Heimweh, weil in Frankreich niemand versteht, was Weihnachten ist. Diese dummen lieben Traditionen, diese Zusammengehörigkeit der vielen kleinen Familien um einen Tannenbaum herum wird uns wohl immer verfolgen. Und wenn wir in die Fremdenlegion gehen und uns in der Südsee einnisten, so werden wir am 24. Kerzen an die Palme binden und viel Whisky trinken und glauben, es sei Punsch. Aus allen Teilen der Welt kamen Briefe, aus Marokko, Südamerika und Dänemark. Alle Leute finden das gleiche. Wenn ich an unsere Penne denke, Halla in Palästina, Lili in der Tschechei[224], Lotte Lange in Johannesburg, Carla Gotsheim in Argentinien, Nora Goetz auch, Du und viele in USA, ich in Paris, so glaube ich, daß uns Weihnachten mehr als Schulerinnerungen bindet.

Ich freue mich auf Deinen langen Brief nach dem Januarexamen und vor allen Dingen, daß Du so energisch bist, trotz aller »Realitäten« doch langsam Deinem Ziel näher zu kommen.

Viele herzliche Grüße, das ganze Atelier kneift den Daumen für Dich, Navon besonders. Seit Halla ihm von Dir erzählte, mag er Dich sehr. Grüße Deine Mama und Renate vielmals von mir, und vergeßt mich als letzten Mohikaner aus der alten Welt nicht.

Deine Nelly

---

224 Nach der Abtrennung der Slowakei hatte der tschechische Staat einen neuen Namen erhalten.

Kapitel XIII

»Wer es jetzt noch nicht weiß, der wird es bald erfahren«

Januar 1939 bis September 1939

Anfang des Jahres 1939 marschierten Francos Truppen auf Barcelona in der Hoffnung, der letzte republikanische Widerstand werde mit dessen Fall zusammenbrechen.

Sibylle aus New York an Milton Crane in Cambridge

9. Januar 1939

Liebes,

die Ereignisse in Spanien sind nicht nur die schmerzlichsten und quälendsten Vorgänge zur Zeit, sie sind nicht nur die Verkörperung meines schlechten Gewissens wegen schmählicher Untätigkeit, sondern die Ergebnisse des aus ihnen hervorgehenden festen faschistischen Blocks auf dem gesamten europäischen Kontinent werden schrecklich sein. Wer es jetzt noch nicht weiß, der wird es bald erfahren.

Ich wollte eigentlich ein bißchen jammern und Dir etwas von meiner hausgemachten Philosophie mitteilen, aber dieser Wunsch ist komplett verflogen, und ich fühle mich von dieser Vorstellung plötzlich ziemlich abgestoßen. Also verschieben wir das – wie schon früher – auf eine spätere Gelegenheit, diese Debatte über den Raum, den die Welt und ihre Probleme in unser beider Leben einnimmt.

Sibylle

Sibylle aus New York an Milton Crane in Cambridge

22. Januar 1939

Lili hat ihr Visum – habe ich Dir das schon gesagt? Es sieht so aus, als bekäme sie das Geld für ihre Überfahrt in Prag, so daß wir sie schon bald erwarten können.

Sibylle

Am 26. Januar eroberten Francos Truppen Barcelona, und Tausende republikanischer Soldaten und Zivilisten flohen zur französischen Grenze. Deutsche Piloten der Legion Condor nutzten die Gelegenheit, um für künftige Kriege zu üben, und beschossen die

Flüchtlinge immer wieder mit Bordwaffen, offenbar ohne Zustimmung der Streitkräfte Francos.[225]

Sibylle aus New York an Milton Crane in Cambridge

26. Januar 1939

Was in Spanien geschieht, ist so fürchterlich. Ich habe Dir nichts darüber geschrieben, was hätte es auch für einen Zweck? Während fast drei Jahren hat keiner von uns auch nur den Finger gehoben und irgend etwas getan, wir haben also jetzt kaum das Recht, uns zu beklagen.

Sibylle

Sibylle aus New York an Milton Crane in Cambridge

15. Februar 1939

Gibst Du gut auf Dich acht, Liebes? Ißt etwas Besseres als Frankfurter und Eiscreme? Ich hätte Dir gern etwas Geld dagelassen, wenn ich es gehabt hätte. Und ich hoffe, Du hast diesen Dollar von Malvin Cohen zurückerhalten? Bitte frag ihn danach, wenn Du ihn noch nicht haben solltest. Du bist ein so empfindliches Kind, hast soviel Angst vor Auseinandersetzungen, vor unangenehmen Streitereien, vor Kontakt mit Leuten, die Du nicht in gewisser Hinsicht als Deine Freunde bezeichnen kannst. Du mußtest niemals kämpfen oder jemanden verachten. Du weißt es natürlich, aber Du hast noch nicht selbst erfahren, was für niedrige, gemeine, verächtliche, unfähige Kreaturen die meisten Menschen sind. Dein Kontakt mit Menschen war beschränkt auf die scheinbar weiten und doch so engen Grenzen des Universitätslebens und vielleicht ein paar Vertreter der literarischen Welt. Was für ein Unterschied zwischen uns! Wie ich Dich dafür liebe und darum beneide! Ich, die ich so viele hassenswerte Leute getroffen habe, die mich lehrten, meine Ellbogen im Leben zu gebrauchen wie in der U-Bahn morgens um halb neun. Die 1-Dollar-Anleihe des hübsch-gesichtigen Malvin Cohen hat mich ganz schön weit geführt, oder?

Sibylle

---

225 H. Thomas: *The Spanish Civil War,* New York 1977, S. 877.

Sibylle aus New York an Milton Crane in Cambridge

16. Februar 1939

Hier ist etwas, Milton, das ich Dich ein bißchen zu respektieren bitte. Das nächste Wochenende wird das erste sein, an dem Lili hier ist, und es sollte von uns beiden ein wenig dafür getan werden, daß sie sich einigermaßen glücklich und zu Hause fühlt.

Du hast einmal gesagt, daß die einzige Person, auf die Du vielleicht wirklich eifersüchtig sein könntest, Lili sei. Mein Dummerchen, siehst Du nicht, daß ich Lili beschwatzt habe herzukommen? Durch seiten- und seitenlange Briefe. Bei einem depressiven, empfindlichen Kind wie ihr ist das eine schreckliche Verantwortung, und ich muß ihr gerecht werden.

Sibylle

Sibylle aus New York an Milton Crane in Cambridge

19. Februar 1939

Ach Milton, ich verzweifle so schrecklich über meine eigene Unfähigkeit, ich könnte aufstampfen und schreien und heulen darüber, daß ich mit 21 Dinge nicht fertigbringe, die mit 15 eine Kleinigkeit für mich gewesen wären. Nicht nur im Alter stehengeblieben zu sein, sondern tatsächlich in jeder Hinsicht Rückschritte gemacht zu haben. Verzweifelt, müde und ärgerlich und dazu so vollständig ausgebrannt und erschöpft von einem Zehnstundentag, wo immer er auch stattfand: in der Bellevuestraße, der Upper Thames Street oder Wall Street. Kann ich das überhaupt je wieder aufholen? Wird die Zeit kommen, wo diese fünf Jahre mir vorkommen werden wie aus einem anderen Leben? Wo ich für mich selbst während dieser Zeit so wenig Verständnis aufbringen werde, wie Du in Wirklichkeit jetzt für mich hast? Ich habe es Dir schon gesagt: Unsere Freundschaft, Dich und Deine Freunde so kennenzulernen, hat mich mit meinem Leben so unzufrieden gemacht, hat dazu geführt, daß ich mich mit Leuten vergleiche, denen es besser geht als mir, statt mit denen, die mich beneidet haben, weil es ihnen so sehr viel schlechter ging als mir. Ich habe mich früher doch nicht in dieser Weise beklagt, und ich schäme mich, weil ich es tue, ganz so als sei es Deine Schuld oder die von sonst jemandem in meiner Umgebung. Wenn Lili kommt, muß ich ihr gegenüber meine alte Rolle spielen, muß die stärkere von uns beiden sein, voller Energie, Zuspruch, Optimismus, Initiative. Sie hängt so vollständig davon ab.

Sibylle

Lili Faktor traf am 22. Februar 1939 in New York ein.

Sibylle aus New York an Milton Crane in Cambridge

24. Februar 1939

Sie ist unsagbar glücklich, was mir angst macht vor einer Gegenreaktion. Ein kleines Bündel dünner Nerven, das genauso aussieht wie vor zehn Jahren. Aber ein tolles Mädchen und mir so nah wie jemals, was vermutlich das Erstaunlichste und zugleich das Tröstlichste ist. Sie ist im wahren Sinne des Wortes die einzige wirkliche Freundin, die ich je hatte.

Lili hat, ohne es zu wissen, eine ganze Menge mit hierher gebracht. Eine ganze Welt an Gedanken, Tatsachen und Selbstverständlichkeiten, die Dir eines Tages, hoffe ich, weniger fremd und unbegreiflich erscheinen werden als jetzt. Ich werde mich nie, niemals von ihnen befreien können.

Habe ich Dir gesagt, was ich am Pier getan habe? Wir hatten schon seit Stunden gewartet, weil Einwanderer, die dritter Klasse reisen, die letzten sind, die abgefertigt werden.

Plötzlich überkam mich etwas von meinem schulmädchenhaften, dummen Mut oder Abenteuergeist, ich schlüpfte aus der Menge und kletterte auf eine geniale Weise aufs Schiff. Es war »mein« Schiff, die »Île de France«, und ich fand den Befragungsraum und Lili sofort. Schon in dem Augenblick, als ich das Schiff betrat, begriff ich, was ich getan hatte. Ich hätte irgendein blinder Passagier aus Frankreich sein können, ohne Papiere in der Tasche. Das mindeste, was mich erwartete, waren zwei Tage in Ellis Island (über Washingtons Geburtstag). Wie ich es geschafft habe, mich von diesem Schiff wieder herunter zu reden, werde ich niemals wirklich begreifen, und es brachte mich sicher höllisch ins Schwitzen.

Sibylle

Milton Crane aus Cambridge an Sibylle in New York

25. Februar 1939

Ich lese dieses Wochenende etwas, das Dich dazu veranlassen könnte, die Stirn zu runzeln: Thomas Morus' »Utopia«, Platons »Staat«, Lewis Mumfords »The Story of Utopias« (ein großartiges Buch!) und eine Reihe Kommentare zum Problem der Utopie und der Konzeption des Idealstaates. Diese Arbeit versetzt mich sechs Jahre zurück in die Zeit, als ich ein strahlender, idealistischer, unerträglich literarischer 15jähriger Junge war. Ich hatte damals bei Mr. Works, einem Mann, von dem ich Dir bestimmt erzählt habe, einen wundervollen Kurs über Utopien. Wir alle, eine seltsame, kunterbunte Mannschaft, lasen alles von Platon und Bacon, über die amerikanischen utopischen Experimente in Brook Farm und Oneida bis hin zu einigen Büchern über Sowjet-Rußland. Die letztgenannten hatten das Verbot des Kurses zur Folge, der, so hieß es, zum Kommunismus anstiftete. Wir müssen 35 oder 40 Bücher gelesen haben – mehr als für jeden Collegekurs verlangt wird –, und wir waren die aufgeregtesten Menschen auf der Welt. Ich dachte damals, ich besäße Antworten auf alle Fragen – ich kann kaum glauben, daß das nur sechs Jahre her ist. Ich war damals der einzige, der eine Antwort in der extremen Linken sah – und ich bin der einzige aus jener Gruppe, der heute kein Kommunist ist. Das waren seltsame Tage, im Februar 1933. Wo warst Du damals? In der Hütte, vermute ich, ein oder zwei Tage vor der Machtergreifung der Nazis.

Milton

Das Wichtigste war, für Lili eine Stellung als Kindermädchen zu finden, wo sie auch wohnen konnte.

Sibylle aus New York an Milton Crane in Cambridge

27. Februar 1939

Gestern habe ich von morgens bis fünf Uhr nachmittags am Telefon gesessen und darauf gewartet, daß jemand anruft. Einige riefen an, aber die meisten schieden aus, weil sie schon Amerika-Erfahrung und perfektes Englisch wollten. Eine hatte vier Kinder und wollte 70 $ zahlen, aber wir haben uns entschlossen, sie nicht zurückzurufen. Nun ist noch eine übrig, 86. Straße und Columbus Avenue, mit zwei Kindern, die 40 $ zahlt. Lili wird die Stelle nehmen, wenn sie Lili nimmt.

Unterbrechung: Lili ruft gerade an und sagt, daß die Frau sich nicht entscheiden will und sie gebeten hat, sie in einer Woche wieder anzurufen. Das sieht nicht allzu vielversprechend aus. Armes Kind, sie ist so schrecklich hilflos, weiß nicht einmal, wie man ein Messer anfaßt, sie müßte die Leute eigentlich eher dafür bezahlen, daß sie sie nehmen und ihr etwas beibringen, anstatt selbst bezahlt zu werden. Warte, bis ich Dir mehr über sie und ihre merkwürdige Entwicklung erzähle. In jeder Hinsicht drastischer, aber nicht unähnlich vielen von den Phasen, durch die ich selbst gegangen bin, so daß ich Dir vielleicht eine Reihe von Dingen deutlicher zeigen kann, die Du nicht verstehst und die für Dich sonderbar und unverständlich sind und noch lange bleiben werden. Die Übereinstimmungen unserer Entwicklung, trotz verschiedener Temperamente und völlig unterschiedlicher Umgebung, machen mir begreiflich, wie sehr ich ein Produkt bin – ich sollte sagen, wieviel mehr, als ich angenommen hatte –, das Produkt äußerlicher Bedingungen, wieviel mehr sie uns erzogen haben als unsere eigenen Anlagen, Willenskraft und was weiß ich, wie sie uns gemacht haben. Das mag ja scheußliches Englisch sein – wenn ich Dir bloß vermitteln könnte, wieviel besser ich Deutsch schreiben kann –, und es ist schwierig, die Gedanken einer ganzen Woche auf eine hastig mit der Maschine geschriebene Seite zu pressen, unter neugierigen, unfreundlichen Menschen und in einem Büro, wo man eigentlich ganz andere Dinge tun sollte.

Lili ist das weit traurigere Beispiel von uns beiden, der Vergleich ist fast schon schändlich. Gestern abend habe ich sie mit zu den Daniels[226] genommen. Das Haus vollständig im Banne des Babys, Muschi im Bett, sie sieht schöner und glücklicher aus als je. Lili war sprachlos vor Aufregung. Für sie war all das noch neuer als für mich. Ich zumindest, als die gesündere und egoistischere von uns, bin dazu übergegangen, Glück und persönlichen Erfolg weniger und weniger

226 Nämlich zu Sibylles Halbschwester Ruth (Muschi) Daniel und ihrem Mann Fritz.

als etwas anzusehen, das nicht für uns geschaffen wurde, etwas, das zu wollen fast sündhaft wäre, während so viele nichts davon haben. Zum Teufel, ich habe das alles selbst erlebt, wenn auch nicht in dieser rundum traditionellen Perfektion, mit Haus und Kind, und ich habe mich sogar getraut zu hoffen, daß ich all das eines Tages auch einmal haben werde. Lili konnte kaum sprechen. Das waren buchstäblich die allerersten glücklichen Menschen, die sie seit etwa sechs Jahren gesehen hat, und sie war davor vollkommen ahnungslos, daß es auf der Welt noch Leute gibt, die das Glück für sich beanspruchen und es auch bekommen.

Milton, wenn ich Dir nur eine Vorstellung von diesem Europa vermitteln könnte, das dieses Mädchen mit sich hier herübergebracht hat, ich meine, dessen sie mich wieder bewußt hat werden lassen. In politischer Hinsicht ist sie von mir enttäuscht, wie ich es vorausgesagt hatte. Und wir haben beinahe aufgehört, miteinander zu reden, was traurig ist. Laß *uns* niemals mit dem Reden aufhören, weil wir einander nicht mehr verstehen können und weil wir die Auseinandersetzung fürchten. Mit Lili dagegen ist das der klügere Weg. Es wäre für mich zu einfach, sie auf meine Seite zu ziehen, in meinen Defätismus und meine Passivität, und das wäre schrecklich. Es würde ihr nicht nur die einzige Illusion rauben, für die sie zu leben glaubt, und sollte außerdem nicht jeder, der denkt wie ich, vom Fleck weg ohne Gnade als Sozialfeind Nr. 1 erschossen werden, schuldiger als irgendwer sonst auf der Welt? Dank sei Gott für jeden ehrlichen Kommunisten, und es soll bloß niemand versuchen, ihn davon abzubringen. Es macht mich froh, daß von all Deinen Freunden, die sich 1933 mit Utopien beschäftigt haben, nur ein einziger – auch wenn Du das bist – dahin gekommen ist, den Sozialismus als eine nicht umsetzbare Utopie anzusehen, und in der Weise kapituliert hat wie Du. Ich weiß, daß das alles Dich ziemlich ärgert, und es macht mir sogar ein bißchen Spaß, Dich aufzubringen, denn warum solltest Du Dir nicht über die gleichen Dinge »Deinen Kopf zerbrechen« (ein Germanismus) wie ich mir meinen?

Bitte schreib mir über diese Frage der Religion. Ich glaube nicht, daß sie Bastarde sehr schätzen, schon wegen ihrer Unfähigkeit, sich sozial anzupassen. Sollte ich mich andererseits für alle Zeiten zur Jüdin stempeln? Schreib schnell, denn ich will das verdammte Ding absenden.[227]

Sibylle

Milton Crane aus Cambridge an Sibylle in New York

28. Februar 1939

Zu Radcliffe: Laß es uns doch gerade erledigen. Dies ist, was ich tun würde: Schreib bei Religion »keine« hin, mach dann ein Sternchen an den Rand, und schreib am Ende der Seite folgendes: »Mein Vater ist Christ, meine Mutter Jüdin; ich hatte keinen Religionsunterricht.« Der Punkt ist folgender, Schatz: Sie wissen, daß Du wahrscheinlich Jüdin bist, da Du ein Flüchtling bist. Da ist es besser, eine endgültige Erklärung Deiner Lage abzugeben, jetzt und für alle Zeit; wenn Du »keine« ohne Erklärung schreibst, könnten sie zweierlei denken: entweder daß Du Jüdin bist und es nicht sagen willst oder daß Du keine Jüdin bist, dafür aber Kommunistin oder etwas ähnlich Schreckliches; warum sollte ein Goi Deutschland verlassen, abgesehen von Verrückten wie Thomas Mann? Ich mag ihnen (Radcliffe) ja unrecht tun, aber wir können es uns nicht leisten, auch nur einen Aspekt dieses Problems unberücksichtigt zu lassen. Wenn Dir also keine bessere Lösung einfällt – und ich mußte da selbst durch –, würde ich Dir raten, es so zu machen, wie ich vorschlage. Einmal, als ich mich an Columbia bewarb, habe ich mir die großartige Prahlerei erlaubt und bei Religion geschrieben: »keine – aber von jüdischer Rasse«, eine falsche Bezeichnung, wenn Du so willst, aber ich wollte von niemandem etwas geschenkt bekommen. Bekam ich auch nicht.

Zu Lili und der Politik – verdammt noch mal, mach doch keinen unnötigen Ärger. Wenn Lili erst eine Weile hier ist, wird sie Deine Meinung schon verstehen, denke ich. Sie wird sie dann wahrscheinlich sogar teilen. Wenn ich daran denke, was für ein intoleranter klei-

227 Sibylle war dabei, ihre Bewerbung für Radcliffe auszufüllen. Zu dieser Zeit gab es an amerikanischen Colleges und Universitäten üblicherweise einen *numerus clausus*, der den prozentualen Anteil jüdischer Studenten begrenzte, so daß die Bewerbungsbögen der Colleges routinemäßig nach der Religionszugehörigkeit der Bewerber fragten. Als »Bastard« bezeichnet sich Sibylle wegen ihres ungewissen Status als halbe Jüdin bzw. halbe Christin.

ner Bastard ich noch vor einigen Jahren war, könnte ich mich schämen. Und es tut mir auch nicht leid, daß der Lack ab ist, denn ich bin immer noch Idealist genug, um meine Zuversicht nicht an unwürdige, suspekte oder fragwürdige Ideale hängen zu wollen. Ich bin lieber der irritierte und unsichere Liberale, der ich heute bin, als der wild entschlossene, ahnungslose kleine Halb-Kommunist, der ich vor sechs Jahren war. Milton

Sibylle aus New York an Milton Crane in Cambridge

15. März 1939

Liebling –

es ist gerade so, als beklage der New Yorker Wettergott Hitlers Einmarsch in die Tschechoslowakei und nach Prag. Sicherlich wußten wir seit dem Anschluß Österreichs vor einem Jahr alle, daß es so kommen würde. Und doch ist es ein jäher Schock, daß Prag über Nacht eine Stadt wie jede andere im Dritten Reich geworden ist, eine Einsicht geradezu zum Verrücktwerden. So muß es sein, jemanden zu kennen, der seit langem todgeweiht ist, und dann kann man nicht begreifen, daß er eines Tages wirklich tot ist. Aber lassen wir die alberne blumige Sprache. Polizisten, Soldaten und Zivilisten laufen weinend wie die Kinder durch die Straßen Prags. Wie schon einmal, als die feinen Demokratien England und Frankreich sie Hitler ans Messer lieferten.

Ich habe nicht geweint, aber ich bin gelaufen und wie in Trance nach Süden gegangen und habe erst begriffen, daß ich irgendwie zur Wall Street gelangt bin, als ich nach meinem Büroschlüssel zu suchen begann. Mach Dir mal klar, daß Lili Prag erst vor vier Wochen verlassen hat! Heinrich und Jela wurden von meiner Mutter beschwatzt, hierherzukommen. Aber es sind einfach zu viele zurückgeblieben, gewissermaßen die Elite unserer Emigranten, die während der vergangenen fünf Jahre fast verhungert sind, aber Prag zum Zentrum der antifaschistischen Propaganda und des Widerstands gemacht haben. Und für sie ist es wie in einer Sackgasse, kein Land, das sie aufnehmen wird, und die einzige Hoffnung – die amerikanische Quote – für die nächsten fünf Jahre ausgeschöpft. Hier sitze ich und kann nicht anders als darüber brüten, was unseren Freunden geschehen wird,

Lilis Freunden, ihrem Bruder, ihrem Vater, ihrer Mutter. Und daß die ganze Welt ungerührt zusieht. Es ist nutzlos, das zum hundertsten Mal zu wiederholen, und doch bleibt es für mich das große Rätsel der Zeit. Liebling, Liebling – was für eine Welt, in der wir leben und Kinder haben wollen!

Gestern abend stand eine ältere Dame vor der Tür, die wir fast nicht erkannten. Die Frau eines bedeutenden deutschen Arztes, eines Professors, fast 65jährig, dessen Sohn wir kennen (er ist ebenfalls Arzt, in Chicago) und der vor ein paar Monaten herüberkam und einen Abend bei uns verbrachte. Nette, gebildete Leute, ehemals sehr reich, mit einem großartigen Haus in Berlin. Na, der Mann muß jetzt sein staatliches Examen ablegen – obwohl die Patienten aus der ganzen Welt anreisten, um sich von ihm behandeln zu lassen –, und das dauert natürlich, weil er schon so alt ist. Seine Frau geht jetzt von morgens bis abends von Tür zu Tür, um Strümpfe zu verkaufen, mit jedem Paar verdient sie einige Pennies.

Es gibt noch traurigere Fälle als diesen, aber ich kann Dir nicht mal ein Zehntel von dem erzählen, was mir jeden Tag begegnet, im Büro oder unserer Wohnung. Ein Mädchen, mit dem Lechner zur Schule ging, das reichste, verzogenste Kind in Stettin, verkauft jetzt Butter und Eier und muß mit Mann und Kind davon leben. Sie kamen uns mal besuchen allesamt, und als sie ins Wohnzimmer kamen, brach der Mann in Tränen aus, weil er Leute in ihren eigenen vier Wänden sah mit etwas, das man ein Zuhause nennen kann. (Zufälligerweise auch Arzt, der für sein Staatsexamen arbeitet, dabei aber so von Sorgen zerfressen ist, so übernervös, daß er dauernd durchfällt.)

Vielleicht erklärt das ein bißchen, warum es für mich so schwierig ist, mich davon zu verabschieden, Arbeit, welcher Art, wie verstandtötend und was weiß ich noch auch immer sie sei, als vom Himmel gegebenes Privileg zu begreifen, an dem man festhalten muß, und daß so extravagante Wünsche wie meine mir geradezu gotteslästerlich und monströs undankbar vorkommen. Erinnere mich daran, Dir von dem anderen Bruder meiner Mutter zu erzählen und von ihrer Reaktion, als er uns schrieb, daß er jetzt in Johannesburg Taxifahrer geworden sei; ich habe jetzt nicht die Zeit noch die Ruhe oder den Sinn dafür.

Irgendein bösartiger Sadismus muß heute von mir Besitz ergriffen haben, da ich Dich mit der Aufzählung dieser traurigen Angelegenheiten plage. Manchmal will ich Dir unbedingt mitteilen, was so auf mir lastet oder was ich abzuwerfen versuche und was dafür sorgt, daß ich mich so anders fühle als Deine Freunde, was mich auch ein bißchen verzweifeln läßt, und ich frage mich, ob ich jemals in der Lage sein werde, die Dinge zu tun, die ich nur tun kann, wenn ich von dieser ganzen Traurigkeit vollkommen unbehelligt bin. Ich weiß, daß ich Dich quäle, wenn ich so etwas sage. Wir können nur beide hoffen, daß dieses Dilemma, diese Skrupel vollständig zu überwinden sind und daß ich immer noch besser damit fertig werde, als ich jetzt denke. Und vielleicht hält die Zukunft ja etwas Besseres für uns bereit als Sieg um Sieg desjenigen, was so viele von uns, so viel in uns zerstört hat und das uns eines Tages vollständig zerstören könnte.

Jacoby wies mich vor kurzem an, weniger zu telephonieren und besser zu arbeiten. Was mich dabei so wütend machte, war, daß mir absolut kein Argument gegen ihn einfiel. Er hatte nur allzu recht, also habe ich mir auf die Zunge gebissen und den Mund gehalten. Dieser Gedanke an die Tschechoslowakei hat mir den ganzen Tag aufs Gemüt gehämmert. Und selbst jetzt noch habe ich das Gefühl, daß mir nicht ganz klar ist, was da vorgeht, da ich es immer noch ertrage. Ich frage mich, welche der beiden Vorstellungen lähmender ist: die des Umstands, daß Hitler Europa vom Rhein bis zum äußersten Osten beherrscht (und Rußland sich in keiner Weise in die europäischen Angelegenheiten mischt und Hitler auf diese Weise das einzig mögliche Hindernis auf seinem napoleonischen Vormarsch nimmt), oder die der einzelnen Leben, die in der Falle sitzen und von denen man jedes zu kennen meint?

Zum Teufel, ich halte Vorträge, oder zumindest klingt es fast wie ein Vortrag, und ich fürchte, ich krieg die Dinge nicht so rüber, wie ich sie denke oder sagen will. Ich nehme an, ich könnte das nicht mal auf deutsch gut ausdrücken, weil jedes Wort zu schwach ist. Die Worte können immer nur die Bedeutung dessen treffen, was menschlich möglich ist, doch dazu gehört das nicht mehr.

Ich bin so schrecklich deprimiert. Und es gibt Stimmungen, die wir besser voreinander unterdrückt hätten, und wieder andere, die nicht verschwiegen zu werden brauchen oder sollten. Schließlich sind wir ja nicht da, um die Welt füreinander rosa aussehen zu lassen.

Sibylle

Sibylle aus New York an Milton Crane in Cambridge

16. März 1939

Sehr wenig Neues seit gestern. Inzwischen kann man annehmen, daß Lilis Vater, ihr Bruder, ihre Freunde und eine Reihe anderer Leute, die Dir nichts, uns aber um so mehr bedeuten, in deutschen Konzentrationslagern sind. Heinrich kam gestern abend rüber, und wir redeten und redeten, und je mehr wir redeten, desto mehr wurde uns klar, was tatsächlich vorgeht, mit all seinen Folgen. Heute abend werde ich Lili sehen, sie hat ihren ersten freien Tag. Ich hab überhaupt keine Ahnung, was ich ihr sagen soll, um sie zu beruhigen, zu trösten und ihr Mut zuzusprechen. Heinrich hat einen Patienten, der bereit ist, irgendeinem jungen Kommunisten in Prag ein Affidavit zu geben. Das könnte entweder ihrem Bruder oder einem ihr befreundeten Journalisten nützen, der unter den ersten sein dürfte, die man verfolgt. Aber was bedeutet schließlich heutzutage ein Affidavit angesichts der dreijährigen Wartezeit auf der Liste des Konsulats? Was für eine Hoffnung zum Weiterleben! Es wird eine Selbstmordwelle geben wie noch niemals zuvor. Ich habe so furchtbare Angst vor allem.

Sibylle

Sibylle aus New York an Milton Crane in Cambridge

17. März 1939

Lili nimmt an, daß ihre Eltern und ihr Bruder in der Gewißheit, daß sie draußen ist und man sich um sie keine Gedanken mehr machen muß, Selbstmord begehen werden, wie sie es für den Fall der Besetzung Prags durch die Deutschen häufig angekündigt haben. Das gleiche gilt für Lilis beste Freundin (eine dreißigjährige Frau, an der sie furchtbar hängt) und deren Freundin (eine frühere Dichterin, die sich zur politischen Autorin entwickelt hat und ganz oben auf der Schwarzen Liste steht).[228] Lili hat zufällig dieselbe sonderbare Art,

228 Maria (Mizzi) Marburg, die bald den Dichter Erich Fried heiraten sollte.

über diese Dinge zu sprechen, wie ich, und wir begreifen immer nur für Sekundenbruchteile, was überhaupt vorgeht, daß keiner von den Leuten, an die wir gestern abend geschrieben haben, für die wir um Affidavits und Bürgschaften bitten, vielleicht in diesem Augenblick noch am Leben ist, daß diejenigen, die noch am Leben sind, ziemlich sicher in Konzentrationslagern sitzen, wo man sie nur mit großen Schwierigkeiten, wenn überhaupt, wird ausfindig machen können. Du hättest gestern abend Lilis verwirrten, abwesenden Blick sehen sollen, als sie leise sagte: »Ich weiß es. Sie haben alle Selbstmord gemacht.«

Wie ich schon gesagt habe, begreift sie zum Glück nichts, sogar noch weniger als ich, aber das kann nicht mehr lange dauern. Und die Familie, bei der sie lebt, ist gräßlich, sie geben ihr nicht einmal genug zu essen, und von ihnen ist sicherlich kein Trost zu erwarten. Als ich gestern abend gegen 7 Uhr aus dem Büro nach Hause kam, war Jela da, die seit 5 auf mich gewartet hatte, und bat mich, noch in derselben Nacht einige Affidavits für sie vorzubereiten. Sie war zuckersüß, hatte fürchterliche Angst, daß ich es vielleicht nicht tun würde. Was für ein lächerlicher Gedanke, der mir zeigt, daß sie ein schrecklich schlechtes Gewissen gehabt haben muß. Ich habe gekocht (meine Mutter mußte zu ihrer Synagoge in der Bronx), mit der Vorbereitung ihrer Affidavits weitergemacht, was, alles in allem, bis 9 Uhr gedauert hat, und dann setzten Lili und ich uns hin, um etwa 10 Briefe in alle Welt zu schreiben, um Leute dazu zu bringen, mitzuhelfen, die Faktors aus Prag herauszuholen. Um Mitternacht war ich mehr tot als lebendig, da meine Erkältung und mein Hals mir sehr zu schaffen machten. Aber wir hatten viel geschafft, Lili hatte diktiert und ich mit Hochgeschwindigkeit getippt.

Sibylle

Sibylle aus New York an Milton Crane in Cambridge

24. März 1939

Wir hatten gestern abend ein sehr komisches, schönes Wiedersehen. Es war Lilis freier Tag von ihrem Biest von Brighton Beach,[229]

---

229 Lili hatte ihre erste Stelle als Kindermädchen für ein vierjähriges Kind gefunden. Da sie wie ein Sklave behandelt wurde, kündigte sie schon bald.

und ich habe sie erwartet. Als ich nach Hause kam, sagte Fritz mir, daß Evi jeden Augenblick käme. Ich hatte fast vergessen, daß sie schrieb, sie komme vielleicht gestern mit der »Rex« an. Es war sehr sonderbar, daß wir drei, die wir seit unserer Kindheit immer so zusammen waren, jetzt gemeinsam in der 46 West 83ten Straße saßen. Ich habe Evi immer wirklich gern gehabt, vielleicht weil ich sie so lange kannte, weil sie so eine von Grund auf fröhliche Seele ist, weil sie so hübsch ist, weil sie auf die eine oder andere Weise all diese bunten Zeiten mit mir geteilt hat: die Kindheit, den ersten Aufenthalt in London, diese zwei unglücklichen Jahre in Berlin. Wir waren alle so aufgedreht, wieder zusammenzusein, weil wir uns äußerlich so wenig verändert haben, es war sehr merkwürdig. Sie ist das Selbstbewußteste, Hoffnungsvollste, Pragmatischste und Energischste, was ich seit langem getroffen habe. Ich weiß, es würde ihr nichts ausmachen, irgendeine Drecksarbeit zu übernehmen, sie würde nie ihre königliche Haltung verlieren, die uns so komisch vorkommt und die sie immer hatte, seit sie ihr Selbstbewußtsein gewonnen hat, also seitdem sie die Schule verlassen und festgestellt hat, daß Intelligenz bei weitem nicht das Wichtigste ist, um im Leben voranzukommen, zumal für eine Frau. Gelegentlich wird sie sogar ein ernstes Gesicht aufsetzen und über »die politische Lage« sprechen, und Lili und ich werden immer noch lächeln, wie wir es immer getan haben, wenn Evi es ernst meinte – aber wir liegen falsch. Evi ist dem Leben verflucht viel besser gewachsen als die arme unglückliche Lili. Evi zieht am Montag nach Boston und wird dort für eine Weile bleiben. Vielleicht geht sie später nach Los Angeles. Sie kennt dort die meisten ausländischen Filmleute, sie wird mit Leichtigkeit einen Lehrer finden und dort auf jeden Fall besser dran sein.

Heute morgen kam eine Karte von Lilis Vater, geschrieben am Tag der Annexion, die betonte, noch gehe es allen gut.

Sibylle

Eine wöchentliche Radiosendung, »Die Botschaft Israels«, verbreitete Fritz Lechners Stimme im ganzen Land. Als sie auf die Übertragung wartete, hörte Sibylle ungeduldig, wie ein Rabbi zunächst über die Unabhängigkeitserklärung und dann über Abraham Lincoln sprach.

Außerdem störte das Radio auch den Untermieter der Lechners, einen Mr. Guldenstein.

Sibylle aus New York an Milton Crane in Cambridge

25. März 1939

Ich habe kleine Auseinandersetzungen mit Guldenstein. Durch das Radio gestört, das ich im Zimmer nebenan bei offenen Türen angelassen habe, um Fritz singen zu hören, was gleich passieren müßte, hat er ebenfalls seine Tür geöffnet und sein Radio angeschaltet und irgendeinen sehr lauten Redner eingestellt, um zu warten, bis ich nachgebe. Was für ein fürchterlicher Lärm! Jetzt hat er gerade, in diesem Haus ist er immer der Verlierer, die Tür zugeschlagen, daß die Wände wackelten. Ich würde, um ehrlich zu sein, gerne selbst diesen geschichtsseligen Rabbiner abschalten, aber nun kann ich nicht. Jetzt kommt er gerade zum Schluß, der seinen Nachhilfeunterricht vollends rechtfertigt: Laßt die Flüchtlinge in diesen traditionellen Hafen der Freiheit usw. Zufällig wurde letzte Woche 55 »Touristen« eine Aufenthaltsverlängerung verweigert, ein beispielloser Vorgang, und wir sind darüber sehr aufgeregt. Können sie sie nach Deutschland zurückschicken? Bis jetzt hat das noch kein Land getan. Das spricht sicher nicht für wachsende Milde gegenüber Flüchtlingen.

Sibylle

Sibylle aus New York an Milton Crane in Cambridge

26. März 1939

Lili ist auch für kurze Zeit aufgetaucht. Was für Sachen das arme Ding durchmachen muß! Wir müssen etwas für sie tun, müssen versuchen, eine andere Stelle für sie zu finden. Sie ist, auch wenn Du das vielleicht noch nicht ganz verstehst, der bei weitem traurigste menschliche Fall, den ich kenne. Manchmal liege ich nachts wach und frage mich, was aus diesem armen Geschöpf werden soll, das einst so viel versprach und jetzt vielleicht die einzige Person ist, von der ich mit Sicherheit sagen kann, daß sie ungeeignet und ungerüstet ist für das Leben, zum Scheitern bestimmt, bei allem, was sie tut, ohne »Lebenslust« oder »Lebenszweck«.

Sibylle

Sibylle aus New York an Milton Crane in Cambridge

28. März 1939

Gerade brachte jemand eine Zeitung mit der Schlagzeile MADRID FÄLLT. Ich kann Dir gar nicht sagen, wie ich mich fühle. Natürlich war jeden Tag damit zu rechnen, und doch. Es überlief mich ganz kalt, als ich es las, und ich konnte nicht anders als weinen, obwohl ich weiß, daß das ein erbärmlicher Beweis der eigenen Anteilnahme ist. Und für einen Moment fühlte ich mich auf Katjas Geburtstagsparty im November 1936 zurückversetzt. Wir waren ungefähr 30 Leute und saßen um den Kamin, während Paul zu irgendeiner Familie in der Nachbarschaft gegangen war, um Nachrichten zu hören. Er war ungefähr 20 Minuten lang weg, während derer kaum ein Wort fiel. Wir hockten bloß auf dem Boden und sahen ins Feuer, und die Spannung war schrecklich, bis Paul zurückkam und sagte: »Madrid ist auch nach dem heutigen Angriff nicht gefallen.« »Wieviel damit gewonnen ist!« dachten wir damals. Ich habe oft an diese sonderbarste aller Geburtstagspartys gedacht, bei der wahrscheinlich niemandem bewußt war, daß irgendwer Geburtstag hatte oder daß man jemals wieder etwas anderes würde feiern können als vielleicht den spanischen Sieg. Wie schrecklich, wie abstoßend hartgesotten wir inzwischen geworden sind. Aber ich will nicht schon wieder davon anfangen.

Sibylle

Sibylle aus New York an Milton Crane in Cambridge

17. April 1939

Heute morgen wachte ich um 6 auf mit der plötzlichen Einsicht, daß es bis zu den Prüfungen im Juni nur noch knapp acht Wochen sind, und der Schock war gräßlich. Ich habe mich deshalb entschlossen, jeden Morgen um 6 aufzustehen und noch vor dem Büro für anderthalb Stunden zu lernen, außerdem abends von 8 bis 10 und an allen Wochenenden die ganze Zeit. Es wäre die Schande meines Lebens, wenn ich das nicht mal zwei Monate durchhalten könnte. Und wenn Du mir an den Wochenenden, an denen Du herkommst, nicht hilfst, mich zum Arbeiten treibst und dabei unterstützt, statt mich davon abzuhalten, dann schwöre ich: Ich gebe die ganze Idee des Studiums auf, wenn ich das Examen nicht bestehe und von Radcliffe abgelehnt werde. Das ist eine Drohung, und zwar eine ernstgemeinte, für mich selbst und an Dich. Wenn Radcliffe mich ablehnt, wird das meine eigene verdammte Schuld sein, weil ich herumgetrödelt habe, obwohl ich wußte, daß ich jede Minute gebraucht hätte von den wenigen, die ich hatte, und ich kenne mich selbst und meine Willenskraft gut genug, daß ich so vernünftig bin und aufgebe, bevor ich andere Leute Geld koste. Oh, es ist mir durchaus ernst.

Sibylle

Sibylle aus New York an Mary Rubinstein in London

19. April 1939

Liebe Mrs. Rubinstein,

ganz herzlichen Glückwunsch zum Geburtstag. Es gibt wenig Gutes, das man von dem bevorstehenden Jahr erwarten kann, aber was immer es gibt, wünsche ich Ihnen.

Unser Leben geht so weiter wie bisher. Interessante Ereignisse bestehen lediglich in der Ankunft neu einwandernder Freunde, und selbst die sind so häufig geworden, daß es längst keine Sensation mehr bedeutet, zum Pier zu gehen und sich fünf Stunden lang zu Tode zu frieren.

Ich habe es geschafft, meine Freundin Lili aus Prag hierherzubekommen. Sie bekam im Dezember ein Visum und hat Prag eine Woche vor dem Einmarsch verlassen. Sie blieb dann sechs Wochen bei mir und hat jetzt eine Stelle als Hausmädchen gefunden. Unsere gesamte freie Zeit, also meine Mittagspausen und die Freizeit meiner Mutter, benutzen wir, um Möglichkeiten zu finden, damit wir mehr Leute hierherbekommen oder zumindest erst einmal aus Deutschland oder der Tschechoslowakei heraus, bis sie einwandern können.

Haben Sie irgendwelche Kontakte zu den vielen Flüchtlingen, die vor kurzem nach England gekommen sind? Margaret Goldsmith, so sagt mir ihre Mutter, verbringt ihre gesamte Zeit in allen möglichen Komitees und versucht, Kinder in englischen Familien unterzubringen und ähnliches.

Ich habe im Januar sehr erfolgreich meine Prüfungen bestanden. Es klingt ja ein bißchen komisch, aber von den 150 Leuten, die die

Prüfungen ablegten, habe ich eine Auszeichnung für die beste Leistung in Englisch bekommen. Es gibt in jedem Fach eine Auszeichnung für jeweils einen Schüler, und als bei der Zeugnisvergabe mein Name vorgelesen wurde, begann das ganze Publikum zu lachen, es war schon sehr schmeichelhaft.

Im Moment arbeite ich für eine besondere Zugangsprüfung, die von den Colleges mit höheren Ansprüchen (wie etwa Radcliffe, das Frauencollege von Harvard) verlangt wird. Ich habe die beiden Nachteile, Ausländerin zu sein, seit vielen Jahren keine Schule mehr besucht und kaum Zeit für die notwendige Vorbereitung zu haben (das ergibt insgesamt drei Nachteile, die es für mich schwierig machen würden mitzuhalten, wenn die Collegeausschüsse seit den Novemberpogromen nicht relativ nachsichtig gegen Flüchtlinge wären). Radcliffe nimmt jedes Jahr nur etwa 200 Studentinnen von etwa 1000 Bewerberinnen, und dennoch hoffe ich, daß ich hereinkommen werde.

Herzlich, Sibylle

Sibylle war zu ihrer früheren Abendschule gegangen, um den Direktor um ein Empfehlungsschreiben für Radcliffe zu bitten.

Sibylle aus New York an Milton Crane in Cambridge

20. April 1939

Er hat mich zur »ersten« in einer Klasse von 60 gemacht, dahinter in Klammern »Auszeichnung« mit Erläuterungen geschrieben, außerdem nannte er mich eine »beispielhafte junge Dame«, akademisch vielversprechend, mit hervorragenden geistigen Anlagen, Selbstvertrauen, großem Einsatz und allen Eigenschaften einer geborenen Führungspersönlichkeit. Und einige solcher stolzen Attribute mehr. Er und der stellvertretende Direktor (und später noch Weiss) schüttelten mir die Hand und wünschten mir Glück, und der Direktor bat mich sogar, ihn wissen zu lassen, ob ich angenommen würde, da sie das in der Schulzeitung veröffentlichen wollen. Sie haben mir richtig angst gemacht, indem sie mir immer wieder sagten, wie schwierig es sei, in ein College wie Radcliffe zu kommen, und was für eine Ehre es bedeute, aufgenommen zu werden.

Dann noch Ellis Kolchins[230] Meisterstück (Du weißt, daß ich ihn immer gern mochte?): Jela und Heinrich brauchten 1000 $ für eine Freundin in Prag, die unbedingt dort raus muß. Schließlich hatten sie selbst 500 $ zusammen und 500 von der Tante des Mädchens. In allerletzter Minute entschloß sich die Tante (offenbar eine Sadistin, ich muß Dir mal mehr von ihr erzählen), ihr Geld zurückzuziehen. Die Löwenfelds waren verzweifelt. Sie erzählten den Kolchins die Geschichte beim Abendessen, worauf Ellis aufstand und ihnen sein Sparbuch mit 466 $ gab, sein Erspartes der letzten drei oder vier Jahre, und dazu noch 3 $, die er in der Tasche hatte. Seine Eltern waren ziemlich aufgebracht deswegen, aber er selbst brachte den Löwenfelds am nächsten Morgen um 8 Uhr das Geld. Sei bitte einmal gerecht Ellis gegenüber, und gib zu, daß das eine große Tat war. Und ich weiß, er hat gespart wie ein Besessener.[231]

Sibylle

Sibylle aus New York an Milton Crane in Cambridge

2. Mai 1939

Gestern, ja, mal sehen, wie Du darüber denkst: Ich mußte ein bißchen mit mir kämpfen, also mit meinem Gewissen und meiner Selbstkritik, bis ich entschied, daß es sicherlich falsch ist, allein den Nazis überall auf der Welt und sogar hier im Madison Square Garden zu erlauben, mit voller Kraft zu marschieren. Also bin ich an Times Square ausgestiegen und zur Parade anläßlich des Ersten Mai, genauer zu den Deutschen unter den Gruppen der verschiedenen Nationalitäten, gestoßen, und wir sind – natürlich – zum Union Square marschiert. Ich werde Dir ein bißchen mehr davon erzählen, wenn ich Dich sehe. Ich traf Lili, und wir sind dann gemeinsam nach Hause

---

230 Ellis Kolchin, 23jähriger Mathematikdoktorand an der Columbia Universität, war der Sohn von Betty Kolchin, der amerikanischen Cousine von Jela Löwenfelds Mutter.

231 Die Freundin, der die Löwenfelds bei der Flucht aus Prag zu helfen versuchten, war ziemlich sicher Margarethe (Luri) Lurje (vergleiche Kapitel 14). Ellis Kolchin hat seine spontane Großzügigkeit nicht bedauert. Im Gegenteil, als er kurz darauf heiratete, spendeten er und seine Frau das Geld, das sie zur Hochzeit geschenkt bekamen, ebenfalls für die Unterstützung von Flüchtlingen.

gegangen – spät genug. Es war ein trauriger Maitag, und ich habe mich gefragt, ob die Schuld in meinem eigenen Versagen begründet lag oder in dem der Arbeiterklasse. Ich nehme an, es ist eine unglückliche Kombination aus beidem.

Sibylle

Milton Crane aus Cambridge an Sibylle in New York

4. Mai 1939

Der erste Mai war dieses Jahr traurig, nicht? Marschiere auf alle Fälle mit ihnen; das hätte ich auch getan, wenn ich in NY gewesen wäre. Ich bin der unerschütterlichen Überzeugung, daß der Maifeiertag und alles drum herum gut und die Sache wert ist, trotz allem; und damit meine ich sogar die neueste Nachricht aus Rußland.

Ich habe Dir nie von der einen Maiparade vor drei Jahren erzählt, in der ich mitmarschiert bin. Das war eine Zeit! Kein Spanien, keine Säuberungen, ein Deutschland, von dem noch nicht klar war, daß es sich zum Zerstörer entwickeln würde. Ich marschierte mit Ira und einer Menschenmenge unter dem Banner der ASU,[232] die jung und stark und hoffnungsvoll war. Im Laufe des Tages holten wir Wechsler und einen jungen Halb-Aristokraten aus Long Island ab, und wir liefen und jubelten und sangen; ich wurde fast von einem Polizisten niedergeknüppelt, zusätzlich zu all der anderen Aufregung.

Milton

Sibylle aus New York an Milton Crane in Cambridge

6. Mai 1939

Deine Kommentare zu Maiparaden haben mir sehr gefallen. Warum, werde ich Dir erklären, wenn Du hier bist. Bitte erinnere mich daran! Der Maitag, von dem Du erzählt hast, war in der Tat auch in meinem Leben sehr bemerkenswert. Am 1. Mai 1936 habe ich Deutschland ein für allemal verlassen, von ganzem Herzen verlassen mit dem einzigen Wunsch, nie mehr zurückzukehren. Zwei Tage spä-

232 Die Amerikanische Studentenunion, als Verband verschiedener linksgerichteter Organisationen gegründet, geriet zunehmend unter kommunistische Vorherrschaft und verlor infolgedessen viele ihrer nichtkommunistischen Mitglieder.

ter traf ich in London ein, an einem Sonntag (dem Sonntag nach dem 1. Mai), der in England immer der Tag der vereinigten Arbeiterparaden ist, und eine ganze Bande von Freunden kam, um mich vom Bahnhof abzuholen, und sie brachten andere mit, alle in fröhlicher Feierstimmung. Als wir vom Bahnhof nach Hause fuhren, wurden die Rubinsteins mit ihrem Auto von der Parade aufgehalten, und zum erstenmal hatte ich das seltsame Vergnügen, eine komplette Maiparade an mir vorüberziehen zu sehen, statt darin mitzumarschieren.

Sibylle

Milton Crane aus Cambridge an Sibylle in New York

7. Mai 1939

Schöne Nachrichten aus dem Ausland, wie immer. Jetzt können also unsere großen Demokratien für Polen in den Krieg ziehen – Polen! –, obwohl sie für die Tschechen keinen Finger gerührt haben.[233] Ich vermute, daß meine starke Abneigung gegen die Polen und ihr Land das Ergebnis der Erzählungen meiner Mutter ist, die ich gehört habe, seit ich ein Kind war. Aber ich verabscheue sie.

Milton

Sibylle aus New York an Milton Crane in Cambridge

10. Mai 1939

Warum nimmst Du plötzlich an, die Welt werde für Polen in den Krieg ziehen? Keine Aussicht darauf. Der nächste Schritt der internationalen Politik in diesen ausgesprochen denkwürdigen Zeiten der Geschichte wird ein Pakt zwischen Deutschland und Rußland sein, Hitlers cleverster Trick, denn ein neutrales Rußland ist das Beste, was er sich in einem Krieg nur wünschen kann, um ihn sicher zu gewinnen. Es wird eine Entscheidung über Danzig geben, und alle werden beipflichten (außer den armen Polen, die ich überhaupt nicht hasse, warum auch?), daß der Korridor wirklich eine unnatürliche Einrichtung ist und Danzig urdeutsch.

Sibylle

---

233 Als Reaktion auf die deutsche Besetzung Prags hatte die britische Regierung ein Verteidigungsabkommen mit Polen geschlossen.

Sibylle aus New York an Milton Crane in Cambridge

13. Mai 1939

Gestern abend gab es eine nicht sehr angenehme Überraschung, die der hauptsächliche Grund für meine Verstörung seither ist. Ich weiß nicht, wieviel Du über die Aktivitäten meiner Mutter weißt, also ihren russischen Chor, der ihr 30 Dollar, und ihre Synagoge, die ihr etwa 20 Dollar im Monat einbringt. Wir haben bisher dieses ganze Geld gebraucht, aber meine Mutter dachte – vorausgesetzt, Alfred kommt aus dem Haus –, sie werde in der Lage sein, mir etwa 20 Dollar monatlich als Zimmermiete nach Cambridge zu schicken, und könne mir überlassen, nebenher genug Geld zu verdienen, um Lebensmittel, Bücher usw. zu kaufen. Na ja, gestern verkündete man, daß der russische Chor, der seit über zehn Jahren besteht, nach dem 15. Juni aufhören wird zu bestehen. Das bedeutet für die meisten der sechzig Mitglieder, daß sie dann mittellos sind. Das gilt natürlich nicht für uns, aber für mich ist es doch ein ziemliches Hemmnis. Dazu kommt, daß der Synagogenchor im Sommer für drei Monate pausiert und erst im Herbst wieder beginnt mit seinen erbärmlichen 20 Dollar pro Monat.

Obendrein die schrittweise Einsicht, daß ich nicht einmal annähernd meine 450 Dollar bis September zusammenhaben werde, wie sehr ich mich auch bemühe. Triste finanzielle Aussichten, oder? Ich finde es zum Verzweifeln, daß das schließlich so ein Problem sein soll. Und wir haben kein einziges Schmuckstück im Haus, kein Familienerbstück irgendeiner Art, keine Tolstoibriefe mehr, die mir fünfzig oder hundert Dollar bringen würden.[234] Aber ich kann es mir nicht leisten, mir jetzt über materielle Fragen den Kopf zu zerbrechen. Ich brauche ihn viel zu dringend woanders.

Um zu unterstreichen, daß ich mit dem Thema abgeschlossen habe, habe ich diesen brandneuen Absatz begonnen, und jetzt muß ich an etwas Erfreuliches denken, das ich Dir erzählen kann. Wenn es bloß etwas gäbe an diesem widerlich trüben Tag! Irgend jemand pfeift auf der Straße ein Revolutionslied, das wir früher immer gesungen

---

234 Nachdem sie durch die Inflation ihr Vermögen verloren hatte, sah sich Ida Löwenfeld gezwungen, die Briefe Tolstois an ihren Mann zu verkaufen.

haben. Aber allein sein Anblick, ein einsamer armseliger Pfeifer, der auf der 83. Straße im Regen steht, ist nicht gerade ermutigend oder inspirierend. Ziemlich symbolisch. Bittest Du mich immer noch, daß ich nicht vergessen soll, Dich zu lieben? Mein großer Narrenliebling (»Närrchen« würde ich mit einer Verkleinerungsform in jeder anderen Sprache sagen).[235] Na ja, eines Tages – irgendwann nach diesem Sommer, nehme ich an – werde ich nur noch Deutsch mit Dir sprechen, und meine Babys werden alle zweisprachig sein.

Mutti ist gerade reingekommen und sagt, ich soll mir keine Sorgen machen. Sie erinnert mich an all die Zeiten, die wir überstanden haben, und wie oft wir nichts zu essen und kein Fahrgeld hatten und dennoch nie die Zuversicht verloren haben, daß wir es schaffen würden und uns durchbeißen. Und jede Menge weitere ermutigende und vernünftige Argumente. So endet der Wochenendbrief. Fröhlicher (obwohl Du es vielleicht nicht entdeckst), als er begonnen wurde.

Sibylle

Sibylle aus New York an Milton Crane in Cambridge

16. Mai 1939

Eben bat mich ein Mann mittleren Alters, ein Flüchtling, offenbar gebildet, etwas Kohlepapier von ihm zu kaufen. Als ich ihm sagte, ich würde jetzt für längere Zeit keines brauchen (ich habe gestern einem anderen Flüchtling welches abgekauft, der mir sagte, er stehe am Rande des Selbstmordes), begann der stattliche Mann wie ein Kind zu weinen, zog das Bild einer ungeheuer dicken Frau (seiner Frau) und eines ganz entzückenden Kindes heraus, die noch immer in Deutschland seien, und flehte mich an, die ich vollkommen unfähig war, irgend etwas zu tun, ihm wenigstens die eine Schachtel abzukaufen (an der er höchstens 30 Cent verdient). Natürlich geschehen mir solche Dinge häufiger, aber heute kam es mir, wie so oft, fast wie ein Verbrechen vor, meine 10 Dollar oder so pro Woche zu sparen für den Luxus, auf das Radcliffe College zu gehen. Es muß natürlich ad absurdum führen, wenn man diesem Gedanken nachgeht, aber man kann sich nicht davor schützen, solche einleuchtenden Gedanken auf-

---

235 Im Englischen geht das nur mit mehreren Worten.

zugreifen, selbst wenn man weiß, daß man nicht die Person ist, ihnen logisch und konsequent zu folgen.

Der Unterschied zwischen den Leuten liegt nur in der Variation des Punktes, an dem der Egoismus einsetzt aus reinem Selbstschutz. Nur ist das bei mir (und ich bin da vermutlich nicht besonders originell) eben kein fester Punkt, an dem ich alles Elend und Unrecht außer meinem eigenen glücklich vergesse und rückhaltlos ehrgeizig werde, sondern eine verzerrte, wechselnde Linie, deren Schwankungen mir lediglich allzu große Übertreibungen in jeder Richtung unmöglich machen. Ich bin kein Kämpfer – aus Scham vielleicht, zu sehr Egoist zu sein. Kein ehrgeiziger Individualist aufgrund eines unheilbaren »sozialen Gewissens«. Ich weiß, ich drücke mich unvollkommen aus, aber ich weiß auch, daß Du das besser verstehst, als Du zugibst. Und ich weiß quälend genau, daß ich in dieser Sprache nicht mit Dir reden soll und daß ich wieder und wieder in sie zurückfalle.

Sibylle

Sibylle aus New York an Milton Crane in Cambridge

16. Mai 1939

Klar, daß Du wegen meines Wochenendbriefs beunruhigt sein würdest. Um die Dinge so schlimm zu machen, wie es nur geht (die Deutschen sagen: Ein Unglück kommt niemals allein): Möglicherweise wird die »Botschaft Israels« im Sommer für zwei Monate unterbrochen, Fritz ist ganz aus dem Häuschen. Nur meine Mutter behält ihren Humor und ihr Gleichgewicht und sagt jedem von uns, daß schon alles gut werden wird und daß jemand, der so viele echte Tragödien gesehen hat wie wir, sich schämen sollte, wegen solcher Kleinigkeiten in Aufregung zu geraten. Damit hat sie so recht.

Sibylle

Sibylle aus New York an Milton Crane in Cambridge

26. Mai 1939

Ich habe angefangen, »Mensch und Übermensch«[236] zu lesen, also genauer, ich habe gerade die Hälfte des Vorworts hinter mir, und das

---

236 George Bernhard Shaws Ideendrama aus dem Jahr 1903.

ist ganz wunderbar, aber findest Du nicht, daß einige der »Probleme«, auf die er zu sprechen kommt (vergiß nicht, daß ich erst das halbe Vorwort kenne), sich etwas überlebt haben? Zumindest hätte das für unser schönes Deutschland vor Hitler gegolten (das mir manchmal, wenn ich so daran denke, mehr wie Utopia vorkommt denn wie Geschichte), für die Engländer und die Amerikaner mag das nicht zutreffen.

Sibylle

Milton Crane aus Cambridge an Sibylle in New York

26. Mai 1939

Was den Shaw angeht – es mag sein, daß seine »Probleme« erledigt sind, ja. Ich glaube, daß er und Ibsen es von den großen Dramatikern vielleicht am unglücklichsten getroffen haben, weil die Ziele, für die sie gekämpft haben, verwirklicht und infolgedessen ihre Stücke entwertet worden sind. Aber ich glaube kaum, daß das bei »Mensch und Übermensch« der Fall ist, obwohl man meinen sollte, daß niemand die Wahrheit von Shaws These bestreitet. Wie siehst Du das? – Das macht das Stück aber nicht weniger schön oder wertvoll. Ich kann Dir nicht zustimmen, daß Deutschland vor Hitler das »Problem« besser gelöst hätte als jedes andere Land. Es ist kein Problem, das sich lösen läßt wie Arbeitslosigkeit oder etwas in der Art. Und das Deutschland vor Hitler hat sich nicht durch seine Lösung der Probleme ausgezeichnet, scheint mir. Wenn Du davon sprichst, sprichst Du in der Tat utopisch. Es gab niemals ein Land wie das, in dem Du Deine Kindheit und frühe Jugend verbracht hast. Allerdings solltest Du inzwischen wissen, daß es nicht klug ist, mit mir darüber zu reden, weil es mich geradezu krank macht. Ich schrieb Dir das vor ein paar Monaten und habe weder Zeit noch Lust, es jetzt alles zu wiederholen, ich mag es so wenig. Also laß uns uns auf andere Diskussionsthemen beschränken.

Milton

Sibylle aus New York an Milton Crane in Cambridge

29. Mai 1939

Dummerchen, laß Dich doch nicht durch den Kram, die Prüfungen usw. so kurz vor Beginn des Sommers unterkriegen, Du hast doch Dein Stipendium schon schwarz auf weiß. Und reite nicht auf mir herum wegen etwas, das ich entweder nicht klar genug ausgedrückt habe oder das Du nicht so verstanden hast, wie ich es gemeint habe. Natürlich war es blöd von mir, über das Stück von Shaw zu reden, weil ich wirklich erst die Hälfte der Einleitung gelesen hatte, die mir wie ein sehr langatmiges, sehr witziges Geplauder über etwas vorkam, das sich ziemlich erledigt hat. Mal abgesehen von Shaw und davon, daß ich es trotz Deiner Warnung wage, ein gefährliches Thema wieder aufzugreifen, war alles, was ich sagen wollte, daß sich bei uns im Nachkriegsdeutschland (die wahrscheinlich kleine, aufgeklärte Minderheit, die mir für die gesamte fortschrittliche Welt repräsentativ schien) viele Probleme, von denen ich später feststellte, daß sie in der übrigen Welt fröhlich am Leben waren, erledigt zu haben schienen und man sich ihrer angenommen hatte. Ob das nun eine Illusion war oder nicht, ob unsere Sicht der Welt utopisch war oder nicht, für uns, für mich existierten sie einfach nicht. Das ist alles, was ich sagen wollte. Deshalb hatte ich immer Schwierigkeiten, Ibsen gerecht zu werden. Von Shaw habe ich nicht viel gelesen, und bei dem, was ich von ihm kenne, ging es mir nie so. Du mußt mir kaum sagen, wie wenig der schöne, liberale und fortschrittliche Geist, in dem ich erzogen wurde, sich selbst auf den Rest der Welt ausgewirkt hat oder zu haben scheint, da er kaum in der Lage war zu überleben. Ich glaube nicht, daß ich den gleichen Fehler mache wie so viele von unseren, von meinen Freunden in London und Paris, die immer an ihre Vergangenheit denken und darin leben, weil sie glücklicher war als die Gegenwart und weil ihre Zukunft keinen Glanz verspricht. Verhöhn mich bloß nicht noch einmal, Du!

Soll ich Dir sagen, was ich vom Despotismus halte? Ich schätze es nicht aus purem Masochismus, tyrannisiert zu werden. Ich schätze den Despotismus, der mit größerer Entschiedenheit die Führung übernimmt, der mich dazu bringt, Dinge zu tun, die richtig und gut sind und die ich aus Mangel an Initiative, Selbstsicherheit und was weiß ich nicht von selbst tue. Ich fürchte mich davor, von unerträglichen Stimmungen tyrannisiert und erpreßt zu werden (wie meine Mutter zum Beispiel von Fritz). Nichts macht mich unglücklicher. Also, Liebling, wenn Du mich als despotisches Monster glücklich machen willst, dann von der positiven, zweiten Sorte. Oder sonst! Genug Drohungen für einen kurzen Brief.

Sibylle

Milton Crane aus Cambridge an Sibylle in New York

30. Mai 1939

Ja, Liebling, eine ganze Menge Drohungen für so einen kurzen Brief, und nicht unberechtigt, nehme ich an. Nun gut, ich werde versuchen, Dir keine Gelegenheit zu geben, mir zu sagen, was »oder sonst« bedeutet. Die letzten Worte zu Deutschland: Ich habe das Vorwort zu »Mensch und Übermensch« gestern noch einmal gelesen und verstehe jetzt noch weniger, worum es bei all dem Geschrei eigentlich geht. Aber ich will nicht schon wieder damit anfangen an einem so schönen Tag, obwohl Dein Brief voll von bösen Ultimaten zu sein schien, die Du nicht allzu deutlich gesetzt hast. Du lebst vergleichsweise wenig in der Vergangenheit, aber wenn, dann gehst Du so weit zurück, daß ich Dir nicht folgen kann, und natürlich ist einer der Gründe, warum ich das hasse, die Angst, daß Du vielleicht nicht mehr zurückkommst.

Milton

Sibylle aus New York an Milton Crane in Cambridge

30. Mai 1939

Schlechte Nachrichten von allen Seiten. Eine Selbstmordwelle unter Freunden und Leuten, die man kennt oder von denen man weiß.[237] Letzte Woche gab es vier Selbstmorde unter den Flüchtlingen in New York. Schon 65 Gesetzentwürfe gegen die Einwanderung vor dem Kongreß in diesem Jahr. Es sieht schlecht aus überall, sehr entmutigend, fürchterlich traurig. Manchmal werde ich so traurig, ich kann Dir gar nicht sagen, wie sehr. Und es gibt tatsächlich nichts, was man tun *könnte,* selbst wenn man die Zeit, die Energie und die beste Absicht hätte!

Sibylle

---

237 Darunter war der Schriftsteller Ernst Toller, der sich am 22. Mai 1939 in einem New Yorker Hotel erhängt hatte.

Wer versuchte, in die Vereinigten Staaten einzureisen, stellte mitunter fest, daß Verwandte oder Bekannte, die versprochen hatten, Affidavits abzugeben, es sich reiflich überlegten, möglicherweise weil sie fürchteten, die Einwanderer finanziell unterstützen zu müssen, sobald sie eintrafen.

Eva Ortmann hatte einen Hilferuf ihrer Freundin und ehemaligen Kollegin aus Berlin erhalten, der Sängerin Frieda Frohnhausen.

Eva Ortmann Lechner aus New York an Sibylle in Provincetown, Massachusetts

13. Juni 1939

Mein liebes Puppchen,

die Hauptsache, Du kommst *ausgeruht* und *ausgeschlafen* zum Examen, dann behältst Du auch die Nerven, und damit kann man, wie Du weißt, viele Mängel überbrücken. Du wirst es schon machen. Wenn ich Dir einen Rat geben soll, dann mache Dir für die Aufsätze eine Disposition, Du kennst doch Deinen Hang zur epischen Breite, und Du zerstörst Dir dann mit dem schnell hingeschmierten Ende, was Du am Anfang gut gemacht hast.

Inliegenden Brief habe ich gestern mit großer Mühe verfaßt, ich fürchte, das Englisch ist jämmerlich, aber hoffe, daß der Mann sich schämt und endlich tut, was er soll. Die orthographischen Fehler habe ich bei der Abschrift noch ausgebessert.

Eva Ortmann Lechner an Dr. K.

12. Juni 1939

Sehr geehrter Herr Dr. K.!

Vor vielen Monaten schrieb ich Dr. S. im Auftrag von Frieda Frohnhausen, geborene K., und ihrem Ehemann, da Dr. S. das einzige Familienmitglied Friedas war, dessen Adresse ich herausfinden konnte. Ich erklärte ihm alles, was Frieda und die ganze Situation betrifft. Als Antwort erhielt ich zahlreiche Anrufe von verschiedenen Familienangehörigen, und Ihre Schwester Mrs. R. lud mich zu sich nach Hause ein, um die Angelegenheit zu besprechen. Als ich sie besuchte, erzählte sie mir, daß Sie nicht nur dazu bereit seien, sondern Ihren Verwandten auch unbedingt helfen wollten, indem Sie ihnen ein Affidavit unterzeichnen und es ihnen sofort schicken. Ich war sehr glücklich, als ich dies hörte und schrieb sofort an Frieda, daß sie in den nächsten Wochen ein Affidavit bekommen werde und sie sich schon darauf vorbereiten sollten, Deutschland zu verlassen, um nach England zu gehen. (Wie ich in meinem Brief an Dr. S. erklärte, würde das Affidavit ihnen ermöglichen, ein befristetes Visum für England zu erhalten, sobald sie im amerikanischen Konsulat registriert wären und eine Quotennummer hätten.) Frieda war von Ihrer Hilfsbereitschaft zu Tränen gerührt, wie sie mir schrieb, und schickte ein paar Fotos von sich und ihrem Mann, die ich Mrs. R. gab.

All das war Ende Februar und Anfang März, und ich war ziemlich sicher, daß die Frohnhausens bis spätestens Ende April in England sein könnten. Um so überraschter war ich, vor ungefähr vier Wochen einen verzweifelten Brief von Frieda zu bekommen. Sie schrieb mir, daß sie weder von Ihnen noch von anderen Familienangehörigen auch nur ein Wort gehört noch das Affidavit bekommen habe. Ich rief sofort Mrs. R. an, die versprach, sich sofort mit Ihnen in Verbindung zu setzen. Letzte Woche schickte mir Frieda in äußerster Verzweiflung ein Telegramm, in dem sie um sofortige Hilfe bat! Ich weiß nicht, ob Sie sich vollkommen darüber im klaren sind, was es bedeutet, in Deutschland zu bleiben und in ständiger Angst vor den grausamsten Ereignissen zu leben, die täglich passieren können, und jeden Tag auf die wichtige Post aus Amerika zu warten.

Ich habe Ihnen durch Mrs. R. die Fragebögen für das Affidavit geschickt. Es wird Sie nur ein paar Minuten kosten, sie auszufüllen. Darf ich Sie nochmals bitten, dies sofort zu tun und sie den Frohnhausens mit dem nächsten Schiff zu schicken? Bitte vergessen Sie nicht, daß es um Leben oder Tod gehen könnte.

Mit freundlichen Grüßen,
Eva Lechner

Eva Ortmann Lechner aus New York an Sibylle in Cambridge

18. Juni 1939

Mein Liebes,

am Mittwoch gehen wir zur World's Fair, da Fritz am Nachmittag dort im Temple of Religion singt. Mein englischer Brief ist leider ohne Wirkung geblieben, der Kerl hat überhaupt nicht geantwortet. Jetzt warte ich, bis Du hier bist, ehe ich noch mal an die restliche Familie schreibe.

Mutti

Das versprochene Affidavit kam, wenn überhaupt, zu spät. Im Oktober 1941 wurde die 56jährige Frieda Frohnhausen gemeinsam mit ihrem 59jährigen Mann Max nach Polen deportiert. Sie sind unter unbekannten Umständen im Ghetto von Łódź gestorben.

Sibylles frühere Mathematiklehrerin Alice Bernstein lebte inzwischen in England von Arbeiten im Haushalt. Die Notwendigkeit einer Arbeitserlaubnis machte ihr eine passendere Tätigkeit unmöglich.

Alice Bernstein aus Guildford, Surrey, England, an Sibylle in New York

17. Juli 1939

Mein liebes Sibyllchen,

Sie wundern sich sicher, einen Brief von mir zu bekommen. Ich bekam von Direktor Burg Adressen von Schülerinnen der F.B.S., die jetzt in U.S.A. sind, und da ist es doch klar, daß ich an mein altes Klassenkind schreibe. Um die Hauptsache vorwegzunehmen – ich brauche ein Affidavit!!! Beweisen Sie Ihre altbekannte Tüchtigkeit und Ihre Anhänglichkeit, und helfen Sie mir! Es ist bei mir nur eine Formsache; denn wenn ich mich in England als Dienstmädchen ernähren kann, ist in Amerika keine Bange um mich. Ich gehe in eine kleine Stadt. Da ich schön spare, kann ich eine Reise bezahlen, auch eine Weile ohne Einkommen leben. Daß ich einem fremden Menschen, der die Menschenfreundlichkeit hat, mir mit einem Affidavit zu helfen, daß ich dem mit Geld lästig falle, kommt natürlich nie in Frage. Ich habe eine ganz gute Quotennummer, käme nächstes Jahr dran, wenn ich nur ein Affidavit bekomme. Bitte, bitte, geben Sie sich Mühe, es muß doch in dem großen Lande jemand geben, der es nicht gern sieht, wenn eine Frau von 50 Jahren, die 5 Examina gemacht hat und 20 Jahre Lehrerin war, daß die als Dienstmädchen Öfen heizt und den Launen einer Hausfrau ausgesetzt ist, auch wenn diese Unsinn erzählt, von Lebensgefahr, wenn man Steckkontakte ohne Anschluß auf »offen« stehen läßt.

Haben Sie von Lili Faktor etwas gehört? Ich bin so besorgt um sie,

sie mußten wohl noch einmal flüchten! Auf jeden Fall schreiben Sie mir bald, wie es Ihnen geht. Ab 10. August bin ich c/o Miss Cleeve, Low Beck, South Nutfield, Surrey England.

Lassen Sie es sich gut ergehen, und vergessen Sie mich nicht!

Ihre alte Klassenlehrerin

Alice Bernstein

P.S. Eine Abschrift des Zeugnisses meiner letzten Dame – Aushilfe für kranke maid – anbei, auch ein Photo.

Lindfield

Shalford Rd.

Guildford

Surrey

16. Juli 1939

Fräulein Bernstein war für etwa 5 Wochen auf Zeit als Haushaltshilfe bei mir. Sie war mir sehr nützlich. Sie hat gewisse Kenntnisse im Kochen und wird ohne Zweifel dazulernen, wenn sie länger in England bleibt. Sie ist gefällig und anstellig und spricht gut Englisch.

(Miss) A.J. Edge

Alice Bernstein aus South Nutfield, Surrey, England, an Sibylle in New York

16. August 1939

Mein liebes Sibyllchen!!

Sie können sich gar nicht denken, wie ich mich über Ihren Brief gefreut habe. Und daß Sie meine Lili rübergeholt haben und ich auf die Weise von ihr höre und sogar Gutes – fein, daß Sie es geschafft haben, allerhand Achtung! Ob ich Sie in England sehe? Es wäre so nett!

Ich habe Hoffnung bekommen, daß es Ihnen gelingt, mir zu helfen. Wenn Lilis und Ihr Mündchen auf englisch ebenso gewandt und unwiderstehlich reden können, habe ich gute Aussicht.

Ach, es wäre zu schön –

Wundern Sie sich nicht über den Brief, ich bin todmüde nach einem Tag von 13 Stunden Arbeit, will es aber nicht länger verschieben zu schreiben. Ich habe es hier sehr schwer; man kann nicht sehen, wenn ich mal nichts zu tun habe, in aller englischen Liebenswürdigkeit wird immer weiter aufgepackt. Dazu sehr wenig zu essen, mittags Käse und Obst – ach, es ist schon ekelhaft –, ich habe sogar den Mund aufgetan, und da sie ja Angst haben, wieder ohne Hilfe zu sein, versprach man Besserung, aber sie können doch nicht aus ihrer Haut. Grüßen Sie Ihre liebe Frau Mutter, singt sie noch so schön? Kann sie damit etwas anfangen? Lili möchte mir doch auch schreiben, ich denke immer, sie war mir böse, daß ich sie einmal wegen Wintersport in Böhmen anfragte und dann trotz ihrer Riesenmühe in der Abreise-Eile nur kurz dankte und woanders hinfuhr; nun, sie wird ja wissen, daß alte Liebe nicht rostet – jetzt kann ich es ja sagen.

Also, viele herzliche Grüße und alles, alles Gute!

Ihre alte Klassenmutter

Alice Bernstein

geb. 6.1.1889 in Posen. Deutsche Staatsangehörigkeit. Paß.

Während des Sommers 1939 fütterte die Goebbelssche Propagandamaschine, wie üblich jeden neuen Gewaltakt vorbereitend, die deutschen Medien mit Berichten über polnische Angriffe auf sogenannte Volksdeutsche. Als am 23. August der Welt der Pakt zwischen den Nationalsozialisten und den Sowjets bekanntgegeben wurde, blieb wenig Zweifel, daß er einen deutschen Angriff auf Polen eher früher denn später vorsah.

Am 23. August schrieb Sibylle einem Diplomaten, den sie während ihrer Zeit in der amerikanischen Botschaft in Berlin kennengelernt hatte und der seither in Warschau Dienst tat, wegen Lechners Eltern.

Sibylle aus New York an George R. Canty in Warschau

23. August 1939

Sehr geehrter Mr. Canty,

obwohl ich sicher bin, daß Sie sich meiner nicht namentlich erinnern werden, erinnern Sie sich meiner vielleicht als einer der Stenographinnen des Berliner Büros, derjenigen nämlich, die in dem Jahr hauptsächlich für Sie arbeitete, bevor Sie nach Brüssel und später nach Warschau gingen. In der Annahme, daß Sie nach wie vor in der Warschauer Vertretung sind, nehme ich mir die Freiheit, an Sie unter dieser Adresse zu schreiben, um Sie um einen persönlichen Gefallen in einer für meine Familie und mich sehr bedeutenden Angelegenheit zu bitten.

Die Eltern meines Stiefvaters, beide jenseits der 70, die mehr als 40 Jahre in Stettin in Deutschland gelebt haben, wurden im Verlauf der deutschen Aktion des vergangenen Jahres gegen Juden polnischer Herkunft von dort nach Polen deportiert. Sie leben jetzt in Brody, und mein Stiefvater unterhält sie vollständig. Er ist natürlich sehr begierig, sie hierherzubringen, und hat dem Konsul in Warschau irgendwann im vergangenen Dezember ein ergänzendes Affidavit zusammen mit dem eines weiteren Verwandten in New York gesandt. Bedauerlicherweise wußte niemand von uns, daß das Warschauer Konsulat einen von den Antragstellern selbst ausgefüllten Antrag benötigt, bevor man sie auf die Warteliste setzt, und wegen dieser Unkenntnis oder dieses Mißverständnisses reichten sie dem Konsul das Antragsformular erst im Juni ein. Daraufhin teilte man ihnen mit, daß ihr Antrag erst in vielen Jahren berücksichtigt werden könne. Den beiden alten Leuten brach darüber das Herz; sie befürchten zu Recht, daß sie diesen Tag nicht mehr erleben werden, und sie haben schreckliche Angst bei dem Gedanken, daß Polen von den Großmächten geteilt werden könnte und daß der Teil Polens, in dem sie leben, an Deutschland fallen könnte. Ich schreibe mit gleicher Post an den Generalkonsul, um ihn zu bitten, diesem Fall im Hinblick auf das fortgeschrittene Alter der beiden und die Tatsache, daß die Affidavits dem Konsulat ja bereits im letzten Jahr vorlagen, sein besonderes Augenmerk zu schenken.

An dieser Stelle habe ich mich Ihrer erinnert und gedacht, daß ein Wort an den Konsul von Ihrer Seite ihn beeinflussen, ihn vielleicht sogar bewegen könnte, diesen Fall individuell und bevorzugt zu erwägen.

Ich kann Ihnen nicht vermitteln, wie unendlich dankbar ich Ihnen wäre, sollte es Ihnen irgend möglich sein, mit dem für Einwanderungsangelegenheiten zuständigen Konsul zu sprechen, und wenn Sie vielleicht erwähnen könnten, daß ich in der amerikanischen Botschaft mehr als zwei Jahre für Sie gearbeitet habe, und ihm sagen, wie glücklich er uns alle machen würde, wenn er diesen beiden betagten Menschen gestatten könnte, noch einige sichere Jahre unbehelligt in Amerika zu verleben, nach all ihren tragischen Erfahrungen während der jüngsten Vergangenheit.

Mit sehr freundlichen Grüßen

Ihre Sibylle Ortmann

Katja Tims war im Juli nach Polen gekommen, um ihre Familie zu besuchen und um ihrem minderjährigen Bruder zu helfen, ein britisches Visum zu erhalten. Wegen der zunehmenden Kriegsangst riet man Katja allerdings dringend, umgehend nach London zurückzukehren. Um keine Zeit zu verlieren, riet man ihr, nicht per Schiff zu reisen, wie sie gekommen war, sondern mit dem Zug. Der fuhr nachts, Katjas Termin im britischen Konsulat war für den folgenden Vormittag angesetzt. Mit gemischten Gefühlen entschloß sie sich, den Zug zu nehmen und den Termin verfallen zu lassen.

Zurück in London, stellte Katja sich angesichts des drohenden Krieges auf eine mögliche Unterbrechung der direkten Postverbindungen zwischen Großbritannien und Polen ein. In einer solchen Lage konnte eine Freundin im neutralen Ausland die Post oder doch zumindest Nachrichten weiterleiten, die sonst sicher steckengeblieben wären.

Katja Tims aus London an Sibylle in New York

28. August 1939

Liebste Sibil,

wir haben lange nichts von einander gehört, und jetzt komme ich gleich mit einer Bitte. Ich denke, Ihr drüben wißt genausogut wie wir, wie die Dinge stehen, und ich mache mir meiner Leute in Polen wegen die größten Sorgen. Wie es auch immer kommt, Krieg oder nicht, für sie ist es furchtbar, und ich habe es nicht einmal fertiggebracht, meinen kleinen Bruder (18 Jahre ist er leider schon) noch vorher rauszubringen.

Ich fürchte, daß direkte Verbindung zwischen Polen und hier im Kriegsfall und eventuell auch sonst unmöglich sein wird, und auch wenn das eine große Zeitverzögerung bedeutet, würde ich gern Briefe über Dich als Vermittlerin senden. Wäre das möglich, oder wäre Dir das sehr unangenehm? Wenn ja, so kannst Du mir vielleicht eine andere Adresse (jemand Amerikanisches) zu diesem Zwecke angeben? Ich nehme doch an, daß Amerika sich vorläufig nicht beteiligen wird.

Die Adresse meiner Leute ist:

Herman Frisch

Zawale 2,

Drohobycz. Poland.

Sei lieb und antworte mir gleich, und sage mir, ob es Dir recht ist und ob Du eventuell gleich ein paar Zeilen an meine Leute schreiben kannst in dem Sinne, daß Du eine Freundin von mir bist und Dich freuen würdest, von ihnen ab und zu zu hören.

Wie geht es Dir? Hast Du Arbeit? Studierst Du? Du bist ein tüchtiger Kerl.

Ich muß weiterarbeiten, wir sind trotz alledem sehr beschäftigt. Hughie läßt seine besten Grüße ausrichten (wir waren im Juli zusammen in Polen). Auch von mir herzliche Grüße,

Deine Kat

Als der Brief eintraf, rollte der deutsche Angriff auf Polen bereits. Wie Fritz Lechners Eltern lebte Katjas Familie im Osten Polens. Nach dem geheimen Zusatzabkommen des Ribbentrop-Molotow-Paktes fielen diese Gebiete an die Sowjetunion.

Sibylle aus New York an Herman Frisch in Drohobycz, Polen

6. September 1939

Lieber Herr Frisch,

nur ein paar Zeilen, um Ihnen zu sagen, daß ich eine Freundin von Katja bin und gerade einen Brief von Katja bekommen habe, in dem sie mich bittet, Ihnen zu schreiben. Ich habe früher auch in London gelebt und bin seit zwei Jahren in Amerika. Sie werden von nun ab öfters von mir hören, und ich würde mich sehr freuen, möglichst oft von Ihnen Post zu haben. Ich stehe in ständiger Korrespondenz mit Katja.

Mit bestem Gruß, Ihre

Sibylle Ortmann

Kapitel XIV

»Angenehmer, Geschichte zu lernen als zu erleben«

September 1939 bis Dezember 1941

Innerhalb eines Monats nach Beginn des deutschen Angriffs hatte der polnische Staat aufgehört zu bestehen. Als die polnische Regierung am 17. September 1939 über Rumänien ins Londoner Exil floh, marschierte die Rote Armee aus dem Osten nach Polen ein. Am 27. September ergab sich Warschau, und am Tag darauf teilten Deutschland und die UdSSR Polen formell unter sich auf. Die Post, die Fritz Lechner nun von seinen Eltern bekam, trug sowjetische Briefmarken. Ein geheimes Abkommen, das Ribbentrop und Molotow unterzeichnet hatten, sah für beide Länder die Rückführung der Staatsangehörigen des jeweils anderen vor.

Während der ersten Monate des Jahres 1940 führte das Abkommen zur Rückführung zahlreicher Deutscher, die seit ihrer Verhaftung bei den großen Säuberungen von 1937 und 1938 in sowjetischen Gefängnissen und Arbeitslagern festgehalten worden waren. Für Gefangene, die weder Gegner der Nationalsozialisten noch Juden waren, mochte die Rückkehr nach Deutschland eine Erleichterung bedeuten, für diejenigen allerdings, die vor Hitler geflohen waren, bedeutete sie wahrscheinlich ihren Untergang, was die Russen durchaus wußten.

Rika Ortmann fiel nicht unter die Rückführungen, da sie ihre deutsche Staatsbürgerschaft aufgegeben hatte, als sie ihren schwedischen Cousin heiratete. Unter normalen Umständen hätte sie unter dem Schutz der schwedischen Konsularbehörden gestanden, doch in den Augen der Sowjets war ihre so erworbene Staatsbürgerschaft nur ein Schwindel, und sie wiesen alle Bemühungen schwedischer Diplomaten, ihr zu helfen oder mit ihr in Kontakt zu kommen, zurück. Als Staatenlose blieb sie verschollen in sowjetischen Gefängnissen. Trotzdem erreichte über eine der rückgeführten Gefangenen, Klara Frey, die Nachricht von ihrer Lage die Gawatins und Muschi. Sie teilte Einzelheiten mit in einem Brief an die Familie von Käthe Güsfeld, einer Frau, deren Situation der Rika Ortmanns sehr ähnlich war. Die Güsfelds ließen den Brief kopieren und leiteten ihn nach Stockholm weiter.

Klara Frey aus Alsheim, Deutschland,
an Fräulein Ilse Güsfeld und Frau Güsfeld, irgendwo in Deutschland

14. Januar 1940

Sehr geehrte Frl. und Frau Güsfeld!

Meinen Versprechungen an Käthe nachkommend, teile ich Ihnen mit, daß ich mit Käthe vom 14. Juni bis 30. November 1939 in Wladimir im Gefängnis zusammen war. Ich bin deutsche Staatsangehörige, kam am 1. Dezember nach Moskau und wurde ausgelöst, kam am 21. Dezember früh bei meinen Verwandten an. Im Gefängnis haben wir uns das Versprechen gegeben, wer zuerst befreit wird, muß die zurückgebliebenen Verwandten benachrichtigen, somit will ich Ihnen hier mitteilen, was mir Käthe aufgetragen hat.

Käthe ist oder, besser gesagt, war noch leidlich gesund, von uns neun Frauen in der Zelle nahm Käthe den Arzt am wenigsten in Anspruch.

Seit Juni 1936 ist Käthe durch eine Heirat schwedische Staatsangehörige. Ihr Mann fuhr gleich nach der Heirat nach Schweden, und Käthe wollte nach Erledigung ihrer persönlichen Angelegenheiten nachfahren, woran sie durch ihre Verhaftung gehindert wurde. Sie wird beschuldigt, die Leiterin einer Brandlergruppe in Moskau zu sein, wovon, wie sie mir sagte, sie keine Ahnung hätte. In Käthes Sache ist auch Rika Gawatin-Ortmann, welche Sie, geehrte Frau Güsfeld, kennen und welche neulich mit Käthe und mir im Wladimirer Gefängnis in meinem Zimmer war, verurteilt. Rika wurde auf Käthes angebliche Aussagen hin verurteilt. Käthe soll, was sie jedoch ihren Worten nach nicht getan hat, ausgesagt haben, daß Rika Mitglied einer konterrevolutionären Gruppe sei. Käthe hat in meinem Beisein eine Eingabe an höchste Stelle gemacht, hat wiederholt betont, daß sie selbst unschuldig ist und daß sie auch gegen Rika nimmer eine beschuldigende Aussage gemacht und auch keinen Grund dazu habe.[238] Bei Rikas Gericht war Käthe nicht zugegen. Beiderseitiger Wunsch ist, daß die Angehörigen sich mit dem Auswärtigen Amt oder dem schwedischen Konsulat in Moskau in Verbindung setzen und etwas für sie tun.

---

238 Rika war im Verhör gesagt worden, daß Käthe sie beschuldigt habe, doch weigerte man sich, ihr die von Käthe unterschriebene Aussage zu zeigen.

Am liebsten möchten sie, daß das schwedische Konsulat bei den russischen Behörden einen Besuch von ihnen erwirken möchte oder die Erlaubnis, sich schriftlich zu verständigen. Aus dem Gefängnis hat Käthe und auch Rika mehrere Male Gesuche geschrieben um Erlaubnis einer Konzession, aber ohne Erfolg, die Menschen dort sind buchstäblich lebendig vergraben.

Ich hatte ja auch Rika versprochen, an ihren Mann nach Schweden zu schreiben, aber ich habe leider die Adresse vergessen, denn etwas Schriftliches durften wir aus dem Gefängnis nicht mitnehmen. Bitte, wenn Sie die Adresse wissen, teilen Sie mir dieselbe mit, oder, noch besser und schneller, Sie wären vielleicht selbst so freundlich, nach Schweden zu schreiben. Kurz und gut, helfen Sie mit, das schwere Los der Armen zu lindern. Noch eine herzliche Bitte von mir! Ich möchte nämlich, daß mein Name, den ich hier unterschreibe, bei der Suche nicht genannt wird, denn ich habe noch Verwandte in Rußland, und ich habe bittere Erfahrungen gemacht, daß einfach aus nichts ein großes Etwas gemacht wird, da könnte es kommen, daß meine Verwandten darunter zu leiden hätten in Rußland. Also, wenn Sie vielleicht an Rikas Verwandte meinen Brief oder den Inhalt übergeben, so braucht vielleicht mein Name dabei nicht genannt zu werden. Rika sagte mir, daß von ihren Kindern noch welche in Deutschland seien oder Amerika, sie meinte, Sie werden es wissen.

Also nochmals gesagt: Schuldig hat sich keine von beiden vor Gericht erklärt, und sie sind doch verurteilt, Rika zu 8 Jahren und Käthe zu 10 Jahren Gefängnis. Ich hatte auch 10 Jahre Arbeitslager. War in Mittelasien im Lager, nachher kam ich zurück ins Gefängnis. Sie möchten wohl auch gerne wissen, was Käthe da tut. Also, arbeiten durften wir nicht, bekommen Bücher zum Lesen, auch Lehrbücher, und in letzter Zeit auch Hefte und Bleistifte zum Schreiben, täglich 15–20 Minuten Spaziergang, in letzter Zeit schon bis eine Stunde. Die Kost war manchmal besser und dann wieder schlechter. Unsere Kleidung war Gefängniskleidung. Wenn ich jetzt zurückdenke, schaudert es mich. Das Schrecklichste ist die Länge, 10 Jahre will was heißen, hoffentlich werden die armen Menschen früher befreit.

Grüßend verbleibe ich Ihre

[Name ausgeschnitten]

Klara Frey aus Alsheim, Deutschland, an Fräulein Ilse Güsfeld und Frau Güsfeld

Sehr geehrte Frau Güsfeld!

Teile Ihnen mit, daß ich Ihre Briefe vom 18. 1. und 22. 1. erhalten habe. Auf Ihre Fragen vom 22. 1. kann ich Ihnen mitteilen, daß Käthe in Moskau und nachher bis zum Juni 1939 in Jaroslawl im Gefängnis war. Hier hatte sie das Unglück, daß ihr alle Sachen, welche sich im Gefängnislager zur Aufbewahrung befanden, verbrannten. Käthe bekam einen Zettel, wo man ihren Verlust einschätzte, was jedoch so wenig war, daß Käthe, wie auch andere Frauen, die auch aus Jaroslawl nach Wladimir gekommen, dagegen opponierte. In Jaroslawl war Käthe in einer kleinen Kammer für 2 Personen. Ihre Zimmernachbarin war dort Karola Neher,[239] vielleicht war sie Ihnen bekannt als Schauspielerin?

Sehr schwer empfanden wir im Gefängnis, daß niemand in unserer Kammer Geld hatte und wir uns deswegen keine Zeitung bestellen konnten. Wir baten, daß man uns dieselben auf Gefängniskosten zukommen lassen soll, das wurde uns aber abgelehnt. Im Klosett fanden wir manchmal Zeitungsabschnitte mit Nachrichten, so daß wir doch eine kleine Ahnung hatten von dem, was in der Welt vorging.

---

239 Carola Neher, die Schauspielerin, die in der ersten Inszenierung der *Dreigroschenoper* die Polly Peachum gespielt hatte, war 1934 ihrem kommunistischen Mann in die Sowjetunion gefolgt. Unter der Anklage der Verschwörung zur Ermordung Stalins wurde er 1936 verhaftet und erschossen. Carola Neher kam ins Gefängnis, und ihren einjährigen Sohn steckte man ins Waisenhaus. Zu Beginn des Jahres 1940 hatte man sie und andere deutsche Gefangene, darunter auch Margarete Buber-Neumann, aus den verschiedenen Arbeitslagern und Gefängnissen ins Moskauer Butyrkagefängnis gebracht, wo man ihnen so ungewohnten Luxus wie gutes Essen, saubere Kleidung und anständige Betten bot. Wie Margarete Buber-Neumann später in *Als Gefangene bei Stalin und Hitler* schrieb, nahmen sie und Carola Neher, die Zellengenossinnen waren, an, sie würden freigelassen und die Sowjets wollten, daß sie nach ihrer russischen Haft gesund und wohlgenährt aussähen. Kurz bevor sie die Butyrka verlassen sollten, teilte man ihnen allerdings mit, daß sie nicht entlassen, sondern statt dessen den Deutschen übergeben würden. Zudem baten NKWD-Offiziere Carola Neher, nach ihrer Rückkehr nach Deutschland als Agentin zu arbeiten. Als sie empört ablehnte, kam sie ohne Essen, Heizung, Decke und Matratze in Einzelhaft. Nach drei Tagen wiederholte der NKWD seinen Vorschlag, und sie wies ihn erneut zurück. Man schickte sie zurück ins Gefängnis, wo sie zwei Jahre später im Alter von 41 Jahren an Typhus starb, ohne ihr Kind je wiedergesehen zu haben.

Sie können mir glauben, daß wir uns gierig auf diese Stückchen warfen, besonders Käthe, denn man möchte doch auch gern wissen, was in der Welt vorgeht. Ich kann Sie versichern, daß Käthe sich sehr freuen würde, wenn Sie es durchsetzen könnten, an ihre Schwester Geld zu übermitteln. Ich glaube, daß Sie am ehesten mit Geldsendung durchkommen. In 1935 wurde durch das Rote Kreuz an die Verurteilten Geld und sogar Pakete überwiesen. In 1937/38 bekam ich vom Konsulat Geld ins Gefängnis nach Stalino im Dongebiet geschickt, wo ich auch 1937 besucht wurde von einem Vertreter des Deutschen Konsulats, nachher war das dann alles verboten, aber, wie gesagt, versuchen Sie es nach dieser Adresse: Jwanowskaja oblast gorod Wladimir abonement jasch. 21. Am 30. November wurde ich von Käthe getrennt und kam nach Moskau, wo wir 18 Frauen in einer Kammer waren, und hier wurden wir auch sehr gut verpflegt, wir vermuteten und hofften, daß es eine Änderung unseres Schicksals geben muß, aber Näheres wußten wir nicht. Am 11. Dezember wurde ich und noch eine Frau aus Frankenthal (Pfalz) aus der Kammer geholt, photographiert, zum Vorgesetzten gebracht, welcher mehrere harmlose Fragen stellte, und dann kamen wir in eine andere Kammer, wo wir noch 2 andere Frauen antrafen, mit welchen man dieselbe Prozedur gemacht hatte wie mit mir und welche auch gleich selbigen Tages von uns getrennt wurden. Am 13. Dezember wurden wir wieder gerufen und wurde uns in aller Eile mitgeteilt, daß unsere Strafe in Ausweisung umgewandelt sei, wurden zur Bahn befördert und in Gefängniswagen bis zur Grenze transportiert. An der Grenze wurden wir von der Deutschen Behörde angenommen, wo schon die Genehmigung der Deutschen Botschaft aus Moskau für uns vorgesorgt hatte. Wir waren ein Transport von 20 Männern und 4 Frauen. Die Grenze überschritten wir bei Bjala, die Brücke über den Bug.

Wünsche Ihnen recht viel Erfolg! Grüßend

Ihre

Am 5. September 1941 schrieb Lawrenti Berija, Vorsitzender des NKWD, an Stalin mit dem Vorschlag der Exekution von mehr als 150 politischen Gefangenen, die in Orel, 350 Kilometer südlich von Moskau, festgehalten wurden. Die Stadt lag auf dem Weg der vorrückenden deutschen Armee. Stalins Befehl kam einen Tag später: Alle Gefangenen seien zu töten. Um dem Ganzen einen Anschein von Legalität zu geben, verurteilte deshalb am 8. September 1941 ein Militärgericht alle Häftlinge zum Tod. Am 11. September wurden 144 Männer und 13 Frauen, darunter Rika Ortmann, aus dem Gefängnis von Orel in den nahegelegenen Medwedew-Wald gebracht und erschossen. Zum Zeitpunkt ihrer Exekution war Rika 55 Jahre alt.[240]

Zu dieser Zeit blieb das Alltagsleben in Amerika im allgemeinen von den europäischen Ereignissen weitgehend unberührt.

Sibylle aus Cambridge an Mary Rubinstein in Hemel Hempstead, England

18. Januar 1940

Liebe Mrs. Rubinstein

Ihnen schreiben zu wollen, es aber nicht zu tun, quält mich schon lange, besonders seit Ihrem langen Weihnachts- und Geburtstagsbrief, über den ich mich sehr gefreut habe. Ich hatte oft an Sie in dem kleinen Häuschen in Hemel Hempstead gedacht und daran, wie klug es von Ihnen war, es seinerzeit zu kaufen. Als Sie damals davon sprachen, schien der Krieg – obwohl ich *wußte,* daß er kommen mußte – weit entfernt, d. h. mit dem Verstand betrachtet unausweichlich, vom Gefühl her unmöglich. Und ich kann ihn mir immer noch nicht vorstellen, auch wenn das seltsam klingen mag. Wir sind einfach sehr weit weg davon, und es beängstigt mich, wenn ich bedenke, wie weit. Anfangs schämte ich mich oft plötzlich dafür, daß ich so weiterlebte wie bisher und mich mit angenehmen oder trivialen Dingen beschäftigte – ich war unfähig, mir vorzustellen, daß auch ich mich daran gewöhnt hätte, wenn ich noch in England wäre. Und doch bekam ich erst letzte Woche Briefe von Henry und anderen Freunden (allesamt Ingenieure in guten Positionen), die mir von Partys, Theatern, Grammophonplatten und kleinen Familienangelegenheiten berichten. Manchmal scheint diese menschliche Fähigkeit, sich an veränderte Umstände zu gewöhnen, eine wunderbare Sache zu sein. Die

---

240 Vgl. Michael Parrish: *The Lesser Terror: Soviet State Security, 1939–1953.* Westport 1996.

Erfahrungen, die ich in Deutschland damit gemacht habe, ließen mich das eher für gefährlich als für vorteilhaft halten.

Wenn ich nicht geschrieben habe, hat es diesmal weniger denn je an meiner alten Trägheit gelegen, der jeder Brief als große, schwierige Aufgabe erscheint. Seit ich Anfang September nach Cambridge kam, bin ich ununterbrochen beschäftigt, sogar zu beschäftigt für Spaziergänge, geschweige denn Filme, Besuche oder Briefe. Wie erwartet, bekam ich kein Stipendium, hatte aber genug gespart, um 3/4 der Studiengebühren für dieses Jahr zu bezahlen. Wenn ich jetzt, in der sogenannten Jahresmittelprüfung, gute Noten bekomme, habe ich vage Hoffnungen auf ein kleines Stipendium, das es mir ermöglichen würde, den Rest des Jahres zu finanzieren. Ich versuche, das College in drei statt vier Jahren abzuschließen, was erheblich mehr Arbeit bedeutet, als ich dachte, bevor ich hierherkam. Außerdem habe ich mir einen Ruf als eine der wenigen Stenographinnen unter den Studentinnen erworben, und ich arbeite viel mehr nebenher, als mir oder meinen Studien guttut. Auf der anderen Seite ist es mir dadurch möglich, mein kleines Zimmer und meine (ziemlich teuren) Mahlzeiten zu bezahlen und dabei nur relativ wenig Hilfe von meiner Mutter in Anspruch zu nehmen.

Obwohl ich intensiver arbeite und weniger Ablenkung habe als je zuvor, habe ich mich noch nie so wohlgefühlt und bin noch nie so zufrieden mit meiner Arbeit gewesen wie dieses Jahr, noch nie seit dem Beginn meiner Bürolaufbahn. Auch zu Hause stehen die Dinge in diesem Jahr ein bißchen besser als im vorigen. Mein Stiefvater hat eine kleine Lohnerhöhung bekommen (ich glaube, ich hatte Ihnen erzählt, daß er Kantor in einer großen Synagoge in New York ist). Meine Mutter hat auch eine kleine, aber feste Anstellung in einer Synagoge, bei der sie die Wochenenden außerhalb New Yorks verbringt. Der jüngere Bruder meiner Mutter ist jetzt mit seiner Familie hier und hat sich als Psychoanalytiker niedergelassen. Er ist erstaunlich erfolgreich. Sowohl mein Stiefvater als auch mein Onkel müssen jedoch zahllose Menschen unterstützen ebenso wie die meisten Flüchtlinge hier, die nicht selbst auf Unterstützung angewiesen sind. Die Eltern meines Stiefvaters, fast 80 Jahre alt, die letztes Jahr mitten in der Nacht aus ihren Betten gerissen und von Stettin (wo sie 45 Jahre gelebt hatten) nach Polen gebracht wurden, wohnen jetzt in einer der kleinen Städte, die am schwersten von Hitler bombardiert worden sind. Einen Tag vor Weihnachten bekamen wir die erste Nachricht, daß sie noch am Leben sind, aber selbst kaum verstehen konnten, wie das möglich war.

Milton und ich planen zu heiraten, sobald Milton eine Anstellung in Harvard bekommt. Ich persönlich hätte es damit nicht eilig und würde nicht einmal viel über solche Dinge nachdenken, aber Amerikaner, und Engländer vermutlich ebenso, nehmen diese Einrichtung sehr ernst.

Im großen und ganzen, glaube ich, habe ich mich mittlerweile so erfolgreich angepaßt, wie es mir überhaupt möglich ist. Ich habe immer noch einen Akzent, den niemand zuordnen kann und den ich wahrscheinlich nie verlieren werde. Und ich schaffe es immer noch, mit einem Wortschatz zurechtzukommen, der weder Vögel noch Pflanzen, noch mehr als nur die allergebräuchlichsten Werkzeuge umfaßt. Meine Kommilitoninnen, obwohl insgesamt sehr freundlich, behandeln mich nie ganz wie eine der ihren, sondern eher wie ein merkwürdiges, etwas exotisches Geschöpf. Ihre Freundschaften, selbst untereinander, sind höflich und oberflächlich. Keine dieser tiefen, ewigen Bande, die in jeder deutschen Gruppe, vor allem bei Jugendlichen, so unvermeidlich waren.

Es ist für mich wirklich sehr interessant, denn dies ist mein erster Kontakt mit einer größeren Anzahl Amerikaner. Ich war besonders überrascht von ihrer Fähigkeit, systematisch und, wenn nötig, Tag und Nacht zu arbeiten; auf der anderen Seite wiederum von einer endlosen Pubertät und Unreife selbst bei Mädchen meines Alters. Ich mag natürlich einen falschen Maßstab anlegen, einfach weil ich mich so viel unter jungen Flüchtlingen bewegt habe, die durch eine andere Erziehung und Erfahrungen, die Verantwortung und Unabhängigkeit verlangten, eine vorzeitige Reife erlangt haben.

Seit dem Krieg habe ich den Kontakt zu einigen meiner europäischen Freunde verloren, d. h. zu allen Mädchen.

Mein alter Freund Henry ist von seiner Frau getrennt und führt ein zurückgezogenes Leben mit Büchern und Grammophonplatten, arbeitet 70 Stunden in der Woche und unterstützt seine Mutter und seine Schwester, die die herausragendste Philosophiestudentin in Cambridge ist.[241]

Ich hatte vor, Ihnen viel mehr zu schreiben, auch über die öffentliche Meinung zum europäischen Krieg, die mich sehr interessiert – und auch entsetzt.[242] Aber ich will den Versand dieses Briefes nicht länger aufschieben, sondern lieber versuchen, so bald wie möglich wieder zu schreiben.

Wir hoffen alle Tag und Nacht, daß London – England – Luftangriffe erspart bleiben. Der spanische und der polnische Krieg haben zumindest jedermann gezeigt, was es bedeutet, und vielleicht wird jede Seite von einem Angriff Abstand nehmen, solange der Gegner in der Lage ist, ihn zu vergelten. Es ist eine so seltsame Situation: Nach 5 Monaten Krieg hat man noch keine Vorstellung davon, wie es weitergehen wird.

Erzählen Sie bitte Margaret, Anne, Christopher und Colette, wie sehr ich mich über ihre Weihnachtskarten gefreut habe, und danken Sie ihnen herzlich dafür. Haben sie sie wirklich ganz allein gezeichnet?

Richten Sie Nurse meine herzlichsten Grüße aus. Und grüßen Sie Ihre Mutter von mir.

Ihnen und Mr. Rubinstein alles Liebe!

Sibylle

Margarethe (Luri) Lurje, eine Frau in den Zwanzigern, hatte bei den Löwenfelds vor ihrem Abschied aus Prag 1938 als Untermieterin gewohnt und war zugleich Heinrichs Patientin gewesen. Am 12. Mai 1940 antwortete sie auf das Affidavit, das er zur Unterstützung ihrer Einwanderung in die Vereinigten Staaten gegeben hatte.

Ihr Brief trug den Stempel »Geöffnet, geprüft, Oberkommando der Wehrmacht«.

---

241 Lillan Chasanowitsch. Es war ihr Wunsch nach einer akademischen statt einer beruflichen Ausbildung, der sechs Jahre zuvor von Mrs. Model vom Jüdischen Flüchtlingskomitee mit so viel Verachtung bedacht worden war. Vergleiche Sibylles Brief an ihre Mutter vom 4. Mai 1934.

242 Zu diesem Zeitpunkt wollten die meisten Amerikaner nur, daß die Vereinigten Staaten eine Beteiligung am Krieg in Europa vermeiden.

Margarethe (Luri) Lurje aus Prag an Heinrich Löwenfeld in New York

12. Mai 1940

Liebster Dr. Löwenfeld!

Wie soll ich Ihnen schreiben, damit Sie wissen, *wie sehr* ich Ihnen danke, richtig danke. Es ist unfaßlich, wie rasch und herrlich Sie alles möglich gemacht haben. Je mehr ich über all das nachdenke, desto verwirrter werde ich. Könnte man noch an einen gerechten, regelnden Gott denken, wäre alles leichter, da könnte ich sagen »Gott soll es Ihnen lohnen«, heute ist das schwerer.

Das Affidavit ist wunderbar, und es ist klar, daß der Konsul angesichts all der Dinge einsehen muß, daß er mich jetzt fahren lassen müßte, wenn es die circumstances noch erlauben würden. Ich fürchte sehr, daß es wohl während des Krieges kaum mehr möglich sein wird wegzufahren, und das macht alles noch so viel schlimmer, weil ich so fürchte, daß die ganze große Anstrengung umsonst sein kann. Der Krieg ist gewiß jetzt in ein entscheidenderes Stadium getreten,[243] aber er kann ja doch noch schrecklich lange dauern. Es ist entschieden angenehmer, Geschichte zu lernen als zu erleben. Ich habe mich immer sehr vor einem geruhsamen, eintönigen Leben gefürchtet. Ich muß schon sagen, es erscheint mir im Augenblick schon etwas weniger fürchterlich, und manchmal wünscht man es sich ausgesprochen.

Sehr, sehr herzlich Ihre

Luri

Die deutsche Offensive hatte spektakulären Erfolg. Am 15. Mai, einen Tag nachdem Bomber die Innenstadt von Rotterdam in Ruinen verwandelt hatten, legte die holländische Armee ihre Waffen nieder. Die Deutschen besetzten Brüssel am 17. Mai. Vier Tage später nahmen sie den Hafen von Abbeville und begannen an der Kanalküste entlang vorzurücken, um dem britischen Expeditionskorps in Belgien den Nachschub abzuschneiden.

Bereits am 23. Mai standen die siegreichen Deutschen in Boulogne, und die Truppen des britischen Expeditionskorps gerieten in

---

243 Zwei Tage zuvor hatten die Deutschen ihre große Offensive im Westen begonnen.

Gefahr, eingekesselt und vernichtet zu werden. In Großbritannien verhehlte Winston Churchill, der Chamberlain am 10. Mai ins Amt des Premierministers gefolgt war, der Öffentlichkeit keineswegs den Ernst der Lage. In seiner ersten Radioansprache als Premierminister am 19. Mai verkündete er dem Land, wenn die Schlacht in Frankreich erst geschlagen sei, beginne die Schlacht um Großbritannien selbst.

Mary Rubinstein aus Hemel Hempstead, England, an Sibylle in New York

23. Mai 1940

Liebe Sibylle!

Ich habe schon seit Monaten vor, Dir auf Deinen außerordentlich interessanten Brief vom Januar zu antworten. Ich hatte gehofft, Dir ein paar Fotos schicken zu können, aber sie gingen auf mysteriöse Weise in der Post verloren, als ich sie zum Entwickeln schickte, also muß das bis zu einer anderen Gelegenheit warten.

Uns geht es allen sehr gut, und wir sind so fröhlich, wie wir unter den gegebenen Umständen sein können! Alle sind ganz ruhig und gefaßt. Sicherlich wird sich die Situation, bis Du das hier liest, vollständig verändert haben.

Nurse und ich sind damit beschäftigt, zu kochen, sauberzumachen, zu waschen und zu bügeln, ich arbeite viel im Garten und habe immer noch über 30 evakuierte Kinder, auf die ich ein Auge haben muß. In unserer Freizeit stricken wir Socken für die Soldaten. Unser Neffe Michael ist immer noch in England, und die anderen sind noch nicht alt genug, um zu dienen. John, der 17 Jahre alt ist, hat ein Stipendium bekommen, um im September für ein Jahr in Amerika zur Schule zu gehen. Er weiß noch nicht, wo die Schule sein wird.

Wir fragen uns, ob die USA, falls die Dinge hier sehr ungemütlich werden, ein offizielles Programm einführen, um die Kinder der Alliierten nach Amerika zu evakuieren, solange es eben dauert. Es wäre ein sehr praktischer und humaner Weg, uns zu helfen, denn ohne die kleineren Kinder könnten wir starken Bombardierungen viel besser standhalten, und wir wissen, wenn wir es durchstehen können, wird alles in Ordnung kommen. Worum ich Dich bitten möchte, ist folgendes: Falls ein solches Programm eingeführt wird, kennst Du jemanden, der bereit wäre, eines unserer Kinder zu nehmen und es namentlich vorzuschlagen? Wir haben festgestellt, daß jüdische Kinder viel schneller aus Deutschland herauskamen, wenn sie namentlich genannt wurden und sich Leute hier um sie beworben hatten, und ohne Zweifel würde das in diesem Fall genauso sein. Es ist unmöglich, etwas über die finanzielle Seite der Angelegenheit zu sagen. Heute können wir es uns leisten, für sie zu bezahlen, aber man würde uns möglicherweise nicht erlauben, Geld ins Ausland zu schicken. Und morgen schon sind wir vielleicht nicht mehr in der Lage, für sie zu zahlen!

Wir bitten jedoch nicht um Hilfe von Privatleuten als solchen. Nur, wenn so ein Programm offiziell wäre – und voraussichtlich von offizieller Seite finanziert –, könnten unsere Freunde in Amerika uns außerordentlich helfen, indem sie unsere Kinder namentlich vorschlagen.

Wir denken oft daran, wie prophetisch Du warst. Du hast gesagt, daß dies passieren würde, und wir haben Dir damals nicht geglaubt. Aber seit September 1938 waren Ronald und ich auf jeden Fall davon überzeugt, und wir haben uns während der letzten neun Monate über unsere entsetzliche Regierung aufgeregt. Jetzt haben wir immerhin eine stärkere Regierung und eine Menge Vertrauen und Zuversicht in uns selbst – und wir sind ziemlich gut auf alles mögliche vorbereitet, und wir könnten uns, fest entschlossen und mit ein bißchen Glück, durchschlängeln!

Ronald und ich merken überraschenderweise, daß es uns gleichgültig ist, was mit uns selbst oder dem anderen passiert, denn wir waren 18 Jahre glücklich miteinander, und das sollte für jeden lang genug sein! Alles Liebe von uns allen –

Mary Rubinstein

Sibylle aus Cambridge an Mary Rubinstein in Hemel Hempstead, England

16. Juni 1940

Liebe Mrs. Rubinstein:

Ich habe damit gewartet, den wichtigsten Teil Ihres Briefes zu beantworten, bis ich ein wenig mehr darüber herausgefunden hatte, was für die Kinder getan werden könnte und was nicht, wie die Bedingungen dafür wären, sie herüber und in die Vereinigten Staaten zu bringen. Ich habe mit verschiedenen Komitees gesprochen (ich in Boston, meine Mutter in New York), mit Privatpersonen, die eventuell bereit wären, ein Kind oder mehrere aufzunehmen, und mit der Frau von I. A. Richards – dem diesjährigen Gastprofessor aus Cambridge in Harvard –, die ihre gesamte Energie darauf verwendet, britische Kinder nach Nordamerika zu evakuieren. Alles in allem glaube ich, nun ein verhältnismäßig klares Bild der gegenwärtigen Lage zu haben.

Der bürokratische Aufwand, der mit einer legalen Einwanderung verbunden ist, ist Ihnen und Mr. Rubinstein natürlich bekannt. Die sogenannten Affidavits zur Unterstützung von Nichtverwandten müssen extrem hoch sein, d. h., sie müssen nicht nur guten Willen zeigen, sondern auch ein hohes Einkommen, Bankkonten, Lebensversicherungen, möglicherweise Grundbesitz vorweisen. Das ist im Falle von Kindern, die nicht von ihren Eltern begleitet werden, um so wichtiger, als die offizielle Schulpflicht bis zum Alter von 18 Jahren reicht. Die Komitees haben mir von Anträgen auf Adoption oder zeitweilige Betreuung jüdischer deutscher Kinder erzählt, die von extrem reichen Leuten gestellt und doch abgelehnt wurden.

Was die Abfassung *unseres* Affidavits betrifft, so werden wir es, denke ich, für Margaret allein ausstellen, da die Forderungen des Konsulats um so höher sind, je weiter ein Kind von der Volljährigkeit entfernt ist. Ich bin mit verschiedenen anderen Leuten in Kontakt getreten, mit einigen davon indirekt und ohne sie zu kennen, die im Prinzip bereit sind, Flüchtlingskinder aufzunehmen, doch leider sind die meisten Leute in ihren Entscheidungen langsam. Es gibt jedoch *Hunderte* wohlhabender Leute in diesem Land, die *gerne* ein Kind oder sogar mehrere in Pflege nehmen würden, Leute, die sich seit Jahren um die Pflege deutscher Kinder bewerben und bisher keinen Erfolg hatten. Alle Komitees haben Aktenordner voll von solchen Familien.

Mr. und insbesondere Mrs. Alfred North Whitehead,[244] die Milton und ich hier Cambridge schon recht gut kennen, sprechen ebenfalls einige ihrer Freunde an. Sie sind völlig verzweifelt wegen der Ereig-

---

244 Alfred North Whitehead (1861–1947), ein aus England stammender Philosoph und Mathematiker, war Professor in Harvard.

nisse in Europa, ihr Sohn ist dorthin zurückgegangen und kämpft jetzt in England, und ich habe den Eindruck, daß sie mit Freuden jede Gelegenheit ergreifen würden, etwas Nützliches zu tun.

Mrs. I. A. Richards hat mir von den sehr zögerlichen und erfolglosen Versuchen in amerikanischen Kreisen erzählt, ein offizielles Programm zur Evakuierung in die Vereinigten Staaten zu entwickeln. Offenbar geben die Quäker und das Rote Kreuz ihr Bestes, doch man hält im allgemeinen sehr an bürokratischen Prozeduren fest und steht einer Änderung der Einwanderungsregeln mit dem Ziel einer Vereinfachung der Einwanderung stark ablehnend gegenüber. Die vorherrschende Tendenz zur Beschränkung der Immigration nimmt uns allen die Hoffnung, daß ein solches Programm durchkommen wird, und wenn doch, daß dies rechtzeitig geschieht. Aber nach allem, was wir in Erfahrung bringen können, gibt es Hoffnung, daß schnell etwas getan wird von England nach *Kanada.*

Gerade in diesem Moment kam mein Stiefvater mit der Nachricht von Frankreichs Zusammenbruch ins Zimmer, den wir seit vorgestern erwartet hatten.

Ich sende Ihnen deshalb heute nachmittag ein Telegramm, und Mr. Cowen ist mit mir einer Meinung, daß Sie trotz unserer persönlichen Bemühungen am besten versuchen sollten, alle Kinder mit dem nächsten Transportschiff von England nach Kanada zu schicken. Dies wird keinesfalls unsere Bemühungen beeinträchtigen, sie in die Vereinigten Staaten zu bringen.

Ich brauche Ihnen nicht zu versichern, wie sehr wir darauf hoffen, wenigstens ein kleines bißchen Gutes tun zu können in einer Situation, in der wir uns ansonsten so furchtbar machtlos fühlen, und daß die Sache diesmal nicht wieder aufgeschoben wird, wie es in der Vergangenheit immer wieder geschehen ist.

Alles, was ich sonst sagen könnte, wäre zu selbstverständlich und trivial. Ich hoffe immer noch, daß wir uns eines Tages in einer hitlerfreien Welt wiedersehen und verwundert auf die entsetzliche Geschichte der vergangenen zwanzig Jahre zurückblicken werden.

Sibylle

Telegramm von Mary und Ronald Rubinstein aus Hemel Hempstead, England, an Bernard Cowen in New York

29. Juni 1940

Bernard Cowen

Amerikanische Botschaft andeutet wahrscheinlich akzeptieren Affidavit. Erledigen jetzt Formalitäten. Unmöglich auszudrücken angemessene Wertschätzung Ihrer und Sibylle Ortmanns Großzügigkeit. Nicht deprimiert unseretwegen. Verweigern Kummer. Mary Ronald Rubinstein

Mary Rubinstein aus Hemel Hempstead, England, an Sibylle in New York

30. Juni 1940

Liebe Sibylle!

Vielen, vielen Dank für Deinen langen und hilfreichen Brief vom 16. Juni. Es *ist* lieb von Dir, Dir so viel Mühe zu machen, und wir können Dir nicht angemessen danken, aber ich glaube, Du weißt, wie wir fühlen.

Wir haben Mr. Cowens Affidavits für die drei Kinder bekommen. Es ist wundervoll von ihm, daß er sie für alle drei ausgestellt hat. Als ich Dir und ihm das erste Mal davon schrieb, war hier noch nicht von Evakuierung die Rede – die Frage ist erst seither aufgekommen. Wir erzählten vielen Leuten von unserer Idee und bilden uns gerne ein, daß wir das Programm ins Leben gerufen haben!

Es sieht jetzt so aus, daß Kinder über 16 nicht durch das offizielle Programm evakuiert werden, und obwohl wir eine Ausreisegenehmigung für Margaret beantragt haben, besteht wenig Hoffnung, sie zu bekommen.

Ich habe mich als »Helferin« für eine Gruppe von Kindern beworben, aber ich glaube, selbst wenn ich angenommen werde, wird man mir nicht erlauben, mit meinen eigenen Kindern zu fahren, was mir dumm erscheint. Trotzdem fände ich es schön, wenn ich sehen könnte, wie sie unterkommen.

Ich glaube nicht, daß es etwas Neues gibt, das ich Dir erzählen könnte. Uns geht es allen gut, und wir sind wirklich außerordentlich heiter und zuversichtlich, daß wir uns auf jeden Fall tapfer schlagen werden. Der Zusammenbruch Frankreichs war sicherlich ein Schock, kam aber nicht wirklich unerwartet, und ich denke, er hat uns alle darin bestärkt, uns mit voller Kraft in diesen Kampf zu werfen. Ich erwarte, daß das Feuerwerk schon ernsthaft begonnen haben wird, wenn Du diesen Brief bekommst, aber wir alle wissen jetzt, womit wir es zu tun haben, und auch wenn sie uns die Schneidezähne ausschlagen, werden wir uns mit den Backenzähnen festhalten!

Alles Liebe und nochmals vielen, vielen Dank.

Mary Rubinstein

Das Affidavit, das Eva und Fritz für die Einwanderung Margaret Rubinsteins abgaben, hatte zweifelsohne Sibylle entworfen. Obwohl formal ein offizielles Dokument, scheint doch die Tiefe der Gefühle gegenüber den Rubinsteins durch.

Affidavit zur Unterstützung von Margaret Rubinsteins Einwanderung vom 10. Juli 1940

Stadt New York im Landkreis New York, Staat New York

FRITZ LECHNER und EVA ORTMANN LECHNER, geborene LOEWENFELD, vorschriftsmäßig vereidigt, bezeugen und bestätigen hiermit:

daß sie Mann und Frau sind und in 46 West 83rd Street, New York City, New York, wohnen;

daß der Antragsteller FRITZ LECHNER die Einwanderungspapiere Nr. 336943, Zertifikat Nr. 2-506304; daß EVA ORTMANN LECHNER die Einwanderungspapiere Nr. 393885, Zertifikat Nr. 2-506303 besitzen.

Die Antragsteller unterbreiten dieses Affidavit zugunsten MARGARET RUBINSTEIN, der 16 Jahre alten Tochter von RONALD und MARY RUBINSTEIN, 16 Blakesley Avenue, London W. 5., England, mit der Absicht, den Ehrwürdigen amerikanischen Konsul von ihrer Bereitschaft und Fähigkeit zu überzeugen, MARGARET RUBINSTEIN in ihre Wohnung aufzunehmen, ihr vollständige Unterstützung zu gewähren und den Schulbesuch zu ermöglichen, solange ihre Eltern wünschen, daß sie in den Vereinigten Staaten bleibt.

Daß die Antragsteller nicht nur glücklich wären, zu den Anstrengungen in Amerika für die Evakuierung von Kindern aus Kriegsgebieten beizutragen, sondern es auch als ihre persönliche Pflicht ansehen, der Tochter ihrer Freunde RONALD und MARY RUBINSTEIN mit allen ihnen zur Verfügung stehenden Mitteln zu helfen, da nämlich dieselben während einer früheren, ähnlichen politischen Krisensituation dasselbe für die Tochter der Antragsteller, SIBYLLE ORTMANN, getan haben; daß nämlich SIBYLLE ORTMANN, damals ein Kind von 15 Jahren, während des Jahres 1934 mit aller Gastfreundschaft im Hause von RONALD und MARY RUBINSTEIN aufgenommen wurde; daß sie von ihnen vollständig unterhalten und ihr obendrein eine hervorragende Handelsschulausbildung in der Ealing-Niederlassung des Pitman's College, London, ermöglicht wurde.

Daß die Antragsteller froh sind, sich in der Lage zu befinden, die ihnen erlaubt, einen Freundschaftsdienst zu erwidern, den zurückzuzahlen sie niemals vermocht haben; daß sie hiermit dem Ehrenwerten amerikanischen Konsul versichern, daß sie niemals zulassen werden, daß MARGARET RUBINSTEIN in irgendeiner Gemeinde der Vereinigten Staaten aus öffentlichen Mitteln unterhalten werden muß; daß sie, im Gegenteil, garantieren, ihre jede Ausbildung zu finanzieren, die sie möchte oder für die sie am besten geeignet ist.

Daß die Antragsteller, angesichts der offensichtlichen Notwendigkeit zur Eile, hoffen, der Ehrenwerte amerikanische Konsul werde diesen Antrag berücksichtigen und so rasch als möglich ein Einwanderungsvisum für MARGARET RUBINSTEIN erlassen.

Mir gegenüber vereidigt an diesem 10. Juli 1940.

Sibylle aus Cambridge an Mary Rubinstein in Hemel Hempstead, England

11. Juli 1940

Liebe Mrs. Rubinstein,

unmittelbar nachdem ich meinen letzten langen Brief an Sie beendet hatte, habe ich das versprochene Affidavit für Margaret getippt, um es von meinem Stiefvater und meiner Mutter unterschreiben zu lassen, aber es dauerte einige Zeit, genug Geld zu leihen, um das Bankkonto akzeptabel aussehen zu lassen. Da wir mit unserem so kleinen Einkommen nur für ein Kind garantieren können, schien uns Margaret der dringendste Fall zu sein, da sie nur direkt über die reguläre Quote in die Vereinigten Staaten einreisen kann und nicht wie

Anne, Colette und Christopher die Möglichkeit hat, vorläufig nach Kanada evakuiert zu werden.

Ich hoffe so sehr, daß wir erfolgreich sind. Ich kann Ihnen gar nicht sagen, wie sehr wir mit unseren Gedanken und Gefühlen in Europa sind. Es gibt kaum einen Moment, in dem man sich nicht der ganzen Angelegenheit bewußt ist. Wir können noch immer nicht alles fassen, was in Frankreich geschehen ist, das völlig Unerwartete zusätzlich zu all den schrecklichen Möglichkeiten, die man befürchtet hatte.

Ich habe für den Sommer eine Anstellung in einem Büro in der Stadt gefunden, sogar eine recht interessante (Untersuchung und Bekämpfung der Aktivitäten der Fünften Kolonne[245] in diesem Land). Erst gestern bekam ich die Benachrichtigung von Radcliffe, daß man mir das höchstmögliche Stipendium von 300$ gewährt hat, was meine Rückkehr im September ganz sicher macht.

Zusammen mit meiner Mutter und meinem Stiefvater sende ich Ihnen allen meine guten Wünsche.

Alles Liebe,
Sibylle

Sibylle aus Cambridge an Mary Rubinstein in Hemel Hempstead, England

18. Juli 1940

Liebe Mrs. Rubinstein,

es tut uns sehr, sehr leid, aus Ihrem Telegramm zu erfahren, daß Margaret keine Ausreisegenehmigung erhalten wird und daß – wie wir bereits in den Zeitungen gesehen hatten – der Plan für die Evakuierung von Kindern unter 16 erst einmal aufgeschoben wurde. Wir haben unser Affidavit für Margaret durch den Zusatz ergänzt, daß der Konsul Annes Namen auf dem Affidavit einsetzen solle, falls es nicht möglich ist, für Margaret eine Genehmigung zu erhalten. Ich war sehr erstaunt darüber, denn weder unsere Zeitungen noch das Komitee, das doch so gut informiert sein soll, wußten irgend etwas über die

245 Der Begriff der »Fünften Kolonne« wurde im Spanischen Bürgerkrieg 1936–1939 geprägt und bezeichnet unerkannt in Feindesland eingeschleuste Sympathisanten oder Agenten, die dort für die Gegenseite politisch oder militärisch aktiv sind.

Schwierigkeiten britischer Frauen über 16, diese Ausreisegenehmigungen zu bekommen.[246]

Die Atmosphäre hier ist geprägt von gespanntem, bedrücktem Warten, verschlimmert noch durch die bevorstehende Nominierung der Präsidentschaftskandidaten und die anschließenden Wahlen. Die Nominierung des Republikaners Willkie[247] und deren enthusiastische Begrüßung lassen die Lage sehr unsicher für Roosevelt erscheinen und damit schlecht für uns alle.

Alles Liebe, Sibylle

Seit dem Waffenstillstand vom 22. Juni war Frankreich zweigeteilt. In der besetzten Zone herrschte die deutsche Wehrmacht mit ihrem Hauptquartier in Paris, während Frankreich in der unbesetzten Zone offiziell autonom blieb. Am 10. Juli bewilligte das französische Unterhaus dem neuen Staatschef Marschall Pétain vollständige Amtsgewalt. In der Zwischenzeit hatte sich die öffentliche Stimmung gegen die Juden, besonders gegen die Flüchtlinge, verstärkt, und die neue Regierung beeilte sich, ganz ohne Druck oder Ansporn der Deutschen, antisemitische Gesetze zu erlassen. Infolgedessen waren die Maßnahmen gegen die Juden in der sogenannten »freien Zone« anfangs sogar schärfer als im besetzten Teil Frankreichs. Dies hatte Auswirkung auf die zahlreichen Flüchtlinge, die man seit Beginn des Krieges als »feindliche Ausländer« internierte. Unter ihnen war auch Eva Lechners Vetter Kurt Rosenthal im Lager Les Milles.

Kurt Rosenthal aus dem Lager Les Milles an Christel Rosenthal in Cassis-sur-Mer

2. August 1940

Meine liebe Christel,

gestern war der 1. *officieuse* antisemitische Artikel in d. Abendzeitungen (wahrscheinlich wird er auch in d. heutigen Morgenblättern

---

246 Ab dem Alter von 16 Jahren behandelten die amerikanischen Einwanderungsbehörden Mädchen als erwachsene Frauen, wohl vor allem, um die Immigration von Prostituierten zu verhindern.

247 Wendell Willkie, ein publikumswirksamer politischer Amateur, war 1940 der republikanische Präsidentschaftskandidat, als Roosevelt sich – in der amerikanischen Geschichte bisher unerhört – um eine dritte Amtszeit bewarb.

stehen), man sieht, es geht jetzt hier los wie s. Z. 1932–33 in Deutschland![248] Alles noch viel schlimmer, als *ich* sogar fürchtete, und ich sehe nicht, daß wir in Frankreich werden bleiben können resp. dürfen. Gestern nachm. kam endlich die *Deutsche* Commission, v. 3 frz. Officieren begleitet, 10 Leute v. d. Gestapo, die sich hauptsächlich mit unseren Ariern befaßte, uns nur namentlich aufrief & sich aber recht liebenswürdig benahm & alle Fragen beantwortete.[249] Die kümmert sich um uns gar nicht, u. wir hängen *ganz* v. d. Frz. ab, die mit uns machen können, was ihnen beliebt, ohne daß Deutschland bei denen mit deutschen Pässen irgendwie intervenieren würde, z. den Ref. Leuten also erst recht nicht! Viele Leute v. hier hatten vor der Comm. Angst & freuen sich, daß sie nun weg ist; ich bin dagegen sehr enttäuscht, da ich mit der *schwachen* Möglichkeit gerechnet hatte, ev. über sie nach Paris zurückzukehren, wovon aber gar keine Rede ist, nicht mal die Arier, die für Deutschland optiert hatten und vor 14 Tagen abgefahren sind, werden reingelassen.[250] Immerhin, versucht jedenfalls zurückzugehen, sobald der Rücktransport beginnt, damit Ihr im Winter wenigstens wieder in einer richtigen (wenn auch wohl kalten) Wohnung hausen könnt. Auch denke ich mir, daß die Lebensverhältn. in Paris immer noch die leichtesten sein werden. Von den Deutschen, die dort noch *sehr* lange bleiben dürften, habt Ihr *nichts* zu befürchten.

Kurt

In Großbritannien erstreckte sich die Furcht vor einer deutschen Invasion auch darauf, daß sich nationalsozialistische Agenten und Sympathisanten, als Flüchtlinge getarnt, im Land aufhielten. Den Massenfestnahmen sogenannter »feindlicher Ausländer« Anfang Juni 1940 folgte ihre Internierung auf der Isle of Man bzw. ihre Deportation

---

248 Das erste der neuen Judengesetze hatte das Verbot antisemitischer Presseäußerungen aufgehoben.

249 Gemäß Artikel 19 des Waffenstillstandsvertrags hatte Frankreich den Deutschen jeden verlangten Flüchtling auszuliefern.

250 Kurt Rosenthals Herzenswunsch war es, nach Paris zurückzukehren, aber die Deutschen erlaubten den Übertritt von der unbesetzten in die besetzte Zone nicht.

nach Kanada oder Australien. Unter diesen internierten Flüchtlingen befanden sich sogar Minderjährige, die mit den Kindertransporten nach der sogenannten »Kristallnacht« nach England gekommen waren. Als langjährige Gegner der Nationalsozialisten brannten viele Flüchtlinge darauf, gegen Hitler zu kämpfen; statt dessen behandelte man sie als mögliche Spione und Saboteure und sperrte sie gemeinsam mit tatsächlichen Nationalsozialisten hinter Stacheldraht. Das galt auch für Thola Theilhaber, der seine Nachrichten an Sibylle in Vordrucke schrieb, die die Lagerverwaltung zur Verfügung stellte und die als »Kriegsgefangenenpost« gekennzeichnet waren.

Thola Theilhaber aus Lager B bei Fredericton in Kanada an Sibylle in New York

3. September 1940

Liebe Syb!

Ich war so froh, als ich Deinen Brief bekam, und hoffe, Du wirst mir noch viele schicken, auch wenn ich nicht immer in der Lage sein werde zu antworten. Danke für Deine Nachforschungen meinethalben. Bitte versuche, irgendeine Kommission zu beeinflussen, unseren Jungs hier Schokolade und Zigaretten zu schicken. Sie brauchen sie alle dringend. Obwohl wir gut und viel zu essen bekommen und hervorragend behandelt werden, ist das Leben in der Internierung nicht gerade zu empfehlen. Also hoffe ich, daß Du mir von Zeit zu Zeit ein paar Zeilen schreibst, auch nach Deiner Hochzeit. Ich möchte Dir meine besten Wünsche zu diesem Anlaß aussprechen und hoffe, daß Du und Dein Ehemann eine schöne Zeit haben werdet. Ich wäre sehr gerne bei der Trauung dabei. Ich habe mich gefreut zu hören, daß Milton nicht mehr eifersüchtig ist: Das liegt wahrscheinlich daran, daß ich hinter Stacheldraht sicher verwahrt bin, fernab vom weiblichen Geschlecht. Nun gut, alles Liebe und Gute,

Thola

Thola Theilhaber aus Lager B bei Fredericton in Kanada an Sibylle in New York

6. September 1940

Liebe Sib!

Vielen Dank für Deine Postkarte. Ich war ziemlich neidisch zu erfahren, daß Ihr beide umherreist. Wie habt Ihr Eure Hochzeit gefeiert?[251] Danke für das Angebot, mir Sachen zu schicken. Ich wüßte nur Schokolade und ein paar Zigaretten, Zeitschriften und Bücher zu schätzen. Ich kenne Deine finanzielle Lage und bitte Dich, nicht zu viel auszugeben. Schick mir kein Geld, sondern laß meine Eltern wissen, wo ich bin; wenn es keine Möglichkeit gibt, nach Palästina zu schreiben, schick bitte ein Telegramm. Danke für Deine Hilfe! Die Dinge hier sind unverändert. Wir werden gut behandelt, unsere Zukunft ist ungewiß, und wir wünschten uns, daß die Behörden unseren Flüchtlingsstatus anerkennen würden.[252]

Thola

Thola Theilhaber aus Lager B bei Fredericton in Kanada an Sibylle in New York

9. September 1940

Liebe Sib!

Ich habe Dir jetzt schon mehrere Postkarten geschrieben und hoffe, daß Du sie bekommen hast. Auch dieses Mal möchte ich Dir danken – für die Zeitschriften, die ich so dringend brauchte und die alle von uns schätzen. Ich hoffe, bei Dir und Milton ist alles o. k.; die Nachrichten aus Europa sind ziemlich unerfreulich. Ich hoffe, unseren Freunden geht es gut. Ich versuche, diese Dinge zu vergessen, indem ich hart arbeite, meinen Mitgefangenen Vorträge halte und viel Sport treibe. Seltsamerweise ist man allmählich nicht mehr so oft deprimiert, und letztendlich vergißt man hier völlig das normale Leben. Gestern, am Sonntag, habe ich eine Café-Party gegeben. Ich habe ein paar Freunde eingeladen, und das erste Mal während dreier Monate habe ich nur die Leute gesehen, die ich wirklich sehen wollte. Du siehst, das erscheint uns schon als großes Privileg. Das Fehlen von jeglichem Komfort und Mädchen wird noch nicht oder nicht mehr bemerkt. Also bis bald und alles Gute,

Thola

---

251 Tatsächlich hatten sie noch gar nicht geheiratet.

252 Um die Kanadier zu überreden, die Internierten zu nehmen, hatte die britische Regierung versichert, es handele sich um Nationalsozialisten, die im Falle einer Invasion eine große Gefahr für England darstellten. Infolgedessen wurden die meisten Internierten, als sie Kanada erreichten, nicht als Flüchtlinge und Hitlergegner, sondern als Feinde angesehen.

Am 19. September heirateten Sibylle und Milton auf dem Standesamt im Rathaus von Cambridge, ihre Mutter und eine Freundin aus der Verwaltung des Radcliffe College waren Trauzeugen. Aus Miltons Familie war niemand anwesend. Miltons Onkel Bernard, ein Zahnarzt aus Atlantic City, hatte lange eine väterliche Rolle gespielt und seine Studien mitfinanziert. Er lehnte es ab, daß Milton eine Halbjüdin heiratete. Sibylle war erstaunt und wütend darüber, daß sie für die Nationalsozialisten zu jüdisch war und zugleich nicht jüdisch genug für Miltons Onkel.

Thola Theilhaber aus Lager B bei Fredericton in Kanada an Sibylle in Cambridge

9. Oktober 1940

Liebe Mrs. Crane, Sib, Glückwünsche zu Eurer Hochzeit, hoffe, Du und Milton werdet gut miteinander zurechtkommen. Vielen Dank für Schokolade und Zigaretten. Könntest Du mehr Rationen schicken etc.?

Das Leben hier ist unverändert. Ich arbeite als Holzfäller. Ich versuche, im Lager Textilherstellung mit Regierungserlaubnis für den Verkauf in Kanada zu organisieren. Ich bin unsicher, was die Zukunft angeht.

Hast Du Neuigkeiten von unseren Freunden in England und Frankreich? Vielen Dank, daß Du an mich gedacht hast. Eigentlich ist die Post das einzig Positive in diesem Leben hier, und sie wird sehnsüchtig erwartet.

Bis bald, Dir und Milton alles Liebe.

Thola

Luri Lurje bemühte sich noch immer um die Einreiseerlaubnis in die Vereinigten Staaten.

Margarethe (Luri) Lurje aus Prag an Heinrich Löwenfeld in New York

13. Oktober 1940

Liebster Dr. Löwenfeld!

Vielen Dank für Ihre lieben beiden Briefe, die wie Regentropfen hintereinander in den Briefkasten fielen – und ich mußte dann auch einige Tropfen auf das Papier fallen lassen, denn trotz gelungener Resignation packt mich angesichts so lieber Briefe eine helle Wut, daß trotz so rührender Hilfe doch alles schiefgehen mußte. Ich hoffe nur, daß Sie sich nicht zu viel Mühe mehr gegeben haben. Das Konsulat hier ist geschlossen, und es ist bestimmt für die Dauer des Krieges schon ausgeschlossen, daß noch jemand das Visum bekommt. Ich hoffe, daß Jelas Mutter schon wohlbehalten nach dieser abenteuerlichen Fahrt bei Ihnen angekommen ist.[253] Ganz bestimmt hätte ich auch das Visum nicht mehr bekommen, auch wenn Sie die Fahrkarte gleich geschickt hätten, denn seit dem 17. Aug. gab es hier die verschärften Visumvorschriften, und da hätte ich ja doch nicht mehr durchrutschen können. Wenn man jetzt überhaupt noch auf etwas hoffen möchte, dann nur darauf, daß der Krieg bald zu Ende geht.

Wir übersiedeln jetzt in eine 1-Zimmerwohnung, was die Arbeit und alles andere nicht einfacher macht, aber trotzdem hoffe ich doch wieder, ein wenig arbeiten zu können. Nach langem Suchen haben sich 3 Schüler gefunden, und auch sonst gibt es schwache Hoffnung, besonders auf kunstgewerblichem Gebiet, daß ich zu tun haben werde, und das ist das Allerwichtigste für mich.

Sonst kann ich Ihnen gar nichts von mir berichten, die Zeit vergeht rasch in ihrer Eintönigkeit, und das ist die Hauptsache.

Trudl, die Schwester, repariert zerrissene Krawatten, reibt Parketten, spielt jeden Tag schöner Klavier und macht plötzlich Gedichte. Evchen ist sehr schön, ganz herrliche Augen, und fürchtet sich plötzlich vor unbekannten Mächten, manchmal, glaubt sie, vor dem Teufel, und manchmal sieht es aus, als ob sie sich vor dem Rauchfangkehrer fürchten würde; wir sagen ihr immer wieder, daß diese beiden Herrn noch nicht die schlimmsten sind, aber ich glaube, es ist nicht die richtige Therapie, ihr das Fürchten abzugewöhnen.

Was macht Ihre Schwester und die tüchtige Nichte?

Ihre Luri

---

253 Um wieder mit ihrer Tochter zusammenzusein, war Frau Herschkowitsch mit dem Zug über Berlin, Warschau, Moskau, dann mit der transsibirischen Eisenbahn nach Wladiwostok gefahren. Anschließend fuhr sie mit dem Schiff nach Kobe in Japan und von dort weiter nach Seattle. Dort nahm sie den Zug nach New York.

Kurt Rosenthal aus dem Lager Les Milles an Christel Rosenthal in Cassis-sur-Mer

24. Oktober 1940

Meine liebe Christel!

Unsere Verlegung nach Gurs[254] ist das nächste Glied in einer Kette von Maßnahmen gegen Ausländer und besonders gegen Juden. Auch gab es unter unseren Leuten Äußerungen von Panik und Hoffnungslosigkeit. Sie haben beschlossen zu streiken (ich habe darüber gelacht und vergeblich gegen diese lächerliche Demonstration gestimmt), aber die Soldaten und Gendarmen haben sie geholt, herumgestoßen und sogar geschlagen. Ein alter Mann ist in Gegenwart seines Sohnes gestorben. Ein anderer hat versucht, sich umzubringen, aber man hofft, ihn zu retten.

Gurs gilt als sehr schlimm, immer feucht und kalt (in 800 m Höhe) und voll von Flöhen, Läusen, Ratten, Schlangen usw., von der unzureichenden Ernährung ganz zu schweigen. Kein Verlassen des Lagers usw. Man hält uns in einem wahren Konzentrationslager wie die Spanier.

Wir fahren in 20 Minuten los. Viel Glück und gute oder bessere Gesundheit!

Kurt

In New York gab sich Eva Ortmann Lechner alle Mühe, ihren Vetter Kurt Rosenthal und seine Familie aus Europa herauszubringen. Kurt selbst allerdings vertrat eine ganz andere Auffassung.

Kurt Rosenthal aus dem Lager Gurs an Christel Rosenthal in Cassis-sur-Mer

23. November 1940

Meine liebe Christel!

Ich fürchte, daß ich persönlich nicht mehr in der Lage sein werde, Euch in der Zukunft auch nur die kleinste Hilfe zu sein. Ich werde keine Kraft mehr haben, in Nord- oder Südamerika ein neues Leben zu beginnen, außerdem würde ich lieber hier in Frankreich bleiben und werde mir alles gefallen lassen, was Frankreich oder Hitler ent-

---

254 Das Internierungslager Gurs am Fuße der Pyrenäen war ursprünglich für Flüchtlinge aus Spanien errichtet worden.

scheidet. Aber andererseits will ich Euch nicht an Euren Bemühungen, Europa zu verlassen, hindern, denn ich übernehme nicht die Verantwortung und nehme mir nicht das Recht, über Eure Zukunft zu entscheiden, obwohl ich nicht glauben kann, daß Ihr Erfolg haben werdet. Denk darüber nach und tu das, was Dir richtig erscheint. Ich werde keine Anstrengungen unternehmen, um auszuwandern. Seit meiner Ankunft in Frankreich habe ich nur Dummheiten und Fehler gemacht und werde sie bezahlen – selbst mit meinem Leben, da ich immer für meine Fehler bezahlt habe. Ich habe den Flüchtlingsausweis beantragt, auf Frankreich vertrauend, statt Honduraner zu werden. Mit jenem Paß hätte man mich niemals interniert. Ich habe mich in jeder Hinsicht ganz auf Frankreich verlassen, das jedoch keinerlei Interesse an uns hat.

Für all diese Fehler muß bezahlt werden, aber ich fürchte, daß das alles viel mehr kosten wird als mein kleines Vermögen!

Ich umarme Euch,

Kurt

Mary Rubinstein aus Hemel Hempstead, England, an Sibylle in Cambridge

8. Dezember 1940

Liebe Sibylle,

mir ist gerade aufgefallen, daß dieser Brief jetzt abgeschickt werden muß, wenn er Dich an oder noch vor Deinem Geburtstag erreichen soll – und selbst dann könnte es sein, daß Du ihn nicht rechtzeitig bekommst. Meine Mutter bekam diese Woche einen von meiner Schwester, der am 19. Oktober abgeschickt wurde!

Das erinnert mich daran, daß uns eine Bemerkung in einem Brief meiner Schwester sehr verblüfft hat. Sie schrieb, sie habe einen Brief von Sibylle Ortmann Crane bekommen. Heißt das, Du bist verheiratet? Falls dem so ist, gratulieren wir Dir alle herzlich und senden Dir viele, viele gute Wünsche. Auf Dein Hochzeitsgeschenk wirst Du warten müssen, bis der Krieg vorbei ist. Du hast nie Miltons Nachnamen erwähnt, deshalb können wir nur annehmen, daß er Crane lautet.

Uns geht es allen gut, und wir freuen uns auf Weihnachten. Um Dir zu beweisen, daß wir nicht verhungern: Unser Weihnachtskuchen ist schon fertig, die Plumpuddings werden diese Woche gemacht, und der Truthahn ist bestellt. Sicherlich ist letzterer wirklich Luxus, da nur englische Vögel zu bekommen sind, und die sind immer teuer – und dieses Jahr um so mehr. Das Essen ist immer noch reichlich, billig und vielfältig. Bestimmte Dinge sind manchmal knapp oder nicht erhältlich und werden nächstes Jahr vermutlich noch seltener sein, aber wir werden nicht verhungern oder Mangel leiden und bestimmt eine viel gesündere Nation dadurch werden. Wir werden – und tun dies in der Tat schon – mehr Gemüse essen. Fleisch gibt es reichlich, obwohl rationiert, und wir finden, daß die Ration von allem ausreichend ist für all unsere Bedürfnisse. Für Einzelpersonen oder kleine Haushalte ist die Situation natürlich schlimmer.

Nun genug vom Essen. Ich glaube nicht, daß ich Dir geschrieben habe, seit der Blitzkrieg ernstlich begonnen hat. Wir sind nah genug an London, um das Sperrfeuer zu sehen, und wir hören sehr viel Geschützfeuer und manchmal Bomben. Man gewöhnt sich durchaus daran, obwohl es natürlich in London beschwerlicher ist, aber selbst dort nehmen die Menschen es als ganz selbstverständlich und reden nicht mehr viel darüber. Eines hat der Blitzkrieg in ungefähr einer Woche fertiggebracht, was schon seit Jahren dringend nötig ist und durch finanzielle Interessen behindert wurde. Die Slums im East End von London wurden größtenteils zerstört, und das an sich ist ausgezeichnet, obwohl es schrecklich ist, daß so viele Menschen dabei umgekommen sind. In diesem Teil Londons war ich nicht, aber anderswo ist die Zerstörung nicht so schlimm, wie es sich in den Zeitungen anhört. Sicherlich ist jeder Bezirk betroffen, und es wird nur wenige Straßen ohne Schaden geben, aber auf jedes zerstörte Haus kommen buchstäblich Hunderte ohne eine schlimmere Beschädigung als kaputte Fenster, Türen oder verschobene Dachziegel. Die Auswirkungen von Explosionen sind merkwürdig und interessant.

Das Haus meines Schwagers Harold wurde komplett durch [Wort vom Zensor gestrichen] zerstört, und drei Menschen wurden getötet – darunter war eine deutsche Emigrantin, die als Hausmädchen arbeitete. Ihre Schwester hielt sich in einem anderen Zimmer auf, blieb unverletzt und wurde gerettet. Mein Schwager hatte glücklicherweise Dienst beim Brandschutz, und keiner der Jungen war zu Hause. John ist jetzt in den Vereinigten Staaten in der Perkiomen School in Pennsburg, Pennsylvania. Er hat ein Stipendium der English Speaking Union bekommen, und das Leben dort gefällt ihm, es scheint sich aber sehr vom englischen Schulleben zu unterscheiden. Meine Schwester und ihre Kinder haben eine sehr schöne Zeit in Boston.

Ich würde es hassen, gerade jetzt nicht in England zu sein. Wir leben in dem aufregendsten Abschnitt der Geschichte seit Napoleon, und ich würde um nichts in der Welt etwas davon missen wollen. Ohne zu prahlen, wir haben wirklich keine schrecklich große Angst vor deutschen Bombern und Bomben. Es ist alles eine Frage des Zufalls, wo sie fallen, und es nützt nichts, sich darüber Sorgen zu machen. Oft brummen die Bomber stundenlang über unseren Köpfen (nachts natürlich), und man wacht auf, hört ein paar Bomben fallen, entweder nah oder fern, und man dreht sich um und schläft wieder ein!

Viele Leute finden es sicherer, im Keller zu schlafen, aber wir schlafen alle bequem in unseren Schlafzimmern. Wenn das Haus fällt, dann am besten auch gleich uns ins Bett.

Ich will nicht behaupten, daß ich mir nicht oft wünsche, die Kinder wären aus allem hier raus, aber merkwürdigerweise sind Kinder von dem Bombardement kaum mitgenommen. Sie scheinen es als natürlich hinzunehmen und aufregend zu finden. Wir haben viele Evakuierte aus London hier – über 5000 seit September, Kinder und Erwachsene, und obwohl viele entsetzliche Erfahrungen gemacht und ihre gesamte Habe verloren haben, ist die große Mehrheit heiter und freut sich auf ihr zukünftiges neues Zuhause. Ich bezweifle, daß die Kinder gehen wollen, falls im Frühling die Evakuierung wiederaufgenommen wird. Aber bis zum Frühling ist es noch lange hin, und alles mögliche könnte vorher passieren. Wir zweifeln daran, daß die Dinge kritischer sein können, als sie diesen Sommer waren, nachdem Frankreich aufgegeben hatte.

Den Kindern geht es gut, Anne, Colette und Christopher sind noch an den gleichen Schulen. Margaret hat dieses Schuljahr in Ealing angefangen, sehr gegen unseren Willen, obwohl ihr weder Sperrfeuer noch Bomben etwas ausmachen. Aber zum Glück konnten die Leute, bei denen sie wohnte, den Lärm nicht ertragen und gingen fort, und sie mußte hierher zu uns kommen.

Ronald ist sehr beschäftigt und verbringt zwei Nächte pro Woche in einer Rettungsstation. Nurse und ich machen sauber, waschen, kochen und schrubben, und ich habe mit den Evakuierten viel zu tun und arbeite im Garten, sooft ich kann. Wir haben eine erstaunliche Obst- und Gemüseernte und hoffen fürs nächste Jahr sogar auf noch mehr. Meine Mutter lebt wieder hier, und am Wochenende kommt mein Bruder uns oft besuchen, so daß wir ständig ein volles Haus haben. Also, für jetzt erst einmal auf Wiedersehen und alles Gute und Liebe von uns allen –

Mary Rubinstein

Sibylle aus Cambridge an Mary Rubinstein in Hemel Hempstead, England

27. Dezember 1940

Liebe Mrs. Rubinstein,

es ist so schrecklich lange her, seit ich zuletzt von Ihnen gehört habe, daß ich mir diese lange Unterbrechung damit erklärt habe, daß entweder mein letzter Brief oder ein Brief von Ihnen bei der Post verlorengegangen ist.

Ich denke oft an Sie, sehr oft, und hoffe, daß Ihre und der Kinder Nerven der Belastung durch die Bombardierungen ebenso gut standhalten wie die einiger Freunde und der Freunde von Leuten hier, deren Briefe die Amerikaner und uns mit grenzenloser Bewunderung für etwas erfüllen, das man nicht begreifen kann, solange man nur Zuschauer ist, und von dem jeder annimmt, daß es das letzte und stärkste Bollwerk in diesem Kampf ist. Dieser unglaubliche »Geist« der Engländer, ihre Entschlossenheit, ihre Zuversicht und ihr Gleichmut inmitten der Katastrophe, ist das Ereignis, das hier jedermann während des vergangenen Jahres beschäftigt hat, Reporter, Schriftsteller, Radiokommentatoren, hier eintreffende Augenzeugen. Wahre nationale Einheit ohne abstoßenden patriotischen Rausch, den die Leute noch von 1914 in Erinnerung haben, ist das Neue, Unvorhergesehene, das wir vor ein paar Jahren noch nicht für möglich gehalten hätten.

England hätte auch durch den größten militärischen Erfolg in der Wertschätzung der Amerikaner nicht höher steigen können. Es hat hier seit dem letzten Frühjahr eine bemerkenswerte Veränderung der

Einstellung gegeben, von einer im allgemeinen feindlichen, ablehnenden und isolationistischen Tendenz hin zu einer Position der Einmischung oder zumindest – wenn das die Dinge zu optimistisch formuliert – einer eindeutigen Parteinnahme für Großbritannien und dem Wunsch nach moralischer wie auch materieller Unterstützung. Der große Umschwung kam, als England die allgemeine Erwartung Lügen strafte, da es nicht zwei Wochen nach Frankreich fiel. Die Amerikaner sind ein emotionales Volk, voller Bewunderung für den Stärkeren – im allgemeinen eine gefährliche Gesinnung, die uns, die wir aus Deutschland kamen, immer wieder erstaunt und erschreckt hat, aber die Welle der Sympathie für England stieg beharrlich seit den jüngsten Erfolgen in Ägypten, Griechenland und im Mittelmeer. Auch haben die Amerikaner so langsam den Eindruck, daß England es vielleicht allein schaffen könnte, daß man »die Yanks« vielleicht nicht braucht, was es etwas einfacher macht, idealistisch und demokratisch zu sein.

Die amerikanische Jugend ist skeptischer und ängstlicher und steht deshalb der Aufrüstung, der Wehrpflicht und den Bewegungen zur Unterstützung Großbritanniens ablehnender gegenüber. Es erschreckt mich, eine ganze Generation (meine eigene) zu sehen, die ganz ungeniert ohne jeden Idealismus auskommt. Und das Beispiel der deutschen Nachkriegsgeneration läßt mich auch befürchten, daß dieselbe Generation leicht zum Opfer eines gefährlichen Messias mit einer pseudo-idealistischen Religion werden könnte, wenn das Volk erst einmal begreift, daß es nicht so vollständig ohne Ideale und Ziele leben kann, und dann die Reaktion einsetzt. Ich hatte reichlich Gelegenheit, die Reaktionen und das Verhalten meiner Mitstudentinnen zu beobachten, die einen so guten Querschnitt bilden, wie man ihn in einer kleinen Gemeinschaft eben finden kann. Das einzig Tröstliche ist, daß dieselbe Veränderung der Einstellung, weg von der Isolation und hin zu einem aktiveren Interesse und einer Teilnahme auf Englands Seite, auch die jüngere Generation erfaßt hat, obwohl die Opposition dagegen gefährlich militant ist. Ich bin sicher, daß Roosevelt viel zu diesem Wiederaufstieg von Realismus und Idealismus beigetragen hat. Seine Wahl war, denke ich, sowohl Ursache als auch Ergebnis der jüngsten Entwicklung. Was immer es aber auch gewesen sein mag, wir haben darauf gehofft, als hinge unser Leben davon ab. Erst als die Ergebnisse durchs Radio kamen und deutlich wurde, daß es wieder Roosevelt werden würde, haben wir begriffen, unter welchem ängstlichen Bann wir während der Wochen zuvor gestanden hatten. Wir waren nach den Wahlen fast eine Woche lang vor Erleichterung geradezu berauscht.

Doch all das wissen Sie aus den Zeitungen schon so viel besser, und ich glaube, ich sollte Ihnen etwas von mir selbst berichten, auch wenn ich noch immer meine alte Zurückhaltung verspüre, über unser unverhältnismäßig normales Leben mit seinen unbedeutenden Ereignissen zu schreiben.

Milton und ich haben Mitte September geheiratet. Er hat eine sehr bescheidene Dozentenstelle in Harvard, die uns ein bißchen weniger einbringt, als einer von uns zum Leben bräuchte, und für den Rest sorgen wir irgendwie. Ich arbeite zusätzlich, wie schon im letzten Jahr, wenn auch nicht mehr so viel, und meine Mutter schickt mir hie und da etwas. Den Haushalt haben wir bis auf das absolute Minimum heruntergefahren. Wir haben zwei wirklich hübsche möblierte Zimmer und können die Küche unserer Vermieterin mitbenutzen. Wir arbeiten beide sehr hart. Mein Programm ist dieses Jahr unendlich viel schwieriger, mein Kopf unendlich mehr abgelenkt als letztes Jahr. Aber ich habe das bestmöglich dotierte Stipendium in Radcliffe und muß, wenn ich es fürs nächste Jahr erneuert haben will, den Standard halten, den ich durch meine Arbeit im ersten Jahr gesetzt habe. Das amerikanischen Studenten abverlangte Pensum, und insbesondere meines (da ich vier Studienjahre in nur drei Jahren schaffen will), ist fürchterlich und läßt wenig Zeit für irgendwelche persönlichen Vorlieben, weder Theater noch Musik, noch »Lektüre zum Vergnügen«. Aber was auch immer wir tun (und das gilt für meine Familie wie die meisten meiner Freunde, besonders die deutschen Flüchtlinge, denen es einigermaßen gutgeht), tun wir mit einem epikureischen Gefühl von Vergänglichkeit.

Gestern war Weihnachten, und wir haben bei meiner Mutter gefeiert wie immer, wenn wir zusammen waren, mit meinem Onkel, seiner Frau und ihrem kleinen Sohn sowie einigen anderen Verwandten und Freunden, die uns nach Amerika gefolgt sind. Und es war schön und gleichzeitig traurig, weil jedem von uns bewußt war, daß wir uns aus schierem Heimweh an die Traditionen aus einer Zeit der Sicherheit und Geborgenheit klammerten, um der glücklichen Illusionen willen, die unserem gegenwärtigen Gemütszustand so fern sind.

Das sollte ein Weihnachtsbrief werden, nicht *zu* Weihnachten, sondern *an* Weihnachten geschrieben, und es tut mir leid, daß so wenig Fröhlichkeit darin ist, aber für das in drei Tagen beginnende neue Jahr kann man sich kaum mehr wünschen, Ihnen allen wünschen, jedem einzelnen persönlich, als all die Gedanken, die man nicht aussprechen muß, weil wir sie alle haben und die ganze Zeit teilen. Unser gesamtes Leben hat während der vergangenen 18 Monate aus Wünschen, Hoffnung, Mitgefühl und Haß bestanden. Und es ist diese Ohnmacht und Enttäuschung, die uns mutloser und oft verzweifelter macht, als wir vielleicht wären, wenn wir irgendwie aktiv beitragen könnten zu dem, was geschieht.

Alles Liebe,
Sibylle

Sophie Lechner aus Brody in Polen an Fritz Lechner in New York

10. Januar 1941

Mein liebes Fritzelchen!

Deine Karte vom September erhielten wir im November, seitdem haben wir von Dir, Alfred und von Jenny keine Nachricht. Wir sind direkt ganz verzweifelt. Um Jenny machen wir uns große Sorge. Jeden Tag brennen wir vergebens auf Post. Wie wir hier leben, kannst Du Dir wohl vorstellen, wir gönnen uns nicht, satt zu essen. Jetzt haben wir nichts mehr zu verkaufen, darüber machen wir uns große Sorge. Du schreibst nicht, schickst uns auch kein Geld. Ich habe Dir schon in der letzten Karte geschrieben, daß Du uns im Paket solche Sachen schicken möchtest, die nicht geschrieben werden können. Die Sehnsucht nach Euch ist unbeschreiblich. Eine schöne Zeit machen wir auf unsere alten Tage mit! Hier so ohne Kinder unseren 50. Hochzeitstag zu verleben! Ist das nicht schrecklich?

Tausend Küsse von uns beiden.
Mutter

Mary Rubinstein aus Hemel Hempstead, England, an Sibylle in Cambridge

20. Januar 1941

Liebe Sibylle!

Heute kam Dein Brief vom 27. Dezember an. Ich habe mich so über ihn gefreut, denn wir hatten seit einem Brief vom 11. Juli nichts mehr von Dir gehört. Viele Briefe sind in den letzten Monaten verlorengegangen, und ich nehme an, daß auch einige von meinen an Dich auf dem Meeresgrund liegen werden. Ich schrieb Dir gegen Ende November oder Anfang Dezember und hoffe, Du hast den Brief erhalten. Ich hatte von einem Brief meiner Schwester aufgeschnappt, daß Du geheiratet hast, und finde es mutig von Dir und Deinem Mann, einer Reihe von schwierigen Jahren so fröhlich entgegenzusehen: Ich hoffe wirklich, daß sich all Eure Wünsche erfüllen und Zukunftspläne verwirklichen.

Uns geht es allen gut. Das Land insgesamt ist überraschend fröhlich, und wir finden nicht, daß wir Mitleid brauchen. Man muß dieser Sache die Stirn bieten, und man tut es, und das ist alles. Jemand mußte die Drecksarbeit machen, und diesmal ist es unser Los. Duff Cooper[255] sagte kürzlich in einer Sendung ganz richtig, es sei besser, Londoner zu sein und viele geliebte Gebäude in Trümmern zu sehen, als Pariser zu sein und diese Gebäude intakt zu sehen mit der Hakenkreuzfahne darüber. Das Gesicht Londons hat sich sicherlich verändert, obwohl außerhalb der Stadt, im East End und der Hafengegend, die Anzahl der völlig zerstörten Gebäude nicht groß ist. Man kann meilenweit fahren und nicht mehr als kaputte Fenster und Dächer sehen. Die Straßen und Geschäfte sind voll wie immer, und überall herrschen der typische Cockney-Witz und die Fröhlichkeit. Es ist schrecklich traurig, schöne Gebäude wie die Temple Halls und die Wren-Kirchen so schlimm beschädigt zu sehen, aber solche Dinge können in anderer Gestalt ersetzt werden, und wir lassen nicht zu, daß ihre Zerstörung uns entmutigt. Im übrigen gab es vor ein paar Jahren großartige Auseinandersetzungen in der Presse für und gegen den Abriß vieler alter Kirchen in der Stadt, da sie dem modernen Verkehr im Wege stehen, Göring hat also hier durchaus seine Anhänger!

255 Alfred Duff Cooper war zu dieser Zeit Churchills Informationsminister.

Ich nehme an, in den Augen der Amerikaner erscheinen unsere Sorgen erheblich vergrößert und gleichermaßen unsere Kräfte. Uns macht es nicht so viel aus, was uns die Deutschen jetzt antun, solange wir meinen, es ihnen in ein paar Monaten (oder Jahren) mit Zinsen zurückzahlen zu können. Wir glauben, daß wir das mit amerikanischer Hilfe tun werden, und solange wir das glauben, sind wir zu allem bereit. Das Land insgesamt fühlte das letzten Juni, nach dem Zusammenbruch Frankreichs, auf eine ungewöhnliche, unterbewußte Art; etwas von der Intensität dieses Gefühls ist ohne Zweifel verschwunden; es ist für ein Land ebensowenig wie für den einzelnen möglich, einen hohen Grad emotionaler Spannung lange aufrechtzuerhalten, ohne die Belastung zu spüren. Aber ich nehme an, mit der erneuten Drohung einer Invasion kann dieser Grad wieder erreicht werden, und diesmal, glaube ich, wird unser Blick klarer und unsere Stimmung besser sein – und alles, weil F. D. R. wiedergewählt worden ist und wir die Stärke der USA hinter uns wissen.

Meine Arbeit unter Londoner Evakuierten, sowohl Erwachsenen als auch Kindern, hat mich mit vielen ausgebombten Leuten in Kontakt gebracht, die ihre gesamte Habe verloren. Sie sind alle überraschend fröhlich und stoisch und müssen sich sehr schnell vom »Schock« erholen. Besonders die Kinder scheinen zu unser aller Überraschung sehr wenig betroffen. Margaret verbrachte während des Blitzkrieges drei oder vier Wochen in [Wort vom Zensor ausradiert], das viel davon abbekommen hat, und ihr machten weder Bomben noch Sperrfeuer etwas aus. Wir zwangen sie, hierher zurückzukommen. Ich nehme an, ich habe Dir erzählt, daß sie an einem Sekretärinnen-College ist, das nach Amersham, ungefähr 10 Meilen von hier, evakuiert wurde. Sie kritzelt die ganze Zeit, und sie und Hilary (14 1/2 Jahre alt, hat die Ferien hier verbracht, da er kein Zuhause mehr hat, weil es von einer Bombe zerstört wurde) schreiben einen höchst anspruchsvollen Roman über »Vergleichende Religionswissenschaft«. Anne schreibt auch ein Buch, und Christopher hat angekündigt, daß er Gedichte schreiben wird!

Bisher ist nicht die Rede von einer Wiederbelebung des Kinder-Evakuierungs-Programms. Als das Programm im Herbst aufgrund der Versenkung zahlreicher Schiffe aufgehoben wurde, wurden wir in einem Rundschreiben darüber informiert, daß unsere Kinder ausgesucht worden waren wegzugehen (was man uns vorher nicht mitgeteilt hatte). Wenn das Programm doch wieder aufgenommen wird, falls überhaupt, bleibt immer noch genug Zeit zu entscheiden, ob wir sie wegschicken wollen: Es ist gut zu wissen, daß das großzügige Angebot Deiner Familie und der Cowens noch besteht. Es ist in der Tat unmöglich, mit Worten auszudrücken, wie dankbar wir waren – und sind – für alles, was unsere Freunde in Amerika angeboten haben, für unsere Kinder zu tun.

Es kann sein, daß die Kinder nicht von hier weggehen wollen; sie haben allmählich das Gefühl, alles aushalten zu wollen, und Bomben machen ihnen nichts aus. Wir haben in letzter Zeit auch kaum noch welche abbekommen. Theoretisch sollte man alle Kinder evakuieren – und ganz sicher sollte man sie aus den großen Städten herausbringen –, aber allmählich beschleicht uns das Gefühl, daß dieser Krieg eine großartige Erfahrung für alle ist, die ihn durchmachen, und daß diejenigen, die ihn überleben, deshalb besser dran sein werden – zumindest werden die Kinder lernen, Krieg aus eigener Erfahrung zu hassen, und das ist meiner Ansicht nach sehr wichtig. Ich weiß noch nicht, ob es den Nachteil aufwiegt, wahrscheinlich verstümmelt oder von Bomben getötet zu werden. Aber wir beginnen zu begreifen, daß der Tod nicht so schlimm ist wie manche Art Leben – wie beispielsweise das Leben eines Volkes, dessen Land von den Nazis besetzt wurde.

Wir wünschen Dir alles Liebe und Dir und Milton das Allerbeste für das Jahr 1941 und viele weitere Jahre.

Herzlich,
Mary Rubinstein

Evi Jessner hatte Sibylle ihre Heirat mitgeteilt.[256]

---

256 Evis eigene Familie war verstreut: Ihr Vater und ihre Stiefmutter lebten in Boston; ihre Schwester Hannele war im von den Deutschen besetzten Holland (man deportierte sie bald darauf in ein Konzentrationslager); ihre kränkliche Mutter, Lilli Hartwig, lebte mit ihrem jüngsten Kind, Karin, in Berlin. Evis Großmutter mütterlicherseits, bekennende Anhängerin des Christian Science, in den Augen der Nationalsozialisten jedoch »Volljüdin«, lebte in Hamburg, geschützt

Sibylle aus Cambridge an Evi Jessner Sampson in Los Angeles

28. Februar 1941

Liebes Evchen –

Das war vielleicht eine Überraschung. (Und wenn sich das schlecht vereinen läßt mit der langen Verzögerung dieser Antwort, dann muß ich Dir schnell erklären, daß sich dieser schmerzlich gesuchte Brief von Dir heute früh beim Auskramen meines Kleiderschranks in meiner Regenmanteltasche gefunden hat, in der ich ihn nach New York geschleppt hatte, um ihn der erstaunten Familie und Lili zu zeigen.) Also sei nicht böse, ich bin froh, daß er nicht erst beim nächsten Wolkenbruch, sondern bereits als Folge eines meiner seltenen Ordnungsimpulse aufgetaucht ist.

Nach dieser Präambel: Laß Dir sagen, wie sehr ich mich gefreut habe über diese Nachricht, die so ganz aus blauem Himmel kam. Ich wünschte, Du hättest mir ein bißchen mehr von Deinem Mann erzählt oder ein Bildchen eingeschickt – aber Du hast einen so guten Geschmack oder, sagen wir, »Instinkt« für Menschen, daß ich überzeugt bin, Du hast in jeder Hinsicht »den Vogel abgeschossen«. Laß es Dir, oder vielmehr, laßt es Euch recht gutgehen, und seid so glücklich wie nur möglich. Ich bin schon seit langem zu der früher so von meinem sozialen Gewissen angegriffenen Einstellung meiner Mutter übergegangen, daß man seinen kleinen Vorrat an Liebe und »Aufopferung« ganz auf den kleinen Kreis der einem Nächsten und Engsten konzentrieren muß, wenn man nicht immer wieder sich Enttäuschungen und Zwecklosigkeitserkenntnissen aussetzen will. In andern Worten, ich bin allmählich aus einem idealistischen Kind mit kollektivisti-

———

durch ihre Ehe mit einem Arier. Im Sommer 1941 erlitt Lilli Hartwig einen Schlaganfall, der sie halbseitig lähmte. Sie erholte sich in einem Krankenhaus, bis ein Besucher einer Krankenschwester gegenüber eine Bemerkung über den Umstand machte, daß man nach wie vor jüdische Patienten behandele. Die Krankenhausleitung, die zuvor nicht wußte, daß Frau Hartwig Jüdin war, entließ sie umgehend – »man warf sie auf die Straße«, wie sich ihre Tochter erinnerte. Irgendwie brachte die Familie es fertig, sie von Berlin in das Haus ihrer Mutter nach Hamburg zu bringen, wo sie im Laufe des Jahres im Alter von 48 Jahren verstarb. Als der arische Ehemann von Evis Großmutter ebenfalls starb, blieb seine Witwe ohne jeden rechtlichen Schutz zurück. Nur eine Woche später deportierte man sie nach Theresienstadt, wo sie umkam.

schen Ideen von humanitären Missionen etc. – vielleicht leider – zu einem recht desillusionierten, sich ganz in den Individualismus zurückziehenden Adult geworden. Ich merke, ich bin das Deutschschreiben nicht mehr gewöhnt, und das klingt hochtrabender, als es beabsichtigt war, doch die Idee bleibt dieselbe. Und was ich eigentlich nur sagen wollte, ist: Hat man sich mal zur eigensüchtigen Isoliertheit von der größeren Welt entschlossen, so kann man sich dafür nur entschädigen, indem man um so intensiver, rastloser seiner eigenen winzigen Welt lebt. Wahrscheinlich habe ich ganz unrecht, und das ist ein Grund, warum Hitler die Welt erobern wird. Aber mit solch morbiden Spekulationen wollte ich wirklich diesen Glückwunschbrief nicht füllen.

Ich hoffe, es geht Euch finanziell gut und aussichtsreich genug, um Euch bald eine(n) kleine(n) Sampson anzuschaffen. Dann erst werde ich Dich zum ersten Mal im Leben beneiden. Von Putti Welch kam neulich ein Brief mit einer fast sechsseitigen Hymne auf die kindergesegnete Ehe. Und ich habe schmerzlich-bejahend genickt. Also, in der Hinsicht wünsche ich Dir mehr Glück, Mut und Optimismus, als ich vorläufig aufbringen kann.

Jetzt erwarte ich aber, daß Du mir ein bißchen mehr über Euch erzählst, wie lange Ihr Euch kennt, und mir Deinen Mann nicht nur als »fleißigen Kaufmann« beschreibst. Du hast nun einen ebenso prächtig-amerikanischen Namen wie ich. Es wird lange dauern, bis ich mich daran gewöhne (jedenfalls bin ich davon überzeugt, wenn ich daran denke, wie wenig ich mich in einem halben Jahr an *meinen* neuen Status gewöhnt habe). Und wirst Dich sicher schneller akklimatisieren, denn – meine gute Evi – Du bist ja viel besser zur Gattin und »züchtigen Hausfrau und Mutter der Kinder« gemacht als ich. Ich werde mir wohl bis zur Goldenen Hochzeit nicht die Würde der Matrone zulegen, die Renatchen bereits nach ein paar Monaten zur Schau trägt. Lili war erstaunt (eigentlich nicht so sehr, wie ich geglaubt), erfreut, sehr melancholisch und ein bißchen uneigennützigneidisch, als sie hörte, daß Du geheiratet hast. Meine Mutter und Fritz grüßen Dich sehr herzlich und wünschen Dir natürlich alles nur mögliche Gute und Schöne. Bitte schreib bald Deiner neugierigen Gefährtin »froh' und trüber Zeit«, erzähl auch, was Dein Gesang macht, Deine Stellung etc., und nimm zum Siegel aller guten Wünsche einen Nachhochzeitskuß

von Deiner Sibylle

Den Internierten in Kanada stellte man »Kriegsgefangenenpost«-Bögen, die sie portofrei senden konnten. Da die Anzahl begrenzt war, schenkten oder verkauften andere Gefangene Thola offenbar ihre.

»Jakob Ball« (Thola Theilhaber) aus Lager B in Kanada an Sibylle in Cambridge

4. Februar 1941

Meine lieben Freunde!

Ich bekam Dein Paket mit den Zigaretten pünktlich zu meinem Geburtstag und möchte, daß Du weißt, daß es genau das war, was ich unter den gegebenen Umständen am meisten schätze. Zigaretten (unsere einzige »sinnliche Aktivität« ist das Rauchen) sind unbezahlbar. Stell Dir vor, daß man einen Anzug oder ein Hemd für ein paar Kippen bekommen konnte, bevor unsere Kantine eröffnet wurde. Jedenfalls wirst Du wissen, wie zufrieden und gerührt ich bin, daß Du meinen Geburtstag nicht vergessen hast! Kürzlich haben wir hier das Stück »Androklus und der Löwe« von G. B. Shaw aufgeführt. Kennst Du es? Die Frauen wurden von Jungen gespielt, wie alle weiblichen Rollen in diesem Lager. Hast Du Vorschläge für Stücke, die unter diesen Umständen hier aufgeführt werden können? Die Frauen im Stück sollten nicht zu wichtig und tragisch sein. Sonst könnte ein Junge in der Rolle ziemlich lächerlich wirken.

Na ja, alles Gute für Dich und alle, die ich kenne.

Alles Liebe, Jak.

»Martin Levy« (Thola Theilhaber) aus Lager B in Kanada an Sibylle in Cambridge

6. März 1941

Liebe Syb!

Dein »Geburtstagsbrief« war ein Vergnügen. Danke, daß Du so viel für mich tust. Zum Visum für die Vereinigten Staaten benötige ich jetzt nur noch ein Affidavit, da man als deutscher Immigrant nicht warten muß, um aus Kanada wegzukommen. Ich sollte also schon bald in der Lage sein zu immigrieren, ohne mich um ein Studenten-

oder Besuchervisum bewerben zu müssen. Trotz der Tatsache, daß das »Komitee für internierte Flüchtlinge« versprochen hat, allen Internierten mit guten Begründungen in die Vereinigten Staaten und so zurück in die Freiheit zu verhelfen, teilt man uns jetzt mit, daß Internierte nach § 17 des amerikanischen Einwanderungsgesetzes von 1924 nicht in die Vereinigten Staaten einreisen dürfen. Der Paragraph besagt, daß angehende Immigranten auf einem normalen Dampfer in die westliche Hemisphäre kommen müssen und nicht als Deportierte. Bitte erzähl Freda Kirchwey[257] von dieser bedauernswerten Anwendung eines Gesetzes, das die Freilassung von Menschen verhindert, die mehr oder weniger als Freunde der Demokratie anerkannt sind. Die Zukunft wird hoffentlich die Behörden der Vereinigten Staaten dazu bringen, ihre Meinung zu ändern.

Alles Gute Euch beiden,
herzlich, Euer Martin

»Jakob Ball« (Thola Theilhaber) aus Lager B in Kanada an Sibylle in Cambridge

4. April 1941

Meine liebe Sibylle, lieber Milton!

Der Frühling ist da, und wir werden braun und ein bißchen glücklicher. Dieser kanadische Winter erwies sich als ziemlich kalt; und die Sonne und der schmelzende Schnee zusammen mit der Nachricht, daß unsere Immigration in die USA nicht mehr fern ist, wurden in der Tat sehnsüchtig erwartet. Vor ein paar Tagen teilte mein Bruder mir mit, daß ein Schulfreund von mir, Heinz Schild, auf seinem Weg nach Australien, wohin die Internierungsbehörden ihn transportiert hatten, getötet worden ist.[258]

Mit freundlichen Grüßen, Jak.

---

257 Eine Journalistin, die in der linken Zeitschrift *The Nation* für die Sache der Flüchtlinge eingetreten war.

258 Heinz Schild ertrank vermutlich, als der Dampfer *Arandora Star,* der Internierte nach Kanada bringen sollte, am 2. Juli 1940 von einem U-Boot torpediert wurde. Die Überlebenden wurden von der *Dunera* aufgenommen und nicht nach Kanada, sondern nach Australien gebracht, unterwegs von der Mannschaft mißhandelt und ihrer Wertsachen beraubt. Mitte Juli stellte die britische Regierung den Transport Internierter nach Übersee ein.

Kurt Rosenthal aus dem Lager Gurs an Christel Rosenthal in Cassis-sur-Mer

8. April 1941

Meine liebe Christel!

Schade, daß die Kinder nicht mehr unsere *Larousses* besitzen, um nachzuschauen, wer »Dante« war. Man zitiert oft: »Lasciate ogni speranza voi ch'entrate«. Das ist die Inschrift über dem Tor zur Hölle. Und ich fürchte immer, daß diese Worte ebenfalls über mir erscheinen werden, wenn ich mich eines Tages trotz allem entscheiden sollte, Frankreich zu verlassen und in die Vereinigten Staaten auszuwandern! Es gibt kein anderes Land auf der ganzen Welt, das (in allen Bedeutungen des Wortes!) so schön ist wie Frankreich mit seiner *wahren* hohen Zivilisation, und ich persönlich wäre lieber ein Kleinbürger in Frankreich als ein großer Mann in Amerika!

Um von Dante auf das zurückzukommen, was uns im Moment Sorgen bereitet (denn selbst im Lager von Gurs darf man nicht vergessen, was Frankreich in normalen Zeiten gewesen ist und *immer* sein wird), Ihr seht und werdet vielleicht verstehen, daß ich so sehr zögere, einen Antrag nach Les Milles zu stellen, was ja bedeuten würde, daß ich auf das Asyl verzichten müßte, das Frankreich uns gegeben hat.[259]

Ich umarme Euch alle, Kurt

»Franz Neuburger« (Thola Theilhaber) aus Lager B in Kanada an Sibylle in Cambridge

11. April 1941

Meine liebe Syb.

ich erhielt gerade Deinen Brief vom 1. April und möchte Dir für die zahlreichen Bemühungen danken, die Du für mich unternommen hast. Jedesmal, wenn ich Dir schreibe, fällt mir auf, daß ich Dich wieder um Hilfe bitte, und ich wünschte, ich könnte aufhören, Dich zu belästigen, und Dir statt dessen einfach vom Leben im Lager erzählen.

Es gibt hier eine Art demokratischer Selbstverwaltung, in der ich schon länger eine Rolle spiele und die den offiziellen Vertretern (alles

259 Im Lager Les Milles hielt man Internierte fest, die auf die endgültige Genehmigung warteten, Frankreich zu verlassen.

Internierte) Sorgen macht etc. Wir tragen eine große Verantwortung, da die meisten Internierten Jugendliche sind, weit unter 20 Jahre alt, die eines Tages entlassen werden und keine Ausbildung haben und nirgendwohin gehen können. Deshalb unterrichten wir sie in allen möglichen Dingen, unsere Mittel sind natürlich begrenzt, da nur der Überschuß unserer Kantinengelder und eine kleine Abgabe dafür verwendet werden können. Letzte Woche habe ich als »Vorarbeiter« im Straßenbau gearbeitet. Die Straße, die zu unserem Lager führt, war durch den Frost stark beschädigt, und es bestand die Gefahr, vom Nachschub abgeschnitten zu werden.

Ich habe in unserer Lagerzeitung ein paar Artikel über Palästina geschrieben und bin zu dem Schluß gekommen, daß sich das Land in dieser Zeit in einer schlechten Lage befindet, aber daß das Schicksal der Juden dort sicherer ist als irgendwo sonst. Antisemitismus kann überall beginnen, jederzeit, obwohl ich hoffe, daß Dir diese schreckliche Erfahrung erspart bleibt.

In der Hoffnung, Dich bald wiederzusehen, und mit Grüßen an Dich, Milton (es tut mir leid, daß er noch keinen Job hat) und Deine Eltern.

Herzlich, Dein Franz

Friedrich Sussmann, ein Freund der Löwenfelds, hatte mit dem Querido Verlag in Amsterdam zu tun, einem Verlag, der vor allem Bücher von Gegnern des Nationalsozialismus veröffentlichte.

Friedrich Sussmann aus Amsterdam an Heinrich Löwenfeld in New York

20. April 1941

Liebe Löwenfelds,

wir können es überhaupt nicht begreifen, daß wir von Euch überhaupt keine Post mehr bekommen. Habt Ihr uns völlig vergessen oder schon ganz abgeschrieben? Euer letzter Brief datiert vom 8. AUGUST vorigen Jahres. Wir antworteten am 9. September, und später schrieb Peter mal extra einen Brief an Andreas. Das würde also bedeuten, daß Ihr uns seit NEUN Monaten keine Zeile mehr geschrieben hättet. Man bekommt manchmal das Gefühl, daß dort das richtige Verständnis für uns fehlt, und es würde uns wirklich sehr traurig stimmen, wenn auch Ihr bereits zu diesen Verständnislosen gehören würdet. Man kommt sich auch reichlich verlassen vor, und dieses Gefühl kennen scheinbar immer nur die, die es selbst trifft.

Wir nehmen also an, daß Ihr uns doch noch nicht vergessen habt und daß Ihr uns gern helfen wollt, wenn Ihr eine Möglichkeit seht. Der eine Weg ist die Beschaffung eines Visums für irgendein Land. Da wir in keiner Weise verwöhnt sind, nehmen wir JEDES Visum mit Dankbarkeit an. Der zweite ist Stellung eines irrevocable credit von ca. 3000 Dollar auf zwei oder drei Jahre. Wenn wir das bekommen könnten, würden wir ein USA-Visum erhalten. Ihr wißt, daß wir ein ganz gutes Affidavit aus Los Angeles erhalten haben. Das hat aber als Freundschaftsaffidavit keinen besonderen Wert. Da nämlich das Verwandtschaftsaffidavit von meinem Schwager aus Charleston zu schwach ist. Was uns also zu unserem Glück fehlt, ist der credit. Habt Ihr keine Freunde oder Bekannte oder Patienten oder sonst wen, die uns diese Summe stellen können? Bitte sagt nicht gleich in Gedanken unmöglich, dafür ist diese ganze Sache viel zu wichtig. Denkt wirklich angestrengt nach, am besten stellt Euch die Lage umgekehrt vor, was wir alles tun würden, um Euch zu helfen.

Wenn Ihr etwas erreichen könnt, sendet uns umgehend ein Telegramm, damit wir uns sofort mit dem hiesigen Konsul in Verbindung setzen können.

Auf jeden Fall: Schreibt schnellstens.

Herzliche Grüße

Eure Sussmanns

Sophie Lechner aus Brody, UdSSR, an Fritz Lechner in New York

18. Juni 1941

Mein liebes Fritzelchen,

Deinen Luftpostbrief haben wir nach 4 Wochen erhalten. Ich möchte Dich bitten, nur Luftpostbriefe an uns zu schreiben, ich würde es tun, aber von hier werden keine angenommen. Ich kann Dir gar nicht sagen, wie sehr wir uns freuen über Deine liebevollen Briefe. Daß ich Dir Vorwürfe machte, mußt Du nicht böse sein, weil uns hier die Zeit zu lange dauert. Wir haben bis heute keine Nachricht vom Konsul bekommen. Ein Paket haben wir schon erhalten. Ich habe Dir gleich davon geschrieben, daß es in bester Ordnung angekommen ist. In 14 Tagen erwarten wir das zweite Paket. Gewiß sind wir damit sehr zufrieden, aber Du hast uns nicht mitgeteilt, was Du schickst. Sei herzlich geküßt von uns beiden. In Liebe

Mutter

Eva Ortmann Lechner aus New York an Sibylle in Cambridge

23. Juni 1941

Mein Liebes,

als Fritz nach Hause kam, fand er einen Brief seiner Schwägerin aus Berlin vor mit der Nachricht, daß sein Bruder an einer Magenoperation gestorben ist. Er war ganz außer sich, trotzdem er diesen Bruder doch eigentlich immer gehaßt hat – vielleicht auch gerade deswegen. Merkwürdigerweise scheint die Frau ganz verzweifelt zu sein, dabei erleichtert es doch ihre Situation im heutigen Deutschland enorm. Aber sie scheint ihn sehr geliebt zu haben, trotz seines Benehmens. Sie schreibt, sie ginge immerzu auf den Friedhof und erst dort begriffe sie, daß er wirklich nicht mehr lebe.

Ich persönlich finde, daß die Tragödie der armen alten Eltern eine viel größere ist. Was mag denen im Augenblick alles geschehen! Die Russen, diese Schweine, haben den Polen versprochen, ihr Land freizugeben, was doch nichts anderes heißt, als sie den Nazis zu überliefern. Ich bin *sehr* gegen Hilfe für die Russen, sowohl von England wie von Amerika. Die Russen werden in 4 Wochen so geschlagen sein, daß sie zu irgendeinem Frieden gezwungen werden und den Nazis alles ausliefern werden, was die verlangen, also auch etwa von England oder Amerika geliefertes Material.

Grüße Milton und sei geküßt von

Deiner Mutti

Eva Lechner bemühte sich verzweifelt, die unterschiedlichsten Hilfsorganisationen auf irgendeine Weise zu bereden, ihrem internierten Vetter Kurt Rosenthal und seiner Familie zu helfen. Sie erinnerte sich, daß Kurt einmal Geldgeber für die Aufführung einer linken Theatergruppe (Robert Kleins Künstlertheater) gewesen war, und behauptete energisch, diese politische Tätigkeit bringe ihn und seine

Familie in Gefahr. Tatsächlich war Kurt Rosenthal keineswegs politisch links, das Argument scheint jedoch gewirkt zu haben.

Eva Ortmann Lechner aus New York an Sibylle in Cambridge

26. Juni 1941

Mein Liebes,

heute morgen bekomme ich einen Brief von der HIAS.[260] Sie interessierten sich für eine Familie Rosenthal in Marseille, die eventuell Gelegenheit hätte, nach Cuba zu fahren, usw. usw., und ob ich vielleicht das Fahrgeld in Höhe von 1300 Dollar einzahlen könnte. Eine schöne Ordnung scheint dort zu herrschen! Man wundert sich, daß trotzdem schließlich doch noch ein paar Leute herübergeschafft werden. Es wäre ja wunderbar, wenn es Kurt doch noch gelingen würde.

Sonst gibt es gar nichts Neues, mein Gutes. Den Artikel in PM habe ich nicht gelesen, leider, dafür Auszüge aus dem *Daily Worker,* bei denen einem körperlich übel werden kann. Die Pickets, die vor dem White House Peace Demonstrationen gemacht haben, sind zurückgezogen worden und durch andere ersetzt worden, die für »Hilfe für Rußland« werben. Gesinnungslose Lumpen! Mit Dummheit allein kann man nicht alles entschuldigen.

Mutti

Thola Theilhaber aus Lager A in Kanada an Sibylle in New York

27. Juni 1941

Meine liebe Sibylle!

Hiermit gebe ich bekannt, daß ich »es weit gebracht«, d. h., daß ich eine geringfügige Adressenänderung durchlaufen habe. Sie lautet jetzt nicht mehr Lager *B,* sondern Internierungslager *A,* Base Army Post Office, Ottawa, Kanada. Ich denke nicht, daß ich Dir viel von der Reise erzählen kann, die lange dauerte und uns in eine andere Region brachte, die in meinen Augen besser aussieht. Das neue Lager ist angenehmer, da die Umgebung wie die interne Zusammensetzung zufriedenstellender ist. Es gibt einen schönen Hof, andere Internierte (Nicht-Juden sind die Mehrheit), bessere Arbeit für die Internierten

260 Hebräische Hilfsorganisation für Einwanderer.

(Holzarbeiten und Stricken). Ich hatte das alte Lager ziemlich satt und begrüße die Möglichkeit, neue Gesichter zu sehen (von denen ich manche schon in England in Freiheit oder Internierung getroffen habe). Wir erwarten jetzt jederzeit eine Änderung unseres Status. Einige meiner besten Freunde mußten im alten Lager bleiben, und das ist der einzige Grund, weshalb ich etwas traurig über die Veränderung bin. Bitte schreibe mir bald von Dir und Milton.

Alles, alles Gute, herzlich, Dein Thola

Lager A lag in Farnham, Quebec, in der Nähe der amerikanischen Grenze. Die Veränderung ihres Status, die die Internierten herbeisehnten, war ihre Anerkennung als Gegner des Nationalsozialismus und war zugleich Voraussetzung für die Teilnahme an den Kriegsanstrengungen.

Eva Ortmann Lechner aus New York an Sibylle in Cambridge

30. Juni 1941

Mein Liebes,

nichts Neues sonst. Fritz läßt grüßen. Er kann sich gar nicht über das Schicksal seiner Eltern beruhigen, gerade die schlimmsten Kämpfe scheinen sich dort abzuspielen.

Mutti

Eva Ortmann Lechner aus New York an Sibylle in Cambridge

2. Juli 1941

Mein Liebes,

der russische Krieg sieht schrecklich aus. Baldwin in der Times gibt den Russen nicht die leiseste Chance. Nicht nur Lemberg, sondern anscheinend ganz Polen ist wohl schon im Besitz der Nazis. Schrecklich! Was bloß aus diesen armen alten Leuten geworden ist! Vielleicht sind sie schon tot, vielleicht sind sie evakuiert worden – dann hört man vielleicht *nie* wieder etwas von ihnen. Grauenhafte Vorstellung. Fritz jammert den ganzen Tag, aber ich kann es verstehen. Von den 3 Paketen, die wir geschickt haben – das 4. habe ich noch zurückgehalten –, können sie höchstens eines bekommen haben.

Mutti

Eva Ortmann Lechner aus New York an Sibylle in Cambridge

5. Juli 1941

Mein Liebes,

im Aufbau hat gestanden, daß man die gesamte Civil-Bevölkerung schon vor Wochen aus Galizien evakuiert und ins Innere Rußlands gebracht hat. Das ist alles, was wir darüber gehört haben, in anderen Zeitungen hat nichts gestanden, soviel ich weiß. Dr. Wise hat Fritz vorgestern gerade das Gegenteil erzählt. Nach den Nachrichten, die er hatte, hatte man überhaupt nicht evakuiert, da man nicht die Straßen verstopfen wollte. Also wer weiß, was wirklich dort geschehen ist. Obwohl einem die Wahl schwer wird, meine ich doch, das Schlimmste für solche alten Juden wäre, den Deutschen in die Hände zu fallen. In Rußland sucht man sie doch wenigstens nicht zu besonderen Mißhandlungen heraus. Hast Du die Rede von Stalin gelesen? Unvorstellbar dumm und primitiv. Danach kann man wirklich alle Hoffnung aufgeben. Dabei scheinen die Russen gute Soldaten zu sein, aber das kommt wohl in einem modernen Krieg erst an zweiter Stelle, und alles andere scheint eben zu fehlen.

Ich hatte schon wieder einen Brief von Kurt. Sie hungern so sehr, daß Christel und die beiden jüngeren Kinder den ganzen Tag darüber jammern. Und dabei hat er doch immer noch Geld (aus der Schweiz). Man kann sich vorstellen, wie es den wirklich armen Leuten geht. Er schreibt, der Fremdenhaß wüchse mit jedem Tage.

Mutti

Eva Ortmann Lechner aus New York an Sibylle in Cambridge

11. Juli 1941

Mein Liebes,

ich könnte mich nicht 5 Stunden mit einem Stalinisten unterhalten, in diesem Augenblick weniger als je. »Distorting simple facts« ist noch das wenigste, was man sagen kann. Sie sind ekelerregende Verbrecher und viel schlimmer zu ertragen als die Nazis und ihre Mitläufer. Wir lesen augenblicklich das Buch von Shirer.[261] Da kann man sehen,

261 Gemeint ist William L. Shirer: *Berlin Diary.* New York 1941. Das Ausmaß sowjetischer Greueltaten gegenüber den Polen war damals noch nicht bekannt.

wie sich die Russen gegen die Polen benommen haben z. B.! Jetzt in London versuchen sie Verbrüderungsszenen und versprechen ihnen das Blaue von Himmel, weil ihnen das Messer an der Kehle sitzt. Und die englischen Kommunisten haben ihnen bei der Ankunft in London einen Riesenempfang bereitet und sollten doch wie jeder andere wissen, daß ohne Russenpakt wahrscheinlich kein Krieg wäre. Idiotisch!

Die neuen Immigrations-Bestimmungen sind entsetzlich. Praktisch läuft es darauf hinaus, daß keiner mehr einwandern kann. Hast Du mal wegen Deines 2nd paper angefragt? *Tue es,* es kann plötzlich von entscheidender Bedeutung werden.

Mutti

Nach den neuen Bestimmungen des Außenministeriums galt folgendes: wenn ein Bewerber um ein Visum ein Elternteil, einen Ehepartner, ein Kind oder Geschwister in einem Gebiet besaß, das sich »unter Kontrolle eines Staates, dessen Regierungsform der Regierungsform der Vereinigten Staaten widerspricht«, befand, dann führte das dazu, daß die Zulassung dieses Bewerbers als »nachteilig für die öffentliche Sicherheit oder den Interessen der Vereinigten Staaten zuwiderlaufend« eingestuft wurde. Es kam praktisch nicht vor, daß ein Flüchtling wahrheitsgemäß erklären konnte, er oder sie habe keinen engeren Verwandten in einem Land unter nationalsozialistischer oder kommunistischer Kontrolle.

Allerdings gingen die Bestimmungen noch weiter. Wohl wissend, daß einzelne Konsuln sich erweichen lassen könnten, beschnitten die neuen Regularien ganz erheblich deren Autorität, Visa zu gewähren. Deshalb hatten Bewerber ihre Unterlagen der Visaabteilung in sechsfacher Ausfertigung einzureichen, die dann Durchschläge an das FBI, den militärischen und den Geheimdienst der Marine und andere Einrichtungen weiterleitete.

Erst nachdem diese Einrichtungen ihre Ermittlungen abgeschlossen hatten, konnte das Außenministerium in Washington eine Quotennummer vergeben, und erst dann konnte ein Konsul, wenn er sich dafür entschied, das Visum erteilen. Wenn ein Bewerber aus irgendeinem Grund nicht in der Lage war, in dem Jahr einzureisen, für das die Quotennummer galt, hatte er sich erneut zu bewerben. Flüchtlingen, deren Antrag abgelehnt wurde, wurde der Grund der Ablehnung nicht mitgeteilt, um zu verhindern, daß sie bei einem erneuten Antrag einen Meineid leisteten.

Eva Ortmann Lechner aus New York an Sibylle in Cambridge

16. Juli 1941

Mein Liebes,

eben rief mich L. an. Er will für seine Eltern ein Visum nach Cuba zu bekommen versuchen, und ich werde mich gleich auf den Weg machen, um bei den verschiedenen Organisationen (Joint, HIAS, etc.[262]) genau festzustellen, wie die Situation im Augenblick liegt. Nach USA werden sie wohl nicht so leicht einwandern können nach den neuen Bestimmungen.

Bitte seht Euch nie den Film »The Devil and Miss Jones« an. Das ist etwas für half wits.

Mutti

Eva Ortmann Lechner aus New York an Sibylle in Cambridge

20. Juli 1941

Mein Liebes,

ich bin augenblicklich in dauernder Correspondenz mit L. wegen seiner Eltern. Die Untüchtigkeit der jüdischen Organisationen ist fast unglaubhaft. Heinrich, der sich immer noch für Lurje in Prag bemüht, hat die gleichen Erfahrungen. Keiner weiß vom anderen, sie sind nicht imstande, Passagen zu besorgen, selbst wenn das Geld da ist, und andererseits fahren die Schiffe nicht ab – wegen ungenügender Buchung!! Das einzige, was sie tun: Sie kabeln an alle Beteiligten, sie sollen Geld einzahlen, das dann sofort »einfriert«, d. h. man hat die größte Mühe, es eventuell nach vielen Anträgen und Wochen wiederzubekommen. Merkwürdig, daß nicht mal die deutschen Juden organisieren gelernt haben. Sie haben so viele schlechte Eigenschaften von den Deutschen sich angeeignet!

Mutti

---

262 Joint = American Joint Distribution Committee, etwa: Vereinigtes amerikanisches Spendenkomitee.

Erstmals seit seiner Ankunft in Kanada konnte Thola Theilhaber Briefe schreiben, die nicht als »Kriegsgefangenenpost« gestempelt waren.

»M. Weinstein« (Thola Theilhaber) aus Farnham, Quebec, an Sibylle in Cambridge

29. Juli 1941

Meine liebe Syb!

Die Adresse hat sich wieder geändert, obwohl wir noch am gleichen Ort sind. Sie hat sich vom mysteriösen »Base Army P. O.« in eine verändert, durch die Du Dir ein Bild von meinem Aufenthaltsort machen kannst. Du wirst erstaunt sein, warum dieses Geheimnis gelüftet wurde. Die Antwort ist einfach, obwohl die Konsequenzen für uns von großer Bedeutung sind: Wir werden jetzt offiziell als »Flüchtlinge aus der Unterdrückung durch die Nazis« anerkannt, und als ein solch erweitertes Privileg haben wir den »Flüchtlingsstatus« erhalten. Die Verordnungen sind nicht viel anders als die alten, abgesehen von denen, die Zensur und Post betreffen sowie das Recht, Besucher zu empfangen. Als Sprungbrett in eine bessere Zukunft erfüllt es jedoch seinen Zweck. Vor allem nimmt es uns die Angst, jederzeit für unseren Feind gehalten zu werden.

Es besteht jetzt auch die Möglichkeit, in diesem Land freigelassen zu werden. Jungens unter 21 können eine Entlassung zu Erziehungszwecken bekommen, müssen aber einen Sponsor mit viel Geld haben. Andere werden als Arbeitskräfte für die Industrie freigelassen. *Thola versucht auch sehr, den ganzen Haufen Mitglieder der Zionisten-Jugend dieses Lagers in Kanada für weitere »Hachsharah«*[263] *freizubekommen.*

Syb, ich werde wütend, wenn ich daran denke, daß ich Brief für Brief über die gleichen Dinge rede, egozentrisch, und immer auf die eine oder andere Art um Hilfe bitte. Es gibt wenig als Entschuldigung vorzubringen. Nur die, die im gleichen Boot sitzen, können unsere Situation und ihre Auswirkungen auf uns einschätzen.

Das Leben in diesem Lager ist das gleiche wie im alten. Es gibt ge-

---

263 Hebräisch für »Vorbereitung«; im zionistischen Sprachgebrauch meinte es insbesondere die Vorbereitung auf die Übersiedlung nach Palästina, um sich dort niederzulassen.

legentlich ein Handballspiel, ein Sport-Treffen, an dem ich für gewöhnlich teilnehme, laufe und – gewinne. Da ist mein »Kind«, die Ingenieurs-Schule, wo ich trotz der enormen Hitze noch Vorträge halte. Ich freunde mich gerade mit den Jugendlichen des Lagers an. Zum einen brauchen sie Hilfe, da sie von ihren Eltern getrennt sind, und zum zweiten schätzen sie eine gewisse Zuneigung, aber versteh das nicht falsch. Zuletzt sind sie eher bereit, Ideen anderer zu hören und aufzunehmen, als die ältere Generation, die sich ziemlich schlecht benimmt. Es tut gut, die Jugend hart arbeiten zu sehen, während die Alten sich faule Witze erzählen oder Karten spielen, einem ganz allgemein auf die Nerven gehen und ihre eigene und die Zeit anderer vergeuden.

Alles Gute für heute. Grüße Milton von mir, dessen Bild ich mir gelegentlich angucke und den ich sehr mag. Viel Glück fürs Studium.

Herzlich, M.

Eva Ortmann Lechner aus New York an Sibylle in Cambridge

30. August 1941

Mein Liebes,

Kurt hat telegraphiert, daß sie alle am 3. Sept. mit der »Niassa« abfahren werden. Was sagst Du dazu?

Mutti

Margarethe (Luri) Lurje aus Prag an Heinrich Löwenfeld in New York

11. September 1941

Liebster Dr. Löwenfeld!

Sie schreiben nicht! Und gestern bekamen wir einen Brief von meiner Wiener Tante aus New York (wir wollten immer zusammen fahren!), und jetzt weiß ich ganz sicher, daß nicht die Post schuld ist – sondern eben: Sie schreiben nicht! Es ist so schwer, sich all die Möglichkeiten auszudenken. Sind Sie überlastet mit Arbeit, gibt es irgendwelche Familien troubles? Ich weiß es nicht, Amerika ist doch irgendwo noch immer weit und fremd, und ich kann es mir so schlecht vorstellen, warum ich schon so lange (23. Juni!) nichts von Ihnen gehört habe. Ich kann nur hoffen, daß es nichts Böses ist – es ist so unheimlich, plötzlich nichts mehr zu hören. Nun, ich kann ja doch ewig und immer nur warten, vielleicht verirrt sich doch wieder einmal ein Brieflein.

Ich lebe hier wie auf einer Probeseefahrt: Wellenberg und -tal. Nun klärt es sich, es ist zwar nicht leicht, aber es sieht nun doch so aus, als ob ich mit treulicher Sicherheit mein Arbeitsprogramm für die kommenden Wintermonate machen könnte. Diese Wochen der Unsicherheit, des Hoffens und Fürchtens waren so schlimm, daß ich jetzt beinahe mit der negativen Sicherheit zufriedener bin als dem ewigen Schwanken. Auf der Kultusgemeinde hat man mir geraten, solange nicht alles endgültig unmöglich ist, die Sache weiter zu betreiben, und so spiele ich wie eine Schauspielerin, die ihre Rolle und den Ausgang des Stückes schon kennt, eben noch zu Ende. Wie leid mir all Ihre Mühe und Opfer sind, kann ich nicht sagen! Es ist alles sehr schwer geworden, aber es wird schon wieder weitergehen, wenn auch wahrscheinlich das schöne köstliche Arbeiten im Atelier mit all den erfreulichen Begleitumständen jetzt auch ein jähes Ende nehmen wird. Na ja, so stehen die Dinge, und ich weiß jetzt schon wieder eine Menge mehr vom »Leben« – ich hätte auf so viel Wissen gern verzichtet.

Ich wünsche Ihnen allen so viel Liebes und Gutes und danke Ihnen für alles – Sie haben keinen Begriff, wie sehr Sie mir die ganzen Jahre geholfen haben, wenn es auch wahrscheinlich leider nicht zu dem gewünschten Ziel geführt hat, aber die »andere Hilfe« war sowieso noch größer. Und Dank für alles! Und alles Herrliche für die Zukunft! Viel, viel Schönes!

Ihre Luri

Die Abreise aus Europa bedeutete für Kurt Rosenthal keine Erleichterung. Sein Sohn Robert erinnerte sich später, während das Schiff nach Kuba fuhr, habe sein Vater an der Reling gestanden und geklagt: »Führen wir nur in entgegengesetzter Richtung!«

Eva Ortmann Lechner aus New York an Sibylle in Cambridge

19. September 1941

Mein Liebes,

ich habe eben einen Brief an Kurt nach Havanna geschrieben, das Boot wird am Montag schon erwartet, soll nur 12 Tage unterwegs sein. Ich bin ganz stolz, daß das nun doch gelungen ist.

Mutti

Eva Ortmann Lechner aus New York an Sibylle in Cambridge

8. Oktober 1941

Mein Liebes,

wie ich mich eben nach dem Essen hinsetzen will, ruft Renate[264] an. Fritz geht ans Telefon, und sie sagt: »Herr Lechner, sind Sie es? Ich wollte Ihnen nur sagen, daß mein Mann sich das Leben genommen hat.« Fritz wußte nicht, ob er richtig gehört hatte, vor allem weil sie so ruhig und sachlich sprach, als hätte sie nur irgendeine Bestellung auszurichten. Er warf den Hörer hin und rief mich, und Renate sagte dasselbe noch mal!

Heute morgen hat er einfach den Gashahn aufgedreht, und sie hat ihn mit der Polizei tot aufgefunden! Wirklich furchtbar. Renate ist anscheinend gar nicht imstande, richtig zu begreifen, was wirklich geschehen ist. Als sie ihn tot liegen sah, ist sie zunächst ans Telefon gegangen und hat in seiner Cafeteria angerufen, daß er heute nicht kommen könnte! Das finde ich so grausig wie aus einem Stück von Wedekind.

Mutti

Eva Ortmann Lechner aus New York an Sibylle in Cambridge

9. Oktober 1941

Mein Liebes,

heute morgen rief Renate an, ob Fritz bei der Trauerfeier für ihren Mann singen würde. Er sagte natürlich ja, obwohl ihm ganz schwach wurde bei dem Gedanken. Eine grausige Sache. Was gibt es bloß alles auf der Welt! Renate tut mir so leid, jetzt ist sie wieder da angelangt, wo sie im vorigen Jahr war, bei ihrem Vater, belastet mit einem solchen furchtbaren Erlebnis! Die Großmutter, die ich gestern sah, ist schon senil. Sie ließ sich des längeren und breiteren darüber aus, wie schnell man sich mit Gas vergiften kann, was man in Deutschland gehabt hat, hier aber nicht, es war entsetzlich. Ich versuchte, sie davon abzubringen. Aber ich glaube, wenn man erst einmal so alt ist, hat man schon *zu* viel erlebt, und nichts kommt mehr an einen heran.

Mutti

---

264 Renate Boenheim Benesch; sie hatte inzwischen einen Mitflüchtling geheiratet.

Sibylles gute Noten im Radcliffe College fanden sogar in der *New York Times* Erwähnung.

Eva Ortmann Lechner aus New York an Sibylle in Cambridge

12. Oktober 1941

Mein Liebes,

hast Du heute morgen in der Times auf Seite 54 Deinen Namen gefunden als einzige N.Y. Repräsentantin der Liste 1 mit einem »almost perfect A record«? Ich entdeckte es ganz durch Zufall.

Mutti

Am 27. September 1941 übernahm Reinhard Heydrich das Kommando in Prag. Während der frühere Reichsprotektor, Konstantin von Neurath, den Tschechen gegenüber eine verhältnismäßig milde Politik betrieben hatte, bemühte sich Heydrich von Anfang an energisch, die tschechische Widerstandsbewegung und die jüdische Bevölkerung auszurotten.

Eva Ortmann Lechner aus New York an Sibylle in Cambridge

16. Oktober 1941

Mein Liebes,

ich habe gestern mit Lili telephoniert, sie ist ganz verzweifelt wegen ihrer Eltern, sie scheinen ja jetzt anzufangen, die Prager Juden zu evakuieren, wahrscheinlich irgendwohin nach Polen.

Mutti

Eva Ortmann Lechner aus New York an Sibylle in Cambridge

30. Oktober 1941

Mein Liebes,

gestern kam eine Karte von Fritz' Mutter, ich habe das grauenhafte Gefühl, das ist das letzte Lebenszeichen von ihr. Sie ist vom 18. Juni, der Krieg begann, glaube ich, am 22. Sie schreibt, sie ist ganz glücklich über ein Telegramm, das von Jenny kam, und über Fritzens liebevollen Brief! Wirklich schrecklich, sich vorzustellen, was ihnen inzwischen passiert sein wird.

Mutti

Eva Ortmann Lechner aus New York an Sibylle in Cambridge

4. November 1941

Mein Liebes, heute wurde Fritz von einer Frau belästigt, Sängerin, über 50, Mann war Weinhändler in Bingen. Sie erzählte Fritz, sie seien die letzten Juden, die Bingen verlassen haben, und alle Leute seien »sehr nett« zu ihr gewesen. Erst in der Emigration habe ich gesehen, wieviel dumme Juden es gibt. Man fühlt sich direkt beleidigt.

Mutti

Eva Ortmann Lechner aus New York an Sibylle in Cambridge

6. November 1941

Mein Liebes, ich danke Dir sehr für Deine Karte. Das Examen wird schon nicht so schlecht gewesen sein, ich kenne schon diese Berichte.

Lilis Eltern sind nach Polen abtransportiert worden.

Mutti

Die Faktors hatte man ins Ghetto von Łódź deportiert.

Eva Ortmann Lechner aus New York an Sibylle in Cambridge

7. November 1941

Mein Liebes, Lili war gestern abend da. Sie sah aus wie ein Schatten ihrer selbst. Sie ist sich vollkommen darüber klar, daß sie ihre Eltern nicht mehr wiedersieht. Trotzdem, *was* nun dort eigentlich geschieht, kann sie sich natürlich nicht vorstellen. So etwas geht wohl überhaupt über die menschliche Vorstellungskraft hinaus, und das ist gut, sonst könnte man dieses Unmaß von Unglück gar nicht ertragen. Plötzlich sagte sie: »Sibylle hat mir das Leben gerettet.«

Mutti

Eva Ortmann Lechner aus New York an Sibylle in Cambridge

8. November 1941

Mein Liebes, ja, die Sache mit Faktors ist wirklich entsetzlich. Ich halte es übrigens für möglich, daß dieser Brief ein Brief vor dem Selbstmord war, alles, was er schrieb, könnte eine doppelte Bedeutung haben. Sehr merkwürdig war auch, daß die Mutter kein Wort dazugeschrieben hat. So daß Fritz sogar die Idee hat, als hätte die Mutter schon Schluß gemacht, vorher. Heinrich, der ja beide ganz gut kennt, hält es durchaus für möglich, sowohl daß sie es tut, wie auch daß er noch hinterher einen Brief an Lili schreibt, um sie gewissermaßen zu trösten.

Wie dem auch sei, eine schreckliche Tragödie, die nicht besser sondern schlimmer wird, wenn man sich vorstellt, daß sie in diesen Tagen tausendmal passiert. Die Maßnahmen scheinen sich in der Hauptsache auf Deutschland und die Tschechoslowakei zu beziehen. Österreich natürlich auch, aber wohl noch nicht auf die eroberten Länder. Warum sie die Leute nicht herauslassen, weiß niemand. Lili übrigens sprach, während ihr eigentlich noch die Tränen in den Augen standen, davon, daß sie so viel zu arbeiten hat, daß sie nun endlich eine Gehaltserhöhung haben oder sich nach einer anderen, ruhigeren Stellung umsehen müßte. So ist eben die menschliche Natur und hilft sich damit selbst. Lili ist einfach so *worn out,* daß sie das Unglück nicht mehr voll empfinden kann.

Grüße Milton, und sei Du geküßt von

Deiner Mutti

Sibylle hatte ihrer Mutter geschrieben, ein Vertreter des Joint Distribution Committee, der sich bemühte, die Befürchtungen der Flüchtlinge um ihre verschwundenen Verwandten zu beschwichtigen, habe gesagt, die Deportationen nach Polen müßten nicht unbedingt eine schlechte Nachricht sein, und von optimistischen Berichten über die dortigen Zustände gesprochen.

Eva Ortmann Lechner aus New York an Sibylle in Cambridge

12. November 1941

Mein Liebes, die Schilderungen des Herrn vom Joint erscheinen mir denn doch etwas zu idyllisch. Ein Kinderspielplatz, how nice. Das sieht mir doch sehr nach Nazi-Propaganda aus. *Ich* habe gehört, daß Tausende sterben, besonders Kinder, weil die wenigen Ärzte, die da sind, keine Medikamente, keine Hospitals etc. haben. Daß sie natürlich irgendwie wohnen, aber keine Kohlen haben im eisigsten Winter, keine Wasserleitungen etc. Vor allem nichts zu essen. Über die Leute aus der Gegend, wo Fritz' Eltern waren, weiß man *nichts*. Keine Hilfsorganisation ist erlaubt, ich habe mich bei HIAS und beim Joint erkundigt.

Mutti

Eva Ortmann Lechner aus New York an Sibylle in Cambridge

16. November 1941

Mein Liebes, eben kommt Lili und will mich zum Spazierengehen abholen. Aber ich habe noch so viel heute zu tun, daß ich nicht mit ihr gehen kann. Sie ist ganz vergnügt soweit. Ich habe ihr von dem Mann vom Joint erzählt, der bei Euch gesprochen hat. Sie hatte Ähnliches von jemandem gehört, der von Wien irgendwo in die Nähe von Warschau transportiert worden ist und dem es dort *besser* als in Wien geht. Es scheint wohl ganz davon abzuhängen, von wo die Berichte kommen. In Kiew z.B. sollen sie Tausende von Juden einfach mit Maschinengewehren niedergemacht haben.[265]

Mutti

Eva Ortmann Lechner aus New York an Sibylle in Cambridge

26. November 1941

Mein Liebes, denke Dir, Fritz bekommt eben eine Karte von seiner Tante aus Schweden, in der sie ihm schreibt, daß seine Eltern am Leben und in Brody sind! Sie erbietet sich, für Fritz die Correspondenz mit ihnen via Schweden zu vermitteln. Die Eltern schreiben nicht, wie und wovon sie leben, sie trauen sich wohl nicht aus Angst vor den Nazis.

Mutti

Eva Ortmann Lechner aus New York an Sibylle in Cambridge

27. November 1941

Liebes Sibyllchen,

was sagst Du nur zu Fritz' Eltern? Wovon diese armen Menschen bloß leben? Man kann nichts schicken, ich habe mich schon überall

---

265 Bei Babij Jar, einem Tal am Rande Kiews, waren am 29. und 30. September 1941 mehr als 33.000 Juden erschossen worden.

erkundigt, auch nicht Geld nach Schweden, das die Tante ja dann weiterleiten könnte.

Mutti

Ende November 1941 war Luri Lurje auf der S. S. Colonial unterwegs von Lissabon nach Havanna. Ihre Eltern, ihre Schwester und ihre jungen Nichten blieben in Prag zurück.

Margarethe (Luri) Lurje aus Havanna an Henry und Jela Löwenfeld in New York

28. November 1941

Allerbeste Löwenfelds, also ich bin da – wirklich da, nach endlos langen 3 Jahren –, nicht auszudenken und für mich ganz unfaßbar.

Gestern abend wurde ich schon nach 24 Stunden aus der Quarantäne entlassen, von Herrn Rosenblatt sorglichst empfangen und gleich mit Ihrem schrecklich lieben Brief u. den 25 $ beschenkt. Ich soll Ihnen nicht danken? Es läßt sich auch gar nicht mit Worten sagen, was ich empfinde und wie mir das Gefühl, Sie in New York zu haben, einfach den einzigen Halt gibt. Es ist alles so überstürzend, meine Emigration mit den ständigen Änderungen u. das Entsetzliche, was jetzt in Prag geschieht.

Hoffentlich höre ich bald wieder von den Eltern und Trudl. Diese Angst ist entsetzlich. Hanna Kompert ist schon nach Polen abtransportiert, der 80jährige Großvater allein in Prag. Worte sind Krüppel für das Entsetzliche, was da geschieht. Ich war die letzte, die noch weg kam! Da kann man nicht mit Worten danken.

Ihre Luri

Eva Ortmann Lechner aus New York an Sibylle in Cambridge

29. November 1941

Mein Liebes, ich bin sehr pessimistisch, was den Ausgang der Sache anbetrifft. Wer weiß, was mit der Immigration wird, wenn Krieg mit Japan kommt? Und es sieht doch eigentlich sehr danach aus.

Mutti

Drei Tage zuvor hatten japanische Flugzeugträger Kurs auf Pearl Harbor genommen.

Kapitel XV

»Erst der Anfang von allem Grauen«

Dezember 1941 bis September 1944

Im Morgengrauen des 7. Dezember 1941 griffen japanische Bomber, Torpedo- und Jagdflugzeuge die amerikanische Pazifik-Flotte an, die in Pearl Harbor vor Anker lag.

Eva Ortmann Lechner aus New York an Sibylle in Cambridge

8. Dezember 1941

Mein Liebes,

ja, es ist toll, was wir alles erleben. Was sagen denn nur jetzt Eure Quäker, sind sie noch immer dafür, sich einfach peacefully bomben zu lassen? Übrigens, die Nachrichten, die man heute hört, sind ja wirklich grauenhaft, ich meine, im Hinblick auf die Zukunft. Die Amerikaner scheinen doch – genau wie die Holländer – im wahrsten und wörtlichsten Sinne geschlafen zu haben, als die Japaner ankamen d.h., bereits da waren und einen Teil der Flotte zerstörten. *Wann* werden denn nur die Menschen hier die Methoden der Faschisten begreifen, nachdem sie *uns* längst geläufig sind? Roosevelt hat wohl den Krieg unter allen Umständen noch hinausschieben wollen, denn er weiß ja am besten, wie unvorbereitet sie hier noch sind. Sonst nämlich hätte er sich keinen besseren Start wünschen können als diesen Überfall, der ihn selbst jeder Verantwortung enthebt, den Leuten vom America First Committee[266] die Umkehr so erleichtert und auch dem kleinen und dümmsten Mann direkt vor Augen führt, was los ist. Es ist schwer zu verstehen, warum die Japaner dieses psychologische Moment so völlig außer acht gelassen haben. Hitler z.B. hat doch sehr mit der Uneinigkeit der Amerikaner und ihrer Kriegsunlust gerechnet. Fritz ist ganz krank vor Aufregung, er hat die ganze Nacht geträumt, daß sie Manhattan bomben.

Glaubt man, daß man sehr schnell mehr Leute einziehen und

---

266 Das »Amerika zuerst«-Komitee hatte seit Kriegsbeginn jede Unterstützung Englands bekämpft. Sein berühmtester Vertreter war der von Göring dekorierte Flieger Charles Lindbergh.

nachmustern wird? Was denkt Milton? Zu *irgendeinem* Dienst wird man ihn doch bestimmt holen, früher oder später. Er soll sich nur mit seinem Ph. D. beeilen, damit er den noch *vorher* hat. Wenn er erst mal herausgerissen aus allem ist, ist es später schwer, wieder anzufangen.

Deine Mutti

Heinrich Löwenfeld hatte Luri Lurje einen entmutigenden Brief über ihre Aussichten geschrieben, in die Vereinigten Staaten einzureisen. Der Brief war am Tag des Angriffs auf Pearl Harbor eingetroffen.

Margarethe (Luri) Lurje aus Havanna an Heinrich Löwenfeld in New York

8. Dezember 1941

Liebster Dr. Löwenfeld!

Gestern kam Ihr lieber Brief, nach dem mir gleich das Herz in die Hosen fiel, denn ich hatte ja inzwischen wirklich konsequent alles verkehrt gemacht. Inzwischen hat wohl die Kriegserklärung sowieso alles indiskutabel gemacht. Und ich fürchte sehr, daß wohl jetzt niemand mehr aus Europa herauskommt. Es ist alles so zentnerschwer und für mich so ganz unheimlich, weil ich wirklich als allerletzte aus Prag weggefahren bin, als unheimliche, unverständliche Ausnahme, trotzdem doch schon das Ausreiseverbot für Frauen zwischen 18 und 45 Jahren bestand. Alle anderen bekamen weder Paß noch Durchlaßschein. Seither hat sich in Prag alles so grundlegend geändert, Hanna Kompert (die Photographin, meine Freundin, Sie kannten sie ja auch) ist, nachdem sie wirklich alle Schläge, die das Regime anstellen konnte, erhalten hatte, schon nach Polen deportiert. Ein Kusin und eine Kusine ebenfalls, Trudl schreibt tapfere, kreidebleiche Briefe, und für die Eltern ist meine Ausreise wirklich die letzte, schmerzlichste Freude gewesen. Ich hatte ja von der Gemeinde in Prag immer die verläßlichsten, beruhigenden Versicherungen bekommen, daß ich bestimmt nicht wegfahren kann, bis man mich plötzlich mitten in der Arbeit anrief (um 6 Uhr abends), daß ich in der Nacht um 12 wegfahren muß. Vor meiner Abfahrt in Barcelona habe ich ja noch nach Hause telegraphiert, ob »Cubavisum sofort dringend notwendig«, und in letzter Minute kam noch die Antwort: »Verschaffe Cubavisum.«

Ich weiß ganz genau, daß ich, wäre ich auf meine eigene Energie angewiesen, nicht bis Barcelona, geschweige denn bis Cuba gekommen wäre. Es ist ja doch so viel leichter, »ich kann nicht mehr« zu sagen.

Luri

Eva Ortmann Lechner aus New York an Sibylle in Cambridge

9. Dezember 1941

Mein Liebes,

ja, es ist alles sehr merkwürdig. Trotz allem ist es den Amerikanern gewissermaßen über Nacht gekommen, und sie wissen noch nicht recht, welche »Haltung« sie den Ereignissen gegenüber einnehmen werden, die irgendwie und irgendwann zu erwarten sind. Augenblicklich ist seit etwa 20 Minuten ein Air Raid Alarm, die Sirenen heulen durch die Straßen, unbekannte Flieger sind über die Battery geflogen und den Hudson entlang nach Boston zu. Dort soll dem Radio nach auch Alarm sein, also nehme ich an, in Cambridge auch. Kein Mensch regt sich auf, die Kinder werden aus den Schulen nach Hause geführt und stehen überall an den Fenstern, obwohl extra angesagt wird, alle 5 Minuten, daß man das nicht tun soll. Die Menschen gehen auch ruhig weiter auf der Straße. Aber keine Autos sind zu sehen, wie ich eben feststelle. Ich glaube, man wird bald die Engländer besser verstehen, die einem in ihrer Gleichgültigkeit gegen Gefahr so unverständlich erschienen. Auch hier wird das alltägliche Leben eben weitergehen wie dort, weil es gar nicht anders möglich ist. Und weil die Menschen, und man selber natürlich auch, eben zu phantasielos sind, Gott sei Dank, um solche Dinge vollständig zu begreifen. Natürlich mit kleinen Unterschieden. Fritz, wie Du weißt, liebt es, sich schreckliche Dinge auszumalen und darin herumzuwühlen. Er soll am Sonntag bei den Habonim singen zu einer Channuka-Feier und sagte vorhin: »Aber ich kann doch nicht jetzt da umherhüpfen und singen ›Ein Vogelfänger bin ich ja‹«[267] und fing so hysterisch an zu lachen, daß ich ihn schnell auf ein anderes Thema brachte. Aber schließlich ist auch er jetzt in die Bibliothek gegangen, um Musik für die »Message« herauszusuchen.

---

267 Arie des Papageno aus Mozarts *Zauberflöte*.

Eben wird durchgesagt, daß alle Japaner, Deutschen und Italiener als Enemy Aliens angesehen werden. What about us? Eure kleine Japanerin kann einem ja leid tun, aber Blumen finde ich trotzdem fehl am Platze, irgendwie. Hier hat man japanische Ärzte aus der Park Avenue verhaftet, die seit 35 Jahren hier praktizieren, an der Columbia graduiert haben und deren Kinder hier geboren wurden. Auch sie haben auf alle Fragen geantwortet, sie seien in »a very difficult position«. Man kann es ihnen nicht ganz verdenken. Denn schließlich wissen sie noch nicht, was man mit ihnen tun wird. Wenn man sie z. B. deportiert, dann können sie sich doch nicht gegen Japan aussprechen, ohne in Gefahr zu geraten. Bei diesem merkwürdigen Volk kann man auch nicht wissen, wie sie *wirklich* fühlen. Sie haben eine sehr eigenartige Lebensphilosophie. Wir haben hier ein Buch von Snow,[268] der viele Jahre dort gelebt hat und sie kennen soll. Danach sind sie ungefähr das, in der Perfection, was Hitler aus den Deutschen zu machen erst in der nächsten oder übernächsten Generation gelingen wird. Sowenig man sonst verallgemeinern soll, bei den Japanern ist alles in der Religion begründet, an der auch die Aufgeklärtesten unter ihnen festhalten. Sonst nichts Neues, Fritz fragte: »Wollt Ihr etwa Weihnachten feiern mit Weihnachtsbaum und allem?« Ich sagte: »Natürlich wollen wir, solange wir können.« Grüße an Milton und tausend Küsse an Dich, mein Gutes,

Mutti

P. S. »All clear«-Signal kam eben, und die Kinder hüpfen schon wieder auf der Straße umher.

Mit Ausbruch des Krieges begann Luri Lurje ihre Briefe an Heinrich Löwenfeld auf englisch zu schreiben.

Margarethe (Luri) Lurje aus Havanna an Heinrich Löwenfeld in New York

Ohne Datum [nach dem 7. Dezember 1941]

Liebster, bester Dr. Löwenfeld!

Viel deprimierender sind die Neuigkeiten, daß Sie »wegen irgendeines Dienstes« weggehen könnten. Bitte tun Sie das nicht, bevor es

---

268 Vermutlich Edgar Snows *The Battle for Asia,* New York 1941.

nicht wirklich notwendig ist, bitte!!! Erinnern Sie sich, daß Sie mir im Mai, als Sie weggingen, sagten: »Vielleicht komme ich in anderer Kleidung wieder!« Die ganze Zeit mußte ich daran denken, und es war ein schreckliches Gefühl. Ich kann nur sagen, bitte tun Sie es nicht! Alle Leute, die in Frankreich gekämpft haben, sind von ihrem freiwilligen Opfer so tief enttäuscht. Es ist eine unserer jüdischen Tragödien, daß wir auf all diesen fremden Schlachtfeldern keinen Dank erfahren. Es war im letzten Krieg dasselbe.

Luri

Sibylles Mutter schickte einen Zeitungsausschnitt, in dem berichtet wurde, daß Präsident Roosevelt Deutsche und Italiener als feindliche Ausländer bezeichnet und beschlossen hatte, »für mindestens drei Monate und möglicherweise auf unbestimmte Zeit die Einbürgerung von 450.000 Bürgern dieser Länder auszusetzen«. In dem Artikel stand, daß der Einbürgerungsprozeß jedoch im Falle derjenigen »feindlichen Ausländer« fortgesetzt werde, die ihre Absicht, Bürger der Vereinigten Staaten zu werden, schon mindestens zwei Jahre vor Ausbruch des Krieges erklärt hatten.

Eva Ortmann Lechner aus New York an Sibylle in Cambridge

11. Dezember 1941

Mein Liebes,

es ist ja grauenhaft zu sehen, wie 100% unvorbereitet sie sind auf jedem Gebiet! Und das, nachdem seit 2 Jahren »aufgerüstet« wird und geredet und geschrieben. Ich schicke Dir einen Artikel von Dorothy Thompson, in dem gar nichts Besonderes steht, aber sie ist fast hysterisch in ihrer Verzweiflung, daß sie alles vorhergewußt hat und daß es nichts genützt hat.

Was ich das Allerschlimmste finde – viel schlimmer als die furchtbare Niederlage im Pacific –, ist die Haltung Rußlands. Ich habe zwar genau das von den Russen erwartet – erinnerst Du Dich, daß ich Dir im Sommer schrieb, alles, was man ihnen hinschickt, wird noch irgendwie den Deutschen zugute kommen? Jetzt ist es bald soweit. Daß die Nazis das Ende des Winterfeldzugs ankündigen, scheint mir kein gutes, sondern ein böses Zeichen. Sie werden Stalin einen günstigen Separatfrieden anbieten, und er wird ihn annehmen. Was soll dann bloß werden? So viel Tüchtigkeit auf Seiten der Faschisten und so viel Untüchtigkeit hier!

Von uns persönlich nichts Neues. Ich glaube und hoffe noch immer, daß sie eine Extra-Regel für die Refugees aufstellen. Aber es wäre gut, wenn sie es bald und ganz offiziell täten, ich meine einen Status schaffen. Mit der Einbürgerung scheint es auch faul auszusehen. Wärst Du nur sofort im September hingegangen, wie ich Dir damals gesagt hatte!

Mutti

Am Morgen des 12. Dezember 1941 wurden 743 berufstätige französische jüdische Männer in Paris von deutscher Polizei verhaftet, die von französischen Dolmetschern begleitet wurde. Die Aktion unterschied sich von vorherigen Massenverhaftungen, da man es auf Franzosen abgesehen hatte, nicht auf Ausländer, und da man auch bekanntere Männer ausgewählt hatte. Theodor Tichauer, ein eingebürgerter Franzose, war unter ihnen.

Die Gefangenen wurden mit dem Zug nach Royallieu gebracht, ein von den Deutschen geführtes Lager in der Nähe von Compiègne, wo man sie in unbeheizten, unbeleuchteten Baracken einsperrte und sie nur dürftige Rationen und unzureichende medizinische Versorgung bekamen. Während andere Gefangene im Lager Pakete erhalten durften, war es Juden verboten.

Eva Ortmann Lechner aus New York an Sibylle in Cambridge

14. Dezember 1941

Mein Liebes,

ich glaube vorläufig noch an keine air raids. Abgesehen davon, daß es ja ganz sinnlos ist, N. Y. oder Boston vereinzelt zu bombardieren, haben sie, d. h. die Japaner, vorläufig sehr vorsichtig nur military subjects bombardiert, weil sie Angst haben, daß man Tokio in reprisal mit einem einzigen air raid vollkommen vernichten kann. Natürlich können die Nazis vielleicht anders darüber denken und die Absicht haben, den Amerikanern mal zu zeigen, was sie können, und sie zu demoralisieren suchen. Aber das kann ihnen nicht gelingen mit ein paar air raids, im Gegenteil. In dieser Hinsicht denke ich anders als Du, ich glaube, ihre Indolenz ist doch auch ihre Stärke. Sie sind irgendwie tough, vielleicht in einer anderen Art als die Engländer, aber im Effect wird es auf dasselbe herauskommen. Sie stehen auch dem Tod ganz anders gegenüber als wir. Fritz z.B. raste mit mir, daß ich nicht sofort Material für Blackout kaufe, wir würden die einzigen sein, die mit unserem Licht die Flieger anlocken, ich hätte dann an allem Schuld etc. Ich hatte große Mühe, ihn zu überzeugen, daß, sollten sie doch eher kommen, als wir denken, wir ja schließlich einfach das Licht ausmachen und im Dunkeln sitzen könnten. Aber solche Aufregung ist doch bestimmt kein Zeichen von Stärke. Übrigens spazieren in der 83sten Straße seit einigen Tagen einige ältliche spinsters mit Armbinden, um uns zu beschützen!

Lili kommt eben, sie läßt Dich grüßen. Übrigens, heute nacht wachten alle – nur ich nicht – von einer Riesenexplosion auf. Fritz dachte sofort: Bomber. Es war aber eine Explosion in New Jersey, wahrscheinlich Sabotage. Sie warten schon darauf, daß die kommen werden.

Mutti

Von Eva Ortmanns zahlreichen Cousins und Cousinen waren nur drei noch in Berlin. Kurt Rosenthals jüngerer Bruder Hans, ein praktizierender Christ, lebte weiterhin in seinem Lichterfelder Haus, geschützt durch seine Ehe mit einer Arierin, der früheren Marie Proefrock. Wenn auch diese Ehe nicht glücklich gewesen war, hatte Marie doch allem Druck der Behörden widerstanden, sich von ihrem Mann scheiden zu lassen. Sie sagte: »Für diesen Mann werde ich kämpfen.« Hans' Zwillingsschwester Grete lebte mit ihrem jüdischen Ehemann, dem Geschäftsmann Benno Marcus, in einem anderen Teil Berlins. Der jüngste Bruder der Rosenthals, Heinz, war zu Hans und Marie gezogen.

Eva Ortmann Lechner aus New York an Sibylle in Cambridge

18. Dezember 1941

Mein Liebes,

Kurt sandte mir heute einen Brief von Grete ein, sehr traurig, geschrieben Anfang November. Sie ist sich vollkommen darüber klar, daß sie ihre Kinder nie wiedersehen wird. Sie bewohnen nur noch *ein* Zimmer, beide zusammen.

Mutti

Sibylle aus Cambridge an Mary Rubinstein in Hemel Hempstead, England

25. Dezember 1941

Liebe Mrs. Rubinstein,

[...] bedingt durch das Sommersemester und zwei Wochen konzentrierter Arbeit allein kam unser Urlaub erst in den frühen Septembertagen zustande. Wir verbrachten eine Woche in einem kleinen Dorf in New Hampshire, dessen Bewohner unglaublich weit entfernt von den Ereignissen der restlichen Welt zu leben scheinen und das wir (Milton und ich) auf Einladung einer älteren amerikanischen Dame besuchten, die militante Pazifistin ist. Diese Kombination deprimierte mich wirklich sehr, trotz der eindrucksvollen Berglandschaft und der sehr schönen Spaziergänge, die wir jeden Tag unternahmen. Ein langer, handgeschriebener Brief, den ich dort verfaßte, war so voller Zweifel und Ängste, daß ich mich dafür schämte, einen so niedergeschlagenen Brief nach England zu schicken, als ich ihn noch einmal las. Und so liegt er seither stets in meiner Handtasche.

Unsere lange Zeit des »abwartenden Beobachtens« war wirklich eine sehr schwierige Zeit zum Briefeschreiben. Zumindest habe ich es so empfunden. Dann begann ich am 4. Dezember meinen Weihnachtsbrief an Sie, ohne mich bedeutend anders zu fühlen, als während der Tage in New Hampshire. Schließlich brach am 7. der Krieg aus, und seither hat sich die Lage erstaunlich verändert. Merkwürdigerweise sind wir ermutigt worden, wo wir am meisten gefürchtet hatten (Moral, Einigkeit), und dort enttäuscht worden, wo wir gehofft hatten (Bereitschaft im Pazifik).

Selbst in unseren kühnsten Träumen hatten wir nicht zu hoffen gewagt, daß irgend etwas das Land so einen und die Stellung des Präsidenten so stärken könnte, wie es der japanische »Überraschungsangriff« getan hat. Wir hoffen, daß die Stärkung der amerikanischen Moral auf lange Sicht vielleicht sogar die materiellen Verluste der ersten Phase aufwiegen wird. Es war zweifellos ein erstaunliches Schauspiel, zu sehen, wie Isolationismus, Opposition gegen den Präsidenten und Mr. Wheelers[269] und Mr. Lindberghs faschistische Agitation innerhalb von Stunden in sich zusammenfielen, und zu beobachten, wie die Masse der Leute aus jener Gleichgültigkeit erwachte, die uns fast zur Verzweiflung getrieben hatte.

Sehr ausgeprägt war das bei den Mädchen in Radcliffe (mit Ausnahme einer aufgeklärten Gruppe von Außenseitern, die schon lange für die »amerikanische Verteidigung« eingetreten waren); die Aufregung war hysterisch – endlich gab es eine Sensation, etwas gänzlich Unerwartetes, das den Mädchen vor Augen führte, es könnte auch ihr Leben und ihre Pläne betreffen, obwohl sie nur sehr vage Vorstellungen von der Art und Weise hatten, in der sie selbst diesen Krieg zu spüren bekommen würden. Einige von ihnen, die nicht für unintelligent gelten, gaben recht offen zu, sie hätten nie wirklich geglaubt, daß es passieren könne, und die Trainingslager der Armee seien für sie nur »Anlaß für viele Scherze« gewesen und ihnen sei am 8. Dezember zum ersten Mal bewußt geworden, daß ihre Freunde vielleicht würden in den Krieg ziehen müssen. Diese Möglichkeit wurde ausgesprochen schnell begriffen.

Ich bezweifle aber beispielsweise, daß die meisten von ihnen ernsthaft glauben, wir könnten bombardiert werden. Statt dessen herrscht ein unverkennbarer Geist überheblicher Selbstzufriedenheit, so als hätten wir schon sehr viel geopfert und Grund, stolz auf uns zu sein, den wir natürlich nicht haben. Meine Mutter glaubt, daß das, was uns als merkwürdiges Phänomen des amerikanischen Charakters auffällt, ihre Selbstgefälligkeit, Seelenruhe, Zähigkeit zusammen mit einer Einbildung, die sie nicht glauben lassen will, daß das Unglück ihnen jemals naherücken kann, sich letzten Endes zu größerer Stärke und Ausdauer wandeln wird. Aber was den »Seelenadel« betrifft, so haben wir noch einen weiten Weg vor uns, wenn wir uns zum Beispiel mit den Engländern messen wollen. Doch es soll nicht so aussehen, als mißbilligte ich die Tendenzen und Entwicklungen der vergangen Wochen, die tatsächlich viel befriedigender sind, als es sich selbst die Optimisten vorgestellt hatten. Augenblicklich ist die Stimmung bei uns

---

269 Gemeint ist der Senator Burton K. Wheeler, einer der Anführer der »Amerika zuerst«-Bewegung.

allen äußerst gehoben: Die Kombination aus russischen Erfolgen, dem libyschen Feldzug und Churchills Besuch in Washington ist genug, um selbst die Ereignisse im Fernen Osten in den Schatten zu stellen.[270]

Wir sind alle wohlauf und im allgemeinen nicht niedergeschlagen, obwohl es zum ersten Mal wirklich unmöglich war, eine weihnachtliche Fröhlichkeit heraufzubeschwören. Milton und ich machen uns jedoch morgen auf den Weg nach New York, um wie gewöhnlich mit meiner Mutter und der Familie Weihnachten zu feiern, Geschenke auszutauschen usw. und zu musizieren, wie wir es getan haben, seit ich denken kann. Ich kann deshalb kein schlechtes Gewissen haben. Unsere Erfahrungen der letzten zehn Jahre lassen uns, zumindest meine Mutter und mich, eine merkwürdige Dankbarkeit für jedes bißchen persönliches Glück empfinden. Ich trage fast immer den Gedanken im Kopf, daß das, was wir jetzt genießen können, und ich meine hauptsächlich die Möglichkeit des Zusammenseins, vielleicht nur ein kurzer Zeitraum ist, den man so gut wie möglich ausschöpfen muß. Und ich denke immer wieder, daß dies ein ziemlich heilsames Gefühl ist: Es hat mich völlig unempfindlich gegen kleinere Sorgen und Unannehmlichkeiten gemacht; Milton und ich haben uns zum Beispiel erst gestern gefragt, warum wir uns eigentlich nie gestritten haben, und ich habe es ihm genau so erklärt. Wenn ich daran zurückdenke, was für ein launisches, ichbezogenes Kind ich war, glaube ich manchmal, daß ich mich ganz anders entwickelt hätte, wenn Hitler nicht gewesen wäre.

Ohne Zweifel wird Milton zu irgendeinem Dienst herangezogen werden, obwohl ihn seine Kurzsichtigkeit wahrscheinlich vom Frontdienst ausschließen wird. Aus diesem Grund möchte ich sehr gerne,

---

270 Die russische Gegenoffensive vom 6. Dezember hatte den deutschen Vormarsch auf Moskau gestoppt, und in Nordafrika befand sich das deutsche Afrikakorps unter Generalfeldmarschall Rommel auf dem Rückzug. Der außerordentlich warme Empfang, den Roosevelt Churchill in Washington bereitete, trug dazu bei, diejenigen zu beruhigen, die befürchteten, die Vereinigten Staaten könnten den Sieg über Hitler als zweitrangig gegenüber dem Krieg gegen Japan ansehen. Auf der anderen Seite machten sich die Rückschläge in Fernost bemerkbar, auf die Sibylle anspielt: Japanische Flugzeuge hatten das Schlachtschiff Prince of Wales und den Kreuzer Repulse versenkt, und ihre Landstreitkräfte standen kurz davor, Hongkong einzunehmen.

daß er dieses Jahr seinen Abschluß macht. Ich befürchte, daß es nach möglicherweise mehreren Jahren mit einer völlig anderen Arbeit sehr schwierig wäre, wieder in die akademische Arbeit zurückzufinden. Wann immer wir uns darüber hinaus dabei ertappen, Pläne für die Zukunft zu schmieden, lachen wir gleich darauf über uns selbst. Es erscheint so utopisch wie die Planung unserer europäischen Reiseroute für die Zeit nach dem Krieg, ein kleines Spiel, dem wir uns ziemlich oft widmen.

Sehr erfreulich war das Treffen mit John Rubinstein[271] Anfang letzten Sommers. Ich erkannte ihn wieder, sobald ich ihn sah, weil er auf einer von Margarets Geburtstagspartys in dem Jahr, in dem ich bei Ihnen gewohnt habe, das Medium eines Zauberers war. Er erzählte mir eine ganze Menge über die prep school, von der er gerade kam, und wir waren sehr beeindruckt von dem Takt und der Behutsamkeit, mit der er Amerika kritisierte, und von der Art, in der er uns zu verstehen gab, daß sein gesamtes Auftreten von seinen Verpflichtungen als Repräsentant Englands geprägt war und daß er sich nicht wie ein gewöhnlicher Schuljunge verhalten konnte. Es war eine Ernsthaftigkeit und Reife an ihm, die in sonderbarem und sehr attraktivem Kontrast zu seinem runden, rotwangigen Gesicht stand. Meine Mutter weinte fast, als sie ihn sich bei der R. A. F. vorstellte. Damals wartete er noch auf die Zustimmung seines Vaters zu seinem Eintritt in die Armee. Ich merke, wie wir uns immer mehr daran gewöhnen, junge Burschen im Studentenalter in Uniform zu sehen oder irgendwo auf Zerstörern zu wissen, und wie wir uns davon abhalten, uns alle daraus folgenden Möglichkeiten und Umstände vorzustellen, weil es die Dinge nur schwerer machen würde, die ohnehin unvermeidlich sind. Als John uns besuchte, war dieser Eindruck noch ziemlich frisch, und es traf uns schwer. Wenn Sie ihm schreiben, sagen Sie ihm bitte von uns, daß wir uns über seinen Besuch sehr gefreut haben und uns gerne daran erinnern und daß wir ihm alles, alles Gute wünschen.

Was gibt es noch zu berichten? Meiner Familie geht es gut. Meine Mutter sendet Ihnen ihre herzlichsten Grüße. Wir sprechen sehr viel

---

271 Mary Rubinsteins 17jähriger Neffe, der als Austauschschüler ein amerikanisches Internat besuchte.

von Ihnen. Sie können sich die Wirkung nicht vorstellen, die die täglichen Nachrichten von Massenbombardierungen im letzten Jahr auf uns hatten, und die Erleichterung, seit sie vorbei sind. Zu dem Gefühl schlichter Besorgnis und Unruhe kam das sonderbare stetige Schuldgefühl, daß wir so sicher sein und so wenig Einfluß haben sollten. Meine Mutter hat ein ungeheures Verantwortungsgefühl und die Energie und Ausdauer, Dinge zu versuchen, die jedem anderen hoffnungslos und unmöglich erscheinen. Sie hat sehr hart dafür gearbeitet, einen ihrer Cousins, seine Frau und seine drei Kinder aus einem französischen Konzentrationslager herauszubekommen, und, mirabile dictu, sie sind nun in Kuba und warten auf ihre Einwanderungsvisa nach mehr als einjährigen Bemühungen, die zunächst so vergeblich schienen. Aber für jeden solchen erfolgreichen Fall gibt es zwanzig völlig hoffnungslose, andauernd Nachrichten von Freunden und Verwandten, die bei uns Hilfe gesucht haben und nun in Lagern sterben oder an unbekannte Orte in Polen deportiert werden. Diese Dinge lasten schwer auf uns, wir vergessen sie nie ganz, und das Gefühl der Hilflosigkeit wäre weniger schlimm, wenn wir etwas tun oder ein Leben führen könnten, das uns wenigstens die Illusion ließe, eine gemeinsame Last zu tragen oder etwas zum Kampf beizusteuern.

Wir wünschen Ihnen das Allerallerbeste für 1942 und für alle Zeit. Grüßen Sie bitte Nurse von mir. Und alles Liebe an Sie, Mr. Rubinstein und die Kinder.

Sibylle

Milton Crane war auf der Suche nach einer Dozentenstelle und hoffte dabei auf die Cornell University.

Eva Ortmann Lechner aus New York an Sibylle in Cambridge

25. Januar 1942

Mein Liebes, ich bin wohl ein geborener Pessimist, ich denke in einem Fall wie Miltons – warum soll man gerade ihn nehmen? Irgendein anderer mit mehrjähriger Erfahrung, kein J – – – etc. kann gekommen sein. Darum bin ich auch eigentlich nie ganz enttäuscht.

Mutti

Eva Ortmann Lechner aus New York an Sibylle in Cambridge

28. Januar 1942

Mein Liebes,

ich finde es ganz schrecklich, daß Ihr Euch so aufregt über Cornell. Der arme Milton, die Enttäuschung, wenn es nichts ist, wird doch furchtbar sein für ihn. Ich kann nur gar nicht verstehen, wieso er *so* große Hoffnungen hat in dieser Sache. Das ist doch ungefähr so, als wenn man irgendwo vorsingt zusammen mit 20 andern Sängern und dann nach Hause geht und annimmt, daß alle 19 schlecht waren und man als einziger gefallen hat und natürlich engagiert wird! Sage Milton nur, er soll sich *nicht* grämen, wenn es nichts wird. Man weiß nie, wozu es gut ist. Das ist keine sinnlose Redensart, sondern ich meine, was ich sage, aufgrund *vieler Erfahrungen.* Manche Sachen sehen aus wie das große Glück und schlagen einem zum Unglück aus, und umgekehrt auch, natürlich.

Mutti

Eva Ortmann Lechner aus New York an Sibylle in Cambridge

2. Februar 1942

Mein Liebes,

was sagst Du zu dem Antrag des Governors von Californien,[272] den Alien Ärzten die Lizenz wegzunehmen? Ein feiner Anfang, das trifft natürlich nur jüdische Refugees.

Mutti

Eva Ortmann Lechner aus New York an Sibylle in Cambridge

5. Februar 1942

Mein Liebes,

hast Du gelesen, was sie an der Westküste weiter mit den Aliens machen? Curfew um 9 Uhr, Hunderte verlieren ihre Existenz. Viele

---

272 Am 30. Januar hatte der Gouverneur von Kalifornien, der Demokrat Culbert Olson, die freiberuflichen und die Geschäftszulassungen von 5000 japanischen, italienischen und deutschen Ausländern widerrufen. Evas Verdacht, daß amerikanische Selbständige die allgemeine Besorgnis um die nationale Sicherheit nutzten, um sich ihrer zugewanderten Konkurrenz zu entledigen, war vielleicht nicht ganz unbegründet.

Refugees hatten sich dort Hühnerfarmen gekauft, die sie jetzt im Stich lassen müssen. Ich kann nicht verstehen, warum die großen jüdischen Organisationen nicht in der Zeitung und in Washington ein Geschrei erheben, damit man den jüd. Refugees einen extra Status gibt. *Kümmere Dich nur um Deine Einbürgerung, es scheint mir sehr wichtig.*

Mutti

Fünf Jahre waren vergangen, seit Eva und Fritz Lechner ihre Einwanderungspapiere hatten, und bald sollten sie eingebürgert werden.

Eva Ortmann Lechner aus New York an Sibylle in Cambridge

10. Februar 1942

Mein Liebes,

ich danke Dir sehr für Deinen Brief. Ich schreibe als Bemerkung folgendes: »A German citizen by birth, I left Germany in 1936 because of racial and religious persecution, therefore lost my German citizenship. My husband is of Polish nationality, my daughter is married to a native American citizen«, dann nenne ich 2 Leute, wahrscheinlich Rabbi Wise und Judge Eckert, »who know me for many years and can vouch for my loyalty to the U. S. A.«.

Im übrigen sieht ja wirklich alles schlimmer aus, als ich es in meinen schlimmsten Befürchtungen erwartet habe.[273] Die Untüchtigkeit der Amerikaner ist grauenhaft, und man wagt nicht zu denken, was daraus werden soll. Die Japaner scheinen ja dagegen die Deutschen noch zu übertreffen in bezug auf Präzision, Organisation und Zähigkeit.

Was sagt Ihr zur »Normandie?«[274] Ich bin sicher, daß es Sabotage war, und das hat uns gerade noch gefehlt. Aber daß man nicht imstande war zu löschen, ist doch wieder idiotisch und kann eben nur

---

273 Im Pazifik erzielten die Japaner weiterhin große Erfolge, sowohl zu Land als auch zur See. So vertrieben sie die Amerikaner von den Philippinen und drangen auf dem Landweg bis zu dem bedeutenden britischen Flottenstützpunkt in Singapur vor, der am 15. Februar fiel.

274 Die »Normandie«, einst das größte und schnellste Linienschiff der Welt, fing am 9. Februar 1942 Feuer und sank vor New York. Die Ursache war allerdings nicht Sabotage, wie Eva vermutete, sondern der Funke eines Schweißers, da das Schiff gerade zum Truppentransporter umgebaut wurde.

hier passieren, wo man nur einen großen Mund hat und keine Tüchtigkeit. Ich habe das eigentlich schon empfunden, als ich ein paar Monate in Amerika war. Nur habe ich immer wieder gedacht – und gehofft –, daß ich mich irre. Unser Leibblatt, die Post, schreibt alle Augenblick darüber, wie unglaublich man sich gegen die Refugees benimmt, voran Dorothy Thompson.

Eben fällt mir ein, daß ich Deine Frage wegen Deines Vaters gar nicht beantwortet habe. Natürlich brauchst Du ihn nicht aufzuführen. Was wissen wir von ihm? Vielleicht ist er wirklich längst tot. Ich habe ihn jedenfalls bereits 1936 in Ellis Island beim Verhör für tot erklärt.[275] Über eine andere Frage aber würde ich mich mit *Muschi* auseinandersetzen. Es wäre ja noch schöner, wenn dieser Vater, der Euch *nie* im Leben genützt hat, Euch jetzt auch noch schaden sollte.

Mutti

Eva Ortmann Lechner aus New York an Sibylle in Cambridge

15. Februar 1942

Mein Liebes,

daß Lili in so guter Verfassung ist, freut mich, aber sonderbar ist es auch. Als sie viel mehr Grund hatte dazu, hat man geglaubt, sie würde sich jeden Augenblick das Leben nehmen. Inzwischen hat sie ihre Eltern und wohl auch ihren Bruder verloren – sie wird sie doch wohl nie mehr wiedersehen –, und wenn man die Zeitung aufschlägt, möchte man sie vor Verzweiflung am liebsten gleich wieder zumachen, und gerade in diesem Augenblick ist sie in high spirit! Ja, was sagst Du denn nur zu all den disasters? Diese Untüchtigkeit ist doch grauenhaft. So etwas ist seit 100 Jahren nicht dagewesen, daß die gesamte deutsche Flotte den Engländern gewissermaßen an der Nase vorbeisegelt.[276]

Mutti

---

275 Tatsächlich lebte Wolfgang Ortmann damals in Berlin. Angesichts der amerikanischen Einwanderungsbestimmungen war es allerdings ratsam, ihn für tot zu erklären.

276 Am 12. Februar waren drei deutsche Kriegsschiffe, die Scharnhorst, die Gneisenau und die Prinz Eugen, unbehelligt bei Tageslicht durch den Ärmelkanal gefahren.

Eva Ortmann Lechner aus New York an Sibylle in Cambridge

17. März 1942

Mein Liebes,

es ist wirklich schrecklich, wie jammervoll dilettantisch alle diese Dinge gehandhabt werden, weil man doch natürlich Schlüsse zieht, daß auf *allen* Gebieten so gearbeitet wird. Alfred [Lechner] z.B. schreibt heute, daß bei einem der Interns, einem jüdischen Refugee, die FBI erschienen ist, eine halbe Stunde alles durchsucht hat, um schließlich die Tauchnitz-Edition der »Forsyte Saga« als Contreband zu beschlagnahmen. Fast wollten sie ihn verhaften. Nach Alfred, der im Nebenzimmer wohnt, haben sie noch nicht einmal *gefragt*.

Mutti

Thola war aus dem Internierungslager entlassen worden. Sibylle hatte ihm *Ulysses* von James Joyce geschickt, ohne zu wissen, daß die Kanadier noch prüder waren als ihre amerikanischen Nachbarn.

Thola Theilhaber, irgendwo in Kanada, an Sibylle in Cambridge

25. März 1942

Liebe Sib!

Bitte schreib Deinem alten Freund eine Postkarte, und sage mir, Du bist glücklich, daß ich wieder frei bin. Wirst Du das tun?

Bis jetzt ist die Freiheit mühevoll – viel Arbeit und wenig Geld –, aber es ist Freiheit. Es ist Freiheit. Ich denke, Du weißt, daß wir an einem Ort arbeiten, wo Flüchtlinge den Laden schmeißen; an einem Ort, der für die kanadischen Kriegsanstrengungen sehr von Belang ist; ich bezweifle, daß ich genauere Informationen geben darf. Ich werde später als Konstrukteur arbeiten, aber bisher wurde mir die Drecksarbeit zugeteilt, die den kompletten Aufbau einer Fabrik umfaßt. Wir sind alle Flüchtlinge, wie ich schon sagte, und das macht die Arbeit sehr viel interessanter, da wir nicht zögern, uns gegenseitig etwas beizubringen.

Wir wohnen zusammen – bisher in einem Eisenbahnwaggon und jetzt in einer Hütte für die technischen Zeichner, aber später werden wir eine Gemeinschaftsunterkunft haben, zu der wir alle gleich viel von unserem Lohn beisteuern.

Das Buch müßte jetzt eigentlich zurückgeschickt worden sein. Ich wurde in der Zwischenzeit angeklagt, unanständige und unmoralische Literatur eingeführt zu haben; aber die Anklage wurde fallengelassen, nachdem ich mich verteidigt hatte. Alles wegen »Ulysses«.

Thola

Margarethe (Luri) Lurje aus Havanna an Heinrich Löwenfeld in New York

27. März 1942

Liebster Dr. Löwenfeld!

Es gibt so viele Dinge, die ich in den letzten vier Monaten begreifen mußte. Ich denke beinahe, daß ich bisher gar nicht wußte, wie das Leben wirklich ist. Es ist nämlich ziemlich schwierig.

Ich glaube, ich kann nicht mehr hoffen, daß meine Eltern noch in Prag sind; ich habe immer wieder gelesen, daß alle Juden nach Theresienstadt gebracht werden (was sicherlich noch besser ist als Polen). Ich habe gerade meiner Freundin Christel, einer Halb-Jüdin, die der einzige Mensch ist, der vielleicht noch mit meinen Eltern in Kontakt steht, durch das Rote Kreuz einen Brief geschickt, um sie zu fragen, wo sie sind.

Luri

Am 27. März 1942 verließ der erste Judentransport nach Auschwitz Frankreich; er umfaßte 1112 männliche Gefangene, die man aus den Lagern in Drancy und Compiègne geholt hatte. Unter ihnen war auch Theodor Tichauer. Als der Transport am 30. März Auschwitz erreichte, schickten die Deutschen alle Gefangenen ins Lager.[277]

Drei Monate oder mehr in französischen Lagern, bei Kälte, Hunger und mangelhafter medizinischer Versorgung, hatten die Männer dieses ersten Transportes bereits geschwächt, und nur wenige konnten den zusätzlichen Strapazen in Auschwitz länger standhalten. Theodor Tichauer hielt nur eine Woche durch und starb am 6. April 1942.

Theodor Tichauers Familie wußte nichts davon und hoffte immer auf seine Freilassung. Zu einer Zeit, da viele Juden die Hauptstadt

277 Zu dieser Zeit waren die Gaskammern noch nicht fertig.

verließen, war Erna Tichauer besorgt, ihr Mann könne nach Hause kommen, ohne jemanden dort vorzufinden. Sie blieb deshalb mit Eva in Paris.

Sibylle näherte sich dem Ende ihres Studiums in Cambridge. Zusätzlich zu einer großen Menge an Kursen arbeitete sie weiterhin einen Teil ihrer Zeit für zwei Professoren in Harvard sowie für das Neu-England-Komitee für christliche Flüchtlinge. Sibylles Schreibtisch stand gegenüber der Tür, und sie erinnerte sich später an den Tag, an dem ihr früherer Englischlehrer durch diese Tür kam und ihn der unversöhnliche Blick seiner ehemaligen Schülerin traf. Auf dem Papier mochte Dr. Mönkemeyer ein Flüchtling vor Hitler sein, der Unterstützung brauchte, aber wie ihm zweifellos bewußt war, hatte Sibylle nicht vergessen, daß er den Nationalsozialisten einst wohl freundlicher gegenübergestanden hatte. Mit grimmiger Genugtuung erinnerte sie sich: »Wie schön es war, seinen Gesichtsausdruck zu sehen!«

In New York suchte Lili Faktor weiterhin Trost in der Politik. Die kommunistische Partei hatte sich seit Amerikas Kriegseintritt auf ein einziges Thema konzentriert: die Notwendigkeit einer »Zweiten Front«, die den Druck auf die UdSSR verringern würde.

Eva Ortmann Lechner aus New York an Sibylle in Cambridge

15. Mai 1942

Mein Liebes,

vorgestern abend war Lili hier. Sie war in bester Stimmung, sah sehr nett aus, nur gerieten wir leider heftig aneinander über die »zweite Front«, die sie unbedingt sofort zu eröffnen wünschte. 5 Minuten vorher hatte sie mir erzählt, daß sie überhaupt *keine* Zeitung läse, kein Magazin, *nichts*. Sie ist also von keiner Sachkenntnis getrübt, aber sie rennt zu Versammlungen, verlangt dort die 2. Front und schreibt sogar in Hunter ein Paper darüber. Grauenhaft, so viel Dummheit. Immerhin habe ich sie so eingeschüchtert, daß sie beim Weggehen erwog, sich ihr Paper zurückgeben zu lassen und abzuändern. Sie unterliegt eben sofort jedem Einfluß.

Mutti

Sophie Lechner, Fritz Lechners Mutter, schrieb ihrem Sohn im Juni 1942 eine weitere Postkarte aus Brody. Die Stadt Brody, die 1938, als sie mit ihrem Mann dort ankam, polnisch gewesen war, wurde nach der Teilung Polens im September 1939 Teil der Sowjetunion. Sie war jetzt in deutscher Hand, offiziell Teil des »Generalgouvernements«. Da Deutschland sich mit den Vereinigten Staaten im Krieg befand, wurde diese Karte über einen Cousin in Schweden verschickt.

Seit ihrem letzten Brief hatte Sophie Lechner vom Tod ihres ältesten Sohnes Heinz erfahren.[278]

Sophie Lechner aus Brody, Generalgouvernement, an Fritz Lechner in New York

4. Juni 1942

Mein geliebtes Kind.

Vielen Dank für Deinen Brief. Es läßt sich nicht beschreiben, wie sehr wir uns gefreut haben. Wir lesen abermals und abermals und denken, daß wir mit Dir sprechen. Ich weiß gut, daß Du lieb und herzig zu uns bist, Du möchtest sicherlich für uns alles Gute tun, aber leider, es ist nicht möglich. Unsere Sehnsucht nach Euch ist sehr groß. Wenn wir bloß erleben möchten, Euch wiederzusehen, mehr wollen wir nicht, das ist unser einziger Wunsch. Der schlagende Verlust von Heinz hat uns tief erschüttert, daß wir noch leben, ist ein Wunder. Wenn er sich nicht hätte operieren lassen, hätte er noch gelebt.

Wir sind sehr glücklich, daß es Dir, Alfredchen und Jenny gutgeht. Unsere Gedanken sind auch bei Euch.

Wir küssen und umarmen Dich in Liebe, Mutter

Einen besonderen Kuß von Vater

---

278 Ihrem Gefühl nach hatte sie ihn schon lange verloren. Heinz Lechner, eine ausgesprochen nordische Erscheinung, schämte sich seiner »ostjüdischen« Eltern, obwohl sie aus Galizien nach Stettin gezogen waren, um ihren Kindern eine deutsche Schulbildung zu ermöglichen. Heinz wurde Arzt, heiratete eine Nichtjüdin und glaubte seine ostjüdische Herkunft hinter sich gelassen zu haben. Das Aufkommen der Nationalsozialisten ruinierte sein Leben. Obwohl er 1938 aufgrund seiner Ehe vor der Deportation geschützt war, galt er dem nationalsozialistischem Gesetz zufolge als »Volljude«. Er war seelisch zerrüttet und wollte oder konnte seinen Eltern in ihrem weitaus schlimmeren Elend der Deportation nach Polen nicht helfen. Sein frühzeitiger Tod war nach Ansicht der Familie ebensosehr die Folge seiner Demoralisierung wie körperlicher Ursachen.

Dies sollte der letzte Gruß sein, den Fritz Lechner von seinen Eltern erhielt. Wenig später wurden sie ermordet. Das genaue Datum und die Todesumstände sind nicht bekannt. Die Familie, in deren Haus sie gelebt hatten, berichtete, daß sie von dem Lastwagen herunterwinkten, der sie wegbrachte.

Am 10. Juni fanden an der Harvard University wie üblich die Abschlußfeierlichkeiten statt.

Am selben Tag erschien im *Boston Globe* ein Artikel über Sibylle mit einem Foto:

»Verheiratetes Radcliffe-Mädchen gewinnt einziges Summa cum laude. Frau Sibylle Ortmann Crane schaffte das vierjährige Pensum in nur drei Jahren. Dieses verheiratete Radcliffe-Mädchen kümmerte sich um einen Haushalt, beendete ihr Studium nach drei Jahren, arbeitete zusätzlich nebenher und schloß als einzige des Jahrgangs 1942 mit Summa cum laude ab.

›Ich werde wirklich niemals eine Gelehrte sein‹, sagte Sibylle Ortmann Crane, Radcliffes beste Abschlußstudentin, Gewinnerin der Hälfte des Preises von 250 $ für die beste Abschlußarbeit und die einzige Studentin dieses Jahres, die Summa cum laude abschloß.

Zusätzlich zu ihren Studienergebnissen – Mrs. Crane hat die üblichen vier Jahre bis zum Abschluß in nur drei Jahren absolviert – hat sie für das Neu-England-Komitee für christliche Flüchtlinge in Cambridge gearbeitet, Prof. Carl Friedrich mit Übersetzungen und Prof. Talcott Parsons in der soziologischen Forschung unterstützt und seit ihrer Heirat während ihres zweiten Jahres auch noch ihren eigenen Haushalt geführt.

Als ihre Mutter, Mrs. Frederich Lechner, die heute morgen aus New York zu den Abschlußfeierlichkeiten nach Radcliffe kam, sie fragte, wie sie sich fühle, als einzige mit ›einem Summa‹ abzuschließen, sagte Sibylle Crane rasch: ›Ich marschiere nicht gern allein. Ich wünschte, es hätte mehr von ihnen gegeben!‹

Die attraktive, dunkelhaarige Studentin sprach mit Begeisterung über die Arbeit ihres Mannes, Milton Crane, den sie als wahren Gelehrten bezeichnete, und erklärte: ›Er ist jetzt in seinem vierten Jahr an der Harvard Graduate School, wo er seinen Master und seinen Doktor gemacht hat, nachdem er 1937 die Columbia Universität abgeschlossen hatte. Ich habe ihn in New York kennengelernt. Er hat mir viel von Radcliffe erzählt – er hatte da schon ein Stipendium für Harvard –, also hat tatsächlich er mich hierhergelotst.‹

Mrs. Crane wurde in Berlin geboren und spricht in angenehm tiefer Stimmlage mit einem leichten Akzent. ›Als ich in Berlin nicht mehr aufs Gymnasium ging, hatte ich einige ziemlich langweilige Anstellungen‹, gibt sie unumwunden zu. ›Aber es hat mir wirklich gefallen, in Berlin und in London für die amerikanische Botschaft zu arbeiten.‹

›Radcliffes System eines Minimums an Pflichtkursen außerhalb meines Faches, das romanische Sprachen und Literatur war, hat mich ein bißchen verängstigt, aber ich habe die zusätzlichen Kurse in Musik, Verwaltungswesen, Geschichte und Shakespeare sehr genossen – alles außer Physik.‹ Sie lacht reumütig. ›Das war nicht gut!‹

Trotz des Umstands, daß Studenten gehalten sind, nicht mehr als vier Kurse pro Jahr zu belegen, belegte Sibylle Crane fünf, die sie sich auch anrechnen ließ, und besuchte noch regelmäßig die Vorlesungen einiger anderer Fächer.

›Es war nicht besonders schlau von mir, meine Abschlußarbeit *Heinrich Heine: Kritiker politischer und sozialer Vorstellungen in Frankreich unter der Juli-Monarchie* zu nennen‹, sagt sie über die Abhandlung, für die sie die höchste Auszeichnung mit einem Harvard-Studenten teilt. ›Da ging es mehr um Politik als um Heine.‹

Mrs. Crane findet, daß Verheiratetsein und der Besuch eines Colleges sehr gut miteinander vereinbar sind. ›Ich muß mich bloß um vier kleine Zimmer kümmern. Mein Mann und ich erledigen diese Arbeit oft gemeinsam, und außerdem liegen unsere Interessen so nah beieinander. Schließlich studieren wir ja beide Literatur.‹

Während ihrer drei Radcliffe-Jahre brachte sie es obendrein auch noch fertig, genug Zeit für die Unternehmungen des Französischclubs und die Proben der Chorgesellschaft zu finden.

Auf die Frage nach weiterer Tätigkeit am College antwortete sie: ›Oh ja, vielleicht mache ich später noch einen weiteren Abschluß. Das hängt ein bißchen davon ab, ob mein Mann dienstverpflichtet wird oder nicht. Er ist Musterungsklasse 3-irgendwas, aber diesen Sommer werde ich mich ganz der Arbeit im Flüchtlingskomitee widmen.‹

Sich ›ganz widmen‹ heißt bei Mrs. Crane wohl tatsächlich ganz.«

Dem Artikel war nicht zu entnehmen, daß Sibylle Jüdin war; die Erwähnung ihrer Arbeit beim Christlichen Flüchtlingskomitee legte sogar eher etwas anderes nahe.

Am 20. Juni 1942 fuhr Sibylle von Cambridge nach Burlington, Vermont. Die amerikanische Regierung nutzte das Ende des akademischen Jahres, um eine große Zahl frisch Graduierter für Programme anzuwerben, in denen sie Sprachen lernen sollten, die kriegswichtig waren. Sibylle erhielt ein Stipendium, um an der Universität Vermont Portugiesisch zu studieren. Milton Crane, der für den Herbst noch immer keine Stelle gefunden hatte, schrieb sich für einen Japanischkurs ein. Da er damit überhaupt nicht zurechtkam, wurde ihm der Wechsel zu einem Portugiesischkurs an der Sommerschule in Harvard ermöglicht.

Lili Faktor aus New York an Sibylle in Burlington, Vermont

25. Juni 1942

Liebes Sibyllchen:

Ich habe Deine Mutter seit ihrer Ankunft noch nicht gesprochen, nehme aber an, daß die Festlichkeiten in Cambridge prächtig waren und eine angemessene Belohnung für die anstrengenden drei Jahre. Fast glaube ich jetzt wirklich, daß Du recht hattest in unserer Auseinandersetzung, soweit es um die Frage der Gestaltung der Zukunft ging. Ich konnte mir einfach nicht vorstellen, daß es in der heutigen Welt möglich sein soll, aus eigener Kraft und ohne die Hilfe der »Feinde« sich ein Leben zu gestalten, das sonst nur den ökonomisch Privilegierten offensteht. Du bist anscheinend doch die Ausnahme der Regel.

Mir geht es sehr gut, ich habe Aufbesserung bekommen, verdiene jetzt 25 $, verbringe alle week-ends an der beach, was besonders schön ist, weil ich im Sommer jetzt jeden 2. Samstag freihabe, und wenn es keine Träume gäbe, könnte ich mich über nichts mehr beklagen. Aber die verfolgen mich in fast unerträglicher Form, und das Schicksal der Eltern läßt mich überhaupt nicht mehr los. Natürlich, sie sind nicht die einzigen, aber was nützen solche Überlegungen?

Neulich bekam ich durch Bella[279] einen langen reizenden Brief

279 Lilis entfernte Verwandte Isabelle Vengerova.

von Bobby Sack (erinnerst Du Dich, mein kleiner Cousin, das Genie der Familie?). Er hat mit 22 Jahren sein B. S. in theoretischer Physik mit first class honors bestanden und unterrichtet bereits an der Universität von Bristol und beaufsichtigt zwei Laboratorien. Zwischendrin war er fast ein Jahr interniert, aber das hat seine Noten anscheinend nicht beeinflußt. Heinz, sein Bruder und mein älterer Cousin, hatte sich seinerzeit freiwillig zur Fremdenlegion gemeldet und ist jetzt ein Maginot-Line prisoner. Stell Dir das vor! Er schrieb vor ungefähr zwei Monaten, daß seine Lebensverhältnisse erträglich seien. Der Bruder meiner Mutter und seine Frau leben verhältnismäßig unbelästigt in Paris und arbeiten beide. Wenn man sich vorstellt, was aus so einer Familie geworden ist!

Lili

Eva Ortmann Lechner aus New York an Sibylle in Burlington, Vermont

6. Juli 1942

[...] Wir waren gestern in »Mrs. Miniver«, ein sehr hübscher Film. Wir waren in Radio City. Die show[280] war disgusting, die Mädchen schwangen die Beine in Uniform. *Genau* das gleiche habe ich vor 25 Jahren in Deutschland gesehen. Die Menschen gleichen sich doch vielleicht mehr, als man denkt.

Mutti

Lili Faktor aus New York an Sibylle in Burlington, Vermont

14. Juli 1942

Contre nous de la tyrannie
l'étandard sanglant est levé

Liebes Sibyllchen:

Schönen Dank für Deinen Brief. Um Deine Sehnsucht nach outside communications zu befriedigen, schreibe ich Dir gleich wieder, heute am 14. Juli. Weißt Du noch, wie wir davon geträumt haben, in Paris auf der Straße zu tanzen? Du hast es, glaube ich, sogar noch einmal getan. Heute abend gehe ich zu Lia, wo ich sicher eine ganze

---

280 Die Radio City Music Hall im Rockefeller Center war berühmt wegen der Rockettes, einer Gruppe von Tänzerinnen.

Menge Franzosen treffen werde. Ich denke, es wird ein trauriger Abend werden. Neulich abends haben wir zusammen Paul Robeson gehört. Es war ein gewaltiger Eindruck. Er hat im Stadion vor 10.000 begeisterten Menschen russisch, chinesisch, französisch und deutsch gesungen. Am aufregendsten war das Moorsoldatenlied auf deutsch. Allen Juden, die heute nicht mehr Deutsch sprechen wollen und die der Meinung sind, man müsse Deutschland ausrotten, die außerdem sich über die Neger so erhaben fühlen, hätte ich gewünscht, daß sie dort gewesen wären. Er hat außerdem ein jiddisches Lied gesungen, welches er mit ein paar Worten allen gequälten Juden Europas widmete. Das Moorsoldatenlied hat er den »nations in exile« gewidmet, was ich besonders schön fand. Er hätte auch ein französisches oder tschechisches Lied auswählen können, aber er wählt die erste unterdrückte Nation, das eigentliche Deutschland. So ein Abend gibt wieder einen kleinen Hoffnungsfunken, so unangebracht er den Verhältnissen nach auch sein mag. Es war ein kleiner Widerschein von menschlicher Größe, der auf 10.000 Zuhörer zurückfiel.

Deine Mutter hat mir viel von der Graduation-Feierlichkeit erzählt und von den hübschen Kostümchen, die ich auch auf der Photographie bewundert habe. Du siehst auf dem einen Bild aus wie ein verschmitzter kleiner Pfaffe.

Lili

Am 10. Juli hatte SS-Führer Theodor Dannecker aus Paris an Adolf Eichmann in Berlin telegraphiert, daß die Planung der Massenverhaftungen im Ausland geborener Juden für die französische Hauptstadt abgeschlossen sei. Die Razzia solle am 16. Juli beginnen, schrieb er. Anders als die Verhaftungen im Dezember, bei denen auch Theodor Tichauer gefangengenommen wurde, sollte diese »Aktion« nicht von den Deutschen, sondern von der Pariser Polizei ausgeführt werden.[281]

---

281 Die französischen Behörden unterschieden streng zwischen in Frankreich geborenen und aus dem Ausland stammenden Juden. Hatte das Vichy-Regime noch Skrupel, der Deportation in Frankreich geborener erwachsener Juden zuzustimmen, half es aber bedenkenlos dabei, viele tausend im Ausland geborene Juden, darunter auch eingebürgerte Franzosen und ihre in Frankreich geborenen Kinder, zu verhaften und zu deportieren.

Es sollten so viele Juden gefaßt werden – Dannecker hoffte auf 22.000 –, daß man sogar die Auszubildenden der Pariser Polizeiakademie zur Unterstützung heranzog.

Die Verhaftungen begannen am 16. Juli noch vor Tagesanbruch. In der Wohnung der Tichauers erschienen zwei französische Polizisten, um Eva und ihre Mutter fortzubringen. Am Ende der »Aktion« hatte man mehr als 13.000 Juden verhaftet. Einige, darunter die Tichauers, wurden direkt ins Transitlager Drancy gebracht. Familien mit Kindern, insgesamt etwa 8000 Menschen, sperrte man im Vélodrome d'Hiver (»Vel d'Hiv«) ein, einem riesigen überdachten Stadion, in dem die Sechstagerennen veranstaltet wurden. Daß Frankreich nicht allein dastand mit seiner Mitleidlosigkeit gegenüber jüdischen Flüchtlingen, bekamen auch Emigranten in den Vereinigten Staaten zu spüren.

Eva Ortmann Lechner aus New York an Sibylle in Burlington

26. Juli 1942

Mein Liebes,

wir waren gestern abend bei Breslau eingeladen, trafen dort eine bunte Gesellschaft, die ich z. T. aus Berlin kannte. Der einzige Amerikaner, der dort war, ein Jude, entpuppte sich als ein übler Refugee-Feind. Er behauptete, die wildesten Sachen aus »persönlicher Erfahrung« zu kennen, frischte alle alten Gerüchte auf, die Refugees seien z. T. Spione und feierten die Siege Hitlers etc. Ein böser Kunde.

Mutti

Am 15. Juli hatten in Holland die Massendeportationen von Juden nach Auschwitz begonnen.

Eva Ortmann Lechner aus New York an Sibylle in Burlington

27. Juli 1942

Mein Liebes,

Frau Herschkowitsch, die ich bei Löwenfelds sah, ist eine vollkommen gebrochene Frau. Trotzdem Jela den »Aufbau« vor ihr versteckt, hat sie doch irgendwo von den Verschickungen aus Holland gelesen und grämt sich halbtot um Wolfi, den Sohn. Die anderen Kinder hat sie völlig vergessen, dabei lebt doch Elsi in Holland mit zwei kleinen Kindern! Wirklich entsetzlich, und dabei bin ich überzeugt, das ist erst der Anfang von allem Grauen für die Juden in Europa.

Mutti

Anfang August 1942 reiste Milton nach New Hampshire, um den französischen Politiker Pierre Cot zu besuchen, der in der Volksfrontregierung unter Léon Blum von 1936 Luftfahrtminister gewesen war. Offiziell war Cot Mitglied der Radikalen Partei, obwohl viele ihn verdächtigten, verkappter Kommunist zu sein,[282] und de Gaulle, der ihm mißtraute und wenig von seinen Erfolgen als Luftfahrtminister hielt, hatte seine Bemühungen vereitelt, eine Position in der Organisation Freier Franzosen zu erhalten. Er verbrachte deshalb den Sommer damit, ein Buch über den Schauprozeß von Riom zu schreiben, in dem er einige Monate zuvor mit anderen Führern der Dritten Republik, unter ihnen Blum, Daladier und Reynaud, angeklagt worden war, Frankreichs Verteidigung in den Jahren 1936 bis 1940 vernachlässigt zu haben. (Cots Fall wurde in Abwesenheit verhandelt.) Das Buch sollte *Triumph des Verrats* heißen und in den Vereinigten Staaten erscheinen. Milton war ihm als Übersetzer empfohlen worden. Der Besuch war ein Erfolg, und Milton blieb in New Hampshire, um gleich mit seiner Arbeit zu beginnen.

In Burlington hatte Sibylle erfahren, daß ihr die amerikanische Staatsbürgerschaft zuerkannt worden war. Da sie nun keine »feindliche Ausländerin« mehr war, durfte sie ohne vorherige Genehmigung reisen und konnte deshalb Eva und Fritz besuchen, die nicht weit entfernt im Norden des Staates New York Urlaub machten.

Milton Crane aus New London, New Hampshire, an Sibylle in Burlington

14. August 1942

Ich bekam heute morgen Deine Karte mit den unendlich willkom-

---

282 Die Sowjets nährten diesen Verdacht, indem sie Cot 1953 den Lenin-Friedenspreis verliehen. In den 1990ern veröffentlichte die amerikanische Regierung entschlüsselte Telegrammkorrespondenz aus den Kriegsjahren, die zeigt, daß Cot im Juli 1942 sowjetischer Agent geworden war und dem KGB in den folgenden zwei Jahren unter dem Decknamen »Dedal« (Dädalus) Informationen übermittelte.

menen Neuigkeiten und habe das Telegramm abgeschickt. Alle waren aufgeregt und erfreut. Und wie schön, daß Du über den See fahren kannst, um Eva und Fritz zu besuchen, bevor Du nach Boston fährst!

Wir alle sind heute morgen runter zum Reitstall geströmt, um Jean-Pierre bei seiner ersten Stunde zu sehen. Er war wie immer vollkommen entzückend: Die Lehrerin ritt auf einem anderen Pferd neben ihm, und er schwatzte ihr eine halbe Stunde lang über Gott und die Welt vor. Cot, der alte Reiter (er war von 1914–1918 in der Kavallerie), war ungeheuer zufrieden und hatte schon das Bild vor Augen, wie er mit dem Jungen in Washington reiten geht. Cathérine saß auf dem Zaun und aß Süßigkeiten. Die beiden sind die wohlerzogensten Kinder, die ich je gesehen habe.

Milton

Lili Faktor aus Big Indian, New York, an Sibylle in Burlington

16. August 1942

Mein liebes Sibyllchen:

Vielen Dank für den langen Brief vom Mount Mansfield. Du bist von Natur ein Abenteurer und erlebst immer ausgefallene Dinge.

Ich freue mich sehr, daß Milton die Übersetzung für Pierre Cot bekommen hat. Hoffentlich wird das Buch ein Erfolg und nicht, wie so viele dieser Bücher, von den Ereignissen überholt.

Wie Du aus dem Absender ersiehst, bin ich in den Catskills gelandet, in einem entzückenden Tälchen, von wo aus es Bergtouren überallhin gibt. Ich hatte mich für diesen Ort mangels anderer Anregungungen aufgrund eines Inserates im Aufbau entschlossen und habe mein halbes Vermögen in Bade-, Strand- und play suits angelegt. Bisher war ein einziger richtiger Sonnentag, aber da es niemals unausgesetzt regnet, war ich schon auf 3 hohen Bergen. Hoffentlich bringt die nächste Woche etwas besseres Wetter.

Da ich absolut niemanden hatte, der zur gleichen Zeit mit mir Ferien hatte, und durch einen horror vor dem Alleinefahren, habe ich bei allen Freunden nach einer Reisebegleitung herumgefragt. Einer fand sich dann auch bereit mitzufahren, wir verabredeten uns in New York zu einer Autofahrt, aber da wurde er plötzlich nach Washington zu einer wichtigen Arbeit abgerufen. Die Autofahrt fand trotzdem statt, und der Fahrer schlug vor, daß er an Stelle des anderen mitkommen würde. Halb im Scherz, halb im Ernst stimmte ich zu und fuhr 3 Tage später in einem hübschen Wägelchen, etwas unmodern, aber sehr stabil, in die Berge. Der driver und owner ist ein deutscher Emigrant russischen Ursprungs, im Rheinland aufgewachsen, Jurist und Nationalökonom, hat lange Zeit in Genf gearbeitet und ist jetzt Lehrer für Politikwissenschaft an einer Negeruniversität in Atlanta, Georgia. Er ist 33 Jahre alt und hat die übliche Vergangenheit eines Sohnes aus guter, jüdischer Familie, der Kommunist wurde, dann das Schlachtfeld enttäuscht verließ, dem Neu-Beginnen-Kreis nahestand und heute mit mehr oder weniger Skepsis der Dinge harrt, die da kommen werden. Trotzdem und vielleicht auch wegen der schönen Berglandschaft, dem Sternenhimmel etc. haben wir uns sehr angefreundet und unsere Tage in großer Harmonie und Freundschaft verbracht. Er scheint mich von Tag zu Tag stärker zu lieben und will mich unbedingt heiraten und gleich im September nach Atlanta mitnehmen.

Was mich noch bedrückt, ist, daß er in keiner Weise mein »Typ« ist, er gleicht in keiner Weise den breitschultrigen Tommys, die die Welt auf ihren Schultern tragen, und ist eher schutzbedürftig als beschützend. Nun bin ich vielleicht noch ein bißchen zu jung für ein stetes, vom Gleichmaß getragenes Leben.

Mein Sibyllchen, ich glaube, jetzt habe ich Dir ziemlich alles beschrieben, und aus Mangel an einer Mutter frage ich Dich um Deine Meinung und Rat. Schließlich bist Du nun schon lange genug verheiratet, um ein gutes Urteil über diesen Zustand zu haben. Und Du bist mir heute wie früher trotz vorübergehender Unebenheiten eine Autorität auf dem Gebiete menschlichen Tuns und Lassens. Ich sende Dir in der Beilage ein Bild von Ossip (er heißt Ossip Kurt Flechtheim und ist ein Neffe des Flechtheim, der in Berlin eine Kunstgalerie hatte). Bitte sende es mir gleich zurück. Außerdem behandle die Sache ganz vertraulich, da ich doch noch nicht entschlossen bin und keine falschen Gerüchte verbreitet haben möchte. Aber bitte antworte *bald,* es ist so wenig Zeit.

Alles Liebe
Lili

Eva Ortmann Lechner aus New York an Sibylle in Cambridge

31. August 1942

Mein Liebes,

daß Lili heiraten will, ist ja sehr aufregend. Wenn es nur wirklich ein vernünftiger Mann ist! Ich muß ihn erst sehen, bevor ich das glauben kann, aber *wenn,* würde ich mich ja so sehr für sie freuen. Schreibe ihr doch, sie soll mich mit ihm besuchen. Glaubst Du, daß sie ihn wirklich liebt? Hoffentlich nur nicht wieder einer von diesen verwirrten Kommunisten, die noch keinen Ersatz für ihre verlorenen Ideale gefunden haben. Und wohl auch nicht finden werden in dieser verrückten Welt.

Mutti

Erna und Eva Tichauer hatten über zwei Monate in Drancy verbracht, als sie erfuhren, daß sich ihre Namen auf einer Liste von Gefangenen befanden, die am 23. September 1942 nach Osten verschickt werden sollten.

Eva arbeitete als medizinische Assistentin auf der Kinderkrankenstation und hatte Zugang zu Medikamenten. Sie überredete ihre Mutter dazu, ihr Spritzen verabreichen zu dürfen, die Fieber verursachen, ihre Einweisung auf die Krankenstation erfordern und damit ihre Deportation aufschieben sollten. Der Effekt trat zu spät ein, um seinen Zweck erfüllen zu können; als das Fieber einsetzte, befanden sich Mutter und Tochter bereits in einem Güterwagen auf dem Weg nach Polen.

An Erna Tichauers 50. Geburtstag, dem 25. September, erreichte der Zug die Ankunftsrampe in Auschwitz. Dort wurden die beiden Frauen unterschiedlichen Gruppen zugeteilt: den Jungen und Gesunden wurde gesagt, sie würden zu Fuß zum Lager gehen, während die Alten, die Kranken und die ganz Jungen von Lastwagen gebracht würden. Da Erna Tichauer nicht von Eva getrennt werden wollte, bat sie einen SS-Offizier: »Lassen Sie mich mit meiner Tochter gehen, ich kann gut laufen.« Er antwortete höflich: »Machen Sie sich keine Sorgen, gnädige Frau, wir wollen Ihnen den Weg erleichtern. Sie finden Ihre Tochter im Lager wieder.« Mutter und Tochter trennten sich ohne ein Wort oder einen Kuß.

Eva mußte mit 125 anderen Frauen zum Frauenlager Birkenau marschieren, wo die Lastwagen längst eingetroffen sein mußten – die jedoch nirgends zu sehen waren. Ein Kapo, ein Häftling, der vom Lagerpersonal als Aufsicht eingesetzt war, erklärte ihnen, daß die Lastwagen direkt zu den Gaskammern gefahren seien. Die Zulassung zum Lager war ein Privileg, das nur denen gewährt wurde, die man für arbeitsfähig hielt, und mit ihren 50 Jahren war Erna Tichauer zu alt.

Am nächsten Tag wurden Eva und die anderen Neuankömmlinge im Lager registriert, ihr Haar an Kopf und Körper wurde abrasiert, und auf den linken Unterarm wurden ihnen Lagernummern tätowiert. Eva bekam die Nummer 20832. Glücklicherweise durfte sie ihre eigenen Schuhe behalten: die hochgeschnürten Bergschuhe aus Leder, die sie getragen hatte, als sie mit ihrer Mutter im Juli verhaftet worden war. In den Lagern konnte das richtige Schuhwerk oft den Unterschied zwischen Leben und Tod bedeuten.

Um zu überleben, mußte Eva Arbeit finden. Sie nahm an, daß die Krankenstationen des Lagers Bedarf an ausgebildeten Kräften haben mußten, und sammelte zwölf medizinisch erfahrene Französinnen um sich, die als geschlossene Gruppe der SS ihre Dienste anboten. Als deutsche Muttersprachlerin wurde Eva der Station eines Blocks zugewiesen, der deutschen und anderen Ariern vorbehalten war.

Margarethe (Luri) Lurje aus Havanna an Heinrich Löwenfeld in New York

30. September 1942

Liebster Dr. Löwenfeld!

Ich habe einen Brief von meinem früheren Chef und einen von meinen Eltern bekommen – sie kamen genau an dem Tag an, an dem es ein Jahr her war, seit ich sie verlassen hatte.

Das Schlimmste ist passiert:

Trudl, Evchen (!) und ihr Mann wurden nach Polen deportiert!! Fast jeder ist schon weg; von Trudl seit 3 Monaten keine Nachricht. Mein Onkel (74 Jahre alt), seine Frau, meine Cousine mit Mann und drei Kindern deportiert, Hannas Vater starb, Hildchen war im gleichen Transport wie Trudl.

Luri

Richard Altmann, der ehemalige Organist der Synagoge in der Fasanenstraße, hatte Eva Ortmann Lechner geschrieben und um ihre Hilfe bei der Emigration in die Vereinigten Staaten gebeten. Als Teenager hatte er aus Liebeskummer versucht, sich zu erschießen, doch die Kugel hatte ihn statt dessen erblinden lassen. Eva erinnerte sich später daran, wie sie in New York von einem Büro zum nächsten lief und Altmanns musikalische und menschliche Qualitäten beschrieb, um einen Bürgen für ihn zu finden. Sie hatte Erfolg. Eine Organisation für Blinde nahm den Fall auf und fand sogar eine Synagoge, die bereit war, ihn bei seiner Ankunft in den Vereinigten Staaten einzustellen. Es fehlte nur noch ein Visum, doch die amerikanische Regierung lehnte seinen Antrag ab. Aus Sicht des Außenministeriums war jede blinde Person, sogar eine mit einer Anstellung, ein potentieller Empfänger staatlicher Fürsorge und daher abzulehnen. Am 14. Dezember 1942 wurde Richard Altmann im Alter von 54 Jahren aus Berlin nach Riga deportiert. Von den 815 Menschen des Transportes überlebte niemand. »Ein liebenswürdiger Mann«, erinnerte sich Eva. »Ich habe alles für ihn getan, was ich konnte.«

Das Jahr 1942 verlief für eine Reihe von Personen tragisch. Die Danzigers, jene Flüchtlinge, die Sibylle einen Internatsplatz in Holland angeboten hatten, wurden in den Osten deportiert. Elsi Herschkowitsch Danziger, ihre achtjährige Tochter Evelijn und ihr fünfjähriger Sohn Harry trafen am 5. Oktober 1942 in Auschwitz ein und wurden sofort ermordet. Ihren Mann Hans hatte man in ein Arbeitslager bei Schoppnitz in Oberschlesien gebracht, wo er im Frühjahr des darauffolgenden Jahres starb. Elsis Bruder Wulfi blieb in Holland zurück, versteckt in einer Dachkammer.

Ebenfalls im Oktober 1942 wurden Grete und Benno Marcus nach Theresienstadt deportiert. Gretes jüngeren Bruder Heinz verhaftete man in dem Lichterfelder Haus, wo er mit Hans und Marie Rosenthal lebte, das genaue Datum ist unbekannt. Der Transport, der Heinz nach Lettland brachte, endete nicht in einem Lager, sondern auf offenem Feld, wo man die Deportierten auslud und erschoß.

Im September fiel Peter Kollwitz, der Enkel der Malerin Käthe Kollwitz und Sohn von Hans Kollwitz, dem Kollegen und Freund der Löwenfelds, im Alter von 21 Jahren an der Ostfront.

Margarethe (Luri) Lurje aus Havanna an Heinrich Löwenfeld in New York

1. Januar 1943

Liebster Dr. Löwenfeld!

Ich mache die Staaten dafür verantwortlich, daß meine ganze Familie so schrecklich leidet; es ist schon 4 Jahre her, seit ich die Visa beantragt habe, und meine ganze Familie könnte schon lange auf Kuba sein. Das ist keine Hilfe für Flüchtlinge, das ist nur ein Vortäuschen. Es gibt dafür keine Entschuldigung.

Luri

In Auschwitz-Birkenau endete Eva Tichauers Anstellung als Krankenschwester, als sie Typhus bekam und auf die jüdische Krankenstation geschickt wurde. Sie überlebte die Krankheit, doch in ihrer Abwesenheit hatte ein anderer Häftling ihre Position übernommen. Als nächstes arbeitete sie in einem Außenkommando und schaufelte Sand.

Am 5. Dezember 1942 wurden die 6000 Frauen in Birkenau ohne Vorankündigung zu einem Spießrutenlauf zwischen zwei Reihen von SS-Leuten gezwungen, die die Häftlinge bei dem Versuch, an ihnen vorbeizukommen, peitschten, schlugen und ihnen ein Bein stellten. Nur ein Viertel von ihnen kam durch und wurde vom Kommandanten mit den Worten beglückwünscht: »Ihr seid zum Leben bestimmt.« Eva war unter ihnen. Sie beobachteten voller Entsetzen, wie die anderen 4500 Frauen auf Lastwagen geladen und schreiend zu den Gaskammern abtransportiert wurden.

Im Januar 1943 erhielt Eva aufgrund ihrer im Medizinstudium erworbenen Fähigkeit, Objektträger vorzubereiten, eine neue Aufgabe. Sie wurde nach Rajsko geschickt, ein Außenlager von Auschwitz, in dem Pflanzenbiologen Taraxacum kok-saghyz, eine Löwenzahn-Art, für den Gebrauch als Gummiersatz kultivierten.

In New York war Fritz Lechner wie üblich von Sorgen bedrängt.

Eva Ortmann Lechner aus New York an Sibylle in Williamsburg, Virginia

26. März 1943

Mein Liebes,

Fritz hat einen Agenten, der sich für ihn interessiert. Ich habe nur die größte Angst, daß er wieder enttäuscht wird. Vor allem soll es auch wieder Geld kosten, und wenn dann nichts wird, ärgert und kränkt sich Fritz doppelt und dreifach. Jedenfalls kannst Du Dir Fritz' Aufregung vorstellen, verstärkt durch die neue Form vom Draft Board. Ich habe gestern zu ihm gesagt, wenn ich noch mal auf die Welt käme, würde ich nur einen »Beamten« heiraten und ein ruhiges Leben führen. Aber er behauptet, das würde mir auch nicht gefallen.

Mutti

Eva Ortmann Lechner aus New York an Sibylle in Williamsburg, Virginia

30. März 1943

Mein Liebes,

eben haben mich 2 Leute von der F. B. I. verlassen, nachdem sie über 2 Stunden das ganze apartment durchsucht haben und im wahren Sinne das Unterste zuoberst gekehrt haben. Es wird mich 2 weitere Stunden kosten, alles einigermaßen wieder in Ordnung zu bringen. Der eine war ein Jude und konnte Deutsch, der vertiefte sich in Deine Briefe. Er fand auch den Zeitungsausschnitt mit Deinem Bild aus der Bostoner Zeitung und war außerordentlich beeindruckt, sagte: »You should be terribly proud of your daughter!« Auch den Aufsatz über Raphael Löwenfeld las er durch, und die Vorstellung der Hakenkreuzfahne über der Bronzeplakette deeply moved him! Eine poetische Seele, anscheinend, in rauher Schale. Der andere las fast die ganze Correspondenz mit Kurt durch und fragte mich tausend Fragen über die Geldangelegenheit in diesem Zusammenhang, aus der er natürlich nicht klug wurde. Vielleicht wird man mich deswegen noch mal vorladen, aber Gott sei Dank habe ich ja alles ganz korrekt gemacht, mit License von der Federal Reserve Bank etc.

Wir sahen neulich »Casablanca«, ein sehr hübscher Film und glänzend gespielt. Die Bergman ist eine richtige Schauspielerin und so europäisch, eine Erholung nach all den talentlosen *glamour girls,* die man gewöhnlich sieht.

Mutti

Evi Jessners Großmutter mütterlicherseits, Antonia Thiele, lebte weiterhin in Hamburg, wo sie und ihr zweiter Ehemann führende Mitglieder der Gemeinschaft »Christian Scientists« waren. 1943 erkrankte ihr Mann jedoch an Krebs. Nach dem Gesetz endete der Schutz für Juden in Mischehen mit dem Tod des arischen Partners: Eine Woche nach dem Tod ihres Mannes wurde Frau Thiele, die zu der Zeit Mitte Achtzig war, befohlen, bei einer bestimmten Adresse vorzusprechen und nur eine Zahnbürste mitzubringen. Zusätzlich hatte sie heimlich ein Fläschchen Zyanid bei sich, das sie von ihrer Stieftochter, einer Ärztin, bekommen hatte. Diese begleitete sie auch zu dem vereinbarten Ort und sah, wie sie auf einem Lastwagen davongefahren wurde. Frau Thiele wurde nach Theresienstadt deportiert, wo auf ihrem Totenschein als Todesursache Blutvergiftung angegeben wurde, so daß Evi hoffen konnte, ihre Großmutter habe das Zyanid verwendet und auf diese Weise einen noch schrecklicheren Tod vermieden.

Eva Ortmann Lechner aus New York an Sibylle in Williamsburg

20. Mai 1943

Mein Liebes,

unsere »party«, Anneliese Landau,[283] Benedict und ein Freund von Benedict namens Maurice, war ein großer Mißerfolg. Maurice, ein ganz netter Mann und viel intelligenter als Benedict, erschien uneingeladen. Als alle schon weggehen wollten, fragte Maurice, wieso es käme, daß Anneliese Landau noch bis 1939 in Deutschland geblieben sei. »Didn't you see the handwriting on the wall?« Darauf entspann sich ein politisches Gespräch, das die bodenlose Dummheit von der Landau offenbarte, wie ich es überhaupt nicht für möglich gehalten hätte. Sie sagte auch u. a., Deutschland sei doch ihre Heimat und sie hätte das deutsche Volk geliebt und warum sollte sie auch nicht? Ich erzähle Dir mal mehr davon, die Familie Landau hat für die Dummheit ja schwer bezahlen müssen: Außer Anneliese und 3 Kindern zwischen 8 und 15 Jahren, die in England sind, scheinen alle umgekommen zu sein, die Eltern in Polen, ebenso der Schwager, und die Schwester infolge Zwangsarbeit gestorben. Da ich das weiß, hielt ich mich sehr zurück, aber Fritz behauptet, Verachtung und *disgust* hätten

283 Die Musikwissenschaftlerin Anneliese Landau hatte bei vielen Konzerten des Kulturbunds Einführungsvorträge gehalten. Sie hatte Berlin erst am 19. April 1939 verlassen.

aus meinen Augen gesehen und ich hätte sie so beleidigt, daß sie nicht mehr wiederkommen würde. Und dazu haben wir sie aus lauter Mitleid eingeladen!

Mutti

Sibylle aus Washington an Familie Rubinstein in Hemel Hempstead, England

15. Juni 1943

Liebe Rubinsteins,

gestern abend kam ich von einer »Einkaufsreise« aus New York zurück nach Washington – unserem neuesten Domizil – und fand Ihre beiden Briefe. Ich war entsetzt, daß Sie seit Dezember 1941 nichts von mir gehört haben.

Ich weiß kaum, wo ich anfangen soll, denn die letzten zwei Jahre waren ausgesprochen hektisch und abwechslungsreich. Daher gehe ich wohl am besten chronologisch vor. Vor genau einem Jahr wurden Milton und mir unsere akademischen Grade verliehen: ihm sein Doktortitel und mir ein bescheidener Bachelor of Arts. Mit einem »summa« und einem ziemlich beträchtlichen Geldpreis für meine damit zusammenhängende Arbeit über moderne Literatur erwies sich mein Abschluß übrigens noch unmittelbarer als vorteilhaft, und ich bin jetzt unendlich dankbar, daß Milton mich trotz so geringer Chancen zu einer Zeit dazu überredet hat, eine *gute* Universität zu besuchen, als mein Selbstvertrauen auf einem Tiefstand war. Meine Mutter kam zu unserer gemeinsamen Abschlußfeier und war erheblich stolzer und zufriedener als wir. Im August trafen wir uns im Landhaus von Pierre Cot, dem ehemaligen französischen Luftfahrtminister, den wir seit einem Jahr kannten und der uns beauftragt hatte, sein Buch über den Prozeß von Riom zu übersetzen, ungefähr 250 Seiten. Wir haben das letzte Kapitel abgeschickt – vor drei Wochen, und ein Anhang fehlt noch. Das Ganze ist zu einem Monster von 900 Seiten herangewachsen und in unseren Augen völlig wertlos, als Geschichtsschreibung ebenso wie als Literatur.

Aber um auf die Ereignisse des letzten Jahres zurückzukommen: Wir verließen die Cots und kamen, ausgerüstet mit unseren Sprachkenntnissen und einigen Empfehlungsschreiben, hierher nach Washington. Washington präsentierte sich uns von seiner unangenehmsten Seite; wir bekamen beide mehrere vage Angebote, aber unsere Sicherheitsüberprüfung benötigte endlos lange Zeit, die wir mit unserem Geld nicht überbrücken konnten, und wir waren durch Hitze und Ungewißheit niedergeschlagen. Und so ergriff Milton die Gelegenheit, als ihm eine Dozentenstelle für Englisch am College of William and Mary (Virginia) angeboten wurde, und fuhr direkt zu Semesterbeginn dorthin.

Wir hatten relativ viel Glück, da Milton den vermutlich besten Fakultätsleiter gefunden hat, den er jemals treffen wird, einen außerordentlich gelehrten Mann und mittlerweile sehr guten Freund, der nichts sehnlicher wünscht, als daß wir nach dem Krieg zurückkommen. Aber ein ganz besonderes Glück, da wir nicht damit gerechnet hatten, war der Leiter der Abteilung für moderne Sprachen, ein wunderbarer Franzose (Flüchtling), der mir aufgrund meines Radcliffe Bachelors eine Dozentenstelle für Französisch und Spanisch gab. Also mußten wir beide das volle Pensum (15 Stunden) unterrichten und hatten durch den ständigen Druck von Cot ein wirklich sehr anstrengendes Jahr. In der Mitte des Semesters erlitt der einzige Deutschprofessor einen Schlaganfall, und ich mußte innerhalb weniger Stunden mein Programm durch seines ersetzen und bis zum Ende des Jahres den gesamten Deutschunterricht weiterführen. Wenn es auch etwas interessanter war, so wurde meine Arbeit doch erheblich anspruchsvoller, denn sie umfaßte einen Kurs in Militärdeutsch für Männer, einen in Deutsch für Naturwissenschaftler, einen Kurs über moderne Kurzgeschichten sowie die Betreuung von vier Semesterarbeiten zusätzlich zu den regulären Grammatikkursen.

Und so komme ich nun zum neuesten Abschnitt auf unserer Reiseroute: unserer Rückkehr nach Washington, dieses Mal mit einer Stelle für Milton bei der Regierung, die ihn seit April erwartet und am 1. Juni begonnen hat, sogar noch vor Ende des Semesters. Diesmal sind wir in einer viel besseren Lage, um es richtig würdigen zu können: Milton ist von seiner Arbeit fasziniert (über die er wie Margaret nichts erzählen darf[284]), er hat ausgezeichnete Mitarbeiter und fühlt

284 Milton arbeitete im *Office of Strategic Services* (OSS), dem neugegründeten Auslandsgeheimdienst und Vorläufer der CIA der Nachkriegszeit.

sich wirklich »nützlich«. Falls er Kriegsdienst leisten muß (die Einberufung findet im Oktober oder November statt), wird er wahrscheinlich von der Armee in Uniform an seinen Schreibtisch zurückgeschickt; aber ob das nun geschieht oder nicht, ich verstehe, weshalb er lieber etwas tut, das er für kriegswichtige Arbeit hält, als gleichgültige Studenten über Chaucer oder – schlimmer noch – Armeeinheiten am College in englischer Stilistik zu unterrichten. Meine erste Woche in der Stadt habe ich damit verbracht, die kleine Wohnung zu finden, die angeblich nicht zu haben ist, und bin jetzt von einem einwöchigen Aufenthalt in New York zurückgekehrt, wo ich meine Mutter getroffen und das neue, spannende Vergnügen genossen habe, Möbel für ein eigenes Heim zu kaufen, das erste nach drei Jahren unseres Ehelebens, die wir in möblierten Zimmern oder mit geliehenen Möbeln verbracht haben. Wir haben eine entzückende kleine Wohnung in einer nagelneuen Siedlung für kriegswichtige Angestellte am Rande der Stadt mit vielen Grünflächen, frischer Luft und einem Blick aus unserem Wohnzimmerfenster in ein bewaldetes Tal.

Ich bin mir bewußt, wie absurd es ist, sich gerade jetzt »niederzulassen«, aber wir haben uns entschlossen, die Instabilität und Vergänglichkeit dieses Lebens so weit als möglich zu ignorieren und dabei so viel Glück, oder zumindest die Illusion davon, zu erhaschen wie möglich. Dies ist beinahe eine Art Entschuldigung für die letzte, für uns natürlich aufregendste und faszinierendste Neuigkeit, daß wir irgendwann zwischen Mitte und Ende August ein Baby erwarten. Vielleicht werden Sie es leichtsinnig finden. Für mich war es ein langer Kampf zwischen einerseits angeborenem Pessimismus und dem Bewußtsein, daß wir gerade jetzt vielleicht nicht das Recht haben, diese Verantwortung auf uns zu nehmen, und andererseits dem schlichten Wunsch, ein Kind zu bekommen (wobei letzteres den Sieg davontrug). Und jetzt grübeln wir nicht länger, sondern erwarten es einfach mit viel Freude, Spekulationen und einer Aufregung, die meine Mutter und mein Stiefvater in nahezu gleichem Maße teilen.

Zu Hause, d.h. in New York, sind alle wohlauf, obwohl wir uns große Sorgen um Freunde und Verwandte machen, die in den besetzten Ländern leben oder nach Polen deportiert wurden und von denen wir entweder gar keine oder nur schlechte Nachrichten haben.

Aber sowohl meine Mutter als auch Fritz arbeiten, und meine Mutter ist darüber hinaus an verschiedenen Verteidigungsmaßnahmen beteiligt, so daß sie recht beschäftigt und abgelenkt sind. Ich habe keinen neueren Schnappschuß von uns, so daß ich warten werde, bis wir zu dritt sind, das wird auch viel interessanter sein.

Alles Liebe an Sie alle! Und viele Grüße von Milton.

Sibylle

Durch ihr Leben in Williamsburg, Virginia, wurde Sibylle Zeuge einer gesetzlichen Diskriminierung, die sie nur allzu deutlich an ihre Vergangenheit erinnerte. Zum Beispiel waren öffentliche Trinkwasserbrunnen und Parkbänke mit »Weiße« oder »Farbige« gekennzeichnet. Einmal standen Milton und Sibylle an einer Straßenecke, als eine schwarze Frau zu ihnen kam und zu Milton sagte: »Will Sie nicht belästigen, Mister, aber könnten Sie mir sagen, wie spät es ist?« Sibylle war erschüttert und den Tränen nahe. Sie sagte zu Milton: »Ich werde kein Kind in einer Stadt zur Welt bringen, in der eine schwarze Frau glaubt, sich dafür entschuldigen zu müssen, wenn sie einen weißen Mann nach der Uhrzeit fragt.«

Am 17. September 1943 brachte Sibylle in New York City einen Sohn, John Thomas, zur Welt. Zu einer Zeit, in der in Europa Juden verfolgt wurden und männliche Juden einfach identifiziert werden konnten, indem man ihnen die Hosen auszog, beschloß sie, ihn nicht beschneiden zu lassen.

Sibylle aus Washington an Mary Rubinstein in Hemel Hempstead, England

27. Februar 1944

Liebe Mrs. Rubinstein –

[...] Und nun zu Neuigkeiten von uns selbst: Das letzte Jahr war ein merkwürdig gutes Jahr. Hauptsächlich brachte es uns natürlich John Thomas, der ein wirkliches Pracht-Baby ist, gesund und glücklich. Seinen dunklen Eltern zum Trotz bleibt er hartnäckig blond und blauäugig, aber er hat die nachdenkliche Sanftheit seines Vaters geerbt, ebenfalls dessen rundes Gesicht und die breite russische Nase.

Fritz, mein Stiefvater, hat endlich einen Vertrag auf drei Jahre bei der Metropolitan [Opera] unterschrieben – das sine qua non für eine

Sängerkarriere in Amerika. Dies ist seine erste Saison, und zwar eine extrem arbeits- und offenbar sehr erfolgreiche. Durch einen sehr sonderbaren Zufall bekam Milton an dem Tag, an dem Fritz seinen Vertrag bei der Metropolitan unterzeichnete, seinen Vertrag vom Hunter College, New York: eine Dozentenstelle in Englisch, die er unmittelbar nach dem Krieg antreten soll. Es ist ein ganz und gar beispielloser Fall, und wir glauben es noch nicht, wohl auch weil es so schwierig ist, sich ein Nachkriegsleben überhaupt vorzustellen. Sehr wenige der Männer – und Frauen – aus unserer Generation, die keinen Kriegsdienst leisten, gehen weiterhin ihren Berufen aus der Vorkriegszeit nach, viele von ihnen bezweifeln, daß sie jemals zu diesen zurückkehren wollen oder können, und die Nachkriegswelt, die einerseits wünschenswert ist, hat für viele von ihnen auch etwas Bedrohliches – die Bedrohung durch eine andere Art von Chaos. Die Möglichkeit eines »Wohlstandsabenteuers« wird allgemein bezweifelt, der Laie ist vielmehr überzeugt von der Unvermeidlichkeit einer weiteren Wirtschaftskrise. Es ist eine bestürzende Art von Defätismus in merkwürdigem Kontrast zu den Wellen von übertriebenem Optimismus, was den Fortgang des Krieges selbst betrifft. Das zivile Leben ist immer noch erschreckend unberührt vom Krieg. Wir essen und leben gut, und dem Mann auf der Straße fehlt die Phantasie, um sich auszumalen, was außerhalb der Vereinigten Staaten vor sich geht.

Lassen Sie mich bald Neuigkeiten von Ihnen wissen.

Alles Liebe, Sibylle

P. S. Ist Ihre Schwester mit ihren Kindern nach England zurückgekehrt? Und wo ist John R.?

In einem nicht erhaltenen Brief antwortete Mary Rubinstein, daß ihr Neffe John Rubinstein, Feldwebel in der Royal Air Force, im September 1943 in Nordafrika an Kinderlähmung gestorben war. Er war 19.

Sibylle aus Washington an Mary Rubinstein in Hemel Hempstead, England

4. September 1944

Liebe Mrs. Rubinstein –

es tat sehr gut, solche aktuellen Nachrichten von Ihnen zu bekommen und zu erfahren, daß Sie vor einer Woche – so lange brauchte

Ihr Brief, um mich zu erreichen – alle noch unberührt von den »robots«[285] waren. Angesichts der Ruhepause während der vergangenen Tage scheint sich die Hoffnung zu verbreiten, daß die Abschußbasen bereits von den Alliierten ausgeschaltet worden sind. Wenn es sich nur als wahr erwiese: Wir haben sehr lebhafte und grauenvolle Beschreibungen des Lebens in Südengland während der letzten Monate gehört, zusätzlich zu den Presseartikeln von mehreren Freunden Miltons, die erst kürzlich aus England gekommen sind. Ich habe auch an Ihre Schwester gedacht, die ihre Kinder nach Hause brachte, als sie dachte, es sei sicher, nur um von neuem den fliegenden Bomben ausgesetzt zu sein. Sind sie unversehrt?

Meine Mutter und ich waren beide sehr traurig über die Nachricht von Johns Tod. Nicht nur sie, sondern auch ich hatte ihn gesehen, als ich zufällig in New York war und er uns dieses eine Mal besuchte. Uns beeindruckte damals seine ernste Art und sein außerordentliches Verantwortungsgefühl, wie ich Ihnen, glaube ich, geschrieben habe. Sie standen in eigenartigem Kontrast zu dem runden, rotwangigen Jungengesicht. Das war lange vor Pearl Harbor, und der Gedanke daran, daß ein so junger Mann den Krieg nicht überleben könnte, war viel unglaublicher und schrecklicher, weil er neu war. Nicht, daß Gewöhnung diesen Gedanken jemals wirklich abnutzen könnte; aber irgendein beschützender Instinkt bewahrt uns wahrscheinlich davor, ihn in gewissen Zeiten, in denen es ums Überleben geht, zu häufig und zu deutlich vor Augen zu haben. In zehn Jahren können wir es vielleicht nicht mehr verstehen, wie wir jemals mit dem Wissen um Massengräber und Gaskammern leben konnten, in denen vielleicht unsere Freunde und Verwandten verschwunden sind. Und dennoch war etwas an dem riesigen Ausmaß und der Anonymität der ganzen Geschichte, das eine Blockade der Gedanken und der Phantasie bewirkte. Nun sieht es plötzlich so aus, als ob der Schleier bald gelüftet würde und Menschen wiederentdeckt oder ihr Schicksal ans Licht gebracht, und ich bemerke, daß einige unserer Bekannten, die nahe Verwandte »irgendwo in Polen« haben, bestürzt sind über das, was sie

285 Mit *robots* sind die deutschen V-1-Raketen gemeint, die erstmals am 13. Juni 1944 London trafen.

vielleicht erfahren müssen, und daß sie sich beinahe wünschen, unwissend bleiben zu dürfen.

13. September 1944

Etwas in Ihrem vorigen Brief hat mich amüsiert und mir natürlich auch geschmeichelt. Sie sagten, meine Briefe an Sie würden ein ziemlich zusammenhängendes Bild meiner Eindrücke vermitteln, falls ich jemals ein Buch über »Meine ersten Jahre in Amerika« schreiben wolle. Ich weiß nicht, ob mir mehr geschmeichelt und gefallen hat, daß Sie meine Briefe aufgehoben haben oder daß Sie auf meine schriftstellerischen Fähigkeiten vertrauen. Was letztere betrifft, so gibt es keine, wovon ich Milton seit Jahren zu überzeugen versuche: Ich schreibe langsam und mühsam und habe mit einem möglicherweise übertriebenen Bewußtsein meiner mangelhaften Beherrschung der englischen Sprache zu kämpfen (was Milton einen Komplex nennt). Ich gebe einen ziemlich guten, aber entsetzlich langsamen Übersetzer ab und – nach Miltons Ansicht – einen wirklich guten Redakteur. Aber das ist wiederum stumpfsinnige Arbeit. (Ich glaube, ich habe Ihnen erzählt, daß unsere gemeinsame Übersetzung von Pierre Cots *Triumph of Treason* endlich erschienen ist und einen kleinen »succès d'estime«, aber keinen öffentlichen Erfolg hatte – wie erwartet.) Was die Briefe betrifft, so weiß ich zwar nicht mehr, was ich geschrieben habe, aber wenn sie ein wahres Bild meiner Reaktionen auf Amerika vermitteln, befürchte ich, Sie haben möglicherweise daraus geschlossen, daß ich mich nie richtig mit diesem Land und seinen Leuten anfreunden konnte. Ich gebe das sogar mir selbst gegenüber nur selten zu, denn meine *persönliche* Situation ist so glücklich, und Amerika war mir gegenüber großzügig soweit eben möglich. Die wirkliche Testfrage ist die, ob ich mich darauf freue, meinen Sohn hier aufwachsen zu lassen, und die Antwort ist, daß ich es *unendlich* viel lieber sähe, wenn er in England aufwüchse, und daß mir bei dem Gedanken schaudert, er könnte sich der allseits bewunderten Norm anpassen. Auf der anderen Seite wäre es falsch und wahrscheinlich zwecklos, eine Entwicklung verhindern zu wollen, die er nehmen will. Jedenfalls hoffe ich, daß unsere Anglophilie (Milton aufgrund des Literarischen, ich aus einer emotionalen Bindung heraus) uns eines Tages nach England führen wird, und ich kann es kaum erwarten, Sie wiederzusehen und mit meiner Familie bekanntzumachen.

Immer Ihre Sibylle

Sibylle war nicht die einzige, die dem bevorstehenden Kriegsende mit gemischten Gefühlen entgegensah.

Margarethe (Luri) Lurje aus Havanna an Heinrich Löwenfeld in New York

10. September 1944

Liebster Dr. Löwenfeld!

Endlich passiert das, worauf wir alle gewartet haben. Ich dachte, wir wären alle glücklicher, aber irgendwie herrscht schreckliche Angst, welche Art von Neuigkeiten uns erwartet.

Luri

Kapitel XVI

»Die Welt war wohl noch nie so krank wie heute«

Februar 1945 bis November 1946

Am 19. Januar 1945 verlas ein Aufseher des Konzentrationslagers Bergen-Belsen die Namen von 450 Gefangenen – sogenannten »Südamerikanern«, die lateinamerikanische Pässe besaßen – und erklärte, daß sie am folgenden Tag zur Feststellung ihrer Reisetauglichkeit ärztlich untersucht werden sollten. Zu dieser Gruppe gehörten Heinrich Löwenfelds Freunde Fritz und Grete Sussmann und ihr 14jähriger Sohn Peter; sie hatten mehrere Jahre zuvor in der Hoffnung auf ihre Emigration die ecuadorianische Staatsbürgerschaft angenommen. Am 21. Januar stiegen 301 Insassen, darunter die Sussmanns, in einen Zug Richtung Schweiz, um gegen deutsche Soldaten in alliierter Kriegsgefangenschaft ausgetauscht zu werden. Der Zug hielt zweimal in Deutschland, und jedesmal wurden Häftlinge herausholt. (Sie blieben unter besseren Bedingungen als in Belsen in deutscher Gefangenschaft.) Als der Zug am 25. Januar in St. Gallen die Schweiz erreichte, waren nur noch 136 der ursprünglichen Passagiere an Bord. Nach fünf Tagen Erholung, während derer sechs der gerade Befreiten starben, wurden alle weiter nach Marseille geschickt, mit Ausnahme der 15, die noch im Krankenhaus lagen und nicht imstande waren zu reisen.[286]

Die drei Sussmanns gehörten zu der Gruppe, die Marseille ungefähr am 30. Januar erreichte. Von dort schrieb Grete Sussmann einem Freund in Amerika, Joseph Ebel, der Kopien der Briefe an Heinrich Löwenfeld in New York sandte.

Grete Sussmann aus Marseille an Joseph Ebel in New York

ca. 1. Februar 1945

Lieber Ebel:

Nach unendlichen Leiden und Entbehrungen sind wir als »Aus-

---

286 Die Behörden bestanden darauf, daß jeder, der reisefähig war, die Schweiz verlassen mußte, und schlugen Verwandten die Bitte ab, noch bleiben und den im Krankenhaus liegenden Patienten Unterstützung leisten zu dürfen. Nachdem diese Familien in Belsen immer zusammengeblieben waren, riß man sie erst in der Freiheit auseinander.

tauschgefangene« hier in Marseille auf einem italienischen Schiff und gehen wahrscheinlich heute nach Philippeville (Algier). Dort sollen wir in ein camp kommen. Fritz ist seit Monaten krank, liegt auch hier, ist vollkommen entkräftet und zerrüttet, wird sich aber erholen. Peter hat sich am besten gehalten und kann es nicht abwarten zu arbeiten.

Wir sind hier Bettler ohne Geld, fast ohne Kleider. Unsere Sachen waren seinerzeit schon in Amsterdam geblieben, zum Teil im deutschen Camp. Der Rest? Der Rest ist verlaust und ist vernichtet worden. Ich bat Dr. L. [Landshoff], Kleider und Geld nach Philippeville zu schicken, poste restante. Vielleicht kümmern Sie sich darum.

Walter L. [Landauer] ist am 20. Dezember gestorben an Entkräftung durch Hunger und Arbeit.[287]

Wann werden wir uns wiedersehen? Euch geht es hoffentlich allen gut. Schreiben Sie uns, falls möglich. Vergessen Sie uns nicht!

Innige Grüße

Ihre Grete Sussmann

Zur gleichen Zeit, als der Zug vom Roten Kreuz die Sussmanns in die Schweiz und in die Freiheit brachte, transportierte ein Güterzug Eva Tichauer aus Polen nach Norddeutschland.[288] Am 12. Januar hatte die Rote Armee eine ungeheure Offensive in Polen begonnen und drang von der Weichsel in Richtung Westen vor. Als die zahlenmäßig unterlegenen Deutschen zurückgedrängt wurden und vorauszusehen war, daß Auschwitz bald überrannt werden würde, ordnete die SS die Evakuierung aller Insassen des Lagers an, die körperlich dazu in der Lage waren. Am 18. Januar mußte Eva mit Tausenden von anderen Gefangenen in Fünferreihen aus Auschwitz herausmarschieren. Wer nicht Schritt halten konnte oder nicht gestützt wurde, wurde erschossen.

---

287 Gemeint sind der Verleger Fritz H. Landshoff (1901–1988), der bis 1933 den Gustav Kiepenheuer Verlag und während des Exils den deutschsprachigen, auf Exilliteratur spezialisierten Amsterdamer Querido Verlag leitete, und der Lektor Walter Landauer (1902–1945), der zunächst für den Verlag Die Schmiede, später ebenfalls für den Gustav Kiepenheuer Verlag und im Exil für die deutschsprachige Abteilung des Amsterdamer Verlags Allert de Lange tätig war.

288 Siehe Eva Tichauer: *J'étais le numéro 20832 à Auschwitz.* Paris 1988; die englische Übersetzung erschien als: *I was No. 20832 at Auschwitz.* London 2000.

Nach tage- und nächtelangem Marsch erreichte die Kolonne eine Eisenbahnlinie, wo man die Gefangenen auf offene Güterwagen verlud. Der Zug brachte sie nach Ravensbrück, wo am 23. Januar die Ankunft von 723 Häftlingen aus Auschwitz verzeichnet wurde.[289] Dort trafen Eva und ihre Mitgefangenen alte Freunde: die Mitglieder eines Transportes von 230 Frauen, die wegen Widerstandsaktivitäten in Frankreich festgenommen und im Januar 1943 in das Frauenlager in Auschwitz-Birkenau geschickt worden waren.[290] In Ravensbrück bemühten sich diese Französinnen nun darum, Eva und ihre Gefährtinnen am Leben zu erhalten, indem sie ihnen heimlich von ihren eigenen Rationen zusteckten. Eva und drei Freundinnen teilten sich ein Bett in einem eiskalten Zelt mit nassem Boden. Die Französinnen schmuggelten sie abwechselnd heraus und brachten sie in ihre eigenen Betten in den Baracken, um sie mit ihren Körpern zu wärmen.

Am 5. Februar 1945 wurde Theodor Neubauer im Gefängnis Brandenburg mit dem Fallbeil hingerichtet, im Alter von 54 Jahren. Einige Wochen zuvor war er vom Volksgericht wegen Hochverrats verurteilt worden.[291]

Am 16. Februar schrieben die Sussmanns aus einem Flüchtlingsla-

---

289 Grit Philipp: *Kalendarium der Ereignisse im Frauen-Konzentrationslager Ravensbrück 1939–1945.* Berlin 1999, S. 330.

290 Charlotte Delbo, ein Mitglied der Gruppe, schrieb einen Bericht über den Konvoi und seine Mitglieder. *Convoi de 24 janvier.* Paris 1965; eine englische Übersetzung erschien als: *Convoy to Auschwitz.* Boston 1997.

291 1935 war Neubauer in ein Konzentrationslager geschickt worden, nachdem er seine siebenmonatige Gefängnisstrafe für den Gebrauch falscher Papiere abgesessen hatte. 1939 wurde er befreit, ging heim nach Thüringen und führte dort ein ruhiges Leben mit Arbeit in einem Opelwerk. Nach Hitlers Überfall auf die Sowjetunion nahm Neubauer seine illegalen Aktivitäten wieder auf, obwohl er über 50 und bei schlechter Gesundheit war. In einem Flugblatt mit dem Titel »Ihr wißt, daß Hitler seinen Krieg unrettbar verloren hat«, das den Sturz Hitlers und ein Ende des Krieges forderte, schrieb er im Herbst 1943, daß die Nazis das Kriegsende fürchteten, weil sie wußten, welche Verbrechen sie zu verantworten hatten, nicht zuletzt, »mit welch grausigen Methoden die jüdische Bevölkerung Deutschlands und aller unterworfenen Länder hingemordet wurde«. Als die Gestapo ihn im Juli 1944 verhaften wollte, unternahm er einen erfolglosen Versuch, sich das Leben zu nehmen. Siehe S. Müller: *Theodor Neubauer.* Berlin 1982 sowie T. Neubauer: *Die neue Erziehung der sozialistischen Gesellschaft.* Berlin 1973.

ger der Alliierten in Philippeville, Algerien, wieder an ihren Freund Joseph Ebel.

Fritz und Grete Sussmann aus Philippeville, Algerien, an Joseph Ebel in New York

16. Februar 1945

Mein lieber Joseph,

jetzt kann ich das jahrelange Schweigen brechen, nachdem wir hier in Afrika in einem guten alliierten Camp bestens untergebracht sind. Alles kommt uns noch wie ein Wunder vor, es ist mir, als ob wir auf einem Wunderteppich aus dem Konzentrationslager behutsam herausgehoben worden sind. Es ist ja auch kaum zu fassen, daß wir – mit uns kamen aus unserem Lager noch 170 nach hier – von all den Millionen armer und ärmster Juden – wer weiß, wieviel davon noch am Leben – gerettet worden sind. Und zwar gerettet in allerletzter Minute, denn auch ich hatte nicht mehr lange zu leben. Ich will und kann jetzt nicht den ganzen Dreck schildern, durch den wir tief gewatet sind. Genug, wir sind aus diesem schrecklichen Land heraus und gehen hoffentlich wieder normalen Zeiten entgegen. Wir sind aufgrund eines Amerikaaustausches – wir selbst haben die ecuadorianische Nationalität – eigentlich zur Fahrt auf dem herrlichen schwedischen Dampfer Gripsholm bestimmt gewesen. Jedoch sind wir leider – wir sahen die Gripsholm in Marseille – abgesondert worden und kamen nach hier. Was kannst Du nun tun, um uns zu einer Einreise in die USA zu verhelfen? In Anbetracht unserer alten Freundschaft und dessen, was wir durchgemacht und an Zeit verloren haben, bitte ich Dich dringend, alles, aber auch wirklich Deine ganze Tatkraft daran zu setzen, um mir die Wege in die USA zu ebnen. Bei allem Schrecklichen im deutschen Lager – das Schrecklichste war der Tod Walter Landauers am 20. Dezember. Wir waren uns in all den Jahren sehr, sehr nahe gekommen, es hatte sich zwischen uns eine echte Freundschaft entwickelt, so daß mich sein Tod besonders traf. Ich brenne auf Nachricht von Dir und bin mit alter Herzlichkeit

Dein Fritz

[Postskriptum von Grete Sussmann]

Lieber Ebel, auch von mir ein paar Worte an Sie. Fritz geht es etwas besser, auf jeden Fall ist er, soweit man es sehen kann, außer Gefahr. Wir brauchen Geld und Kleider. Unsere Kleider sind uns zum Teil gestohlen, zum Teil vernichtet worden, da verlaust. Sendet uns ruhig gebrauchte Sachen, wir sind nicht mehr verwöhnt. Ich wäre glücklich, Euch alle sprechen zu können, denn alles schreiben kann man doch nicht. Da hätte man Bände zu schreiben.

Ihre Grete Sussmann

P. S. Wollen Sie Löwenfelds auch Bescheid sagen. Wir haben kein Geld und können nicht allen schreiben.

Grete Sussmann aus Philippeville, Algerien,
an Familie Mashler in Charleston, South Carolina

30. März 1945

Meine sehr sehr Lieben,

empfangt unseren allerinnigsten Dank für Euren so lieben Brief, der uns über alles erfreute. Wir haben ihn immer und immer wieder gelesen. Für uns ist das ein ganz großes Ereignis. Wir waren schon sehr traurig, von niemand etwas zu hören. Da kam erst Hildes Brief und dann der von Euch.

Von der lieben Mama hatten wir zweimal Post,[292] und zwar das letzte Mal, als wir von Westerbork nach Bergen-Belsen auf Transport gingen, und zwar im letzten Moment. Mama schrieb, daß sie von uns Nachricht und Päckchen empfangen habe, aber sehr schwach sei. Wie glücklich wären wir, wenn sie unter den Geretteten wäre. Solange unser Freund Jakob Edelstein dort Bürgermeister war, hat er und auch seine Frau sich um die liebe Mama gekümmert, das schrieb er mir und schrieb auch Mama. Nachdem er aber mit seiner Familie auf Straftransport nach Auschwitz geschickt wurde, hat Mama eine große Hilfe verloren.[293] Das ist ein Kapitel für sich.

Was uns anbetrifft, so sind wir durch Gotteswunder in der allerletzten Minute einer Hölle entronnen, von der Ihr Euch keine Vorstellun-

292 Aus Theresienstadt, wo sie inhaftiert war.

293 Im November 1943 entdeckten die Deutschen, daß Jakob Edelstein, der »Judenälteste« von Theresienstadt, die Anzahl der Gefangenen gefälscht hatte, um 55 Juden davor zu bewahren, in den Osten deportiert zu werden. Als Strafe wurde er mit seiner gesamten Familie nach Auschwitz geschickt, wo er im Juni 1944 ermordet wurde.

gen machen könnt. Fritz war bereits aufgegeben, lag seit über einem Monat, konnte kaum noch laufen, litt an Dysenterie, war geistig und nervlich vollkommen erledigt. Er hat auch von uns dreien am meisten mitgemacht, ist von den Hunden halb totgeschlagen worden, noch an einem der letzten Tage aus dem Bett geholt und im Pyjama bei grimmiger Kälte auf den Appellplatz geschlagen und geschleppt worden. Dort mußte er mindestens noch zusammen mit allen anderen 1 1/2 Stunden stehen. Ich lief in die Baracke, mir war egal, was geschieht, holte eine Decke und band sie ihm um.

Was wir dort an Hunger, Gemeinheiten, Ungeziefer etc. gelitten haben, läßt sich nicht beschreiben. Daß wir es überstanden haben, ist für uns immer noch ein Märchen. Peter wacht oft ganz angsterfüllt in der Nacht auf, da hat er geträumt, daß er nach BB zurückgekommen ist. Wie wir uns täglich über die Zeitungen freuen, könnt Ihr Euch nicht vorstellen. Alles bekommt seinen Lohn, so auch diese Hunde und Sadisten. Unsere Freude ist stark getrübt, wenn wir an die Armen denken, die wir zurückgelassen haben und die bitterlich weinten bei unserem Abschied. Der beste und einzige Freund von Fritz, Walter Landauer, früherer Direktor von Kiepenheuer, ist kurz vor unserer Abreise, 41 Jahre alt, sozusagen in unseren Armen gestorben. Das war noch das, was uns den Rest gab, denn mit ihm wollten wir unser Leben aufbauen. Er hatte vor allem Peter sehr lieb und hing genauso an ihm wie wir. Schade, ein prachtvoller Mensch. Sterben war dort an der Tagesordnung, es starben täglich so 20–22 Menschen, die auf Leiterwagen weggeschafft wurden in Kisten, gerade immer dann, wenn wir Appell standen. Besonders in letzter Zeit, in der wir zu zweien in einem 60 cm breiten Bett schliefen und vor Ungeziefer umkamen, mehrten sich die Todesfälle, noch dazu wir in vollkommen verlauste, aus Polen eingeführte Baracken ziehen mußten, selbstverständlich ohne WC etc. Es gab überhaupt kaum WC und so gut wie keine Waschgelegenheiten mehr. Peter hat das alles beschrieben und an Hilde geschickt. Sie wird es Euch einsenden. Peter ist ein großer Junge geworden, hat sich unglaublich bewährt. Das läßt sich nicht beschreiben, was er mit dem ewig tobenden Fritz durchgemacht hat. Mit welcher Geduld er ihn betreut hat und versorgt hat. Wie er mich getröstet hat, trotzdem er doch selbst entsetzlich gelitten hat. Man hat nie eine Klage oder dergleichen von ihm gehört. Er mußte mit seinen 15 Jahren zusammen mit uns im schwersten Kommando arbeiten, die ganze Zeit, die wir in BB waren. Um 5 Uhr früh aufstehen, auch des Sonntags, wir hatten nur am Sonntagnachmittag ein paar Stunden frei, aber die wurden uns meistens vergällt, indem man uns stundenlang strafexerzieren oder Appell stehen ließ.

Schlagen und Triezen war an der Tagesordnung, es gab auch nette Strafen wie »Heck Stehen«.[294] Da mußte man stundenlang ohne Essen etc., am Stacheldraht stehen. Ich habe das einmal durch die Gemeinheit eines Glaubensgenossen mitmachen müssen und werde es nie vergessen. Außerdem gab es Bunker, d. i. Gefängnisse, und zum Schluß schickte man Leute, die eine Mohrrübe oder dergleichen, weil sie hungerten, »gestohlen« haben, direkt ins KZ, d.h. ganz zum Schluß waren wir, d.h. in den letzten Monaten, waren wir ein schlimmes KZ, so daß man niemand mehr wegzuschicken brauchte. Wir krepierten auch da nach Wunsch.

Jetzt muß ich schließen. Ich arbeite hier ein paar Stunden in einem Bureau. Es ist nicht direkt Zwang, aber erwünscht, und da man uns hier gut behandelt, hilft man gern. Die Baracke liegt mit Blick auf das Meer. Wir hungern nicht mehr.

Eure Grete

Grete, Fritz und Peter Sussmann aus Philippeville, Algerien, an Yela, Heinrich und Andreas Löwenfeld in New York

12. April 1945

Meine Lieben!

Tausend Dank für Euren überaus netten Brief. Ich habe ihn immer wieder gelesen. Ich könnte Euch tagelang von den Dingen erzählen, die uns, und nicht nur uns, passiert sind, und wir können nicht verstehen, daß ausgerechnet wir aus der Hölle befreit wurden.

Wir waren *ein Jahr lang* in einem *richtigen* Konzentrationslager. Fritz

---

294 Abel Hertzberg, Häftling in Belsen, notierte am 28. November 1944 in sein Tagebuch: »Wenn die Deutschen jemanden beim Stehlen erwischen, muß er sich an den Zaun stellen mit einem Schild vor sich, auf dem steht: ›Ich bin ein Dieb, ich habe Euch bestohlen.‹« Abel Hertzberg: *Between Two Streams.* New York 1997, S. 169.

war schon mehr tot als lebendig. Für ihn kam unsere Rettung in den letzten fünf Minuten. Jetzt geht es ihm viel besser (er war die ganze Zeit im Krankenhaus, erst in der Schweiz, dann auf dem Schiff und zum Schluß hier). Seit ein paar Wochen ist er jetzt wieder bei uns. Er war von den deutschen Hunnen schrecklich geschlagen worden. Sobald ich eine Schreibmaschine habe, schreibe ich mehr. Wir haben *keine* Kleidung, *keine* Schuhe, *gar nichts,* abgesehen vom Leben (was viel ist). Liebe Yela, wenn Du mir ein Korsett und vielleicht ein paar Strümpfe schicken könntest, wäre ich sehr froh. Wenn es jemanden gibt, der ein Kleid, einen Rock oder solche Dinge (sie müssen nicht *neu* sein) entbehren kann, könntest Du sie uns schicken. Vielen Dank für Eure Freundlichkeit.

Liebe Grüße, Grete

Wir haben uns sehr über Euren Brief gefreut. Bitte schreibt so schnell wie möglich zurück. Alles Liebe,

Fritz

Liebe Löwenfelds (besonders Andreas!)

Ihr könnt Euch kaum vorstellen, wie froh wir über Euren netten Brief waren. Zur gleichen Zeit bekamen wir Briefe von unseren Freunden Ebel und Lang und ein Telegramm von Landshoff. Yelas Schwester war zuerst mit ihrer Familie ins Juden-Durchgangslager Westerbork gebracht worden. Wir waren sehr traurig, als wir erfuhren, daß sie nach Polen deportiert worden sind.

Du hast in Deinem Brief gefragt, ob Du etwas für uns tun könntest. Bitte setze Dich diesbezüglich mit Ebel und seinen Freunden in Verbindung, denn sie wollen gemeinsam etwas tun.

Natürlich ist es unser größter Wunsch, die Immigration in die USA zu erreichen.

Klar kann ich mich an Dich erinnern, lieber Andreas, wie Du vor acht Jahren warst. Aber ich denke, Du hast Dich in der Zwischenzeit verändert so wie ich. Ich bin froh über den Unterricht, den wir bei Miss Maggy hatten, denn sonst könnte ich mit niemandem sprechen, weil nur wenige Leute Niederländisch oder Deutsch verstehen.

Euch allen liebe Grüße,

Dein Peter

Mitte April waren Eva Tichauer und ihre Gefährtinnen zum vierten Mal, seit sie Auschwitz verlassen hatten, unterwegs. Nach einigen Wochen in Ravensbrück waren sie in ein kleineres Außenlager in Malchow, im ländlichen Mecklenburg, überführt worden, wo Eva auf einem kleinen Bauernhof arbeitete und beim Hacken und Pflanzen half. Obwohl die Bauernfamilie nicht mit ihr sprach, gab sie ihr mittags eine nahrhafte Suppe, so daß Eva ihre abendliche Mahlzeit unter den Kameradinnen im Lager aufteilen konnte. Aus Malchow wurden die Gefangenen dann mit dem Zug Richtung Süden in ein Lager bei Leipzig transportiert.

In dem Leipziger Lager organisierten die mittlerweile 16 Französinnen ein Nähkollektiv, indem sie Hausschuhe aus alten Wolldecken herstellten und sie gegen Essen eintauschten. Die beste Näherin unter ihnen fertigte aus Wolldecken Zivilkleidung für alle, die sie immer unter ihrer gestreiften Häftlingskleidung trugen, damit sie die bei entsprechender Gelegenheit ausziehen und unauffällig fliehen könnten. Da sie die Artillerie der näherrückenden Alliierten nun sowohl von Westen als auch von Osten hören konnten, hofften die Gefangenen verzweifelt darauf, von den Amerikanern oder den Russen befreit zu werden.

Am 13. April mußte Eva mit ihren Kameradinnen in Fünferkolonnen aus dem Leipziger Lager marschieren; wieder wurde erschossen, wer nicht Schritt halten konnte. Gelegentlich versuchten Frauen, aus der Marschkolonne zu entkommen, nur um von übereifrigen Zivilisten zusammengetrieben und zurückgebracht zu werden.

Am 22. April, als die Panzer der Roten Armee bereits die Grenzen der Stadt Berlin überquert hatten, erreichten Eva und die anderen Marschierenden die Elbe und überschritten eine Brücke zum östlichen Ufer. Bei Einbruch der Dämmerung warfen Eva und einige Freundinnen ihre gestreifte Häftlingskleidung ab und suchten in einem verdunkelten, von Deutschen überfüllten Haus Zuflucht in der Hoffnung, daß sie nicht auffallen würden. In der Nacht verbreitete sich die Kunde im Haus: »Die Iwans sind da!« Die Deutschen verschwanden, Eva und ihre Freundinnen blieben, und bei Tagesanbruch warf ihnen ein russischer Soldat »mit einer großartigen triumphalen Geste« einen Laib Brot zu.

Als Eva und ihre Freundinnen in ihrer neugewonnenen Freiheit weiter Richtung Osten gingen, hielt ein Lastwagen der Roten Armee neben ihnen. Die Soldaten waren Juden, und als sie erfuhren, daß die Frauen Jüdinnen aus den Lagern waren, tauschten sie in ihrer gemeinsamen Sprache, Jiddisch, Geschichten über die Erfahrungen ihrer Familien in den Händen der Deutschen aus. Unter einer Zeltplane versteckt, fuhren die Frauen auf dem Lastwagen in die Stadt, in der die Soldaten einquartiert waren. Dort beschlagnahmten die Russen ein Bauernhaus für sie und vertrieben die Bewohner.

Sowohl die Soldaten als auch die ehemaligen Häftlinge waren ausgehungert nach Gesellschaft und Liebe. Evas Partner wurde ein Major, ein Jude aus Odessa. Die Gruppe feierte gemeinsam den 1. Mai; die Russen stellten das Essen, das die Frauen zubereiteten.

Mit dem Fall Berlins am 2. Mai konnten die wenigen verbliebenen Juden aufatmen. Unter ihnen war Eva Ortmanns Cousin Hans Rosenthal in Lichterfelde. Hans, dem die Nationalsozialisten eine Schwester und zwei Brüder ermordet hatten, empfand selbst keinen Haß auf das deutsche Volk, wohl weil er sein Überleben einzelnen Deutschen verdankte, die bei zahlreichen Gelegenheiten das Risiko auf sich genommen hatten, ihm zu helfen oder ihn zu schützen. »Ich bin kein Richter«, sagte er seiner Familie, »ich richte nicht.« Da das Rosenthalsche Haus unversehrt geblieben war, nahm er dort seine Tätigkeit als Rechtsanwalt und Notar wieder auf.

Grete Ortmann, die vierte und letzte jüdische Frau von Sibylles Vater, erlebte das Ende des Dritten Reiches ebenfalls. Ihre Schwester war deportiert worden, sie selbst hatte Zwangsarbeit in einer Munitionsfabrik leisten müssen. Der Frieden brachte aber andere Gefahren mit sich. Mehr als 20 Jahre später erinnerte sie sich: »Als die Russen kamen, nahmen sie sich natürlich *alle* Frauen.« Sie ließ keinen Zweifel daran, daß sie selbst keine Ausnahme war.

Als die Kampfhandlungen beendet waren, erhielten die russischen Truppen, bei denen sich Eva Tichauer und ihre Freundinnen aufhielten, den Befehl zum Weitermarsch. Eva und ihre Freundin Rosette beschlossen, sich zu Fuß in Richtung Westen aufzumachen, die Elbe zu überqueren und sich zu den amerikanischen Stellungen zu begeben, da sie so schnell wie möglich nach Frankreich zurückkehren wollten. Für ihren Weg gaben die Russen ihnen Fahrräder und zwei soeben befreite französische Gefangene als Begleitung mit. Der erste G. I., der ihnen begegnete, setzte sie in einen Güterzug, der zu einem amerikanischen Stützpunkt in Köthen unterwegs war. Der Viehwaggon, in dem sie fuhren, glich dem, in dem Eva mit ihrer Mutter nach Auschwitz deportiert worden war, doch diesmal waren nur vier Passagiere darin, und die Türen blieben offen.

In Köthen fanden Eva und Rosette einen Platz in einem kleinen militärischen Transportflugzeug, das nach Paris fliegen sollte. In Le Bourget wurden sie von einer Blaskapelle begrüßt, die die Marseillaise spielte, während Männer in weißen Kitteln sie gründlich mit DDT besprühten und dabei »sogar die Kleider anhoben«. Evas Hoffnung, Verwandte und Freunde wiederzufinden, wurde enttäuscht; alle waren tot oder vertrieben.

Für zahllose Überlebende bedeutete das Kriegsende die Bestätigung ihrer schlimmsten Befürchtungen.

Margareth (Luri) Lurje aus Havanna an Heinrich Löwenfeld in New York

23. August 1945

Liebster bester Dr. Löwenfeld!

Ich dachte nicht, daß es einmal wieder möglich sein wird, aber es ist wirklich wahr geworden: Der Krieg ist vorbei, und es gibt wieder uncensurierte Briefe, und ich bin ganz aufgeregt – dies ist der erste deutsche Brief seit 4 Jahren, und heimlich ertappe ich mich, daß ich schon beinahe englisch denke. Ich möchte gerne etwas ganz Besonderes schreiben, so als ob ich wieder nach langer Zeit mit einem guten alten Freund in der Ecke sitzen könnte und reden und reden könnte, aber man weiß gar nicht, wie man beginnen soll, und so wird es wohl wieder einer wie all die anderen Briefe werden, voll mit Visa-Sorgen und Menschenunglück, aber vielleicht spüren Sie das freudige gemütliche Gefühl, das ich habe, einmal wieder in der alten Sprache zu schreiben, in der wir uns immer unterhielten.

Vor allem vielen Dank für das restliche Papier. Leider nimmt das Konsulat noch keine Affidavits an, und es sieht so aus, als würde es noch lange Zeit dauern. Ich hoffe, sie werden dann nicht wieder behaupten, daß die Affidavits schon zu alt sind, one never knows.

Leider habe ich heute den Brief bekommen, vor dem ich mich 4 Jahre lang gefürchtet habe – der 1. Brief aus Prag, nur 14 Tage unterwegs. Meine beste Freundin schreibt nur ganz wenig, aber trotz aller möglichen Nachforschungen konnte sie nichts über meine Familie erfahren, nur daß die armen, armen Eltern seit Herbst 42 direkt nach Polen deportiert wurden und Trudl schon einige Monate früher. Der Brief ist, als ob es Wahnsinn wäre, noch zu hoffen, aber ich kann und will die Hoffnung noch nicht aufgeben. Es ist sinnlos, etwas von dem Haß zu schreiben und der tiefen Verachtung, die ich für diese Menschen habe, es ist auch sinnlos zu weinen, ich kann es gar nicht, es ist ein Schmerz ohne Ende, und ich bin heute dankbar, daß ich die 2 letzten Jahre mit ihnen so friedlich und voller Liebe verbringen konnte, trotzdem das Gespenst Hitler immer so trennend hinter uns gestanden ist. Auch Hanna, die Photographin, ist verschollen. Es ist alles so unheimlich, all die Zusammenhänge in diesem Leben – und durch Ihre Hilfe bin ich dem ganzen Unglück entkommen.

Luri

Margareth (Luri) Lurje aus Havanna an Heinrich Löwenfeld in New York

9. November 1945

Liebster Dr. Löwenfeld!

Leider habe ich wieder eine Bestätigung bekommen, daß wohl kein Mensch meiner Familie noch am Leben ist. Der Mann meiner Cousine ist als amerikanischer Soldat in Berlin stationiert und hat eine dort lebende, mit einem Arier verheiratete Cousine von mir besucht, die auch nach allen Lieben nachgeforscht hat und auf gar keine Spur kommen konnte. Ganz einfach kein Mensch, auch von der ferneren Familie, hat sich wiedergefunden. Ich wünsche schon gar nichts anderes mehr, als daß sie nicht zu lange leiden mußten — es ist zu wahnsinnig, an all die Greueltaten zu denken, die Menschen fähig sind, zuzufügen und zu ertragen. Die Welt war wohl noch nie so krank wie heute.

Luri

Nachdem Milton Cranes kriegsrelevante Tätigkeit beendet war, hatte er zunächst zwei angebotene Dozentenstellen abgelehnt und wollte nun bei einem Taschenbuchverlag in New York anfangen.

Sibylle aus Washington an Mary Rubinstein in London

20. Oktober 1945

Liebe Mrs. Rubinstein,

wir hatten eine herrliche Geburtstagsparty, und JT sang den ganzen Tag »Happy Birdday, dear John Thomas Crane« vor sich hin, verkündete, er sei »now two«, und war sich des Ereignisses vollkommen bewußt und sehr vergnügt. Er versteht sowohl Deutsch als auch Englisch, besteht aber darauf, nur Englisch zu sprechen, vermischt mit deutschen Wörtern, aber mit rein englischem Satzbau. Wenn ich ihm zum Beispiel auf deutsch einen Auftrag gebe, den er ignoriert, und ich sage: »Hast Du gehört, was ich gesagt habe?«, gibt er mir unweigerlich die englische Übersetzung meiner Bitte. Ich finde das wirklich eigenartig, obwohl es mir keineswegs mißfällt, ein Anzeichen dafür, daß er es spüren muß, daß Englisch irgendwie die »richtige« Art zu sprechen ist.

Die Vorstellung, nach New York zu gehen, macht uns viel Freude, und die Familie ist begeistert wegen John Thomas. Meine eigenen Pläne sind vage, denn die Verwirrung in meinem Kopf, die ich während dieser Jahre in Washington verdrängt habe, tritt nun wieder in den Vordergrund und ist von einer Klärung noch ebensoweit entfernt wie vor drei Jahren. Um mit Sprachen fortfahren zu können, bin ich weder kompetent und interessiert genug, noch habe ich die notwendigen akademischen Grade. Ich bin fest entschlossen, keine Sekretärinnenarbeit zu machen, und habe keine Qualifikationen für irgend etwas anderes. Und der ideale Arbeitgeber mit der »interessanten«, verantwortungsvollen, vielversprechenden Stelle, der bereit ist, auf guten Willen und eine durchschnittliche Intelligenz zu setzen, wird wahrscheinlich nicht gleich meinen Weg kreuzen. Ich würde gerne die New York School for Social Work, die beste im Land, für einen zweijährigen Kurs besuchen – immer unter der Voraussetzung, daß wir dauerhaft in New York oder zumindest in einer anderen großen Stadt bleiben; und ich würde mich wahrscheinlich auf Psychiatrie oder Jugendfürsorge spezialisieren. Aber sogar dieser bescheidenste meiner extravaganten Pläne erfordert weitaus mehr Geld, als uns zur Verfügung steht oder vermutlich stehen wird, und ich kann nicht viel länger damit warten, meine Ausbildung zu einem Abschluß zu bringen und einigen Nutzen daraus zu ziehen. Um ehrlich zu sein, bin ich auch nicht allzu begierig auf eine Arbeit, für die ich den ganzen Tag außer Haus sein müßte, was wohl in den meisten Fällen nötig wäre, und außerdem würde ich in nicht allzuferner Zukunft gerne noch ein Kind bekommen, eine Idee, die nur schwer mit einem Studium oder Plänen zum Geldverdienen vereinbar ist.

Ich habe sicherlich eine Tendenz, furchtbar träge zu werden, wenn ich nicht von irgendeinem System dazu eingeteilt werde, Arbeit zu leisten und meinen Kopf zu benutzen. Diese Jahre in Washington, so schön sie waren, haben es wieder bewiesen, und das ist der Hauptgrund dafür, daß ich mich entgegen meiner Faulheit und heimlichen Vorlieben dazu zwingen möchte, Arbeit außer Haus zu verrichten, die mich vielleicht vor dem Schicksal bewahren kann, eine typische Hausfrau (oder, schlimmer, Professorengattin) zu werden mit der zusätzlichen Frustration desjenigen, der einst größere Ambitionen hatte.

Die Beendigung des Lend-Lease[295] versetzte dem Gewissen der Leute einen ziemlichen Stoß, besonders als sich wie auf einen Schlag die Regale hier mit all den Dingen füllten, die vorher knapp gewesen waren, und man sich klarmachte, daß das Gegenteil sich dort drüben ebenso schnell bemerkbar gemacht haben muß. Das ist nur eins der vielen Dinge, die die Menschen – diejenigen, die denken – zur Zeit ziemlich düster stimmen. Das Kriegsende, die schlechte Organisation des Besatzungsproblems und die Entsetzlichkeit der Atombombe haben zu einer allgemein defätistischen, verzweifelten Stimmung geführt. Solange wir uns an den Sieg als das einzige, vereinende und wesentliche Ziel klammern konnten, ließ es sich vermeiden, über die Folgen nachzugrübeln. Jetzt können wir dem nicht länger entkommen, und die Ernüchterung nach der ersten Begeisterung über den Frieden ist unbeschreiblich. Die Unsicherheit in bezug auf Truman legt sich allmählich. Wer anfangs die Größe seiner Persönlichkeit und Intelligenz bestritten und seinen Motiven mißtraut hat, hat jetzt überraschenderweise im letzteren Punkt das Vertrauen wiedergewonnen; aber der erste Mangel bleibt und könnte sich noch als verhängnisvoll erweisen.

Was unsere Verwandten und Freunde betrifft, die in Mitteleuropa

---

295 Präsident Truman hatte die Lend-Lease-Unterstützung, d.h. die Unterstützung Großbritanniens, Frankreichs und der UdSSR gemäß dem Leih-Pacht-Abkommen, wenige Tage nach dem Kriegsende in Europa eingestellt.

geblieben sind, so sickert ihre Geschichte nach und nach durch, und sie ist sehr bitter. Nur zwei von ungefähr einem Dutzend Cousins und Cousinen meiner Mutter haben Hitler überlebt, und einer von diesen führt ein Leben in Berlin, das man kaum als solches bezeichnen kann. Die meisten Familien unserer Freunde hat es noch härter getroffen als uns, weil nur sehr wenige das Glück hatten, die *nächsten* Angehörigen zusammenzuhalten oder in Sicherheit zu bringen, wie in unserem Fall.

Eine sehr gute Freundin von mir, ein eingebürgertes Flüchtlingsmädchen, das in das Women's Army Corps[296] eingetreten und nach Offenbach geschickt worden ist, schreibt haarsträubende Geschichten über die Schwäche und das vollkommene Unverständnis der Besatzungstruppen und auch über die sehr subtile, raffinierte Art, mit der die deutschen Mädchen den Amerikanern, während sie mit ihnen flirten, antisemitische und antirussische Ideen einflößen.

Sibylle

Das Flüchtlingsmädchen im Women's Auxiliary Corps war Renate Boenheim Benesch. In Berlin hatte sie die Fürstin-Bismarck-Schule besucht und sehnte sich vor allem danach, ihre geliebte Französischlehrerin Gertrud Wacker wiederzutreffen. Wackers erste Worte waren distanziert und kühl: »Na, Renatchen, in der Uniform unserer Feinde!« Für Renate war das eine grenzenlose Enttäuschung.

Aus den unerwünschten jüdischen Flüchtlingen von 1941 – den wenigen, die den Krieg in Europa irgendwie überlebt hatten – waren die unerwünschten Displaced Persons von 1945 geworden. Wie zuvor fand das amerikanische Außenministerium mit großem Geschick Gründe dafür, sie aus den Vereinigten Staaten fernzuhalten.

Friedrich Sussmann aus Algier an Joseph Ebel in New York

9. September 1945

Lieber Ebel,

nun sind wir hier in der großen Stadt Algier und fühlen uns wohl, da wir zum ersten Mal nach Bergen-Belsen wieder den Eindruck ha-

---

296 Das Women's Army Corps war eine militärische Einheit, die Frauen zur Büroarbeit, aber auch als Elektrikerinnen, Funkerinnen, Fluglotsen etc. einsetzte.

ben, frei zu sein. Wir wohnen in einem guten Hotel, zu dritt in einem guten Zimmer. Eure Lebensmittel in Büchsen kommen uns jetzt gut zustatten. Leider haben wir die Lebensmittelpakete von Arthur bisher nicht erhalten. Ein vor langer Zeit von Jela avisiertes Paket ist auch nicht angekommen.

Nachdem der Konsul zuerst sagte, daß wir innerhalb von 5 Tagen unser Visum haben würden, sind inzwischen 14 Tage daraus geworden, und außerdem sagt er jetzt, daß bei den in Deutschland geborenen Staatenlosen Untersuchungen angestellt werden müssen, ob sie nicht etwa Nazifreunde seien. Na, jedenfalls kann man sich vorstellen, wie lange derartige Untersuchungen, die über das State Department laufen, dauern können. Doch müssen wir Geduld haben, mal muß es ja soweit sein. Die Transportfrage ist auch nicht gerade einfach. Leider besteht wirklich kein Verkehr ab Algier, daher will uns die Hicem via Casablanca senden, dann by Plane nach Lisboa. Von Portugal gingen bis jetzt 2mal im Monat Schiffe nach USA.

Friedrich Sussmann aus Algier an Joseph Ebel in New York

14. September 1945

Lieber Ebel,

wie ich Dir bereits schrieb, kann unser Aufenthalt, den der Konsul zuerst selbst mit 5 Tagen angab, sich auf Monate ausdehnen. Der Konsul sagte, daß wir in Deutschland geborene Staatenlose eine Non-enemy Erklärung haben müßten, bevor die Quotanummer erteilt wird.[297]

Joseph Ebel aus New York an Arthur Mashler in Charleston, South Carolina

24. September 1945

[...] Ich denke, daß Sie und Dr. Löwenfeld als Affidavitgeber an das State Department schreiben sollten, daß Sussmanns viele, viele

---

297 Die Forderung der amerikanischen Regierung, jüdische Überlebende aus Bergen-Belsen sollten beweisen, daß sie keine Feinde der Vereinigten Staaten gewesen seien, war doppelt zynisch, da die amerikanische Regierung gleichzeitig die Einwanderung von Leuten betrieb, von denen sie sicher wußte, daß sie den Nationalsozialisten gedient hatten. Am 20. September 1945 begann das Geheimprogramm mit dem Codenamen »Operation Papierschnipsel«, das die ersten

Monate in Bergen-Belsen waren, dort zu Skeletten abgemagert sind, seit 1933 in Prag gelebt haben, daß Fritz dort für den Anti-Nazi Verlag Querido in Amsterdam tätig war, der in New York unter Querido Inc., 381 Fourth Avenue, eine Filiale hat und dessen Direktor Dr. Landshoff für Sussmann bürgen kann, was Sie und Dr. Löwenfeld ebenfalls bekräftigen sollten.

Über einen Monat später erhielten die Sussmanns die Genehmigung, in die Vereinigten Staaten einzureisen.

Sibylle aus New York an Mary Rubinstein in London

1. November 1946

Liebe Mrs. Rubinstein:

Ihr schöner Brief aus dem Lake District wurde genau am Tag von Peters Geburt geschrieben und erreichte mich einige Tage nachdem ich Ihnen vom Krankenhaus aus von seiner Ankunft berichtet hatte.

New York ist uns in all den Jahren, die wir nicht dort waren, sehr fremd geworden, selbst Milton, und dieses Jahr, das wir nun wieder hier verbracht haben, hat daran nicht viel geändert. Abgesehen von meiner Mutter, die für mich ein ausgesprochen starkes Band ist, hält uns hier wenig oder vielmehr *hielte* uns hier nur wenig, wenn wir eine Chance hätten hinauszukommen (z. B. an ein kleines New England College oder nach Kalifornien). Unsere Einstellung ist zweifellos von den unangenehmen Lebensumständen geprägt, und vielleicht würde uns eine anständige, helle Wohnung vollkommen mit der Stadt ver-

---

deutschen Raketenfachleute zu einem Armeestützpunkt in den Vereinigten Staaten brachte, wo sie sofort für die amerikanische Armee zu arbeiten begannen. Um sich ihres Expertenwissens zu bedienen, waren die Amerikaner willens, sich ihre Vergangenheit nicht allzu sorgfältig anzusehen und obendrein die Einwanderungsgesetze zu umgehen. Daß man den Import der Wissenschaftler, deren bekanntester Wernher von Braun war, der einen höheren SS-Rang bekleidet hatte, so streng geheimhielt, war verständlich, war doch die Produktion der sogenannten »Vergeltungswaffen«, also der deutschen Raketen, durch Arbeitssklaven erfolgt, die man aus den Konzentrationslagern geholt und gezwungen hatte, unter entsetzlichen Bedingungen in einer unterirdischen Fabrik im Harz zu leben, zu arbeiten und zu sterben. Man nimmt an, daß dort mehr als 20.000 Arbeiter durch Hunger, Erschöpfung oder Hinrichtungen umgekommen sind.

söhnen. Aber so wie es aussieht und da wir keine Veteranen sind, werden wir für mindestens zwei Jahre keine Chance auf eine andere haben. Und das werden genau die Jahre sein, in denen Licht und frische Luft für die Kinder am wichtigsten sind.

Das sind jedoch unbedeutende Klagen gemessen an den Berichten, die wir von europäischen Freunden bekommen, besonders denen, die noch in Deutschland sind und denen unsere dunkle »Eisenbahnerwohnung« im Souterrain mit Zentralheizung und Warmwasser, die nur aus Durchgangszimmern besteht, wahrscheinlich wie eine Fata Morgana erscheinen würde. So schrecklich wie die Einzelheiten der Schicksale so vieler Verwandter und Bekannter sind, so unheimlich und unglaublich sind oft die Geschichten derer, die dort überlebt haben, wo wir es nicht für möglich gehalten hätten. Die wunderbarste Nachricht war die von meiner deutschen Klavierlehrerin, einer Schulfreundin meiner Mutter und Witwe eines englischen Quäkers, die nach der Emigration meiner nächsten Angehörigen meine stärkste Verbindung nach Deutschland war. Sie hat nicht nur den Krieg überlebt, sondern es auch geschafft, in ihrer kleinen Wohnung einen jüdischen Freund vier Jahre lang zu verstecken.[298] Jetzt befinden sie sich

---

298 Else Splett, Sibylles Klavierlehrerin und zugleich die älteste Freundin ihrer Mutter, hatte für die Quäker gearbeitet, um Juden die Emigration aus Deutschland zu ermöglichen. Irgendwann hatte sie den jüdischen Verleger Erich Lichtenstein kennengelernt. Während der ersten Kriegsjahre galt er als »privilegierter Jude«, da er mit einer Arierin verheiratet war. Seit seine Frau allerdings 1941 die Scheidung eingereicht hatte, befand er sich in großer Gefahr. Else Splett nahm ihn in ihre Wilmersdorfer Wohnung auf, und sie wurden ein Paar. (Offiziell lebte er in einem sogenannten »Judenhaus«, doch traf ihn die Gestapo dort niemals an.) Im Februar 1943 verhaftete man ihn während der »Fabrik-Aktion«, bei der Tausende Juden an ihrem Arbeitsplatz festgenommen wurden. Man ließ ihn jedoch wieder gehen, als die arischen Ehefrauen der Verhafteten in der Rosenstraße für die Freilassung ihrer Männer demonstrierten. Anschließend befahl man ihm, sich im Reichssicherheitshauptamt zur Zwangsarbeit zu melden, wo er zu den etwa 25 jüdischen Gelehrten gehörte, die Millionen Bücher sichteten und katalogisierten, die aus Plünderungen bei jüdischen Sammlern und Bibliotheken stammten. Der Zweck dieser Bemühungen war der Aufbau einer Bibliothek von Judaica, die dem Studium des Feindes dienen sollte. Man beschäftigte Lichtenstein und die übrigen Zwangsarbeiter bis zum 13. April 1945. Vergleiche Hans-Udo Wittkowski (Hrsg.): *... da werde ich lieber Seifensieder. Erich Lichtenstein im Spiegel seiner verlegerischen und publizistischen Arbeit.* Berlin 2000.

natürlich in einem jämmerlichen Zustand, in einer ungeheizten, fensterlosen Wohnung, ohne Bettdecken – und nichts, was wir an Kleidern und Essen schicken können, macht irgendeinen nennenswerten Unterschied. Das Furchtbare ist, daß solche Leute von den Besatzungsmächten nicht bevorzugt behandelt werden, obwohl ihre Integrität so leicht bewiesen werden könnte, ganz zu schweigen von der britischen Staatsangehörigkeit unserer Freundin.

Alles Liebe Ihnen allen und Grüße von der ganzen Familie.

In Liebe, Sibylle

Nachwort

Im Juli 1992 demonstrierte eine Reihe ehemaliger Deportierter bei der Feier anläßlich des 50. Jahrestages der Internierung im »Vel d'Hiver« lautstark gegen den Präsidenten der Republik, François Mitterrand. Sie protestierten gegen die anhaltende Weigerung Mitterands, selbst ehemaliger Beamter der Vichy-Regierung, einzuräumen, daß Frankreich überhaupt für die Verbrechen gegen Juden verantwortlich sei, die auf französischem Boden verhaftet wurden. Eine der ehemaligen Gefangenen erklärte einem amerikanischen Radioreporter, daß die französischen Behörden darauf bestanden hatten, die Kinder zusammen mit ihren Eltern festzunehmen, und somit dafür sorgten, daß alle 4000 getötet wurden. Der Journalist nannte den Namen der Frau: Eva Tichauer. Dank dieses Zufalls sahen Eva Tichauer und Lili Faktor Flechtheim einander nach einer Trennung von über 60 Jahren wieder. Sie trafen sich 1994 in Berlin, wo Lili bereits seit kurz nach Kriegsende gelebt hatte, und zu ihnen stießen Sibylles Sohn Peter Crane, seine Frau und ihre beiden Kinder. Mit Blick auf Peters siebenjährigen Sohn Oliver sagte eine der beiden alten Damen zur anderen: »Da sitzt Sibylle.«

Sibylle selbst lernte ihre Enkel nicht mehr kennen. Sie, Milton und ihre beiden Söhne hatten sich 1952 in Washington, D. C., niedergelassen, wo sie als Redakteurin arbeitete und Milton eine Stelle im Außenministerium bekleidete, bevor er seine Lehrtätigkeit als Professor für Englisch an einer ortsansässigen Universität wiederaufnahm. 1972 mußte sich Sibylle einer Brustkrebs-Operation unterziehen; im Jahr darauf erfuhr sie, daß keine Heilungsaussichten bestanden. Während der nächsten Jahre besuchte Lili sie häufiger aus Berlin, und Sibylle reiste auch nach Europa, kehrte an die Orte ihrer Kindheit zurück und sah Mrs. Rubinstein ein letztes Mal. (Im Gegensatz zu ihrer Befürchtung von 1934, daß die Rubinsteins kein Interesse mehr an ihr haben würden, wenn sie erst einmal ausgezogen sei, waren die Familien einander auch 70 Jahre später noch eng verbunden.) Evi Jessner Sampson, die in Kalifornien lebte, munterte sie durch Anrufe und Besuche auf, und Thola Theilhaber und seine Frau Jeanne kamen aus Montreal herüber, um Abschied zu nehmen.

Milton konnte seiner Frau nicht beistehen, da er selbst erkrankt war. Bereits in seinen frühen Fünfzigern litt er an der Parkinsonkrankheit mit begleitender Demenz – nach Sibylles Ansicht ein grausameres Schicksal als ihr eigenes. 1975 zog er in ein Pflegeheim, wo er die nächsten zehn Jahre bis zu seinem Tod im Alter von 68 Jahren zubrachte.

Eva Ortmann Lechner erlebte die Krankheit und den Tod ihrer Tochter. Das alte, vertraute Prinzip, einander vor schlechten Nachrichten zu bewahren, galt wie eh und je: Sibylle gab zunächst vor, ihre Schmerzen seien arthritischer Natur, und hoffte, ihre Mutter lasse sich täuschen, während Eva in der Hoffnung, daß Sibylles Ärzte ihrer Tochter den wahren Zustand verheimlichten, vorgab, nicht zu bemerken, wie todkrank Sibylle war. Später allerdings wurde all das unmöglich. Sibylle starb im Mai 1976 im Alter von 58 Jahren.

Eva überlebte ihre Tochter um zwölf Jahre. 1984 starb Fritz Lechner nach kurzer Krankheit. Eva blieb allein in ihrer New Yorker Wohnung, geistig so klar und aufmerksam wie stets, ohne sich jemals (zumindest ihren Enkeln gegenüber) zu beklagen, doch den Tod mit großer Ungeduld erwartend. Im Herbst 1988 schickte Lili ihr ein Buch, *Heimat und Heimatlosigkeit,* zu dem sie ein Kapitel beigetragen hatte, und besuchte sie kurz darauf. Eva sagte zu einem ihrer Enkel darüber: »Ich habe da von Leuten gelesen, die wegen ihrer Möbel oder ihrer Wohnung nicht ausgewandert sind. Ich wußte, was mein Zuhause war. Ich hatte eine Wohnung voller Möbel und habe die Wohnungstür zugezogen und bin fortgegangen. Zeit meines Lebens habe ich mein Zuhause bei mir getragen. Mein Zuhause waren meine Eltern und die deutsche Kultur.« Zwei Wochen später starb sie.

Bei der Durchsicht ihrer Schränke fand einer ihrer Enkel Schachteln mit alten Briefen, darunter die, die sie mit Sibylle in den Jahren der Emigration gewechselt hatte.

Lili Faktor Flechtheim verlor im hohen Alter ihr Gedächtnis und verbrachte ihre letzten Jahre in Pflegeheimen; aber sie hatte nach wie vor Freude an den deutschen Gedichten, die sie seit ihrer Jugend kannte. Ein Foto vom 1. Mai 2004, dem 21. Geburtstag ihrer Enkeltochter, zeigt sie zufrieden in einem Gedichtband lesend. Am Tag darauf verstarb sie.

Eva Tichauer wurde nach dem Krieg Ärztin, adoptierte zwei Kinder und hat inzwischen ebenfalls Enkelkinder. 1988 veröffentlichte sie ihre Erinnerungen, *J'étais le numéro 20832 á Auschwitz.* Sie lebt als Rentnerin in Marseille, bereist jedoch die Welt, auch stille arktische Gegenden, aus denen sie Fotos von Eisbären und Walrossen mitbringt. Ihre Reisebegleiter sind einige enge Freunde, die viel gemeinsam haben: Sie alle sind ehemalige Deportierte.

Evi Jessner Sampson lebt, mit 87 noch immer jugendlich-lebhaft, in Kalifornien mit drei Kindern und zahlreichen Enkelkindern in ihrer Nähe. Ihre Gabe, das Leben zu genießen und das Beste daraus zu machen, die sich bereits zeigte, als sie 16 war, hat sie niemals verloren.

Dank

Ganz besonderer Dank für die einfühlsame und kluge Mitarbeit an meine Frau, Beatrice Slotnick Crane.

In Deutschland:

Lili Faktor Flechtheim (†)
Dr. Ruth Gross
Inge Hagemann
Jane Hartmann
Dr. Ludger Hermanns
Cordula Hoffmann
Dr. Sigrid Jacobeit
Dr. Arne Andreas Kollwitz
Reinhard Müller
Dr. Sibylle Quack
Dr. Claus und Maria Rosenthal
Dr. Uwe Splett
Klaus Täubert
Marion und Detlev Thimm

In Rußland:

Nikolai Puzin
Alexey Tichinsky

In der Schweiz:

Marcus Witzinger

In Österreich:

Elisabeth Publig

In Israel:

Adin Talbar

In Frankreich:

Dr. Eva Tichauer

In Australien:

Lili Stern Wiener

In England:

Margaret Manser (†)

Roger Manser

Ania Marzec-Manser

Hedda Michaelis (†)

Mary Rubinstein (†)

Katja Tims (†)

In Kanada:

Eric Koch

Hans Vanderwerff

In USA:

Professor Mark Anderson

Linda Berkowitz

Katherine Sibylle Crane

John Thomas Crane

Lisa Fittko

Kathie Daniel Johnson

Tammy Kaiser

Professor Walter Laqueur

Professor Andreas Lowenfeld

Julian Lowenfeld

Ruth Messinger

Sharon Muller

Katrin Nashelsky

Robert Ronald

Eva Maria (Evi) Jessner Sampson

Peter Schickele

Dr. Vera Schlamm

Professor Hans Schmitt

Mary H. Slotnick

Gennifer Sussman

Joachim (Kim) Theilhaber

J. Samuel Walker

Brett Werb

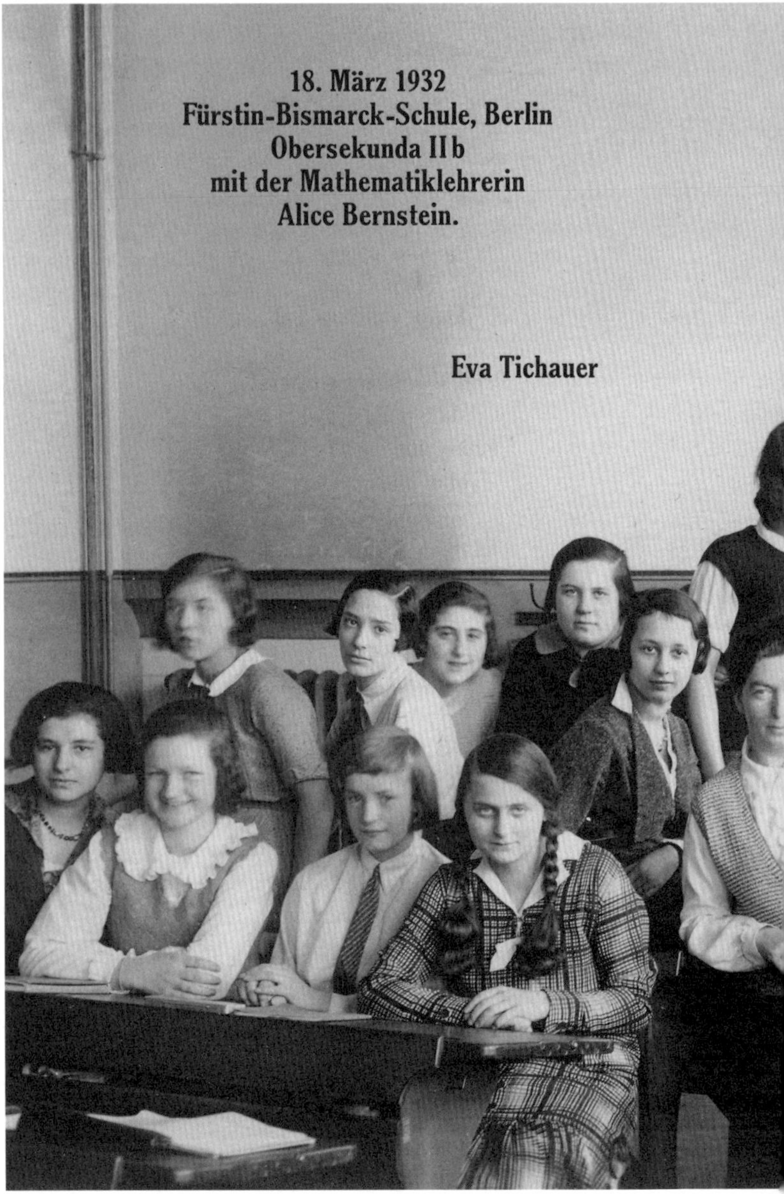

18. März 1932
Fürstin-Bismarck-Schule, Berlin
Obersekunda IIb
mit der Mathematiklehrerin
Alice Bernstein.

Eva Tichauer

Lili Faktor
Sibylle Ortmann
Evi Jessner
Lili Stern

Die Schreibweise in den Briefen wurde behutsam modernisiert, die Zeichensetzung heutigem Gebrauch angeglichen. Charakteristische Schreibungen wurden jedoch übernommen. Welche Briefe Sibylles und ihrer Mutter aus dem Englischen übersetzt wurden, erschließt sich beim Lesen, wir haben daher auf eine Kennzeichnung verzichtet. Die Briefe Kurt Rosenthals aus den Lagern Les Milles und Gurs mußten aus Zensurgründen auf französisch verfaßt werden, dasselbe gilt für die Briefe Thola Theilhabers aus Kanada.

Gedruckt mit Unterstützung der
Stiftung Preußische Seehandlung, Berlin.

Die Deutsche Bibliothek – CIP-Einheitsaufnahme
Ein Titeldatensatz für diese Publikation
ist bei der Deutschen Bibliothek erhältlich.

Beethovenplatz 4
53115 Bonn
www.weidle-verlag.de
Photographien: Privat, außer S. 354
(Stiftung Archiv der Akademie der Künste, Berlin)
und S. 360 (Bildarchiv Abraham Pisarek, Berlin)
Redaktion: Rolf Bulang
Lektorat: Angelika Singer
Übersetzungen der englisch und französisch geschriebenen Briefe:
Jenny Piechatzek, Wiebke Wichardt
Korrektur: Stefan Weidle, Benedikt Viertelhaus
Typographie und Gestaltung: Friedrich Forssman
Druck: Reinheimer, Darmstadt
Bindung: S. R. Büge, Celle
ISBN 3-931135-81-0